Fantasy

Herausgegeben von Friedel Wahren

W0283434

Von **L. E. Modesitt** jr. erscheinen in der Reihe
HEYNE SCIENCE FICTION & FANTASY:

Der Recluce-Zyklus

1. *Magische Insel* · 06/9050
2. *Türme der Dämmerung* · 06/9051
3. *Magische Maschinen* · 06/9052
4. *Krieg der Ordnung* · 06/9053
5. *Kampf dem Chaos* · 06/9054
6. *Sturz der Engel* · 06/9055
7. *Der Chaos-Pakt* · 06/9056
8. *Die Weiße Ordnung* · 06/9096
9. *Die Farben des Chaos* · 06/9058 (in Vorb.)
10. *Der Magier von Fairhaven* · 06/9098 (in Vorb.)
11. *Sturm der Barbaren* · 06/9099 (in Vorb.)
12. *Freiheit für Cyador* · 06/9100 (in Vorb.)

Weitere Romane in Vorbereitung

L. E. MODESITT JR.

Die Weiße Ordnung

Achter Roman des Recluce-Zyklus

Übersetzung aus dem amerikanischen Englisch von SIGLINDE MÜLLER

WILHELM HEYNE VERLAG
MÜNCHEN

HEYNE SCIENCE FICTION & FANTASY
06/9096

Titel der Originalausgabe
THE WHITE ORDER
Übersetzung aus dem amerikanischen Englisch
von Siglinde Müller

Das Umschlagbild malte Darrell K. Sweet/Agentur Schlück

Umwelthinweis:
Dieses Buch wurde auf chlor- und
säurefreiem Papier gedruckt

Deutsche Erstausgabe 3/2001
Redaktion: Angela Kuepper
Copyright © 1998 by L. E. Modesitt, jr.
Erstausgabe bei Tom Doherty Associates, Inc., New York
(A Tor Book)
Copyright © 2001 der deutschen Ausgabe und der Übersetzung
by Wilhelm Heyne Verlag GmbH & Co. KG, München
http://www.heyne.de
Printed in Germany 2001
Umschlaggestaltung: Nele Schütz Design, München
Technische Betreuung: M. Spinola
Satz: Schaber Satz- und Datentechnik, Wels
Druck und Bindung: Elsnerdruck, Berlin

ISBN 3-453-17319-8

Für meine ›Magische Stimme‹

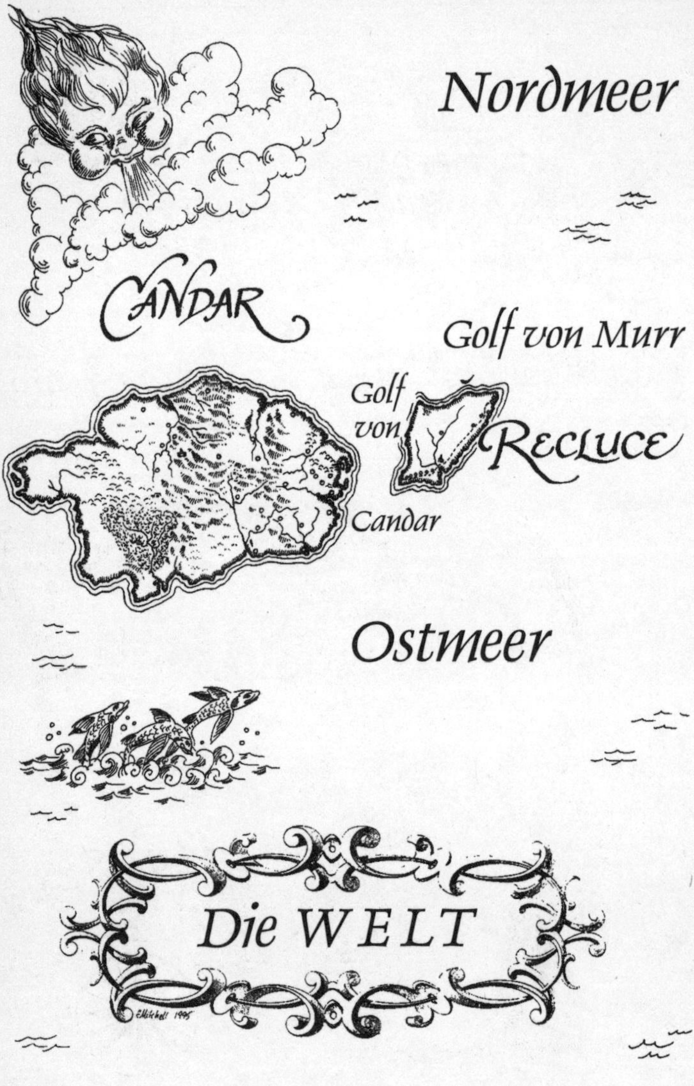
Nordmeer
CANDAR
Golf von Murr
Golf von
RECLUCE
Candar
Ostmeer
Die WELT
E.Mitchell 1995

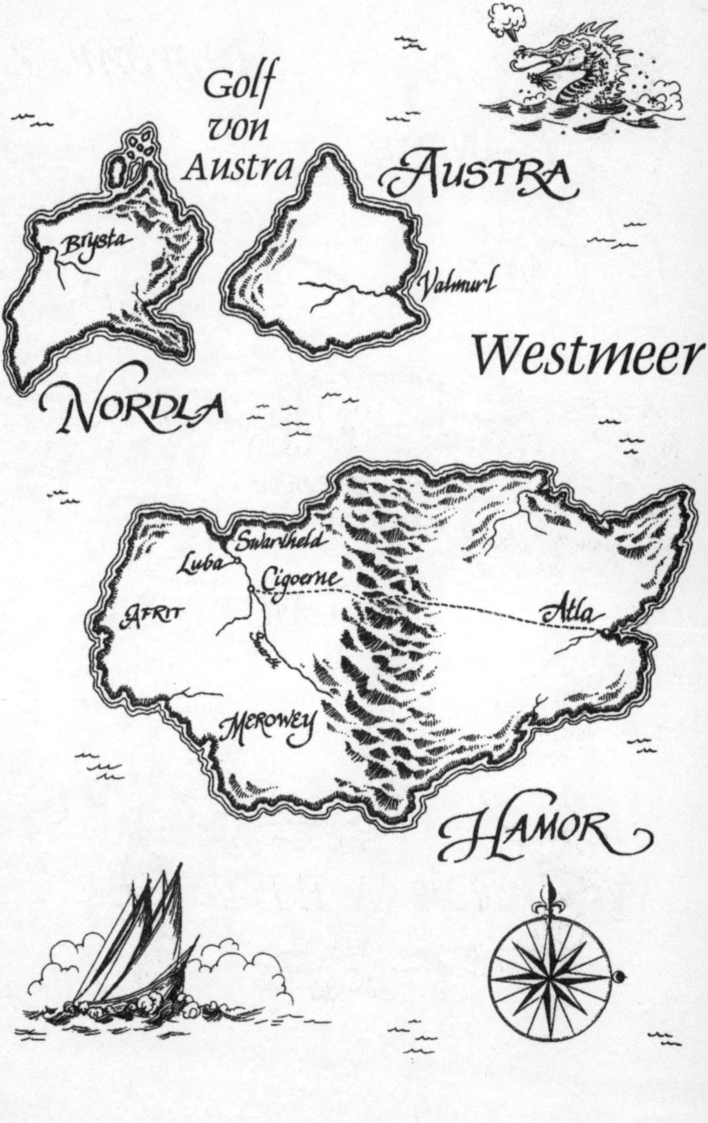
Golf
von
Austra
AUSTRA
Brysta
Valmurl
NORDLA
Westmeer
Swartheld
Luba
Cigoerne
AFRIT
Atla
MEROWEY
HAMOR

Gandar
Devalonia
Armat
Rulyarth
Bleyans
Westklippen
Dosai
Suthya
Große Steppe
Carpa
West-
hörner
Sarronnyn
Lornth
Mitteltal
Jera
Bornt
Nordfluss
Sarron
Eisen-
holzwald
Jeryna
Rohrn
West-
wind
Biehl
Berlitos
Jerans
Dach der Welt
Delapra
Südfluss
Die
Steinhügel
Clynya
Sommerhafen
Dellash
(Esalia)
Cerlyn
Südwind
Kupfer-
mine
West-
hörner
Südhafen
Steinhügel
Mildor
Naclos
Der Große Wald
Rybatta
Das
Leere
Land
Diehl
Westmeer

Nordmeer
Devalin
Golf von Murr
Landende
Schwarze Residenz
Extina
Alberth
Reflin
Lydkler
Quend
Kleth
Osthörner
Golf von Candar
Tyrhaven
Sligo
Alaren
Eisenmine
Maltra
Feyn
Rytel
Lavah
Wandernicht
CERTIS
MONTGREN
Gr.
Clarion
Enstronn
Jellico
Vergren
Nylan
Sigil
Nordbucht
Weevett
Fiven
Freistadt
Südkap
Hydolar
FREISTADT (LYDIAR)
Meltosia
RECLUCE
HYDLEN
Renklaar
Dasir
Telsen
Asula
Arastia
Pyrdya
Sunta
Fahlaar
Wüste
Worrak
Ostmeer

I

Der braunhaarige Junge verbarg sich in den langen Schatten des alten Hauses und schlich bis zum südlichen Ende der Halde. Er wurde von einem schimmernden Rechteck aus Licht magisch angezogen, das von irgendwo aus der Halde auf die groben Bretter des türlosen Schuppens geworfen wurde; in dem Schuppen war einst das Arbeitsgerät der Bergarbeiter aufbewahrt worden. Geräuschlos sprang der Junge aus dem schützenden Schatten in die Spätnachmittagssonne und lief mit nackten Füßen über den steinigen Untergrund zu dem kleinen graubraunen Hügel, der aus Steinen und Schlacke errichtet worden war.

Er kniete nieder und wischte die dünne Staubschicht fort, unter der sich die Scherbe eines Spiegels verbarg. Sie war kaum größer als die Hälfte seiner Handfläche. Mit zwei Fingern zog er die Scherbe aus dem Schmutz und legte sie auf einen zerbrochenen gelben Ziegelstein. Er drehte sich zum Haus um, doch die Tür blieb geschlossen und die vordere Veranda leer. Das Kind warf einen Blick auf die anderen Halden und die verlassenen Übertagebauten; nichts rührte sich, allein das sommerlich braune Gas wiegte sich in der heißen Nachmittagsbrise.

Eine Eidechse huschte aus dem Loch, aus dem der Junge den zerbrochenen Ziegelstein genommen hatte. Mit Erleichterung stellte er fest, dass das Tier einen breiten braunen Streifen auf dem gelbbraunen Rücken trug. Als die Echse hinter einem faustgroßen Schlackenstück verschwand, lächelte er. Seine Augen wanderten zurück zum Echsenloch, doch es blieb bei der einen.

Der heiße Wind fuhr in sein sauberes, aber ärmelloses, zerlumptes Hemd, als er sich an den flacheren Hang der Schlackenhalde kauerte und gespannt in die Spiegelscherbe starrte. Seine blassgrauen Augen verengten sich zu Schlitzen. Das Lichtrechteck blitzte auf. Silberschwaden waberten über dem Spiegel und verdichteten sich zu einem weißen Nebel. Ein Lächeln huschte über das Gesicht des Jungen und verschwand wieder, als er die Lippen aufeinander presste und sich auf den sonderbaren Spiegel konzentrierte.

»Cerryl! Geh von dem Spiegel weg!« Eine dicke Frau mit einem Besen in der Hand trat auf die Veranda aus Lehm und Stein hinter dem Jungen.

Cerryl bewegte sich nicht, er konnte seinen Blick nicht von dem Bild lösen, das nach und nach im Spiegel sichtbar wurde. Seine Lippen formten ein stummes ›Oh‹ und seine Augen blickten gebannt auf einen blitzenden weißen Turm, der über einen grünen Park wachte.

Schwere Schritte knirschten auf der Erde und der Junge wurde aus seiner Versunkenheit gerissen; er schreckte auf, als die breitschultrige Gestalt in fleckiger grauer Hose und Tunika plötzlich vor ihm stand.

»Wie hast du das gefunden … aber das ist auch gar nicht wichtig.« Die breite Hand der Frau packte den Jungen an der Schulter und zog ihn weg vom Spiegel. Der Stiefel an ihrem rechten Fuß zermalmte knirschend das Glas. Nur ein Häuflein blinkender Staub blieb übrig von dem Fenster, das Cerryl einen sagenhaft schönen weißen Steinturm gezeigt hatte. Unvergossene Tränen brannten in seinen Augen.

»Gläser und Spiegel – das sind die Werkzeuge des Chaos und des Bösen! Hab ich dir das nicht schon hundert Mal gesagt?« Mit der freien Hand strich sich Nall eine graue Strähne aus der Stirn, ihre Augen wichen jedoch nicht von Cerryl.

Cerryls schmale Schultern hingen schlaff herunter,

seine grauen Augen trafen ihre und sahen auf zu einer Frau, die mehr als doppelt so groß war wie er und viel stämmiger gebaut als die meisten Schafzüchter und Bauern in der Gegend von Hrisbarg. »Es war doch nur eine kleine Scherbe, Tante Nall.«

»Eine kleine Scherbe. Genauso gut könnte ich von einer kleinen Krustenechse sprechen – ein Biss, eine Scherbe, das reicht aus, um dich umzubringen, Junge.« Nall holte tief Luft. »Wie oft habe ich dir schon gesagt, dass dich Spiegel und andere glänzende Sachen nichts angehen?«

»Sehr oft«, gab Cerryl mit leiser Stimme zu, seine Augen blickten noch immer der Tante ins Gesicht.

»Du wirst uns noch alle ins Grab bringen.«

»Ich wollte doch nur helfen«, sagte Cerryl. »Man kann Dinge finden mit diesem schimmernden Glas. Du hast selbst erzählt, dass Papa das auch gesagt hat.«

»Immer dein Papa.« Nall schüttelte den Kopf. »Ich mag arm sein, aber arm bedeutet nicht zugleich böse und die schimmernden Gläser sind böse. Du weißt doch, wohin das deinen Papa gebracht hat.« Sie warf einen Blick auf die Haustür, die im leichten Wind hin und her schwang. »Du kommst jetzt mit mir, bevor die Suppe überkocht.«

»Ja, Tante Nall«, sagte Cerryl artig, seine Stimme klang jedoch weder reuevoll noch entschuldigend.

»Ach, Kind …« Nall seufzte. »Zurück ins Haus mit dir.«

Cerryl ging über den trockenen und staubigen Boden einen Schritt hinter seiner Tante. Er betrachtete eine andere Halde, die weiter im Osten lag. In einem der Haufen hatte er einen Spiegel gefunden, was bargen wohl die anderen?

»Trödel nicht, Kind.«

Cerryl folgte Nall auf die Veranda, wo sie den Besen wieder in die Hand nahm. Sie fuchtelte damit herum, als wollte sie ihn ins Haus fegen. Cerryl ging hinein. Ganz hinten im Hauptraum des Hauses, das insgesamt nur über zwei Zimmer verfügte, stand der Herd und rechts daneben ein Arbeitstisch, vor dem Herd befand sich ein schmaler Schragentisch mit zwei kurzen Bänken und dahinter an der Wand die alte Vitrine aus Goldeiche mit den kaputten Schubladen.

»Nicht einen Funken Verstand ... stöbert dort herum, wo alle ihn sehen können ...«, schimpfte die Frau vor sich hin und schloss die Tür hinter dem Jungen. »Deine arme Mutter, kein Wunder, dass sie so jung gestorben ist. Kein Funken Verstand in dir und deinem Nichtsnutz von Vater. Ein Weißer Magier wollte er werden.« Traurig schüttelte Nall den Kopf. »Armer Narr ... dachte, dass die mächtigen Magier in Fairhaven ihn mit offenen Armen empfangen würden. Ihn ... einen Bauernjungen aus Howlett ...«

Cerryl senkte den Blick auf den makellos sauberen Steinfußboden.

»Wie hast du das Glas gefunden?«

»Ich habe das Licht gesehen, das der Spiegel auf den Werkzeugschuppen warf. Ich musste nur hinsehen. Einfach hinsehen.«

»Ja, deshalb hat dich deine Tante auch erwischt, bevor du noch mehr anstellen konntest.«

Cerryl schwieg.

»Männer ... die kleinen wie die großen. Syodor ... sogar er ...« Nall hielt mitten im Satz inne und sah Cerryl an. »Schimpfen hat ohnehin keinen Zweck. Was geschehen ist, ist geschehen.« Sie zeigte auf den Hocker am Küchentisch. »Hilf mir wenigstens bei der Küchenarbeit. Mit den Wurzeln gehst du ja achtsam um.«

Cerryl kletterte auf den Hocker und betrachtete die schmutzigen Goldrüben. Seine Augen wanderten zu den offenen Läden des einzigen Fensters und zu den anderen Halden draußen und wieder zurück zu den Rüben.

II

Alles Leben setzt sich aus Chaos und Ordnung zusammen. So mancher vergisst, dass es ohne Chaos kein Leben gibt. Tief in der Erde dauert das Chaos fort, spendet dem Grund unter Land und Meer Wärme und Leben.

Selbst das Licht der Sonne ist nichts anderes als Weißes Chaos und auch dieses Licht schenkt Leben. Im Sonnenlicht vereinen sich sämtliche Farben der Weiße, das pure Chaos, aus dem alles Leben entspringt …

Wir können die Sonne nur erblicken, weil sie das notwendige Licht dazu spendet; alles, was unter der Sonne existiert, kann nur aufgrund des Chaos der Sonne existieren. Selbst der weiseste Magier kann nicht das Geringste auf und unter der Erde wahrnehmen, wenn er dazu nicht das Chaos einsetzt.

Die Behauptung, dass Ordnung das Leben nährt, die von einigen Akolythen schon zu Zeiten des ketzerischen Nylan aufgestellt wurde, ist nicht nur falsch, sondern geradezu eine Torheit, denn die einzige vollkommene Ordnung im Leben ist der Tod.

Selbst Klinge und Schild müssen mithilfe der Wärme des Chaos geschmiedet und von einem Menschen geführt werden, dessen Blut in den Adern erst durch Chaos warm wird.

Chaos ist das Fundament für Macht und Stärke. Die Beherrschung des Chaos ist der erste Schritt zur Macht. Die Macht stellt das Fundament für alle wohlhabenden Länder und Städte dar; und jene, die ihre Heimat vor Invasion und Verwüstung bewahren wollen, müssen nach der Beherrschung des Chaos streben …

DIE FARBEN DER WEISSE
(Handbuch der Gilde von Fairhaven)
Vorwort

III

In der Ecke, in der das Herdfeuer Licht auf den Boden warf, saß Cerryl und betrachtete das Buch. Angestrengt brütete er über den unverständlichen schwarzen Zeichen auf den alten, vergilbten Seiten. Er blätterte um. Die Zeichen auf der nächsten Seite sahen genauso aus.

»Cerryl?« Nall legte die Brötchen in die verbeulte Backreine, die auf dem Tisch stand.

»Ja, Tante?« Cerryl drehte sich nicht um, er fürchtete, sie könnte das Buch und seine Tränen der Enttäuschung entdecken.

»Dein Onkel wird bald den Weg heraufkommen. Hol einen Eimer Wasser herein.«

»Ja, Tante Nall.« Er versteckte den alten Wälzer unter seiner zerlumpten Tunika und versuchte, die Fassung wiederzuerlangen, bevor er aufstand und sich ihr zuwandte.

»Ein fröhliches Gesicht könnte auch nicht schaden. Syodor hat es nicht leicht in letzter Zeit«, fügte sie hinzu. »Besonders nachdem er dieses verfluchte Stück Weißbronze gefunden hat …« Die letzten Worte flüsterte sie, doch Cerryl verstand sie klar und deutlich, als hätte sie laut gesprochen.

Er nickte nur und wusste, dass er nicht mitbekommen sollte, was sie gesagt hatte. Schnell trat er über die Schwelle und blieb neben seiner Pritsche stehen, ließ das Buch unter die Decke gleiten und schnappte sich den eisenbeschlagenen Holzeimer vom langen Haken, der in den Querbalken hinter der Tür getrieben worden war. Barfüßig schlüpfte er zur Tür hinaus, sprang die Verandastufen hinunter und auf den Weg, der zum Bach auf dem Hügel hinter dem Haus führte.

Er wünschte, sie könnten das Wasser aus dem Teil des

Baches schöpfen, der sich unmittelbar vor dem alten Haus entlang schlängelte, doch dort färbte sich das Wasser bereits orange vom Eisen auf den Halden. Und es roch nach Schwefel, manchmal auch nach Eisen. Cerryls Nasenflügel zuckten beim Gedanken an diesen Geruch, während er den Weg zur Quelle des Baches hinaufstapfte.

Ein Vogel trällerte in der Abenddämmerung; er musste irgendwo in den Wacholdersträuchern sitzen, die auf den Flächen zwischen den Halden und orangefarbenen kleinen Laugenseen wuchsen. Cerryl blickte nach rechts zum Tunneleingang, dessen Name in die Steine über den Balken gehauen worden war und nichts Gutes verhieß. Er konnte zwar den Namen nicht lesen, doch er fühlte etwas tief im Tunnel, das man besser in Ruhe ließ. Dennoch war die Dämmerung, die die Augen seiner Tante und auch die seines Onkels anstrengte, für ihn hell wie der Morgen kurz vor Sonnenaufgang – aber davon wussten Nall und Syodor nichts.

Der Vogelruf verstummte und das Zirpen der Insekten wurde lauter. Cerryl fragte sich, ob es wohl Grillen waren oder andere Krabbeltiere. Er zuckte die Schultern. Für Insekten hatte er sich noch nie sonderlich interessiert. Er wandte sich nach Westen und trabte den gestampften Lehmweg hinauf zur Quelle.

Das schwache Gurgeln des Baches wurde vom lauten Zirpen fast übertönt, als er die Quelle erreichte. Fast silberfarben quoll das Wasser aus der Erde, nur dort, wo es über den Steindamm floss, der vor Jahren errichtet worden und nun dick mit Moos überzogen war, schimmerte es grün.

Cerryl schlenderte langsam an der südlichen Seite der Quelle entlang, bis er den Steindamm erreichte. Dort stand er im Schatten der Dämmerung und starrte aufs Wasser, das in das kleine Becken plätscherte, und auf die wilden Weinstöcke, die sich auf den rötlichen Felsen über dem Damm festkrallten.

Woher kam wohl das Wasser?

Er runzelte die Stirn und betrachtete den Felsvorsprung und das dunkelsilberne, unruhige Wasser des kleinen Weihers, das einerseits einem Spiegel glich und andererseits auch wieder nicht. Konnte er dem Spiegel entlocken, wo das Wasser herkam?

Er warf einen verstohlenen Blick auf das in der Abenddämmerung dunkel schimmernde Quellwasser und stellte sich vor … was stellte er sich eigentlich vor? Gab es ein Loch im roten Sandstein, das in die Tiefe führte? Cerryl atmete tief ein, die Lippen fest aufeinander gepresst. Den leeren Eimer zu seinen Füßen vergaß er für einen Augenblick.

Silberne Nebelschleier wirbelten über dem Weiher, Nebelschleier, so begriff Cerryl, die nur er sehen konnte. »Nall und Syodor merken es sowieso nicht«, murmelte er leise. Er zerbrach sich den Kopf darüber, warum er das überhaupt laut aussprechen musste, doch er wusste, dass er nicht anders konnte, wusste, dass diese geflüsterten Worte all seinen Trotz ausdrückten.

Das grauhaarige Bild Nalls flackerte im Nebel auf und Cerryl wischte es beiseite auf seiner Suche nach der Herkunft des Wassers. Dunkelheit breitete sich über dem Weiher aus, nur Dunkelheit.

Kurze Zeit später bekam er Kopfschmerzen und holte noch einmal tief Luft, keuchte beinahe, bevor er sich zum Eimer bückte und ihn ins Wasser tauchte. Er spritzte die ausgefransten Hosenbeine, die nackten Füße und den rissigen Lehmboden nass.

Dann hob er den schweren Eimer aus dem Wasser und machte sich auf den Heimweg, barfuß über den vielbegangenen Lehmweg. Als er an den Wacholdersträuchern am Fuße des Hügels vorbeischlenderte, die in etwa seine Größe erreichten, fiel sein Blick auf den Weg.

Ein tiefer Atemzug folgte, als er in der Ferne Syodor erblickte, der jedoch noch mehr als eine Meile entfernt dahinmarschierte. Cerryl beschleunigte den Schritt, passte jedoch auf, dass das Wasser nicht aus dem Eimer schwappte.

»Onkel Syodor ist schon am Fuße des Hügels«, verkündete er, als er das Haus betrat.

»Cerryl ... das hat aber lange gedauert. Es ist nicht gut für dich, draußen in der Dämmerung herumzuträumen. Da treiben die Dämonen ihr Unwesen.«

»Tut mir Leid, Tante Nall«, erwiderte Cerryl gehorsam und schleppte den Eimer quer durchs Zimmer zum Herd.

Ohne Cerryl anzusehen, prüfte sie die Brötchen in der Backreine, bevor sie das dünne Blech, das als Abdeckung diente, wieder drauflegte. »Wenn sie dich eines Tages mitnehmen, kann ich nichts dafür.«

»Ich bin doch vor Einbruch der Dunkelheit zurückgekommen.«

»Wir werden ja sehen.« Sie hob den Eimer hoch und goss Wasser in den Krug aus grauem Steingut.

»Stell den Krug auf den Tisch.«

Cerryl trug den Krug wie befohlen vom Arbeitstisch zum Esstisch.

Hinter ihm hob Nall den Deckel des Kochtopfes und rührte mit einem langstieligen Holzlöffel in der dicken Suppe.

»Ja, Tante Nall.« Cerryl warf einen Blick in die Ecke, in der er gesessen hatte, bevor er zum Wasserholen geschickt worden war. Er wartete.

Dann knarrte die Tür und die dicke Frau drehte sich um.

»'n Abend, Frau.« Der einäugige grauhaarige Mann stellte den schweren Eisenhammer auf den grob gezimmerten, kleinen Tisch neben der Tür und den geflickten Segeltuchtornister mit einem dumpfen Schlag auf den Boden. Staub wirbelte aus dem Stoff und ließ sich auf den gewienerten Steinen nieder, die aus einer verlassenen Mühle stammten.

»Wie war's heute?« Nall legte den Blechdeckel wieder auf den alten Eisentopf und entfernte sich vom Herd.

»Ach ja … aber wenn ich dich sehe, geht es mir wieder besser.« Syodor lachte und ging auf seine Frau zu. Er umarmte Nall, die schwieligen Wurstfinger seiner Hände umfassten die Hüften der Frau, dann ließ er sie wieder los.

»Abendbrot ist gleich fertig. Erzähl doch, was war heute los?« Nall lächelte, dann bückte sie sich und schwang den quietschenden Eisenarm, an dem der Kochtopf hing, wieder über die Glut.

»Eigentlich war ich erfolgreich. Hab einen Malachit gefunden, ganz schöner Klumpen, scheint massiv zu sein. Vielleicht zahlt Gister einen Kupferling dafür. Wird einen schönen Anhänger für eine Damenkette abgeben, wenn er erst einmal geschliffen und poliert ist.«

»Ja, und Gister wird ihn entzweischneiden, in Silber fassen und für ein Goldstück verkaufen.« Nall sah noch einmal nach den Brötchen. »Du musst dich noch waschen vor dem Essen.«

»Waschen … an etwas anderes denkt ihr Frauen nicht!«

»Du hast doch den ganzen Tag in den dreckigen Halden und Tunneln herumgewühlt. Wie soll ich da an etwas anderes denken?«

Syodor drehte sich schweigend um und marschierte zum Waschtisch, der in der gegenüberliegenden Ecke des Zimmers stand.

»Du auch, Cerryl.«

»Auch du wirst nicht verschont, mein Junge«, fügte Syodor mit einem Grinsen hinzu.

Cerryl wartete, bis Syodor fertig war, dann wusch auch er sich die Hände mit der Kernseife und spülte mit dem klaren Wasser aus dem Krug die Seife ab.

Mit feuchten Händen setzte er sich anschließend auf die Bank, Syodor gegenüber.

Der Onkel nahm den Steinkrug. »Was hast du heute gemacht?«

»Nicht viel«, antwortete Nall. »Arelta hat mir Bitterbier geschenkt. Sie hatte etwas übrig und meinte, es würde nicht mehr sehr lange halten. Also hab ich das Bier mit nach Hause genommen.«

»Sind wir so arm, dass wir auf die Almosen der jüngsten Tochter des Brauers angewiesen sind?«

»Hätte sie es wegschütten sollen?«

»Nein. Verschwendung ist noch schlimmer, als Almosen anzunehmen.« Syodor lachte ein wenig bitter.

»Sei nicht so hart zu dir«, redete ihm Nall gut zu, während sie die Brötchen von der Backpfanne in das angeschlagene Steingutgeschirr gleiten ließ. »Jeder weiß, dass du hart arbeitest.«

»Das Ärgste, was sie mir antun konnten … die Minen zu schließen.«

»Aber es hat dir etwas eingebracht. Wer außer dir besitzt noch einen Freibrief zum Schürfen in den Halden?«

Syodor zuckte mit den Achseln und grinste. »Und wer hat eine bessere Frau als ich? Kein Mann.«

»Du wirst mir nicht den Kopf verdrehen.« Nall setzte die große Blechschüssel, gefüllt mit dampfendem Rübeneintopf, vor Syodor auf den Tisch. Danach füllte sie eine kleinere Schüssel mit einer Holzkelle. »Hier, für dich, Cerryl. Du kannst ruhig noch mehr haben.«

»Danke, Tante Nall.« Cerryl schenkte ihr ein Lächeln.

»Du bekommst kein Bier, ganz gleich ob du dich artig bedankst oder nicht«, entgegnete Nall mit dem ihr eigenen wissenden Lächeln. Sie nahm den kleinsten der Blechnäpfe, gab ein wenig vom Eintopf hinein und stellte ihn auf den Tisch. Dann setzte sie sich zu Cerryl auf die Bank.

Cerryl knabberte an seinem Brötchen und schob sich mit dem selbstgeschnitzten Löffel den Eintopf in den Mund. Dann biss er wieder vom Brötchen ab.

»Heiß … und macht satt. Das Bier ist auch nicht zu bitter.« Syodor lächelte Nall an.

»Der Tag war lang. Das Bier wird dir gut tun.« Nall lächelte zurück. »Es wird noch für ein oder zwei Tage reichen.«

»Willst du keins?«

»Nein, es schmeckt mir nicht.«

Obgleich Nall lächelte, fühlte Cerryl die Lüge. Sie log oft, wenn sie ihm oder Syodor etwas Besonderes zukommen ließ und sich selbst nichts davon nahm.

»Dylert hat mir erzählt, er könnte einen Jungen für die Mühle brauchen«, erzählte Syodor seiner Frau, aber sein Blick wanderte über den Tisch zu Cerryl. »Er will einen gewissenhaften Jungen. Und Cerryl ist gewissenhaft. Darauf könne er sich verlassen, habe ich ihm gesagt.«

»Eine Sägemühle ist zu gefährlich für einen kleinen Jungen«, gab Nall zur Antwort.

»Die Minen waren damals auch gefährlich für einen Jungen wie mich«, entgegnete Syodor. »Und ich war noch jünger als Cerryl jetzt.«

»Du warst aber auch kräftiger«, hielt Nall dagegen.

»Ich bin stärker als ich aussehe«, rief Cerryl schnell. Seine grauen Augen blitzten wie die einer Dschungelkatze und strahlten ein ganz besonderes Licht aus.

»Ganz sicher, mein Junge. Pass auf, der nächste Windstoß wird dich bis nach Lydiar wehen.«

»Er ist noch nicht einmal halb erwachsen«, protestierte Nall.

»Irgendwann muss er erwachsen werden. Wir werden nicht bis zum Ende des Chaos bei ihm bleiben können.« Der frühere Bergmann blickte seiner Frau entschlossen ins Gesicht.

»Syodor! Nicht in der Gegenwart des Jungen.« Sie malte mit der Hand das Zeichen für Ordnung in die Luft.

»Das Chaos ist da, Nall.« Syodor schnaubte. »Ich sehe es jeden Tag. Die Tunnel brechen zusammen. Ich sehe die

Leute umherschleichen und höre, wie sie sich gegenseitig ins Ohr tuscheln, wer mit der Dunkelheit liebäugelt und wer welchen Weißen Magier kennt.«

Cerryl blickte hinüber auf seine Pritsche und das versteckte Buch, das er nicht lesen konnte.

»Du musst wissen, Cerryl, dass die Minen älter sind als Städte wie Fairhaven …«

Nall presste die Lippen aufeinander, sie räusperte sich sehr geräuschvoll.

»Älter als die Bäume auf den Hügeln«, beeilte sich Syodor zu sagen. »Als mein Großvater noch ein Junge war, schickte der Herzog seine Leute hierher und sie durchwühlten die alten Halden. Dann warfen sie alles, was davon übrig geblieben war, zusammen mit der Schlacke aus den Schmelzöfen auf die Haufen, auf die wir nun blicken.«

»Schmelzöfen?«, fragte Cerryl, während er den letzten Bissen seines zweiten Brötchens langsam kaute. »Was ist mit diesen Öfen geschehen?«

»Der Herzog ließ die Eisenteile abbauen und die feuerfesten Steine, nun ja …« Der knorrige Mann lachte. »Sieh dir unseren Herd an – den habe ich aus diesen Steinen gebaut. Die Westseite des Hauses auch. Gute Steine waren das, nur brechen sie leicht, wenn sie im Schmelzofen zu heiß geworden sind.«

»Steine können zu heiß werden?«, fragte der Junge.

»Alles kann zu heiß werden, wenn es Flammen oder Chaos ausgesetzt wird. Zu viel Chaos kann alles zerstören.«

»Auch Menschen«, fügte Nall traurig hinzu.

»Auch das.« Syodor trank den letzten Schluck Bier aus seinem Humpen. »Ah … das vermisse ich am meisten aus den Tagen, an denen ich zwei Kupferstücke pro Tag in der Mine verdient habe. Und was habe ich jetzt … einen Freibrief, den der Herzog jederzeit für ungültig erklären kann.«

Nall nickte. Draußen setzte bereits die düstere, herbstliche Dämmerung ein.

»Da fällt mir ein … Shandreth … ich habe ihn heute Morgen getroffen«, sagte Syodor nach einer Weile. »Er sucht Helfer für die Weinlese in einem Achttag. Er sagte, du würdest zu den Besten gehören, Nall.«

»Zwei Kupferstücke für all die schwere Arbeit?«, fragte sie.

»Drei hat er geboten.« Syodor lachte. »Ich habe vier verlangt und er meinte, dass du auch vier wert wärest. Aber er zahlt keinen Kupferling mehr, sonst steht er ohne Geld da, noch bevor die Trauben gepresst sind, hat er behauptet.«

»Vier … das würde uns weiterhelfen. Ich könnte das Geld sparen für schlechte Zeiten.«

»Ja … die schlechten Zeiten werden kommen.« Syodor warf Cerryl einen Blick zu, der mit bewegungslosem Kiefer und düsterem Gesichtsausdruck dasaß. »Denk daran, Junge. Den schlechten Zeiten entkommt man nicht.«

Cerryl schauderte bei diesen Worten, er wusste jedoch nicht, warum.

»Aber noch sind die wirklich schlechten Zeiten nicht angebrochen, Junge.« Syodor lächelte bitter. »Wir haben es warm und ein gutes Essen im Bauch.«

Cerryl antwortete darauf mit einem verkrampften Lächeln.

IV

Cerryl blickte über seine Schulter den langen, sanften Abhang hinunter zur Straße, die nach Hrisbarg führte.

»Etwa drei Meilen weiter hinter den Hügeln kreuzt

dieser Weg die Magierstraße. Eine große Straße ist das und mit vielen Seelen gepflastert.«

»Mit Seelen gepflastert?«

»Die Menschen, die das Missfallen der Magier erregen, werden zum Straßenbau verbannt.« Syodor seufzte.

Cerryl trottete weiter auf der Lehmstraße; schließlich bogen sie nach fast einer Meile in eine kleinere Straße ein, die den Hang hinauf zur Sägemühle führte. Rechts neben der Straße verlief eine Schlucht, in der niedrige Weiden und Gestrüpp wuchsen; ein Bach gurgelte in der stillen Mittagszeit. Bei jedem Schritt, den Cerryl mit bloßen Füßen und Syodor in seinen groben Stiefeln zurücklegten, wurden weiße Staubwolken aufgewirbelt.

»Wie weit ist es noch?«, fragte der Junge und blickte in die Ferne. Die Dächer der Sägemühle schienen noch mindestens eine Meile entfernt zu sein – oder noch weiter. Ein Schweißtropfen lief über Cerryls Wange und er wischte ihn abwesend weg.

»Weniger als eine Meile. Wir sind fast da, mein Junge.« Syodor lächelte. »Es ist das Beste für dich. Nall und ich können dir nur noch wenig bieten. Nicht auszudenken, wenn dieser Herzog eines Tages kommt und mir meinen Freibrief wegnimmt. Sie werden die Minen wieder öffnen und uns alles zunichte machen. Sie werden sagen, ich sei zu alt für einen richtigen Bergarbeiter.« Er schnaubte. »Zu alt ...«

Cerryl nickte und fühlte die seltsame Mischung aus Wahrheit und Lüge in Syodors Worten. Er wusste, dass Syodor bei allem, was er sagte, zwar die Wahrheit sprach, aber gleichzeitig auch auf gewisse Weise log. Er konzentrierte sich nur noch darauf, einfach einen Fuß vor den anderen zu setzen.

»Zur Seite.« Syodor zeigte auf das näher kommende Pferdegespann, dann berührte er Cerryls Schulter. »Zurück.«

Cerryl sprang in das braune Gras am Hang neben der

Straße und ließ den ausgebleichten und geflickten Segeltuchtornister von den Schultern gleiten. Seine Beine schmerzten, aber er setzte sich nicht.

Die grauen Augen fixierten die vier Pferde. Jedes hatte eine andere Farbe und alle waren riesig, viel größer als die Pferde der Vorreiter des Herzogs oder die weißen Rösser, die die Lanzenreiter aus Fairhaven bevorzugten. Cerryl hatte die Weißen Lanzenreiter nur ein einziges Mal gesehen. Syodor und Nall hatten ihn kurz nach der Frühjahrsaussaat einmal mit nach Howlett genommen und dort war eine Kompanie durchgeritten. Keiner von den Reitern hatte nach links oder rechts geblickt, keiner von ihnen hatte ein Wort gesprochen.

Der Kutscher grinste, als er an ihnen vorbeifuhr, und winkte Syodor zu. »Guten Tag, Gräber!«

»Guten Tag auch, Rinfur!« Syodor winkte zurück.

Auf dem mächtigen Wagen türmten sich Bretter und Balken, die mit dicken Tauen an den Seitenwänden festgezurrt waren. Auf einer Seitenwand hatte jemand ein gezacktes, graues Sägeblatt gezeichnet, das einen Baumstamm entzwei sägte. Unter dem Oval der Zeichnung standen wieder Buchstaben. Cerryl presste die Lippen aufeinander, als seine Augen die Zeichen überflogen, die er nicht lesen konnte.

Er stand noch regungslos da, als der Wagen schon lange vorbeigefahren war. Die Sonne brannte durch den wolkenlosen grünblauen Himmel auf ihn herab.

»Cerryl, Junge! Es ist nicht mehr weit.« Syodors Stimme klang freundlich und aufmunternd.

»Es geht schon noch, Onkel.« Cerryl schwang sich den Tornister auf den Rücken und nahm den Fußmarsch wieder auf. Feiner weißer Staub wirbelte durch die heiße Luft.

Eine Fliege summte vorbei und umkreiste Cerryl. Er warf dem Insekt einen drohenden Blick zu, worauf es unsicher davonflog. Als er und Syodor die ebene Fläche unter der Hügelspitze erreichten, wanderte Cerryls Blick nach oben. Die Sägemühle bestand aus drei Gebäuden: der Sägemühle selbst und zwei Holzschuppen. Am Hang über der Mühle befand sich der Stall und daneben noch ein kleineres Gebäude.

Die Mühle, deren Mauern aus alten, grauen Steinen errichtet waren, stand neben einem Steindamm und dem Mühlbach. Das Wasserrad war gut viermal so groß wie Cerryl, stand jedoch still.

»Zur Erntezeit geht alles langsamer«, sagte Syodor und zeigte auf das trockene Mühlgerinne über dem Rad. »Die Leute denken jetzt nicht daran, etwas zu bauen oder zu reparieren.«

Die Straße führte weiter hinauf, vorbei am Mühlgraben, und kreuzte einen steingepflasterten Weg, der sich etwa hundert Ellen von der offenen Schiebetür der Mühle bis zur Straße zog. Hinter dieser Kreuzung verengte sich die Straße zu einem Pfad, der sich rechts an der Mühle vorbei und zu einem weitläufigen, langen Haus mit überdachter Veranda hinaufwand. Die Holzwände waren frisch geölt und das Haus glänzte in der Mittagssonne.

Ein von Ochsen gezogener Bauholzwagen fuhr zum Mühlentor und ein Mann, größer als Syodor, überprüfte das Joch.

»Brental?«, fragte Syodor.

Der junge Mann mit dem roten Bart wandte den Blick von den Ochsen ab und erblickte die zwei staubigen Gestalten, dann sagte er: »Syodor? Ihr wollt bestimmt Dylert sprechen.«

»Richtig.«

»Ich werde ihn holen, sobald ich den Wagen zur Tür hinaus geschafft habe.« Brental hob den Stock, berührte jedoch keinen der Ochsen damit, sondern rief: »Hüaah!«

Die starken Tiere setzten sich in Bewegung und zogen den zwar leeren, aber trotzdem schweren Wagen zur

Schiebetür hinaus. Cerryl sah dem Wagen nach, als dieser auf den Steinweg und über die Straßenkreuzung rumpelte.

Gleich hinter der Kreuzung gestikulierte Brental mit dem Stock und sagte sanft: »Brrrh …«

Gehorsam blieben die Ochsen stehen und Brental ging an Syodor und Cerryl vorbei, nickte ihnen zu und verschwand in der Mühle.

Cerryl verlagerte sein Gewicht von einem nackten Fuß auf den anderen. Sein Tornister lag im Gras und er bemerkte nicht einmal, wie feucht sein verschwitztes Hemd war.

Syodor räusperte sich. »Dylert … seine Säge geht gut.« Nach einer Weile sagte er noch einmal: »Eine gute Mühle. Ein guter Mann.«

Cerryl nickte und wartete.

Kurze Zeit später trat aus der Schiebetür ein etwas älterer und größerer Mann als Brental, er war bestimmt über vier Ellen groß und trug ein braunes Hemd und eine dazu passende Hose, an der weiße Sägespäne hafteten.

»Syodor, Brental sagte mir, dass Ihr mich sprechen wollt.« Ein freundliches Lachen breitete sich in seinem Gesicht aus. »Ich habe kein Geld, jedenfalls jetzt kurz vor der Ernte nicht.«

»Ich verkaufe heute auch nichts«, begann Syodor langsam. Er räusperte sich erneut und fuhr fort: »Ser Dylert, Ihr habt gesagt, Ihr braucht einen Jungen – einen gewissenhaften Jungen.« Er hielt inne und fügte dann hinzu: »Cerryl ist gewissenhaft.«

»Das habe ich wohl gesagt.« Dylert strich sich über den gepflegten, schwarzweißen Bart, während er Cerryl musterte. »Aber für Euch bin ich einfach Dylert, Syodor. So wie es üblich ist unter ehrlichen Männern.«

Syodor nickte.

Cerryl schaute dem großen Dylert ins Gesicht, der ihn

seinerseits prüfend anblickte. Der Junge erwiderte den Blick schüchtern, er sah aber auch nicht weg.

»Wir haben jetzt Erntezeit«, stellte Dylert fest. »Die Mühle steht still und nur wenige Münzen für Balken und Bretter wandern in die Kasse.«

»So ist es«, stimmte Syodor zu. »Die beste Zeit, um einen Mühlenjungen anzulernen.«

Dylert lächelte. »Ein Händler hättet Ihr werden sollen mit Eurer goldenen Zunge, Syodor, kein Bergarbeiter oder Gräber.«

»Ihr seid sehr freundlich, Sägemeister. Cerryl ist ein guter Junge.«

»Er ist schmächtig, Syodor, aber er scheint gesund zu sein. Ihr und Nall habt ihn als Euren Sohn angenommen, sagte Dyella.«

»Das stimmt.« Syodor lächelte. »Wir bedauern es nicht.« Er zuckte. »Aber es ist an der Zeit, dass er sein eigenes Leben beginnt. Die Minen sind kein Platz für ihn. Nicht in diesen Zeiten.«

»Da habt Ihr Recht«, antwortete Dylert. »Niemand sollte dorthin gehen, schon damals, als der Herzog sie wieder öffnete, hätte niemand hingehen sollen.« Er schüttelte den Kopf. »Man sagt, das ist kein Platz für Menschen, bei dem, was dort herumgeistert.« Der Sägemeister sah Syodor hart an.

»Das könnte sein«, gab der einäugige Bergmann zu. »Cerryl wäre hier besser aufgehoben.«

Der Junge schaute Syodor an und fühlte das Unbehagen seines Onkels. Cerryl hatte sich bei den Minen wohl gefühlt, doch auch er hatte bestimmte Plätze gemieden, wie jeder, der einen Funken Verstand im Kopf hatte. Warum taten Dylert und Syodor so, als wäre alles an den Minen gefährlich?

»Ich brauche einen Mühlenjungen.« Dylert räusperte sich. »Wollt Ihr ihn wirklich hier lassen, Syodor?«

»Hier ist er am besten aufgehoben, Ser Dylert. Nall

und ich, wir haben unser Bestes gegeben. Jetzt ...« Der Bergmann zog entschuldigend die Schultern hoch.

»Ihr meint, das ist das Richtige für ihn, Syodor?«

»Besser könnte er es gar nicht treffen.«

»Es ist eine schwere Bürde, Syodor.« Dylert lächelte bitter, bevor er Cerryl wieder ansah. »Selbst für einen kräftigen Jungen ist die Arbeit in einer Sägemühle hart.« Dylert hielt inne.

Cerryl spürte, dass er etwas antworten musste: »Ich kann sehr hart arbeiten, Ser.«

»Die Arbeit ist auch schmutzig. Du musst die Sägegrube säubern und das Mühlengetriebe. Die Sägeblätter auch. Schleifen musst du sie nicht, das mache ich selbst«, sagte Dylert schnell. »Und noch andere Arbeiten gehören zu deinen Aufgaben: Hühner füttern, Wasser holen – all das, was getan werden muss. Auch ein Botenjunge wirst du sein.« Dylert sah von Cerryl zu Syodor. »Hört er zu und begreift?«

»Musste ihm niemals etwas zweimal sagen, Ser Dylert.«

Dylert nickte. »Lobende Worte von deinem Onkel, Junge. Er mag ein schlaues Mundwerk haben, aber auf sein Wort kann man sich verlassen. Und nur darauf kommt es an.«

Cerryl dachte, jetzt müsste sein Onkel etwas sagen, doch Syodor deutete nur ein Nicken an.

»Einen halben Kupferling pro Achttag für den Anfang. Nach einer Jahreszeit sehen wir weiter. Die Mahlzeiten nimmst du mit uns ein.« Dylert lachte und sah Cerryl an. »Schon allein Dyellas Kochkünste sind mehr wert als dein Lohn.« Der Sägemeister wandte sich an Syodor. »Seid Ihr sicher, Bergwerksmeister?«

»So sicher, wie man nur sein kann.«

»Dann ist die Sache besiegelt«, bestätigte Dylert.

Syodor bückte sich und umarmte Cerryl kurz. »Pass auf dich auf, Junge. Dylert ist ein guter Meister. Hör auf ihn. Deine Tante und ich … wir werden dich besuchen, so oft es geht.«

Cerryl schluckte und versuchte, sich das Weinen zu verbeißen und zu verstehen, warum Syodors letzte Worte irgendwie falsch klangen. Er erlangte die Fassung wieder, noch bevor Syodor ihn losließ und rasch den Weg hinunterlief, die Sonne im Rücken.

Cerryl glaubte, seinen Onkel bereits aus der Ferne zu beobachten, obwohl Syodor sich noch keine zehn Ellen von ihm entfernt hatte. Er presste die Lippen aufeinander, sah ihm aber dennoch mit teilnahmslosem Gesicht nach.

Eine Zeit lang sprachen weder Cerryl noch Dylert ein Wort – so lange, bis Syodor hinter dem nächsten Hügel verschwunden war.

Dann räusperte sich der Sägemeister.

Cerryl drehte sich zu ihm und wartete, seinen Tornister, in dem alles verstaut war, was er besaß, hielt er noch immer fest in der Hand.

»Dein Onkel hat ganz Recht. Jetzt ist genug Zeit, dich anzulernen.« Dylert strich sich wieder über den Bart, dann fiel sein Blick auf Cerryls nackte Füße. »Für die Arbeit brauchst du Schuhe, Junge. Komm, wir gehen ins Haus und sehen nach, was wir für dich finden. Vielleicht gibt es noch ein Paar alte Stiefel.« Dylert ging den Weg hinauf zum frisch geölten Haus mit der großen Veranda.

Cerryl drehte sich um, um dem Sägemeister zu folgen. Für einen Augenblick musste er die Augen schließen, damit ihn die grelle Frühnachmittagssonne nicht blendete.

Dylert wartete auf der obersten der drei Steinstufen zur Veranda und deutete auf eine Bank neben der Tür. »Warte hier, mein Junge.« Cerryl setzte sich und stellte den Tornister auf die breiten Verandabretter; er war froh, im Schatten sitzen zu können. Keine fünfzig Ellen vom Haus entfernt vor dem kleinen, niedrigen Hühnerhaus pickten gelb gefiederte Hühner gackernd nach ihrem Futter.

Cerryl schloss die Augen.

»Junge!«

Er sprang auf und schaute auf zu Dylert. »Ja, Ser?«

»Du hast einen langen Marsch hinter dir.«

»Ja, wir sind schon vor Sonnenaufgang aufgebrochen.«

»Das denke ich mir.« Der Sägemeister hielt ihm ein Paar Stiefel hin, braun und verschlissen. »Probier sie an.«

»Ja, Ser. Danke, Ser.« Cerryl schlüpfte in die abgetragenen Lederstiefel und wackelte mit den Zehen.

»Sie gehörten früher Hurior, er hat uns verlassen. Passen sie?«

»Ja, Ser. Ich glaube schon, Ser.«

»Sehr gut. Ein Problem weniger.«

Ein dunkelhaariges Mädchen spähte aus der Tür heraus. Sie trug eine hellbraune, kurzärmelige Bluse und gleichfarbige Hose, einen breiten Ledergürtel und Stiefel.

»Erhana, das ist Cerryl, der neue Mühlenjunge.« Dylert lachte. »Dass du ihn mir ja nicht von der Arbeit ablenkst.«

Erhana kam heraus und Cerryl stellte fest, dass sie größer war als er und wahrscheinlich auch älter. Sie hatte die braunen Augen ihres Vaters und auch sein breites Kinn, jedoch dunkelbraunes Haar, das über der Schulter gerade abgeschnitten war. »Er ist dünn.«

»Die Kochkünste deiner Mutter werden ihn schon aufpäppeln.«

»Er wird trotzdem dünn bleiben«, prophezeite Erhana.

»Das mag wohl sein«, sagte Dylert. »Ihr könnt euch beim Abendessen unterhalten. Ich muss ihm nun seine Unterkunft und die Mühle zeigen.«

»Ja, Papa.« Erhana schlüpfte geräuschlos zurück ins Haus.

Dylert führte Cerryl zur nächst gelegenen Holzhütte am Hang westlich des Hauses. Drei Türen führten in die Hütte, alle wurden von groben Bohlen umrahmt. »Das sind die Kammern für die Arbeiter. Die hinterste gehört Rinfur.«

Cerryl nickte.

»Kennst du Rinfur?«

»Nein, Ser. Aber Onkel … Syodor … hat ihn gegrüßt, als er mit dem Wagen an uns vorbeigefahren ist.«

»Dein Onkel hat schon Recht, du passt auf und hörst zu.« Dylert deutete auf die zweite Tür. »Dort schläft Viental.« Dylert grinste. »Kennst du ihn auch schon?«

»Nein, Ser.«

»Er ist Steinmetz und hilft bei den Verladearbeiten mit. Du wirst ihn gleich erkennen, wenn du ihn siehst. Ich habe ihm freigegeben, damit er seiner Schwester bei der Ernte helfen kann. In einem Achttag wird er zurück sein. Und das«, fuhr der Sägemeister fort, während er die letzte Tür öffnete, »ist deine Kammer.«

Cerryl warf einen Blick in den kahlen Raum, der kaum mehr als vier Ellen im Quadrat maß und lediglich mit einer Pritsche, einem niedrigen, dreibeinigen Hocker und drei Regalbrettern an der Wand mit einer kleinen Nische darunter eingerichtet war.

Cerryl reichte mit dem Kinn bis zum Fenster neben der Tür, das etwa eine Elle hoch und eine halbe breit sein musste. Es gab weder Fensterläden noch Stoffvorhänge, nur einen Holzverschlag, der an zwei einfachen Eisenscharnieren aufgehängt und mit einen Querriegel an der Innenseite versehen war.

»Nichts Besonderes, aber es ist dein Reich. Stell deine Sachen in die Nische dort, jetzt zeige ich dir die Mühle. Du musst wissen, wo alles ist.«

Cerryl ging hinein und ließ den Tornister langsam in

die Nische gleiten; seine Augen wanderten zu dem einfachen Bett.

»Nach dem Abendessen lasse ich dir ein paar Decken bringen. Vielleicht haben wir auch noch eine Arbeitshose für dich. Deine ist ein wenig zu dünn für die Arbeit in der Sägemühle.«

Cerryl schluckte einmal, dann ein zweites Mal. »Ja, Ser.«

»Mach dir keine Gedanken, Junge. So lange du für mich arbeitest, werde ich dafür sorgen, dass du gut ausgerüstet bist. Außerdem schulde ich deinem Onkel etwas. Das ist das Mindeste, was ich tun kann. Er ist sehr stolz.«

Cerryls Gesicht blieb ausdruckslos.

»Er spricht nicht darüber, aber als er noch Bergwerksmeister war – das ist schon Jahre her, musst du wissen –, hat er mir einen Gefallen getan. Er bestand darauf, meine Balken zu nehmen, die an der Tragseite nicht abgehobelt waren. Er hat damit wahrscheinlich viele Bergarbeiter gerettet – und die Sägemühle auch.« Der Sägemeister sah den Jungen an. »Bist du bereit, dir die Mühle anzusehen?«

»Ja, Ser.«

»Er hatte darauf bestanden, dass jemand nach den Minen sieht, egal wie alt sie sind, und nun ist es seine Aufgabe.« Dylert führte Cerryl um die hintere Ecke des Holzschuppens herum zur Mühle.

Ein Schatten überquerte den Hang. Der Junge ließ seinen Blick hinauf zum Himmel wandern, aber die kleine Wolke hatte den Kern der Sonne bereits wieder verlassen und Cerryl musste schnell wegsehen, als das Licht seine Augen traf.

Sie gingen durch die breite Tür in die Mühle. Die ganze Mühle war mit glatten Steinen gepflastert, die teilweise schon Risse aufwiesen oder sehr abgenutzt waren, aber erst kürzlich hatte sie jemand gefegt. Ein Durchgang – breit genug für Ochs und Wagen – führte zum anderen Ende der Halle, wo aus Ziegeln eine Erhöhung gemauert war.

Dylert zeigte auf die Gestelle an jeder Seite des freien Raumes. »Auf diesen Gestellen sortieren wir die Balken und Bretter nach dem Sägen. Einige davon sind für besondere Hölzer reserviert, wie etwa die Hölzer für Kunsttischler und Zimmermänner. Müssen gesondert gesägt werden; werden allerdings auch gesondert abgerechnet.«

Cerryl schwieg.

»Dort stehen die Besen. Wenn das Sägeblatt arbeitet, fegst du, es sei denn, ich sage dir etwas anderes. Die Säge muss sauber sein. Du weißt, wie schnell Sägespäne Feuer fangen? Blitzschnell, wie Cammaborke – sogar noch schneller. Puff! Manchmal ist es nützlich, wenn man den Besen vorher ins Wasser taucht – besonders wenn wir Hartholz sägen. Der Staub ist dann sehr fein.« Dylert ging auf die erhöhte Plattform zu.

Cerryl folgte ihm.

»Das hier ist die Hauptsäge, Junge.« Der bärtige Mann zeigte auf den dunklen Eisenkranz. »Fass sie nicht an. Und auch die Bremse hier nicht.« Seine Hand ruhte auf einem Eisenhebel.

Cerryl sah das Eisenblatt an und konnte ein Schaudern nur schwer unterdrücken, als er die tiefe Schwärze im Eisen fühlte, die mit Sicherheit seine Hände zu verbrennen vermochte. »Nein, Ser.«

»Gut. Nun … sieh her … hiermit wird das Zahnrad aus dem Getriebe gelöst, sodass das Sägeblatt stehen bleibt, auch wenn sich das Mühlrad dreht. Dort oben ist das Mühlwehr. Meistens ist das Zahnrad, das mit dem Sägeblatt verbunden ist, eingekuppelt, wenn das Wehr geöffnet wird. Dadurch bricht das Getriebegestänge nicht so leicht.« Dylert griff in seinen Bart. »Hat meinen Vater viel Geld gekostet, diese Kupplung einzubauen, aber es ist besser, ein Haus hat zwei Türen. So hat er es gesagt und es hat mir im Lauf der Zeit schon so manches kaputte Sägeblatt erspart. Sägeblätter sind teuer. Sie sind aus Schwarzem Eisen, musst du wissen.«

Cerryl nickte. »Ist das sehr hartes Eisen?«

»Das härteste. Es gibt nicht viele Schmiede, die es schmieden können, selbst wenn ihnen ein Schwarzer Magier zur Seite steht.« Er lachte schroff. »Gute Schmiede und Schwarze Magier – von beiden gibt es nicht viele in diesen Tagen und hat es auch noch nie gegeben.«

Cerryl bemühte sich, nicht die Stirn zu runzeln. Warum konnte nicht ein Weißer Magier einem Schmied dabei helfen? Warum musste es ein Schwarzer Magier sein?

»Hier ... das ist der Eingang zur Sägegrube. Es ist deine Aufgabe, sie sauber zu halten.« Dylert runzelte die Stirn. Seine Stimme klang hart. »Du gehst niemals in die Nähe des Sägeblattes, nur wenn das Mühlwehr geschlossen ist und die Zahnräder still stehen. Halt dich immer fern vom Sägeblatt. Verstehst du?«

»Ja, Ser.«

»Keiner außer mir trägt dir auf, die Grube zu fegen. Verstanden? Rinfur nicht, Brental nicht, Viental nicht. Keiner außer mir. Hast du verstanden?«

Der grauäugige Junge nickte nur.

»Das erste Mal werde ich dir zeigen, wie es geht. Aber nicht heute.« Dylert lächelte. »Wird wohl ein bisschen dauern, bis du dich an uns gewöhnt hast. Komm, wir gehen jetzt zu den Schuppen.« Er drehte sich um und marschierte zur großen Schiebetür. »An schönen Tagen öffnen wir die Fensterläden nach Westen. Dann haben wir mehr Licht.«

Cerryls Blick fiel noch einmal auf das eherne Sägeblatt und ein Schaudern durchlief ihn. Schwarzes Eisen? Warum fühlte es sich so ... gefährlich an? Dann drehte er sich um und folgte Dylert hinaus aus der Mühle und zum ersten der beiden Schuppen.

Dylert schob die Tür zur Seite – auch hier war eine Schiebetür wie in der Hauptmühle eingebaut – und trat in den Gang, der zwischen den Holzstapeln, die sich über die ganze Länge des Schuppens erstreckten, freigeblieben war. »In manchen Mühlen – in Hydlen etwa – lagern sie das gesägte Holz lediglich unter einem Dach und glauben, das sei genug. Wenn man Glück hat, geht die Mühle vom Vater auf den Sohn über. Wenn Holz länger halten soll, nun, dann muss man es gut lagern – viel Luft braucht es dazu, aber es darf nicht zu warm oder zu kalt werden. Das Holz aus unserer Säge ist das Beste. In der letzten Jahreszeit hat ein Schreinermeister aus Jellico einen Wagen bis hierher geschickt nur wegen meiner Schwarzeiche. Etwas für den Vicomte … mehr hat er wahrscheinlich nicht zu tun, jetzt wo Fairhaven …« Dylert schüttelte den Kopf. »Aber das tut hier nichts zur Sache.«

Cerryl wollte, dass der Sägemeister weitersprach, und er nickte schweigend, als Dylert fortfuhr.

»Hier im ersten Schuppen – er ist kleiner, siehst du? – lagert fast nur Hartholz: Eiche, Lorkenholz, Ahorn. Kirschholz, Walnuss- und Birnapfelholz, wenn wir welches bekommen. Schreiner und Tischler kaufen es und die Baumeister, die für den Herzog oder die Weißen Magier arbeiten.« Dylert ging zu einem der Holzstapel auf der linken Seite. »Sieh her. Du kannst es anfassen.«

Cerryl strich mit den Fingern übers Holz, es war weiß mit einer Spur Gelb oder Gold darin, wodurch es mit der Zeit nachdunkeln würde, wie die Truhe, die sich Syodor und Nall teilten. Die weiße Eiche fühlte sich kühl an, beruhigend, ganz anders als das Schwarze Eisen des Sägeblatts.

»Die Leute denken immer, dass es zwischen Lorkenholz und Schwarzeiche keinen Unterschied gibt.« Der Sägemüller schüttelte den Kopf. »Die haben noch nicht gesehen, wie mühsam sich die Säge durch das Lorkenholz arbeiten muss. Bestimmt nicht.« Er zeigte auf einen Stapel dünner, fast schwarzer Bretter, nicht mehr als eine Spanne breit und drei Ellen lang. »Nimm das oberste in die Hand.«

Cerryl hatte Mühe, es zu tragen. »Es ist schwer.« Das dunkle Holz fühlte sich warm an, glatt wie poliertes Silber, jedoch strahlte es unter der bereits angesetzten Patina etwas Unangenehmes aus und Cerryl legte es schnell zurück auf den Stapel.

»Das ist Lorkenholz. Kaum eine Hand voll Schreiner kann damit umgehen. Nach einem Stamm Lorkenholz muss selbst das schärfste Sägeblatt geschliffen werden. Habe einige Stämme auf dem hinteren Stapel, ich lagere sie so lange, bis ein Käufer kommt. Will kein Blatt unnötig stumpf werden lassen.«

Dylert führte Cerryl zum nächsten Stapel ebenfalls dunkler, schmaler Bretter. »Jetzt nimm eines von diesen.«

Cerryl gehorchte. »Nicht so schwer.«

»Was noch?«, wollte Dylert wissen.

Cerryl legte das Brett wieder zurück. »Ich glaube, es ist nicht ganz so dunkel und es scheint rauer zu sein.«

Dylert nickte. »Schwarzeiche. Es ist hartes Holz, nicht so hart wie Lorkenholz, nicht so schwer und auch nicht so glatt.« Er schnaubte. »Und da soll kein Unterschied bestehen.«

Cerryl nickte. Die dunkle Eiche hatte sich auch nicht so warm angefühlt.

Der hünenhafte Sägemeister wanderte weiter in den hinteren Teil des Schuppens. »Manchmal haben wir auch uralte Stämme, solche mit riesigem Durchmesser. Wenn ich Zeit habe, säge ich ein paar Stücke davon ab. Man braucht ein besonderes Sägeblatt dazu und muss sehr aufpassen. Einige Kunsttischler arbeiten gern mit diesen großen, runden Scheiben. Da kann ich für jede Scheibe ein Silberstück verlangen.« Er wischte sich über die Stirn. »Aber man hat viel Arbeit damit. Sehr viel

Arbeit und die Scheiben sind brüchig – sie brechen einem einfach unter den Fingern weg. Ich mache jedes Jahr nur ein paar davon.«

Cerryl musste sich beeilen, um mit Dylerts raumgreifenden Schritten mithalten zu können.

»Als Sägemeister muss man immer raten, was die Leute wollen … Hier hinten lagern wir die breiten Bretter. Sie kosten mehr, aber die Leute bevorzugen ohnehin meist die schmaleren.«

Der kleine Bursche mit den grauen Augen versuchte alles in sich aufzusaugen, während Dylert an der rückwärtigen Mauer kehrtmachte und zurück zur Tür ging.

»Bauholz brauchen die Leute immer. So manches Jahr können wir gar nicht genug sägen und lagern … nur ungern gebe ich das grüne Holz her … aber auch wenn man weniger verlangt und es splittert, vergessen die Leute es einem nie …«

Sobald Cerryl wieder im Sonnenlicht stand, schloss Dylert die Tür hinter ihnen und marschierte zum zweiten Schuppen.

Wieder musste der Junge sich sputen, um ihn einzuholen.

»In diesem Schuppen lagern wir die groben Hölzer und die schweren Balken, die für große Gebäude gebraucht werden. Nicht ganz einfach, aber du wirst es bald lernen.« Der Sägemeister öffnete die Tür und stellte sich zwischen die Holzstapel.

Cerryl folgte ihm. Seine Augen gewöhnten sich schnell an die Dunkelheit und erkannten, dass die Gestelle im größeren Schuppen mehr Holz enthielten.

»Auf der rechten Seite stapeln wir die Bretter und Balken von schlechterer Qualität als im ersten Schuppen. Auf der linken Seite …«

Cerryl kniff die Augen zusammen und konzentrierte sich auf jedes Wort, obwohl sein Magen knurrte und ihm der Schweiß in Bächen den Rücken hinunterlief.

Nachdem sie alle Stapel im zweiten Schuppen begutachtet hatten und über den Steinweg zurückgelaufen waren, der Schuppen und Mühle verband, grinste Dylert. »Kann froh sein, wenn auch nur die Hälfte davon bei dir hängen geblieben ist, junger Bursche. Aber du wirst schon noch alles lernen. Ja, das wirst du.«

Cerryl versuchte, einen aufmerksamen Eindruck zu machen.

Dylert fuhr sich durch den Bart. »Und nun ... zurück zum Haus.«

Cerryl spürte das Gewicht der neuen Stiefel und er folgte Dylert schlurfend über die drei Stufen, die steiler geworden zu sein schienen, hin zur Tür in der Mitte der Veranda.

Dylert gab Cerryl ein Zeichen, dass er hineingehen sollte. Die Küche erstreckte sich fast über die ganze Frontseite. Auf der linken Seite stand der Herd – aus gelben Ziegeln gemauert – mit zwei Feuerstellen und drei Backröhren. In einigem Abstand davon hatte man zwei lange Arbeitstische aufgestellt. Zwei große Küchenschränke standen an der Wand. Eine schmale Kommode mit vielen Schubladen befand sich zwischen den Schränken.

Am rechten Ende der Küche stand ein langer Schragentisch mit einer Bank links und rechts und je einem Lehnstuhl an den schmalen Seiten.

Eine Frau, die sich über eine große Holzschüssel auf dem Arbeitstisch gebeugt hatte, fuhr auf und lächelte. Sie tauchte die Hände in den Wascheimer und wischte sie sich anschließend an einem grauen Tuch ab. Ihr braunes Haar hatte sie zu einem Knoten zusammengebunden, aus dem viele kleine Strähnchen widerspenstig herausstanden.

»Dyella, das ist Cerryl, der Junge, der bei seinem Onkel Syodor aufgewachsen ist. Ich habe dir doch von ihm erzählt.« Dylert klopfte Cerryl auf die Schulter.

»Dyella … sie kocht so gut, dass ich eigentlich doppelt so dick sein müsste.«

»Wie soll das gehen?«, erwiderte die schmalgesichtige und schwarzäugige Frau. »Du hältst nie lange genug still, da kann das gute Essen nirgendwo ansetzen.« Sie warf einen Blick auf Cerryl. »Blass ist er. Und du hast ihn schon durch die ganze Mühle gescheucht, Dylert, wo er doch kaum angekommen ist.« Sie nahm ein Messer und ging zu einem der langen Tische. Als sie zurückkam, drückte sie Cerryl eine dicke Scheibe Brot in die Hand. »Hier. Iss das, damit dich Dylert nicht gleich vom Fußboden kratzen muss.«

»Danke, Herrin.«

»Sag nicht Herrin zu mir. Ich heiße Dyella, ein für allemal, Dyella.«

»Danke, Dyella.«

»Höflicher kleiner Kerl.« Dyella sah Dylert an. »Wolldecken.«

»Oh …« Dylert nickte und verließ eilig die große Küche.

Cerryl vertilgte das Brot langsam, er fühlte, wie die Kraft in seinen Körper zurückkehrte und sich sein Hörvermögen besserte.

»Merk dir eines, versuch nicht mit Dylert Schritt zu halten. Niemand, den ich kenne, vermag das. Tu einfach dein Bestes, Junge, dann wirst du besser als die meisten anderen sein. Noch etwas Brot?«

»Äh …«

»Du brauchst dich nicht zu schämen. Du bist den ganzen Weg von den Minen bis hierher gelaufen und ich wette, du hast seit Sonnenaufgang keinen Happen gegessen.« Dyella steckte ihm noch eine Scheibe zu. »Warum isst du dein Brot nicht auf der Veranda? Dylert holt dir Decken und ich muss das Abendbrot vorbereiten.«

»Danke.«

Dyella lächelte, als sie ihm die Tür aufhielt.

Cerryl setzte sich auf die Bank und aß langsam; er musste beides, das Brot und den ereignisreichen Tag, erst einmal verdauen.

V

Mehrere Kiefernstämme lagen auf dem dreiachsigen Langholzwagen. Die sechs Zugpferde standen mit dem Gesicht nach Süden, ihr Atem stieg an dem kalten Nachmittag in Wolken auf. Der Lastenkarren, der von den Ochsen gezogen wurde, stand vor der offenen Tür der Mühle mit der Ladefläche zum Langholzwagen. Die Ladefläche des Ochsenwagens lag fast eine Elle tiefer als die des Dreiachsers.

Mit dem Besen in der Hand stellte sich Cerryl weit genug von der Tür weg, sodass er den Kutschern und Verladern nicht im Weg stand.

»Der erste Stamm, Viental«, rief Brental.

»Der erste kommt.« Ein Ende des großen Stammes, dessen Umfang mehr als zwei Ellen betrug, bewegte Viental halb ziehend, halb hebend vom Ende des Langholzwagens auf den ochsengezogenen Lastenkarren. Dann ging er zum vorderen Ende des Dreiachsers, wo er zusammen mit Brental das gewichtigere Ende des Stammes packte und auf den Karren schob.

Der Lastenkarren ächzte unter dem Gewicht des Kiefernstamms. Cerryl sah, wie sich die hintere Achse ganz leicht durchbog; jemand mit weniger empfindlichen Augen und Sinnen hätte das gar nicht wahrgenommen.

Brental legte die Holzkeile auf der Seite, an der Cerryl stand, zurecht und schlug sie mit einem langstieligen Hammer in die richtige Lage. Dann ging er um die Ochsen herum, stellte sich zwischen die Ladeflächen der beiden Wagen und platzierte den vorderen Keil. Der Rotschopf musste noch einmal um den Wagen herumgehen, um den hinteren Keil anzubringen.

Dann ließ Viental den Stamm los.

Brental hob seinen Stock auf. »Hüaah!«

Der Lastenkarren rollte quietschend in die Mühle und Cerryl sprang hinterher, um die Sägespäne aus der Führungsbahn der Tür zu fegen, bevor Brental den Karren zurückführte.

Viental lockerte seine breiten Schultern und schwang die Arme im Kreis. »Ganz schön schwer.« Er grinste Cerryl an, wobei gelbe Zähne aus dem rötlich braunen Bart hervorblitzten. »Glaubst du, dass du auch einmal so einen Stamm heben wirst, Mühlenjunge?«

Cerryl schüttelte den Kopf.

»Gut, dass du dir da keine falschen Hoffnungen machst. Nur einer unter Hunderten kann so schwer heben wie ich.«

»Aber auch nur einer unter Hunderten ist so kahlköpfig wie du«, rief der Holzkutscher, der neben dem Leitpferd stand.

»Rinfur ... dich habe ich noch nie bei den Stämmen gesehen.«

»Ich habe dich auch noch nie bei den Gespannen gesehen. Dazu muss man nämlich schlauer sein als die Pferde.«

»Eines Tages werde ich dir mit deiner eigenen Zunge den Hals stopfen.«

Der Fuhrmann grinste. »Nicht, solange ich schneller rennen und besser reiten kann als du.«

Viental zuckte mit den Schultern und grinste. »Und besser reden.«

»Geh doch zu deiner Schwester«, zog ihn Rinfur kameradschaftlich auf. »Das tust du doch sowieso, so oft es dir gefällt.«

»So? Keiner ist so stark wie ich.«

Cerryl und Rinfur tauschten Blicke aus. Viental verschwand öfter für ein paar Tage, und wenn er zurückkam, behauptete er, dass er seiner Schwester hatte helfen müssen. Dylert bezahlte ihn zwar nicht für diese Zeit, aber er schimpfte auch nicht.

»Das weiß sogar der Mühlenjunge, stimmt's Cerryl?«

»Keiner ist so stark wie Ihr«, stimmte Cerryl zu.

»Siehst du?«

Rinfur überprüfte weiter die Pferdegeschirre.

Cerryls Augen wanderten hinauf zum Haus und zu den Bäumen dahinter. Sie trugen bereits ihr graues Blätterwerk und die Wolken lasteten auf ihnen, während sie auf den Winter mit seinen Schneefällen und kalten Regengüssen warteten. Ein Windstoß fuhr in die Blätter am Boden, hob sie hoch und ließ sie wieder fallen.

Der Mühlenjunge runzelte die Stirn. Warum verloren die Bäume in jedem Herbst nur die Hälfte der Blätter? Niemand hatte ihm das bisher erklären können, alle speisten ihn mit sinnlosen Sätzen ab: »So ist das nun mal, Junge. Das war schon immer so.«

Doch für seinen Geschmack gab es zu viele Dinge, die schon immer so gewesen waren.

Beim nächsten Windstoß schauderte Cerryl, nicht wegen der Kälte, sondern wegen der Vorahnung des kalten Regens, der noch vor Einbruch der Nacht einsetzen würde. Seine Augen blickten noch einmal zum Hügel hinauf.

Hinter dem Haus tauchte Erhana einen Eimer in den Brunnen. Cerryl lächelte. Nach vielen Übungen mit Spiegelscherben und flachem Wasser konnte er nun die Bilder von Menschen auch ohne diese Hilfsmittel sehen.

Er musste nur sehen, zuerst mit den Sinnen und dann mit den Augen; Erhana trug den Wassereimer vom Brunnen die Stufen hinauf zur Veranda, vorsichtig bei jedem Schritt.

»Fang jetzt besser an zu fegen«, sagte Vienta1. »Dylert kommt aus dem Schuppen zurück.«

Cerryl packte den Besen und fegte.

VI

Beim ersten Glockenschlag lugte Cerryl zwischen seinen Decken hervor, er zitterte. Die Atemluft bildete weiße Wolken vor seinem Mund.

»Dunkelheit«, murmelte er. Cerryl bewegte sich nicht, um nur ja keine kalte Luft unter die Decken zu lassen. Die Wände aus dicken Bohlen zeigten keine Risse, die Tür schloss einwandfrei und auch das Fenster war fest geschlossen – festgefroren, so nahm Cerryl an. Aber in seiner winzigen Kammer gab es keinen Ofen, nicht einmal einen Bettwärmer; Dylert hatte ihn am Abend zuvor allerdings mit zwei angewärmten Ziegelsteinen ins Bett geschickt.

Wieder ertönte die Glocke.

Cerryl schälte sich aus den Decken und zitterte vor Kälte am ganzen Körper. Seine steifen Füße sträubten sich davor, in die Stiefel gezwängt zu werden. Dann zog er die schon oft geflickte Jacke aus Segeltuch und Leder an, die ihm Nall genäht hatte. Es wurde immer schwieriger, sie vorne zuzuknöpfen. War er so viel gewachsen während des Herbstes und Frühwinters?

Er hob die zwei Wärmeziegel – die nun erkaltet waren – aus dem Bett und steckte sie sich unter den Arm. Dann öffnete er die Tür, trat hinaus und schloss sie rasch wieder, damit die wenige Wärme in der Kammer nicht auch noch verloren ging. Neben dem Pfad, der hinüber zur Mühle und dann hinauf zum Haus führte, lag der Schnee knietief. Er funkelte, obwohl so kurz vor der Dämmerung noch kein direktes Licht darauf fiel.

Die Rauchfahne aus dem Kamin des Wohnhauses stieg dick und weiß durch die windstille Luft hinauf zum Himmel, der vor Sonnenaufgang dunkelgrün und blau leuchtete. Aus dem Kamin am anderen Ende des Hauses traten kleinere Rauchwolken; dabei musste es sich wohl um den Abzug aus dem Schlafgemach des Sägemeisters handeln.

Cerryl rutschte mit einem Fuß auf dem fest getretenen Schnee aus und stolperte. Schlingernd versuchte er das Gleichgewicht wiederzuerlangen und gleichzeitig die Ziegelsteine nicht fallen zu lassen. Vorsichtig setzte er seinen Weg fort, die Augen immer auf den eisigen und rutschigen Weg gerichtet und die Hände tief in den Jackentaschen vergraben. Sogar die Verandastufen waren rutschig, eine dünne Schicht Schnee bedeckte das Eis.

Cerryl klopfte sich auf den Verandabohlen den Schnee von den Stiefeln und griff dann nach der Schuhbürste. Seine Zehen stießen bereits vorn gegen das Leder. Er brauchte neue Stiefel, aber die neun Kupferlinge, die er schon gespart hatte, würden dafür nicht reichen.

Eingepackt in eine schwere Lederjacke und dicke Lederhose, öffnete Erhana die Tür. »Beeil dich! Das Frühstück ist fertig und du hast noch viel Arbeit vor dir, sagt Papa.«

Cerryl ging in die Küche und Erhana schloss die Tür. Einen Augenblick lang stand er nur da und ließ die Wärme seinen Körper durchdringen. Dann ging er zum Herd und legte die Ziegel neben die, die Rinfur mitgebracht hatte. »Danke«, sagte er und nickte Dyella zu.

»Ist schon gut«, antwortete die Frau des Sägemeisters mit einem Lächeln. »Wenn das so weitergeht, müsst ihr alle in der Küche schlafen.«

Cerryl setzte sich auf die Mitte der Bank rechts neben Rinfur. Viental war wieder einmal bei seiner ›Schwester‹. Dylert saß am Ende des Tisches und löffelte seinen

Haferschleim. Neben ihm saß Erhana, die ihre Lederjacke anbehalten hatte.

Dyella schöpfte dampfenden Haferschleim in die angeschlagene Schüssel, die vor Cerryl stand. »War dein Onkel einmal da? Vor dem Schnee, meine ich?«, fragte sie freundlich. »Oder deine Tante?«

»Tante Nall schaute vorbei, als sie im Herbst von Shandreths Weinberg zurückkam.« Cerryl trank einen Schluck aus seiner schäbigen Tasse. »Onkel Syodor habe ich vor einem Achttag gesehen, bevor es anfing zu schneien. Er hatte Zylerant geholfen, eine Scheune zu bauen.« Rasch schluckte er einen Löffel Haferschleim herunter – die Wärme tat ihm gut – und biss in das warme Brötchen, das neben seiner Schüssel gelegen hatte. Er behielt das Brötchen in der Hand und wärmte sich damit die kalten Finger.

»Sie besuchen dich öfter als so manch andere Eltern ihre Kinder«, bemerkte Dyella und verabreichte Cerryl noch eine Portion von dem heißen Haferschleim.

»Sie waren immer gut zu mir«, erwiderte Cerryl. »So gut, wie es ihnen möglich war.« Er schien den Blick, den Dylert Erhana zuwarf, nicht zu bemerken, und auch Dyella zog die Augenbrauen hoch, als sie den Sägemeister ansah. Stattdessen konzentrierte sich Cerryl aufs Essen, und noch bevor er den letzten Rest Haferschleim gegessen hatte, füllte Dyella seinen Napf zum dritten Mal.

»Das wirst du heute brauchen können. Sonst müsste ich ihn wegwerfen. Habe vergessen, dass Viental nicht da ist.«

»Danke, Dyella.« Cerryl lächelte.

Rinfur räusperte sich. »Ich sehe nach den Pferden, Ser. Sollen sie heute mehr Futter bekommen?«

»Nur eine halbe Tasse mehr«, ordnete Dylert an. »Weiß nicht, wann ich wieder ein Fass bekomme. Nicht bei diesem Wetter. Man kommt ja kaum bis zur Straße, außer mit einem Schlitten, und mit dem können wir nicht viel transportieren.«

»Eine halbe Tasse für jeden, ist gut.« Der Fuhrmann stand auf, streckte sich und knöpfte sich dann die Jacke zu. Er stapfte zur Küchentür hinaus auf die Veranda.

Erhana schüttelte es trotz der dicken Jacke, als der eisige Lufthauch sie streifte. »Kalt draußen.«

»Sei dankbar, dass du nur Wasser holen musst, Kind«, sagte Dyella.

»Muss ich noch mehr holen?«

»Wenn du essen willst, muss ich kochen«, meinte ihre Mutter.

»Mutter ...«

Cerryl verbarg ein Grinsen, indem er auf seinen Napf hinabblickte.

»Erhana – kein Wort mehr.«

Cerryl aß langsam seine dritte Portion Haferschleim und hob sich das Brötchen bis zum Schluss auf, doch auch der letzte Bissen war bald verschlungen.

»Cerryl?«, sagte Dylert.

»Ja, Ser?«

»Heute kannst du die Sägegrube sauber machen, weil ohnehin alles langsam gehen wird.« Er hustete. »Dyella hat auch gesagt, dass das Dach des Hühnerstalls durchhängt, und ich spüre es in meinen Knochen, dass es noch mehr Schnee geben wird. Ich möchte, dass du das in Ordnung bringst, bevor du in die Säge gehst.«

»Ja, Ser.«

»Habe ein Paar alte Handschuhe.« Dylert deutete mit dem Kopf auf den kleinen Tisch neben der Tür zur Veranda. »Du wirst sie brauchen, damit dir die Finger nicht einfrieren.« Er hustete noch einmal. »Am besten behältst du sie, bis es wieder wärmer wird.«

»Danke, Ser.« Cerryl nickte und lächelte, um damit seine Freude darüber auszudrücken. »Danke.«

»Ich kann doch deine Hände nicht einfrieren lassen.

Bei der Dunkelheit, das ist ein kalter Winter. Der kälteste seit Jahren.«

»Der kälteste überhaupt«, fügte Dyella hinzu.

Cerryl stand auf und nickte Dylert und Dyella zu. »Danke. Der Haferbrei war gut.«

»Damit du was auf die Knochen bekommst«, sagte Dyella.

Nachdem er sich die Handschuhe übergestreift hatte und zur Tür hinaus auf die Veranda getreten war, ging er vorsichtig die Stufen hinunter. Als er mit den Stiefeln sicher auf dem fest getrampelten Schnee stand, warf er einen Blick zur Mühle hinüber. Eine dicke Rauchfahne stieg aus dem Kamin.

Zumindest in der Mühle würde es wärmer als in seiner Kammer sein. Er stapfte zum Hühnerstall und bemerkte, wie viel wärmer seine Hände blieben, wenn er die schweren Lederhandschuhe trug, Handschuhe, die groß genug waren für einen erwachsenen Mann.

Aber noch bevor er das Hühnerhaus erreicht hatte, schienen seine Zehen wie eingefroren zu sein, so zusammengequetscht wurden sie in den Stiefeln. Der Weg führte direkt zum Eingang des Hühnerstalls, das Dach jedoch neigte sich nach links. Cerryl kämpfte sich durch den knietiefen Schnee um den Stall zur linken Seite herum, wo er die untere Dachkante des Schrägdaches gerade bequem erreichen konnte.

Cerryl streckte sich und wollte den Schnee abwischen, aber die pulvrigen Flocken wirbelten durch die Luft und nebelten Gesicht und Haare ein und fanden schließlich durch den Kragen den Weg in seine Jacke.

Cerryl schüttelte den Schnee aus Gesicht und Haaren und fegte noch einmal mit dem Arm übers Dach. Wieder wirbelten die Flocken umher und das Wasser rann in Jacke und Hemd. Grimmig schlug er nun auf den Schnee ein und noch mehr Schnee verteilte sich um ihn herum und gelangte in Nase und Mund.

Er trat zurück und bemerkte, wie die Feuchtigkeit seinen Rücken hinablief und wie seine Zehen taub wurden. Er betrachtete den Schnee, der außerhalb seiner Reichweite lag.

»Hier! Nimm das«, rief Brental und reichte Cerryl eine kleine Stange, insgesamt etwa sechs Ellen lang.

»Danke, Brental.« Cerryl blickte die Stange dankbar an.

»Du musst dich nicht bedanken. Damit wirst du eher fertig sein. Papa sagt, die Sägegrube kann noch warten. Er wollte es dir noch sagen, aber Mama hat Angst um die Hühner, wenn das Dach zusammenbricht.« Der rothaarige junge Mann grinste. »Ich kehre jetzt das Schuppendach.«

»Viel Glück.«

»Wenn du größer bist, kannst du mir dabei helfen.« Brental lachte. »Klopf dir den Schnee ab, bevor du in die Mühle gehst. Es ist ganz schön warm drinnen und nasse Kleider sind unangenehm.«

Cerryl nickte. Nein … nasse Kleider wollte er nicht. Er nahm die dünne Stange aus Kiefernholz fest in die Hand und kehrte damit den Rest des Schnees vom Dach des Hühnerstalls.

VII

Cerryl lag auf dem Rücken. Er hatte die schweren, groben Decken bis übers Kinn gezogen und starrte durch die Dunkelheit auf die breiten Deckenbohlen über ihm. Er konnte die schweren Balken, die auf diesen Bohlen lagerten, nicht sehen, aber er fühlte sie deutlich – ganz hinten im Gestell für die fertigen Balken befanden sich die Eichenhölzer. Mehr als zweihundert Balken lagen über

Cerryls Schlafstatt aufgeschichtet, das Holz konnte dort oben in Ruhe trocknen und auf einen Käufer warten.

Sogar über den Kammern seiner Arbeiter hatte Dylert einen Lagerplatz eingerichtet, am liebsten hätte er wohl auch die Kammern selbst als Holzlager benutzt. Cerryl runzelte die Stirn und dachte über die drei Männer nach – seinen Vater, seinen Onkel und Dylert. Einer hatte versagt und war gestorben; der Zweite hatte versagt und lebte noch; nur der Dritte war erfolgreich. Was war Glück? Ordnung? Oder hatte das Chaos seinen Vater vernichtet und Onkel Syodor zum Krüppel gemacht?

Ihm fielen die Worte ein, die Syodor eines Nachts zu Nall gesagt hatte, als sie geglaubt hatten, er schliefe: sein Vater hätte behauptet, er hätte Erzmagier von Fairhaven werden können, wenn er nur aus reichem Hause gekommen wäre. Cerryl glaubte nicht daran, dass man sich den Titel des Erzmagiers mit Münzen erkaufen konnte. Oder hatte sein Vater etwas anderes gemeint? Oder hatte Syodor die Worte seines Vaters nicht richtig wiedergegeben?

Cerryl atmete tief ein und wieder aus, fand jedoch keine Antworten auf seine Fragen. Der Atem bildete keine Wölkchen mehr vor seinem Mund und der ärgste Winter war bereits vorüber, das hoffte er zumindest. Während eines Achttags war es so kalt gewesen, dass er und Rinfur vor dem Herd in der Küche geschlafen hatten. Die grauhaarige Frau, die Erhana die Buchstaben lehrte, war seit vier oder fünf Achttagen nicht mehr im Haus gewesen.

Brental hatte einen zwei Stein schweren Schwarzeichenstamm hernehmen müssen, um das Eis im Brunnen zu brechen. Cerryl schauderte bei diesem Gedanken und war froh, dass diese Kälte nur einen Achttag angehalten hatte.

Seine Augen wanderten zu dem Brett in der Nischenwand. Mehrere Achttage hatte er gebraucht, bis er es gelockert hatte. Dahinter hatte er das Buch versteckt, über dem er noch immer brütete, wenn er Zeit dazu fand.

Auch das konnte er hinter dem Holz fühlen, wenn auch auf andere Weise. Das Buch strahlte nämlich ein schwaches, weißes Glühen aus, nicht so rot zwar wie Feuer, aber mit der gleichen Wirkung. Dieses Buch enthielt einen Schlüssel, das wusste er, aber wie konnte er ihn finden, wenn er des Lesens nicht kundig war?

Er seufzte, seine Augen starrten ausdruckslos auf die Bretter über seiner Liege.

VIII

Eine kalte Frühlingsbrise wehte durch die offene Mühlentür herein und brachte den Geruch von feuchter Erde und Birnapfelblüten mit – und Fetzen eines Gesprächs, das Dylert gerade mit einem Schreiner in brauner Kleidung vor der Mühle führte.

Cerryl kniete, sehr zur Erleichterung seiner Füße, zur Hälfte unter dem Stapel frisch geschnittener Kiefernholzbretter; er stieß und fegte die Sägespäne mit der schmalen Seite des Besens unter dem niedrigen Gestell heraus. Er versuchte, das Jucken in der Nase und auf den nackten Unterarmen nicht zu beachten; bei Kiefernholzspänen kratzte es am ärgsten.

»Cerryl!«, rief Dylert vom mittleren Gang. »Wo bist du?«

»Ja, Ser?« Cerryl richtete sich auf, mit der linken Hand hielt er sich am Holz fest, um das Gleichgewicht zu halten. »Ich habe unter dem Holzstoß sauber gemacht.«

»Gut.« Dylert nickte, er hatte Cerryl selbst aufgetragen, dort zu fegen.

»Im zweiten Holzschuppen steht ein Handkarren. Hol

damit drei Dutzend von den schmalen, groben Fußbodenbrettern. Die besten, die wir haben, wohlgemerkt.«

»Ja, Ser.« Cerryl lehnte den Besen vorsichtig an den Holzstoß und beobachtete dabei Dylert.

Der Sägemeister wandte sich an den Mann in brauner Kleidung. »Was braucht Ihr an Balken? Wir haben ...«

Cerryl drückte sich an dem Bretterstapel vorbei und ging so schnell er konnte zur Schiebetür, wobei sich jeder Schritt wie ein quälender Messerstich im Bein anfühlte.

Draußen stand ein Wagen, vor den ein braunes Maultier gespannt war, dünn und knochig. Die Zügel und auch der Halfterstrick waren am Eisenring des Mühlgerinnes festgebunden.

Cerryl blickte nach oben auf die dichter werdenden Wolken, er stolperte und musste sich am Türrahmen festhalten, um nicht zu fallen.

»Hüaahh!« Brental führte den leeren Lastenkarren Richtung Mühle und hielt die Ochsen an, als sie sich dem Maultierkarren näherten.

Mit einem verkrampften Lächeln auf den Lippen bemühte sich Cerryl, nicht zu humpeln, aber seine Zehen und Waden verkrampften sich bei jedem Schritt.

»Cerryl, was ist los?«, fragte Brental.

»Nichts. Ich habe unter den Holzstapeln gefegt. Ich bin ganz steif davon.«

»Cerryl ...«, sagte der Rotschopf streng. »Setz dich auf die Mauer dort. Neben den Pfosten. Gleich.«

»Dylert hat mir aufgetragen, ich soll mit dem Handkarren drei Dutzend von den schmalen, groben Fußbodenbrettern holen.« Cerryl blieb neben dem Pfosten stehen, setzte sich jedoch nicht.

»Ich helfe dir, wenn es so weit ist. Setz dich«, drängte Brental.

Cerryl setzte sich.

»Herunter mit den Stiefeln.«

Der kleine Junge blieb regungslos stehen, als hätte Brental nichts gesagt.

»Herunter damit …« Brental bückte sich und zog Cerryl einen Stiefel aus und dann den zweiten.

Cerryl sah weder seine Füße noch die Stiefel an.

»Deine Zehen sind blutig.« Brental schüttelte den Kopf. »Dunkelheit … wie lange geht das schon so?«

Cerryl starrte ausdruckslos auf den Weg.

»Deine Füße sind zu groß für diese Stiefel.«

Cerryl blickte nicht auf.

Brental seufzte. »Du wirst Chaos-Blasen bekommen und nie wieder arbeiten können; nie wieder gehen können.«

»Dein Papa hat gesagt, ich solle nicht ohne Schuhe ins Sägewerk gehen.« Cerryl kämpfte mit seinem bebenden Unterkiefer. »Ich habe schon beinahe genug Kupferstücke für neue Stiefel gespart.«

Brental lachte, nicht höhnisch, sondern traurig. »Junge … Cerryl … du würdest niemals um etwas bitten, nicht wahr?«

Cerryl sah Brental ruhig an. »Lieber nicht.«

»Manchmal muss man um etwas bitten. Wenn du nicht mehr laufen kannst, ist es an der Zeit zu fragen.« Der junge Mann schüttelte den Kopf. »Ich habe noch ein altes Paar Stiefel. Das wird dir besser passen als diese hier. Warte, ich hole sie.«

»Die Bretter …« Cerryl schaute zur Mühle.

»Also gut. Hol die Bretter – barfuß. Wir treffen uns wieder hier, bevor du zurück zur Mühle gehst.« Brental stand auf und winkte. »Rinfur! Pass auf die Ochsen auf.«

Rinfur überquerte die Straße. »Muss das Gespann holen.«

»Ich bin in einer Sekunde wieder zurück.«

»Ja, Meister Brental.« Rinfur schüttelte den Kopf.

Bevor Rinfur einen Blick auf seine Füße werfen konnte, war Cerryl schon aufgesprungen; er ging langsam, aber immerhin schneller als mit Schuhen, zum zweiten Holzschuppen. Der Handkarren stand drinnen gleich neben der Tür und er schob ihn nach rechts. Die Fußbodenbretter lagen auf dem untersten Stapel ganz rechts an der Wand, und barfuß wie er war, freute er sich, dass er am Tag zuvor den Boden gefegt hatte.

Er untersuchte jedes Brett, ließ die Augen darüber schweifen und prüfte kurz mit der Hand. Er versuchte, das Holz zu fühlen, bevor er es auf den Handkarren legte. Eine Goldeichensorte, irgendwo zwischen Schwarz- und Weißeiche anzusiedeln, für Fußbodenbretter nicht schlecht. Drei Bretter legte er beiseite, weil die Astknoten zu sehr auffielen, und zwei andere, weil er fühlte, dass die Bretter irgendwie zu schwach waren.

Als er die Goldeichenbretter auf vier Stapel aufgeschichtet hatte, schob er den Karren langsam aus dem Schuppen und über die kühlen Wegsteine zurück zur Mühle.

Brental stand bereits bei den Ochsen, als Cerryl mit dem Karren neben dem Maultier beim Mühlgerinne angelangte.

»Papa … er schwatzt noch mit Meister Hesduff. Hier habe ich die Stiefel und einen Eimer Wasser. Setz dich wieder.«

Cerryl ließ sich auf der Mauer nieder.

Brental nahm einen Schwamm und wusch Staub und Blut ab. Seine Augen wurden groß. »Dunkelheit … was hast du getan!« Der Rothaarige schüttelte den Kopf. »Cerryl. Du musst deine Füße mehrmals am Tag waschen, unbedingt. Bis alles verheilt ist. Hast du verstanden?« Brentals Augen bohrten sich in Cerryls. »Und wasch sie auch, bevor du zu Bett gehst.«

»Ja, Brental.«

»Cerryl?«, rief Dylert.

»Du bleibst hier.« Brental stand auf und schob den Handkarren zur Mühle. Er rief: »Cerryl hat die Bretter geholt. Ich bin gerade vorbeigekommen, da dachte ich, ich bringe sie dir.«

»Gut.«

»Guten Tag, Meister Hesduff«, sagte Brental.

»Guten Tag, junger Brental. Kaum zu glauben, dass ich schon zu dir aufsehen muss.«

Während sich die drei in der Tür zur Mühle unterhielten, sah Cerryl zu, wie das frische Blut aus seinen gequetschten und blasenübersäten Füßen quoll, dann richtete er sich auf.

»Gute Bretter für den groben Schnitt … Hast du sie ausgesucht, Brental?«

»Nein, Meister Hesduff. Der junge Cerryl. Er hat ein Auge für Holz, würde ich sagen.«

»Da magst du Recht haben … Könntest du sie mir auf den Wagen laden? Und jetzt … zu den Balken, Dylert.«

Brental schob den Handwagen wieder aus der Mühle.

Cerryl stand auf und ging hinüber zum Maultier. »Ich kann sie aufladen.« Er nahm die zwei obersten Bodenbretter.

»Zusammen schaffen wir es doppelt so schnell«, meinte Brental freundschaftlich.

Cerryl hatte nichts dagegen. Seine Füße schmerzten noch, wenn auch nicht mehr so sehr wie vorhin. Keiner der beiden sprach ein Wort, während sie die Bretter umschichteten.

»Brental! Bring den Wagen zurück.«

Brental nickte und schob den Karren wieder in die Mühle, zurück kam er gleich darauf mit acht je sechs Ellen langen Balken quer darüber.

Wieder half Cerryl beim Umladen der Balken auf den Maultierkarren. Brental band sie mit zwei Längen Hanfstrick fest, während Hesduff und Dylert schwatzend aus der Mühle schlenderten.

»Wir werden sehen, was sich daraus machen lässt. Ich

komme bald wieder.« Der Schreiner nickte dem Sägemeister zu.

»Wir warten auf Euch, Hesduff.« Dylert lächelte freundlich.

»Da bin ich sicher. Es wird mir eine Freude sein, Dylert. Wie immer.« Hesduff band das Maultier los und kletterte auf den Kutschbock, dann schnalzte er mit den Zügeln.

Während der Wagen die Straße hinunter rumpelte, stellte sich Brental neben Dylert und sprach leise zu ihm. Cerryl hätte verstehen können, was sie redeten, hätte er sich angestrengt, aber er blieb einfach regungslos auf der Mauer sitzen und befürchtete das Ärgste. Hätte er nur einige Kupferlinge gehabt, bevor er in der Mühle angefangen hatte ... wenn nur seine Füße nicht so schnell gewachsen wären ... Er wollte den Kopf schütteln, tat es aber nicht. Was hätte es auch genützt?

Als der Mauleselkarren verschwunden war, ging Dylert hinüber zu Cerryl. Er schüttelte heftig den Kopf. »Cerryl?«

»Ja, Ser?«

»War ich jemals grausam zu dir? Habe ich dich geschlagen? Oder dir nichts zu essen gegeben? Oder zum Anziehen?«

Cerryl sah zu Boden. »Nein, Ser. Nie, Ser.«

»Junge ... du bittest nicht gern um etwas. Das weiß ich. Aber manchmal muss der Verstand Vorrang haben und manchmal der Stolz. Was wäre gewesen, hätte Brental deine blutigen Füße nicht entdeckt? Wie lang hätte es gedauert und du hättest nie mehr laufen können?«

»Es tut mir Leid, Ser. Ich habe nicht nachgedacht.«

»Nein, das hast du wirklich nicht. Du hast kein leichtes Leben und ich will es dir nicht noch härter machen. Aber du selbst solltest das auch nicht tun. Pass auf deinen Körper auf, Junge. Du hast nur einen.« Dylert nickte

Brental zu. »Du sagtest, deine alten Stiefel würden ihm passen?«

»Besser wäre, er würde ein oder zwei Tage nicht in der Mühle arbeiten. Er sollte barfuß gehen.«

»Er hat alles sauber gefegt heute, wir können ein oder zwei Tage ohne ihn auskommen.« Dylert lachte. »Viental nimmt sich ja auch dauernd frei.« Er sah Cerryl an. »Du kannst Dyella im Haus helfen. Keine Stiefel, verstanden?«

»Ja, Ser.« Cerryl sah zu Dylert auf. »Danke, Ser.« Er schluckte. »Danke.« Er musste die Augen niederschlagen, weil er befürchtete, Dylert könnte sehen, wie nahe er den Tränen war.

»Ist schon in Ordnung, Cerryl. Pass auf deine Füße auf.«

»Ja, Ser.«

»Und jetzt … lauf hinauf ins Haus und sag Dyella, dass du ihr bei der Hausarbeit hilfst. Die Dunkelheit weiß, sie kann Hilfe brauchen bei der vielen Wolle, die wir heuer haben.« Er schnaubte. »Dann hat Erhana mehr Zeit zum Lernen. Versucht immer, den Schularbeiten zu entkommen, dieses Kind.«

»Ja, Ser.« Cerryl nickte.

»Bring erst die Stiefel in deine Kammer«, sagte Brental. »Du musst das alte Paar später sauber machen. Vielleicht passen sie ja irgendwann einmal einem anderen.«

Cerryl nickte wieder und zwang sich, Dylert anzusehen. »Danke, Ser.«

»Fort mit dir, Junge.«

Cerryl wusste, dass Dylert es nicht so schroff meinte, wie er es sagte, aber er antwortete darauf, wie es sich gehörte: »Ja, Ser.«

IX

Die Weißen Magier, die sich mit aller Macht für den Frieden einsetzten und den Krieg zu vermeiden suchten, gürteten die Gewänder und machten sich Hoffnung, den Frieden doch noch wahren zu können … aber sie alle waren dem Untergang geweiht.

Denn Nylan, der dunkle Engel, hob abermals die Hände und entfesselte den Verwunschenen Wald von Naclos und der Wald dankte es ihm und schenkte ihm die Feuer des Himmels und den Regen des Todes. Und Nylan lachte und warf Feuer und Regen über den Westen Candars. Und Ayrlyn sang ihre Lieder, die den Menschen die Herzen und Seelen aus dem Leib rissen.

Die Spiegellanzenkämpfer aber sahen die eigenen Lichtlanzen gegen sich gewendet. Die Erde warf sich vor ihnen auf und schlug über ihnen zusammen und die Rechtschaffenheit der Weißen Magier war vergebens, denn vor ihnen explodierten die Gläser und der Tod regnete auf alle Bewaffneten Cyads hernieder …

Überall bebte die Erde … Die Grashügel aber waren verbrannt und wurden die Steinhügel. So trocken waren sie, dass bis auf den heutigen Tag dort niemand mehr lebt …

Die wenigen verbliebenen Weißen Magier flüchteten nach Osten, weit über die Westhörner und sogar die Osthörner hinaus; sie ahnten, dass der Westen Candars dem Guten der Weiße keinen Platz gewährte.

Und tatsächlich wurden ihre Befürchtungen aufs Schmerzlichste bestätigt: Die dämonischen Frauen der Schwarzen Türme – dem Herzen des bösen Königreichs von Westwind – legten ihren Griff um die Westhörner wie eine Würgeschlange um ihr Opfer. Ihre ehernen Straßen umschlangen selbst die höchsten Gipfel und der Handel beugte sich ihren Schwarzen Klingen.

Die dunklen Wälder von Naclos nahmen wieder Besitz von ihrem angestammten Land, jenem Land, das die alten Weißen Magier befreit hatten; die Wälder tränkten das Land erneut mit Dunkelheit. Dort lebten der böse Druide Nylan und die Sängerin und Magierin Ayrlyn; ihre Nachkommen machten sich Naclos untertan und die Schatten ihrer Macht verdunkelten ganz Candar von den Westhörnern bis zum Westmeer.

... und die Zeit kam, da die Weißen Magier Fairhaven besiedelten und erneut darum kämpften, Candar aus den Fängen der Dunkelheit zu befreien ...

DIE FARBEN DER WEISSE
(Handbuch der Gilde von Fairhaven)
Vorwort

X

Cerryl trat auf die Veranda. Die Bohnensuppe, die es zum Abendmahl gegeben hatte, füllte auf angenehme Weise seinen Magen. Im Schutz des Dachsimses blickte er hinaus in den Regen, die Tropfen prasselten auf den Weg, der die Holzschuppen mit der Mühle verband.

»Wird nicht so bald aufhören«, meinte Viental, der am Geländer stand. »Entweder setzen wir uns und warten oder wir rennen. Ich für meinen Teil bin schon lange nicht mehr gerannt.« Der untersetzte Arbeiter drehte sich um, ging zur leeren Bank an der Hauswand und ließ sich darauf fallen.

»Nass wirst du ohnehin, egal ob du rennst oder gehst.« Rinfur schüttelte den Kopf. »Du gehst in deine Kammer und hängst deine Kleider auf, dann haben sie bis zum Morgen Zeit zum Trocknen.«

»Während ich unter den Decken zittere«, antwortete Viental. »Nein, danke, das ist nichts für mich.«

Cerryl saß mit untergeschlagenen Beinen auf dem Verandaboden, seine Augen hingen an den dunklen Wolken, die im Südwesten über den Minen und über dem alten Haus schwebten, in dem er gelebt hatte, so lange er denken konnte, bis er in die Mühle gekommen war. Stand Syodor draußen im Regen, um frei gewaschene Steine zu finden? Oder saß er mit Tante Nall vor dem warmen Ofen? Er rieb sich die Stirn; der dumpfe, pochende Schmerz hinter seinen Augen wurde immer stärker.

»Wird lange regnen«, sagte Rinfur mit einem Schulterzucken. Langsam ging er die Verandastufen hinunter und schlug den Weg zu seiner Kammer in der ersten Hütte ein. »Ich werde genauso schnell trocken, wie ich nass geworden bin.«

»Nass kann ich immer noch werden«, antwortete Viental darauf mit einem tiefen Lachen. »Ist besser, als trocken zu bleiben, würde ich sagen.«

Der Regen tropfte stetig von der Traufe, in einem Rhythmus, der sich in Cerryls Kopf einzuhämmern schien. Abrupt stand er auf.

»Du willst wohl auch nass werden?«, fragte Viental.

»Früher oder später werde ich das sowieso«, antwortete der Junge und ging die Steinstufen hinunter.

»Ohne mich«, rief Viental ihm hinterher.

Cerryl marschierte durch den Regen und die hereinbrechende Dämmerung zu seiner Kammer. Drinnen angekommen, zog er seine feuchte Segeltuchjacke aus und hängte sie an den Haken neben der Tür.

Im Zimmer hörte er den hämmernden Regen zumindest nicht mehr so deutlich. Cerryl saß eine Weile auf der Bettkante und versuchte, den klatschenden Regen und das Pochen in seinem Schädel zu vergessen, das sich dem Rhythmus des Regens angeglichen hatte.

Es klopfte an die Tür.

Cerryl runzelte die Stirn und ging zur schmalen Tür, um sie zu öffnen.

Eine breitschultrige Gestalt stand draußen, eine Klappe über einem Auge.

»Onk ...«

»Psst!« Syodor hielt seine Hand auf Cerryls Mund. »Sei still. Folge mir.«

»In den Regen?«, fragte Cerryl. Unbewusst massierte er sich die Stirn, versuchte damit die Schmerzen hinter den Augen zu lindern.

»Der einzig sichere Weg«, sagte Syodor, während das Wasser von seinem gewachsten Lederzeug tropfte. Er drehte sich um und schleppte sich über die Wiese vor der Hütte.

Cerryl warf sich die schon zu kleine Jacke über und folgte seinem Onkel zu den Eichenbäumen auf dem Hügel.

Blitze zuckten am Himmel, gefolgt vom Grollen des Donners.

Cerryl zuckte zusammen. Die Blitze – oder der Donner – trommelten unaufhörlich auf seinen Schädel ein, aber Syodor stapfte unbeirrt auf die alten Eichen zu.

»Kann das nur tun, wenn es regnet. Hätte es schon lange vorher tun sollen.«

Was tun? Cerryl wunderte sich, fragte jedoch nicht und stieg neben seinem Onkel weiter den Hügel hinauf. Seine Stiefel versanken im nassen Gras und in der matschigen Erde. Sein Haar war bereits tropfnass und der Regen sickerte durch den Kragen in die Jacke. Er schauderte, die Kopfschmerzen bereiteten ihm jedoch mehr Zittern als die Kälte des Wassers, das entlang seiner Wirbelsäule hinunterrann.

»Wünschte, du wärst älter, aber alles hat seine Zeit, und die ist jetzt gekommen ...« Die bärbeißige Stimme des Bergarbeiters verstummte, als er unter einer dunklen

Eiche stehen blieb, die Letzte in der Baumreihe, die von Dylerts Haus quer über den Hügel führte und die untere Wiese überblickte. Syodor griff in seine geölte Lederjacke und übergab Cerryl ein kleines, rechteckiges Päckchen – eingewickelt in ein altes Stück Stoff. »Das habe ich für dich mitgebracht, mein Junge. Mach es noch nicht auf. Der Regen würde sie zerstören.«

»Was … was ist das?« Cerryl erahnte ein schwaches Weißes Glühen, sogar durch das Tuch hindurch.

»Bücher, die Bücher deines Vaters. Ich wünschte, ich hätte dir die Buchstaben beibringen können.« Syodor zuckte die Achseln. »Wir dachten, es wäre am klügsten, niemand erführe, dass du lebst. Wir hatten Angst, dass jemand, der lesen kann, es den Magiern verraten würde. Sie wären gekommen, um dich zu holen.«

Cerryl musste sich zwar Wasser aus den Augen wischen, aber sein Gesicht blieb unbewegt, er tat auch die Kopfschmerzen einfach als nicht vorhanden ab. Schließlich fragte er: »Onkel, du hast es mir nie gesagt. Was ist mit meinem Papa geschehen? Und mit meiner Mama?«

»Die Weißen Magier haben deinen Papa umgebracht … mit ihrer Magie. Sie haben die Lanzenreiter hinter deiner Mama hergejagt. Am Ende haben sie sie erwischt. Da warst du schon bei uns in Sicherheit.« Syodor spähte unter seiner Lederkapuze hervor. »Wahrscheinlich wussten sie nur von ihr, aber nicht von dir. Du warst ein winziges Würmchen damals, nicht viel größer als meine Hand.«

»Aber warum?« Cerryl schluckte. »Was hat er getan?«

»Dein Papa … Ich weiß nicht … Nur deine Mutter wusste es, sie erzählte Nall einmal, dass er einige Bücher gestohlen hatte, weil niemand ihn lehren wollte. Er wollte ein richtiger Magier werden, kein Fels-Magier und auch nicht irgendein drittklassiger Magier. Irgendwo hatte er lesen gelernt. Hat uns aber nie gesagt, wo.« Der Bergarbeiter wandte seinen Blick von Cerryl ab und sah hinunter auf den feuchten Lehm der Straße, die zu den Minen führte.

Nach einer Weile zeigte Syodor auf die in das Tuch eingeschlagenen Bücher in Cerryls Hand. »Das … das könnten sie sein. Ich wollte sie schon verbrennen …« Er schüttelte den Kopf. »Dein Vater ist für sie gestorben. Vielleicht war er verrückt, weil er dachte, er hätte ein großer Magier werden können, wenn er nur aus reichem Hause gekommen wäre, aber wir können uns unsere Abstammung nicht aussuchen. Und selbst wenn … es wäre nicht richtig gewesen. Habe dich mit den Glasscherben gesehen.« Er lachte. »Hast wohl gedacht, dass wir nichts davon merken, was, Junge? Eines Tages … Egal, ich sehe, was aus dir geworden ist … Es wird Zeit, dass du sie bekommst.« Sein Gesicht wurde streng. »Sag aber niemandem etwas davon. Niemandem, hörst du? Die Magier denken vielleicht, die Bücher sind für immer verloren … aber wenn sie davon erfahren … Sie hören durch den Wind, nur nicht, wenn es regnet.« Ein bitteres Lächeln verzog seine Lippen. »Du bist wie sie. Dein Kopf … er tut weh bei Regen, stimmt's?«

Cerryl nickte.

»Ihre Gläser … Ihre Magie … das fallende Wasser erschwert es ihnen zu sehen. Es fällt ihnen auch schwer, in Höhlen oder kleine Räume zu sehen … das hat deine Mama gesagt. Wie dein Vater … sie hat mehr gesehen als die meisten anderen …«

Cerryl wollte den Kopf schütteln oder schreien, oder irgendetwas anderes. Es gab so vieles, was er noch fragen wollte, aber sein Kopf schmerzte und er wusste nicht, wo er anfangen sollte. »Aber … warum … warum … haben die Weißen Magier sie umgebracht?«

»Weiß nicht genau … Sie hat es weder mir noch Nall je gesagt. Sie sagte, je weniger wir wissen, desto sicherer wärst du.«

»Sie musste gehen? Warum?«

»Die Lanzenreiter suchten sie überall … Shandreth hat mich sogar einst gefragt, ob ich sie gesehen hätte. Musste ihm sagen, nein, obwohl sie keine hundert Ellen vom Ofen aß und schlief.«

»Suchten sie? Warum?«

»Wen sonst. Weiße Lanzenreiter … das sind gemeine Kerle, Cerryl. Halt dich fern von ihnen, ganz gleich, was geschieht.«

Ein Schauder durchlief Cerryl, als er an den Tag dachte, an dem er die Weißen Lanzenreiter in Howlett beobachtet hatte. Sie hatten wirklich böse ausgesehen.

»Die Magier … sind Magier, aber die Lanzenreiter sind Mörder ohne Seelen, nicht besser als die alten Schwarzen Dämonen der Westhörner.« Syodor zog sich am Kinn. »Vielleicht sogar noch schlechter, nach dem, was man so hört … Nun, mein Junge, ich muss jetzt gehen, möchte hier weg sein, bevor der Regen aufhört. Will nicht, dass sie mein Bild im Glas sehen, nicht zusammen mit den Büchern.« Syodor klopfte Cerryl mit seiner großen Hand auf die Schulter. »Wir kommen, so oft wir können. Das weißt du doch, Junge, oder?«

»Das weiß ich.« Cerryl schluckte. »Das weiß ich, Onkel.«

»Jetzt geh.«

Cerryl stand unter der dunklen Eiche und sah Syodor nach, bis er im Nebel verschwunden war. Dann ging er langsam zurück zu seiner Kammer.

Im dunklen Zimmer schlug Cerryl das Tuch zurück, er war froh, dass er im Dunkeln besser sehen konnte als die meisten anderen. Es waren zwei schmale Bücher, gebunden in abgegriffenes dunkles Leder. Seine Augen füllten sich mit Tränen, als er sie betrachtete.

Dann runzelte er die Stirn. Zwischen den Büchern entdeckte er ein kleines, rundes Plättchen aus Weißbronze. Er drehte es um. Zwei raue Stellen auf der Rückseite des Metalls wiesen darauf hin, dass einst wohl so etwas wie eine Klammer daran befestigt gewesen sein musste.

Bis auf den etwas stärkeren Rand war das Plättchen, das einen Durchmesser von etwa einer halben Handspanne besaß, gleichmäßig dick gearbeitet und fühlte sich glatt an. Cerryl betrachtete es lange Zeit in der Dunkelheit.

Schließlich nickte er. Die Verzierung war aus zwei verschiedenen Metallteilen gearbeitet worden, die passgenau aneinandergelegt worden waren, so genau, dass man die Verbindungsstellen nicht ausmachen konnte. Man konnte sie nur erkennen, wenn man sie mit mehr als nur den Augen betrachtete.

Die Bücher wanderten hinter das Brett, hinter dem er bereits das mitgebrachte Buch versteckt hatte, aber das Plättchen behielt er. Seine Finger schmiegten sich darum herum, als er sich aufs Bett legte und in einen unruhigen Schlaf fiel.

XI

Eine Brise wehte über die Veranda und brachte den Duft von Spätapfelblüten und von frisch umgegrabener Erde im Garten südwestlich des Hauses mit sich, aber auch den weniger angenehmen Geruch des Pferdemistes, den Cerryl den ganzen Morgen schon aus dem Stall geschafft hatte.

Cerryl saß auf den Steinstufen der Veranda und blickte nach Osten, vermutlich in Richtung Lydiar. Die weiter entfernten Hügel verschwanden bereits in der anbrechenden Abenddämmerung.

»Was machst du in der Mühle, Cerryl?«, fragte Erhana von der Bank hinter ihm.

»Alles, was gerade anfällt. Du hast mich doch mit der Schaufel und dem Mist gesehen.« Cerryls Haar klebte noch immer nass an seinem Schädel und seine Unterarme juckten, obwohl er sie vor dem Abendessen mit kaltem Wasser abgewaschen hatte. Ohne die allabendlichen Waschungen vor dem Essen, so hatte er herausgefunden, blühte ein hässlicher, roter Ausschlag auf seinen Armen. Wenn er im Stall gearbeitet hatte, musste er sich unbedingt waschen, beinahe am ganzen Körper.

»Papa … äh Vater – Siglinda meint, ich soll ›Vater‹ sagen – Vater lässt mich nicht in die Mühle. Brental durfte schon hinein, da war er jünger als ich.«

»Brental wird die Mühle schließlich einmal übernehmen.«

»Das würde ich gar nicht wollen.« Erhana hob leicht den Kopf. Cerryl wusste es, ohne dass er sich umdrehen musste. »Ich werde einmal einen reichen Mann heiraten und in einem feinen Haus in Lydiar leben.« Ihre Stimme wurde leiser. »Du hast mir immer noch nicht gesagt, was du wirklich in der Mühle tust.«

»Ich fege den Boden, schichte Holz auf, trage Dinge umher, säubere die Sägegrube. Brental bringt mir jetzt auch bei, wie man mit den Ochsen umgeht.« Er hielt inne, dann drehte er den Kopf, um das dunkelhaarige Mädchen anzusehen, und fragte: »Was machst du immer mit der feinen Dame im Arbeitszimmer?«

»Sie ist – sie ist keine feine Dame. Das ist Siglinda, sie gibt mir Unterricht.« Erhana warf den Kopf zurück und lächelte herablassend. »Ich lerne die Buchstaben.«

»Oh?«

»Buchstaben sind wichtig für eine feine Dame.«

»Ich wette, du beherrschst sie noch nicht gut genug, um sie mir beizubringen.«

»Warum willst du die Buchstaben lernen? Du wirst doch sowieso dein Leben lang nur in der Mühle arbeiten.«

»Siehst du?«, meinte Cerryl grinsend. »Du kannst es nicht.«

»Kann ich doch.«

»Dann beweis es.« Cerryl sah sie ungläubig an.

»Ich muss dir doch nichts beweisen«, entgegnete Erhana von oben herab.

»Das musst du nicht, das stimmt«, sagte Cerryl und grinste wieder.

»Du würdest es ohnehin nicht lernen.«

»Das weißt du doch gar nicht, nicht so lange du es nicht versucht hast und ich es wirklich nicht schaffe.« Cerryl lächelte. »Das könnte dann natürlich auch bedeuten, dass du nicht klug genug bist, um es mir beizubringen. Dein Vater, er sagte …« Cerryl brach den Satz ab.

»Er sagte was?« Erhanas Stimme wurde schnippisch.

»Nichts … nichts.«

»Du bist nichts anderes als eine kleine Mühlenratte, Cerryl.«

Cerryl zuckte mit den Schultern und zwang sich dazu, keine Gefühlsregung zu zeigen. »Wenn du deine Buchstaben wirklich beherrschen würdest, könntest du sie auch einer kleinen Mühlenratte beibringen. Du nennst mich nur so, weil du es nicht kannst.«

»Cerryl … du bist …« Erhana wusste nicht mehr weiter. »Du bist …«

Er stand auf. »Wenn du so gut bist, dann kannst du mir auch die Buchstaben beibringen. Ich werde hier jeden Abend nach dem Essen auf dich warten.«

»Ich muss dir gar nichts beibringen.«

Cerryl zwang sich zu einem Lächeln, dann drehte er sich um und ging zu seiner Kammer.

»Cerryl …«

Er drehte sich nicht mehr um.

XII

Cerryl rieb sich die Stirn, um den dumpfen Schmerz, tief drinnen in seinem Schädel, wegzumassieren. Aber es half nicht und so schichtete er weiter die Bodenbretter auf. Immer zehn auf einen Stapel, wie Brental es ihm aufgetragen hatte – ein Dutzend Stapel zu je zehn Bretter.

Er hielt inne und sein Blick wanderte hinaus zur halb offenen Mühlentür und zum Dauerregen, der seit zwei Tagen aus dem grauen Himmel fiel. Er sah wieder auf seine spannbreiten Bretter und Tränen stiegen ihm in die Augen. Mit einem Seufzer zählte er den letzten Stapel nach. Zehn.

Warum bereitete ihm der Dauerregen solche Kopfschmerzen? Syodor hatte gesagt, dass alle Weißen Magier davon betroffen wären. Er konnte in Spiegelscherben Bilder sehen – Orte wie Fairhaven, die Weiße Stadt, und sogar die Kühe auf der unteren Weide. Bedeutete dies, dass er ein Magier war – oder dass er einer werden könnte? Oder dass die Magier ihn umbringen würden, wie sie es mit seinem Vater gemacht hatten, wenn sie ihn fänden?

Er hatte zwar erst wenige Stunden mit Erhana und ihrem Schulbuch verbracht, aber er konnte bereits einige Buchstaben in seinen Büchern erkennen, und das, obwohl die Schrift verschnörkelter und kunstvoller war als in ihrem Buch. Er vermochte schon eine Hand voll Wörter zu entziffern, was jedoch zum Lesen nicht reichte … noch nicht.

Seine Finger wanderten zu seiner Börse am Gürtel und legten sich um das Amulett – war es ein solches? –, das Syodor ihm gegeben hatte. Hatte es seinem Vater gehört? Oder hatte er es gestohlen?

»… vor der Sonnenwende wird Dorban kommen, um

die gelagerten Eichenbretter zu holen – die großen Bohlen für die Schiffswerft …« Gut dreißig Ellen entfernt vernahm Cerryl Dylerts Stimme.

»Er beschwert sich jedesmal«, sagte Brental, »aber er kommt immer wieder.«

Cerryl drehte sich nicht um. Er wusste schon seit Jahren, dass sein Hörvermögen besser war als das der anderen. Er hatte auch gelernt, dass er am meisten erfuhr, wenn er sich nicht anmerken ließ, dass er lauschte.

»Er hofft, dass wir mit dem Preis runtergehen, wenn er nur lange genug jammert …«

Cerryl lauschte weiter und fing mit dem dritten Stapel an.

»Ooooh.« Er riss die Hand weg und zog den Splitter heraus. Auch wenn er immer sehr vorsichtig arbeitete, hatte das Holz doch Splitter und einige davon waren scharf genug, um ihn tief ins Fleisch zu schneiden, wenn er nicht aufpasste oder seine Gedanken woanders waren – wie eben gerade.

Cerryl schüttelte den Kopf. Hatte Erhana Recht gehabt? Würde er den Rest seines Lebens in der Mühle verbringen müssen, wie Rinfur?

Er presste die Lippen aufeinander und richtete die Augen und seine ganze Aufmerksamkeit wieder auf die Holzbretter.

Dylert und Brental standen nun näher an der großen Säge und unterhielten sich, aber Cerryl hörte ihnen nicht mehr zu.

Draußen vor der Mühle fiel weiter der Regen, hämmerte aufs Dach, auf die Steine und auf Cerryls Kopf.

XIII

Cerryl hastete aus der Mühle und den Weg entlang und bemerkte plötzlich die Bohnen im Garten, kniehoch standen sie in der Vormittagssonne. Er konnte kaum glauben, dass der Sommer in Hrisbarg Einzug gehalten und er nichts davon bemerkt hatte.

Die Stimme der grauhaarigen Siglinda tönte von der Veranda zur Mühle hinüber, man konnte sie deutlich verstehen, denn das Mühlrad und die Säge standen still. »Nein! Gestern *ging* er auf den Markt. Lies, was im Buch steht ... Hier muss es Präteritum sein.«

Cerryl fragte sich, was sie wohl damit meinte. Was war ein Präteritum? Doch jetzt musste er erst einmal Dylert finden.

Er sah im ersten Holzschuppen nach und blieb sofort wie versteinert stehen, als er die zwei Gestalten bei den Holzstapeln sah. Er wartete und lauschte, so ruhig, dass er beinahe mit dem Stapel Weißeiche zu seiner Linken verschmolz. An der Schmalseite des Seitenganges des zweiten Schuppens wurden die verschiedenen Bretter und Balken der erstklassigen Schwarzeiche gelagert.

»Ich bin sicher, der Herzog wird Euch seine Gunst erweisen, wenn Ihr mir das, was ich brauche, zu einem vernünftigen Preis verkauft«, sagte der kleine, stämmige Mann in der grauen Tunika. »Seine Gunst ...«

Dylert stand am Rand des Hauptganges und fuchtelte vor dem Stapel Schwarzeichenholz herum. »Gut gebrüllt, Meister Tischler«, sagte der Sägemeister mit einem wohlwollenden Lachen, »aber beim Sägen von Lorkenholz oder Schwarzeiche müssen die Sägeblätter fast nach jedem Stamm neu geschliffen werden. Mit der Gunst des Herzogs kann ich die Arbeit und die Zeit nicht bezahlen. Geschweige denn die Abnutzung der Sägeblätter.«

»Ich bitte Euch ja gar nicht, die Bretter zu liefern, Dylert. Ich bezahle den Wagen, um die Ladung nach Lydiar zu schaffen.«

»Euch bleibt keine große Wahl, Erastus. Im ganzen östlichen Lydiar gibt es niemanden, der Schwarzeiche und Lorkenholz auf Lager hat. Wenn Ihr gutes Lorkenholz wollt, müsst Ihr zu mir kommen oder noch ein gutes Stück weiter nach Westen fahren.«

Erastus zuckte die Achseln. »Der Herzog besteht darauf, dass seine Truhe aus Schwarzeiche und Lorkenholz gebaut wird. Ich habe gedacht, Ihr würdet mich verstehen.«

»Dann lasst den Herzog dafür bezahlen«, antwortete Dylert.

»Ich zahle schon für den Wagen. Drei Goldstücke für das Holz«, schlug der Handwerker vor.

Cerryl stand im Schatten der Holzregale und runzelte nachdenklich die Stirn. Erastus' Worte fühlten sich irgendwie falsch an. Vielleicht weil er feilschte?

»Erastus, das Lorkenholz allein kostet schon vier Goldstücke. Da ist das Eichenholz noch gar nicht dabei, das Ihr für die Verstrebungen braucht.«

»Ihr seid ein Bandit, Dylert, ein schwarzbärtiger Bandit mit dem Lächeln einer Straßenhure und dem Herzen eines Magiers.«

Dylert lachte. »Ihr wisst es doch selbst, Erastus. Sechs Goldstücke für alles und ich gebe Euch sogar noch einige Kiefernholzbretter dazu, mit denen Eure Lehrlinge üben können.«

Erastus seufzte. »Mit Euch ist nicht gut feilschen. Wie wäre es mit ein paar zusätzlichen Brettern Goldeiche?«

»Ein paar«, willigte Dylert ein.

»Sehr großzügig«, meinte Erastus. »Wenn Euch der Herzog keinen Dank dafür zollt, dann tue ich es.«

»Ich gebe mehr auf Eure Dankbarkeit als auf die des Herzogs«, antwortete Dylert. »Viel mehr.«

»Sechs Goldstücke«, Erastus schlug ein. »Wenn das Holz verladen ist und ich jedes Brett vorher gesehen habe.«

»Ein gerechter Handel. Ihr werdet das beste Holz bekommen.«

»Ich fahre den Wagen vor die Tür.« Erastus zeigte hinaus.

Der Sägemeister nickte und sah dem Handwerker nach, der zu seinem Wagen ging und auf dem Weg dorthin dicht an Cerryl vorbeikam.

Als Erastus draußen war, winkte Dylert Cerryl zu. »Was suchst du hier, Bursche?«

»Brental hat mich geschickt. Das zweite große Sägeblatt hat einen Riss. Er sagte, Ihr solltet es wissen. Er und Viental tauschen es gerade aus.« Cerryl wartete.

»Bei der Dunkelheit und den Dämonen! Erst Erastus und jetzt auch noch das. Gut zehn Goldstücke kostet so ein Sägeblatt.« Er schüttelte den Kopf und vergrub die Finger in seinem gestutzten, schwarz und silbern glänzenden Bart. »Zehn Goldstücke ... wo ...« Seine Augen konzentrierten sich auf Cerryl. »Du bewegst dich wie eine Schlange, Junge. Habe dich gar nicht gesehen, bevor Erastus hinausgegangen ist. Was hast du gehört?«

»Nur, dass der Herzog eine Truhe aus Schwarzeiche und Lorkenholz will, Ser. Und was danach kam.« Cerryl blickte dem Sägemeister geradewegs in die Augen.

»Nun ... lass dir das eine Lehre sein. Die Leute erwarten immer, dass man an einen Herzog oder einen anderen wichtigen Mann mehr Ware für weniger Geld verkauft. Manchmal tut man es auch. Aber meist erfährt der Adelsmann gar nichts davon. Der alte Erastus, er wollte mich herunterhandeln. Aber glaubst du, er würde dem Herzog auch nur einen Kupferling weniger berechnen, wenn ich ihm das Lorkenholz schenken würde? Ha!« Dylert schnaubte verächtlich. »So ... wieder muss ein Sägeblatt neu geschmiedet und gehärtet werden, geschliffen und geschärft … Daran denken sie nicht, wenn sie das Holz so billig haben wollen. Nein, das tut keiner.«

Cerryl nickte.

»Und noch etwas, Junge. Glaube ja nicht, ich wüsste nicht, dass du Erhana überredet hast, dir jeden Tag nach dem Abendessen die Buchstaben beizubringen.« Dylert grinste. »Und nicht nur das.«

»Ich lerne nur, wenn es nichts zu tun gibt, Ser.« Cerryl senkte den Blick auf den sauber gefegten Steinboden.

»Das stimmt und du arbeitest hart. Härter als jeder Junge, den ich bisher hatte.« Dylert runzelte die Stirn. »Warum die Buchstaben?«

»Mein Papa, er konnte lesen. Wenigstens die Buchstaben möchte ich lernen«, sagte Cerryl und er wusste, dass er nicht die ganze Wahrheit sagte. Er hoffte darauf, dass Dylert ihn nicht drängte.

»Du willst also deinem Vater ebenbürtig sein.« Dylert nickte. »Die Leute reden nicht viel über deinen Vater. Weißt du, warum?«

»Sie sagen, er war ein Magier.«

»Er versuchte es, Junge. Da gibt es einen Unterschied.« Dylert hielt inne und fügte dann hinzu: »Die Weißen Magier wählen dich aus … wenn sie glauben, du bist einer von ihnen. Keiner kann sie dazu zwingen, etwas zu tun, was sie nicht wollen. Keiner kann sich ihnen widersetzen und ein Magier ohne ihre Zustimmung werden … das gibt mächtig Ärger.« Dylert räusperte sich. »Verstehst du das, Junge?«

»Ja, Ser.«

Das Quietschen vor der Schuppentür unterbrach das Gespräch.

»Dylert! Der Wagen steht bereit. Ich habe eine lange Fahrt vor mir«, rief Erastus.

»Dann laden wir sogleich auf«, erwiderte der Sägemeister, bevor er auf Cerryl hinunterblickte. Er musste schon nicht mehr so weit hinuntersehen wie noch im letzten Herbst. »Du kannst den Handkarren nehmen. Hol die besten zehn Goldeichenbretter aus dem zweiten Schuppen. Du hast ein gutes Auge. Er bekommt die besten von der zweiten Wahl. Verstanden?«

»Ja, Ser.«

»Lauf erst zu Brental und sag ihm, dass ich komme, sobald Erastus weg ist. Dann holst du die Bretter.«

»Ja, Ser.«

»Gut.« Dylert lächelte. »Hinaus mit dir.«

Cerryl huschte hinaus aus dem Schuppen und in die Mühle. Am liebsten hätte er vor Erleichterung geseufzt, während er über den Weg rannte, um Brental die Nachricht zu überbringen. Dylert hatte ihm nicht verboten, die Buchstaben zu lernen, und er hatte ihn nicht zu einer Lüge gezwungen.

XIV

Im Hintergrund hörte Cerryl beide Mühlräder rumpeln und schlagen. Das Wasser rauschte das Mühlgerinne hinunter. Er saß mit der Bürste in der Hand im Schatten. Weder die gelegentliche Brise noch der Schatten konnten ihn an diesem heißen Nachmittag vom Schwitzen abhalten und auch die Fliegen nicht, die um ihn herum summten und es vornehmlich auf seinen Nacken abgesehen hatten. Abwesend wischte er eines der lästigen Biester beiseite, es kam jedoch sogleich zurück.

Cerryl sah auf, als der Lärm der Säge ertönte, er ließ jedoch die harte Bürste nicht los, die er zum Saubermachen des Ochsenjoches brauchte. Das Joch zu schrubben war eine langwierige und vor allen Dingen langweilige Arbeit: Er musste Schmutz und Staub herausbürsten und durfte dabei auf keinen Fall das Holz zerkratzen.

In der Mühle am anderen Ende des Hauptganges waren Brental, Viental und Dylert gerade mit dem ersten von mehreren Arbeitsgängen beschäftigt, um einen Kiefernholzstamm zu zersägen. Auf der einen Seite überprüfte Brental die Walzen, mit deren Hilfe der Stamm der Säge zugeführt wurde. Der Stamm ruhte auf einem Schlitten, der vom oberen, kleineren Mühlrad gezogen wurde. Auf der anderen Seite stand Dylert und überwachte alles, eine Hand auf der Schlittenbremse und die andere auf dem Kupplungshebel. Viental schob den Stamm nach jedem Durchgang zurück und verstellte den Schlitten jeweils um eine Viertelspanne näher zum Sägeblatt.

Cerryl zwinkerte. Ein rötlich weißes Glühen umgab die Schwärze des Sägeblattes – hatte er so etwas schon einmal gesehen? Direkt durch den schweren Stamm? Es kam ihm bekannt vor, aber an diesem Nachmittag schien das Glühen heller zu sein. Er kniff die Augen zusammen und beugte sich vor, seine Finger umklammerten fest die Bürste.

Wie konnte er etwas fühlen, das er nicht sah? Nicht im herkömmlichen Sinn jedenfalls. Das rotweiße Glühen existierte eindeutig; das gleiche Glühen, das er in den Minen gefühlt hatte, die selbst Syodor gemieden hatte; das gleiche Glühen, das – wenn auch weit schwächer – die Bücher seines Vaters umgab.

Er runzelte die Stirn. Wieder eine Frage, die ihm nicht aus dem Kopf ging. Warum hatte sein Onkel nie erwähnt, dass er Bergwerksmeister gewesen war? Cerryl hatte es nicht gewusst, bis Dylert davon gesprochen hatte.

Er betrachtete das Joch von allen Seiten und nickte. Sogar Brental würde damit zufrieden sein. Dann blickte er hinter sich zum Sägeblatt. Das Glühen schien heller zu werden, ein zorniger roter Farbton, eine Farbe, die er bisher noch nicht gesehen hatte.

Er bückte sich, um das Joch aufzuheben, das er zurück in den Stall tragen musste, aber seine Augen wanderten immer wieder zur Mühle, wo die rötliche Weiße, eine Farbe, die anscheinend außer ihm niemand sehen konnte, über dem dicken Stamm und dem Sägeblatt schwebte. Fast wirkte es, als würde die Weiße darauf warten, auf Brental und Dylert einzuschlagen. Er machte sich auf den Weg, blieb jedoch wieder stehen und sah zurück.

Cerryl presste die Lippen aufeinander, dann warf er Bürste und Joch zu Boden und lief zurück in die Mühle. Atemlos rannte er den Hauptgang entlang. Das Stampfen seiner schweren Stiefel versank im Lärm der kreischenden Säge und der schlagenden Mühlräder.

Dylert stand auf der Plattform rechts über der Säge und winkte ihn zurück.

Cerryl schüttelte heftig den Kopf und deutete auf das Sägeblatt.

Dylert wies ihn noch einmal ungehalten zurück.

»Bitte, Ser. Haltet die Säge an«, schrie Cerryl, aber seine Worte gingen im Getöse unter. Er deutete auf die Säge, fuchtelte mit den Armen wild in der Luft herum und versuchte, Dylert sein Anliegen begreiflich zu machen. Dann fiel sein Blick auf den Kupplungshebel auf der kleinen Plattform unter Dylert.

Bevor Cerryl auch nur zwei Schritte nach vorn getan hatte, hatte der Mühlenmeister sich schon zum Kupplungshebel gebückt und ihn heruntergedrückt.

Cerryl atmete tief durch, als das jammernde Kreischen der Säge erstarb und ein dumpfer Schlag durch die Mühle hallte.

Dylert wandte sich vom Hebel ab, kletterte zum Wasserwehr hinauf und schloss es, dann bremste er beide Wasserräder.

Brental sah von Cerryl zur Säge, wo sich das Sägeblatt in den großen Kiefernstamm gefressen hatte.

Viental machte nur ein böses Gesicht.

Der Sägemeister kletterte von seinem Podest herunter und ging zu Cerryl. »Nun … habe dich noch nie so rennen sehen, Junge. Ich hoffe, du hast eine Erklärung dafür. Eine gute Erklärung!« Schweißbäche liefen ihm übers Gesicht, Sägespäne pflasterten seine Wangen und verfingen sich im Bart. Er presste die Kiefer aufeinander und wartete.

Cerryl schluckte. »Ser … das Sägeblatt … etwas … etwas stimmt nicht damit.«

Nach einem Augenblick runzelte Dylert die Stirn. »Du hast das von draußen gesehen?«

»Gehört, Ser«, log Cerryl. »Es … es hat sich irgendwie falsch angehört. Ich weiß … Ihr seid der Sägemeister … aber ich musste es Euch einfach sagen.«

»Hmmmm. Er hört schon Gespenster«, grummelte Viental.

Brental warf dem stämmigen Arbeiter einen tadelnden Blick zu.

»Nun … jetzt steht ohnehin alles still. Dann sehen wir doch mal nach.« Dylert legte die Stirn in Falten. »Wenn wir einen Riss oder einen anderen Fehler finden«, er zog die Schultern hoch, »dann haben wir Glück gehabt. Wenn nicht«, er sah Cerryl an, »dann kommt eine Menge Arbeit auf dich zu, Junge. Bei der Dunkelheit, eine Menge Arbeit, um das wieder wettzumachen.«

»Ja, Ser.«

Dylert sah die anderen beiden an. »Müssen das Sägeblatt sowieso freilegen. Fangen wir gleich damit an.«

Cerryl trat einen Schritt zurück und beobachtete, wie die drei Männer mühsam das Sägeblatt aus dem Stamm befreiten. Schweiß rann noch immer seinen Rücken hinunter.

»Ja, ja … er hat es gehört …«, murrte Viental mit einem Blick auf den Jungen.

»Schimpf erst, wenn wir sicher wissen, dass er Unrecht hat«, antwortete Dylert. »Wenn er überhaupt Unrecht hat. Cerryl ist kein leichtfertiger Bursche.«

Nach einem letzten Stoß von Vienta1 löste sich das Sägeblatt aus dem Stamm. Brental warf einen Blick auf die Kupplung und die Wassersperren, bevor er ein Tuch nahm und die Sägespäne wegwischte, die an dem runden Blatt hafteten.

Da wich die Farbe aus dem Gesicht des Rotschopfes. »Da ist ein Riss im Metall … den nächsten Arbeitsgang hätte es nicht mehr durchgestanden.« Sein Blick fiel auf Cerryl.

Dylert schaute ebenfalls zu Cerryl und runzelte die Stirn, dann grinste er. »Glaube, du bist schon ein richtiger Sägemüller, mein Junge. Jemand, der hört, dass das Sägeblatt nicht richtig läuft …« Er schüttelte den Kopf. »Mein Vater behauptete auch immer, dass er das konnte. Ich selbst habe es noch nie gehört. Deshalb sehe ich auch so oft nach den Blättern. Dachte immer, Vater erzählt Geschichten.«

Cerryl senkte den Blick auf die mit Spänen übersäten Steine um die Sägeplattform. »Ich war mir nicht sicher, nicht ganz, aber … ich wollte nicht, dass sich jemand verletzt, und Ihr habt doch gesagt, was ein kaputtes Sägeblatt …«

»Er hört zu«, sagte Brental. »Bin ich froh, dass er zuhört.«

Vietal schüttelte reumütig den Kopf. »Jetzt weiß ich auch, warum meine Mutter immer sagte, man soll erst nachdenken, bevor man den Mund aufmacht.«

»Tja … Der Dunkelheit sei Dank, Henkar hat das neue Sägeblatt schon geschmiedet und gehärtet … Wenn wir so weitermachen, kommen wir aber nicht über die Runden … zwei Sägeblätter in einer Jahreszeit. Bauen wir es gleich ein«, sagte Dylert. »Mit einem gerissenen Sägeblatt können wir nicht weiter arbeiten.«

Während sich die drei Männer anschickten, das Sägeblatt zu wechseln, schlüpfte Cerryl aus der Mühle und versuchte, das Zittern zu unterdrücken. Wieder hatte er es nur knapp vermeiden können zuzugeben, was er wirklich gesehen hatte.

Draußen, im kühlen Schatten neben dem nun still stehenden Mühlgerinne, schluckte er schwer.

Schließlich hob er das Joch vom Boden und ging langsam hinauf zu den Ställen.

XV

Cerryl betrachtete den Handkarren, der mit den Rädern nach oben auf den Steinen gleich hinter der Mühlentür lag, und dann den fleckigen, zerbeulten Eimer, halb gefüllt mit Wagenschmiere.

Langsam und geräuschlos atmete er ein, dann fasste er beherzt in den Eimer. Er holte einen Tropfen der dunklen Schmiere mit dem Zeigefinger heraus und fettete damit sorgfältig die Karrenräder und Achsen. Für die Stellen, die er mit den Fingern nicht erreichen konnte, benutzte er einen dünnen, entrindeten Kiefernast, kaum mehr als ein kleines Zweiglein.

Hinter ihm auf der anderen Seite der Mühle dirigierte Dylert seine Helfer Brental und Viental, die ein halbes Dutzend Eichenstämme aus den oberen Wäldern zersägten. Die Stämme hatte Dylert schon in der letzten Jahreszeit markiert und gefällt. Cerryls Augen wanderten zur Säge, diesmal sahen seine Sinne nur das normale weißliche Rot und nicht das böse Rot eines unter Spannung stehenden oder gerissenen Blattes. Er nickte und wandte sich wieder der dunkelgrauen Schmiere zu.

Nach einem erneuten leisen Seufzer tauchte er den Finger wieder in den Eimer.

»Draußen stehen Leute, die dich sehen wollen, Cerryl.« Erhana stand in der Tür zur Mühle, man konnte sie kaum verstehen bei dem kreischenden Lärm der Säge und dem Schlagen der Mühlräder.

»Mich?« Cerryl schmierte noch schnell den oberen, nun freiliegenden Teil der Achse. »Mich sehen?«

Erhana lächelte und fügte hinzu: »Deine Tante und dein Onkel, glaube ich.«

Cerryl suchte den Lappen, dann entdeckte er ihn unter dem linken Rad. Dort hatte er ihn zuvor hingelegt, damit die Schmiere nicht unnötig den Fußboden verschmutzte. Er hob ihn auf und wischte sich daran die Hände ab, so gut es ging, dann stand er auf und trat hinaus ins Sonnenlicht.

Über ihm zogen weiße Quellwolken über den Himmel in Richtung Westen; Wolken, die schnelle Schatten auf die Hügel im westlichen Lydiar und auf die Wälder nördlich der Mühle warfen.

Cerryl warf einen Blick zu Erhana und dann zu Onkel und Tante, dann wieder zu dem braunhaarigen Mädchen. »Danke.«

Erhana nickte und lief hinauf zum Haus, wo Dyella im Schatten der Veranda Wolle krempelte.

»Wie geht es euch?«, fragte Cerryl nach einem Augenblick des Schweigens.

Syodor trug einen kleinen Tornister. Nall stand mit leeren Händen neben ihm. Beide wirkten niedergeschlagen und schienen kleiner als in Cerryls Erinnerung.

»Du bist gewachsen.« Nall fuhr sich nervös mit der Zunge über die Lippen.

»Meine Füße in jedem Fall.« Cerryl lächelte.

Weder Syodor noch Nall erwiderten das Lächeln.

»Was … was ist los?« Cerryls Blick blieb an seinem Onkel haften.

»Die Dinge standen schon besser, Junge. Ja, in der Tat.« Syodor sah zu Boden und schwieg einige Sekunden. »Der Herzog … er sagte, mein Freibrief … ich kann nicht länger in den Minen schürfen.«

»Das tut mir Leid.« Cerryl nickte und setzte eine ernste Miene auf. Er wusste, dass seine Worte nur wenig Trost spendeten. »Wirklich. Ich wünschte, ich könnte etwas für euch tun.« Selbst während er sprach und dabei gleichzeitig das Unbehagen seiner Tante und seines Onkels spürte, fragte er sich, warum sich Syodors Worte falsch anfühlten. Sein Onkel hatte sich doch schon oft wegen des Freibriefes Sorgen gemacht.

»Das Beste, was du tun kannst, Kind«, sagte Nall, »ist, für dich selbst zu sorgen.«

»Du hast ein Zuhause, Cerryl. Ein besseres können wir dir nicht mehr bieten.« Syodor schlug den Blick erneut nieder auf den Steinpfad. »Dylert ist ein guter Mann.«

»Ich weiß, Onkel ... Aber was ist mit euch? Wo werdet ihr hingehen?« Cerryl schluckte. Er hatte nie damit gerechnet, dass er Syodor und Nall eines Tages nicht mehr im Haus bei den alten Minen vorfinden würde.

»Mach dir um uns keine Sorgen«, riet ihm Nall. »Auch wir machen uns keine mehr, Kind. Außerdem haben wir schon ein neues Zuhause.«

Cerryl sah wieder seinen Onkel an.

»Habe einen Vetter in Vergren«, sagte Syodor mit flacher Stimme. »Schafland. Er hat noch eine Kate frei. Sie ist zwar klein und muss ein wenig hergerichtet werden, aber wir können darin wohnen. Habe sogar seinen Maultierwagen ausleihen dürfen. Damit können wir fast unseren gesamten Hausstand mitnehmen.«

»Gibt es denn nichts anderes ... keinen anderen Ort?«

»Was brauchen wir sonst, Junge? Die Minen sind für mich gestorben. Schon vor langer Zeit sind sie das. Wollte es nur nicht wahrhaben.«

Syodors Stimme klang rau, wie Cerryl erst jetzt bemerkte. »Es tut mir Leid. Wisst Ihr schon, wo genau Ihr wohnen werdet?«

»Wir fahren morgen«, sagte Nall. »Im Morgengrauen.

Syodors Vetter heißt Gerhar. Sein Land liegt an der alten Nordstraße hinter dem zweiten Hügel. In Vergren.«

»Morgen?«

»Der Herzog gab uns nur vier Achttage Zeit und die brauchten wir schon, um Gerhar zu finden.« Syodor zwang sich zu einem bitteren Lächeln, aber es erreichte sein verbliebenes Auge nicht. »Wir haben Glück, dass Gerhar nur eine Tochter hat und Hilfe gebrauchen kann.«

Cerryl schüttelte den Kopf. »Vielleicht sollte ich mitkommen …«

»Nein.« Syodors Stimme klang so streng wie nie zuvor. »Du bleibst besser hier bei Dylert. Hier hast du wenigstens Arbeit. Wenn dich jemand fragt, sagst du, dass du ein Waisenjunge bist und dass deine Eltern aus Montgren stammen, aus der Nähe von Vergren.« Er lachte kurz. »Stimmt jetzt ja auch.«

Cerryl befeuchtete sich mit der Zunge die Lippen.

»Wir haben dir etwas mitgebracht«, sagte Nall nach einem weiteren Augenblick des Schweigens.

Syodor öffnete seinen Tornister. »Der Tornister gehört auch dir, Cerryl. Früher oder später wirst du ihn ohnehin brauchen.« Er holte etwas heraus. Es glühte weiß in seiner Hand, das Licht ähnelte auf gewisse Weise dem Sonnenlicht und doch wieder nicht. »Das gehörte deinem Papa«, erzählte der Bergmann mit rauer Stimme und hielt Cerryl ein kleines Messer in einer Scheide hin. Messer und Scheide waren klein wie Spielzeuge, so klein, dass sie genau in Cerryls Handfläche passten. »Das auch«, fügte Syodor hinzu und legte einen Spiegel mit Silberrahmen – ein Spähglas – neben das Messer.

Cerryl starrte auf die Gegenstände in seiner Hand und dann zu Nall.

Ihre Blicke trafen sich. »Niemand kann leugnen, wer oder was er ist. Dein Papa hätte kein anderer sein können. Und du kannst es auch nicht, Cerryl. Er spielte schon mit dem Licht herum, noch bevor er richtig sprechen konnte, hat deine Mutter erzählt. Zu jung, sagte sie.« Nall zuckte mit den Schultern. »Du bist schon ein wenig älter. Ich habe dich mit dem Glas und dem Weißen Feuer gesehen. Habe versucht, dich vor einem zu frühen Feuertod zu bewahren.«

Syodor nickte. »Na ja, wir dachten ... wir wollten, dass du die Sachen bekommst, wenn du etwas älter bist. Ich habe sie vom Haus fern gehalten«, fügte der Bergmann hinzu. »Wusste, dass du sie spüren würdest.«

»Hier ist auch ein warmer Wintermantel. Gehörte deinem Papa ... habe ihn für dich aufgehoben, und ein Schal, der beste Schal deiner Mutter ...« Nall schniefte. »Weiß schon, dass du den Schal nicht tragen kannst ... aber ich wollte, dass du etwas hast, was ihr gehörte.« Ganz unvermittelt machte sie einen Schritt nach vorn und umarmte Cerryl. »Haben unser Bestes für dich getan ... und für deine Mama.« Tränen liefen ihr übers Gesicht.

Cerryl fühlte die Wahrheit ihrer Worte und schluckte schwer, auch er kämpfte mit den Tränen. »Das weiß ich. Ich werde euch immer dankbar dafür sein ... immer.« Er schluckte erneut und erwiderte die Umarmung. Dabei spürte er, wie dünn und zerbrechlich sie geworden war.

So plötzlich, wie sie ihn umarmt hatte, zog sich Nall mit zwei schnellen Schritten wieder zurück, schniefte und trocknete sich die Augen. »Ich muss mit Syodor gehen. Alles andere wäre nicht rechtens.«

Syodor umfasste Cerryls Unterarme mit beiden Händen und drückte sie; so knorrig und krumm der einäugige Bergmann auch war, Cerryl fühlte seine Stärke ganz deutlich. »Du bist kein kräftiger Mann, kleiner Cerryl, aber du besitzt eine Stärke, die man nicht mit dem Auge sehen kann. Sei vorsichtig, dann wirst du deinen Weg schon machen.« Syodor lockerte den Griff und trat schnell zurück. »Wir sind stolz auf dich.« Nach einem

Augenblick fügte er hinzu: »Wir müssen nun gehen. Haben morgen eine lange Reise vor uns.«

»Passt auf euch auf … bitte …«, stammelte Cerryl. Er fühlte sich eigenartig taub, er wollte noch etwas sagen oder tun, doch er wusste nicht, was.

»So gut wir können, Junge«, antwortete Syodor, »und du auch.«

Nall schniefte und nickte. Die zwei drehten sich um und marschierten die Straße hinunter.

Cerryl wäre ihnen am liebsten nachgelaufen, doch stattdessen stand er nur da und hielt den Stofftornister in der Hand, in welchen er den Spiegel und das Messer wieder sorgfältig eingepackt hatte. Er sah seiner Tante und dem Onkel nach, die zurück zur Hauptstraße und zu den Minen gingen und dann nach Vergren.

»Cerryl? Was machst du hier …« Dylert hielt inne, als er die zwei Gestalten auf dem Weg zur Hauptstraße sah. »Ist das Syodor?«

»Sie kamen, um sich zu verabschieden«, sagte Cerryl langsam. »Der Herzog hat ihm den Freibrief weggenommen und jetzt müssen sie die Minen verlassen. Nach all den Jahren …«

»Wohin gehen sie?« Dylerts Stimme klang nun weicher.

»Onkel Syodor hat einen Vetter in Vergren. Er wird dort Schafe hüten, sagt er.«

»Traurige Geschichte«, bemerkte Dylert. »Der Bergwerksmeister von Lydiar … als Schafhirte muss er seine letzten Tage verbringen.«

»Ich habe angeboten, ihm zu helfen.« Cerryl senkte den Blick. »Aber Onkel Syodor … hat darauf bestanden, dass ich hier bleibe.« Er sah den Sägemeister an. »Darf ich?«

Dylert lachte traurig und schüttelte den Kopf. »Cerryl, du bist mehr wert, als ich dir zahle. Ich kann dir zwar nicht mehr Geld geben, aber bleiben kannst du, Bursche.« Sein Blick wanderte noch einmal zu den zwei Gestalten auf der Straße. »Bei der Dunkelheit, das soll einer verstehen. Je älter ich werde, desto seltsamer kommt mir alles vor. Bergwerksmeister, der Beste, den es je gab, und nun muss er Schafe hüten.« Der Sägemeister schüttelte noch einmal den Kopf.

Cerryl schluckte und sah den beiden nach. Dylert war schon lange gegangen, als Syodor und Nall am staubigen Horizont verschwanden, verschlungen von den schnellen Schatten der Wolken.

XVI

Über Generationen hinweg stand der Schwarze Turm auf den Höhen der Westhörner, dämonische Kriegerinnen samt Klingen spuckte er aus. Sie beherrschten den Handel und befestigten mit dem Blut jener, die ihr Missfallen erregten, ihre Straßen aus Stein.

Sie duldeten keine Männer auf ihren Gipfeln, die stark genug waren zum Überleben, sie ließen sie fallen wie die leeren Hülsen der Feldfrüchte, sobald sie die Samen aus ihnen gepresst hatten …

Trotz all dieser Niederträchtigkeiten hatte Westwind Bestand und es blühte bis zu dem Tag, an dem die Gilde von Fairhaven einen Helden nach Westwind schickte, einen Fremden, der die Marschallin der Berge mit seinen Liedern betörte. Als Sohn und Tochter geboren waren, lachte die Marschallin und vertrieb den Helden. Und in all ihrer Bosheit ließ sie ihn auf den verschlungenen Wegen der Westhörner von ihrer Garde erschlagen.

Dieser Sohn, sie nannten ihn Creslin, wuchs heran zu einem starken Jüngling, klug wie seine Mutter, die Marschallin. Noch bevor er das Alter erreichte, das ihm Tod oder Verban-

nung eingetragen hätte, flüchtete er aus den Bergen und nahm das Amulett der Dunkelheit mit sich, das die Kräfte der Weiße und des Richtigen über lange Jahre hinweg fern gehalten hatte.

Er kam nach Fairhaven und gab vor, ein armer Soldat zu sein. Aber die Brüder vermochte er nicht zu täuschen. Sie entlarvten die Tarnung, nahmen ihn gefangen und verbannten ihn zum Bau der Großen Straße, weit weg von Fairhaven.

Die Mächte der Dunkelheit mit ihren unergründlichen Pfaden verdarben eine junge Frau und Weiße Magierin aus dem fernen Westen; sie täuschten die Frau, sodass sie glaubte, sie könnte der Herrschaft der Dunkelheit nicht entrinnen, und verleiteten die Magierin Megaera dazu, den Schwarzen Dämon, zu dem Creslin inzwischen geworden war, zu befreien …

Die Farben der Weisse
(Handbuch der Gilde von Fairhaven)
Vorwort

XVII

Im trüben Licht des langen Sommerabends sah sich Cerryl in seinem Zimmer um, das kaum größer als eine Abstellkammer war. Er warf schnell einen Blick zur Tür und nahm dann den kleinen, silbern gerahmten Spiegel aus seinem Versteck hinter dem Wandbrett in der Nische. Sein Antlitz blickte ihm entgegen – dunkelbraunes Haar, ein beinahe dreieckiges Gesicht mit breiter Stirn, weit auseinander stehende graue Augen und ein schmales, fast spitzes Kinn.

Er betastete sein Kinn – noch immer keine Anzeichen von Bartwuchs, und das mit fast vierzehn Jahren. Schließlich legte er den Spiegel auf den Hocker. Danach nahm er das kleine Messer aus der Scheide.

Er betrachtete es mit Augen und Sinnen. Es war zu klein, um es beim Essen zu benutzen. Die Klinge bestand nicht aus Eisen, sondern aus weißlichem Gold oder weißer Bronze, die wie poliertes Silber schimmerte, fast wie ein Spiegel. Das Metall strahlte ein geheimnisvolles Licht aus, ein weißer Schimmer mit einem Hauch von Rot. Dieses Licht, das wusste Cerryl, konnte nur er – oder die anderen Magier von Candar – fühlen.

Er war kein Magier, noch nicht, vielleicht würde er auch nie einer werden. Dennoch konnte er Dinge fühlen, die wahrscheinlich nur Magier fühlen konnten. Hatte sein Vater das auch gespürt?

Nach einem letzten Blick auf die schimmernde Klinge steckte er das Messer zurück in die Scheide und legte beides wieder hinter das Brett in der Nische. Er richtete sich auf dem Bett auf, das nur aus einem Strohsack bestand, der auf einem einfachen Holzgestell lag; darüber hatte er eine zerlumpte, graue Decke gelegt.

Es gab so vieles, was er wissen wollte und nicht zu fragen wagte, nicht nachdem er erfahren hatte, was seinem Vater zugestoßen war. Aber ... ein Mühlengehilfe bleiben, ein ganzes Leben lang? Er verstand nun, was seinen Vater angetrieben hatte. Er wusste aber auch, wie aussichtslos es für seinen Vater gewesen sein musste, oder wie aussichtslos es für ihn nun schien – oder für jedes andere Kind aus armen Verhältnissen –, die Gelegenheit zu bekommen, ein Magier zu werden.

Er schüttelte den Kopf, fast zu heftig. *Warum musste es so sein? Ein Mühlengehilfe? Warum?*

Später, als er sich mit tiefen Atemzügen und den Gedanken an einen angenehmen Frühling auf den Hügeln wieder beruhigt hatte, setzte er sich breitbeinig auf die Bettkante und sah zu Boden. Er konzentrierte sich auf das silberne Spähglas, bis der vertraute weiße Nebel das Silber verdeckte. Er drängte seine Gedanken in den Nebel, er suchte und fragte. »Irgendwo ...«

Ein Gesicht tauchte in der Mitte des Glases auf und wischte die Silbernebel beiseite, das Gesicht eines Mädchens mit rotblonden Locken und grünen Augen blickte aus dem Spiegel und Cerryl ins Gesicht. Diese Augen schauten in sein tiefstes Inneres und lösten ein bisher unbekanntes Verlangen in ihm aus.

»Nein …«, keuchte Cerryl. Er glaubte zu fühlen, wie sie ihn mit der Kraft ihres Blickes körperlich zurückstieß, mit einem Ausdruck im Gesicht, der die Entfernung und die Nebel des Spiegels mühelos überwand, als existierten beide nicht.

Als er wieder auf das Glas blickte, war es nichts weiter als ein leerer Spiegel, der lediglich sein eigenes, schweißüberströmtes Gesicht zeigte.

Wer war sie? Wie konnte ein so junges Mädchen solche Kräfte besitzen? War sie die Tochter eines Weißen Magiers? Oder war es nur ein Trugbild gewesen? Cerryl durchlief ein Schauder, dann steckte er das Glas zurück ins Versteck.

Wer war sie? Die Frage blieb unbeantwortet. Cerryl stand auf und ging zur Tür. Er legte die Hand auf den Türriegel und schüttelte den Kopf. Dann öffnete er den Bretterverschlag vor dem Fenster, um die kühle Abendluft in die Kammer zu lassen. Er hoffte, die Brise würde nicht zu viele Mücken mit sich bringen.

Als er wieder zum Bett kam, fiel sein Blick auf die drei Bücher, die dort nebeneinander lagen – *Olmas Schönschreibheft, Geschichte Candars* und das abgegriffene Buch ganz hinten: *Die Farben der Weiße.* Wenn er die wenigen Seiten der *Farben der Weiße,* die er sich bereits hart erarbeitet hatte, richtig verstanden hatte, bestand das Buch aus zwei Teilen, aber der zweite Teil fehlte. Der erste erzählte davon, warum die Weißen Magier Fairhaven erbaut hatten, der zweite Teil handelte angeblich davon, wie Chaos und Ordnung funktionierten; und genau das war es, was er unbedingt brauchte und wissen musste.

Was nützte ihm Geschichte? Einige Abschnitte waren vielleicht ganz interessant – wie der Fall von Lornth oder der Aufstieg von Sarronnyn, oder die Geschichten über Cyador – doch das meiste erschien Cerryl unbrauchbar für seine Zwecke. Er wollte wissen, was ein Weißer Magier war, welche Fertigkeiten und Begabungen man dazu brauchte und wie man diese Fertigkeiten üben und weiterentwickeln konnte.

Außerdem las sich das Geschichtsbuch nicht sehr gut, er kam nur stockend voran, da er so viele Wörter darin nicht verstand. Er holte tief Luft und seine Augen wanderten zu dem Buch in der Mitte; Erhana hatte es ihm geliehen – *Olmas Schönschreibheft.* Dabei handelte es sich um ein Kinderbuch über Buchstaben. Cerryl kämpfte sich durch die Seiten, lernte stur Buchstabe für Buchstabe; erst wenn er alle Buchstaben auf einer Seite beherrschte, ging er zur nächsten über.

Mit einem resignierten Seufzer schlug er das Buch auf.

Zumindest im Sommer war es noch hell genug, wenn er mit der Arbeit und dem Abendessen fertig war, um ohne das Licht des Kerzenstummels auszukommen. Mit jedem Jahr wurden sein Sehvermögen im Dunkeln und seine Sinne schärfer. Nur in der pechschwarzen Nacht hatte er Schwierigkeiten beim Lesen, doch bis dahin war noch Zeit und außerdem würde er dann schon längst zu müde sein, um mit den selbst erteilten Buchstabenlektionen fortzufahren.

XVIII

Cerryl kam aus der warmen Küche auf die vergleichsweise kühle Veranda, sein Bauch war ganz aufgebläht vom vielen Hammeleintopf, den er gegessen hatte. Seine

Arme und Beine und der Rücken schmerzten. In den letzten Achttagen hatte er die meiste Zeit in den höher gelegenen Wäldern zusammen mit Vienta1 und Brental verbracht. Er hatte gelernt zu beurteilen, wann ein Baum gefällt werden konnte und wann er gefällt werden musste. Das war ihm nicht schwer gefallen. Nicht ganz so einfach fand er jedoch die Arbeit mit der Axt und der Zweimannsäge.

Die Axt machte ihm in der gleichen Art und Weise zu schaffen wie das Sägeblatt; die Dunkelheit des geschliffenen Eisens fühlte sich an wie Feuer und Eis zugleich. Das ehrliche Eisen der Axt glühte heiß unter seiner Berührung, fast hätte er sich die Finger daran verbrannt, obwohl sie schon voller Schwielen waren.

Vielleicht kam Erhana noch auf die Veranda, wenn sie mit dem Abwasch fertig war. Cerryl hoffte es. Er ging zum nördlichen Ende der Veranda und blickte zu den Hügeln hinauf, in denen er nun die meiste Zeit verbrachte. Mit der einsetzenden Dämmerung hob auch das leise Summen der Insekten und das Zirpen der Grillen an.

»Dylert hat noch viel Holz dort oben«, sagte Rinfur hinter ihm. »Man sagt, dass der Familienfreibrief bis auf seinen Urgroßvater zurückgeht.«

»Zu viel Holz«, schnaufte Vienta1, der schon auf der obersten Verandastufe stand. »Zu langer Tag. Zu viele Stämme gefällt. Ich muss mich hinlegen.«

»Das kommt nicht vom Holzfällen«, lachte Rinfur. »Das kommt vom Essen. Du hast für drei gegessen. Einer von deiner Sorte ist aber schon mehr als genug.«

»Sehr lustig«, sagte Vienta1. »Wir sollten dich mitnehmen zum Holzfällen. Bis jetzt haben ja deine Pferde immer die schwere Arbeit machen müssen.«

Rinfur lachte gut gelaunt. »Das kommt, weil ich klüger bin als die Pferde.«

»Nicht viel«, antwortete der stämmige Arbeiter, während er die Stufen hinunterging.

»Es reicht gerade«, gab Rinfur zu und trat neben Cerryl. Schweigend standen sie eine Zeit lang da. Hinter ihnen in der Küche hörten sie Stimmen und Geschirrgeklapper.

Im Nordwesten schien die bereits untergegangene Sonne von hinten auf eine niedrige Wolke, sodass diese in einem kräftigen Rosa leuchtete.

»Ich mag diese Tageszeit«, sagte Rinfur. »Ruhig … nicht zu heiß, nicht zu kalt, die Arbeit ist getan und der Magen gefüllt.«

Cerryl nickte.

»Ich glaube, ich geh noch hinüber zum Stall und sehe nach, wie es dem Grauen geht. Mache mir Sorgen um seine Hufe.« Mit einem Nicken drehte sich Rinfur um und überquerte die Veranda, ließ Cerryl allein am Geländer zurück.

Der Junge fuhr sich mit der Hand durch das noch immer feuchte Haar, das er vor dem Abendessen schnell gewaschen hatte. Er beobachtete die nun grauen Wolken am Himmel.

Die Tür zur Küche ging auf und Cerryl drehte sich um.

»Oh … ich wusste nicht, dass du hier bist, Cerryl«, rief Erhana etwas zu laut; sie hielt ein Buch in der Hand.

»Ich warte auf meine Unterrichtsstunde«, antwortete er mit einem vorsichtigen Lächeln.

»Das ist aber Grammatik für Fortgeschrittene.«

»Ich kann es ja versuchen.«

Erhana zuckte mit den Schultern und setzte sich auf die Bank. Cerryl setzte sich neben sie, vorsichtig, damit sein Bein nicht ihres berührte. Sie öffnete das Buch und Cerryl hörte ihr aufmerksam zu, als sie laut vorlas.

»… der Küfer stellt Fässer aus Dauben her. In den Fässern werden Mehl und Getreide gelagert. Manche Fässer können aber auch Wasser und Wein …«

Cerryl fragte sich, ob wohl alle Grammatikbücher

Dinge beschrieben, die ohnehin jeder wusste. Aber er sagte nichts und versuchte das, was Erhana vorlas, mit den Buchstaben auf der Seite zu vergleichen.

»Es wird dunkel«, sagte Erhana nach einer Weile. »Kannst du das Buch noch sehen?«

»Ich sehe es«, antwortete Cerryl. »Was sind Akolythen?«

»Das steht nicht in den Schulbüchern.«

»Das stimmt, aber ich möchte es trotzdem wissen.«

»Ich kann dir nicht helfen, wenn du mich Dinge fragst, die nicht in den Büchern stehen.«

»Es tut mir Leid.«

»Warum willst du unbedingt lesen lernen?«, fragte Erhana unvermittelt. Sie schlug das Grammatikbuch zu und ließ es auf ihren Beinen ruhen.

»Ich muss mich schließlich weiterbilden«, antwortete Cerryl und rutschte unruhig auf der harten Bank hin und her.

»Sie schreiben in den Büchern nichts über Sägemühlen, du dummer Junge.« Erhana lachte. »Nichts darüber, wie eine Mühle funktioniert.«

»Sollten sie aber«, bemerkte Cerryl. »Jeder weiß über Küfer, Tuchwalker und Schmiede Bescheid.«

»Natürlich. Man lernt lesen, indem man beigebracht bekommt, wie man die Worte, die man schon kennt, schreibt.«

Cerryl bemühte sich, bei Erhanas selbstzufriedenem Gehabe nicht zusammenzuzucken.

»Gibt es denn kein Buch, das alle Worte enthält, auch die, die man noch nicht kennt?«

»Ein Wörterbuch. Siglinda hat eines. Es stehen unglaublich viele Wörter darin und wie man sie schreibt und was sie bedeuten.«

Cerryl zog an seinem Kinn. Wo konnte er ein solches Buch auftreiben? »Ein Wörterbuch?«

»Genau.« Erhana seufzte.

In einer kurzen Schweigeminute hörte Cerryl Stimmen in der Küche. Er strengte sich an, um die Worte zu verstehen.

»… sollten es ihm nicht sagen … glücklicherweise war er oben in den Wäldern, als Wreasohn hier war …«

»… musst es ihm aber früher oder später beibringen, Dylert …«

»… kann nicht ewig hier bleiben.«

»Psst … er ist auf der Veranda. Wir sprechen später darüber.«

»Lass Erhana ihn nur die Buchstaben lehren. Armer Junge.«

Es wurde immer dunkler und Cerryl schluckte. Etwas Schreckliches musste Syodor und Nall zugestoßen sein … aber was? Und warum? Wer konnte einem halb verkrüppelten alten Bergarbeiter und seiner Frau, die einem Vetter beim Schafezüchten halfen, etwas zu Leide tun?

»Du bist so still, Cerryl«, wagte Erhana zu fragen.

»Oh, ich habe nur über Wörterbücher nachgedacht«, log er schnell. »Sie sind bestimmt schwer zu bekommen.«

»Ich glaube schon. Siglinda sagt immer, ihres sei sein Gewicht in Gold wert.« Erhana zuckte die Achseln. »Ich weiß nicht, ob das wirklich stimmt.«

»Bücher sind nicht billig«, behauptete Cerryl. »Sie müssen Seite für Seite kopiert werden.«

»Siglinda sagt, in Lydiar gibt es viele Schreiber. Wenn ich einmal reich bin, werde ich einen anstellen und ihn alle Bücher, die ich will, kopieren lassen.«

Die Tür zur Veranda öffnete sich und Dyella spähte heraus. »Du bist immer noch hier draußen, Erhana?«

»Ja, Mutter.« Erhana stand auf und klammerte sich an ihrem Grammatikbuch fest. »Ich komme.«

»Das wird das Beste sein. Morgen machen wir die ersten Pfirsiche ein.« Dyella warf einen Blick zu Cerryl. »Und bei dir geht's wieder ans Holzfällen, Cerryl.«

»Zum nächsten Hügel«, grollte Dylerts Stimme aus der Küche.

»Ja, Ser«, sagte Cerryl und trat langsam zu den Stufen. »Ich werde da sein.«

»Bis morgen«, rief Dylert noch schnell, bevor Dyella die Tür hinter Erhana schloss.

Cerryls Stiefel polterten auf den Bohlen der Veranda, er war zu müde, um sie ordentlich zu heben. Langsam ging er die Stufen hinunter und in seine Kammer. Seine Beine und der Rücken taten noch immer weh. Er sah zurück zum Haus, das wie ein schwarzer Schatten in die Nacht ragte. Was war seinem Onkel und der Tante zugestoßen? Waren sie an der Pest gestorben? Am Bauchfluss? Hatten sie einen Unfall gehabt?

Der Chor der Insekten stimmte immer wieder neue Melodien an, als Cerryl zu seiner Kammer ging.

Warum wollte Dylert es ihm nicht sagen? Wie konnte er es herausfinden?

Er stolperte fast, als er die Tür zu seiner kleinen Kammer öffnete. Das Spähglas? Er konnte es probieren.

Er schloss Tür und Fenster, holte den Silberspiegel aus seinem Versteck und legte ihn auf den Hocker. Dann setzte er sich auf die Bettkante und konzentrierte sich, er versuchte sich Syodors wettergegerbtes Gesicht vorzustellen, seine starken Hände und die lederne Augenklappe, Nalls graues Haar und die fragenden Augen.

Die Nebel lichteten sich ... enthüllten schließlich eine ausgebrannte Kate. Die Dachbalken waren schwarz und die Lehmziegel geborsten. Die Fenster, umrahmt von schwarzen Rauchkreisen, gafften wie die Augenhöhlen eines Totenkopfes aus dem Spiegel. Schwarze Linien versengten das Gras um die Mauern.

»Nein ...« Cerryl presste die Lippen aufeinander und wehrte die Tränen ab, die in seine Augen stiegen. »Nein.«

Starr saß er auf der Bettkante, um ihn herum nur völlige Dunkelheit, der Spiegel vor ihm war leer.

XIX

Der Graue und der Braune arbeiteten sich langsam vor auf dem Hügel, zogen die Stämme am Lastenzuggeschirr zur Wagenrampe. Rinfur lenkte die mächtigen Rösser, seine Augen beobachten gleichzeitig Pferde, Stämme und die Straße vor ihm.

Dylert, Viental und Brental warteten, bis der letzte Stamm auf die Rampe gezogen war. Dann rollten sie das Holz auf die Ladefläche.

Während die vier Männer die gefällten Stämme auf den Wagen verluden, zersägte Cerryl die kürzeren Äste der Stechkiefer in ellenlanges Koch- und Feuerholz und schichtete die Scheite anschließend sorgfältig auf.

Trotz der Lederhandschuhe, die er von Dylert bekommen hatte, wucherten Blasen auf Cerryls Händen und seine Finger schmerzten, genauso wie Arme, Beine und Rücken. Er sägte weiter, hielt nur inne, um sich den Schweiß wegzuwischen, der dauernd in seine Augen zu laufen drohte. Sein Hemd war völlig durchnässt und seine Füße fühlten sich an, als badeten sie in den schweren Stiefeln im Schweiß.

»Cerryl, Junge«, rief Dylert, als Viental und Brental den letzten Stamm auf dem Wagen festkeilten, »bring die Säge an ihren Platz an der Seite des Wagens und gönn dir eine Pause.«

»Ja, Ser.«

»Sieht so aus, als bliebe es die nächsten Tage trocken. Du und Rinfur, ihr könnt morgen noch einmal heraufkommen und das Feuerholz auf den kleinen Wagen laden.« Dylert grinste den Fuhrmann an. »Ein bisschen Heben wird dir nicht schaden, Rinfur.«

»So lange Cerryl die meiste Arbeit macht.« Rinfur grinste zurück, während er die zwei Pferde aus dem

Lastenzuggeschirr befreite, um sie dann wieder im großen Gespann anzuschirren, das den Langholzwagen hinunter zur Mühle bringen sollte.

Brental hob das Lastengeschirr auf und räumte es an seinen Platz unter dem Kutschbock.

Dylert sah Cerryl an, der gerade die Handsäge verstaute. »Man braucht schon mehr als nur einen starken Rücken.«

Der braunhaarige Junge nickte.

»Muss die Bäume ausmessen.« Dylert wischte sich in der Spätnachmittagssonne über die schweißnasse Stirn, während Rinfur die zwei Rösser umspannte. »Jedes Jahr das Gleiche. Fällt man sie zu früh, verliert man viel Geld. Wartet man zu lange, wird das Kernholz spröde und hart. Du zerbrichst dir nur die Sägeblätter und hast hinterher nichts als Feuerholz und Anzündspäne. Wir haben das größte Sägeblatt in diesem Teil Candars, aber Holz mit einem Durchmesser von mehr als zwei Ellen und einer Spanne können wir auch nicht sägen ...«

Cerryl nickte. Das erklärte, warum in Dylerts Wäldern nur wenige Bäume mit einem Durchmesser von mehr als drei Ellen standen.

»... die alten Bäume brauchen wir, um den Wald zu verankern«, fuhr der Sägemeister fort. »Ganz gleich was sie in Lydiar verlangen, ich fälle nur das Holz, das reif ist zum Fällen.« Er zuckte mit den Schultern. »Was soll aus Brentals Kindern werden, wenn es keine Bäume mehr gibt?«

»Deshalb haben wir Stechkiefern gepflanzt. Sie wachsen schneller und vielen Kunden ist es egal, wie viele Jahre ihre Balken halten, solange sie nicht viel Geld dafür hinlegen müssen.«

»Manche glauben auch, dass sie sowieso nicht mehr leben werden, wenn das Dach oder der Fußboden einbricht«, fügte Brental mit einem bitteren Lachen hinzu.

»Sägemeister, das Gespann ist bereit«, rief Rinfur.

»Dann lasst uns fahren.« Dylert sprang auf den Kutschbock neben den Fuhrmann. Vienta machte es sich auf den Holzstämmen auf der Ladefläche bequem.

Brental sah Cerryl an und schüttelte den Kopf. »Nur Narren und Verrückte reiten auf den Stämmen.«

»Die Narren sind die, die zu Fuß gehen, wenn sie auch fahren können«, witzelte Viental.

»Bis der Reiter nicht mehr laufen kann«, murmelte Brental leise.

Cerryl betrachtete das Holz, aber er konnte kein Anzeichen der rötlichen Weiße entdecken, die ihn bisher immer gewarnt hatte, wenn etwas unter Spannung stand oder kurz vor dem Zusammenbrechen war. Der Wagen schien sich unter der Last der Kiefernstämme lediglich etwas durchzubiegen.

»Weniger als die Hälfte würde draufpassen, wären die Stämme aus Eichenholz«, bemerkte Brental, der sich anstrengte, um dicht hinter dem Wagen zu bleiben. »Und noch weniger, wenn es Schwarzeiche oder Lorkenholz wäre.«

Cerryl musste sich sputen, wenn er mit dem Rotschopf Schritt halten wollte.

»Du bist so still, junger Cerryl«, sagte Brental. Er blickte den Jungen von der Seite an, als sie zusammen hinter dem Wagen den Hügel hinuntergingen. Dylert unterhielt sich leise mit Rinfur und Viental kauerte auf den Stämmen; er lachte bei jedem Schaukeln des Wagens auf dem furchigen Waldweg.

»Ich bin bereits ein wenig müde«, antwortete Cerryl vorsichtig.

»Du hörst dich an wie Erhana, mit ihrer feinen Ausdrucksweise«, meinte Brental und grinste.

In Cerryls Innerem krampfte sich alles zusammen, aber er antwortete nicht darauf.

»Cerryl … ich hab es nicht böse gemeint.«

Vor ihnen wurde der Langholzwagen langsamer und

holperte laut, als Rinfur ihn durch eine Senke im Waldweg lenkte.

»Entschuldige«, entgegnete Cerryl sanft. »Ich weiß, dass du es nicht böse gemeint hast.«

»Weißt du, Cerryl, dass die Leute Papa für reich halten, reicher als die meisten Händler in Lydiar? Und er spricht nicht einmal ihre feine Sprache und trägt keine Umhänge aus Samt, ja nicht einmal Leinenanzüge …« Brental hielt inne. »Er – Papa meine ich – hielt deinen Onkel für einen guten Mann. Das heißt viel bei Papa, denn das sagt er nicht über viele.«

»Ich weiß. Er ist immer gut zu mir gewesen und dafür bin ich sehr dankbar.«

»Du warst schon vom ersten Tag an dankbar, das wissen wir alle, aber das meine ich nicht.« Brental schüttelte den Kopf. »Eine feine Ausdrucksweise sagt nichts aus über einen Menschen. Du arbeitest hart und das macht dich aus, nicht deine Sprache.«

Cerryl nickte. »Hier trifft das zu, aber Onkel … Syodor sagte immer, dass die Menschen draußen in der Welt einen nach der Kleidung und der Sprache beurteilen.«

»Willst du uns denn verlassen?«

»Ich wüsste nicht, wo ich hin sollte.« Cerryl wischte sich den Schweiß ab, damit er ihm nicht in die Augen lief, und versuchte nicht zu humpeln, obwohl jeder Muskel in seinen Beinen schmerzte.

Brental legte die Stirn in Falten.

Der Wagen ächzte in einer scharfen Kurve. Sie passierten eine Stelle, an der Eichen und Ahornbäume wuchsen, die nicht viel höher waren als die Pferde.

»Kann es denn schaden, Erhana zuzuhören und zu versuchen, sich besser auszudrücken?«, fragte Cerryl.

»Nein …«, antwortete Brental lächelnd, »nicht, solange du ordentlich arbeitest. Papa und ich, wir messen dich an deiner Arbeit und nicht an deiner Sprache.«

Cerryl brachte ein Lächeln zu Stande.

XX

Der Handkarren quietschte, als Cerryl die Wagenladung Goldeichenbretter zu dem grün gestrichenen Wagen schob, der vor dem Mühlentor stand. Er hätte am liebsten laut geseufzt, denn das Quietschen bedeutete, dass er die Räder und Achsen wieder schmieren musste, und er hasste es, in den schmutzigen Eimer zu fassen. Genauso hasste er es, dass er hinterher so viel Zeit damit verschwenden musste, sich die Schmiere wieder von den Händen zu schrubben. Wenn es um mechanische Dinge ging, stellte er sich nicht sehr geschickt an, meist endete alles in einem fürchterlichen Durcheinander. Bei Dylert und Brental dagegen wirkten all die Arbeiten in der Mühle immer so mühelos.

Der Handwagen quietschte weiter und übertönte das leise Rumpeln der Räder auf den Steinen.

Unter den hohen Schleierwolken des Spätsommerhimmels lief Cerryl der Schweiß über Gesicht und Rücken. Das Gras auf den Weiden hing schlaff zu Boden, wurde bereits herbstlich braun. Nicht einmal die leichteste Brise hatte sich im vergangenen Achttag geregt.

Cerryl schob und schwitzte und der Karren quietschte und rumpelte über den Weg zur Mühle. Vor dem großen Südtor stand Dylert bei einem Wagen und sprach mit einem schmächtigen Mann mit einem dünnen, rötlich braunen Ziegenbart, der eine ärmellose Lederweste trug.

Die Augen des Jungen wanderten über das Schild auf der Seite des Wagens. Er blinzelte gegen die Sonne und las leise die glänzende Aufschrift: ENFOSS UND SÖHNE, BAUUNTERNEHMER; er fragte sich, was genau Enfoss wohl baute.

Cerryl verlangsamte seine Schritte, als er sich dem Wagen näherte.

»Hier sind sie, Meister Enfoss«, rief Dylert und half Cerryl, den Karren zum Stillstand zu bringen. »Beste Goldeiche.«

»Zu einem stolzen Preis, Meister Dylert.« Enfoss grinste den Sägemeister an, wobei gelbe Rattenzähne aus seinem Gesicht blinkten. »Ich habe aber mehr als nur eine lächerliche Handkarrenladung bezahlt.«

»Ihr habt für drei bezahlt und drei sollt Ihr auch bekommen.« Dylert lächelte Enfoss an; dann half er Cerryl, das Holz auf den großen grünen Wagen zu laden. »Leg einfach alles auf die Ladeklappe und hol gleich die nächste Ladung. Ich staple das Holz selbst auf die Ladefläche.«

»Ja, Ser.« Cerryl nahm immer zwei Bretter.

»Nehmt Ihr auf dem Rückweg noch mehr mit?«

»Bei Euren Preisen, Dylert, ist das kaum möglich.« Enfoss lachte schallend.

»Ihr könnt auch nach Howlett fahren und den doppelten Preis für weniger Ware bezahlen«, schlug der Sägemeister vor. Dabei hob er vier von den schweren Planken hoch, als wären es Federn.

Kurze Zeit später schob Cerryl den leeren Wagen schon wieder zurück zum ersten Holzschuppen, froh darüber, dass der Karren nur in beladenem Zustand quietschte.

Cerryls Hemd war völlig durchnässt, als der grüne Wagen die Straße hinunterfuhr. Enfoss blickte nicht zurück. Dylert und Cerryl sahen ihm nach, bis der Wagen auf die Hauptstraße einbog, die, so hatte man Cerryl gesagt, in die breite steingepflasterte Magierstraße mündete, die von Fairhaven nach Lydiar führte.

Dylert nickte erleichtert, er hatte sich vergewissert, dass Enfoss wirklich auf dem Weg nach Lydiar war, dann drehte er sich um. »Cerryl?«

»Ja, Ser? Ich weiß, dass der Karren geschmiert werden müsste, aber er quietscht nur, wenn er beladen ist.«

Dylert schüttelte den Kopf. »Wären doch nur alle Gehilfen so besorgt um ihr Werkzeug! Ich wollte dir nur sagen, dass du gute Arbeit geleistet hast beim Holzaussuchen. Bin froh, dass ich mir bei dir keine Gedanken machen muss. Den Wagen kannst du auch morgen noch schmieren. Bring den Karren in den ersten Schuppen, dann kannst du dich waschen. Bis zum Abendessen hast du frei.«

»Danke, Ser.« Cerryl grinste.

Beim Ton eines weit entfernten Hornes drehten sich beide zum Weg, der zur Hauptstraße führte. Ein Pferd schleppte sich langsam auf dem letzten Stück der Straße dahin und bog in den Weg ein, der hinauf zur Mühle führte. Jeder Schritt schien von Qualen begleitet zu sein, es kam kaum vorwärts. Ein blonder Mann in dunkler Lederkleidung saß auf dem Ross. Cerryl konnte den Schaum in dessen Maul sehen. Dann hörte er die Hufschläge vieler Pferde und sah eine Staubwolke hinter dem Hügel über der Straße nach Lydiar aufsteigen – gut zwei Meilen östlich von der Mühle.

Wieder erklang eine Trompetenfanfare und eine Kompanie Lanzenreiter tauchte auf dem Hügel auf; sie bewegten sich nach Cerryls Einschätzung in einem flotten Trab fort. Doch er hätte eine Gangart von der anderen nicht unterscheiden können, außer vielleicht Schritt vom gestreckten Galopp.

Sein Blick schweifte zurück zu dem einzelnen Pferd mit Reiter.

Der Reiter winkte ihnen zu. »Ihr zwei. Einer von euch – ihr … ihr müsst mir helfen!« Er gab dem Pferd die Sporen, das Ross ging noch einige Schritte und dann schienen seine Beine nachzugeben. Der Reiter sprang halb vom Pferd, halb fiel er, dann stolperte er und stürzte auf die staubige Straße.

»Cerryl – es gibt Ärger«, murmelte Dylert. »Hilf mir das Mühlentor zu schließen, schnell.«

Cerryl rannte zum Tor und schob, während Dylert zog. Als die lange Schiebetür bis auf eine Elle geschlossen war, winkte Dylert Cerryl zu. »Cerryl! Beeil dich, schließ die Tür des zweiten Schuppens und bleib drin! Du bleibst drin, was auch geschieht. Verstanden?«

»Ja, Ser.« Cerryl nickte und rannte über den Weg zum zweiten Schuppen. Er warf noch einen Blick über die Schulter zurück.

Der Reiter stand auf und sah sich nach den näher kommenden Lanzenreitern um.

Cerryl zerrte an der Schuppentür, die kleiner war als die in der Mühle, bis sie fast geschlossen war, und schlüpfte hinein. Seine Augen wanderten zur Mühle, deren Tor nun verschlossen war, und dann zurück zu dem Straßenabschnitt, den er von seinem Versteck aus sehen konnte. Doch mehr als der Reiter, der nun mit gezogenem Schwert auf die Mühle zuging, war nicht zu erkennen.

Der Junge presste die Lippen aufeinander und zog die Tür ein Stück weiter zu. Er ließ einen winzigen Spalt zwischen dem massiven Türpfosten und der Tür selbst offen, so schmal, dass niemand ihn sehen konnte, der nicht unmittelbar davor stand. Von dort aus beobachtete er das Geschehen.

Der staubige Reiter schleppte sich den Hügel hinauf, bewegte sich mit seiner glänzenden Klinge entschlossen in Richtung Mühle. Seine Augen hefteten sich auf den Schuppen und Cerryl glaubte zu fühlen, dass der Reiter ihn suchte.

Der Mann schleppte sich näher zur Mühle, weniger als zweihundert Ellen trennten ihn noch von Cerryls Versteck. Er trug sein Schwert am Gürtel und nicht in einem Schultergeschirr, wie die dämonischen Frauen es getan hatten und vermutlich auch die Söldner. Seine ärmellose Tunika war verstaubt und verdreckt, ebenso das edle Seidenhemd darunter. Und selbst aus der Ferne konnte Cerryl sehen – oder fühlen –, dass das Gesicht des Flüchtenden gerötet war und dass ein schwaches weißes Glühen ihn umgab, ähnlich dem Glühen, das die Bücher von Cerryls Vater umhüllte.

Die Augen des Gejagten suchten die Gebäude ab und blieben am zweiten Schuppen hängen. Der Reiter drehte sich plötzlich um, als die dröhnenden Hufe näher kamen, näher und näher, bis eine Einheit Lanzenreiter auftauchte, nur noch etwa hundert Ellen von dem Mann entfernt.

Alle Reiter trugen die blauen Uniformen Lydiars, nur einer nicht, er ritt neben dem Offizier der Truppe. Diese Ausnahme war von oben bis unten in Weiß gekleidet: ein Weißer Magier.

Cerryl schauderte, wandte aber den Blick nicht ab.

Der Offizier gab ein Zeichen und die Lanzenreiter hielten die Pferde an. Drei Kämpfer trugen gespannte Bogen, sie ritten an der Spitze der Kolonne und holten mit einer Gewandtheit die Pfeile aus den Köchern, die auf eine lange Erfahrung schließen ließ.

Der Flüchtling richtete sich auf, um den Bogenschützen entgegenzutreten. Er hob eine Hand und ein kleiner Feuerstrahl aus seinen Fingerspitzen flog in hohem Bogen zu den Lanzenreitern.

Cerryl hielt den Atem an, als das Feuer den lydischen Reitern entgegenloderte; niemand bewegte sich mehr.

Der Weiße Magier nickte und gleichzeitig zerfiel der Feuerstrahl und landete kurz vor den Reitern auf dem Boden. Ein Büschel braunes Gras verbrannte zu Asche.

Für einen Augenblick sackten die Schultern des blonden Mannes zusammen; dann richtete er sich wieder auf und reckte sein Schwert gen Himmel. Das Metall glitzerte, als würden die Feuer der Sonne darin brennen, auch als er es nur noch auf Brusthöhe hielt. Er bot den Lanzenreitern mutig die Stirn, bewegte sich nicht von der Stelle.

Der Offizier erteilte schnell einen Befehl und die Bogenschützen legten die eingekerbten Pfeile an.

Die Klinge des Flüchtigen blitzte nur kurz auf und unversehrt stand er da, zwei zerbrochene Pfeile zu seinen Füßen, beide verkohlt und unbrauchbar.

Verblüfft blickte der Offizier den Weißen Magier an. Diesmal erhob der Magier seine Hand und eine größere Feuergarbe loderte dem Blonden entgegen.

Wieder zuckte die goldene Klinge durch die Luft und Funken sprühten um den einsamen Reiter. Cerryl konnte eine schwarze Schramme quer über dem linken Arm des Mannes erkennen. Der Einzelkämpfer atmete schwer, hielt jedoch weiterhin seine eigenartige Klinge in Kampfstellung.

Wieder ging ein Feuerstrahl vom Weißen Magier aus und wurde vom blonden Reiter pariert, und noch einer. Nach dem dritten Feuerblitz konnte der Flüchtling kaum mehr das Schwert heben.

Cerryl hatte den Befehl des Offiziers nicht gehört, aber nun flogen die Pfeile wieder auf den Blonden. Der erste Pfeil traf ihn im Arm. Ein zweiter verfehlte sein Ziel, wie auch der dritte. Der blonde Mann warf sich zur Seite und rutschte auf der Kiesstraße aus.

Im Fall schleuderte er sein Schwert von sich. Es blitzte weiß und golden, während es durch die Luft wirbelte und im Gestrüpp am Wiesenrand landete.

Zwei Feuergarben zuckten hintereinander aus den Händen des Weißen Magiers und explodierten über dem Körper des gefallenen Mannes; eine Flammensäule stieg auf.

Als die Flammen verschwunden waren, blieb nur ein sternförmiger Fleck verbrannten Bodens zurück – kein Körper, keine Asche, nur ein seltsam geformter Stern aus Ruß; Ruß und der Gestank von verbranntem Menschenfleisch.

Cerryl lehnte sich an den Türpfosten und schluckte

schwer, um das Würgegefühl in seinem Hals zu vertreiben. Als er sich wieder im Griff hatte, waren die dröhnenden Hufschläge bereits verklungen und der Weg leer. Selbst der Staub über der Straße nach Lydiar legte sich bereits wieder.

Langsam schob er die Schuppentür auf, nur so weit, dass er hinausschlüpfen konnte. Dann betrachtete er den Weg und die Straße. Die Lanzenreiter und der Weiße Magier waren wirklich schon auf dem Rückweg nach Lydiar.

Zögernd ging er den Weg entlang, er mied den sternförmigen Rußfleck und kam zu dem Gestrüpp, in das der Tote die Klinge geworfen hatte. Das Glitzern schmerzte in den Augen, zwang ihn förmlich, den Blick abzuwenden.

Er kämpfte gegen dieses Gefühl an und folgte dem Blinken ins tiefere Gras. Behutsam berührte er das Schwert und hob es auf, das Heft war aus Bronze und mit einem seidenähnlichen Stoff umwickelt.

Cerryl betrachtete die Klinge, es war weder eine Eisen- noch eine Stahlklinge und auch nicht aus einem ähnlichen Material, sie glich mehr dem Messer, das er von seinem Vater geerbt hatte.

Das Geräusch von Schritten auf der Straße ließ ihn aufschrecken und er versteckte die Klinge hinter seinem Rücken, als er sich umdrehte.

Brental lächelte. »Du musst diese Klinge nicht verstecken, Cerryl. Wir hatten wohl den gleichen Gedanken. Du hast sie gefunden und sie soll dir gehören. Darf ich sie sehen?«

Nach einem Augenblick des Zögerns holte Cerryl das Schwert hervor und sah über Brentals Schulter. Dylert kam den Weg vom Schuppen herunter.

Brental nahm die Klinge und kniff die Augen zusammen. »Ich kann sie kaum erkennen. Die Klinge drängt den Blick förmlich zur Seite.« Er schüttelte sich und gab das Schwert schnell wieder an Cerryl zurück. »Sie gehört dir, wenn du sie haben willst.«

Cerryl nahm die Klinge entgegen.

Dylert nickte, so als wäre er damit einverstanden, dass sie nun Cerryl gehörte.

Brental sah an Cerryl vorbei zur Straße nach Lydiar, bevor er sprach: »Hast du den Feuerstrahl gesehen? Die Flammen, die der arme Kerl geworfen hat? Ziemlich schwache Chaos-Flamme, würde ich sagen.«

»Chaos-Flamme?«, platzte Cerryl heraus.

»Ja, ja«, antwortete Dylert. »Der Bursche mit der Klinge, das war ein abtrünniger Weißer – einer, der ihre Regeln nicht befolgte. Sie sind streng mit dem Chaos und seinem Gebrauch.« Er warf Cerryl einen ernsten Blick zu. »Habe einige gesehen über all die Jahre. Ein Mann mit der Begabung, der die Regeln nicht anerkennt, steht nicht unter ihrem Schutz; die Weißen Magier, sie töten und richten auch ihre eigenen Leute zu Grunde … und das sind noch die Glücklichen.« Bedächtig schüttelte er den Kopf. »Auf ihre eigene Weise handeln sie anständig, anständiger als so mancher Herzog. Aber jeder, der zu ihnen gehört, sollte sich anstrengen, auf der guten Seite zu bleiben. Ja, das sollte er.«

Die gute Seite? Gab es denn eine? Wieder tauchten neue Fragen für Cerryl auf.

»Bin ich froh, dass ich nur ein Mühlenarbeiter bin«, sagte Brental und lachte nervös.

Cerryl zwang sich dazu, nicht auf die Klinge in seiner Hand zu starren. Das Schwert fühlte sich irgendwie gut an, löste gleichzeitig aber auch Unbehagen aus.

»Nun …«, brach Dylert das Schweigen und blickte nach Westen, wo die Sonne schon tief über dem Haus stand. »Das Tagwerk ist vollbracht. Abendessen steht bald auf dem Tisch.« Er drehte sich um und marschierte flott den Hang hinauf.

Brental nickte und folgte seinem Vater.

Die untergehende Sonne wärmte sein Gesicht und Cerryl blickte hinunter auf die Klinge, die gleiche weiße Bronze, aus der das Messer seines Vaters geschmiedet war; er dachte daran, wie der nun Tote die Pfeile und Feuerblitze abgewehrt hatte … und wie vergeblich seine Bemühungen gewesen waren.

Und wie er Cerryl gesucht hatte. Der Junge schauderte.

XXI

Cerryl las den Absatz in dem Buch *Die Farben der Weiße* wieder und wieder; er versuchte, den Klang und die Bilder im Gedächtnis zu behalten, wie es Siglinda ihrer Schülerin Erhana während einer der Unterrichtsstunden beigebracht hatte. Cerryl hatte zufällig mitgehört, als er Holz an der Hauswand aufgeschichtet hatte.

»… alles, was unter der Sonne existiert, kann nur aufgrund des Chaos der Sonne existieren. Selbst der weiseste Magier kann nicht das Geringste auf und unter der Erde wahrnehmen, wenn er dazu nicht das Chaos einsetzt.«

Er schüttelte den Kopf. Die Worte verstand er, doch ihre Bedeutung konnte er nicht erfassen.

Brental hatte gesagt, dass der Mann, der vor den lydischen Lanzenreitern und dem Weißen Magier geflohen war, Chaos-Feuer auf den Magier geschleudert hatte. Cerryl hatte es gesehen, und auch wie der Magier es mit nur wenig mehr als einem flüchtigen Blick abgewehrt hatte. So war es Cerryl jedenfalls erschienen. Dennoch hatte sich der Flüchtige eine Zeit lang mit seinem eigenen Feuer behaupten können.

Cerryl war sich nicht sicher, ob er dem blonden Mann den Sieg gewünscht hätte, das kalte und unbeteiligte Verhalten des Weißen Magiers würde er jedoch so schnell nicht mehr vergessen; als wäre der Blonde nur Ungeziefer gewesen, das es zu vernichten galt.

Er räusperte sich, als er bemerkte, dass er die Worte leise vor sich hin gemurmelt hatte. Mit fest aufeinander gepressten Lippen las er die Seite erneut, dann blätterte er weiter.

Noch immer nichts über Chaos-Feuer.

Er las die nächste Seite und dann noch eine.

Er starrte auf die *Farben der Weiße*. Warum fehlte bloß der zweite Teil, Geschichte war wertlos für ihn. Der zweite Teil hätte bestimmt alles erklärt, auch wie man Chaos-Feuer erzeugte.

Er runzelte die Stirn und zog sich nachdenklich am Kinn, das noch immer bartlos und glatt war. Wie nur konnte er Chaos-Feuer erzeugen?

In der Dämmerung hielt er seine linke Hand hoch und konzentrierte sich darauf, Feuer aus seinen Fingerspitzen züngeln zu lassen, wie es der Flüchtende getan hatte.

War da nicht eben ein Glühen zu sehen gewesen? Für einen kurzen Augenblick leuchtete in der Düsternis ein winziger Funken an der Spitze seines Zeigefingers auf. Dann verschwand der Lichtpunkt wieder. Der Schweiß stand Cerryl in Perlen auf der Stirn. Ein tiefes, hässliches Rot verweilte für wenige Momente in der Luft.

Cerryl holte tief Luft, mehrmals hintereinander.

XXII

Im leichten Nieselregen, der aus den niedrig hängenden Wolken fiel, wusch sich Cerryl mit der dunkelbraunen Wäscheseife Hände und Gesicht an dem Brunnen am Hang über dem südlichen Ende der Veranda. Er schüttelte die Hände in der feuchten Luft so trocken wie er nur konnte. Dann ging er zur Veranda des Wohnhauses. Rinfur war bereits auf dem Weg in die Küche. Viental besuchte – wieder einmal – seine ›Schwester‹.

Dylert wartete mit düsterer Miene auf der obersten Stufe der Veranda.

»Ja, Ser?« Cerryl fühlte, wie sich seine Eingeweide zusammenzogen, aber er behielt den freundlichen Gesichtsausdruck bei.

»Du hast die Buchstaben gelernt, nicht wahr, Junge?«, fragte Dylert und trat einen Schritt zurück. Er gab Cerryl ein Zeichen, sich auf die Bank an der Hauswand zu setzen.

»Ser?« Als Cerryls Blick dem des Sägemeisters begegnete, gelang es ihm, unschuldig dreinzublicken. Er setzte sich nicht.

Dylert lachte. »Junge, aus deinem Blick könnte ich nicht das Geringste schließen, aber meine Tochter kann ich durchschauen wie ein dünnes Blatt Papier.«

»Ja, Ser. Ich habe sie gebeten, mir die Buchstaben beizubringen. Aber nur, wenn ich nicht arbeiten musste, Ser.« Cerryl blickte dem Sägemeister weiterhin direkt ins Gesicht. »Meistens nach dem Abendessen.«

»Ich kann mich nicht im Geringsten über deine Arbeit oder das, was du sonst tust, beklagen, junger Cerryl.« Dylert strich sich über den Bart, dann räusperte er sich. »Das ist nicht das Problem.«

Cerryl sagte nichts und wartete ab.

»Dieser Bursche – der, den der Weiße Magier neulich in die Finger bekam ... So etwas – nun, etwas Ähnliches ist auch deinem Vater widerfahren. Das weißt du, oder?« Dylerts Blick wanderte den Hügel hinunter zu dem Fleck am Straßenrand, wo die Steine und der Lehm noch immer schwarz waren.

»Ich weiß, dass etwas geschehen ist. Aber Onkel Syodor und Tante Nall ... sie haben mir nicht viel davon erzählt.«

»Syodor … er war … er ist nicht der Typ, der über so etwas spricht.« Dylert strich sich erneut über den Bart.

Der Regen prasselte nun schwer auf das Verandadach, ein leichter Windstoß zerzauste Cerryls Haar. Das Wasser tropfte von der Traufe.

»Aber ganz gleich, ob er nun davon gesprochen hat oder nicht, Tatsache ist, dass es für einen Jungen mit so einem Vater gefährlich ist, hier zu bleiben.«

»Haben die Weißen Magier auch Onkel Syodor umgebracht?«, fragte Cerryl vorsichtig. »Freiwillig würdet Ihr mir doch niemals mehr erzählen, als dass er und Nall tot sind.«

»Du bist noch schlauer, als ich bisher geglaubt habe, Bursche.« Dylert runzelte die Stirn. »Sie starben anscheinend im Feuer, das hat Wreasohn uns erzählt. Warum das Feuer ausbrach, daran wage ich nicht einmal zu denken. Und du solltest es auch nicht tun.«

Cerryl nickte *Aber warum? Was hatten sie getan, das die Weißen Magier so erzürnte?* Wenn die Magier wüssten, dass es Cerryl gab, wären sie dann nicht schon lange gekommen?

»Eine Wagenladung Weißeiche muss übermorgen nach Fairhaven gebracht werden. Zu Fasse, dem Kunsttischler.« Der Sägemeister räusperte sich. »Ich habe hier eine Schriftrolle – Siglinda hat mir dabei geholfen –, darin steht, dass du hart arbeitest, geschickt und fingerfertig bist. Es steht auch drin, dass du der Sprössling eines entfernten, verstorbenen Vetters von mir bist.« Dylert blickte Cerryl mit ernster Miene an. »Nenn mich jetzt bloß keinen Lügner.«

»Das würde ich nie tun, Ser.« Cerryl fühlte den wachsenden Schmerz in seinen Eingeweiden, doch er wandte den Blick von Dylert nicht ab.

»So ist es nun mal, Cerryl. Dein Vater und dein Onkel, sie haben Dinge getan, die … nun ja … sie haben nicht … ich meine … die Weißen Magier sind neidisch darauf …

auf etwas … das dem so nahe kommt, was sie tun.« Der Sägemeister wischte sich über die Stirn. »Du bist ihr Sohn und Neffe und in Hrisbarg … nun, so klein wie es ist, jeder kennt nun mal jeden.« Er zuckte mit den Schultern. »In Fairhaven … dort kümmert sich keiner um den anderen … nicht so wie hier jedenfalls.«

Was hatte Onkel Syodor getan? Sein Onkel hatte sich von allem fern gehalten, was mit den Weißen Magiern zusammenhing, und Tante Nall hatte schon einen Anfall bekommen, wenn sie nur einen winzigen Spiegel oder eine Glasscherbe irgendwo in Cerryls Nähe erblickt hatte.

»Mir ist Tellis eingefallen. Er schuldet mir etwas, seitdem ich ihm die besten Goldeichenbalken für seine Werkstatt … und noch einige andere Dinge geschickt habe.« Dylerts Gesicht verdunkelte sich.

Cerryl fragte sich, welch ein Gefallen das wohl gewesen sein mochte, dass der stets freundlich gesinnte Dylert eine solch schlechte Erinnerung daran hatte.

»Tellis ist Dyellas Vetter, ein Schreiber. Du weißt, was ein Schreiber ist?«

Cerryl musste die Verwirrung nicht vortäuschen. Warum sprach Dylert von Schreibern?

»Ein Schreiber schreibt Dinge für andere nieder«, erklärte Dylert langsam, »und in Fairhaven kopieren sie Bücher, solche wie Erhana dich lesen ließ.«

»Ja, Ser.«

»Du wirst Bücher mögen und Tellis schuldet mir, wie gesagt, noch etwas. Sicher kann er einen jungen Burschen gebrauchen, der so hart arbeitet wie du … Fairhaven ist ein besserer Ort für dich … und … nun ja … es ist auch ein besserer Ort … wo jemand … mit dem Talent, das du vielleicht besitzt … wenn du es auch nicht einsetzt … es käme nicht so unerwartet … und Tellis, er weiß, wie die Dinge stehen, wenn du weißt was ich meine …« Dylert räusperte sich lautstark.

Cerryl wusste es. Der Sägemeister machte sich Sorgen, dass ein vorbeikommender Weißer Magier über Cerryl stolpern könnte und Dylert zur Verantwortung zöge. Er glaubte auch, dass Cerryl in Fairhaven sicherer wäre, besonders wenn er seine Fähigkeiten nicht offen einsetzte – oder vielleicht auch gar nicht. »Ja, Ser.«

»Du verstehst mich doch, Junge ... es geht nicht nur um dich ...«

»Ich verstehe, Ser. Ihr wart immer gerecht und gut zu mir.«

»Das Essen ist fertig«, sagte Dylert plötzlich. »Wir reden danach weiter. Du brauchst noch neue Kleider und ein Paar gute Stiefel.«

»Danke.«

»Nach dem Essen«, wiederholte Dylert und öffnete die Küchentür.

XXIII

Unter dem Bann Creslins und seiner Lieder stehend, der ein Nachkomme vom Schwarzen Nylan und der dunklen Sängerin und Magierin Ayrlyn war, überzeugte Megaera ihren Vetter, den Herzog von Montgren, ihr und Creslin Zuflucht zu gewähren, denn die Weißen Brüder verfolgten die beiden und suchten sie aneinander zu binden, bevor sie noch schwärzere Dunkelheit über Candar bringen konnten.

Der Herzog war schwach und gewährte seiner Base und ihrem dunklen Vasallen Schutz. Creslin missbrauchte diesen Zufluchtsort, um seine Macht auszuweiten, bis die Dunkelheit jeden Stein der alten Festung verseucht hatte, bis sie sich selbst die Sonne zum Untertan gemacht hatten.

In den Tiefen dieser Festung nahm Creslin Megaera zur Frau und band sie an sich mit dem dunklen Band, welches bedeutete, dass sie sterben musste, sobald er starb. Solch eine Schmähung des Lichts und des Guten der Weiße konnte selbst der Herzog nicht ertragen und verfiel dem Stumpfsinn.

Aus Angst, die Festung würde sich ohne den Schutz des Herzogs den Kräften des Lichts öffnen, flohen Creslin und Megaera über die nördlichen Hügel.

Da der Vicomte von Certis darum wusste, was das böse Paar Candar anzutun vermochte, sandte er ein Heer nach ihnen aus, aber Creslin bemächtigte sich der Winde des Nordens und schlug mit Speeren aus Eis und Hämmern aus Frost auf diese Streitkraft ein, und aus den Tiefen eines magischen Nebels heraus ermordete er den achtbaren jungen Magier, der die certischen Lanzenreiter anführte; nur eine Hand voll der Lanzenkämpfer kehrte nach Jellico zurück.

Als Creslin und Megaera den Hafen von Tyrhavven erreichten, nahmen sie ein Schiff des Herzogs in Beschlag, belegten die Mannschaft mit einem Bann der Dunkelheit und zwangen diese, die zwei dunklen Magier über den Golf in die Ödnis der Insel Recluce zu bringen …

DIE FARBEN DER WEISSE
(Handbuch der Gilde von Fairhaven)
Vorwort

XXIV

Nachdem sich Cerryl am Brunnen gewaschen und in seiner Kammer fertig angezogen hatte, nahm er den Spiegel heraus und betrachtete sich darin. Das blassgraue Hemd und die Hose waren nicht mehr ganz neu, konnten aber als solches durchgehen, und die dick besohlten Stiefel, die Brental ihm vermacht hatte, schienen kaum getragen zu sein. In seinem Tornister hatte er neben seinen Büchern die zerlumpten Arbeitskleider und eine abgetragene Schaffelljacke verstaut, die mit dem Vlies, das noch kaum verfilzt war, nach innen getragen wurde.

Sein Haar war nun kürzer – Dyella hatte es ihm am Tag zuvor geschnitten –, wobei der Schnitt seine dreieckige Gesichtsform noch mehr betonte. Er befühlte sein Kinn, es zeigten sich die ersten Hinweise auf etwas, das ein Bart werden könnte. Er bezweifelte stark, dass sein Bart jemals der dicken Pracht seines Onkels oder der Dylerts gleichen würde, geschweige denn dem roten Wucherbart, mit dem Brental herumlief.

Der Spiegel wanderte zurück in den Tornister, er hatte ihn in die zweite Garnitur Unterwäsche gewickelt und oben auf die schweren Bücher gelegt. Dann steckte er noch die Schriftrolle hinein, die für Tellis bestimmt war, und schnürte den Tornister zu.

Er sah sich ein letztes Mal in der kahlen Kammer um. Die Decken lagen gefaltet am Fußende des Bettes, das Brett, hinter dem er seine wenigen Wertsachen versteckt hatte, stand wieder an seinem Platz; dahinter lagerte auch das Schwert aus Weißbronze, das Einzige, was er zurücklassen musste, denn es war zu groß, als dass er es irgendwo in seinen Sachen hätte verbergen können.

Es klopfte an der Tür. Cerryl drehte sich um.

»Kommst du, Cerryl?«, fragte Rinfur. »Wir haben noch einen langen Tag vor uns, auch wenn wir jetzt gleich aufbrechen.«

»Ich komme.« Cerryl hob den Tornister vom Hocker und öffnete die Tür. Draußen vor dem Schuppen blieb er stehen und blickte über den Hang. Die Eichen ragten über den Feldern auf wie ehrwürdige Wächter der Nacht und das Grau des Himmels deutete bereits auf den Sonnenaufgang hin. Cerryl schloss die Tür und schluckte. Ein einziger Vogeltriller hallte von den Eichen nach Westen, das nächtliche Summen der Insekten war lange schon verstummt.

Er wandte sich der Mühle zu und hob den Tornister auf seine Schultern. Nachdem Cerryl von Dylert all die Kleider und Schuhe bekommen hatte, hatte er es noch nicht gewagt, den Sägemeister nach seinem Lohn zu fragen; bis zum Schluss hatte er diese Frage aufgeschoben. Nun wünschte er, er hätte es nicht getan. Was konnte er in Fairhaven anfangen, wenn er nur zwei Kupferlinge sein Eigen nannte – genau die zwei Kupferlinge, die er schon in die Mühle mitgebracht hatte? Hätte er dem Toten das Kurzschwert abnehmen sollen? Seine Lippen verschmälerten sich zu einem dünnen Strich. Nicht mit diesem Chaos-Schein darum herum. So viel wusste er: Diese Klinge allein würde ihm schon Ärger einbringen, so sehr es ihm auch missfiel, dass er sie hatte zurücklassen müssen.

Seine Augen wanderten den Hügel hinauf zur leeren Veranda des Wohnhauses. Erhana schlief ohne Zweifel noch, die dünne Rauchsäule aus dem Küchenkamin ließ jedoch erkennen, dass Dyella schon auf war und arbeitete.

Dylert begutachtete ein letztes Mal das Holz, das am vorigen Nachmittag aufgeladen worden war, und Rinfur überprüfte noch einmal das Pferdegeschirr, während Cerryl zum Wagen lief.

»Stell deinen Tornister unter den Kutschbock«, rief Rinfur, ohne aufzusehen.

Cerryl tat wie ihm befohlen.

Als Cerryl sich wieder aufgerichtet hatte, sprang Dylert vom Wagen. »Hier, das schulde ich dir noch, mein Junge, es sind auch noch ein paar zusätzliche Kupferlinge drin.« Dylert zog eine Stoffbörse aus seinem Gürtel und hielt sie Cerryl hin. »Du bist genau wie dein Onkel, du bittest nicht und drängst auch nicht. Irgendwann wirst du das aber einmal müssen.« Der Sägemeister grinste. »Auch deswegen werden wir dich vermissen, Junge. Hast du die Schriftrolle?«

»Ja, Ser.« Cerryl hätte die Börse gern abgetastet, aber stattdessen schnallte er sie sich an den Gürtel. »Ich danke Euch.«

»Du schuldest mir keinen Dank. Du hast hart gearbeitet und dir deinen Lohn verdient. Und die Empfehlung für Tellis.« Dylert lachte. »Er ist manchmal ein wenig schroff. Lass dich davon aber nicht einschüchtern. Verstanden?«

Cerryl nickte. Er räusperte sich.

»Ja, mein Junge?«

»Ser? In … in meiner Kammer … ich meine … es war meine Kammer … in dem Wandbrett unter der Nische … dahinter … da liegt das Bronzeschwert … vielleicht will Brental es haben.«

Dylert nickte ernsthaft. »Vielleicht. Wenn ich es ihm sage … das bleibt unter uns. Ich danke dir, dass du mir das gesagt hast … klug von dir, dass du es nicht mitnehmen willst.«

»Ich dachte … Ihr solltet es wissen.« Die Worte kamen Cerryl nur schwer über die Lippen.

Dylert lächelte und klopfte Cerryl auf die Schulter. »Mach nur so weiter Junge, dann wird es dir nicht schlecht ergehen.«

Rinfur kam zu ihnen.

»Der Reiseproviant, den Dyella eingepackt hat, steht unter deinem Sitz, Rinfur. Diesmal hat sie nicht gespart.« Dylert nickte zu Cerryl. »Er ist noch im Wachstum, würde ich sagen.«

»Weiß nicht, schnell wächst er nicht«, antwortete der Fuhrmann, während er auf den Kutschbock kletterte, »aber er isst, als wäre es so. Steig auf, Junge. Wir haben einen langen Weg vor uns.«

Cerryl folgte Rinfurs Beispiel, da seine Beine kürzer waren, musste er sich jedoch mit den Armen auf den

Kutschbock ziehen. Er sah Dylert an, er wusste, er sollte jetzt etwas sagen, doch er wusste nicht, was. Als Rinfur schließlich mit den langen Zügeln schnalzte, rief er: »Danke, Ser. Danke für alles.«

»Ist schon gut, Junge. Pass auf dich auf und richte Tellis meine besten Grüße aus.«

»Ja, Ser.«

Cerryl musste schlucken, als der Wagen den schmalen Weg hinunter schlingerte, der in die Zufahrt zur Straße mündete. Er hätte gern zurückgeblickt, aber er tat es nicht; stattdessen starrte er auf den Bach links neben der Straße. Seine Augen übersprangen den schwarzen Grasfleck, der selbst nach etlichen Achttagen Regen und Sonnenschein noch zu sehen war.

Rinfur ließ die Pferde nur im Schritt gehen, solange sie die Zufahrt zur Hauptstraße noch nicht erreicht hatten. Am Ende der Zufahrt lenkte Rinfur das Gespann nach rechts … nein, nach links, nicht nach Hrisbarg, sondern genau in die entgegengesetzte Richtung.

»Aber nach Hrisbarg geht es da lang«, rief Cerryl und deutete nach rechts den Hügel hinauf.

»Ja, ja, aber zur Magierstraße geht's da lang, Junge, diese Straße ist viel besser und es geht viel schneller als durch Hrisbarg und Howlett.« Rinfur lächelte und zeigte dabei seine braunen Zähne. »Vertrau mir. Ich kenne mich aus auf den Straßen und Meister Dylert überlässt seinen Wagen nicht jemandem, dem er nicht vertraut.«

Darin bestand für Cerryl kein Zweifel.

»Warst du schon einmal auf einer Magierstraße?«, fragte Rinfur.

»Nein. Bin ja noch nicht einmal auf einem Wagen gefahren, außer um die Mühle herum«, musste Cerryl zugeben, während er unruhig auf dem harten Kutschbock umherrutschte.

»Dann wirst du eine Menge Neues sehen.«

»Wie ist es in Fairhaven?«

Der Fuhrmann lachte. »Einen armen Fuhrmann wie mich darfst du da nicht fragen. Die Häuser ... fast alle sind aus weißem, blitzendem Stein. Alle Straßen und Nebenstraßen sind gepflastert mit weißen Steinen, wie die Magierstraße. Ist sehr friedlich dort. Ein Mädchen könnte splitterfasernackt auf der Straße herumlaufen, so sagt man, und keiner würde es wagen, es anzufassen.« Rinfur grinste. »Ich habe es zwar noch nicht erlebt, aber man sagt, die Weißen Magier senden Lanzenkämpferinnen aus, um die Abtrünnigen in Versuchung zu führen.«

Cerryl befeuchtete sich die Lippen. Er wusste nicht genau, ob der Staub sie bereits so ausgetrocknet hatte oder das eben Gehörte.

»Wer eine Frau belästigt, wird angeblich zum Straßenbau auf die Große Straße am anderen Ende der Osthörner verbannt. Die Gefangenen müssen arbeiten, bis sie tot umfallen, sagt man.«

Der Wagen wurde langsamer, als die Rösser den niedrigen Hügel im Osten der Mühle erklimmen mussten.

»Weißt du, warum Meister Dylert einen Wagen nach Fairhaven schickt?«, fragte Cerryl. Er wollte nicht schweigend dasitzen.

»Nicht so recht«, sagte Rinfur, »Fairhaven liegt auf halbem Weg nach Lydiar und Meister Dylert schickt keine Wagen zum Hafen.« Er zuckte mit den Achseln. »Zweimal im Jahr bringe ich eine Wagenladung zu Fasse. Immer Weißeiche. Die beste Eiche. Er kommt aus Kyphros, er behauptet, dort gebe es keine weiße Eiche.«

Cerryl blickte über seine Schulter auf die Bretter und Balken, die fein säuberlich auf die Ladefläche geschnallt waren. »Das muss ein Vermögen wert sein.«

Rinfur zuckte erneut mit den Schultern. »Kann ich nicht sagen. Das Geld wird von einem Boten überbracht.«

Ein Bote? Dylert hatte Erastus sechs Goldstücke für einen nur zu einem Viertel beladenen Wagen berechnet und der Wagen war bloß halb so groß wie Rinfurs Fuhrwerk gewesen. Erastus hatte schwarze Eiche gekauft, aber selbst wenn Dylert für diese Ladung nur die Hälfte verlangte ... Cerryl schüttelte den Kopf. Mindestens fünfzehn Goldstücke fuhren auf dem Wagen spazieren.

Beim Gedanken an Münzen tastete Cerryl nach seinem eigenen Geld in der Börse und runzelte die Stirn. Er hatte sich ausgerechnet, dass ihm Dylert etwa zwanzig Kupferstücke oder zwei Silberstücke schuldete. Die Börse enthielt mehr als zwei Silberstücke, das wusste er sicher.

Drei Silberstücke und zehn Kupferlinge. Warum? Dylert war doch schon großzügig genug gewesen, ihm die Kleidung und die guten Stiefel zu überlassen. Weil der Sägemeister Cerryl nicht mehr in der Nähe der Mühle haben wollte? Weil er glaubte, er schuldete Syodor etwas?

Der Wagen kroch über die Hügelspitze und gewann bergab wieder an Geschwindigkeit.

»Ruhig ... ruhig«, murmelte Rinfur.

Cerryl stützte sich mit einer Hand auf dem hölzernen Kutschbock ab, um nicht nach vorn zu rutschen.

Am Fuß des Hügels angekommen, kniff Cerryl die Augen zusammen. Vor ihm blitzte eine weiße Linie auf – weiß, trotz des orangefarbenen Lichtes der aufgehenden Sonne; ein weißer Strich, der sich in einem Bogen nach rechts durch die Hügel spannte, als hätte man die Hügel gespalten, um der Straße Durchlass zu gewähren.

Zu beiden Seiten der Magierstraße waren niedrige Steinwände gemauert, im Süden trennte die Mauer die Straße von einem kleinen Fluss.

»Da staunst du, was?«, fragte Rinfur. »Ah ... endlich. Eine Wohltat, auf dieser Straße nach Fairhaven zu fahren.« Rinfur verlangsamte das Gespann mit leichtem Druck auf die Zügel, als er die Pferde an einem leeren

Steinhäuschen vorbeilenkte, das kaum größer war als vier auf vier Ellen. »Manchmal ist hier ein Wachposten stationiert, sie prüfen, ob du auch die Straßenzölle bezahlt hast.«

»Und wenn nicht?«, fragte Cerryl. »Woher weiß man das?«

»Bloß nichts anmerken lassen. Auf der Seite des Wagens, Fahrerseite, klebt eine Plakette. Irgendwie mit Magie festgemacht.«

Die Räder rumpelten über die flachen Steine und Cerryl erinnerte sich an Syodors Worte, die Straße wäre mit Seelen gepflastert. Er presste die Lippen aufeinander und versuchte sich zu entspannen – so weit das möglich war, denn der Wagen wurde schneller auf den glatten, weißen Steinen der Magierstraße, die nun genau nach Westen führte. Richtung Fairhaven.

XXV

Cerryl wischte sich den Schweiß von der Stirn. Trotz der trockenen Brise schwitzte er in der Mittagssonne. Seine Augen blickten über das Gespann hinweg auf die Straße, die so gerade war, dass Cerryl ihren höchsten Punkt in mehr als zweihundert Ellen Entfernung deutlich sehen konnte.

Auch nach einem halben Tag staunte er immer noch über die Straße – sie war so eben, dass der Steinweg auf Dylerts Grundstück grob dagegen erschien, und Meile für Meile wurde sie zu beiden Seiten von niedrigen Steinmauern gesäumt. Auf den Innenseiten der Mauern verliefen links und rechts Entwässerungsgräben, je eine halbe Elle breit und aus den gleichen glatten Steinblöcken erbaut wie die Straße. Alle fünfzig Ellen gab es einen Abfluss durch die Mauer. Nicht ein Grashalm oder sonstiges Unkraut verunstaltete die Steingebilde.

Cerryls Blick wanderte nach links, zur Südseite der Straße, wo die rosaweiße Mauer etwa fünfzehn Ellen zu dem fast ausgetrockneten Bachbett hin abfiel.

»Was weißt du noch über die Magierstraßen?«, fragte Cerryl.

»Was gibt es da schon zu wissen?«, entgegnete Rinfur. Nicht einen Augenblick lang wandte er den Blick vom Pferdegespann. »Mein Großvater fuhr schon auf den Straßen und sein Großvater auch.«

»So alt sehen die Straßen gar nicht aus.« Cerryl besah die niedrige Steinmauer zu seiner Linken. Die exakt geschnittenen Kanten und leicht abgerundeten Ecken wirkten, als hätte man sie erst in den letzten Jahren behauen. Doch er fühlte Dunkelheit und Alter in den Steinen, etwas, das man nur spüren und nicht sehen konnte.

»Sie sind alt.« Rinfur lachte. »Es wird erzählt, dass der Schwarze Dämon Creslin … nun, die Weißen zwangen ihn, die halbe Straße zu bauen, bevor er flüchtete; deshalb floh er auf die Schwarze Insel, um von dort aus Fairhaven zu stürzen. Die Insel gibt es nun schon seit Generationen, aber nichts ist passiert. Sieht auch nicht so aus, als würde irgendwann einmal etwas passieren.«

Cerryl schauderte, als er auf die Straße sah, so gerade, so geordnet, so vollkommen. Vor ihnen tauchte eine dünne, nebelartige Staubwolke auf, die einen Wagen einhüllte.

»Da rüber … los … Brrrhhh!«, rief Rinfur. Das Gespann fuhr auf die rechte Seite.

Neugierig beobachtete Cerryl den entgegenkommenden Wagen. Er wurde von einem Gespann aus vier gleichen Grauen gezogen. Die zwei Männer auf dem Kutschbock trugen blaue Uniformen. Der Kutscher zog fast unmerklich an den Zügeln und der Wagen, der noch länger war als Dylerts Langholzwagen, fuhr näher an die südliche Mauer.

Die Messingverzierungen des Wagens blitzten in der Mittagssonne wie Goldgespinst und die blaue Farbe der Uniformen glänzte metallisch. Eine braune Wagenplane war über die Ladefläche gespannt und verbarg die Ladung.

Hinter dem Wagen ritten vier Lanzenreiter in den gleichen blauen Uniformen, wie sie jene getragen hatten, die den abtrünnigen Magier verfolgt hatten. Cerryl zwang sich, aufrecht zu sitzen und im Vorbeifahren gleichgültig zu grüßen.

Die Räder des blauen Wagens wirbelten weißen Staub in die Luft auf ihrem Weg Richtung Lydiar, wie Cerryl vermutete. Weder der Kutscher noch der Soldat neben ihm schenkten Cerryl oder Rinfur auch nur die geringste Beachtung. Den Lanzenreitern dahinter schienen sie ebenso gleichgültig zu sein.

»Weißt du, wessen Wagen das war?«, fragte Cerryl.

»Vielleicht der des Herzogs – die Farben des Wagens und der Begleitung würden passen«, antwortete Rinfur. »Kommt gerade aus Fairhaven zurück. Wenn man es in Lydiar oder Fairhaven nicht schafft, sagen die Leute, dann schafft man es nirgends.« Rinfur lachte vergnügt in sich hinein. »Außer auf Recluce, aber das darf man nicht zu laut sagen.«

»Warum spricht niemand über Recluce?«, fragte Cerryl.

»Weil das gefährlich ist, besonders in Fairhaven. Die Weißen mögen die Schwarzen nicht sonderlich. Haben es noch nie getan und werden es auch niemals, nicht nachdem der Schwarze Dämon Nylan das alte Cyador zu Fall und die Dunkelheit über Candar brachte.« Rinfur schüttelte den Kopf und warf einen Blick über die Schulter. »Genug geredet, Bursche. Dylert sagt, du kannst lesen und dass du Lehrling wirst bei Tellis, dem Schreiber.

Nun … vermutlich besitzt Tellis Bücher, in denen mehr darüber steht, als ich armer Fuhrmann jemals wissen werde … und beim Lesen bist du auch sicherer.«

Cerryl blickte zurück, aber die Straße war leer.

Rinfur schnalzte mit den Zügeln. »Der Marktplatz in Fairhaven, so etwas habe ich noch nie zuvor gesehen … Gewürze – und Klingen aus allen möglichen bunten Metallen …« Er schüttelte abermals den Kopf. »Das musst du dir ansehen.«

Cerryl nickte und hörte zu, während der Wagen weiter westwärts fuhr.

XXVI

Das Rumpeln der großen Räder und die heiße Nachmittagsluft ließen Cerryls Augenlider immer schwerer werden. Die Sonne, die ihm direkt ins Gesicht schien, tat ein Übriges.

»Bei der Dunkelheit!«

Das ganze Gespann machte einen Satz zur Seite und Cerryl musste sich links und rechts auf dem Kutschbock festkrallen, um nicht hinunterzufallen. Seine Augen standen mit einem Mal weit offen.

»Dämonenverdammter Bote! Glaubt wohl, ihm gehört die Straße allein«, brummte Rinfur. Er hatte das Gespann noch einmal davor bewahrt, an der rechten Mauer entlangzuschrammen.

Cerryl sah zurück, konnte jedoch nur noch eine weiße Staubwolke erkennen.

»… natürlich tut er das. Machst du ihm nicht Platz, lassen dich die Magier auspeitschen.«

»Auch wenn es auf einem Teil der Straße passiert, der durch Lydiar oder Certis führt?«, fragte Cerryl und rutschte unruhig auf dem harten Kutschbock hin und her.

»Darauf kann man fast wetten. Die Magier beherrschen ihre Straße. Und noch vieles mehr.«

Cerryl lauschte gespannt.

»Dylert hat mir etwas erzählt, was sich vor vielen Jahren zugetragen hat. Einer aus der alten Linie der Herzöge, die in Lydiar meine ich, befahl seinen Händlern, die Straßenzölle nicht mehr zu bezahlen, die die Magier erhoben. Drei Tage später standen viertausend Lanzenkämpfer und zwanzig Weiße Magier auf den lydischen Straßen. Sie sprachen kein Wort, kein einziges Wort. Marschierten nur nach Lydiar hinein und steckten den Palast des Herzogs in Brand. Der Herzog war drin, natürlich. Es dauerte vierzig Jahre, bis es jemand wagte, die Ruinen wieder aufzubauen – selbst der von den Magiern ernannte neue Herzog traute sich nicht.«

»Wenn die Weißen Magier doch so mächtig sind, warum stellen sie dann nicht die Herzöge von Lydiar und Certis und ...«

Rinfur hob die freie Hand.

»Es war einmal ein Herzog von Montgren. Er half dem Schwarzen Dämon – Creslin, glaube ich. Die Weißen töteten ihn und alle, die in seiner Festung wohnten. Dann machten sie seine Festung dem Erdboden gleich. Montgren gehört seitdem zu Fairhaven.«

»Du hast gesagt, sie haben es auch in Lydiar getan. Den Herzogpalast zerstört, meine ich. Aber es gibt doch noch einen Herzog von Lydiar.«

»Das stimmt allerdings«, sagte Rinfur. »Alles, was ich weiß, ist, dass kein Herzog oder Vicomte oder wer auch immer den Weißen Magiern in die Quere kommen sollte. Auch sollte kein Fuhrmann es wagen, einem Weißen Boten den Weg zu versperren.« Er zuckte die Schultern. »Wenn man das weiß, dann weiß man genug.«

Cerryl starrte geradeaus. Die Berge, die die Straße hinter Hrisbarg durchschnitten hatten, verwandelten sich nun allmählich in sanfte Hügel mit Bäumen und Weiden. Jede Hügelkette erschien niedriger als die vorhergehende.

»Lange wird es nicht mehr dauern, dann sind die Hügel verschwunden«, bemerkte Dylerts Kutscher.

Cerryl nickte.

Fairhaven lag in einem freundlichen Tal; die Straße schlängelte sich allmählich hin zu den weißen Gebäuden, weißen Straßen und grünen Weiden. Bei den Bäumen handelte es sich hauptsächlich um Nadelbäume, kaum so hoch wie die Dächer, denen sie Schatten spenden sollten. Cerryl konnte keinen einzigen Laubbaum entdecken. Lieferte Dylert deshalb Weißeichenholz nach Fairhaven?

Die Farbe der Pflastersteine hatte irgendwo auf der Strecke von Rosa zu Weißgrau gewechselt, genauso wie die Farbe der Mauern. Als der Wagen den letzten kleinen Hügel hinunterrollte, wichen die Wände neben den Straßen Randsteinen, die kaum höher als eine Spanne waren. Dahinter wuchs Gras, noch immer grün trotz der nahenden Erntezeit.

Cerryl wurde geblendet von der Weiße der Stadt, eine Weiße, die irgendwie heller erschien, als sie tatsächlich war, selbst unter dem klaren Himmel und mit dem grellen Nachmittagslicht in seinem Gesicht. Das Gleißen schien noch stärker zu werden, je näher der Holzwagen der Stadt kam.

»Da vorn sind die Tore«, erklärte Rinfur und zeigte auf die breite, weiße Straße, auf der mindestens vier Wagen nebeneinander fahren konnten.

Cerryl versuchte zu erkennen, worauf Rinfur deutete, aber die Sonne stand so tief, dass jeder Blick nach Westen für Cerryl blendende Weiße in den Augen und Kopfschmerzen bedeutete.

Rinfur brachte das Gespann hinter einem Eselkarren,

auf dem sich Töpferwaren stapelten, zum Stehen. Vor dem Eselkarren stand noch ein Wagen, ein kleiner, der nur von einem knochigen Pferd gezogen wurde und verschiedene Kürbisarten geladen hatte. Der Kürbiswagen stand neben einem kleinen weißen Steingebäude vor den Toren. Die Steintore erschienen Cerryl nicht sehr hoch, nicht höher als zehn oder zwölf Ellen; keineswegs beeindruckend für eine Stadt, die Candar mehr oder weniger beherrschte.

Die zwei weiß gekleideten Soldaten oder Wachen traten vor den Kutscher des Kürbiswagens, untersuchten das Gefährt, warfen einen Blick auf die Kürbisse und winkten den Bauern durchs Tor. Dann kam der quietschende Maultierwagen an die Reihe und Rinfur ließ die Pferde ein Stück vorgehen, musste jedoch die Bremse heftig betätigen, um den Wagen wieder zum Stehen zu bringen.

Ein Quietschen ertönte, als der Langholzwagen schon lange wieder stand. Cerryl drehte sich um. Eine dunkelgraue Kutsche war hinter ihnen zum Stehen gekommen. Sie wurde von zwei Grauen gezogen, auch der Kutscher trug Grau. Er mied Cerryls Blick. Hinter der Kutsche kam noch ein Wagen, den jedoch die Kutsche verdeckte, und so blickte Cerryl wieder nach vorn zu den Toren.

Die zwei Wächter standen nun beim Fahrer des Eselkarrens. Einer zeigte auf die Plakette. Der Fahrer gestikulierte und zog die Schultern hoch, als würde er nicht begreifen.

Cerryl bemühte sich, die Worte zu verstehen.

»… Euer Passierschein ist zwei Jahre alt …«

»Das wusste ich nicht, Ser.« Der Karrenbesitzer zuckte noch einmal die Schultern und sah den Soldaten hilflos an.

»Ihr habt es gewusst. Lügt uns nicht an.« Der größere der beiden Soldaten packte den Mann am Arm und zog ihn vom Wagen.

»Handlanger!«, rief der zweite Soldat. Kurz darauf kamen zwei Männer gesprungen, die den Maulesel ausspannten und ihn durch eine Gasse zu einem niedrigen Gebäude führten. Ein Stall? Cerryl beobachtete weiter den nun unbeaufsichtigten Karren mit Holz und Töpferwaren.

Da, zwei Feuerkugeln zischten von oben aus dem Wachturm und hüllten den Karren ein. Als Cerryl die Augen wieder öffnete, entdeckte er nur einen wadenhohen Haufen weißen Staubes, den die Flammen zurückgelassen hatten. Der leichte Wind wehte den Staub bereits fort.

Cerryl hatte Mühe, sich das Schlucken zu verkneifen, als er die Ströme rötlich weißer Energie sah und fühlte, die um die Tore wirbelten; Energien, die offenbar niemand außer den Magiern, die sie ausgesandt hatten – und Cerryl –, sehen konnte.

Zwei Männer in Ketten schleppten sich aus dem Turm, einer trug einen Besen, der andere eine Schaufel und zwei große Eimer. Noch bevor Cerryl wirklich schlucken konnte, waren die Asche und die zwei angeketteten Männer verschwunden und der Soldat bedeutete Rinfur, den Wagen vorzufahren.

Cerryl drehte sich zu Rinfur.

»Das passiert, mein Junge. Verstehst du jetzt, warum man den Weißen Magiern nicht in die Quere kommen sollte?« Rinfur zog leicht an den Zügeln, nur so viel, dass die Pferde etwa ein Dutzend Schritte machten und den Wagen bis zum weißen Wachposten zogen.

Die zwei weiß gekleideten Soldaten schritten gemächlich vom weißen Randstein bis zum Wagen, als wäre nichts geschehen. Einer kontrollierte die Plakette auf der Wagenseite. Der andere sah Rinfur an. »Welche Ware? Wohin?«

»Weiße Eiche von Dylert, dem Sägemeister aus Hrisbarg. Kommt zu Fasse, dem Kunsttischler, am Platz der

Kunsthandwerker.« Rinfur sprach höflich, man merkte, dass er das öfter machte.

Wie oft hatte der Fuhrmann wohl schon weiße Eiche nach Fairhaven gefahren?

Der zweite Soldat musterte Cerryl für einen Augenblick, dann wandte er den Blick ab, eine eingehendere Untersuchung hielt er offenbar nicht für nötig. Er hob die Plane an und begutachtete die Ladung. Anschließend nickte er dem anderen Soldaten zu. »Holz.«

Der erste Wachposten trat zurück und nickte. »Ihr könnt fahren.«

»Danke«, antwortete Rinfur freundlich.

Cerryl unterdrückte ein Schlucken, bis sich der Wagen wieder in Bewegung gesetzt und die Tore hinter sich gelassen hatte. Geschäfte und Wohnhäuser standen etwas versetzt an der Hauptstraße, die Straße selbst war so unterteilt, dass auf Rinfurs Seite alle Karren, Wagen und Reiter in Richtung Stadtmitte fuhren.

Cerryl stellte jedoch fest, dass mehr Wagen, leere Wagen, wieder in die Richtung der Stadttore fuhren, die er und Rinfur soeben passiert hatten.

Vereinzelt spazierten Fußgänger auf den steingepflasterten Bürgersteigen, die die Hauptstraße flankierten. Nur eine Frau sah auf zu dem Holzwagen, eine junge Mutter in einer blassblauen Tunika und dazu passender Hose; sie trug ein Kind auf der Hüfte.

Cerryl lächelte sie an, erhielt jedoch keine Antwort, denn sie drehte den Kopf weg und setzte ihren Weg in die gleiche Richtung wie der Wagen fort. Der Junge sah ihr noch einen Augenblick nach, aber Rinfur vergrößerte den Abstand zwischen Cerryl und der Frau, sodass er es bald aufgab und wieder nach vorn blickte. Zu beiden Seiten der Straße standen Häuser, breite, aber nicht sehr hohe, einstöckige Gebäude. Jedes davon war von einer niedrigen Mauer mit einem hölzernen Tor umgeben. Bäume mit dunkelgrünen Blättern ragten aus den Höfen, die durch die Mauern entstanden waren. Die dunklen Blätter bildeten einen herben Kontrast zu den weißen Dächern und Wänden.

»Es ist sehr ruhig hier«, bemerkte Cerryl.

»Um einiges ruhiger als in Lydiar, würde ich sagen. Auch friedlicher.«

»Auch … reich?«, traute sich Cerryl zu fragen.

»Ja, das auch. Überall wo Macht ist, ist auch Geld. Und doch kann ich nicht gerade behaupten, dass ich Fairhaven mag«, vertraute Rinfur Cerryl mit leiser Stimme an. »Irgendwie geht es mir nach einer Weile immer auf die Nerven.« Der Fuhrmann zuckte die Achseln, er wandte den Blick nicht von der Straße ab, obwohl er die Pferde nur im Schritt gehen ließ. »Sicherer Ort. Sicherste Stadt in ganz Candar. Du kannst deine Börse auf eine Mauer legen und am nächsten Tag wirst du sie wieder dort finden. Ich selbst würde es zwar nicht ausprobieren, aber die Leuten sagen, es stimmt.«

Cerryls Augen, die sich langsam an den Glanz gewöhnten, sahen nach Westen zu einem allein stehenden weißen Turm auf einem Platz, der mehr als eine Meile entfernt liegen musste. Cerryl sah – oder fühlte – die unsichtbaren rötlich weißen Schlieren, die den Turm umgaben. Wie die Flammen und die Hitze eines Feuers wirkten sie auf ihn, nur dass das, was der Turm hervorbrachte, keine Hitze ausstrahlte, nicht wie ein Feuer jedenfalls. »Was ist das?«

»Das ist der Platz der Magier – und ihr Turm. Da wirst du nicht hinwollen.« Rinfur durchfuhr ein Schauer. »Nein, Ser.«

Cerryl nickte.

Die zwei Straßenhälften teilten sich um einen Kreis, auf dem weiße Steine Wege bildeten und niedrige Laubbäume und Gras wuchsen. Ein kleiner Springbrunnen gurgelte in der Mitte des Kreises. An der Straße reihte sich ein Geschäft an das andere: ein Küfer, ein Kupferschmied und verschiedene andere Läden, deren Symbole auf den Schildern Cerryl nicht kannte, eine Schenke und ein Stall.

»Das ist der Platz der Handwerker. Wir können im Kreis fahren und dann auf dem gleichen Weg wieder zurück, auf dem wir gekommen sind. Da rüber müssen wir.« Rinfur lenkte das Gespann nach rechts in eine Seitenstraße, die fast so breit war wie die Hauptstraße und überhaupt die einzige Straße in Hrisbarg. »Fasse gehört der zweite Laden dort. Kann den Wagen nicht vor dem Geschäft abstellen. Muss den Hintereingang nehmen.«

Cerryl nickte. Nach dem, was er am Stadttor erlebt hatte, bestand für ihn kein Zweifel mehr daran, dass die Gesetze in Fairhaven befolgt wurden. Er blickte zurück auf das Gras des Platzes; bis auf zwei Kinder, die von einem Mädchen, kaum älter als Cerryl, beaufsichtigt wurden, und einem weißhaarigen Mann auf einer Steinbank war niemand zu sehen. Cerryl fühlte, das etwas fehlte, doch er wusste nicht, was es war.

Der Wagen bog in eine Gasse ein und rollte vor dem Hinterhof eines Ladens aus. Ein schmächtiger Mann lief heraus. Alles an ihm war dünn, so stellte Cerryl fest – der schüttere Schnurrbart über den schmalen Lippen, das eckige Gesicht, die schmächtigen Schultern und die spitzen braunen Stiefel.

»Seid gegrüßt, Meister Fasse.«

»Seid gegrüßt … äh … Fuhrmann.« Fasses Augen schnellten unruhig von Rinfur zum Wagen und dann zu Cerryl. »Wer ist der Bursche? Ich brauche keinen Lehrling. Habe seit Jahren keinen Lehrling mehr, danke.«

»Cerryl kennt sich aus mit Holz.« Rinfur zog die Worte in die Länge und aus seinen Augen blitzte der Schalk. Als Fasse den Mund aufmachte, fügte Rinfur schnell hinzu: »Aber er wird morgen früh bei Meister Tellis antreten.«

Fasse schloss den Mund wieder und nickte nervös.

»Soll ich Meister Dylert etwa ausrichten, dass Ihr keinen Lehrling braucht?«, fragte Rinfur gespielt überrascht.

»Keine Lehrlinge«, winkte Fasse ab. »Jetzt nicht. Überhaupt nicht mehr.«

Rinfur überzeugte sich davon, dass die Wagenbremse festgezogen war, dann neigte er den Kopf zu Cerryl, der daraufhin die Schnüre über der Wagenladung lockerte.

»Sei vorsichtig, Junge, dass der Stoff die Eiche nicht zerkratzt. Sogar Eiche kann man zerkratzen.« Fasse lief eilig zur Ladeklappe und schob auf einer Seite den Riegel zurück, Rinfur tat das Gleiche auf der anderen Seite.

Cerryl faltete den Stoff und legte ihn über den Kutschbock, dann sprang er hinunter und ging zum hinteren Teil des Wagens, wo sich die anderen beiden bereits zu schaffen machten.

»Welche zuerst, Meister Fasse?«, fragte Rinfur.

»Die schweren, natürlich, für die großen Gestelle an der Wand. Soll ich vielleicht die dünnen Bretter dort lagern? Allein der Gedanke daran!«

»Nur zwei Planken«, sagte Rinfur, denn um sie herum hatten sie nicht viel Platz.

Cerryl nickte und ging ans andere Ende der Planken, als Rinfur sie aus dem Wagen gezogen hatte. Sie trugen die zwei Hölzer durch eine schmale Tür, die nach außen aufging. Die Tischlerwerkstatt war klein, nicht größer als ein Dutzend Ellen im Quadrat, und die Hälfte des Raumes wurde von den Holzstapeln eingenommen. Cerryls Nase juckte schon beim ersten Sägespan, er wünschte, er könnte sich kratzen, aber er musste das Holz mit beiden Händen tragen. So schniefte er stattdessen, wodurch die Nase nur noch mehr juckte.

»Vorsichtig! Vorsichtig mit der Eiche. Keine Schramme, kein einziger Kratzer. Die Weißen spüren selbst die kleinste Druckstelle sofort.« Fasse tänzelte um Rinfur und Cerryl herum, als sie die breiteren Planken hineintrugen. »Auf das erste Gestell dort, das mit den Lumpen gepolstert ist. Seid bloß vorsichtig.«

Die zwei hoben die Planken auf das gepolsterte Gestell, dann gingen sie zurück zum Wagen und holten die nächste Ladung. Cerryl rieb sich die Nase. Was war nur mit den Sägespänen?

Die Sonne berührte bereits die Dächer der Geschäfte im Westen, als sie unter Fasses Führung den Wagen vollständig entladen und all die weiße Eiche auf die Gestelle gehoben hatten.

Rinfur streckte sich. »Ich muss die Pferde unterbringen. Den Wagen können wir im Hof stehen lassen«, erklärte er.

»Im Stall bei der Schenke?« Cerryl sah sich im Hof um, in dem kaum der Wagen Platz fand.

»Ja. Du fegst den Wagen sauber und deckst ihn wieder zu ...«

»Das mache ich.«

»Meister Fasse?«, rief Rinfur.

»Ja, Fuhrmann?«

»Habt Ihr vielleicht einen Besen, mit dem Cerryl den Wagen sauber machen kann und den Hof, während ich die Pferde in den Stall bringe?«

»Irgendwo hier muss noch ein alter Besen herumstehen.«

Als Fasse mit einem schiefen, mit Stoffresten zusammengebundenen Reisigbesen zurückkam, hatte Rinfur mit dem Gespann schon lange den Hof verlassen.

»Späne und Holzabfall ... in den Kübel dort in der Ecke. Die unbrauchbaren Stücke auch. Kein Fitzelchen Schmutz darf mehr zu sehen sein. Die Patrouille sieht alles.«

»Ja, Ser.« Die Patrouille? Cerryl nickte nur, obwohl er sich mehr als wunderte. Patrouillen in der Stadt? Warum? Wenn der Hof immer tadellos sauber sein musste, warum hatte Fasse dann so lange gebraucht, bis er den

Besen gefunden hatte? Cerryl verspürte das dringende Bedürfnis, den Kopf zu schütteln.

Rinfur kam zurück, als Cerryl schon fertig war mit Fegen und gerade den Wagen Spanne für Spanne mühsam in eine Ecke schob, in der er weder die Werkstatttür noch den Zugang zur Gasse versperrte. Der Fuhrmann half mit seiner Schulter nach, zusammen schoben sie den Wagen an seinen Platz. Zum Schluss breitete Cerryl noch die Plane darüber aus und nahm seinen Tornister.

Als sie fertig waren, stand Fasse plötzlich wieder in der Tür. »Kann euch nicht viel anbieten heute Abend«, sagte er, wobei er die zwei aus Hrisbarg nicht anschaute.

»Was es auch ist, Meister Fasse, wir sind mit allem zufrieden«, antwortete Rinfur mit einem Lächeln. »Wir sind nur arme Mühlenarbeiter.«

»Ah ja … ja, ja … ich frage mal meine Frau.« Fasse drehte sich um und verschwand in einem engen Flur.

»Das macht er immer so«, sagte Rinfur. »Er muss uns zu essen geben, aber er tut es nicht gern. Die Kyphrer, so sagt man, sind alle so.«

Cerryl, von dessen Schulter der Tornister lose baumelte, unterdrückte ein Gähnen. Es war ein langer Tag gewesen, ein sehr langer.

»Es gibt zwar nichts Besonderes zum Abendessen, nur Hammeleintopf mit hauptsächlich Karotten und Zwiebeln drin, aber ihr seid willkommen«, sagte Fasse, der plötzlich wieder in der Tür stand.

»Danke, Meister Fasse«, sagte Cerryl artig.

»Danke«, schloss sich Rinfur an.

Fasse deutete zur Tür und die zwei Gäste traten ein. Die Tür wurde hinter ihnen mit einem Klicken des Riegels geschlossen.

»Bis zum Ende des Flurs und dann die Tür rechts«, wies Fasse sie an.

Cerryl folgte Rinfur den schmalen dunklen Gang entlang und trat dann durch die Tür in einen überraschend hellen Raum, dessen Fußboden aus glatten Goldeichenbrettern gezimmert und dessen Wände makellos weiß gestrichen waren.

Der Duft des Eintopfs erfüllte den Raum, er strömte aus dem Topf, der auf einem hüfthohen, rechteckigen schwarzen Metallgebilde stand, das, wie Cerryl feststellte, der Herd sein musste. Ein Häufchen Kohle lag neben dem Herd, der in einer kleinen Nische mit Fenstern zu beiden Seiten stand. Die Fenster und Läden waren weit offen. Cerryl spürte, dass der Strom chaos-durchwirkter Hitze zum rechten Fenster hinaus entwich.

»Das ist meine Gemahlin, Weylenya.« Fasse deutete mit dem Kopf auf die grauhaarige, rundgesichtige Frau in Braun, die vor dem Herd stand, dann zeigte er auf die Bänke, die zu einem Schragentisch gehörten. Auf den beiden Längs- und Schmalseiten war je ein Gedeck aufgelegt. An den Enden des Tisches konnte man auf Lehnstühlen sitzen.

»Es ist mir eine Ehre«, sagte Cerryl nach einem unangenehmen Augenblick des Schweigens.

»Schön, Euch wieder zu sehen, Meisterin«, begrüßte Rinfur die Frau.

»Nur Eintopf, aber nahrhaft.« Weylenya neigte den Kopf. »Mit Besuch haben wir nicht gerechnet.«

Cerryl wartete höflich vor dem Waschtisch in der Ecke, bis er an die Reihe kam, danach trat er zurück und wartete erneut, bis Rinfur sich einen Platz am Tisch ausgesucht hatte. Dann stellte sich Cerryl hinter die Bank auf der anderen Seite.

»Setzt euch«, sagte Weylenya lächelnd, während sie den Eintopf zum Tisch trug. Die Männer setzten sich und sie schöpfte für jeden Eintopf in die braunen, irdenen Schüsseln. »Das Brot kommt gleich.«

Weylenya stellte einen Weidenkorb in die Mitte des Walnusstisches und bald mischte sich der Duft von Schwarzbrot mit dem des Eintopfs.

»Im grauen Krug ist Bier, gestreckter Wein im braunen«, erklärte Fasse.

Rinfurs Beispiel folgend, goss sich Cerryl gelbes Bier in einen Humpen mit angeschlagenem Griff. Mit einem Kanten Brot in der einen Hand, führte er mit der anderen den Bierhumpen zum Mund. Das Gebräu schmeckte zwar bitter, aber er mochte den Geschmack.

»Gutes Bier«, beteuerte Rinfur. »Hier gibt es immer gutes Bier.«

»Ist von Herlot aus Weevett. Lagert in der kühlsten Ecke der Werkstatt. Das Holz hilft kühlen, warum, weiß ich allerdings nicht.« Fasse nahm einen Schluck aus seinem Humpen. Weylenya trank zwischen kleinen Bissen Eintopf und Brot den dünnen Wein.

Plötzlich saß Cerryl vor einem leeren Napf.

»Ist noch im Wachstum, der Junge.« Die Frau des Tischlers stand auf und kam mit dem Topf zurück. Rinfurs und Cerryls Schüsseln wurden aufgefüllt.

»Danke.« Cerryl lächelte dankbar.

»Ein höflicher Bursche ist das.« Fasse nickte. »Wirklich gute Manieren. Warum bist du nach Fairhaven gekommen? Willst wohl auch reich werden, was?« Fasse lachte. »Hab schon viele junge Burschen gesehen. Alle wollen sie reich oder Magier werden. Eins von beiden.«

Cerryl kaute einen Bissen von dem warmen Brot zu Ende. »Ich werde bei einem Schreiber lernen.«

»Was? Nicht Geld scheffeln?«, fragte der Kunsttischler. »Keine großen Träume?«

Cerryl zwang sich zu einem Lächeln, sagte aber nichts.

»Kannst du lesen?«

»Ja, Ser.«

»Wenn du lesen kannst und keine Flausen im Kopf hast, könnte ein guter Schreiber aus dir werden.« Fasse schüttelte den Kopf. »Zu viel Gesindel will reich oder mächtig werden. Früher war jeder stolz auf seinen Beruf. Da zählte noch die Arbeit, nicht das Geld.«

Das Schmunzeln auf Weylenyas Lippen verriet, dass sie diese Worte schon mehr als einmal gehört hatte.

»Heutzutage wollen die Jungen das Geld schon, bevor noch der erste Tisch gebaut ist, bevor man Wasser ins Fass füllen kann, bevor … ach, was soll's? Es hilft nichts, wenn ein alter Handwerker wie ich auf eine Welt schimpft, die nicht weiß, wo sie hintreibt und wo sie herkommt.« Der Tischler trank den Rest aus dem Humpen, dann sah er Rinfur an. »Ihr zwei schlaft auf dem Dachboden. Ihr wisst wohin, Fuhrmann.«

»Ja, Meister.«

Cerryl aß den Eintopf auf und den letzten Kanten Brot. Ständig musste er selbst während des Kauens ein Gähnen unterdrücken. Der Tag war lang gewesen und seine Sitzfläche schmerzte.

Als er dann schließlich die Leiter zum Boden hinaufgeklettert war und es sich auf der schmalen Pritsche bequem gemacht hatte, konnte er nicht einschlafen, obwohl er hundemüde war. Rinfur hatte gesagt, er unternähme noch einen Spaziergang. Cerryl lag auf dem Bett, das schmäler und härter war als das bei Dylert, und seine Augen wollten sich nicht schließen, hefteten den Blick stur auf die dicken Balken der Decke.

Um ihn herum, hinter den Steinmauern der Werkstatt, fühlte er die rötliche Weiße. Die Energien, die er in den Minen gespürt hatte oder auch bei den Weißen Magiern, die vor der Mühle gegeneinander gekämpft hatten, erschienen ihm nun schwach und unbedeutend im Vergleich zu denen, die Fairhaven durchdrangen. Er schauderte.

Vorsichtig … Er musste sehr vorsichtig sein. Nach allem, was er bis jetzt gesehen hatte, wusste er, dass Fairhaven ein gefährlicher Ort für ihn war – wie für jeden. Inmitten dieser Gedanken fielen ihm schließlich die Augen zu.

XXVII

Cerryl hatte Rinfur geholfen, das Gespann wieder anzuschirren, und nun winkte er, als der Fuhrmann mit dem Wagen aus dem Hof fuhr. Er schluckte, als Rinfur hinter den Häusern der Seitenstraße verschwand.

Dann atmete er tief ein und warf sich den Tornister auf den Rücken; so marschierte er in Fasses Werkstatt. Der Tischler stand in der Vordertür und beobachtete die Hauptstraße und die Passanten.

»Ser? Könnt Ihr mir den Weg zu Tellis, dem Schreiber, erklären?«

»Was? Oh ...« Fasse fuhr herum. »Ja, genau. Dylert schickt dich zu ihm.« Der Tischler fingerte an seinem rötlich braunen Schnurrbart herum, dann hob er die knochigen Schultern. »Tellis? Geh über den Platz und dann durch die Gasse der niederen Handwerker, seins ist das fünfte Haus.«

Cerryl hätte gern gewusst, wer oder was die niederen Handwerker waren, doch der Tischler starrte schon wieder auf die Straße, was Cerryl nicht gerade ermutigte. »Danke, Ser. Danke für Verköstigung und Unterkunft. War sehr gut.«

»Ist schon in Ordnung, Junge. Vielleicht kannst du dich irgendwann einmal revanchieren.« Fasse wandte den Blick nicht von der Straße ab. »Du gehst jetzt besser, ich erwarte nämlich einen Magier.« Der Handwerker deutete auf die glänzende Truhe aus Weißeiche zu seiner Linken.

Cerryl blickte auf das hüfthohe, glänzende Möbel, es schien mit so etwas wie Öl behandelt worden zu sein.

»Muss mit einem besonderen Firnis behandelt werden für die Magier. Alles, was sie anfassen ... zerstören sie mit der Zeit. Der Firnis schützt.« Fasse sah schon wieder auf die Straße.

»Danke.« Cerryl nickte noch einmal und schickte sich an zu gehen.

»Hoher Preis, den sie für die Macht über das Chaos zahlen müssen …«, murmelte der Tischler.

Cerryl trat mit einem Stirnrunzeln auf den etwas erhöhten Bürgersteig; noch immer staunte er über diese Einrichtung. In Hrisbarg legten die Ladenbesitzer bei Regen manchmal Bretter vor ihre Türen, aber Fußgänger und Pferde mussten sich dort die Straße teilen. Cerryl war es gewohnt aufzupassen, wo er seine Füße hinsetzte.

Er wartete, bis ein zweispänniger Wagen, der Körbe voller Kartoffeln geladen hatte, vorbeigefahren war, und überquerte dann die Hauptstraße. Der Bauer auf dem Wagen hatte nicht einen Blick in seine Richtung geworfen.

Die Sonne war noch kaum über die Dächer im Osten gestiegen. Lange Schatten legten sich über weiße Steinstraßen, Gehwege und Bordsteine und ließen das smaragdfarbene Gras noch dunkler wirken. Die Kühle des vergangenen Abends war verschwunden und weder Gras noch Stein wiesen auch nur die geringste Spur von Tau auf. Obwohl die Luft bereits warm war, zeigte sich auf dem Rund, das Rinfur und Fasse einen Platz genannt hatten, keine Menschenseele. Eine Hand voll Menschen bevölkerte die Gehwege, sie kamen meist durch die Tore, die zur Stadtmitte führten. Das Quietschen der Wagenräder und die Hufschläge auf den Steinen stellten die lautesten Geräusche dar.

Cerryl befürchtete, dass schon sein Atem zu laut rasselte für diese stumme Stadt. Er richtete sich auf und folgte dem weißen Gehweg über den leeren Platz zur anderen Seite. Dort zweigte nur eine Straße ab, kein Schild und kein Name wies darauf hin. War das die Gasse der niederen Handwerker?

Er überquerte die Hauptstraße und bog in die Straße ohne Namen ein. Cerryl warf einen neugierigen Blick in die erste Werkstatt, erhaschte einen Blick zwischen hellblauen, offen stehenden Fensterläden an einer weiß gestrichenen Häuserfront hindurch. Ein Töpfer saß dort und machte sich an einem Gefäß zu schaffen, das auf einer fußbetriebenen Scheibe stand. Hinter ihm ragte ein Holzregal auf, das die verschiedensten Töpfe und Schüsseln ausstellte. Der grauhaarige Handwerker bemerkte Cerryls Blick nicht.

Der Junge schlenderte weiter durch die Gasse, die sich genau gegenüber der Seitenstraße befand, von der die Gasse abzweigte, die zu Fasses Hinterhof führte.

In der nächsten Werkstatt entdeckte Cerryl einen Weber. Zwei Mädchen, beide jünger als Cerryl, eines braunhaarig, das andere rothaarig, saßen auf dem Boden und arbeiteten an Brettchenwebstühlen. Hinter ihnen führte ein Mann das Schiffchen an einem Flachwebstuhl blitzschnell hin und her. Sein Webstuhl nahm die Hälfte des kleinen Raumes ein. Dicke Stränge farbigen Garns – alle Farben bis auf Schwarz – hingen von Haken, die direkt an den Dachbalken befestigt waren. Das braunhaarige Mädchen mit dem runden Gesicht lächelte Cerryl scheu an; ohne hinzusehen, führte es geschickt das Garn, das um das Handschiffchen gewickelt war, durch die gespreizten Fäden.

Cerryl erwiderte das Lächeln.

»Schau auf deine Arbeit, Pattera«, ermahnte sie der Weber.

»Ja, Ser«, murmelte das Mädchen und wandte den Blick von Cerryl.

Der Junge nickte und ging weiter seines Wegs. Pattera war ziemlich hübsch, hielt jedoch den Vergleich mit dem rotblonden Mädchen, das er in seinem Spiegel gesehen hatte, nicht stand. Würde er ihr jemals begegnen? Oder war sie die Tochter eines Weißen Magiers, der ihn behandeln würde wie die anderen Weißen seinen Vater – oder den Abtrünnigen bei Dylerts Mühle? Er unterdrückte ein Schaudern. »Vorsichtig, Cerryl«, ermahnte er sich selbst.

In der nächsten Werkstatt standen Reihen von Regalen, in denen kleine Holzkästchen nebeneinander aufgereiht waren, und eine große Kommode mit vielen Schubläden. Tausend Gerüche erfüllten die Luft, Gerüche, die Cerryl nicht kannte. Gewürze? Warum so viele? Der dicke Mann, der mit hölzernem Mörser und Pistill auf einem polierten Tisch hantierte, sah auf und lächelte Cerryl geheimnisvoll an, dann widmete er seine Aufmerksamkeit wieder den getrockneten Kräutern.

In dieser Gasse der niederen Handwerker war es so ruhig, dass Cerryl seine eigenen Fußtritte hörte. Er hatte ein geschäftigeres Fairhaven erwartet, auch so früh am Tag.

Die Reihe der Läden endete an einer Querstraße und nicht in einer Gasse, wie er es erwartet hatte. An der Straßenecke gegenüber befand sich ein weiteres Geschäft und über dessen Tür prangte ein Schild, das ein offenes Buch und einen darüber schwebenden Federkiel zeigte. In der Hoffnung, dass das Schild auf den Schreiber hinwies, überquerte Cerryl die Straße. Einen Augenblick blieb er in der Tür stehen, damit sich seine Augen an den düsteren Raum gewöhnen konnten.

Im vorderen Teil der weiß gestrichenen Werkstatt, auf einem Platz vier auf vier Ellen groß, standen zwei Stühle und eine Vitrine aus Goldeiche. Die Vitrine bestand aus einem Unterbau mit zwei Schubläden und drei Regalbrettern darüber. Im oberen Fach prangte ein Silberkrug und in den unteren beiden drängten sich in Leder gebundene Bücher.

Schon von der Tür aus roch Cerryl das gegerbte Leder. Er betrat den Vorraum, blieb stehen und überflog die zwei Dutzend Bücher im Regal, doch bis auf die verschiedenen Farben der Ledereinbände verrieten die Buchrücken nichts über den Inhalt. Auch trug keines der Bücher die unsichtbare, aber fühlbare weißlich rote Chaos-Hülle, wie sie die drei Exemplare in seinem Tornister besaßen.

Zwei Türen führten aus dem Vorraum: eine auf der rechten Seite, sie war geschlossen, und eine auf der linken Seite. Nach kurzem Überlegen ging Cerryl zur Tür links neben der Vitrine und blieb im Türrahmen stehen.

Ein Mann beugte sich über den Tisch in einem Arbeitsraum, der kaum größer war als der Vorraum. Die gegenüberliegende Wand verstellte ein schwerer türloser Schrank, in den Fächern lagerten gerolltes Leder, Pergament, Palimpsest, Glasgefäße, mit Korken verschlossene Arzneifläschchen aus Steingut und noch viele andere Gegenstände, die Cerryl nicht kannte. Zu beiden Seiten des Schrankes waren Ablageflächen angebracht: Links lag verschiedenes Handwerksgerät, rechts lange grüne Lederstreifen, zwei Spann breit und mehr als zwei Ellen lang. Ein Schreibtisch schloss bündig mit der linken Ecke des Raumes ab, der Arbeitstisch mit der rechten. Der Schreiber nähte etwas mit einer langen Nadel, die zwischen seinen Fingern blitzte.

Cerryl wartete, bis der Mann seine Arbeit unterbrach, dann sprach er: »Meister Tellis?«

Tellis richtete sich auf und drehte sich um. Cerryl blickte in ein hageres und überraschend schmales Gesicht im Vergleich zum rundlichen Körperbau. »Ja, mein Junge? Machst du einen Botengang für deinen Meister?« Der Schreiber kniff die Augen zusammen, als er Cerryl musterte.

»Nein, Ser.« Cerryl stellte sich vor ihn und hielt ihm die Schriftrolle hin. »Meister Dylert schickt mich, Ser.«

Ein kurzes Unbehagen überschattete Tellis' Gesicht, als der Schreiber die Schriftrolle entgegennahm. Cerryl wartete und wandte den Blick nicht vom Schreiber ab, so gern er auch den Arbeitsraum näher untersucht hätte.

Tellis las die Schriftrolle und fuhr sich mit der Zunge über die Lippen, einmal, zweimal, bis er sich dem unteren Ende der Rolle näherte. »Dylert schreibt, du seist ein entfernter Verwandter.«

»Ja, Ser.«

»Er schreibt auch, dass du hart arbeiten kannst. Das schreibt Dylert nicht ohne Grund.« Tellis kratzte sich am Kopf und brachte dabei das dichte braune Haar ziemlich in Unordnung. »Erzähl mir von Meister Dylert. Wie sieht er aus und welche Vorlieben hat er?«

»Meister Dylert ...« Cerryl gelang es, die Stirn nicht zu runzeln. »Er ist den Bruchteil einer Spanne größer als Ihr, Ser, und so groß er auch ist, er ist von drahtiger Statur. Sein Bart ist schwarz mit ein wenig Silber darin. Seine Augen sind braun. Immerzu möchte er die Mühle gefegt haben und die Bretter und Balken in den Schuppen nach Größe und Güte gestapelt.« Cerryl zuckte mit den Achseln. »Seine Ausdrucksweise ist etwas unwirsch, aber er ist gerecht.«

»Und sein Haushalt?«

»Seine Gemahlin, Dyella, ist sehr freundlich.« Cerryl lächelte. »Oft gab sie mir eine extra Scheibe Brot oder sonst etwas zu essen.«

»Wie alle Jungen in deinem Alter denkst du nur ans Essen. Erzähl weiter.«

»Sie hat braunes Haar. Ihres ist dünner als Dylerts. Erhana kommt nach ihrer Mutter, bis auf das Gesicht, und Brental ... ich weiß nicht. Er ist der Einzige mit rotem Haar in der Familie, so viel ich weiß, aber auch er war gut zu mir.«

»Wo ist deine Familie?«

»Alle gestorben. Mein Onkel ... er lebte in Montgren.« Cerryl schluckte und musste gegen die Tränen ankämpfen. Warum brachte ihn diese Frage so aus der Fassung?

»Du hast also bei deinem Onkel gelebt?«

»Ja, Ser. Bis ich bei Meister Dylert anfing.«

»Du vermisst ihn, deinen Onkel, meine ich?«

Cerryl nickte und schluckte erneut. »Meine Tante auch.«

»Dylert … ein guter Menschenkenner, so gut, dass er sich fast selbst damit schadet.« Tellis schüttelte den Kopf. »Tja … nun bist du schon einmal da. Ich brauche eigentlich keinen Lehrling, musst du wissen, aber jemanden, der mir zur Hand geht … könnte ich schon gebrauchen.«

»Ja, Ser.« Cerryl heftete den Blick weiter auf Tellis und sprach höflich.

»Es gibt jedoch allerdings einiges zu beachten, mein Junge …«

»Cerryl.«

»Wichtige Dinge, wenn du beabsichtigst, länger hier zu bleiben.«

Cerryl nickte erneut und versuchte stillzustehen, als der Schreiber ihn noch einmal musterte. Er bemühte sich, ernsthaft und aufmerksam zu wirken.

»Nun, Cerryl … du wirst nach und nach immer mehr lernen. Aber manches wird sich nicht ändern. Du wirst das Wasser für alle holen. Wasser ist knapp hier in Fairhaven und dies ist ein sauberes Haus. Du wirkst ordentlich, aber sauber ist besser. Ich erwarte von dir, dass du mindestens jeden dritten Tag badest und dir immer Hände und Gesicht wäschst, bevor du das Arbeitszimmer betrittst. Das wird nach dem Frühstück und nach dem Mittagsmahl sein. Schmutzige Finger und Schweiß haben schon mehr Bücher zerstört als Feuer oder Ungeziefer. Du wirst noch einen Satz Kleider brauchen. Ich werde sie dir besorgen, aber waschen musst du sie selbst.«

Cerryl nickte gehorsam. »Ja, Ser.«

»Noch etwas. Du wirst einige Zeit bei Arkos, dem Gerber, verbringen. Du wirst mit dem Binden nicht anfangen, bevor du dich nicht mit dem Leder auskennst. Ist das klar?«

Cerryl antwortete wieder mit einem Nicken.

»Mit Pergament genauso.«

»Ja, Ser.« Der Junge stand nur da, langsam befürchtete er, das nächste Nicken würde ihn als dumm und einfältig entlarven.

»Dein Lohn beträgt in den ersten fünf Achttagen einen halben Kupferling je Achttag. Wenn wir danach beide zufrieden sind, dann bekommst du für den Rest des ersten Jahres einen ganzen Kupferling je Achttag. Danach werden wir weitersehen.« Tellis befingerte sein ziemlich spitzes, glatt rasiertes Kinn, dann zog er beinahe angewidert seine Hand weg. »Und wenn ich mit meiner Rede fertig bin ...« Seine Augen wanderten zum Waschtisch in der Ecke. »Wirst du dein eigenes Handtuch bekommen ... Cerryl, nicht wahr?«

»Cerryl ... ja ... Ser.«

»Und wisch dir das Gesicht nicht mit der bloßen Hand ab. Nimm meinetwegen den Ärmel oder einen sauberen Lappen, aber niemals die Hände.«

Cerryl bemerkte, wie er, entgegen aller guten Vorsätze, wieder nickte.

»Nun ... dann wollen wir sehen, wie gut du zuhören kannst. Wiederhol, was ich gesagt habe.«

Cerryl sah dem Schreiber ins Gesicht, als er artig aufzählte: »Ich soll mir stets Hände und Gesicht waschen, bevor ich an die Arbeit gehe. Ich soll mir das Gesicht niemals mit den Händen abwischen. Ich soll mindestens jeden dritten Tag baden. Ich muss für einige Zeit zum Gerber gehen, um etwas über Leder zu lernen, und auch über Pergament, und es ist meine Aufgabe, das Wasser für Haus und Arbeitsraum zu holen. Und ich fange mit einem halben Kupferling je Achttag an.«

»Ein gutes Gedächtnis hast du.« Ein kleines Lächeln huschte über die Lippen des Schreibers. »Folge mir.« Tellis ging durch den Vorraum und dann durch die andere Tür.

Hinter dem Ausstellungsraum befand sich eine winzige Küche mit einem kleinen Eisenherd, der zur Hälfte in die Wand eingemauert war. Am Herd hantierte eine schlanke Frau mit dem Rücken zu Tellis und Cerryl. Rechts von der Küche, hinter einem gewölbten Durchgang, erkannte Cerryl einen Wohnraum mit einem Schragentisch und einer Bank an der Wand, auf der sich Kissen türmten.

Tellis deutete auf die dünne, etwas verwahrlost wirkende Frau, deren dickes, graublondes Haar knapp unter den Ohren gerade abgeschnitten war. »Das ist Beryal. Sie führt den Haushalt, sie und ihre Tochter Benthann.«

»Nein. Ich führe den Haushalt. Benthann führt dich.« Während Beryal sich langsam umdrehte, musterten ihre blauen Augen Cerryl eingehend und er hatte das Gefühl, dass sie durch ihn hindurchschaute. »Ein neuer Lehrling? Wird auch Zeit. Ihr braucht jemanden, der Euch zuhört.«

»Das stimmt allerdings«, lachte Tellis. »Beryal und Benthann können nämlich besser führen als zuhören.«

Cerryl nickte, fragte sich jedoch insgeheim, welcher Art von Haushalt Tellis wirklich vorstand.

»Ihr braucht jemanden, der Euch führt, Meister Schreiber, bei allem außer dem Schreiben.« Beryals kalte Augen wanderten zurück zu Cerryl. »Ich läute die Glocke einmal, wenn das Essen fertig ist. Ein einziges Mal. Das Mittagessen gibt es genau dann, wenn die Sonne am höchsten steht. Heute gibt's Nudeln mit Quagwurzeln … und Schwarzbrot. Zum Abendessen gibt's Bier, Wasser zu den anderen Mahlzeiten, es sei denn, du willst andere Getränke kaufen und sie teilen.« Nach einem abschließenden Nicken drehte sie sich wieder zum Herd und der schweren Eisenpfanne, in der etwas köchelte.

Tellis lächelte wehmütig und bedeutete Cerryl, ihm

durch die Küche zu folgen, vorbei an Beryal, die nicht aufsah. Cerryl stieg der Geruch von zerlassener Butter in die Nase und von fremden Gewürzen, die zwar herrlich dufteten, ihm aber unbekannt waren.

Hinter dem Wohnraum befand sich ein kleiner gepflasterter Hof, bis auf eine Handpumpe samt Auffangbecken in der rechten Ecke gab es dort nichts. »Wir nutzen den Hof nicht oft. Im Sommer ist es hier zu heiß und im Winter zu kalt.« Tellis zeigte auf ein hölzernes Tor in der Mitte der hinteren Mauer, wovon sich links und rechts offenbar zwei kleine Räume befanden. »Links geht es zum Vorratsraum. Die rechte Kammer ist deine. Durch das hintere Tor kannst du kommen und gehen, wie es dir gefällt. Die beste Lösung für alle.«

Cerryl sah sich im Hinterhof um. Es gab noch eine dritte Tür in der rechten Wand und eine schmale Tür neben dem Eingang zum Wohnraum.

»Das sind unsere Gemächer«, erklärte Tellis.

Der Junge fragte nicht, wer mit ›unser‹ genau gemeint war oder welcher Raum von wem bewohnt wurde, er nickte nur.

»Bring deine Sachen in die Kammer. Richte dich ein und komm dann zurück ins Arbeitszimmer.«

»Ja, Ser.«

Tellis nickte und ließ Cerryl allein im Hinterhof zurück. Cerryl überquerte den Hof, der eine Größe von etwa zehn Quadratellen besaß, und öffnete schwungvoll die Tür zu seiner Kammer.

Er ließ den Atem langsam entweichen. Der Raum maß etwa vier auf fünf Ellen, ein Bett stand darin – breiter als das in Dylerts Mühle –, ein Waschtisch mit Krug und Schüssel, ein schmaler Schrank ohne Türen aus abgenutztem Kiefernholz und ein Hocker. Den Steinboden und alle anderen Flächen überzog eine dünne weiße Staubschicht.

Cerryls Nase juckte und er kratzte sich, dann stellte er

den Tornister ans Fußende des Bettes. Er atmete noch einmal tief durch, bevor er den Tornister öffnete und seine Jacke herausholte. Er ließ den zerfledderten ersten Teil der *Farben der Weiße* eingepackt, wie auch das Amulett seines Vaters. Er musste ein Versteck für die Sachen finden, und zwar bald.

XXVIII

Sobald Cerryl sich eingerichtet hatte und in den Arbeitsraum zurückgekehrt war, legte Tellis seine Arbeit beiseite. »Kannst gleich mit dem Wasserholen anfangen. Leere erst die Schüsseln und füll dann die Krüge auf.«

Da tippte jemand von hinten Cerryl auf die Schulter. »So einfach ist das aber nicht. Nimm nur den glatten Eimer, der am Haken hängt. Der grobe Eimer ist zum Schrubben. Pump immer zuerst einen Eimer voll herauf und schütte das Wasser weg. Man weiß nie, was sich in der Pumpe herumtreibt. Leer die Waschschüsseln in den Abwasserkanal, bevor du anfängst, das Wasser heraufzupumpen, und nimm ja nicht den Eimer fürs schmutzige Waschwasser. Der Abwasserkanal befindet sich draußen vor dem Hoftor. Wenn noch Dreckränder in den Waschschüsseln sind, wasch sie unter der Pumpe aus. Das alles musst du vor dem Wasserholen erledigen. Verstanden?«

Cerryl nickte und ging mit der Waschschüssel hinaus in den Hof. Nachdem er diese und auch die aus der Küche ausgeleert hatte, wusch er sie aus und trug sie wieder zurück. Danach erst pumpte er wie befohlen das Wasser herauf, schüttete den ersten Eimer über die polierten Waschsteine, wusch den Eimer aus und füllte ihn.

Er brachte das kostbare Nass ins Arbeitszimmer und füllte den Krug auf.

»Wenn du mit dem Wasser fertig bist, Cerryl ...« Tellis konnte den Satz nicht zu Ende führen, so beschäftigt war er mit der Stockpresse in der Ecke.

»Ich komme gleich.«

Tellis brummte etwas, ohne aufzusehen.

Cerryl stapfte in die Küche, wo Beryal gerade Brotteig knetete. Ein leichter Hefegeruch erfüllte die Küche und Cerryl atmete den Duft tief ein.

»Du kannst die Krüge auf dem Ecktisch füllen.«

»Die kommen ohnehin als Nächstes dran«, sagte Cerryl, der genau wusste, was sie wollte.

»Gut.«

Den leeren Eimer trug er wieder durch den Wohnraum und hinaus in den Hof unter den langen Hebel der Pumpe. Während er den Hebel betätigte, staunte er darüber, dass unter den Straßen sauberes Wasser floss. Zum Glück musste er das Wasser nicht aus einem tiefen Brunnen mit dem Eimer heraufziehen. Mit einem dreiviertel gefüllten Eimer, den er gerade noch tragen konnte, lief er über den Hof. Eine kühle Brise, die den Winter bereits erahnen ließ, zerzauste sein Haar.

»Hallo ...« Ein Mädchengesicht spähte über das weiße Holz des Hintertores. »Bist du Tellis' neuer Lehrling?« Sie kicherte und lächelte scheu, als sie sich eine Strähne ihres braunen Haares aus der Stirn strich. »Du musst es sein. Nur Lehrlinge müssen Wassereimer schleppen.«

Cerryl stellte den Eimer ab und ging zum Tor. Einige Ellen davon entfernt blieb er stehen und betrachtete das Mädchen; er wusste, er hatte sie schon einmal gesehen. Dann fiel es ihm ein. »Du bist Pattera, die Weberin, stimmt's? Ich heiße Cerryl.«

Patteras Lächeln verschwand von ihrem Gesicht. »Woher weißt du meinen Namen?«

»Ich ging an eurer Werkstatt vorbei und dein Vater hat

dich ermahnt, auf die Arbeit zu sehen.« Cerryl grinste. »Das war, als ich Tellis suchte.«

»Oh ... du warst der Junge am Fenster.«

Cerryl wusste nicht genau, ob es ihm gefiel, Junge genannt zu werden, aber er nickte und lächelte weiter.

»Vater mag es nicht, wenn ich den Jungen zusehe.« Sie warf einen Blick über die Schulter die Gasse entlang. »Ich muss jetzt gehen. Ich soll eigentlich zum Markt.« Mit einem letzten schüchternen Lächeln war sie verschwunden.

Cerryl hob den Eimer auf und ging ins Haus.

»Diese Webermädchen machen nichts als Ärger, Cerryl. Pass auf«, rief Beryal. Als Cerryl nicht darauf antwortete, fügte sie hinzu: »Cerryl? Hast du auch den ersten Kübel Wasser weggeschüttet? Ich habe es nicht gesehen.«

»Ich habe den Eimer ausgespült.«

»So wie ich es dir gesagt habe? Genau so, wie ich es dir gesagt habe?«

»Nein, Ser.«

»Dann geh hinaus und tu das und sei dankbar, dass ich dich gefragt habe. Benthann hätte den Krug über deinem Kopf ausgeleert.« Beryal hatte den Brotteig mit einem gazeähnlichen Stoff abgedeckt und schnitt nun hellgrüne Wurzeln in eine Bratpfanne. »Danach hätte sie dich zum Fußbodenwischen verdonnert.«

Ohne ein Wort zu sagen, drehte sich Cerryl um und ging wieder hinaus. Draußen vor dem Tor hob er den Stein zur Seite, der die Kloake verdeckte, und goss das Wasser in die Öffnung. Es war einfacher, sich Beryals Launen zu fügen, als sich mit ihr darüber zu streiten, dass er den Eimer sehr wohl ausgewaschen hatte und einiges Wasser über die Waschsteine hatte fließen lassen, bevor er ihn wieder füllte.

Cerryl legte den Stein zurück an seinen Platz und richtete sich auf, er fühlte sich beobachtet und sah zum Ende der Gasse. Pattera winkte ihm zu, sie stand an der Kreuzung, wo Gasse und Hauptstraße aufeinander trafen. Mit der freien Hand winkte er zurück. Das braunhaarige Mädchen verschwand mit zwei länglichen Broten unter dem Arm in der Gasse der niederen Handwerker.

Zurück im Hof füllte Cerryl den Eimer erneut und schleppte ihn in die Küche, wo er zuerst den Krug auf dem Ecktisch auffüllte.

»Das nächste Mal weißt du es.«

»Ja, Beryal.«

Beryal stieß die Pfanne auf den heißen Herd.

Cerryl lief hinaus in den Hof, weg aus der Hitze der Küche, und wischte sich mit dem Ärmel den Schweiß von der Stirn; draußen hängte er den Eimer an den Haken über der Pumpe. Schnell wusch er sich Hände und Gesicht, wobei er die Kälte des leichten Windes deutlich auf der feuchten Haut fühlte, und lief zurück ins Arbeitszimmer.

In dem Moment, in dem er durch die Küchentür in den Ausstellungsraum lief, rief Tellis: »Cerryl?«

»Ja, Ser.«

»An den Schreibtisch.«

Ehrfürchtig näherte sich Cerryl dem leeren Schreibtisch an der Wand.

»Setz dich hin.« Der Schreiber legte eine in Holz gerahmte Schiefertafel auf den Schreibtisch, daneben das Pergamentpapier, auf dem die Übungssätze standen: einer in Tempelschrift und einer in der Alten Sprache. Jeder Satz enthielt jeden Buchstaben. Tellis gab Cerryl ein Stück Kreide. »Du musst üben. Sieh dir die Muster an. Jeder Buchstabe, den du schreibst, soll aussehen wie der andere – derselbe Buchstabe natürlich.«

Cerryl verstand. Jeder Buchstabe musste mit denen seiner Art identisch sein. Es störte ihn nur die Eintönigkeit dabei, nicht das Ideal, dem sich Tellis verschrieben hatte. »Woher weiß man, ob man ein Buch in Tempelschrift oder in der Alten Sprache schreiben muss?«

Tellis räusperte sich. »Hier in Fairhaven nimmt man meistens die Alte Sprache. Würde ich hingegen in Lydiar schreiben, wäre das meiste in Tempelschrift. Die Schwarzen waren dort stärker nach dem Fall von Cyador und Lornth, und Relyn wird an der Küste noch immer verehrt.«

»Relyn?« Den Namen kannte Cerryl nicht. War Relyn ein Herzog gewesen oder ein anderer Herrscher?

»Der Gründer der Tempel.« Tellis schüttelte den Kopf. »Du musst lesen, Junge. Ich werde dir ein altes Geschichtsbuch geben … aber du musst dir jedes Mal die Hände waschen, bevor du es aufschlägst.«

»Ganz bestimmt«, versprach Cerryl, der sich gleichzeitig fragte, was ihm mehr Wissen über die Geschichte wohl bringen würde. Das Schreiben versprach aber zumindest ein besseres Leben als die Arbeit in der Mühle, und wenn Tellis glaubte, dass Cerryl Geschichtsbücher lesen sollte, so sollte es ihm recht sein.

»Die Tempelschrift ist einfacher und verbreitet sich von Jahr zu Jahr immer mehr.« Tellis zuckte die Achseln. »Die Weißen Magier bevorzugen die Alte Sprache. Dic zwei Sprachen sind sich auch nicht ganz unähnlich, soweit ich das beurteilen kann. Und nun … fang an zu üben.«

Cerryl betrachtete die Kreide zwischen seinen Fingern und dann die Übungssätze in der Alten Sprache, auch wenn er eigentlich nicht hinsehen musste, um die Worte zu wissen. Den Satz konnte er bereits auswendig. Dennoch musste er sich darauf konzentrieren, die Formen der Buchstaben exakt zu kopieren.

Beim Geräusch von Fußtritten im Ausstellungsraum – Cerryl hatte gerade ein Dutzend Zeilen auf die Tafel geschrieben – ließ Tellis die Reparaturarbeiten an der widerspenstigen Stockpresse liegen.

Cerryl drehte sich nicht um. Er fühlte, dass der Kunde ein Weißer Magier war; eine verräterische rötlich weiße Energie breitete sich im Raum aus. Er zwang sich, den nächsten Satz zu kopieren, konzentrierte sich mit zitternden Fingern auf die Buchstaben.

»Was kann ich für Euch tun, Ser?«, fragte Tellis freundlich.

»Habt Ihr *Die Gründung Fyrads und der Weißen Länder?* Sterol sagte mir, dass Ihr Zweitkopien von einigen dieser alten Geschichten verkauft.«

»Ja, Ser. In burgunderfarbenes Leder gebunden, hinten im Regal ... wollt Ihr es sehen?«

»Bitte.« Die Stimme klang gelangweilt.

»Hier. Dieses Buch wurde von der Urfassung abgeschrieben ...«

»Das sehe ich. Zeigt mir die letzten Seiten.«

Cerryl schrieb verkrampft den nächsten Satz in der Alten Sprache. Die Kreide quietschte erbärmlich, und da weder Tellis noch der Magier gerade sprachen, hielt Cerryl inne und nahm das kleine Bronzemesser, um die Unebenheit an der Spitze der Kreide wegzuschaben.

»... der *Rote Schild von Rohrn* interessiert mich nicht ... Habt Ihr *Die Legende von Fornal?*«

»Die schreibe ich gerade ab, edler Magier. Vielleicht habe ich sie in zwei Achttagen fertig.«

»Hier ist ein Silberstück. Das dürfte für *Fornal* reichen, oder?«

»Ja, Ser.«

»Wie ich sehe, besitzt Ihr auch die *Geschichte Cyadors ...* beide Bände. Was verlangt Ihr dafür?«

»Sie sind handgeschrieben, mit Eisengallustinte, Ser. Ein Goldstück und zwei Silberlinge für jedes Buch.«

»Zwei Goldstücke für beide und noch eines für *Fornal,* wenn es fertig ist. Das ist mehr, als ich Euch schon geboten habe, wenn ... wenn es innerhalb von drei Achttagen fertig ist.«

Cerryl schluckte. Drei Goldstücke und ein Silberling für drei Bücher? Er selbst hatte noch nicht einmal ein Goldstück gesehen. Bei seinem Lohn würde er Jahre brauchen, um auch nur ein Goldstück zu verdienen.

»Ja, Ser. Es wird fertig sein.«

»Gut.«

»Soll ich die Bücher liefern?«

»Nein, ich nehme sie gleich mit … wenn Ihr mir etwas gebt, worin ich sie tragen kann.«

»Eine Buchtragetasche. Ich habe eine für Euch, Ser.« Eine Schublade der Vitrine wurde aufgezogen. »Feine Wolle.«

»Legt die Bücher hinein. Vorsichtig, Schreiber. Vorsichtig.«

Cerryl starrte abwesend auf das Geschriebene, als Tellis wieder ins Arbeitszimmer kam.

»Das wird schon besser, Junge. Schau nur immer auf die Muster.« Tellis ging zum Arbeitstisch.

Cerryl hatte die Tafel noch nicht vollständig beschrieben, da stand Tellis wieder hinter ihm.

»Eine schöne Handschrift hast du, junger Cerryl, aber ein Schreiber braucht mehr als eine hübsche Schrift.« Tellis schüttelte den Kopf. »Arbeiten kannst du. Das weiß ich, denn du arbeitest, auch ohne gelobt oder bestraft zu werden, und Dylert kann das besser als jeder andere beurteilen.«

Cerryl sagte nichts. Man musste die Menschen nur aufmerksam anschauen, das ermutigte fast jeden weiterzureden; das hatte Cerryl inzwischen gelernt.

»Aber auch eine schöne Handschrift gepaart mit dem Willen zu harter Arbeit macht noch keinen Schreiber aus dir«, fuhr Tellis fort. »Auch bunte Lederbindung und die beste Naht nicht.« Er hielt inne und sah Cerryl an.

»Was denn, Meister Schreiber?«, fragte der Lehrling, der die Pause als Stichwort nahm.

»Man muss die Worte lieben – und das, was sie berichten. Ein Schreiber ist nicht nur ein Buchbinder. Er ist nicht nur ein Kopist. Er kritzelt nicht nur alte Märchen und Geschichten ab …«

»Aha … du verstopfst also schon wieder die Ohren eines armen Burschen mit Träumen und Gefasel.« Cerryl fuhr herum bei diesem scharfen Ton.

Die junge Frau, die in der Tür des Ausstellungsraumes stand, war blond, gepflegt und muskulös. Die dunkelblauen Augen blitzten und trotz des Lichtes von draußen schien ihr Gesicht von einem Schatten verschleiert zu sein. »Nenn mir seinen Namen. Wenn er bleibt, erinnere ich mich vielleicht an ihn.«

»Cerryl, meine Dame«, antwortete der Lehrling.

»Er ist auch noch höflich. Du suchst dir immer die Höflichsten aus, weil sie dir nicht sagen, wie leer dein Geschwafel doch ist.« Ihre Augen musterten Cerryl. »Ich heiße Benthann. Ich bin diejenige, die Tellis die Tage zur Hölle macht und die Nächte zum Himmel.«

»Benthann …« Die Stimme des Schreibers klang ruhig, gleichgültig. »Hast du das Pergament bekommen?«

»Arkos wird es heute Nachmittag liefern. Hätte ich es vielleicht selbst tragen sollen?« Benthann lächelte. »Außerdem habe ich weniger dafür bezahlt, als du es hättest. Vier Silberlinge das Ries. Letztes Mal haben wir acht bezahlt.« Sie hielt inne.

Cerryl hätte gern Tellis' Reaktion gesehen, aber er wagte sich nicht umzudrehen.

»Nur das Geld zählt, Tellis. Hat heute jemand etwas gekauft?« Benthann warf Cerryl einen Blick zu. »Für gewöhnlich kauft niemand etwas, musst du wissen. Sie schauen nur und hauchen dir nette Worte ins Gesicht, dann gehen sie wieder.« Benthanns Augen wanderten von Cerryl zu Tellis.

Der Schreiber lächelte, beantwortete jedoch ihre Frage nicht.

»Er bräuchte den Laden eigentlich gar nicht«, fuhr Benthann fort. »Als reiner Kopist würde er mehr bezahlt bekommen.«

»Das würde ich nicht«, widersprach Tellis milde, »wenn ich nicht ein geachteter Schreiber mit einem Laden wäre. Du weißt das, Benthann.«

»Du steckst zu viel Geld und Zeit in diese Pressen und Ledereinbände …«

Cerryl fragte sich, warum Tellis nicht einfach erzählte, dass jemand zwei Bücher für drei Goldstücke gekauft und noch ein drittes bestellt hatte. Er sah den Schreiber an.

»Das Leder schützt die Worte und die Weißen wissen das zu schätzen.« Das hagere Gesicht blieb ruhig.

»Du hast für alles eine Ausrede.« Benthann lachte höhnisch. »Wir sehen uns später. Einen schönen Tag noch, Cerryl.«

Bei Cerryls nächstem Lidschlag war die junge Frau verschwunden.

»Sie weiß noch nicht, dass es eine Wahrheit jenseits des Geldes gibt.« Tellis schüttelte den Kopf und schaute Cerryl und dann die Schiefertafel an. »Wisch sie sauber und fang von vorn an, diesmal die Alte Sprache.«

»Ja, Ser.«

Mit einem Lächeln zog Tellis ein dickes Wolltuch hervor. »Nimm das. Wasch es am Ende des Tages aus und häng es über das Gestell hier.«

Cerryl nahm das Tuch und wischte über die Tafel. Welchen Laden hatte Tellis und wer war Benthann?

Mit ausdruckslosem Gesicht säuberte er die Tafel von der Kreide.

XXIX

Cerryl fegte verzweifelt die Sägespäne aus der Sägegrube, aber der kalte Wind, der durch das Osttor pfiff, wehte die Säge- und Holzspäne immer wieder zurück in die Grube, aus der er sie gerade herausgeschaufelt hatte. Seine Arme brannten vom Harz und die Handschuhe hatten Löcher.

Hinter ihm ertönte die Säge wie ein Glockenschlag. *Klannng!!!*

»Steh auf … du fauler Lehrling!«

Verwirrt sah er sich in der Kammer um. Wo war die Nische? Der offene Schrank gehörte nicht ihm. Und seine Bücher?

Er fuhr auf und zitterte in der Kälte. Was war mit den anderen Decken? Eine reichte nicht.

»Das Frühstück ist bald fertig und du musst dich waschen.«

Waschen? Cerryl schüttelte den Kopf und versuchte, aus den weißen Nebeln und Träumen herauszukommen, die ihn umklammert hielten.

Klannng!!!

»Wirst du wohl aufwachen da drin?«, forderte die Stimme. Beryals Stimme, wie er endlich bemerkte.

»Ich bin wach«, krächzte er.

»Tote Frösche hören sich lebendiger an als du. Steh gefälligst auf.« Beryal verschwand.

Langsam stellte er die Füße auf den eiskalten Steinboden und zuckte zusammen. Er stand auf, warf sich, nur mit Unterhosen bekleidet, das abgewetzte Handtuch über die Schulter und trottete mit dem zerbeulten Wascheimer zur Tür. Vor Sonnenaufgang wirkte der Hof grau und düster, schwere Wolken zogen über Cerryls Kopf hinweg. Ein eiskalter Wind peitschte gegen seine nackte Brust, als er den Wascheimer füllte und damit wieder in seine Kammer stapfte.

Sauber gewaschen – und zitternd – zog er sich an und ging hinaus hinters Tor, um das Waschwasser in den Kanal zu schütten. Er sah hinunter zur Gasse der niederen Handwerker, entdeckte jedoch keine Menschenseele. Trotz des kalten Windes wirbelte nicht das kleinste weiße Staubkörnchen durch die Straßen und nicht ein Papierfetzen oder sonstiger Unrat verunzierte die Gasse. Keine einzige Ratte.

Soweit Cerryl wusste, gab es keine Ratten in Fairhaven – zumindest hatte er noch keine gesehen –, und die Straßen wurden sauberer gehalten als so mancher Küchenboden in Hrisbarg. Auch die Luft war reiner, nur manchmal roch es etwas bitter, was Cerryl an die Sägeblätter in der Mühle erinnerte, wenn Dylert sie sauber gemacht, geschärft und geölt hatte.

Er legte den runden Kanaldeckel wieder auf die Öffnung, deren Durchmesser etwa eine halbe Elle maß. Vom Geräuschpegel her könnte man auf eine große Kloake schließen. Cerryl sah noch einmal den Steindeckel an. Warum war dieser so klein? Wieder ein Rätsel, wenn auch nur ein weniger wichtiges, über das es sich kaum nachzudenken lohnte.

Er ging zurück in seine Kammer und hängte den Wascheimer wieder an den Haken neben der Tür. Ohne Jacke lief er über den kleinen Hof in den Hauptraum, der vom Küchenherd beheizt wurde. In der wohligen Wärme nahm er auf der Bank Platz.

»Hast ganz schön lange gebraucht.« Beryal legte zwei Scheiben Brot, die in irgendetwas gebraten waren, auf seinen Teller.

Verdutzt starrte er auf dieses seltsam gebratene Brot.

»Noch nie geröstetes Brot mit Ei gesehen?«

»Nein, Ser.«

»Beryal beherrscht ihre Kunst hervorragend«, verkündete Tellis und setzte sich auf den Stuhl am Ende des Tisches. »Das beste Brot mit Ei in ganz Fairhaven.«

»Euch geht es wohl gut heute Morgen?«, bemerkte Beryal, die am Ofen stand und noch mehr von dem schweren Brot briet.

»In der Tat ist es ein guter Morgen, ein wenig kühl zwar, aber die Winter hier sind mild im Vergleich zu denen in der Ebene von Jellico.« Tellis gähnte.

»Männer.« Beryal grinste.

Cerryl sah sich im Wohnraum um. Benthann? Wenn er so darüber nachdachte, hatte er sie noch nie am Frühstückstisch gesehen.

»Nach Ihrer Majestät brauchst du dich gar nicht umzusehen«, raunzte Beryal. »Vor Mittag steht sie selten auf.«

Cerryl unterdrückte ein verlegenes Husten. Für eine Mutter war Beryal nicht gerade warmherzig zu ihrer Tochter. Nall oder Syodor hatten ihn nie so kalt behandelt und er war nicht einmal ihr richtiger Sohn gewesen. Auch Dylert war nie so hart gewesen, auch nicht als Brental einmal fast das große Sägeblatt mit einem Lorkenstamm zerstört hatte, dessen Kernholz völlig verhärtet war.

Tellis hustete laut.

»Hustet und schnaubt nicht über mich, Meister Tellis. Ich koche und putze und mache alles im Haushalt, wie Ihr es wünscht, aber sagen darf ich ja wohl, was ich will.« Das Brutzeln in der Pfanne unterstrich Beryals Worte und sie betonte sie noch einmal, indem sie den Steingutteller mit dem gebräunten Brot vor Tellis auf den Tisch knallte.

Cerryl starrte betreten auf seinen Teller und sah nur auf, wenn er nach seinem Becher mit kühlem Wasser griff.

»Ich weiß nicht, warum ich euch zwei noch immer hier behalte«, murmelte Tellis.

»Wir wissen es schon und es gibt keinen Grund, darüber noch ein Wort zu verlieren«, antwortete Beryal, die schon wieder am Herd stand, um ihre eigenen Frühstückseier zu braten. »Cerryl, willst du noch mehr?«

»Wenn ich noch etwas haben könnte … gern.«

»Das kannst du und du fragst auch nicht wie eine Schlafmütze.« Beryal trug die Pfanne zum Tisch und ließ ein drittes braunes Brot mit angebratenen Eiern auf seinen Teller gleiten.

»Aber das war für Euch bestimmt.«

»Davon haben wir genug. Ich verhungere schon nicht, nicht in diesem Haus.« Beryal grinste. »Und danke, dass du dir um mich Gedanken machst.«

Als sie ihm den Rücken zudrehte, grinste Tellis zu Cerryl hinüber.

Cerryl wusste zwar nicht, was dieses Grinsen bedeuten sollte, aber er erwiderte es unsicher. »Sehr gutes Brot, Ser.«

»Da hast du Recht«, bestätigte Tellis. »Genieß es, so lange du kannst.«

Beryal setzte sich Cerryl gegenüber und aß ihr Eibrot. Schweigend frühstückten die drei. Cerryl bemerkte es erst, als er plötzlich vor einem leeren Teller saß. Er unterdrückte ein Rülpsen, nahm einen letzten Schluck Wasser und sah dann Tellis an.

»Fang schon mit der Arbeit an, Cerryl. Ich komme gleich. Du machst heute mit dem Abschreiben der *Wissenschaften* weiter, aber fang noch nicht an.«

»Ja, Ser.« Cerryl stand auf und ging zum Waschtisch, er wusch sich die Hände und trocknete sie sorgfältig ab. Im Arbeitszimmer stellte er zuerst das Buch auf den Vorlagenhalter, öffnete es jedoch noch nicht an der markierten Stelle. Dann nahm er das Taschenmesser und schnitt eine frische Kante an seinen Federkiel, anschließend legte er ihn neben das Tintenfass.

Mit einem zurechtgeschnitzten Zweig rührte er die

Tinte um und prüfte deren Beschaffenheit. Sollte er Wasser nachfüllen? Das war noch nicht nötig, entschied Cerryl. Er nahm sich das oberste Pergament vom Stapel im Schrank und holte das Falzbein, um das Blatt zum Schreiben vorzubereiten. Nachdem er die Seite geglättet hatte, rückte er sich den Hocker zurecht.

»Sehr gut«, rief Tellis, als er ins Arbeitszimmer eilte. Der Schreiber wühlte im untersten Fach des Schrankes und zog ein rechteckiges Stück Pergament heraus, das er auf den Schreibtisch legte.

»Übungspergament. Nicht zum Schreiben, sondern zum Kratzen.« Er schloss den Mund und hüstelte. »Hast du gesehen, wie ich deine Fehler immer wegkratzen muss?« Tellis zeigte ihm das scharfe Messer. »Es wird Zeit, dass du besser wirst, das schaffst du jedoch nur durch Übung. Die Klinge muss sehr scharf sein und unbedingt sauber. Eine schmierige Klinge – und das Öl vermischt sich mit der getrockneten Tinte und hinterlässt Flecken und Punkte, sodass du noch tiefer kratzen musst, um sie zu entfernen.«

»Ja, Ser.« Das klang logisch in Cerryls Ohren.

»Und du musst die Klinge schräg ansetzen, fest, aber gefühlvoll, sodass du die Tinte vom Pergament abkratzen kannst. So wie hier. Sieh mir zu.« Tellis wischte das Messer mit einem sauberen weißen Tuch ab, dann hängte er das Tuch wieder an einen Haken. Das Messer verschwand fast zwischen seinen Fingern, als er die Klinge in der obersten Zeile des Übungsblattes ansetzte. »Siehst du?«

Cerryl zwinkerte. Dort wo gerade noch drei Worte zu sehen gewesen waren, strahlte das Pergament nun so weiß, als wäre es nie beschrieben gewesen.

»Kein Ersatz für gutes Pergament. Papier, selbst das Strohpapier, ist nach ein paar Jahren nur noch Staub, besonders hier in Fairhaven. Ein Buch aus Pergament hält ewig, wenn es pfleglich behandelt wird.« Tellis hielt inne. »Ich zeige es dir noch einmal. Schau genau hin.«

Cerryl sah zu, wie zwei weitere Worte sich in Nichts verwandelten.

»Nun versuch du es.«

Cerryl nahm das Messer und das Tuch und wischte die Klinge ab, wie er es bei Tellis gesehen hatte.

»Gut. Üb nur ja keinen Druck auf die Klinge aus. Stumpf wird sie früh genug.«

Dann bewegte der Lehrling die Klinge über das nächste Wort der Zeile und er hörte schon am Kratzgeräusch, dass er es nicht richtig machte.

»Nein ... nein ...« Tellis Stimme verriet seine Ungeduld. »Halt die Klinge so schräg, wie ich es dir gezeigt habe. Du willst doch nur eine dünne Schicht des Pergaments abkratzen, so dünn, dass es wieder sauber ist. Du musst die Maserung und das Haar des Pergaments spüren, so glatt es auch sein mag.«

Cerryls Finger fühlten sich bereits an wie dicke Daumen, doch erneut setzte er das Messer auf dem abgenutzten Palimpsest auf und versuchte, dem Beispiel Tellis' zu folgen.

»Schon besser ...« Tellis richtete sich auf. »Wenn du die nächsten zwei Seiten abgeschrieben hast, probierst du es noch einmal. Ein gutes Palimpsest – wirklich gutes – sollte so glatt und sauber sein, dass niemand außer den besten Schreibern es von einem neuen Pergament unterscheiden kann.«

»Ja, Ser.«

»Wenn ich bis dahin nicht zurück bin, schreib noch zwei Seiten ab und übe dann weiter auf dem Palimpsest. Ich muss mich bei Nivor über die letzten Galläpfel beschweren. Sie vermischen sich nicht richtig.« Tellis schüttelte den Kopf. »Und im Eisensulfat ist zu viel Schwefel. Mit der Zeit wird die Tinte die Seiten verbrennen, aber das werde ich bei meinen Büchern nicht zulassen.«

»Wie lange dauert das?«, fragte Cerryl.

»Jahre, Cerryl, mein Junge, aber Bücher müssen ewig halten, nicht bloß ein paar Jahre. Was nützt ein Buch, das noch vor seinem Schreiber zu Staub zerfällt?«

Cerryl nickte, obwohl er nicht sicher war, ob er mit seinem Meister darin übereinstimmte. Viele Menschen stellten Waren her, die ihren Hersteller nicht überlebten, und doch wurden die Waren geschätzt. Und das meiste, was er bisher abgeschrieben oder gelesen hatte, hatte nur von alltäglichen Dingen gehandelt und hätte nicht niedergeschrieben werden müssen, oder es hatte sich um Dinge gehandelt, die den meisten Menschen nicht viel nützten.

Als Tellis hinaus in den kalten Morgen entschwunden war, sah sich Cerryl das Buch auf dem Vorlagenhalter – *Die Wissenschaft des Himmels* – genauer an und las die Zeilen laut vor.

… wussten nicht, dass die Sterne nicht auf einer entfernten, gewölbten Fläche befestigt sind, sondern in großen Abständen zueinander in einem so unvorstellbar unendlichen Raum verstreut liegen …

Unvorstellbar unendlich? Die Worte bohrten sich in Cerryls Gedanken. So unendlich, dass man die Entfernung nicht verstehen oder begreifen konnte? Er schüttelte den Kopf. Warum schrieben die Weißen Magier über solche Dinge? Wo befanden sich die Bücher, die vom Umgang mit Chaos berichteten? Oder Ordnung? Die Sterne mochten ja weit entfernt sein, so weit weg, dass die alten Engel eine Ewigkeit reisen mussten, aber diese Bücher würden ihm nicht bei der Beherrschung des Chaos helfen.

Er atmete tief durch, dann noch einmal; erst danach tauchte er die Feder erneut in die Eisengallustinte und schrieb die nächste Zeile der Vorlage … und dann die nächste.

Er schrieb zwei Seiten und kratzte dann zwei Zeilen auf dem Palimpsest weg, dann fing er mit den nächsten zwei Seiten von der *Wissenschaft des Himmels* an.

… und da sich die Sterne in so großer Entfernung zur Sonne befinden, gelangen die Feuer des Chaos von der Sonne nicht bis zu ihnen. Deshalb müssen sie ihre eigenen Chaos-Quellen besitzen, die als Lichtpunkte am nächtlichen Himmel leuchten …

»Du siehst doch gar nichts.« Benthann steckte den Kopf ins Arbeitszimmer. »Es wird heute gar nicht richtig hell draußen und hier drinnen ist es dunkel wie in einer Höhle. Du hast nicht einmal eine Kerze angezündet.«

Cerryl sah auf und bemerkte jetzt erst, dass es im Arbeitsraum völlig dunkel war. Irgendwie hatte er die Dunkelheit gar nicht bemerkt. »Habe gar nicht gemerkt …«

»So ein eifriger Lehrling. Du sparst Tellis auch noch die Kosten für Kerzen und Lampenöl. Weißt du, wo er sein könnte?«

Cerryl hob die Feder vom Pergament. »Er sagte, er ginge zu Nivor, dem Apotheker.«

»Natürlich, das fällt ihm immer ein, kurz bevor der erste Schnee fällt. Geht es wieder um die Mischung der Tinte?«

»Das hat er nicht gesagt, Benthann.« Cerryl sprach sie mit dem Namen an, weil sie nicht viel älter war als er; und doch schlief sie schon mit Tellis, war aber nicht seine Gemahlin. Er fragte sich, ob Tellis je eine Gemahlin gehabt hatte.

»Dem Licht sei Dank, dass er nicht bei Arkos ist. Sollte es ihm einfallen, nach mir zu fragen, ich bin auf dem Händlermarkt. Bevor es zu schneien anfängt.« Sie warf den Kopf zurück und schüttelte dabei die kurzen blonden Haare, dann ging sie hinaus auf die Straße und ließ die Tür angelehnt.

Cerryl stellte den Federkiel in den Halter und ging hinaus, um die Tür zu schließen. Er blieb kurz an der Haustür stehen, während seine Hand auf der Messingklinke ruhte, und sah den Schneeflocken zu, die durch den grauen Tag tanzten und angestrengt auf den leichten Windböen dahinschwebten, als wollten sie die gebleichten Granitsteine der Straße nicht berühren.

Benthann war schon nicht mehr zu sehen und Cerryl fröstelte im kalten Wind. Er schloss die Tür und ging zurück an seinen Tisch. Er zögerte, die Kerzen mit dem Zündstein anzuzünden. Doch er wollte niemandes Aufmerksamkeit auf seine Fähigkeit ziehen, im Dunkeln sehen zu können.

Bevor er sich wieder setzte, wischte er die Feder mit einem Lappen ab, vorsichtig und genau im Winkel der Spitze, dann tauchte er sie in die Tinte und versuchte, nicht nur zu sehen, wie viel Tinte in den Schaft gezogen wurde, sondern es auch zu fühlen.

Die Eisengallustinte fühlte sich irgendwie an wie das große Sägeblatt. Er nickte. Beides bestand aus Eisen und für ihn fühlte sich Eisen seltsam an, zwar nicht bedrohlich, aber doch wie etwas, vor dem man sich in Acht nehmen musste, obgleich er auch nicht wusste, warum dem so war. Er war kein Magier, nicht einmal annähernd.

XXX

Cerryl saugte den Rest des Eintopfes mit dem Schwarzbrot aus dem Teller, dann nahm er noch einen Schluck Wasser aus seinem angeschlagenen braunen Steinhumpen. In der Kälte des Spätwinters wärmte ihn das Mittagessen wieder ein wenig auf. Er hatte es nicht eilig, ins Arbeitszimmer zurückzukehren, das nur indirekt durch den Küchenherd beheizt wurde, jedenfalls so lange nicht, bis sich seine Finger wieder etwas erwärmt hatten.

»Ah, ein guter Eintopf«, lobte Tellis und streckte sich.

»Alles, was ich koche, ist gut, Meister Tellis.« Beryal lächelte, sie saß Cerryl gegenüber. »Der nächste wird aber nicht so gut.«

»Das stimmt wirklich«, bestätigte Benthann. »Ich habe mich nie über deine Kochkünste beschwert, Mutter.« Sie zog die linke Augenbraue so weit hoch, dass Cerryl am liebsten gelacht hätte.

»Darüber wollen wir doch nicht streiten«, mischte sich Tellis eilig ein, dann fügte er hinzu: »Warum wird der nächste nicht so gut?«

»Keine Gewürze mehr – die paar Pfefferkörner, die ich noch habe, würzen keinen Bissen mehr; kein Safran, kein Kümmel, kein …«

»Genug, genug! Ich habe schon verstanden.« Tellis hielt sich die Hand vor den Mund und hustete.

»Warst du schon einmal am Platz der Händler?«, fragte Beryal und sah dabei Cerryl an; ihre Tochter, die die zweite Augenbraue hochzog – diesmal die rechte –, ignorierte sie.

»Nein. Ich war noch nie richtig in Fairhaven«, gab Cerryl zu. »Ich kenne nur die Gegend hier und den Bauernmarkt.«

»Es gibt keinen Ort, der mit Fairhaven vergleichbar wäre«, berichtete Tellis. »Lydiar ist feucht und verrottet langsam; alle reden immer von Jellico und seinen Mauern, aber innerhalb der Mauern gibt es nur schlechte Straßen, Bruchbuden und Bettler.« Der Schreiber schnaubte. »Fenard besitzt eine große und glorreiche Vergangenheit, heute ist es jedoch nur noch ein Schweinestall mit einer Mauer darum herum.«

»Die Weißen Magier brauchen keine Mauern«, bemerkte Beryal. »Wer würde es schon wagen, Fairhaven anzugreifen?«

Cerryl sagte es zwar nicht laut, aber er glaubte schon, dass es Menschen gab, die das gern tun würden ... und es früher oder später vielleicht wirklich täten.

»Du sperrst Cerryl regelrecht ein«, brummte Beryal.

»Ein Lehrling muss schließlich seinen Lebensunterhalt verdienen«, antwortete Tellis mit einem theatralischen Seufzer.

»Ich brauche außerdem vier Silberstücke«, eröffnete ihm Beryal, während ihre Augen zum unbeaufsichtigten Herd wanderten. »Gewürze kaufen sich schließlich nicht von selbst.«

»Vier?« Tellis täuschte einen ungläubigen Blick vor und zwinkerte Cerryl zu.

»Fünf wären noch besser«, verlangte Beryal. »Gewürze sind teuer um diese Jahreszeit und außerdem bekommen wir mehr dafür.«

»Geld ... glaubst du vielleicht, dass ich armer Schreiber mit Münzen gesegnet bin?«

»Münzen? Keineswegs. Ausreden? Ja.« Beryal schaute Cerryl an. »Mach dich fertig, du hast ohnehin schon alles verschlungen, was es zu verschlingen gab.«

Cerryl stand auf und ging zum Waschtisch.

»Wenn du dich gewaschen hast, ziehst du deine neue Tunika an«, ordnete Beryal an. »Dein Hemd ist schon ganz durchgescheuert an den Ellbogen. Und zieh deine Jacke über. Ich warte, also beeil dich.« Sie wandte sich an ihre Tochter. »Heute kannst du den Abwasch machen.«

»Wenn es sein muss.« Benthann hob die Hände und ließ sie unlustig fallen. »Welche Last habe ich nur zu tragen.«

»Du willst ja schließlich auch essen, oder?«, erwiderte ihre Mutter.

Cerryl huschte in seine Kammer. Schnell zog er sein fleckiges braunes Arbeitshemd aus und schlüpfte in die blassblaue Tunika, die Tellis eines Tages ohne ein weiteres Wort einfach auf seine Pritsche gelegt hatte.

»Schon besser«, sagte Beryal, als er wieder im Wohnraum stand; die Lederjacke von Dylert trug er über dem Arm, sie passte ihm noch einigermaßen. Tellis war wahrscheinlich schon zurück ins Arbeitszimmer gegangen.

»Du siehst ja wie ein richtiger Lehrling aus«, rief Benthann vom Arbeitstisch, wo sie das Geschirr in den Spültrog gab.

»Möchte die neue nicht tragen, wenn Tinte, Farbe und Leim herumstehen«, gab Cerryl zu.

»Der Junge macht sich Gedanken um seine Kleider«, sagte Beryal, »ganz im Gegensatz zu manch anderem. Er denkt darüber nach, wie sie schmutzig werden könnten ... das stell dir mal vor.« Mit einem schiefen Lachen wandte sich Beryal an Benthann.

»Ooooh ... es könnte mir einer herunterfallen.« Die junge blonde Frau jonglierte mit einem irdenen Teller herum und fing ihn wieder.

»Das hoffe ich nicht«, antwortete ihre Mutter und legte sich einen kurzen graublauen Wollumhang um die Schulter, der zu groß war für einen Schal und zu klein für einen richtigen Umhang. »Meister Tellis gibt uns vielleicht Geld für Kleider, aber nicht für Teller ...«

Cerryl schlug den Blick nieder auf den frisch geschrubbten Steinboden.

»Wir müssen gehen«, sagte Beryal und berührte seine Schulter. »Zur Vordertür hinaus.«

»Ja, Beryal.« Cerryl warf im Gehen einen Blick durch die offene Tür in den Arbeitsraum, wo sich Tellis über den Spannrahmen beugte. Der Schreiber sah nicht auf, als sie auf die Straße gingen. Cerryl schloss sanft die Tür.

Die Sonne schien zwar durch die hohen Schleierwolken, aber sie ließ Fairhaven und Cerryl nur wenig Wärme zuteil werden. Cerryl mühte sich mit dem obersten

Knopf seiner Jacke und steckte die Hände in die Taschen, um sie warm zu halten.

»Es sind fünf lange Häuserblocks bis zum Platz der Magier, nicht ganz beim Weißen Turm, sagen wir drei Blocks davon entfernt.« Beryal hängte sich den Korb über den linken Arm und ging die Gasse der niederen Handwerker hinunter zum Platz der Handwerker.

Cerryl zitterte, als sie in die Schatten der engen Straße traten. Die Läden aller Geschäfte waren wegen der Kälte geschlossen und der böige Wind verbreitete den Geruch von Asche in der Luft. Er glaubte, das Klicken der Webstühle zu hören, als sie an der Weberei vorbeikamen, es konnte jedoch auch das Klappern der Fensterläden gewesen sein oder das Hämmern aus der Küferwerkstatt.

»Kaufen wir noch etwas anderes?«, fragte Cerryl, als sie aus dem Schatten am Rande des Platzes der Handwerker traten. Der Platz war leer bis auf einen Mann, der unter einer Decke auf einer weißen Steinbank saß.

»Außer Gewürzen? Nein, es sei denn, es wäre ein wirklich gutes Geschäft.« Beryal lachte, während sie nach links abbog und ihren forschen Gang beibehielt. »Immer muss erst alles ausgehen, bevor Tellis seine Geldbörse aufmacht – bei Gewürzen und anderen Dingen für die Küche sowieso.« Sie sah den Mann unter der Decke an. »Er wird bald zum Straßenbautrupp gehören, wenn er nicht aufpasst.« Sie schüttelte den Kopf. »Einige lernen es nie. Es gibt nichts Schlimmeres als das.«

Cerryl wunderte sich über den leicht bitteren Unterton und bezweifelte, dass er alles wusste, worauf Beryal anspielte.

»Das Geschichtsbuch, das mir Tellis zum Lesen gab, besagt, dass der Schwarze Magier – der, der Recluce gründete – auf der Weißen Straße arbeitete und entkam und dass er der Einzige war, dem das jemals gelungen ist.«

»Wenn er es denn getan hat …« Beryal lachte und sprach leise weiter. »Kein Wunder, dass er sich nicht um die Weißen Magier scherte.«

»Ist es so schlimm?«

»Darüber spricht man nicht.« Beryal schüttelte energisch den Kopf. »Besonders nicht, wenn andere mithören können. Oder Tellis.«

»Tellis?«

»Ja, Tellis.« Beryal flüsterte noch leiser. »Sein Vater war ein Weißer Magier, man weiß nur nicht, welcher.«

»Was?«, platzte es aus Cerryl heraus. Warum hatte Dylert ihn zu Tellis geschickt? Er musste ein Schaudern unterdrücken.

»Die Magier können keine Magierfrauen lieben.« Beryal zuckte die Schultern. »Sie würden die Geburt nicht überleben. Meistens jedenfalls, so sagt man. Die Kinder der Magier – sie haben zwar Frauen, aber diese sind nicht ihre Gemahlinnen – werden in dem rosafarbenen Haus am Platz der Magier aufgezogen. Sie nennen es Krippe. Einige werden Magier. Andere nicht. Jene, die die Begabung nicht haben, erlernen einen ehrbaren Beruf. Tellis ist Schreiber geworden.«

Cerryl zwang sich zu nicken. »Das … das habe ich nicht gewusst.«

»Das dachte ich mir. Besser du weißt es, aber sprich nicht darüber.« Beryal verfiel fast in einen Laufschritt.

Cerryl musste sich anstrengen, um mit ihr Schritt halten zu können.

Die Werkstätten der Handwerker um den Platz wichen einer Reihe größerer Gebäude: ein Stall, ein langes Gebäude ohne Schild, vor dem zwei Kutschen nahe beim bogenförmigen Eingang standen.

Cerryl sah sich das Gebäude an, sein Blick wurde kurz von einem Wagen versperrt, der mit langen, in Stoff gewickelten Bündeln beladen war und in dieselbe Richtung fuhr, in die er und Beryal gingen. Das Rumpeln der eisenbeschlagenen Räder auf dem weißen Granit der Straße klang wie ein Donnergrollen.

»Die Börse der Getreidekommissionäre«, schrie Beryal, um den Lärm der Wagen zu übertönen. Ein zweiter Wagen – ein Einspänner mit hohen, blau gestrichenen Seitenwänden – folgte dem ersten.

Was tat ein Getreidekommissionär? Cerryl hatte noch nie davon gehört. »Wie kann man hier Getreide verkaufen? Es gibt keinerlei Wagen oder Getreidespeicher.«

Beryal lachte. »Sie tauschen nur Pergamentstücke aus. Auf jedem Stück Pergament steht, wie viel Getreide der Kommissionär verkaufen will – oder so etwas Ähnliches. Tellis hat es mir einmal erklärt.«

Cerryl nickte, es leuchtete ihm ein, dass ein solcher Handel mehr Sinn ergab, als das Getreide einfach von einem Ort zum anderen zu transportieren. »Gibt es noch andere Börsen? Für andere Waren?«

»Ja, die gibt es. Tellis hat davon erzählt, aber ich habe vergessen, wo sie sind. Ich glaube, irgendwo auf einem Platz südlich des Magierturmes gibt es eine Viehbörse. Daran erinnere ich mich, weil dort in der Nähe Blumen aus Hydlen verkauft werden.«

Beryal ging nun neben dem Gehsteig auf der Straße; sie war einer dicken Frau ausgewichen, die einen Korb mit Wäsche auf dem Kopf trug. Cerryl folgte ihr und starrte die Hauptstraße hinunter. Ein weiterer Wagen fuhr in ihre Richtung, jedoch in gut hundert Schritt Entfernung. Cerryl folgte Beryal wieder auf den Bürgersteig und kam aus dem Staunen nicht heraus, wie viele Wagen die Straßen belebten.

Tellis, der Sohn eines Magiers? Er schob diesen Gedanken beiseite.

Der nächste Häuserblock – vorbei an einer Seitenstraße, die schmäler war als die Gasse der niederen Handwerker – beherbergte kleine Geschäfte, keines maß mehr als zehn Ellen in der Breite und alle eisenbeschlagenen Türen standen offen. Cerryl erspähte in einem der Geschäfte einen Mann, der an einem alten Tisch saß. Um ihn herum glitzerte es metallisch.

»Die Straße der Juweliere«, erklärte Beryal. »Silberschmiede, Goldschmiede, sie schleifen und polieren Edelsteine.«

Eine ganze Straße? Cerryl schüttelte den Kopf.

»Fast zehn Achttage – und du warst noch nie hier?«

»Ich war schon in dieser Straße, aber immer nur am Abend, wenn die Türen verriegelt waren, und ich fragte mich, warum.«

»Jetzt weißt du es. Auch in Fairhaven ist der beste Schutz für Gold, Silber und Edelsteine immer noch kaltes Eisen.« Beryal kicherte. »Hier versuchen allerdings nicht viele, die eisernen Türen aufzubrechen.«

»Was geschieht mit denen, die erwischt werden?«

»Sie werden zur Straße verbannt.« Die Frau zuckte mit den Schultern. »Fast alle müssen zum Straßenbau, nur diejenigen nicht, die einen Magier beleidigt haben. Die meisten von denen kommen nicht mal mehr so weit, so sagt man wenigstens. Ich selber weiß es nicht genau … will es auch gar nicht wissen.« Dem Schulterzucken folgte ein Schaudern.

Beryal erzählte nicht weiter und Cerryl fragte auch nicht, aber er verstand, nach allem, was er schon gesehen … und gehört hatte.

Die Straße der Juweliere wurde abgelöst von einer Häuserreihe, die sich hinter niedrigen, weiß gestrichenen Granitmauern verschanzte; jedes Haus verfügte über zwei Eingänge: einen für Fußgänger und ein Tor für Pferde und Kutschen. Alle Tore zur Straße standen offen.

Die Hauptstraße verbreiterte sich und teilte sich wieder um einen runden, steingepflasterten Platz. Jeder Händler und Hausierer auf dem Platz verkaufte seine Waren von einem Karren – rote Karren, grüne Karren, blaue Karren und grüngoldene Karren.

»Nicht trödeln.« Beryal marschierte flott an den zwei Gardisten in weißer Uniform vorbei, die den Platz und die Händler bewachten. Cerryl hielt seine Augen krampfhaft auf die Karren und die Menschen darum herum gerichtet und nicht auf die Gardisten.

»Ser, wie wäre es mit einem Meeressmaragd … oder einem Flammenrubin aus Südwind?«

Cerryl schüttelte den Kopf und rümpfte die Nase über den grausamen Gestank des Tuches, das ihm unter die Nase gehalten wurde. Als er einen Schritt zurücktrat, kam er einer rundgesichtigen Frau in die Quere, die ihn empört anstarrte.

»Entschuldigung«, stieß er schnell hervor und drehte sich um.

»Ölseifen, glatt wie ein Kindergesicht …«

»Elixiere! Kauft eure Elixiere hier … die besten Tinkturen …«

Cerryl wich zwei dünnen Frauen aus, die auf Beryal und ihn zuhasteten, als wollten sie die beiden trennen, dann hielt er sich wieder dicht an Beryal.

»Wo nur …?«, murmelte Beryal mehr zu sich selbst als zu Cerryl, während sie an einem blauen und sandfarbenen Karren mit Körben vorbeiging, um zu einem ruhigeren Flecken in der Mitte des Platzes zu gelangen.

Cerryl folgte ihr, froh darüber, etwas aufatmen zu können.

Goldrotes Haar neben einem grünen Karren zog Cerryls Blick auf sich. Er drehte sich langsam um, so langsam, dass er sich kaum zu bewegen glaubte. Das goldrote Haar gehörte einer Frau, die gut zehn Jahre älter war als das Mädchen, das Cerryl einst in dem Spähglas gesehen und danach nie mehr heraufzubeschwören gewagt hatte. Die Frau verließ gerade einen Stand, an dem sich Geflügel an einem Bratspieß drehte; es konnte sich allerdings noch nicht lange drehen, weil die Haut noch grau und alles andere als golden war; noch kein appetitanregender Hähnchenduft erfüllte den Platz.

Cerryl beobachtete Beryal aus den Augenwinkeln, sie schien seinen Aufruhr nicht bemerkt zu haben.

»Da.« Beryal eilte auf einen roten Wagen zu, hinter dem eine weißhaarige Frau stand, die sich in einen blauen Wollschal gehüllt hatte.

»Gewürze, die besten Gewürze … Gewürze aus Austra, Fenchelsamen und Seristar aus dem fernen Hamor …« Die Marktfrau verstummte, als Beryal an ihren Karren trat. »Seht Euch nur um, Frau. Vielleicht etwas Seristar? Oder Süßminzblätter?«

»Ich bräuchte Pfefferkörner«, begann Beryal, »wenn sie nicht zu teuer sind.«

»Die besten Pfefferkörner kommen aus Sarronnyn und Ihr habt Glück, dass ich gerade welche da habe.«

»Den Unterschied schmeckt man nicht. Habt Ihr auch welche aus Hydlen?«

»Sie sind aber kleiner. Seht nur.« Die weißhaarige Frau griff in einen Beutel und streckte anschließend beide Hände aus. Die dunklen, runden waren aus Sarronnyn. Die verschrumpelten … aus Hydlen.

»Runde Pfefferkörner sind oft viel zu weich.«

»Diese hier sind fest. Seht doch.« Die Verkäuferin gab Beryal ein Korn in die Handfläche.

Cerryl stahl sich weg von den beiden Frauen zu dem gold-grünen Wagen, der neben dem der Gewürzhändlerin stand. Verschiedene Messer und Dolche lagen auf einem schäbigen, grünen Baumwollsamttuch ausgestellt.

»Braucht Ihr eine kurze Klinge, Ser?« Der Mann hinter dem Karren besaß ungefähr die Statur eines Fasses und trug nur eine Tunika an diesem zwar sonnigen, aber kalten Morgen. Schwarze Zähne zierten sein etwas zu freundliches Lächeln.

Cerryl gab vor, die Klingen zu studieren, dann schüttelte er den Kopf.

»Bronzeklingen, Klingen aus Weißmetall, Eisenklingen, Stahlklingen, was immer Ihr wollt«, fuhr der Händler hartnäckig fort.

»Sie sehen teuer aus«, sagte Cerryl höflich, »zu teuer für einen armen Lehrling.«

»Diese hier«, der große Mann deutete auf eine dunkle Eisenklinge, die nur etwa eine Spanne lang war, »kann man zum Essen nehmen und auch in der Werkstatt benutzen, schneidet alles mühelos. Nur ein Silberstück, bloß einen Silberling.«

Cerryl schüttelte bedauernd den Kopf, eine Eisenklinge würde er sich nie kaufen. Die Dunkelheit, die das Metall ausstrahlte, bereitete ihm Unbehagen; warum, konnte er sich allerdings nicht einmal selbst erklären.

»Wie Ihr wünscht, junger Freund.« Der Händler wandte sich einem braunhaarigen Mann zu, der eine abgetragene blaue Hose und eine Schaffelljacke trug. »Und Ihr, Ser? Ein Messer zum Enthäuten? Bei mir gibt es die besten in ganz Ostcandar ...«

Cerryl kehrte zu Beryal zurück. Seine Augen suchten den ganzen Platz ab, aber er konnte das goldrote Haar nirgends mehr entdecken. Warum musste er immer noch an das Mädchen im Glas denken? Es war schon über ein Jahr vergangen – über zwei Jahre –, seit er sie gesehen hatte, und das auch nur in einem Spähglas. Er schüttelte den Kopf, beobachtete jedoch aufmerksam den Marktplatz, während Beryal weiter schacherte.

»Das nennt Ihr Kümmel? Sieht aus wie eingeweichte Oriskerne.«

»Leider, meine Dame, es war ein trockenes Jahr in Delapra.« Die Verkäuferin zog die Schultern hoch. »Ich habe nur den. Fünf Kupferlinge für eine Hand voll, das ist ein gutes Geschäft.«

»Ein Kupferstück, und damit seid Ihr noch gut bedient«, entgegnete Beryal.

Ein leichtes Lächeln umspielte Cerryls Lippen, während sein Blick über den Marktplatz schweifte.

XXXI

Langsam ging Cerryl die Gasse der niederen Handwerker entlang. Der Atem stand in weißen Wolken vor seinem Gesicht; er zog die abgetragene Lederjacke noch fester um sich und steckte die Hände in die Taschen, um sie warm zu halten. Die Handschuhe hätte er anziehen sollen, aber Tellis hatte so darauf gedrungen, dass Cerryl sich beeilte, dass er es nicht gewagt hatte, noch einmal in seine Kammer zu laufen.

Die Läden der Weberwerkstatt standen angelehnt und Cerryl warf einen Blick durch die schmale Öffnung. Pattera und ihre Schwester arbeiteten schon, Pattera an dem großen Webstuhl, ihre Schwester Serai an einem der kleinen Brettchenwebstühle. Als Pattera ihn sah, steckte sie das Schiffchen in eine Lederhalterung am Rahmen des Stuhles und warf sich einen braunen Schal um die Schultern, dann lief sie hinaus.

Lächelnd wartete Cerryl auf sie, eigentlich war er ja auf dem Weg zum Gerber. Mit einem Klicken öffnete sich die Tür.

»Cerryl … warte, ich habe einen Augenblick Zeit. Vater ist in Vergren, um Wolle zu kaufen.«

»Pattera … jetzt, wo er da ist, könntest du die Läden wieder schließen«, rief Serai aus der Werkstatt.

»So war es gar nicht.« Das braunhaarige Mädchen wurde rot und schloss die Läden, ohne Cerryl anzusehen. »Ich meine … mit den Läden. Ich mag es einfach, wenn ich während der Arbeit die Leute draußen vorbeigehen sehe. Serai mag es nicht.«

»Die Menschen sind verschieden«, stimmte Cerryl ihr zu. »Selbst Schwestern.«

»Besonders Schwestern«, platzte Pattera heraus. »Wo gehst du hin?«

»Zu Arkos. Mehr von dem guten Pergament holen, das Tellis so dringend benötigt.« Cerryl lächelte schief. »Tellis verrät nicht, wofür er es braucht, aber ich wette, er schreibt etwas für die Magier. Sie fragen immer nach diesem Papier.«

Pattera nickte. »Sie verlangen auch Schurwolle.«

»Weißt du, warum?« Cerryl hatte so seine Vermutungen, wollte aber hören, was Pattera dazu zu sagen hatte.

»Ich kann ein Stück mit dir gehen. Ist dir das recht?«, fragte sie schüchtern.

»Natürlich.«

»Wie ist das mit der Wolle?«, bohrte Cerryl, während die beiden weiter zu dem großen Platz gingen; Arkos' Werkstatt lag noch ein gutes Stück südöstlich von Fasses Tischlerwerkstatt.

»Nun ja ... Vater sagt, weil die Schurwolle fester ist und dem Chaos besser widersteht. Jeder Magier muss von Chaos umhüllt sein, bei all dem Chaos, mit dem einige von ihnen um sich werfen.« Pattera hielt inne und fügte dann hinzu: »Denkst du nicht auch?«

Cerryl zuckte nur die Achseln. »Das würde ich auch sagen. Aber mich brauchst du da nicht zu fragen.« Sein Blick wanderte über die hellblauen Läden der Töpferwerkstatt, die fest verschlossen waren, um die Kälte und den feinen weißen Staub auszusperren, den der Wind über die weißen Granitsteine der Hauptverkehrsstraße aufwirbelte.

»Die Schafe in Montgren liefern die beste Wolle; nur die Schwarze Wolle aus Recluce ist noch feiner, aber das

Geld dafür könnten wir nie aufbringen.« Pattera schüttelte den Kopf. »Man sagt, sie hält ewig.«

»Tellis sagt immer, ein gutes Buch sollte Generationen überdauern.« Cerryl runzelte die Stirn. »Er sagt aber auch, dass die Bücher, die die Weißen Magier lesen, nie so lange halten. Wenn sie sich im Geschäft Bücher ansehen, berühren sie diese Bücher niemals.«

»Das ist seltsam.«

»Der Meinung bin ich auch«, log Cerryl.

»Woher weißt du das?«, fragte Pattera.

»Ich habe es geraten«, gab er zu. »Ich habe noch niemals gesehen, dass ein Magier ein Buch berührt. Sie bitten Tellis oder mich, ihnen die Bücher zu zeigen oder sie auf einer Seite aufzuschlagen, und wenn sie ein Buch kaufen, packen wir es so ein, dass sie nicht damit in Berührung kommen.« Nach ein paar Sekunden fügte Cerryl noch hinzu: »Irgendwann müssen sie die Bücher bestimmt einmal berühren, aber ich habe es noch nie gesehen.«

»Das ist wirklich seltsam.«

Cerryl blieb am Rand der Hauptstraße stehen und sah das Webermädchen an. »Willst du mit mir kommen?«

»Ich würde gern, aber Serai regt sich bestimmt darüber auf und erzählt es Vater.« Pattera grinste. »Schwestern sind nun mal so.«

»Damit habe ich keine Erfahrung«, gab Cerryl zu. »Ich bin allein aufgewachsen.«

»Vater behauptet, du seiest Waise.«

»Ich wuchs bei Tante und Onkel auf, sie starben bei einem Brand.« *Einem Magierfeuer – und ich weiß nicht, warum.*

»Oh … Cerryl, das tut mir Leid. Wir haben zumindest noch einen Vater.« Pattera blickte die Straße hinunter. »Ich gehe jetzt besser.« Mit einem Lächeln drehte sie sich um und lief zurück zur Weberei.

Cerryl sah ihr noch kurz nach, dann wartete er, bis ein

geschlossener Wagen in Richtung stadtauswärts an ihm vorbeigefahren war. Als er den Platz überquerte, steckte er die Hände wieder unter die Jacke und beschleunigte den Schritt. Zumindest regnete es nicht.

XXXII

Nachdem er die Jacke angezogen und sich die Decke umgeschlungen hatte, öffnete Cerryl das Buch – *Große Geschichte Candars* – auf der Seite mit dem Lederstreifen, der ihm als Lesezeichen diente. Der abgegriffene Einband zeugte vom Alter des Buches. Tellis hatte behauptet, dass es das Genaueste unter den Geschichtsbüchern sei, und darauf bestanden, dass Cerryl es las.

Der Schreiberlehrling gähnte, zwang sich jedoch, auf die Seiten zu schauen. Wegen seiner Fähigkeit, in der Dunkelheit zu sehen, benötigte er keine Kerze.

… Relyn zeigte Geschick im Umgang mit Worten und seiner Klinge, denn der Schwarze Dämon Nylan hatte ihn mit einer mystischen Klinge und einer eisernen Hand versehen als Ersatz für seine Rechte, die Ryba, die Schreckliche, ihm abgehackt hatte, um Relyn Nylan hörig zu machen …

Nach den Kämpfen um die Westhörner machte sich Relyn auf nach Osten und betörte alle, die ihm zuhörten, mit seinen Gesängen, Worten und süßen Reden.

… Relyn, der das große Erbe Cyadors verraten hatte, erbaute nicht nur den ersten Schwarzen Tempel östlich der Westhörner, sondern verbrachte auch seine Jahre damit, gegen die Wahrheit des alten Reiches zu predigen.

Wo genau der erste Tempel erbaut wurde, ist unsicher, denn er wurde zu Recht von Fenardre dem Großen niedergebrannt, der ihn als Wahrzeichen des Gräuels betrachtete …

Später verließ Relyn Gallos und floh über das alte Axalt nach Montgren. Er verbrachte viele Stunden mit den Schäfern, die dort lebten … Mit ihm kamen auch die Lehren des Schwarzen Dämons Nylan und die verbotenen Lieder von Ayrlyn …

… und Relyn lehrte sie das Eisen so zu schmieden, dass es Chaos verbrennen und nicht zerstört werden konnte, und die Schäfer verwandelten ihre Wälder in Holzkohle und ihre Hügel in klaffende Gruben und Leichenhaufen und schmiedeten die Klingen, die die Seelen entzweiten … Das blutige Montgren war entstanden …

Cerryl schüttelte den Kopf und gähnte. Montgren blutig? Das friedliche, ruhige Land der Schäfer mit seinen sanften Hügeln und der feinen Wolle?

Er rieb sich die Stirn. Noch immer verstand er nicht alle Worte, aber er lernte ständig dazu und vieles konnte er sich aus dem Zusammenhang erklären.

… in der Zeit nach dem Wiederaufbau von Jellico wurden viele dieser Schriften dem Feuer übergeben, verflucht wie sie waren …

Cerryl rieb sich erneut die Stirn. Wie konnten die Schriften, die von wahren Begebenheiten zeugten oder von etwas, woran jemand glaubte, verflucht sein? Er sah ein, dass eine Geschichte falsch sein konnte; oder dass etwas, an das jemand glaubte, andere aufbringen konnte; aber waren die Menschen wirklich so töricht, dass sie glaubten, die Wörter auf dem Papier besäßen eine Macht, die über ihre Bedeutung hinausging?

Vielleicht waren die Menschen in der Tat Narren. Vorsichtig schlug Cerryl das Buch zu. Wenn Fenardre der Große wirklich alle getötet hatte, die seine Ansichten nicht teilten, und all ihre Schriften verbrannt hatte, wie konnte dann jemand davon wissen? Besonders wenn er

Schreiber anschließend seine eigene Wahrheit niederschreiben ließ …

Cerryl schauderte. Wie konnte er wissen, ob das, was er las, die Wahrheit war … oder ob es nur das war, was der Schreiber den Leser glauben machen wollte? Er war nur ein Schreiberlehrling, der von der Welt noch nicht viel gesehen hatte. Er kannte die Minen, die Sägemühle, die Bäume, wusste ein wenig über Pflanzen und Gärten und er lernte nun etwas über Bücher und Buchstaben und die Stadt Fairhaven.

War Relyn wirklich ein böser Mensch gewesen oder einfach nur jemand, den Fenardre und die Weißen nicht gemocht hatten? Würde Cerryl es jemals herausfinden?

Er legte das Buch beiseite und lehnte sich zurück. Noch lange starrte er die Decke an, bevor ihm schließlich die Augen zufielen.

XXXIII

Cerryl stellte den Federkiel in den Halter und gähnte herzhaft.

Tellis sah von dem dünnen, grünen Lederbuch auf, mit dessen Bindung er gerade beschäftigt war – über das Binden hatte Cerryl noch nicht viel erfahren, Tellis schien ihm diese Arbeit aus irgendwelchen Gründen vorzuenthalten. Der Schreiber sah seinen Lehrling am Schreibtisch an. »Ich hoffe doch, dass du gähnst, weil du letzte Nacht so lange in der *Großen Geschichte Candars* gelesen hast und nicht, weil du das Handelsbuch so langweilig findest.«

»Ich habe in dem Geschichtsbuch gelesen«, antwortete Cerryl und verschwieg damit, wie langweilig er die Arbeit an den *Regeln, Gesetzen und Begleiterscheinungen des Handels* fand.

»Und was hat es dich gelehrt über die Gründung Fairhavens?«, fragte Tellis, als er mit einem Lappen aus altem Samt über das dünne Buch wischte.

»Ser … so weit bin ich noch nicht. Ich habe gerade das Kapitel über Relyn fertig gelesen, in dem er das Schmieden des Eisens in Montgren einführt …«

Tellis fuhr mit der Hand durch die Luft. »Und das sagt dir nichts über Fairhaven? Cerryl … Cerryl … du musst auch das lesen, was zwischen den Zeilen steht.«

Cerryl versuchte nicht, seine Überraschung zu verbergen.

»Dann hast du also gelesen, wie die Schwarzen Dämonen das alte Cyador zu Fall brachten und sich Candar jenseits der mächtigen Westhörner aneigneten?«

»Ja, Ser.«

»Und wie dieser Relyn ihre Lehren im Osten verbreitete?«

»Ja, Ser.«

»Nun … wohin gingen die Weißen Magier? Geht dir nicht ein Licht auf?«, Tellis schnaubte ungeduldig.

»Sie sind bestimmt nach Osten gezogen und haben Fairhaven gegründet.«

»Was beinhaltet der Name Fairhaven?«

Cerryl nickte und kam sich dumm vor, als ihm aufging, dass Fairhaven tatsächlich ›weißer Hafen‹ bedeutete.

»Nun?«

»Ein Ort der Zuflucht für die Weißen«, antwortete Cerryl.

»Oh, mein Junge, ich bin nicht wütend auf dich. Niemand hat dir beigebracht zu denken, aber ein Schreiber muss lernen nachzudenken, besonders über die Worte, ihre Bedeutung und ihre Herkunft.« Tellis schüttelte langsam und traurig den Kopf. »Worte sagen so viel mehr, als man auf den ersten Blick annimmt. So viel mehr.«

»Meister Tellis?«, wagte Cerryl nach einem Augenblick der Stille zu fragen.

»Ja?« Tellis sprach ruhig und geduldig.

»Woher weiß man, ob etwas wahr ist, das in einem Buch steht? Ich meine, wenn es um etwas geht, worüber man nichts weiß.«

Tellis lächelte. »Es könnte noch Hoffnung geben für dich. Das ist eine gute Frage, eine sehr gute sogar, und die Antwort darauf ist nicht einfach. Dennoch ... ich will es versuchen.« Der Schreiber zog sich eine Weile nachdenklich am Kinn. »Zuerst einmal ... nichts von dem, was geschrieben steht, beinhaltet die volle Wahrheit, selbst wenn jedes Wort wahr ist, denn der Schreiber bestimmt, welchen Teil der Wahrheit er festhält und welchen Teil er weglässt.«

Cerryl nickte. Das leuchtete ihm ein, aber es half ihm nicht weiter.

»Du musst also immer daran denken, dass ein Teil der Wahrheit abwesend ist. Dann musst du dich fragen, ob die Worte, die der Verfasser gebraucht hat, miteinander im Einklang stehen. Deshalb habe ich auch so meine Zweifel über die *Geschichte Candars*. Das Buch ist sehr schön geschrieben, aber«, Tellis runzelte die Stirn, »bestimmte Teile passen nicht zueinander. Es heißt darin, dass die ersten Druiden in der Schlacht von Lornth das Heer von Cyador vollständig auslöschten. Wie könnte das sein, wenn die Geschichtsschreiber vorher festgehalten hatten, dass Nylan den Weg des Schwertes verlassen hatte, als er nach der Flucht, nur mit seinen Händen bewaffnet, in die Wälder von Naclos gegangen war? Oder dass Ayrlyn ganze Heere niedergemacht hatte und gleichzeitig eine Heilerin gewesen war? Es hat noch niemals einen Heiler gegeben, der die Klinge erheben konnte.« Der Schreiber schnaubte, dann schien sich ein Hauch von Wehmut über sein Gesicht zu legen.

»Könnte es auch anders gewesen sein?«, fragte Cerryl.

»Das ist möglich«, betonte Tellis, »aber … die Menschen und ihre Eigenschaften ändern sich selten; eher irren sich die Geschichtsschreiber, als dass sich Menschen in großem Maße verändern.«

Cerryl verkniff sich ein Stirnrunzeln und versuchte stattdessen so auszusehen, als dächte er über die letzten Worte des Meisterschreibers nach. Die Fragen stürmten nur so auf ihn ein. Die Weißen Magier waren eifersüchtig auf die Macht der Schwarzen – hieß das, dass sie es immer schon gewesen waren? Wenn sich die Menschen wirklich nicht veränderten … hatte sich dann auch Candar seit Cyador nicht verändert: ein Weißes Reich löste das andere ab, eine Schwarze Macht ersetzte die andere?

»Woran erkennt man einen guten Herrscher?«, platzte Cerryl heraus. Damit wollte er seine Verwirrung verbergen und gleichzeitig Antworten finden.

»Wieder eine gute Frage.« Ein schiefes Lächeln erschien auf Tellis' Lippen. »Und noch schwerer zu beantworten. Ein guter Herrscher ist nicht unbedingt beliebt bei seinen Untertanen, denn alle Menschen haben mehr Hunger als Fähigkeiten und müssen deshalb in Schach gehalten werden. Das ist eine Aufgabe des Herrschers. Er muss auch für gute Straßen sorgen und dafür, dass genug Korn für Zeiten des Hungers und der Seuche gespeichert wird. Beide Aufgaben erfordern Opfer vom Volk und selten lieben wir diejenigen, die uns etwas nehmen.« Tellis hob ein kleines Stück Leder oder Pergament auf – wahrscheinlich Abfall vom Buchbinden – und warf es in die Richtung des Abfalleimers. Der Schreiber verfehlte sein Ziel und Cerryl wusste, dass er es später aufheben musste.

»Demnach wird ein guter Herrscher von niemandem

gemocht«, überlegte Cerryl, der sich über die Bitterkeit in Tellis' letzten Worten wunderte.

»Die Menschen sind so, wie sie sind«, antwortete Tellis. »Genug jetzt. Deine Augen sind so groß wie Spiegel. Ich habe schon zu viel geredet und muss das Buch fertig binden.« Tellis richtete sich auf und dehnte seine Finger, als wollte er die Steifheit vertreiben. »Und du schreibst weiter.«

Cerryl nahm den Federkiel wieder zur Hand und sah noch einmal zu dem gleichmäßig gefärbten, grünen Stück Leder, das ausgezogen und zugeschnitten auf das Buch wartete. »Über das Binden weiß ich noch gar nichts.«

»Du willst wissen, junger Cerryl, warum ich dir über das Binden noch nichts beigebracht habe, außer dass du zuschauen durftest?«

»Ich will noch viel lernen«, versuchte Cerryl Zeit zu gewinnen. Vorsichtig stellte er die Feder wieder in den Halter. Er richtete sich auf und fragte sich, warum Tellis das Buch vor ihm verbarg.

Tellis lachte leise und deutete auf eine Seite, die der junge Mann am selben Tag geschrieben hatte. »Deine Handschrift ist schon besser als meine. Und da soll ich dich etwas anderes machen lassen?«

»Ihr wollt mir schmeicheln, Ser.«

»Nein, keineswegs, mein Junge, keineswegs.« Der Schreiber schüttelte den Kopf. »Warum machst du dir um das Binden solche Gedanken? Die Bindung ist nur dazu da, die Worte im Buch zu schützen – nicht mehr und nicht weniger. Ich tue wirklich mein Bestes, dass dieser Schutz schön aussieht, aber was nützt eine schöne Bindung, die über Jahre hinaus hält, wenn die Tinte auf dem Pergament zu kaum lesbaren Schatten schwindet?«

»Nichts, Ser. Nichts mehr, wenn die Tinte verblasst.«

»Das ist wieder etwas anderes, junger Cerryl. Jemand, der keine Ahnung von Büchern hat, nimmt an, dass jeder Abschreiber das tun kann, was ein echter Schreiber tut. Denkt auch nur ein Mensch über die Tinte nach? Tinte … man muss wissen, wie und in welchem Verhältnis man die Grundstoffe richtig mischt.« Tellis sah seinen Lehrling eindringlich an.

Cerryl nickte und befürchtete, dass dies wieder so ein Tag werden würde, an dem Tellis sich über etwas lang und breit ereiferte und dann darüber beklagte, dass Cerryl zu wenig geschrieben hatte.

»Nun … nenn mir die Bestandteile der gewöhnlichen Tinte.«

»Gallapfeldestillat«, begann Cerryl, »und der Extrakt aus den dunkelsten Eicheln, zusammen zu Sirup eingekocht, Rußschwarz, dazu eine Spur Süßsaft.«

»Nur eine winzige Spur«, unterbrach Tellis ihn. »Und die kräftigere Tinte?«

»Schwarzeichenrinde, Eisenvitriol …« Cerryl hielt inne. »Ihr habt mir nie die genauen Mengen verraten.«

Tellis zuckte mit den Schultern. »Wie könnte ich auch? Die Zusammensetzung der Galläpfel, Eicheln und Schwarzeichenrinde ist immer verschieden. Du musst dich in die Tinte hineinfühlen, so wie ich es tue, wenn du ein Meisterschreiber werden willst. Das gilt für alles im Leben.«

»Was?«

»Ist die Straße denn immer gleich, jedes Mal, wenn du sie überquerst? Oder ein Bach? Er scheint immer gleich zu sein … aber ist er das auch?«

»Wieder mal der alte Streit!« Ein freches Lachen hallte durch den Arbeitsraum, als Benthann über die Türschwelle trat. »Er kann schöne Reden halten, Cerryl, aber es sind doch nur Worte.« Sie ging auf Tellis zu. »Ich brauche Geld, ich muss zum Markt.«

Tellis stand auf. »Schreib weiter, Cerryl. Ich komme gleich wieder.«

»Ja, Ser.«

Während der Schreiber Benthann hinausfolgte in Richtung Küche und Wohnraum, säuberte Cerryl die Federspitze und schärfte sie mit dem Messer, bevor er sie wieder in die Tinte tauchte.

Ochsen veränderten sich nicht – Dylerts Ochsen hatten sich zumindest nicht verändert – und Tellis hatte behauptet, dass es auch die meisten Menschen nicht täten.

Seine Augen hefteten sich auf einen kleinen Tintenfleck auf der weißen Wand. Er würde nicht wie die meisten Menschen sein. Er nicht.

XXXIV

Der Morgen dämmerte bereits und Cerryl stand noch immer vor dem Wassereimer; Eis bildete sich an den Rändern. Wie lange würde der Winter wohl noch dauern? Er schauderte bei dem Gedanken, sich mit dem eiskalten Wasser waschen zu müssen. An den Bäumen bildeten sich noch keinerlei Knospen und die Blätter blieben grau, was bedeutete, dass der Frühling noch auf sich warten ließ. Cerryl hasste es, sich mit so kaltem Wasser waschen zu müssen, aber er verabscheute auch seinen Körpergeruch, wenn er sich nicht wusch.

Den Herd durfte er nicht benutzen, um sein Waschwasser zu erwärmen, wie Benthann es tat oder auch Tellis. Sie erwarteten von ihm, dass er sich mit Wasser wusch, das auf der Haut gefror. Das hielt er nicht für gerecht.

Er schüttelte den Kopf. Das ganze Leben war nicht gerecht. Es fragte sich, was man wohl dagegen tun konnte, aber er hatte nun mal keinen eigenen Herd, um das Wasser zu erhitzen. Er schauderte erneut, als ein Windstoß durch den Hinterhof fuhr.

Cerryl runzelte die Stirn. Im Herd brannte Feuer. Im Chaos auch. Das wusste er, er hatte die Wärme gespürt und gesehen.

In Gedanken versunken starrte er auf den Eimer und das Eis darin, als wäre es ein Spähglas. Er versuchte sich das Gefühl des Weißen Feuers ins Gedächtnis zu rufen, das die Bücher bei ihm hervorriefen – und das er bei dem abtrünnigen Weißen Magier beobachtet hatte.

Plötzlich hielt er inne, hob den Eimer auf und ging damit in seine Kammer. Sollte es ihm wirklich gelingen, das Wasser zu erhitzen, würde er sich keinen Gefallen tun, wenn er es der ganzen Welt vorführte – oder Tellis, der ohnehin etwas ängstlich war, wenn die Sprache auf die Weißen Magier kam. Der Sohn eines Weißen? Einerseits kaum zu glauben, andererseits ... aber ohne weiteres vorstellbar.

Im Zimmer angelangt, konzentrierte sich Cerryl auf das Wasser. Er spürte eine Flamme – ein winziges Weißes Feuer erschien *über* dem Eimer –, aber wenn er es zum Wasser führte, verschwand es. Was war im Wasser enthalten? Ordnung?

Cerryl schüttelte den Kopf. Ein echtes Feuer enthielt Chaos und damit konnte man Wasser erhitzen.

»Du Dummkopf«, murmelte er. »Eine Fackel kann man auch nicht ins Wasser tauchen, ohne sie zu löschen.« Oder den brennenden Holzsplitter zum Anzünden von Schießpulver einfach in einen Krug Wasser werfen. Wie aber konnte er das Wasser nun erhitzen? Wenn er das Feuer unter den Eimer führte, verbrannte das Holz und die Rußspuren würden Beryal und besonders Tellis zu unangenehmen Fragen veranlassen.

Er sah sich in seiner kleinen Kammer um und sein Blick fiel auf den einfachen Messingkerzenständer. Mit dem Taschenmesser schnitt er ein kurzes Stück der Schnur ab, die er immer in der Hosentasche trug, dann tauchte er die Schnur zur Hälfte ins kalte Wasser und ließ die andere Hälfte über den Rand hängen. Er nahm die Kerze aus dem Halter und legte sie aufs Bett, den Messingständer stellte er auf den Steinfußboden neben den Holzeimer.

Cerryl schluckte. Würde sein Plan gelingen?

Er *umhüllte* das Messing mit Chaos, so lange bis die Hitze das Messing fast abblättern ließ. Dann schlang er die nasse Schnur um das Metall und hob damit den Kerzenständer ins Wasser. Zischend stieg eine Dampfwolke aus dem Eimer.

Sein Kopf schmerzte ... auch wenn er das Wasser nur lauwarm erhitzt hatte, hatte es ihn gehörige Anstrengung gekostet. Cerryl räusperte sich. Er hatte unter einer derartigen Anspannung gestanden, dass er beinahe vergessen hätte zu atmen, wodurch sein Hals ganz rau geworden war.

Er tauchte den Waschlappen ins Wasser und wusch sich. Selbst mit dem nur lauwarmen Wasser wusch es sich schon angenehmer, und wenn er ein wenig übte, würde er sicher geschickter werden, so wie beim Schreiben.

Übung ... sollte er es wagen?

Er schluckte und sah auf den Wasserdampf, der in die eiskalte Luft stieg. Langsam fischte Cerryl den Kerzenständer – das Metall war nun angelaufen – aus dem Eimer und stellte ihn zurück auf den Tisch.

Er musste sich eine bessere Methode ausdenken. Das Messing würde die Hitze nicht lange aushalten. Er massierte sich die Stirn. Und sein Kopf auch nicht.

Mit einem Seufzer stieg er in seine Hose, schnell, denn wenn er nicht bald zum Frühstück ginge, würden Beryal oder Tellis bestimmt an die Tür klopfen.

Er ließ die Tür zu seiner Kammer nur angelehnt und hoffte, dass der kalte Wind den Geruch von heißem Metall und Chaos hinauswehen würde; dann lief er schnell über den Hof.

Dennoch … mit warmem Wasser wusch es sich viel angenehmer als mit eiskaltem – bedeutend angenehmer.

XXXV

… und als sie die öde Insel Recluce erreicht hatten, meuchelte Creslin, der Schwarze, all jene aus der Garnison des Herzogs, die ihm nicht bedingungslose Treue schwören wollten; die wenigen anderen legte er in die Ketten der dunklen Ordnung.

Als die teuflische Tat vollbracht war, tauchten noch mehr dunkle Magier aus den Schatten auf und stellten sich hinter Creslin; Düsternis verdunkelte selbst die Sonne.

Eine Hand voll treuer Schwertkämpfer erkannte die Macht Creslins und die Dunkelheit, die ihn und die gesichtslosen Schwarzen umgab; und sie schworen einen mutigen Eid: nämlich sich dem Bösen zu widersetzen und Recluce in den Schoß der Weißen zurückzubringen, der Insel zu Frieden und Wohlstand zu verhelfen.

Megaera, die Gerissene, salbte sich mit duftenden Essenzen und verzauberte die Schwertkämpfer; unter ihrem Bann enthüllten sie ihre Gesinnung und Treue zum Herzog von Montgren und zum Weißen Weg der Wahrheit und Megaera lachte nur.

Sie traf sie mit all ihrer Macht und verbrannte die Treuen; alle Fragenden wollte sie glauben machen, dass die treue Anhängerschaft der Weiße sich auf sie zu stürzen versucht und sie allein ihre Tugend verteidigt hatte.

Creslin und die dunklen Magier erklärten dies zur Wahrheit und so wurde es niedergeschrieben; nur nicht in den wahren Aufzeichnungen der Gilde …

DIE FARBEN DER WEISSE
(Handbuch der Gilde von Fairhaven)
Vorwort

XXXVI

Cerryl prüfte die Tinte, legte die Federkiele bereit und schlug das dünne Buch mit dem abgegriffenen Ledereinband auf, das Tellis ihm vor zwei Tagen gegeben hatte. Dieses Buch war nicht nur viel kürzer als das *Gesetzbuch des Handels,* das er und Tellis für einen Händler an der Getreidebörse abgeschrieben hatten, *Die Wissenschaft der Messung und Berechnung* ließ die *Geschichte Candars* geradezu zum Lesevergnügen werden.

Cerryl warf einen Blick in den Ausstellungsraum und fragte sich, wo Tellis wohl sein mochte und ob er die Vordertür öffnen sollte – oder zumindest die Läden. Der Meisterschreiber hatte schon nicht am Frühstückstisch gesessen, als Cerryl seinen Haferschleim gegessen hatte; Beryal hatte nichts gesagt, sie hatte Cerryl nur gedrängelt, damit er schnell mit der Arbeit beginnen konnte.

»Mach die Läden auf!«, tönte Tellis' Stimme krächzend durch den Ausstellungsraum.

Cerryl legte die *Messung* auf den Vorlagenhalter und beeilte sich, dem Befehl nachzukommen.

Tellis schleppte sich zum Arbeitstisch und ließ sich auf den Hocker fallen. Mühsam erhob er sich wieder – jede Bewegung schien ihm Schmerzen zu bereiten – und schlurfte zur Vitrine im Vorraum, sperrte eine Tür auf und holte etwas heraus. Dann schleppte er sich zurück an seinen Arbeitstisch und sah mürrisch auf den ausgebleichten grünen Samt, der um ein dünnes Buch geschlagen war.

»Kann ich noch etwas für Euch tun, Ser?«

»Du musst sogar. Habe es versprochen ... Ich würde es ja selbst tun, aber dieser Bauchfluss ...« Tellis hustete, dann hielt er sich den Kopf und schloss die Augen.

»Überlasst es nur mir, Ser«, sagte Cerryl und betrachtete dabei den grünen Samt.

»Ich weiß. Auf dich kann ich mich verlassen.« Tellis massierte seine Schläfen und sah dann auf. »Meister Muneat braucht es so bald wie möglich.« Cerryl ging zum Arbeitstisch. Ein dünner Band in grünem Leder lag auf einem Stück grünem Samtstoff. Er wusste, dass Tellis an dem Buch geschrieben hatte, doch es hatte zu den Sachen gehört, die der Schreiber Cerryl vorenthalten hatte.

»Schlag es nicht auf.«

»Aber was ist es … wenn ich fragen darf, Ser?«

»Es ist … Poesie … einer ganz besonderen Art.« Tellis wurde rot.

»Oh …«

»Es heißt *Der Grüne Engel – Wundersame Erzählungen.* Warum, weiß ich auch nicht.« Tellis hustete und würgte, dann richtete er sich auf. »Muneat, er braucht es … aber es ging nicht so schnell, wie ich dachte … kann doch nicht zwei Goldstücke ablehnen für ein Buch mit weniger als achtzig Seiten …«

Zwei Goldstücke?

»Ich habe es versprochen und es muss geliefert werden.« Tellis sah Cerryl an. »Du kannst es ihm doch bringen, oder nicht?«

»Ja, Ser … äh … wohin?«

»Zu Meister Muneat. Kennst du die Häuser bei der Börse? Hinter der Straße der Juweliere?« Tellis versuchte, sich zu räuspern.

»Ja, Ser, gleich hinter dem Marktplatz?«

»Seines ist das erste Haus auf der gegenüberliegenden Seite des Marktplatzes, das allererste. Im vorderen Hof steht ein Springbrunnen mit zwei Vögeln. Du klopfst an die Vordertür.« Tellis hielt inne und schluckte schwer. »Dieses Buch musst du Meister Muneat persönlich übergeben. Er ist klein, nicht viel größer als du, und er trägt einen buschigen weißen Schnurrbart. Ansonsten ist er fast kahl.«

»Was …«

»Wer auch immer die Tür öffnet, du sagst, dass du das Buch nur an Meister Muneat übergeben darfst, nur an ihn allein, und dass du wartest – oder wiederkommst, wann immer er es wünscht. Sei so höflich wie immer, aber gib es nur ihm – oder bring es zurück.«

»Ja, Ser.«

»Und zieh deine gute Tunika über. Geh, zieh dich an und komm wieder hierher.«

Als Cerryl zurückkam, hatte Tellis den Band wieder in den Samt eingeschlagen und mit dünnen Pergamentstreifen festgebunden, sodass niemand den Titel des Buches sehen konnte. Cerryl nahm das Bündel vorsichtig in die Hand und wünschte, er könnte sich das Buch ansehen … Er hätte zu gern gewusst, um was es sich bei den wundersamen Erzählungen handelte. Grüne Engel? Er hatte von den Schwarzen Engeln von Westwind gehört, aber noch nie von grünen Engeln.

»Du gehst schnurstracks dorthin und kommst gleich zurück. Hörst du?«

»Ja, Ser. Schnurstracks zu Meister Muneat. Das erste Haus hinter dem Marktplatz auf der gegenüberliegenden Seite. Ein Springbrunnen mit zwei Vögeln.«

»Gut …«

Cerryl verbeugte sich und umschloss den eingepackten Band vorsichtig mit beiden Händen; Tellis bewegte sich nicht, als Cerryl zur Tür hinausging.

Draußen war es kalt, aber die helle Sonne wärmte Cerryl ein wenig, während er die Gasse der niederen Handwerker hinunterging. Die Läden der Weberei waren noch geschlossen, der große Webstuhl rumpelte jedoch schon, wie Cerryl im Vorbeigehen hörte.

Fasses Tür stand angelehnt und ein Wagen parkte am Randstein davor, ein Fuhrmann stand daneben. Wurde ein Schrank abgeholt? Wer besaß so viel Geld – außer den Herzögen oder Vicomtes?

Cerryl bog in die Hauptstraße ein, ging an der Herberge vorbei – wo es nach frisch gebackenem Brot duftete – und am Stall; dort roch es nach dem Heu, das neben der Stalltür in Ballen gestapelt war. Heu? Noch vor dem Frühjahr? War es über den Winter irgendwo gelagert worden?

Drei Kutschen standen vor der Getreidebörse, die Kutscher hatten sich beim mittleren Wagen versammelt.

»Guten Morgen, Junge!«, rief der Ältere der drei.

»Guten Morgen, Ser.« Die Sonne wärmte Cerryls Gesicht und der Junge lächelte, als er die Straße der Juweliere entlang lief – die Eisentüren waren alle noch geschlossen. Aus dem letzten Geschäft vor dem Platz strömte jedoch schon der Geruch von heißem Metall. Auf dem Marktplatz standen bereits viele bunte Karren, doch nur wenige Käufer waren bislang erschienen.

Cerryl verlangsamte den Schritt beim Überqueren des Platzes. Das erste Haus auf der gegenüberliegenden Seite ... Vor einem schmiedeeisernen Tor blieb er stehen; er sah ein großes Rasenstück, das eingerahmt wurde von Büschen, die an der Wand entlang wuchsen; durchbrochen wurde der gepflegte Rasen von einem Steinweg, der geradewegs zu einem Springbrunnen führte – ein Springbrunnen, auf dem zwei Vögel zu beiden Seiten des Wasserstrahls am Rande des Beckens saßen. Zwei Vögel, hatte Tellis gesagt.

Cerryl sah sich das Haus genauer an. Der Weg führte um den Springbrunnen herum und endete an der hohen Eingangstür aus polierter Roteiche; die Tür war mit Eisen beschlagen, wurde umrahmt von Steinsäulen und durch ein Dach geschützt. Als er die Häuser das erste Mal gesehen hatte, hatte er nur einstöckige Gebäude vermutet. Seine Vermutung war falsch gewesen, jedoch nur, weil die Häuser viel, viel breiter waren, als auf den ersten Blick angenommen. Das Haus vor ihm schien nur einstöckig zu sein, aber dieses eine Stockwerk maß bestimmt zweimal die Höhe der Werkstätten entlang der Gasse der niederen Handwerker.

Die Fensterläden standen offen und gaben den Blick frei auf richtiges Fensterglas; mindestens zehn Fenster reihten sich zu beiden Seiten des Eingangs aneinander, jedes davon bestand aus Dutzenden von karoförmigen Scheiben, die in der Morgensonne glitzerten und silberne Lichtstrahlen über den tiefgrünen Rasen warfen, der den Vorgarten des Hauses – oder besser: des kleinen Palastes – schmückte.

Links und rechts von dem gepflegten Steinweg hatte jemand rechteckige Blumenbeete angelegt: dunkelgrüne Pflanzen mit zarten weißen Blüten wuchsen darauf. Blumenduft verschiedenster Art – Düfte, die er noch nie gerochen hatte – erfüllte die Morgenluft, obwohl er keine Blumen sehen konnte.

Schließlich atmete Cerryl tief ein und trat durchs Tor; langsam ging er den Weg entlang. Tellis hatte gesagt, er solle die Vordertür benutzen, und darauf hielt er jetzt zu.

Ein paar Wassertropfen trafen sein Gesicht, als er am Springbrunnen vorbeikam, und er nahm das Buch in die linke Hand, um es vor dem Wasser zu schützen.

Dann stand er im Schatten der von Säulen eingefassten Vorhalle – der Eingangsbereich war so groß, dass er sich winzig klein vorkam –, hob den schweren, glänzenden Messingklopfer und ließ ihn los.

Das laute Klopfen auf die Metallplatte hallte durch die morgendliche Stille. Cerryl wartete.

Ein grauhaariger Mann, gekleidet in eine grüne Tunika und passende Hose, öffnete die Tür. »Lieferanten zur Hintertür, bitte.«

»Meister Tellis hat mir aufgetragen, dies hier Meister Muneat zu übergeben, nur an ihn persönlich.«

»Ich nehme es für ihn, Junge.« Der Diener lächelte wohlwollend.

»Nein, Ser. Ich gebe es nur ihm persönlich. Ich kann auch warten, wenn Ihr es wünscht. Oder wiederkommen.«

Der Mann in Grün runzelte die Stirn. »Warte.« Dann schlug er die Tür zu.

Cerryl trat von einem Fuß auf den anderen. Die Sonne wärmte ihm Rücken und Beine.

Schließlich wurde die Tür wieder geöffnet und der Diener sah auf Cerryl hinab. »Meister Tellis, hast du gesagt?«

»Ja, Ser. Der Schreiber.«

Ein leises Lächeln spiegelte sich auf den Lippen des Dieners. »Ich heiße Shallis und bin kein Ser. Ich bin der Hausseneschall.« Er öffnete die Tür und trat zurück. »Du sollst hereinkommen und hier im Foyer warten.«

Cerryl ging hinein. Die Decke des Foyers war hoch, mindestens zweimal so hoch wie der Ausstellungsraum in Tellis' Werkstatt; polierte, dunkle Holzplanken spannten sich zwischen den Granitsäulen. Die Fundamente der Säulen glänzten rosa, sie waren so glatt, dass sie in dem Licht schimmerten, das durch die offene Tür drang.

»Du kannst dich auf die Bank hier setzen.« Shallis schloss die Tür und deutete auf eine Bank aus Weißeiche mit einer niedrigen Lehne, die vor einer hüfthohen Wandtäfelung aus rosafarbenem Marmor stand. Shallis' Augen musterten Cerryls Stiefel. Dann nickte er. »Meister Muneat wird dich empfangen, sobald er kann.«

»Danke.« Cerryl wusste nicht, was er sonst noch hätte sagen können. Er setzte sich auf die Vorderkante der Bank und Shallis ging durch den Bogengang ins eigentliche Haus.

Cerryls Augen folgten dem Seneschall und saugten alles auf, was sie von den Räumlichkeiten hinter dem

Foyer erhaschen konnten: eine Eingangshalle, größer als der Wohnraum in Tellis' Haus und sogar noch größer als die Küche bei Dylert.

Der Bogen, den er von der Bank aus sehen konnte, war mit blauem Stoff verkleidet, dessen feiner Faltenwurf im Licht, das durch die verborgenen Fenster einfiel, schimmerte. Der Boden der Eingangshalle bestand aus polierten, ineinander verschachtelten Marmorquadraten, die so glatt und sauber wirkten, dass Cerryl sich nicht getraut hätte, darauf zu gehen.

Ein Porträt in einem vergoldeten Rahmen hing an der Wand. Cerryl konnte nur erkennen, dass es einen weißhaarigen Mann in einem weißen Hemd darstellte, er trug eine blaue, kurze Jacke und eine dunkle Hose. Zu beiden Seiten des Gemäldes waren Lampen in blank polierten Bronzehaltern angebracht. Selbst die Simse, auf denen die Lampen standen, glänzten.

Der Blumenduft drängte sich im Foyer noch mehr auf als draußen und erinnerte Cerryl an Dyellas Gärten über der Mühle. Cerryl setzte sich wieder gerade hin und blickte auf das in Samt eingeschlagene Buch.

Ein leises Rascheln drang an seine Ohren und seine Augen wanderten zurück zur Eingangshalle, wo eine ausnehmend schlanke Frau den Marmorboden überquerte und durch den Bogengang einen Raum rechts von der Eingangshalle betrat. Ihr Kleid – sie trug keine Tunika und Hose, sondern ein eng anliegendes Kleid – schimmerte tiefrot im indirekten Licht. Cerryl dachte, er hätte Silberkämme in dunklem Haar gesehen, aber sie bewegte sich so flink und anmutig, dass er sich nicht sicher war.

Ein anderer Duft, Sommerfrüchte mit Rosen vermischt, schwebte an ihm vorbei und verflog.

Cerryl schluckte, er hörte Schritte auf dem Marmor. Eine kleine Gestalt in Tiefblau – sogar die Lederstiefel glänzten blau – schritt durch das Foyer auf ihn zu. Der

Mann trug ein glänzendes, weißes Seidenhemd, eine lange Jacke darüber und eine dazu passende Hose aus tiefblauem Samt. Der kahle Kopf, das Silberhaar und der weiße Schnurrbart wiesen darauf hin, dass sich Meister Muneat näherte, und der Lehrling sprang rasch auf. Hinter Muneat folgte der Seneschall mit ausdruckslosem Gesicht.

»Mein Junge … Shallis sagte, du kämst von Meister Tellis.« Ein überraschend schüchternes Lachen erheiterte das breite und fleischige Gesicht.

»Ja, Ser. Meister Tellis schickt mich, um Euch dies zu übergeben.« Cerryl übergab das Samtbündel. »Er sagte, ich dürfte es nur in Eure Hände legen.«

»Nur in meine Hände, ha!« Muneat lachte und nahm das Buch. »Meine Hand. Würden doch nur andere meine Hände mit solchem Respekt behandeln.«

Cerryl wusste nicht, was er sagen sollte, also wartete er, bis der Mann mit dem Lachen fertig war.

»Und du warst natürlich nicht davon abzubringen, du bist schließlich Tellis' Lehrling. Verial war genauso wie du. Zwei Goldstücke habe ich deinem Meister versprochen und zwei Goldstücke soll er auch bekommen. Für dich ein Silberling und zwei für ihn.«

Cerryl hatte Mühe, seine Kiefer zusammenzuhalten, als Muneat ihm einen kleinen Lederbeutel und ein Silberstück gab. »Die Münzen für deinen Meister sind in der Börse. Der Silberling gehört dir.«

»Ich danke Euch, Ser.« Cerryl verbeugte sich tief. »Auch im Namen von Meister Tellis.«

»Es ist mir stets ein Vergnügen, mit Tellis Geschäfte zu machen. Stets ein Vergnügen.« Muneat lächelte. »Ich freue mich, dich kennen zu lernen, Junge. Dein Name?«

»Cerryl, Ser.«

»Cerryl. Ein anständiger Name. Einen guten Tag wünsche ich dir noch.« Muneat lachte noch einmal wohlwollend und nickte seinem Seneschall zu.

Shallis ging um seinen Meister herum und öffnete die Tür.

»Danke, Ser«, rief Cerryl noch einmal.

»Und richte deinem Meister Grüße von mir aus. Sag ihm, ich hätte noch einen Auftrag in etwa einem Achttag.«

»Ja, Ser.«

Cerryl stand auf dem Fußweg vor dem Springbrunnen und betrachtete das Silberstück und die Börse, dann steckte er die Börse unter sein Hemd und den Silberling in den Schlitz an der Innenseite des Gürtels – den sichersten Platz für eine Münze. Von Taschendieben hatte er zwar bislang noch nichts gehört in Fairhaven, aber er war auch nicht sonderlich erpicht darauf, deren Existenz am eigenen Leib zu spüren.

Von der Straße aus warf Cerryl noch einmal einen Blick zurück auf das Haus – oder den Palast – und dann auf die Straße, an der etwa ein halbes Dutzend derartiger Häuser stand. Er schüttelte den Kopf. Cerryl besaß keine Vorstellung davon – wirklich nicht die geringste Vorstellung –, was Reichtum bedeutete. Dylert hatte er schon für einen reichen Mann gehalten. Er schüttelte noch einmal den Kopf, dann machte er sich auf den Rückweg und bildete sich ein, er könnte noch immer den Blumenduft riechen, der Meister Muneats prunkvolles Heim erfüllte.

Und die rote Robe – wie reich musste man sein, um an einem Werktag ein solches Kleid tragen zu können? Cerryl überquerte rasch den Marktplatz, lief vorbei an den Juwelieren, über den Platz der Handwerker und die Straße hinauf zu Tellis; an das Silberstück in seinem Gürtel versuchte er nicht zu denken. Ausgeben könnte er das Silber jederzeit, mit dem Verdienen tat er sich da schon schwerer. Er schüttelte den Kopf – jemand wie Meister Muneat hätte damit sicher kein Problem.

Beim Schreiber angelangt, marschierte Cerryl geradewegs durch den Ausstellungsraum ins Arbeitszimmer. Tellis saß zusammengesunken am Arbeitstisch.

»Geht es Euch gut, Ser?«

Tellis richtete sich langsam auf. »War er zu Hause? Hast du es ihm gegeben?«

»Ja, Ser.« Cerryl überreichte die Börse. »Er hat mir das gegeben und gesagt, dass sich darin zwei Goldstücke und zwei Silberstücke für Euch befänden.«

Tellis' Gesicht hellte sich auf. Mit zitternder Hand nahm er die Börse und öffnete sie.

Münzen sprangen über den Tisch.

»Das sind drei Silberstücke und zwei Goldstücke. Hast du nicht nachgezählt?«

»Ser … er hat mir die Börse mit diesen Worten in die Hand gedrückt. Ich wollte sein Wort nicht vor seinen Augen infrage stellen.«

»Muneat spielt zwar seine Spielchen, aber großzügig ist er – im Gegensatz zu manch anderen.« Ein schiefes Lächeln umspielte Tellis' Lippen. »Hat er dir auch etwas gegeben?«

»Ja, Ser. Ein Silberstück habe ich bekommen.«

»Schön. Heb es gut auf.« Das Lächeln verschwand. »Glaub aber ja nicht, dass du dergleichen bald wieder erleben wirst.«

»Nein, Ser. Das weiß ich.« Cerryl hielt inne. »Meister Muneat sagte, er hätte noch etwas für Euch in einem Achttag.«

»Hat er das Buch aufgeschlagen, während du noch dort warst?«

»Nein, Ser.«

Tellis nickte langsam.

»Ser … warum … ich meine … ich saß im Foyer … polierter Marmor …«

»Er ist sehr reich«, erzählte Tellis und massierte dabei seine Stirn. Cerryl sah er dabei nicht an. »Er ist einer der größten Getreidekommissionäre in ganz Candar. Ich glaube, er besitzt sogar einige Schiffe in Lydiar.«

Cerryl blickte sich in dem nun sehr beengt wirkenden Arbeitsraum um, der nicht größer war als das vordere Foyer in Muneats kleinem Palast.

»Er ist nicht allein mit seinem Reichtum in Fairhaven, Cerryl. Beileibe nicht.«

Der Lehrling fragte sich, wie wohl die Häuser der anderen wohlhabenden Bürger aussehen mochten.

»Bring mir eine Tasse von dem gelben Tee, den Beryal aufgesetzt hat.«

»Ja, Ser.« Cerryl ging in die Küche.

»Gelber Tee … gelber Tee …«, murmelte Tellis hinter Cerryl. »Dunkelheit … wie ich dieses Zeug hasse …«

Beryal sah vom Küchentisch auf, wo sie eine dampfende Flüssigkeit aus dem Kessel in eine Tasse goss. »Du bist schon zurück?«

»Ich musste nicht lange warten. Tellis schickt mich, um den Tee zu holen.« Cerryls Augen wanderten durch den Wohnraum, sauber und einfach – und sehr klein. Wirklich sehr einfach.

»Dieser Dickkopf«, sagte Beryal und reichte Cerryl die Tasse. »Bleibt einfach nicht im Bett. Nein … muss unbedingt aufstehen und uns mit seiner Krankheit belästigen.«

»Er sieht nicht gut aus.«

»Alle, die den doppelt starken Met gestern Nacht im Gasthof *Zum Sattel* getrunken haben, werden so aussehen wie er. Benthann kann noch nicht mal den Kopf aus den Kissen heben.« Beryal runzelte die Stirn. »Bring dem Meister seinen gelben Tee.«

Cerryl ging mit der Tasse zurück ins Arbeitszimmer.

Tellis nahm sie wortlos entgegen.

Cerryl schärfte den Federkiel, rührte die Tinte um und stellte *Die Wissenschaft der Messung und Berechnung* auf den Vorlagenhalter; beim Lesezeichen schlug er das

Buch auf. Vor seinem inneren Auge sah er noch immer den polierten Marmor und die schimmernden Wandbehänge, das dunkelrote Kleid … und auch den dunkelblauen Samt und das makellose Seidenhemd, das Muneat getragen hatte. Cerryl wusste aus den Gesprächen mit Pattera, dass die Seide allein schon ein Goldstück kostete. In seinem ganzen bisherigen Leben hatte er noch nicht einmal die Hälfte davon auf einem Haufen gesehen.

Er holte tief Luft. Das Gegebene war nicht zu ändern. Noch nicht, und vielleicht auch in Zukunft nicht. Er tauchte die Feder in die Tinte. *Aber du kannst mehr werden als ein Schreiber … du kannst es!*

Am Arbeitstisch schlürfte Tellis den bitteren gelben Tee.

XXXVII

Cerryl tauchte die Feder ins Tintenfass und fuhr fort, die Seite vor ihm abzuschreiben. Er versuchte sich auf die Worte zu konzentrieren und auf die Form der Buchstaben, doch er wusste, ganz gleich wie sehr seine Buchstaben auch denen auf der Vorlage ähnelten, Tellis würde irgendetwas finden, das sich noch verbessern ließe. Manchmal lobte der Schreiber Cerryls Handschrift über den grünen Klee; dann wieder mäkelte er an den Buchstaben herum oder er beschwerte sich, wie schlecht es einem guten Schreiber doch erging und was man alles beherrschen musste in diesem Beruf.

Der Schreiberlehrling hielt seufzend inne. Zu viele Seufzer jedoch, so hatte er entdeckt, lösten unwillkommene Fragen aus. Seine Augen hefteten sich wieder auf das Buch auf dem Vorlagenhalter.

… die Innenseite der Rinde der Flussweide wird abgeschabt und getrocknet, bis sie hart und steif ist. Dann wird sie mit Mörser und Pistill aus poliertem Hartholz zu feinstem Puder zerstoßen …

Wieso senkte zerstoßene Weidenrinde Chaos-Fieber? Wer hatte das entdeckt? Trotz all der Bücher, die Tellis ihm zu lesen gegeben hatte, glaubte Cerryl nun weniger zu wissen als vor einer Jahreszeit, bevor er nach Fairhaven gekommen war. Jedes neue Buch warf mehr Fragen auf, als es zu beantworten vermochte.

Beim Geräusch der sich öffnenden Vordertür schreckte Tellis auf und fiel beinahe in den Abfalleimer hinter ihm. Er verließ den Spannrahmen und hastete an Cerryl vorbei in den Ausstellungsraum.

»Du schreibst weiter an dem Kräuterbuch«, rief der Meisterschreiber noch über die Schulter und eilte hinaus.

Pflanzen und Kräuter mochten beim Heilen nützlich sein, bestimmt nützlicher als die Worte über irgendwelche Messungen, so überlegte Cerryl, aber Kräuter schienen bei der Steuerung von Chaos keine Rolle zu spielen. Er runzelte die Stirn und dachte darüber nach, wie es gewesen war, als er das Waschwasser erwärmt hatte. Vermochte die zerstoßene Weidenrinde die Hitze in seinem Körper und auch die Kopfschmerzen zu mildern, die ihm bei der Anwendung von Chaos immer plagten?

Beim Aufblitzen einer weißen Säule im Ausstellungsraum zuckte Cerryl zusammen und spitzte die Ohren.

»… wie kann ich Euch dienen, Ser? Vielleicht mit einem der Geschichtsbücher …?«

Die Antwort wurde so leise gesprochen, dass Cerryl die Worte nicht verstand.

»Ah, ja … das dauert aber einige Achttage, vielleicht auch länger … Ihr versteht?«

»… verstehe … stabile Bindung … Jungfernpergament … wie viel …?«

»Drei Goldstücke, verehrter Herr.«

»Das ist teuer.«

»Schon allein das Pergament und das Leder …«

»Nicht länger als fünf Achttage, Schreiber, und kein Extragoldstück für Euch. Und Ihr müsst es selbst schreiben. Keine Menschenseele außer Euch darf das Original berühren. Habt Ihr verstanden?«

Cerryl fühlte die Kälte und Macht in den Forderungen des Magiers selbst vom Schreibtisch des Arbeitsraumes aus.

»Ja, Ser. Mit Ablauf des fünften Achttages, stabile Bindung und bestes Jungfernpergament.«

»Und keiner außer Euch.«

»Ja, Ser.«

Cerryl musste schnell den Federkiel anheben, gerade noch rechtzeitig, bevor die Tinte über der Seite verlief, an der er gerade arbeitete. Er wischte den Fleck vom Holz, säuberte die Federspitze und nahm die mühsame Arbeit an dem Buch *Kräuter und die Heilkraft derselben* wieder auf. Er versuchte, beschäftigt zu wirken, als Tellis zurück ins Arbeitszimmer kam.

»Weiß nicht einmal, woher ich die Zeit nehmen soll. Aber drei Goldstücke – so einen Auftrag kann man sich nicht entgehen lassen.« Tellis runzelte die Stirn, dann musste er husten. Gequält starrte er auf das alte Buch in seinen Händen. »Bei den Magiern muss man sich wirklich jedes Goldstück verdienen. Sauer verdienen.«

»Ich kann es doch abschreiben«, bot Cerryl sich an.

»Nein, das hier werde ich kopieren«, erwiderte Tellis.

»Wenn es Euch schwer fällt, kann ich Euch doch helfen.«

Der Meisterschreiber schüttelte den Kopf. »Manche Bücher, so sagen die Weißen, darf nur der Meister selbst abschreiben.«

»Warum? Wie können sie so etwas sagen?«

»Cerryl ...« Diesmal war Tellis an der Reihe mit dem Seufzen, und das nicht zu leise. »Weißt du denn gar nichts? Der Weiße Rat muss jeden Handwerksmeister in Fairhaven anerkennen. Du hast doch den Stern mit dem Kreis über der Tür gesehen. Muss ich dich daran erinnern, was dieses Meistersymbol bedeutet? Ohne den Stern würde ich vom Rat oder von irgendeinem der Magier keinen einzigen Auftrag erhalten.«

»Aber Ihr seid doch ohnehin der Beste in Fairhaven. Jeder auf dem Platz spricht davon«, beeilte sich Cerryl zu sagen.

»Du bist ein treuer Lehrling – das muss man sagen«, antwortete Tellis darauf. »Die Magier achten auf mehr als nur auf Können, Cerryl. Sie verlangen Ergebenheit. Ohne die Anerkennung des Weißen Rates wird ein Händler oder Handwerker niemals mehr als ein Geselle sein. Gesellen bekommen vom Rat keine Aufträge.« Tellis schnaubte. »Und auch sonst fast nichts.«

»Auch wenn sie gut sind?«

»Welcher Händler oder Kaufmann würde es wagen, mit einem Schreiber Geschäfte zu machen, der nicht in der Gunst des Rates steht? Sogar Muneat würde von seinen kleinen Vergnügen absehen.«

»Er ist reich ...«

»Reichtum bedeutet nicht gleichzeitig Macht, Cerryl. Manchmal kann man die Macht mit Geld kaufen. Aber jetzt ... sollte ich besser anfangen. Stell das Kräuterbuch auf das obere Regal. Du kannst daran weiterarbeiten, wenn ich mich ausruhe. Geh und hole mir die Eichenrinde und das Pergament, das ich dafür brauche.«

Cerryl säuberte den Federkiel und wischte sich anschließend die Hände ab, dann hob er die *Kräuter und die Heilkraft derselben* vom Vorlagenhalter.

Tellis stellte sein Buch darauf und schlug das Deckblatt auf.

Cerryl überflog die Worte und für einen Augenblick blieb ihm fast der Atem stehen – *Farben der Weiße.* Tellis hatte das vollständige Buch vor sich stehen, nicht nur den ersten Teil, sondern das ganze Buch. Der ganze Band, den er sich schon so lange wünschte – und nun konnte er ihn nicht einmal berühren.

»Steh nicht herum. Hinaus mit dir. Geh zuerst zu Nivor und hol die Schwarzeichenrinde. Du weißt, welche. Anschließend musst du noch etwas von dem Jungfernpergament besorgen. Aber bring erst die Rinde hierher, damit wir sie ansetzen können, bevor du zu Arkos gehst.«

Das bedeutete den doppelten Weg, aber Cerryl nickte nur höflich. »Äh, Ser ... brauche ich nicht Geld, wenn ich zu Nivor gehe?«

»Bei der Dunkelheit ... du hast Recht. Arkos wird mir das Pergament auch ohne Geld geben, aber Nivor niemals.« Tellis nestelte an seiner Börse herum. »Mehr als ein Silberstück und fünf Kupferlinge darf ein Zehntel Stein von der Rinde nicht kosten, ganz gleich was dieser Gauner Nivor auch behauptet. Wenn er sich weigert ... dann komme ohne die Rinde nach Hause.«

»Ja, Ser.« Cerryl nahm das Geld und verstaute es in seiner eigenen Börse zusammen mit den drei Kupferlingen, die ihm gehörten.

»Sag ihm, was ich soeben zu dir gesagt habe.« Tellis rutschte auf dem Hocker nach vorn. »Es gibt keine größeren Gauner als Apotheker ... das sagst du ihm aber nicht. Und jetzt hinaus mit dir.«

»Ja, Ser.«

In kürzester Zeit hatte Cerryl seine gute Tunika übergezogen – die er nur für Botengänge und zum Feiertagsmahl trug – und sprang hinaus in den Frühlingsnachmittag. Es war warm, obwohl sich die Kühle des Winters noch nicht restlos verzogen hatte, und grau; bestimmt würde es noch vor dem Abend regnen. Cerryl hoffte, dass der Regen nicht zu lange andauern und nicht zu heftig würde; er konnte gut auf die damit verbundenen Kopfschmerzen verzichten.

Er ging die Gasse der niederen Handwerker entlang und nach ein paar Dutzend Schritten warf er einen Blick in Patteras Fenster, das wie gewöhnlich nur angelehnt stand. Nur ihr Vater saß am Webstuhl. Seine Augen trafen Cerryls.

»Du!«

Die Stimme klang gebieterisch und spitz, die Worte kamen von hinten und Cerryl blieb stehen. Wer konnte etwas von ihm wollen? Sprach jemand mit dem Webermeister?

»Du da in der blauen Tunika … ich meine dich.«

Cerryl drehte sich um … und schluckte, als er die weiße Tunika und die weiße Hose sah. Fast augenblicklich verbeugte er sich. »Ich habe Euch nicht bemerkt … entschuldigt, Ser …«

»Das stimmt.« Ein melodisches Lachen folgte – ein Lachen, das jedoch so hart klang, dass Cerryl schaudern wollte, und noch mehr, als er bemerkte, dass es sich um eine Frau handelte. Eine anziehende Gestalt mit flammend roten Haaren stand vor ihm; ihre Augen durchbohrten ihn und schienen alle Farben gleichzeitig zu enthalten und doch keine einzige. Ein dezenter Geruch von … vermutlich Sandelholz wehte zu ihm herüber.

Cerryl verbeugte sich noch einmal, sagte jedoch nichts.

»Lebst du hier, Bursche?«

»Ja, Ser. Ich bin Tellis' Lehrling.«

»Der Schreiber?« Sie lachte wieder. »Sehr interessant. Beherrschst du die Buchstaben?«

»Ja, Ser.« Wie könnte ein Schreiberlehrling die Buchstaben nicht kennen? Aber Cerryl schwieg.

»Beide Sprachen?«

»Die Tempelsprache ist mir nicht so geläufig wie die wahre Alte Sprache«, musste er zugeben.

»Die wahre Alte Sprache«, wiederholte die Magierin. »Und du meinst auch, was du sagst. Wird immer besser. Wie heißt du?«

»Cerryl, Ser.« Cerryl hatte Mühe, seine Stimme ruhig klingen zu lassen, er fühlte sich, als unterzöge er sich gerade einer Prüfung, einer gefährlichen Prüfung; er wusste jedoch nicht, was oder warum geprüft wurde.

»Cerryl, der Schreiberlehrling ...« Sie lachte noch melodischer als zuvor. »Lern weiterhin deine Buchstaben und alles, was du sonst noch lernen kannst. Vielleicht reicht es.« Sie hielt inne und ihre Stimme wurde härter. »Du kannst deinen Botengang fortsetzen oder wohin dich dein Meister auch immer geschickt hat.«

Cerryl nahm sich so gut es ging zusammen und verbeugte sich.

»Geh.«

»Ja, Ser.« Er verbeugte sich nochmals, drehte sich um und lief weiter zu Nivors Apotheke.

Eine Frau in Weiß – sie war mit Sicherheit eine Magierin und nicht viel älter als Cerryl. Er schauderte und rief sich die kalten Augen in Erinnerung, die bei jedem Wort und bei jedem Lachen die Farbe gewechselt hatten. Er wollte gar nicht so genau wissen, was sie mit der Aussage gemeint hatte, dass sein Lernen vielleicht ausreichen würde. Ausreichen für was?

Er schauderte, obwohl er es unterdrücken wollte. Es ging etwas vor in Fairhaven, das nur wenige sahen. Die kurze Begegnung mit Meister Muneat hatte ihm die eine Seite gezeigt, doch das war noch nicht alles gewesen. Obwohl er nicht viel *sah* von der versteckten Macht des Chaos, so fühlte er sie doch, im Gegensatz zu der Macht des Goldes der Händler. Das versteckte Chaos verursachte ein Schaudern – das Gold nicht.

XXXVIII

Cerryl lag unter der dünnen Decke und seiner Lederjacke auf dem Rücken, er fror zwar nicht, aber es war ihm auch nicht richtig warm. Seine Augen blickten zur Zimmerdecke, seine Gedanken jedoch reichten weit über die Kammer hinaus.

Tellis besaß den vollständigen Band der *Farben der Weiße,* beide Teile, auch den Teil, der bei seinem eigenen Exemplar fehlte. Der Schreiberlehrling drehte sich zur Seite und zog die Beine an, sodass er zu einem Knäuel zusammengerollt dalag. Er versuchte verzweifelt den Gedanken an das Buch wegzuschieben, das im Schrank des Arbeitszimmers eingesperrt war. Noch schwerer fiel es ihm, nicht an den Schlüssel zu denken, der in der versteckten Nische neben der Tür hing.

»Es ist ja nicht so, dass …«, murmelte er. Dass? Dass er stehlen würde? Er würde dem Buch keinen Schaden zufügen. Er könnte es im dunklen Arbeitszimmer lesen. Wissen stehlen? Gehörte denn das Wissen jemandem? Blieben deshalb die Magier an der Macht – weil sie ihr Wissen für sich behielten?

Cerryl wälzte sich auf die andere Seite und starrte durch die Dunkelheit auf die Deckenbalken. Er hätte am liebsten laut geseufzt, aber das würde ihm auch nicht weiterhelfen. Es schien fast, als riefe das weiß verstaubte Buch nach ihm.

Tellis hatte nicht gesagt, dass es niemand außer ihm lesen dürfte; niemand außer ihm sollte es abschreiben. Cerryl zuckte zusammen bei diesem Versuch der Selbsttäuschung. Keiner sollte es sehen; die Weißen Magier wollten vermeiden, dass es außer von dem Handwerker ihres Vertrauens von irgendjemandem gelesen wurde. Einem Handwerker, der der Sohn eines Magiers war?

Früher oder später finden sie ohnehin heraus, dass ich mit Chaos umgehen kann … wenn sie es nicht sogar schon wissen. Ist es da nicht besser, ich lerne jetzt und so viel ich kann? Cerryl versuchte, diesen Gedanken zu verdrängen. Er drehte sich wieder zur Seite. Dann auf die andere. Wenige Sekunden später starrte Cerryl schon wieder zur Decke.

Schließlich setzte er sich auf und schwang die Beine über die Bettkante, ließ sie jedoch noch nicht den kalten Steinboden berühren. Dann stand er auf. Er öffnete die Kammertür und suchte mit den Augen den dunklen, stillen Hof ab. Nur der Wind raschelte leise und draußen auf der Straße fuhr quietschend ein Wagen vorbei.

Cerryl atmete tief ein. Nur mit Unterwäsche und Jacke bekleidet, schlich er geräuschlos über den Hinterhof. Die Tür zum Hauptraum knarrte leise, als er sie hinter sich schloss und um den Tisch herum in die Küche schlüpfte.

Im Arbeitszimmer angekommen, zündete er keine Kerze an, sondern vertraute allein auf seine Sehkraft. Der Schlüssel glitt aus der Nische in seine Hand und das Schrankschloss gab keinen Laut von sich, als er den Schlüssel darin umdrehte. Das Buch lag in der ersten Schublade und wurde vom Chaos-Staub, der es bedeckte, für Cerryls Sinne erleuchtet. Einen Augenblick lang sah er das kostbare Stück nur an.

Keiner der Weißen Magier konnte herausfinden, dass Cerryl es gelesen hatte, denn seine eigenen schwachen Chaos-Spuren würden von ihrer viel größeren Chaos-Macht verdeckt werden. Dennoch wusch er sich die Hände mit dem kühlen Wasser, das noch im Krug war. Er wollte auch noch den letzten Rest der Chaos-Energie vermindern, die in ihm zu fließen und aus seinen Fingern zu quellen schien. Er trocknete sich die Hände mit seinem eigenen Handtuch – es war noch feucht vom letzten Händewaschen vor dem Abendessen – und wandte sich dem Buch zu. Er trug es zum Vorlagenhalter und öffnete es ungefähr in der Mitte, dort wo er den Beginn des zweiten Teiles vermutete.

In der Dunkelheit musste er sich trotz seiner besonderen Sehkräfte sehr anstrengen, um die Worte auf der aufgeschlagenen Seite lesen zu können.

Ein Magier muss Ordnung zu Hilfe nehmen, um das Chaos lenken zu können, denn nichts sonst kann die reinen Flammen des Chaos fassen; doch darf er sich von dieser Ordnung nicht nötigen lassen, da sonst seine Macht, das Chaos für Gutes einzusetzen, geschwächt wird …

Cerryl blätterte weiter. Er brauchte Antworten, keine Philosophie.

… es gibt zwei Arten des Heilens: Der Körper wird mithilfe der Ordnung gestärkt und unter Einsatz von Chaos werden alle erdenklichen Krankheitskeime zerstört, die durch die Elemente der Welt hervorgerufen werden und das Gewebe sterben lassen … Die zweite Art umfasst die Feststellung der Krankheitsursache durch den Magier … Seine Energie darf nur diese Ursache zerstören und nichts anderes, denn jede weitere Zerstörung würde auch den Kranken töten …

Cerryl hätte sich am liebsten die Haare gerauft. Wie sollte er Chaos-Energien in einem Körper konzentrieren können? Er verstand die jeweiligen Grundgedanken, auch jene, die ihm bis jetzt nicht bekannt gewesen waren. Aber die Technik war das Wichtigste und nicht das Philosophieren über diese Techniken. Er blätterte noch einige andere Seiten durch.

… jene, die die Feuer der Lüfte steuern, müssen wissen, dass der Äther selbst sich so verhält, als würde er der Ordnung dienen und sich gegen die Chaos-Energien drängen, die vom Magier gebündelt werden …

Auch das sagte Cerryl nichts. Zumindest glaubte er das. Auf seiner Stirn stand trotz der Kühle der Nacht der Schweiß, aber er las weiter.

… sodass sich eine Reihe von vielen kleinen Chaos-Feuern zu einer Feuerkugel von solch elementarer Kraft zusammenfügt, wenn sie mittels eigener Kraft über die kürzeste Entfernung geschleudert werden …

Cerryl las einfach weiter. Vielleicht verstand er einfach noch nicht genug. Vielleicht.

Wie lange er gelesen hatte, wusste er nicht. Er wusste nur, dass sich sein Kopf anfühlte, als drehte er sich auf seinen Schultern und wäre gefüllt mit brennenden Sägespänen, als er das Buch schließlich wieder in den Schrank legte und die Tür verschloss. Der Schlüssel wanderte zurück in die Nische und Cerryl schlich leise in seine Kammer.

Er schloss die Tür und blickte stirnrunzelnd durch die Dunkelheit zu seinem Bett. Ihn beschlich das Gefühl, dass er beobachtet wurde, obwohl sich nichts bewegte. Nicht das leiseste Geräusch regte sich außer dem Wind.

Schaudernd schlüpfte er schließlich unter die Bettdecke und merkte, dass seine Füße kalt wie Eisblöcke waren. Er schauderte noch einmal und hätte es noch ein weiteres Mal getan, wären seine Augenlider nicht schon zu schwer gewesen.

XXXIX

Cerryl sah von seinem behelfsmäßigen Schreibtisch am Ende des Arbeitstisches auf, wo das Buch *Kräuter und die Heilkraft derselben* aufgeschlagen lag. Verzweifelt unterdrückte er ein Gähnen. Das nächtliche Lesen verlangte seinen Tribut, besonders am späten Nachmittag, und Cerryl wagte es nicht zu gähnen, wenn Tellis in der Nähe war. Nicht auffällig jedenfalls.

»Ah, schon wieder schläfrig, wie ich sehe«, bemerkte der Meisterschreiber am Schreibtisch, wo er über den *Farben der Weiße* brütete. »Du hast dich wohl wieder mit Geschichte beschäftigt?«

»Ich habe gelesen«, antwortete Cerryl wahrheitsgemäß. »Es gibt so vieles, was ich nicht verstehe.« Seine Nase kräuselte sich bei dem leichten Geruch, den die abgenutzte Oberfläche des Arbeitstisches ausströmte – oder handelte es sich um die weggeworfenen Galläpfel, die auf dem Grund des Abfalleimers vor sich hin faulten?

»Dann solltest du fragen«, meinte Tellis, der seine Augen schon wieder auf die *Farben der Weiße* gerichtet hielt und mit ruhiger Hand die Buchstaben auf das Jungfernpergament malte. »Was verstehst du denn nicht?«

Cerryl tauchte seinen eigenen Federkiel ein und schrieb noch einen Augenblick weiter, bevor er antwortete. »Vieles.« Er hielt inne, um dafür zu sorgen, dass sich die Feder in sicherem Abstand zum Pergament befand, bevor er weitersprach. »Es werden Eisenvögel erwähnt, die den Weißen Weg nach Candar brachten, doch über die Zeit vor Cyador wird nichts berichtet.«

»Ich dachte, du hättest Fragen über Begebenheiten, die schwer zu verstehen wären.« Tellis schrieb weiter, die Augen auf das Buch gerichtet; die Feder verschwand zwischen seinen flinken und sicheren Fingern.

»Das auch, Meister Tellis.« Cerryl nickte und schrieb wieder ein paar Worte. Seine Gedanken gerieten wild durcheinander, als er sich an etwas zu erinnern versuchte, das man als verwirrend bezeichnen konnte.

»Wie zum Beispiel?«, drängte Tellis.

»Nun ja, es gibt so vieles … zum Beispiel Westwind,

das verstehe ich nicht. Wie kann jemand auf dem Dach der Welt leben? Heute wohnt niemand mehr dort. Die Geschichte besagt jedoch, dass es damals noch viel kälter war als heute, und dennoch war Westwind nur Erfolg beschieden, solange es kalt war.« Cerryl hätte am liebsten zufrieden darüber gelächelt, dass ihm diese Frage noch schnell eingefallen war. Doch stattdessen tauchte er die Feder wieder in die Tinte und schrieb weiter.

»Oh, Cerryl.« Tellis seufzte laut. »Du liest und verstehst die Worte und dennoch siehst du nicht, was du vor dir hast. Als die Winter noch kälter waren, konnten nur die Engel das Leben auf dem Dach der Welt ertragen, die meiste Zeit des Jahres jedenfalls; und somit mussten sie nicht viel Gold und Anstrengung auf ihre Verteidigung verwenden. Nur wenige erreichten ihre Zitadelle. Nach der großen Veränderung wurden die Winter wärmer, da erinnerten sich die westlichen Länder wieder an das, was ihnen einst gehört hatte, und sie versuchten, diese Gebiete zurückzuerobern. Die wärmeren Sommer im Flachland bereiteten den Schäfern und Herdenbesitzern zunehmend Schwierigkeiten und so zogen sie hinauf zu den grünen Weiden der Hochländer. Das Dach der Welt war für längere Zeit im Jahr leichter zu erreichen und die Bewachung nicht mehr so scharf. Verstehst du jetzt?«

»Wenn Ihr es so erklärt, Meister Tellis, wird es mir klar, aber im Geschichtsbuch steht es anders.« Cerryl runzelte die Stirn, als er bemerkte, dass seine Buchstaben breiter wurden. Er wischte die Feder ab und holte das Taschenmesser heraus, um die Spitze zuzuschneiden.

»Das Geschichtsbuch wurde für Menschen geschrieben, die denken, und nicht für jene, die jedes Wort erklärt haben wollen.«

Tellis' Stimme klang zwar mild, aber Cerryl zuckte trotzdem zusammen. Vermutlich hatte er den Tadel verdient. Er probierte die abgeschnittene Spitze auf dem Palimpsest und nickte zufrieden über die Breite der Buchstaben.

»Deine Gedanken hinken deinen Lebensjahren hinterher, aber im Herzen bist du viel älter«, fuhr Tellis fort. »Für dein Herz kann ich wenig tun, aber um Dylerts willen werde ich dich zum Denken zwingen. Hast du noch eine Frage – eine bessere?«

Cerryl antwortete nicht sofort, erst musste er noch ein Gähnen unterdrücken.

»Ganz gleich wie müde du auch bist, Cerryl, du musst immer einen klaren Kopf behalten.« Und nach einem kurzen Augenblick fügte der Schreiber hinzu: »Besonders in Fairhaven.«

Cerryl sah auf seine Arbeit, er suchte krampfhaft nach einer Frage, einer guten Frage. Schließlich sagte er: »Nirgendwo steht, warum die Schwarzen Magier die Winde kontrollieren können. Die Weißen Magier können Feuer erzeugen und ich weiß, dass jedes Feuer auch einen Luftzug erzeugt, aber …« Er beendete die Frage nicht.

»Die Frage ist schon besser«, sagte Tellis.

Cerryl hatte es inständig gehofft. Er hielt sich die freie Hand vor den Mund. War es der beißende Geruch, den das Schreibbrett ausströmte, das er auf die abgenutzte Tischplatte gelegt hatte? Oder einfach seine Müdigkeit?

»Die großen Winde werden, wie uns beigebracht wurde, an den kalten Orten der Welt geboren: über dem Dach der Welt und im hohen Norden. Zumindest scheint es so, dass die großen Winde von dort kommen. Die Schwarzen Magier sind, genau wie ihre Vorfahren, die Schwarzen Engel, Geschöpfe der Kälte und stehen daher der Kälte und den Winden näher, während die Weißen Magier aus der Wärme der Sonne entsprungen und Herr über Flammen und Wohlstand sind.« Tellis nickte zufrieden über seine Erklärung.

»Aber zum Schmieden von Eisen ist Feuer notwendig

und Weiße Magier können die Berührung von Eisen nicht ertragen«, erwiderte Cerryl.

»Wenn du kaltes Eisen berührst, wirst du fühlen, wie es jegliche Hitze aus dir saugt.« Tellis lächelte. »Erinnere dich immer daran: Nichts ist so, wie es scheint, und obwohl ich mein Bestes gebe, dich anzuweisen, gibt es immer noch Dinge, die auch ein Meisterschreiber nicht weiß, selbst ein Meisterschreiber, der solch eine Erziehung wie ich genießen durfte.«

Cerryl hielt sich noch einmal die Hand vor den Mund und wünschte, er müsste nicht so viel gähnen.

»Gut, dass wir fast fertig sind für heute.« Tellis warf einen Blick auf Cerryl und schüttelte den Kopf. »Geh nur. Ein kurzes Nickerchen wird dir gut tun. Beryal oder Benthann werden an deine Tür klopfen. Kein Lesen – ein Nickerchen, Abendessen und dann eine Nacht lang tief schlummern. Morgen bin ich im Turm, sie brauchen einen Kopisten. Und du beeilst dich mit dem Kräuterbuch. Nivor hat gestern schon danach gefragt.«

»Ja, Ser.« Cerryl nickte höflich. Das Kräuterbuch war zwar nicht wirklich langweilig, aber Cerryl fand es nicht annähernd so interessant wie das Geschichtsbuch, in dem er von Zeit zu Zeit las, um Tellis' Fragen beantworten zu können.

»Hinaus mit dir.«

Cerryl schlug das Kräuterbuch zu, säuberte die Feder und drückte den Stöpsel aufs Tintenfass. Anschließend wusch er sich die Hände. Tellis blickte nicht auf von der Arbeit an den *Farben der Weiße.*

»Das Abendessen ist bald fertig«, rief Beryal in der Küche, als Cerryl hindurchging zum Hauptraum und hinaus in den Hof.

»Danke, Beryal.« Er wischte sich mit dem Ärmel über die Stirn, während er für einen Augenblick in der kühlen Brise stehen blieb; der Wind trug den Geruch von nasser Wolle aus der Gasse herein.

Cerryl machte einen Schritt nach vorn, dann noch einen, er blieb stehen und sah sich um. Er warf einen Blick zum Hoftor, davon überzeugt, dass er Pattera dort entdecken würde. Nichts bewegte sich. Cerryl runzelte die Stirn. Wurde er beobachtet?

Dann drehte er sich um und blickte zum Haus, aber niemand stand in der Tür zum Wohnraum. Er schaute wieder zum Tor und dann zur Seitentür, die zu Tellis' und Benthanns Zimmer führte. Die Türen waren alle geschlossen und das Tor verlassen.

Langsam trottete Cerryl zu seiner Kammer. Das Gefühl, dass er beobachtet wurde, ließ ihn nicht los, auch als er die Tür öffnete. Das Zimmer war leer.

So schnell wie es gekommen war, verschwand dieses Gefühl jedoch auch wieder. Cerryl durchlief ein Schauder, als er die Tür verriegelte.

Die Kälte in seinen Knochen ließ ihn jeden Gedanken an Schlaf vergessen. Er überprüfte die Fenster – fest verschlossen. Dann holte Cerryl fast verstohlen das Spähglas hinter dem Holzbrett hervor, das er gelockert hatte, die Bücher ließ er dahinter.

Sollte er? Er blickte hinein in das silbern umrahmte Glas und sah das schmale Gesicht eines Jugendlichen, das lediglich den Ansatz eines Bartes zeigte – wenn überhaupt. Noch nicht einmal ein Mann … Warum wollte er das Glas überhaupt benutzen? Seine Augen wanderten zum verschlossenen Fenster. Irgendetwas musste er ja schließlich tun. Er bekam immer mehr das Gefühl, dass die anderen ihn drängten, ihn führten, dass alle anderen die Antworten wussten und er immer weniger bestimmen konnte, je älter er wurde.

Cerryl sah wieder ins Glas, dann runzelte er die Stirn. Sollte er es wagen? Oder doch nicht? War es das Mädchen mit den rotblonden Haaren? Oder die Rothaarige?

Er hätte das Mädchen mit den grünen Augen längst

vergessen sollen und doch dachte er immer noch an sie. Warum? Ein Schreiberlehrling sollte nicht einmal im Entferntesten an eine Gemahlin denken.

»Gemahlin?«, murmelte Cerryl halblaut. Welch törichte Vorstellung! Er konnte nicht einmal ernsthaft daran denken, ein Weißer Magier zu werden, trotz seines Talents und seiner heimlichen Studien. Er konnte sich nicht einmal Hoffnung auf Reichtum machen, wie er ihn bei Muneat gesehen hatte.

Er schob diese Gedanken beiseite, schluckte und blickte in den Spiegel. Cerryl konzentrierte sich und plötzlich waberte weißer Nebel und lichtete sich.

Die junge Frau saß an einem Schreibtisch, einem Goldeichentisch, in einem kleinen Raum. Die Wände waren mit grüner Seide verhangen und hinter der Frau stand ein hohes Bett, auf dem sich blaugrüne Seidenkissen türmten. Die geölten Fensterläden aus Goldeiche waren geschlossen.

Mit dem Federkiel in der Hand betrachtete sie das Geschriebene. Dann stellte sie die Feder in den Halter. Plötzlich hielt sie inne und runzelte die Stirn.

Sie war älter geworden, stellte Cerryl fest. Er selbst war es schließlich auch. Sie blickte fragend auf, ihre Augen wanderten suchend durch den Raum.

Sie stand auf und ging zum Fenster, dort drehte sie sich um und ihr Blick fiel auf das Glas an der Wand.

Blitzschnell ließ Cerryl von dem Glas ab. Sie hatte gewusst, dass sie beobachtet wurde, aber wie?

Das Glas strahlte Wärme aus, als hätte jemand Chaos-Feuer darauf geschleudert, gerade in dem Moment, als er seine Augen abgewendet hatte. Er wischte sich über die Stirn und fühlte sich plötzlich noch müder.

Rasch, als fürchtete Cerryl, noch von anderen Spähern beobachtet zu werden, steckte er den Spiegel zurück ins Versteck. Dann atmete er tief durch, erleichtert, dass das

Gefühl der Beobachtung nicht wiederkehrte. Dieses Mal war er davongekommen.

Dieses Mal, ermahnte ihn eine leise Stimme in seinem Kopf. *Dieses Mal noch.*

Mit einem leichten Lächeln auf den Lippen zog er die Stiefel aus und legte sich aufs Bett; sobald er sich ausgestreckt hatte, fielen ihm auch schon die Augen zu.

Bereits im nächsten Augenblick schritt er durch einen Raum mit hoher, gewölbter Decke, durch eine Halle genaugenommen, die Decke wurde von kannelierten weißen Steinsäulen gestützt. Der Raum schien leer zu sein und war es doch nicht.

»Du … du gehörst nicht hierher, Schreiberlehrling. Er wird dich zu Asche verwandeln, wenn du bleibst.«

Die Stimme klang erotisch, aber Cerryl konnte das Gesicht nicht erkennen. Er drehte sich um, doch neben ihm stand niemand.

»Mich können sie nicht sehen, nicht, wenn ich es nicht will. Die Weißen kontrollieren das Licht, musst du wissen. Wenn du etwas taugen würdest, könntest du es auch. Im Ansatz jedenfalls.« Das unsichtbare Lachen klang grausam, Cerryl kannte es von irgendwoher.

Er hörte ein dumpfes Pochen.

»Komm schon, du schläfriger Lehrling. Das Abendessen ist fertig!«

Cerryl kämpfte sich durch den weißlichen Nebel. War ihm die rothaarige Weiße Magierin wirklich im Traum erschienen? Gesehen hatte er sie nicht, aber die Stimme hatte ihr gehört. Wie hätte er so eine Stimme vergessen können? Er schauderte.

»Cerryl!«

»Ich komme«, krächzte er. »Ich komme schon.« Sein Kopf fühlte sich an, als hätte man ihn in die Stockpresse gequetscht.

»Wird auch Zeit.« Benthanns Stimme entfernte sich, als Cerryl sich aufraffte und seine Stiefel anzog.

Er stand auf und taumelte beinahe, als ihn der Kopfschmerz überkam. Er nahm sich zusammen und ging hinüber in den Wohnraum.

»Hast du ein Nickerchen gemacht?« Tellis blickte auf von der Burkha, die auf seinem Teller dampfte.

»Ja, Ser. Ihr hattet Recht. Ich war wirklich müde.« Cerryl ließ sich auf seinem Ende der Bank nieder, vorsichtig, um Beryal nicht zu nahe zu kommen. Er brach sich einen Kanten Schwarzbrot ab und legte ihn auf den Tellerrand. Mit der Schöpfkelle bediente er sich aus dem Topf mit dem scharfen, braunen Minzeintopf. »Riecht gut.«

»Tut es doch immer und du sagst es auch immer.« Beryal lachte.

Der Lehrling zuckte mit den Schultern und schaufelte sich einen Mund voll Eintopf mit Brot in den Rachen. Er versuchte, nicht zu sehr zu schlingen.

»Der Sommer wird bald kommen, der richtige Sommer«, brummte Tellis und nahm sich noch von der Burkha.

»Es war heute schon richtig heiß«, meinte Cerryl. Er trank einen kräftigen Schluck Wasser und staunte wie so oft darüber, dass das Wasser in Fairhaven trinkbar war.

»In einem Achttag wird es noch heißer sein. Dann treiben sich alle Leute nur noch auf den Straßen herum.« Beryal schnaubte. »Zu heiß, um im Haus zu bleiben.«

»Ich war heute Nachmittag im Hof und ich bin mir ganz sicher, dass mich jemand beobachtet hat.« Benthann wandte sich zu Beryal. »Tellis und Cerryl arbeiteten im Haus und du warst auf dem Markt. Als ich auf die Gasse ging, war keiner zu sehen.« Sie runzelte die Stirn. »Es war nicht das erste Mal, ich hatte schon öfter das Gefühl im letzten Achttag.«

»Ich könnte schwören, dass ich letzte Nacht jemanden in der hinteren Gasse gehört habe.« Beryals Augen wanderten vom Teller zu Cerryl. »Hast du nichts gehört?«

»Ich bin über dem Geschichtsbuch eingeschlafen.« Cerryl lächelte verlegen und schlug die Augen nieder. Schon mehr als einmal war er wirklich über diesem Buch eingeschlafen.

»Junge …« Tellis räusperte sich.

»Auch der pflichtbewussteste Lehrling kann sich nicht immer über diesen angestaubten Büchern wach halten.« Benthann lachte. »Das beweist schließlich, dass er ein ganz normaler Junge ist.«

»Das ist er, ganz recht.« Ein kleines Lächeln umspielte Beryals Lippen.

Cerryl wurde rot.

Benthann lachte.

»Ein Schreiber schläft nicht über Büchern ein«, bemerkte Tellis scharf, »ganz gleich ob normal oder nicht.«

»Du bist ein Spielverderber.« Benthann zog einen Schmollmund.

»Iss«, befahl Beryal.

Cerryl folgte der Anweisung, zum einen, weil es einfacher war, besonders mit diesen Kopfschmerzen, und zum anderen, weil er noch immer Hunger hatte.

Nach dem Abendessen zogen sich Tellis und Benthann in ihre Kammer zurück. Cerryl half Beryal in der Küche, mit den Gedanken war er jedoch immer noch bei dem Mädchen im Spiegel und der Macht, die sie beinahe durch das Glas auf ihn geschleudert hätte. Danach überquerte er den Hof, ging durchs Tor und auf die Straße. Das Mädchen – eigentlich war sie schon eine Frau – oder ihre Familie musste wohlhabend sein, doch nicht so reich wie Muneat, vermutete Cerryl. *Muss* man denn all das Geld besitzen, all die Seide?

Muss man denn unbedingt das Chaos beherrschen? Er lachte leise über seine eigene Frage, während er in die nächste Straße einbog.

Durch die Dämmerung schlenderte er zum Platz der Handwerker und Cerryl fühlte ein Augenpaar auf sich gerichtet. Er sah sich nicht um, da er wusste, er würde niemanden sehen, und versuchte das Kribbeln im Nacken und die pochenden Kopfschmerzen zu vergessen.

»Cerryl!« Pattera platzte aus der Tür zur Weberei. »Wo bist du in den letzten Achttagen gewesen?«

»Meister Tellis hat einen großen Auftrag von … einen großen Auftrag erhalten und ich musste die normalen Schreibarbeiten erledigen, zusätzlich zur Hausarbeit.« Cerryl zuckte die Achseln. »Außerdem will er, dass ich die Geschichtsbücher lese.« Wieder gähnte er.

»Du hast dunkle Ränder um die Augen. Oh, Cerryl …« Pattera warf einen Blick auf das Licht über der Tür. »Ich könnte dich ein Stück begleiten. Wo gehst du hin?«

»Ich gehe nur spazieren«, sagte er. »Ich habe Kopfschmerzen.« Cerryl setzte seinen Weg fort.

»Dein Meister verlangt zu viel von dir.« Pattera hielt mit ihm Schritt.

»Man muss die Bücher studieren, wenn man ein Schreiber werden will.«

»Aber nicht ständig.«

»Oft.« Cerryl blieb an der Hauptstraße stehen und ließ einen kleinen Eselskarren vorbeifahren. Die Frau auf dem Kutschbock – sie roch nach gebratenen Hühnern – würdigte die beiden keines Blickes.

Während Cerryl die weiße Straße überquerte, rieb er seine Schläfen und versuchte sich zu entkrampfen.

»Nicht da lang«, sagte Pattera. »Komm, setz dich auf die Bank.«

Er setzte sich auf die zweite Steinbank auf dem Platz und ließ ihre kräftigen Finger die Muskeln zwischen den Schulterblättern bis hinauf zum Nacken massieren. Die Verspannung löste sich. Der Geruch von feuchter Wolle ging von dem Mädchen aus und Cerryl fragte sich, ob er den beißenden Geruch der Eisengallustinte an sich trug.

Wie konnte jemand, der nach Tinte roch, auch nur im

Entferntesten an eine Frau denken, die sich in Seide kleidete?

Und doch tat er es und würde es immer tun, auch wenn er ein schlechtes Gewissen dabei hatte, Patteras Dienste in Anspruch zu nehmen und gleichzeitig an die rotblonde Frau zu denken.

XL

»Konzentrier dich auf die Arbeit«, mahnte Tellis, der in der Tür stand. »Denk nicht dauernd an deine kleine Weberfreundin. Nicht mit der Feder in der Hand.« Der Meisterschreiber grinste.

Cerryl wurde rot. »Ja, Ser.«

»Wenn du erst einmal ein richtiger Geselle bist ...« Tellis hielt inne. »Dann wirst du nicht mehr zuhören. Ich habe es auch nicht mehr gemacht, aber ich war glücklich und dann sehr unglücklich. Elynnya war eine ganz besondere Frau.« Er schüttelte den Kopf. »Genieß einfach das, was du hast, und frag nicht lange.« Seine Stimme hellte sich ein wenig auf. »Wenn ich Arkos etwas Vernunft beigebracht habe, versuche ich dasselbe bei Nivor, und dann bin ich für den Rest des Tages im Turm. Der verehrte Sterol möchte etwas abgeschrieben haben, das den Turm nicht verlassen darf.« Der Schreiber hob die Hand und zeigte mit dem Finger auf seinen Lehrling. »Ich erwarte weitere Fortschritte beim Kräuterbuch – und behalte die Buchstabenbreite bei.«

»Ja, Ser.«

Tellis nickte und wandte sich zum Gehen.

Seine Weberfreundin? Pattera war nett und in gewisser Weise auch anziehend und zweifellos in Cerryl verliebt. Das reichte jedoch nicht. Aber was würde reichen?

Ein Mädchen mit rotblondem Haar, dessen Vater einen kleinen Schreiberlehrling zweifellos verachten würde? Und dann war da noch die Rothaarige, die immer wieder in seinen Träumen auftauchte – ungewollt. Mit Sicherheit war sie eine Magierin; Cerryl fand sie anziehend und seine Haut kribbelte bei dem Gedanken an sie. Noch niemals hatte er so an eine Frau gedacht.

Einen Augenblick später hörte er die Vordertür und die klägliche Glocke des Müllwagens, bis Tellis die Tür wieder hinter sich schloss.

Cerryl sprang zum Abfalleimer neben dem Arbeitstisch. Er hob den schweren Holzbehälter hoch und schleppte ihn hinaus, Beryal folgte ihm mit dem Eimer aus der Küche.

Seite an Seite warteten sie auf den Müllwagen, der im Schritttempo die Straße entlang rumpelte. Zwei junge Soldaten in weißen Uniformen ritten neben dem Wagen. Gelangweilt blickten sie vom Wagen zu Beryal und dann zu Cerryl, doch für beide fielen nur abweisende Blicke ab.

Cerryl hob den Eimer an und schüttete den Inhalt – Lederabfälle, unbrauchbare Palimpseste, ausgepresste Galläpfel – auf die Ladefläche des Wagens und trat zurück.

»Tellis ist niemals im Haus, wenn der Wagen kommt. Hast du das schon bemerkt?« Beryal hielt Cerryl die Tür auf.

»Er ist der Meisterschreiber.«

»Er könnte auch noch Meister anderer Dinge sein.« Beryal schüttelte den Kopf und wollte gerade die Tür schließen. »Aber das wird er niemals sein. Die Reichen wissen das zu verhindern.«

Benthann presste sich an ihnen vorbei durch die Tür. Sie schaute ihre Mutter und Cerryl nicht einmal an und rannte die Straße hinunter, um den Wagen zu erwischen. Sie trug eine kleine Schachtel in den Händen.

»Und dann gibt es noch die, die glauben, dass der Müllwagen auf sie wartet.« Beryal grinste und schloss endgültig die Tür, bevor sie wieder in die Küche ging.

Cerryl wischte mit dem Lappen die Seitenwände und den Rand des Abfalleimers sauber, dann stellte er ihn zurück an seinen Platz. Er setzte sich an den Schreibtisch und säuberte die Feder, die er einfach liegen gelassen hatte, als er die Wagenglocken gehört hatte.

Benthann warf einen Blick ins Arbeitszimmer. »Warum hast du mich nicht gerufen?«

»Ich habe den Wagen erst gehört, als er schon vor der Tür stand, und der große Eimer war voll.« Cerryl sah auf, doch Benthann hatte nicht einmal seine Antwort abgewartet. Er zuckte die Achseln und ihm wurde klar, dass er die jungen Frauen wohl nie verstehen würde. Aber schließlich gab es so vieles, was er nicht verstand, so viele Fragen, die in ihm nagten – wie etwa Tellis' düstere Stimmung, als er seine Gemahlin erwähnt hatte. Cerryl hätte gern mehr gewusst, doch er wagte nicht zu fragen. Es gab so vieles, das er nicht zu fragen wagte.

Cerryl schnitt die Federspitze zurecht, glättete das Pergament und tauchte die Feder in die Tinte. Tellis hatte Recht gehabt; er musste zusehen, dass er mit dem Kräuterbuch vorankam, auch wenn er sich dabei langweilte.

Er runzelte die Stirn, als er sich an Tellis' Worte erinnerte: Er sollte etwas abschreiben, das den Turm der Magier nicht verlassen durfte. Bedeutete das, dass die Bücher, die wirklich Erklärungen über die Chaos-Handhabung enthielten, ständig von Magiern bewacht wurden? Wenn dem so war, wie konnte er es dann jemals lernen? Außer durch Versuche, die gefährlich werden konnten.

Er richtete die Augen stur auf das Buch auf dem Vorlagenhalter und begann die Buchstaben auf das neue Pergament zu malen.

… wenn die Blätter braun sind, getrocknet und zerstoßen, dann kann man sie zur Reinigung der Eingeweide verwenden … Man verordne jedoch niemals mehr als einen Fingerhut für einen ausgewachsenen Mann … und gebe es keinem Kind unter vier Stein …

Wieder erschien ein Gesicht in der Tür.

»Cerryl, ich gehe zum Markt«, verkündete Beryal. »Benthann ist schon weg, die Dunkelheit weiß, wann sie zurückkommen wird. Auf dem Wohnzimmertisch liegen zwei Kupferlinge, falls Shanandra die Kräuter bringen sollte, die sie schon lange versprochen hat. Zwei Kupferlinge für das Ganze, nicht mehr. Verstanden?«

»Wie viel ist das Ganze? Und welche Kräuter?«

»Ah … Verstand hast du, im Gegensatz zu meiner Tochter. Füll den Korb auf dem Tisch, ohne die Blätter zu zerdrücken. Sie bringt Salbei und Estragon, Fenchel … Trocken sollten sie sein, aber nicht so trocken, dass die Blätter zwischen den Fingern zerbröseln.« Beryal nickte und ging hinaus.

Cerryl reinigte die Federspitze noch einmal fein säuberlich, da er befürchtete, dass die Tinte eingetrocknet sein könnte, dann tauchte er die Feder in die Tinte und schrieb zur Probe einen Satz auf das Palimpsest. »Gut.«

Seine Augen wanderten zurück zum Vorlagenhalter und dem Kräuterbuch.

XLI

Im Dämmerlicht trug Cerryl den Nachttopf hinaus zum Abwasserkanal. Er stellte den Topf auf die verstaubten Steine und hob den Steindeckel mit einer schnellen Bewegung an. Beim Hineinschütten des Inhalts in die

Kloake musste er den Atem anhalten, die stinkenden Dämpfe stiegen ihm schon in die Nase, noch bevor er den Deckel wieder schließen konnte. Manchmal stank der Kanal widerlich, ein andermal wieder roch man nicht das Geringste.

Er füllte den Topf zur Hälfte mit Wasser, um etwaige Rückstände auszuspülen. Den Inhalt schüttete er abermals in die Kloake. Cerryl roch vorsichtig am Topf und befand ihn für sauber genug, um ihn wieder in die Kammer zu stellen.

Da ertönte ein kratzendes Geräusch von der Straße, dort wo sie auf die Gasse der niederen Handwerker traf. Kotwin der Töpfer zog gerade den Kanaldeckel vor seinem Haus wieder auf die Öffnung, den Nachttopf in der freien Hand.

Der beißende Geruch von Kohlenfeuer verbreitete sich in den Straßen. Cerryl drehte sich lächelnd um und zog das Tor hinter sich zu. Er ging in seine Kammer, wo der Eimer mit Waschwasser bereits auf ihn wartete.

Nach einem prüfenden Blick auf verschlossene Fenster und Türen sah er auf das Wasser im Eimer. Er konzentrierte sich darauf und auf ein Chaos-Feuer in der Gestalt eines Feuerhakens im Eimer.

Mit einem Zischen stieg Dampf auf und Cerryl lächelte. Warmes Wasser behagte ihm viel mehr als das eiskalte Nass, das aus der Pumpe kam. Cerryl zog das zerlumpte, abgetragene Nachthemd aus und streckte sich.

Etwas Kaltes, Nebelartiges schien sich im Raum auszubreiten und Cerryl war, als würde ihn jemand prüfend ansehen, ein kalter Blick, als wäre er ein Stück rohes Fleisch oder eine ausgenommene Flussforelle. Er versuchte sich so unauffällig wie möglich zu waschen und anzukleiden und wusste genau, dass eine Reaktion seinerseits, gleich welcher Art, sein Leben in Fairhaven nur verschlechtern würde. Cerryl hoffte inständig, dass der unsichtbare Beobachter das kurze Aufflackern des Chaos nicht entdeckt hatte.

Niemals würde er Chaos-Kräfte heraufbeschwören, während er sich beobachtet fühlte, aber es war klar, dass irgendjemand oder irgendetwas nach Chaos suchte. Sollte er sich etwa in Zukunft wieder nur mit kaltem Wasser waschen? Bei diesem Gedanken konnte er nur zusammenzucken.

Er fragte sich immer wieder, was er wohl getan hatte, dass ein Weißer Magier ihn nun durch ein Spähglas verfolgte. Oder war es die rothaarige Magierin?

Morgen, so sagte er sich, *gibt es kein warmes Wasser.* Aber das hatte er sich am Tag zuvor auch schon vorgenommen. Er saß auf dem Bett und zog die Stiefel an. Das Waschwasser trug er hinaus zur Kloake und den Eimer hängte er anschließend wieder an den Nagel an der Wand. Dann ging er hinüber zum Wohnraum, um zu frühstücken.

»Habe dich schon kommen sehen.« Beryal stellte einen Steinteller mit einer Scheibe von dem gebratenen Eibrot vor ihm auf den Tisch, noch bevor er richtig saß.

»Danke.« Cerryl goss sich ein wenig von dem bitteren, gelben Tee ein, weil er wusste, dass ihm dann das fetttriefende Brot besser bekommen würde.

»Cerryl?«, brummte Tellis.

»Ja, Ser?«

»Ich habe das Kräuterbuch durchgesehen, als ich letzte Nacht heimkam.« Tellis murmelte die Worte undeutlich. »Du hast deine Sache gut gemacht und auch die Buchstaben gleichmäßig breit gehalten. Nur kleine Abweichungen, aber nichts Schlimmes.«

»Danke.« Cerryl nahm einen großen Bissen des fettigen Brotes und spülte mit einem Schluck Tee nach.

»Du musst heute damit weitermachen. Der Erzmagier hat mich wieder zu sich bestellt, die nächsten Achttage kann es spät werden. Sie haben viel zu kopieren.«

»Kann denn niemand anderes das tun?«, fragte Beryal. »Man sollte doch meinen, sie hätten ihre eigenen Schreiber.«

Cerryl setzte einen unbeteiligten Gesichtsausdruck auf, biss in sein Brot und wartete gespannt auf die Antwort des Meisterschreibers.

»Das mag wohl sein, aber für die Arbeiten, die Bestand haben sollen, brauchen sie mich. Wenn die, die mit Chaos hantieren – aber das habe ich dir doch schon erklärt, Beryal; warum hörst du nie zu? Nun, wenn sie Bücher abschrieben, würde sich das Leben der Originale und das der Kopien erheblich verkürzen.« Tellis befeuchtete sich die Lippen, bevor er einen kräftigen Schluck aus seiner Tasse nahm und dann den letzten Happen seines Eibrotes in den Mund steckte. »Noch ein Stück, bitte. Ich habe einen langen Tag vor mir.«

Beryal stand auf und stellte sich an den noch heißen Herd; sie gab einen Klumpen Fett in die eiserne Bratpfanne.

»Was soll ich sonst noch tun, Meister Tellis?« Cerryl steckte den Rest seines Eibrotes in den Mund.

»Du musst weiter an dem Kräuterbuch schreiben. Du näherst dich doch ohnehin schon bald dem Ende, oder?«

»Ja, Ser. In den nächsten Tagen.«

»Ich werde ein ganzes Fass dunkler Eisengallustinte brauchen. Und du auch. Ich nehme das große Fass.«

»Eibrot.« Beryal gab eine weitere Scheibe des in Ei getauchten Brotes in die Pfanne und dann noch eines. »Und noch eins für den Lehrling.«

»Danke.« Cerryl lächelte und goss sich noch mehr von dem Tee ein.

»Vergiss nicht, die Gläser auszuwaschen, bevor du die Tinte mischst.«

»Nein, Ser.« Cerryl nahm allen Mut zusammen und fragte beiläufig: »Was kopiert Ihr bei den Magiern?«

»Was immer sie wollen«, antwortete Tellis mit einem geheimnisvollen Lächeln.

»Ich frage ja nicht, was in den Büchern steht, Ser. Ich wollte nur …«

»Ich verstehe nur wenig von dem, was drin steht – und will es auch gar nicht so genau wissen, mein Junge.« Tellis machte ein strenges Gesicht. »Und so solltest du auch denken, wenn du von einem der Großen gerufen wirst. Es ist eine Herausforderung und eine Ehre.«

»Mehr als das«, warf Beryal ein. »Sie zahlen auch gut.«

Tellis schenkte Beryals Worten keine Beachtung und stand auf. »Es ziemt sich nicht, zu spät zu kommen, am wenigsten, wenn man zu den Magiern bestellt ist. Ich möchte nicht durch ihre Gläser beobachtet werden.«

»Ihr? Beobachtet? Warum sollten sie das tun?«, fragte Cerryl unschuldig.

»Wer weiß?« Tellis zuckte die Schultern. »Ich habe nichts zu verbergen, aber in Fairhaven haben selbst die kahlsten Wände Augen. Denk daran, junger Cerryl. Auch wenn du mit deiner Weberfreundin zusammen bist.« Ein breites Grinsen strahlte aus dem Gesicht des Schreibers, bevor er kurz nickte und zum Waschtisch ging.

»Ja, ja«, stimmte Beryal zu. »Es entgeht ihnen nichts.«

Cerryl schlang den letzten Bissen Brot hinunter.

»Und wasch dir die Hände«, fügte Tellis noch hinzu, bevor er in den Arbeitsraum ging, um seine Sachen zusammenzusuchen.

Cerryl nickte. Saubere Hände und ein langer Arbeitstag … und die Sorge, ob er sich wohl selbst schon verdammt hatte – wie sein Vater.

Er dachte an das Amulett, das er in seiner Kammer versteckt hielt. Würde er auch so enden? Würde nur die Erinnerung bei einigen wenigen Menschen und ein Stück Gold von ihm übrig bleiben?

Cerryl trank den bitteren, gelben Tee aus, weil er wusste, dass er die Wärme gut gebrauchen konnte.

XLII

Am frühen Nachmittag saß Cerryl am Schragentisch und aß das frisch gebackene Brot, das Beryal für ihn hingestellt hatte. Von dem gelben Laib Käse hatte er sich einige dünne Scheiben abgeschnitten.

»Tellis wird nicht nach Hause kommen, bevor die Schenken geschlossen sind«, hatte Beryal mit einem Schnauben gemeint, gleich nachdem Tellis am frühen Morgen das Haus verlassen hatte. »Meine Tochter kann sich etwas kochen, wenn sie will. Das Brot und der Käse sind für dich. Ich besuche heute Assurala – die Tochter der Schwester meiner Mutter. Sie wohnt in Ghuarl – das liegt kurz vor Weevett.« Und damit war Beryal hinausmarschiert, noch bevor Cerryl sie hätte fragen können, wie sie dort hingelangte.

So hatte er also geschrieben, bis seine Finger ganz taub geworden waren, dann war er in die Küche gegangen, um etwas zu essen … und zu trinken. Wenn er sich am Nachmittag Mühe gab, könnte er das Kräuterbuch noch vor dem Abend fertig stellen.

Ein leichter Wind wehte vom Hinterhof herein durch die Tür, die Cerryl geöffnet hatte, bevor er sich hingesetzt hatte. Der Wind wehte den Duft von Rosen und anderen Blumen ins Zimmer, obwohl im Hof keine Blumen wuchsen. Tellis gab nichts auf solchen Tand.

Im Hof herrschte Totenstille und die Tür zum Schlafzimmer, das Tellis und Benthann sich teilten, war verschlossen, die Läden neben der Tür standen jedoch offen.

Cerryl massierte sich mit der linken Hand den steifen Hals. Wenn Tellis nur die *Farben der Weiße* nicht mitgenommen hätte. Er versuchte die Verspannungen aus Nacken und Schultern wegzumassieren. Wenn er mehr darin lesen könnte, wäre ihm das Buch bestimmt von Nutzen.

Schließlich stand er auf und trug den Käse zum Küchenschrank und legte das Brot in den großen Brotkasten auf dem Vorratsschrank. Dann ging er hinaus, um sich an der Pumpe zu waschen. Die Sonne schien warm, und wenn er sich draußen wusch, musste er die Schüssel nicht leeren und den Krug im Wohnraum nicht auffüllen.

Als Cerryl ins Sonnenlicht trat, bemerkte er, wie heiß es geworden war, das Licht stürzte auf ihn ein wie ein warmer Regen, ein Feuerregen. Er blieb stehen und versuchte das Licht zu fühlen.

Nach einer Weile schluckte er. Das Licht glich dem Chaos-Feuer … und doch auch wieder nicht. Eine Zeit lang badete er im Licht, ließ seine Sinne durch die Lichtstrahlen gleiten.

Kopfschüttelnd ging er schließlich weiter zur Pumpe. Er wusch sich schnell und richtete sich auf, als er eine Tür hörte. Er sah zum Hoftor, aber niemand zeigte sich.

»Du hast ja fast geglüht, als du hier auf den Steinen standest.« Benthann lehnte im Schatten der Tür, die zu ihrem – und Tellis' – Zimmer führte.

Cerryl schüttelte seine Hände trocken und vermied es, die blonde Frau anzusehen, die sich nun an die Mauer stellte.

»Ja, wirklich. Ein Goldjunge.« Ihr Gesicht verdunkelte sich. »Und du weißt es nicht einmal. Dein kleines Webermädchen vermutlich auch nicht.«

Cerryl wusste nicht, was er dazu sagen sollte.

»Wir sind die Einzigen hier«, bemerkte Benthann. »Mutter ist in Weevett, um mit ihrer Base Assurala zu schwatzen.« Ihre raue, schnurrende Stimme schwoll an zu einem schrillen Keifen: »Früher war alles anders, Assurala, oh, ja, das war es, als das Jungvolk noch auf uns hörte.« Benthann grinste so mädchenhaft, wie es Cerryl noch nie bei ihr gesehen hatte.

Er nickte und sah sofort wieder weg, denn Benthann trug nur ein dünnes Hemdchen, das seiner Phantasie wenig Spielraum ließ. »Ich muss wieder an die Arbeit.«

»Leider meinst du das ernst.« Sie lächelte und schickte sich an, in Richtung Wohnzimmer zu gehen. Als sie aus den Schatten des Daches ins Sonnenlicht trat, musste Cerryl schlucken. Ihr Hemd war nur ein dünner Nebel im prallen Sonnenlicht und sie trug nichts darunter. Nichts.

Cerryl ließ sie ins Haus gehen und wartete einige Augenblicke, bevor er ihr folgte.

Benthann stand mit dem Rücken zu ihm am Tisch, als sie sprach. »Ich dachte schon, du kommst gar nicht mehr herein.«

»Ich muss mit dem Schreiben weitermachen.«

»Ich bin wirklich eine Hure«, sagte Benthann und richtete sich auf, sodass der dünne Stoff ihre Kurven betonte. »Ich weiß es. Tellis weiß es. Meine Mutter weiß es auch.«

»Du ... du warst immer ... gut zu mir.«

»Du meinst, ich habe mich über dich weniger lustig gemacht als über die anderen!« Ein schiefes Lächeln legte sich auf ihre Lippen. »Du wunderst dich wahrscheinlich.«

»Wundern?« Cerryl kam sich dumm vor, jedes Wort klang törichter als das vorhergehende.

»Warum Tellis sich das von mir gefallen lässt. Willst du sehen, warum?« Die Blonde öffnete die zwei obersten Knöpfe an ihrem durchsichtigen Hemd.

So gern er es gesehen hätte, er schüttelte heftig den Kopf und lächelte verlegen. »Du bist viel zu reich für mich, Benthann.«

»Du bist genauso feige wie die anderen.« Ihre Worte klangen keineswegs scharf und sie fuhr sich sinnlich mit der Zunge über die vollen Lippen.

»Manchmal ist es gut, ein Feigling zu sein«, entgegnete Cerryl. Er unterdrückte ein Schlucken und es gelang ihm, den gleichgültigen Ton beizubehalten. »Besonders wenn man den richtigen Zeitpunkt erkennt und weiß, wer man ist.«

»Du musst nicht feige sein.« Sie kam auf ihn zu.

Cerryl bemerkte den Rosenduft und noch einen anderen Geruch, der ihn betörte. Er stand da und konnte sein Verlangen kaum beherrschen.

»Es ist keiner da.«

»Ich bin da«, sagte Cerryl schließlich, etwas zu heiser.

Zu seiner Überraschung lächelte Benthann. »Du bist klüger als die anderen.« Sie trat zurück.

Cerryl schüttelte den Kopf. »So klug bin ich nicht. Ich beobachte nur und lerne daraus.« Er fragte sich, ob es wirklich klug war, sich so zurückzuhalten. Er schluckte erneut.

»Es ist hart, nicht wahr?« Benthann lächelte zärtlich. »Ich meine, wenn eine Frau dich will – eine hübsche Frau.«

»Du bist hübsch.« Das war die Wahrheit.

»Das weiß ich. Und auch was mein Körper wert ist. Hübsch und geschäftstüchtig. Du fragst dich, wie meine Mutter das erträgt?« Benthann lachte. »Ich habe uns beide gerettet. Ich bin in Tellis' Bett gestiegen und bereue es nicht. Er war in Trauer und brauchte jemanden.«

»Seine Gemahlin?«, wagte Cerryl zu fragen.

»Und sein Sohn. Kaum älter als du, er ist auf die Schwarze Insel geflohen.« Benthann lächelte. »Ich kenne Vieral; durch ihn habe ich Tellis gefunden. Besser so, als die Schulden abarbeiten und auf der Weißen Straße sterben zu müssen, weil mein Vater seine Schenke verspielt und vertrunken hat.«

Cerryl hätte gern den Kopf geschüttelt … oder etwas anderes getan, aber er konnte nur zuhören und seine Augen wanderten über das dünne Hemd und die Formen darunter.

»Sex ist die einzige Macht, die eine Frau in Fairhaven besitzt. Vergiss das nicht. Selbst wenn sie ein ganzes Haus voller Münzen ihr Eigen nennt oder – das Licht möge es verhindern – sie eine Magierin ist; Sex ist die einzig wirkliche Macht, die eine Frau hier hat.« Benthann strahlte. »Aber ich mag dich, Cerryl. Du siehst mich so an, als wäre ich echt.«

»Du bist echt.« Seine Stimme klang immer rauer.

Seine Worte riefen ein Kopfschütteln hervor. »Das bin ich nicht. Alles nur ein Spiel. Zu mir selbst bin ich meist ehrlich, aber egal was ich auch versuche oder sehe, es ist immer das Gleiche. Sex ist alles, was einer Frau hier wirklich nützen kann.«

Cerryl suchte nach Worten. »Was ist mit diesen dämonischen Frauen, die mit den doppelschneidigen Schwertern?«

»Westwind? Sie sind alle tot.« Benthann streckte sich noch einmal.

Cerryl sah ihre Brustwarzen durch den dünnen, weißen Stoff und zwang sich, an die unterschiedlichen Buchstaben der Tempelschrift und der Alten Sprache zu denken.

»Eine Frau, die sich mit einer Klinge verteidigen muss, kennt ihre wirkliche Macht nicht.« Benthanns Finger spielten wieder an ihrem Hemd und Cerryl erhaschte einen Blick auf eine dunkle Brustwarze, umgeben von cremefarbener Haut. »Und auch die nicht, die sich Männer für Geld kaufen muss.«

Er schluckte leise.

»Lass es mich dir zeigen.« Sie lehnte sich an ihn und ihre Lippen berührten seine Wange. »Ich könnte es ... und ich mag dich. Du hast nicht dieses schreckliche Grinsen und du keuchst nicht so ekelerregend.«

Cerryl fühlte, wie seine Hose spannte. »Ich glaube dir. Du musst mir nichts zeigen.«

Benthann öffnete den vierten Knopf und presste sich an ihn.

Diesmal schluckte Cerryl schwer.

»Ich bin hübscher als das Webermädchen.«

»Ja«, krächzte Cerryl. »Ja, das bist du.«

Er konnte sich nicht mehr bewegen, als sie ihre Lippen auf seine presste, ihre Brust an seine. Sie trat rasch einen Schritt zurück. »Du bist ein Lügner, wie alle. Aber ein süßer Lügner und du versuchst das Richtige zu tun.« Sie lächelte etwas zu strahlend. »Aber ich will nicht auch noch zur Lügnerin werden.«

Cerryl torkelte noch immer durch einen Nebel aus Rosen- und Blumenduft.

Benthann stützte sich auf den Schragentisch. »Ich bin eine Hure. Das weißt du.«

Er schüttelte den Kopf.

»Aber die Weißen Magier sind auch nicht besser.«

Cerryl konnte nicht anders, als sie verwirrt anzuschauen.

»Es sind Männer. Sie wollen Sex. Ganz gleich, was sie auch behaupten, Sex ist alles, was ihnen eine Frau bieten kann.«

»Frauen haben mehr als das zu bieten«, protestierte Cerryl.

»Du bist noch jung, Cerryl. Aber wirst du in zehn Jahren auch noch so denken? Oder in fünf?« Benthann lachte kurz und hart. »Anders herum ist es das Gleiche. Das Einzige, was ein Mann einer Frau bieten kann, ist Macht. Geld ist Macht. Vergiss das nicht. Sex gegen Macht, Macht gegen Sex, so funktioniert es auf dieser Welt. Tellis besitzt die Macht, uns zu beschützen, und ich gebe ihm Sex dafür, und manchmal ist er auch sanft.«

Cerryl konnte sie nur noch entsetzt anschauen.

»Nur für diesen Blick könnte ich dich lieben. Tellis ist gut zu mir, aber hinter dem geordneten Äußeren verbirgt sich ein rauer Kern. Wer würde das von dem ordentlichen Schreiber denken?«

Sein Lehrling vielleicht; jetzt wusste Cerryl auch, was

es mit dem Buch der grünen Engel auf sich hatte, aber das würde er für sich behalten. »Man sieht niemals alles, so gründlich man auch hinschaut.«

»Manche wollen auch nicht alles sehen.«

»Das verstehe ich.« Cerryl machte einen Schritt auf den Arbeitsraum zu.

Benthann lächelte anzüglich. »Noch immer Angst?«

»Ja.« Cerryl wagte sich noch einen Schritt vor.

»Das solltest du auch.« Sie hielt inne und fügte dann hinzu: »Du weißt, Cerryl, ich hätte dich ins Bett kriegen können, wenn ich es wirklich gewollt hätte.«

»Ich weiß«, musste Cerryl zugeben und ging langsam zur Tür. »Ich weiß.«

»Du bist zu nett. Du gibst nicht nur vor, zuzuhören. Du tust es wirklich.«

»Das nächste Mal bin ich vielleicht nicht so nett«, antwortete er mit der Hand am Türrahmen.

»Daran werde ich denken.«

Cerryl lächelte beinahe traurig. Er wusste, dass es kein nächstes Mal geben würde, und auch Benthann wusste es. Keiner von beiden konnte sich ein nächstes Mal leisten.

XLIII

In der heißen, regungslosen Luft des Arbeitszimmers stellte Cerryl das Tintenglas auf den Arbeitstisch.

»Lass mal sehen.« Tellis schüttete ein klein wenig von der Tinte auf ein Stück Papier, dann nahm er einen älteren Federkiel und tauchte ihn hinein. »Sieht gut aus.«

Der Meisterschreiber schrieb drei Wörter auf ein altes Palimpsest, mit einer Anmut, um die Cerryl ihn beneidete. Dann legte Tellis die Feder beiseite und betrachtete das Geschriebene. Schließlich nickte er. »Sicher kann man nicht sein, erst die Jahre werden es zeigen, aber ich würde sagen, du hast deine Sache gut gemacht. Die Tinte fühlt sich ordentlich an und auch du wirst zu gegebener Zeit ein Gefühl für diese Dinge bekommen.«

»Danke, Ser.« Cerryl wusste nicht, was er sonst noch dazu sagen sollte.

»Du kannst zuhören, Cerryl. Zuerst war ich mir nicht ganz sicher. Du bist immer so höflich. Es gibt Menschen, die sehr höflich sind, aber nie zuhören.« Tellis räusperte sich. »Genug des Lobes. Eine neue Arbeit wartet auf dich.« Er deutete auf ein Buch auf dem Vorlagenhalter: *Leitfaden der Alchemie.*

Cerryl nickte. Er hatte die ersten Seiten bereits durchgesehen und festgestellt, dass dieser Leitfaden noch langweiliger war als das Kräuterbuch, sogar noch langweiliger als das Buch über die Messung.

»Erst musst du hier sauber machen«, fügte Tellis hinzu.

Die Vordertür öffnete sich und eine heiße Brise wehte den feinen, weißen Staub der Straße zur Tür herein. Zwei Stimmen unterhielten sich.

»Ist es das?«

»Vertraut mir, Fydel.«

»... nicht wie die anderen, meine liebe Anya.«

Tellis warf einen Blick auf Cerryl. »Du bleibst hier. Du könntest das kleine Tintenfass auffüllen und dann den großen Behälter wegstellen.« Der Schreiber eilte um den Arbeitstisch herum und in den Ausstellungsraum. »Kann ich Euch helfen, Sers?«

»Verfügt Ihr über das *Buch Ayrlyn?*« Die Stimme klang weiblich, wenn auch hart, und Cerryl wusste, dass er sie schon einmal gehört hatte. Die Weiße Magierin damals auf der Straße? Was suchte sie beim Schreiber? Sein Herz schlug schneller. Warum nur kam sie hierher?

»Es tut mir Leid, aber ich kenne dieses Buch nicht, Ser.«

Cerryl runzelte die Stirn, während er das Tintenfass auf dem Arbeitstisch auffüllte und dann zum Schreibtisch ging. Er wusste genau, dass Tellis log.

»Ihr habt noch nie davon gehört?«

»Es gibt keinen Schreiber auf dieser Welt, der nicht davon *gehört* hätte. Keiner von uns würde es wagen, dieses Buch zu berühren, geschweige denn zu kopieren.«

Cerryl spürte die uneingeschränkte Wahrheit in Tellis' Worten. Er hörte angestrengt zu und füllte gleichzeitig die Tinte auf.

»Ah …« Ein melodiöses Lachen folgte. »Das entspricht schon mehr der Wahrheit, Schreiber. Habt Ihr das Buch jemals gesehen?«

»Vor vielen Jahren in Lydiar, der Herzog besaß eine Kopie davon und sein persönlicher Schreiber zeigte es mir. Ich habe es niemals berührt oder gelesen.«

»Ihr zeigt Respekt. Das ist gut. Was ist mit den *Farben der Weiße?*«

Cerryl stellte das Tintenglas ins Regal und ging dann zum Waschtisch.

»… kopiert für den hochverehrten Sterol.«

Ein jung wirkender, stämmiger Mann in Weiß – allerdings wuchs ein dichter, dunkler Bart in seinem Gesicht – lugte durch die Tür ins Arbeitszimmer. Einen Augenblick lang starrte er Cerryl an.

Cerryl fühlte sich wie durch ein Spähglas beobachtet. »Kann ich Euch helfen, Ser?«

»Nein. Ich sehe mich nur um.« Ein träges Lächeln folgte. »Bist du der Schreiberlehrling?«

»Ja, Ser.«

»Der einzige?«

Cerryl nickte.

»Du bist wahrscheinlich fürs Tintemischen und den Hausputz zuständig, nehme ich an?« Die Stimme des Magiers klang zwar freundlich, aber ein etwas herablassender Ton schwang darin mit.

»Ja, Ser.« Cerryl hätte dem Mann gern in die Augen geschaut, doch stattdessen blickte er zu Boden aus Angst, der andere würde den Ärger und die Furcht in ihm entdecken. »Ich schreibe auch und verrichte Botengänge für Meister Tellis.«

»Du kannst schreiben?« Der Magier trat zum Schreibtisch und schlug das Buch auf, das dort auf dem Vorlagenhalter stand. Mit geringschätzigem Gesichtsausdruck schloss er es sogleich wieder.

»Ja, Ser.«

»Beide Sprachen?«

»Ja, Ser.«

»Ich nehme an, die Tempelsprache beherrschst du besser.«

»Nein, die Alte Sprache«, entgegnete Cerryl.

»Danke.« Der Magier nickte und ging wieder hinaus zu Tellis in den Ausstellungsraum.

Cerryl horchte angestrengt.

»Habt Ihr dort etwas entdeckt?«, fragte die Magierin.

»Nur den Lehrling und ein Buch über Alchemie, das er gerade abschreibt.« Ein tiefes Lachen folgte. »Ich glaube, wir können gehen, Anya.«

»Danke, Meisterschreiber.«

Die Vordertür fiel ins Schloss und Tellis kam zurück in den Arbeitsraum. Schweiß glänzte auf seiner Stirn. Cerryl wusste, dass auch seine Stirn feucht war.

»Der Bärtige, was wollte er von dir?«, fragte Tellis.

»Er wollte wissen, ob ich Euer einziger Lehrling bin. Ich sagte ja.«

»Was hast du angestellt, Cerryl?«, rief Tellis mit scharfer Stimme. »Hast du etwas angestellt?«

»Nein, nichts.« Der Lehrling starrte den Schreiber hilflos an. »Ich habe nichts Ungewöhnliches getan. Ich habe Eure Bücher gelesen, Botengänge verrichtet und Bücher abgeschrieben. Ich bin ihrem Turm niemals zu nahe gekommen.«

»Kennst du einen Schwarzen Magier?« Die buschigen Augenbrauen des Meisterschreibers schienen nun senkrecht über seinen Augen zu stehen, so eindringlich sah der Schreiber seinen Lehrling an.

Cerryl blickte Tellis geradewegs ins Gesicht und in die Augen. »Ser, ich würde einen Schwarzen Magier nicht einmal erkennen, wenn er hier im Zimmer stünde.«

»Ich verstehe das nicht. Ich war so vorsichtig.« Tellis zog sich nachdenklich am nackten Kinn. »Warum sind sie nur hergekommen?« Er sah Cerryl eindringlich an. »Bist du sicher, dass du nichts weißt?«

»Ser«, sagte Cerryl vorsichtig, »wir hatten alle das Gefühl, dass wir beobachtet wurden. Beryal hatte etwas dergleichen erwähnt und ich hatte auch schon das Gefühl, als beobachtete mich jemand von der Gasse aus.« Cerryl zuckte die Schultern. »Ich habe nichts getan. Ich habe nicht gestohlen, niemanden beleidigt und ich bin auch an keinem falschen Ort gewesen.«

»Aber warum sind sie dann zu uns gekommen? Sie wollten kein Buch kaufen. Sie fragten mich nach einem verbotenen Buch.«

»Sie fragten nach dem *Buch Ayrlyn.* Ihr habt nie etwas darüber erzählt. Was ist das für ein Buch?« Cerryl sah Tellis an. »Warum fragen sie danach? Ihr kopiert doch nur ihre Bücher.«

»Das ist es ja.« Der Schreiber zog noch immer am Kinn und runzelte die Stirn. »Ich weiß nicht, warum sie danach fragten.«

»Ich weiß nichts über dieses Buch«, meinte Cerryl berechnend und hoffte, dass Tellis ihm etwas verraten würde.

»Ach ... eine der alten Fälschungen. Es ist angeblich die Geschichte über einen der alten Schwarzen Engel. Aber das kann nicht sein. Es gibt keine Nachweise aus dieser Zeit. Sie hatten keine Schreiber. Das wüsste die Gilde.«

»Dann suchen sie nach einer Fälschung? Sie sollten Euch besser kennen.«

»Das sollten sie wirklich«, stimmte Tellis zu. »Du hast doch nichts anderes abgeschrieben, oder?«

»Nein, Ser. Ich habe keine Zeile geschrieben, die Ihr mir nicht aufgetragen habt. Keine einzige.«

»Ich glaube dir.« Tellis runzelte die Stirn. »Aber das ergibt alles keinen Sinn. Wonach könnten sie suchen?«

Nach mir, hätte Cerryl am liebsten geantwortet. *Aber warum? Es kann nicht wegen Onkel Syodor und Tante Nall sein. Sie haben das Chaos schon auf mich gerichtet.* »Es scheint, als suchten sie nach etwas Bestimmtem, vielleicht fragen sie alle Schreiber und Bücherbesitzer. Sie schienen nicht verärgert gewesen zu sein, als sie gingen.«

»Das stimmt.« Tellis' Gesicht hellte sich auf. »Sie holen nur die Leute zum Straßenbau, die etwas Falsches getan haben.« Eine Furche bildete sich auf seiner Stirn. »Aber trotzdem mache ich mir Sorgen.«

»Ja.« Cerryl hustete, um das Kratzen im Hals loszuwerden. »Ich konnte kaum antworten, als der Mann hier stand.«

»Siehst du jetzt, warum du ihnen nicht in die Quere kommen solltest? Sie wissen fast alles.«

»Ja, Ser.« Cerryl konnte nur hoffen, dass sie nicht wirklich alles wussten. Sein Magen verkrampfte sich und jedes Wort bereitete ihm Mühe. Er wusste, es durfte kein warmes Wasser mehr geben und keine verbotenen Bücher – für lange, lange Zeit nicht.

Er schluckte.

»Nun … Weiße Magier hin oder her … du musst an die Arbeit.« Tellis' Stimme klang gepresst und er wischte sich über die Stirn.

»Ja, Ser.« Cerryl befürchtete, dass seine Stimme zu belegt klang.

»Hol die Tinte und füll die Fässer auf.«

»Ich habe bereits alle aufgefüllt.« Cerryl ging zum Schreibtisch.

»Gut. Ich muss jetzt zu Nivor, bleibe aber nicht lange. Du weißt, was du zu tun hast. Lass die Bilder aus. Die mache ich. Du fängst mit dem Text an.«

Cerryl holte sein Taschenmesser hervor und hoffte, dass seine Hände nicht zu sehr zitterten und dass Tellis bald gehen würde, damit er sich etwas beruhigen konnte.

»Schreib die Buchstaben eng zusammen.« Tellis blieb noch kurz in der Tür stehen, dann warf er den Kopf herum und ging. Die Tür fiel laut ins Schloss, fast als hätte sie jemand zugeschlagen.

Cerryl musste erst noch eine Weile still auf dem Hocker sitzen; erst als sich seine Hände beruhigt hatten, konnte er mit dem Schärfen der Federspitze beginnen.

XLIV

Cerryl rieb sich die Augen, dann nahm er den Nachttopf und stapfte im Nachthemd hinaus durch Hof und Tor zur Kanalöffnung. Er fragte sich, warum er wieder dieses seltsame Gefühl dabei hatte.

Weil irgendwelche Weißen Magier vielleicht den Unrat im Kanal zurückverfolgen. Er runzelte die Stirn, dann hob er den Deckel hoch und hielt den Atem an, als er den riechenden Inhalt in die noch stärker konzentrierten und giftigeren Abwässer goss, die durch den scheinbar riesigen, aus gebrannten und glasierten Ziegeln gemauerten Tunnel flossen. Wie viele Meilen solcher Tunnel unterkellerten wohl Fairhaven … und warum? Dass es in der Stadt nicht so stank?

Als der Nachttopf geleert war, legte Cerryl den Deckel

auf das Loch und ging zur Pumpe im Hof, wo er den alten Topf ausspülte. Dann kehrte er zum Abfluss zurück. Einmal Spülen musste reichen, zumal er noch ein Bad in kaltem Wasser vor sich hatte. Alles andere war ihm im letzten Achttag nach dem Besuch der zwei Magier vergangen. Tellis sah ihn seitdem schief an und meckerte über alles, was er tat, als hätte man ihn plötzlich zum Dieb – oder zu etwas noch Schlimmerem – erklärt.

»Cerryl ...«

Er sah auf. Pattera presste sich an die weiße Wand der Gasse, die in der Morgendämmerung grau schimmerte – keine zehn Ellen vom Abwasserdeckel und vom Hoftor entfernt.

»Hör zu, Cerryl«, flüsterte sie. »Sie sagen, dass die Magier dich holen kommen ... dass du ein ... Abtrünniger bist. Das sagen sie.«

»Wer sagt das?«, zischte Cerryl zurück und drehte sich um.

»Sie.«

»Wer?«

»Ich ... ich muss heim. Du musst fortgehen, Cerryl, bevor sie kommen. Bitte geh ... geh.«

Sie lief weg und Cerryl starrte ihr mit ausdruckslosem Gesicht hinterher. Das Umhängetuch flatterte über ihrem Nachthemd, während sie barfuß über die Steine huschte.

Ein Abtrünniger? Er? Weil er sein Waschwasser erwärmt hatte? Sie konnten doch nicht wissen, dass er die *Farben der Weiße* gelesen hatte. Außerdem stand in dem Buch nichts Wichtiges, nichts, was ihm nicht ohnehin schon bekannt gewesen wäre, außer dem geschichtlichen Teil vielleicht. In dem Geschichtsbuch von Tellis hatten die gleichen Sachen gestanden und das Buch war schließlich nicht verboten. Tellis würde es nie wagen, ein verbotenes Buch in seinem Haus zu verwahren.

Mit einem letzten Blick auf die nun menschenleere

Gasse nahm er den Nachttopf und kehrte zurück in den Hof. Vom Tor aus warf er noch einen letzten Blick auf die Gasse; keine Spur von Pattera oder sonst einer Menschenseele.

Barfuß ging er zurück in seine Kammer. Warum hatte sie ihn gewarnt und woher wusste sie es? Wusste die Webergilde davon? Oder hatte ihr Vater es zufällig gehört?

Cerryl fuhr sich mit der Zunge über die Lippen und öffnete die Tür.

Als er den Nachttopf in die Ecke gestellt hatte, kehrte er zur Pumpe zurück, diesmal mit dem Wascheimer. Das kalte Wasser floss über seine Hände, als er den Eimer füllte.

Kaltes Wasser? Wie lange noch? Für den Rest seines Lebens? Oder bis jemand kam und behauptete, er sei ein Abtrünniger?

Bedächtig schritt er zurück in seine Kammer.

Sollte er weglaufen?

Er schüttelte den Kopf. Dann würden sie erst recht denken, dass er etwas Unrechtes getan hatte – und würden ihn töten, so wie seinen Vater und den flüchtenden Magier bei Dylert.

Das würden sie vielleicht ohnehin tun, aber er hatte doch nichts derart Falsches getan. Davon war Cerryl überzeugt. Aber … kümmerte das die Magier?

Sollte er sich der Bücher und des Amuletts seines Vaters entledigen? Nein … wenn sie wirklich kamen, spielten diese Dinge auch keine Rolle mehr, und er hatte nicht vor, nur aus Angst das wenige aufzugeben, das er von seinem Vater besaß.

Dennoch … ein Schauder durchlief ihn, als er den Waschlappen ins eiskalte Wasser tauchte. Trotz all seiner Hoffnungen und Träume gab es keinen Ort, an den er flüchten konnte.

Das kalte Wasser auf dem Gesicht verschaffte ihm Linderung … einen Augenblick lang zumindest.

XLV

Tellis räusperte sich. »Die Magier gehen mir nicht aus dem Sinn. Keiner im Turm hat ein Wort über diese Sache verloren und gestern hat mich Sterol gebeten, übermorgen wiederzukommen, um weiter zu kopieren.« Der Schreiber kratzte sich am Kopf.

Cerryl fegte unbeirrt den Steinfußboden im Arbeitszimmer und bückte sich, um den Schmutz, die dünnen Leder- und Pergamentstreifen und getrocknete Leimklumpen auf die hölzerne Schaufel zu kehren. Seit Tagen schon sinnierte Tellis über die Magier und immer wieder richtete er Fragen an Cerryl. Er behauptete jedoch nicht, dass Cerryl der Grund für ihr Erscheinen war.

»Was denkst du, Cerryl?«

Der Lehrling kehrte die letzten Überreste auf die Schaufel und richtete sich auf, um sie in den Abfalleimer zu entleeren, dann antwortete er: »Ich weiß nicht, Ser.«

»Sie waren hier. Du musst dir doch etwas dabei denken.«

»Ich hatte Angst«, gab Cerryl zu. *Auch jetzt noch.* »Ich habe noch niemals mehr als einen Magier gesehen, seit ich in Fairhaven bin.«

»Einer hat dich sogar befragt.« In Tellis' Stimme klang ein leichter Vorwurf mit.

»Er fragte nur, was ich täte und ob ich der einzige Lehrling wäre.« Cerryl hängte die Schaufel an den Haken und lehnte den Besen in die Ecke. Am Waschtisch wusch er sich die Hände. »Er starrte mich einen Augenblick lang an und dann ging er wieder.«

»Das war alles?«

»Ja, Ser.« Wie oft hatte Cerryl das nun schon erzählt?

»Aber warum haben sie nach dem Buch gefragt?«

Wieder zupfte sich Tellis am Kinn. »Sie müssen doch wissen, dass ich sie niemals hintergehen würde.«

»Und ich auch nicht«, fügte Cerryl hinzu. *Nicht öffentlich. Das wäre zu gefährlich.* »Ich wusste nicht einmal, dass es dieses Buch gibt.«

Tellis hustete. »Bekomme einfach meinen Hals nicht frei. Kann tun, was ich will.« Er hustete wieder. »Ich verstehe es einfach nicht. Ich habe mich immer an die Regeln gehalten. Immer.« Seine Stimme brach.

»Sie sind Magier«, sagte Cerryl ruhig, während er sich die Hände trocknete und zum Schreibtisch ging, wo das Buch – *Leitfaden der Alchemie* – schon auf ihn wartete.

»Das ist es ja«, beharrte Tellis. »Sie müssen einen Grund haben; es muss einen geben.«

»Es muss einen geben.« Cerryl beugte sich vor und inspizierte die Feder, die noch im Halter steckte. Er zwang sich, ruhig zu sprechen und seine Hände vom Zittern abzuhalten. »Sie sind Magier.« Er hielt inne. »Soll ich damit weitermachen, Ser?«

»Womit?« Tellis zuckte zusammen. »Oh, das Buch für Nivor? Wenn du die Buchstaben weiterhin eng genug zusammenschreibst. Die letzte Seite ist kaum annehmbar. Für einen Gesellen, ja, aber nicht wenn in Tellis' Schreiberwerkstatt geschrieben wurde.« Er runzelte die Stirn. »Du hörst mir nicht zu in letzter Zeit, nicht richtig.«

»Ich versuche es, Ser. Ich schneide die Spitze so, wie Ihr es mir gestern gezeigt habt, und ich vergleiche die Buchstaben mit dem Maßstab.«

»Du solltest sie nicht vergleichen müssen. Du solltest den Abstand im Gefühl haben.«

»Ja, Ser.« Cerryl nahm die Feder.

»Sieh zu, dass du es lernst.«

Der Lehrling nickte.

»Ich verstehe die Magier einfach nicht … Sterol vertraut mir alle seine Bücher an. Warum schickt er dann seine Magier in mein Geschäft? Warum?«

Cerryl atmete ruhig weiter und nahm sein Taschenmesser, um die Federspitze abzuschneiden. Als er damit fertig war, stellte er sich neben den Schreibtisch und wartete. Er hoffte, er könnte weiterschreiben oder einen Botengang machen.

»Mein Geschäft«, wiederholte Tellis. »Warum kommt überhaupt ein Magier in mein Geschäft? Zu mir vor all den anderen.«

»Hört auf zu jammern, Tellis«, unterbrach ihn Beryal, die in der Tür stand. »Wenn sie Euch für die Straße vorgesehen hätten, wärt Ihr längst dort und würdet Steine klopfen. Euer mächtiger Erzmagier hätte Euch schon zerdrückt wie eine Eidechse mit seinen glänzenden, weißen Stiefeln. Das Gleiche gilt auch für den Lehrling. Sie haben nach etwas gesucht. Hier haben sie es nicht gefunden. Schätzt Euch glücklich und hört auf zu jammern. Hätten Sie es auf Euch abgesehen, bekämt Ihr keine Aufträge mehr von ihnen.«

Cerryl hätte am liebsten vor Erleichterung geseufzt oder gelächelt. Aber er tat es nicht.

»Beryal ... du hast mir keine Vorträge darüber zu halten.« Tellis drehte sich um und starrte die ältere Frau an.

»Dann sage ich Euch eben, dass ich zum Markt gehe, Ser.« Beryal verneigte den Kopf. »Deria hat behauptet, dass heute zarte Hühner aus Howlett verkauft werden. Ein gebratenes Hühnchen würde uns allen schmecken. Natürlich brauche ich dafür mindestens einen halben Silberling, dafür und für die anderen Sachen, die wir außerdem noch brauchen.«

Tellis seufzte und sah Cerryl an. »Mach weiter mit Nivors Buch. Sieh zu, dass du schlanke Buchstaben schreibst. Wenn ich zurückkomme, schrubbst du den Fußboden im Ausstellungsraum.«

»Ja, Ser.«

»Und danach den Hof.«

»Ja, Ser.«

»Der Markt, Ser«, drängte Beryal. »Ihr wollt doch nicht, dass ich die Letzte in der Schlange bin.«

Tellis seufzte noch einmal und verließ das Arbeitszimmer, Beryal folgte ihm.

Auch Cerryl war nach Seufzen zumute und er tat es auch, wenn auch nur leise.

XLVI

Cerryl hatte das Arbeitszimmer noch nicht betreten, als Tellis schon bellte: »Cerryl, die Buchstaben hier sind zu breit. Diese Seite ist wertlos. Für eine solch schlampige Arbeit wird Nivor keinen Kupferling bezahlen. Ich werde diese Seite und die davor noch einmal schreiben müssen.« Tellis wedelte mit dem Pergament. »Diese Seiten taugen nur noch zum Palimpsest – zu schlecht bezahlter Kopistenarbeit.«

»Ja, Ser. Wenn Ihr wollt, kann ich noch einmal mit schmäleren Buchstaben darauf schreiben.« Cerryl stand in der Tür und sprach mit ruhiger Stimme.

»Warum hast du das nicht gleich gemacht?« Tellis jaulte fast wie ein Hund. »Ich habe es dir wieder und wieder gezeigt.«

»Ich dachte, so wäre es Euch recht, Ser.« Cerryl hatte Mühe, seine Stimme ruhig und unterwürfig klingen zu lassen.

»So habe ich es dir nicht beigebracht. Kannst du denn nichts richtig machen?« Tellis warf die Seiten in die Luft.

Cerryl schwieg.

»Gar nichts? So lange habe ich dich unterrichtet und du kannst nicht einmal die Buchstaben in der richtigen

Breite schreiben.« Tellis' Augen blitzten zu Cerryl und dann zur Tür. »Noch niemals hatte ich Weiße Magier in meinem Laden, außer wenn sie Bücher kaufen wollten. Und jetzt ... werden wir beobachtet und ausgefragt. Was hast du dazu zu sagen?«

»Ser, ich habe nichts verbrochen.« Es gab keine Antwort, die Tellis beschwichtigen könnte, aber nicht zu antworten wäre noch schlimmer.

»Alles, was du kannst, ist, den Boden zu schrubben und Botengänge zu verrichten. Auch deine Tinte wird die Jahre nicht überdauern.«

»Ja, Ser.« Cerryl hatte verstanden. Aus irgendwelchen Gründen wollte Tellis Cerryl nicht auf die Straße setzen. Er war aber gerade dabei, seinem Lehrling das Leben unerträglich zu machen ... so unerträglich, dass Cerryl nicht bleiben würde. Doch noch wagte er nicht zu gehen, nicht solange er sich über seine Gefühle noch im Unklaren war. Schließlich waren ihm nur seine Gefühle geblieben und nur sie konnten ihn führen.

»Dein ganzer Lohn – den ich dir noch schulde – könnte das Pergament nicht aufwiegen, das du zerstört hast.«

»Ihr könnt meinen Lohn behalten, Ser. Ich möchte Euch nicht verärgern.«

»Du hast mich bereits verärgert.« Tellis schniefte. »Geh und leer die Nachttöpfe aus.«

»Ja, Ser.«

»Und wasch sie aus.«

»Ja, Ser.«

»Wasch sie gründlich aus.«

Cerryl verbeugte sich und ging.

»Und danach gehst du zum Abdecker und besorgst Hufe. Ich muss Leim machen.«

»Ja, Ser.«

Als Cerryl das Arbeitszimmer schon verlassen hatte, hörte er Tellis immer noch brummen.

»Dylert einen Gefallen tun … und wohin bringt mich das? Weil er meinem Sohn geholfen hat … und wo – das Licht möge mir helfen – wo bleibt da die Gerechtigkeit? Wenn ich lebend aus dieser Sache herauskomme, sind wir quitt, endgültig.«

Cerryl ging in die Küche und überlegte, was er tun konnte, wo er hin sollte, zumindest so lange, bis die Weißen Magier das Interesse an ihm verloren hatten.

»Wo willst du hin?«, fragte Beryal.

»Tellis hat mir aufgetragen, die Nachttöpfe zu leeren und auszuwaschen.«

Beryal lächelte. »Das musst du nicht tun. Deiner ist sauber, ich habe gesehen, wie du ihn ausgespült hast, und meiner auch. Und meine Tochter reißt dir den Kopf ab, wenn du sie so früh weckst.«

»Was soll ich dann tun?« Cerryl sah in Richtung Arbeitszimmer.

»Der Hof müsste gefegt werden, Tellis muss jetzt ohnehin eine Weile allein sein. Ich werde ihm sagen, dass ich dir das aufgetragen habe.« Beryal sah Cerryl an. »Er hat Angst. Er hat gesehen, was die Magier den Menschen antun, wenn sie ihr Missfallen erregen. Er musste es schon zu oft mit ansehen.«

»Aber er hat nichts getan und die Magier müssen das doch wissen.« Cerryl warf einen Blick über die Schulter.

»Sein Sohn …«, flüsterte Beryal und schaute zur Tür. »Wir alle tragen Schwarze Engel in uns und Tellis hat Angst. Später …« Mit normaler Lautstärke sprach sie weiter. »Geh und feg den Hof.«

Cerryl nahm den Besen und ging durch den Hauptraum in den Hof. Würde sich Tellis wieder aufregen, wenn Cerryl jetzt den Hof fegte? Beryal wollte etwas über Tellis' Sohn erzählen. War das nicht dieser Vieral, den Benthann erwähnt hatte?

Cerryl hätte am liebsten geschrien und geweint gleichzeitig. Alle verschwiegen etwas und er konnte nicht einfach fragen, obwohl die Antworten auch ihn betrafen. Würde das Leben immer so sein?

Mit einem innerlichen Seufzer machte sich Cerryl ans Fegen. Er fing neben der Tür an und achtete darauf, dass der Besen auch jede Fuge zwischen den Steinen erreichte. Er beschloss, die Steine noch zu schrubben, wenn er mit dem Fegen fertig war.

»Cerryl!«

Cerryl sah auf. Tellis stand in der Tür, sein Gesicht leuchtete weißer als der weiße Granit der Straße. »Ja, Ser.«

»Die Magier wollen dich holen.«

Cerryl sah absichtlich nicht zum Hoftor, der einzigen Fluchtmöglichkeit; die Flucht wäre jedoch nur eine Falle. Wahrscheinlich bestand das ganze Leben nur aus Fallen. Er drehte sich zu Tellis, den Besen hielt er noch fest in der Hand. »Mich, Ser?«

Tellis winkte ihn zu sich.

Cerryl ging zur Tür und lehnte den Besen an die Wand.

»Zum Ausstellungsraum«, krächzte Tellis heiser und schob den Lehrling vor sich her in den Raum mit den Schränken und kopierten Büchern.

Cerryl wandelte wie benommen durch den Hauptraum und die Küche, er wusste, dass Beryal dort stand, doch er nahm sie nicht wahr. Das Gemurmel des Schreibers versuchte er zu überhören.

»Das hat man davon, wenn man jemandem einen Gefallen tut … steht die Weiße Garde vor meiner Tür.« Tellis schniefte vor Selbstmitleid.

Im Ausstellungsraum stand ein Magier in Weiß, ein großer, blonder Mann mit zerfurchtem Gesicht und einem purpurroten Mal auf der Wange. Diesen Magier hatte Cerryl noch nie gesehen. »Bist du der Schreiberlehrling?«

Cerryl verbeugte sich. »Ja, Ser.«

»Dein Name ist Cerryl?«
»Ja, Ser.«
»Du sollst mit mir kommen. Jetzt. Du brauchst nichts mitzunehmen.«
»Ja, Ser.«
Der Magier wandte sich an Tellis. »Ihr schuldet ihm nichts. Ihr könnt Euch einen neuen Lehrling suchen, wenn es Euch beliebt. Guten Tag, Schreiber.« Die grauen Augen, die von einem seltsamen Goldschimmer überzogen zu sein schienen, richteten sich auf Cerryl. »Hinaus.«
»Ja, Ser.« Cerryl wusste, dass es ihm nichts nützte, wenn er wegrennen würde. Jetzt musste er stark bleiben und durfte nicht mehr preisgeben, als sie ohnehin schon über ihn wussten, und er musste sich tadellos benehmen. Er verbeugte sich und öffnete die Tür.
Vor der Tür standen sechs Gardisten in Weiß und vor ihnen zwei andere weiße Gestalten; sie trugen weiße Tuniken und Hosen wie die Magier, nur zierte ein dünner, roter Streifen die Ärmel der Tuniken.
Es war bereits heiß und ein leichter Wind wehte weißen Staub durch die Straßen. Cerryl wollte sich die Nase reiben, tat es aber nicht, stattdessen bewegte er Mund und Nasenflügel, um den Juckreiz zu mildern.
»Du gehst neben mir.« Der Magier lächelte kalt und zupfte etwas Dunkles von seiner weißen Tunika, dann nickte er der Garde und den zwei anderen Weißen zu.
Alle Läden links und rechts in der Gasse der niederen Handwerker zwischen der Schreiberwerkstatt und dem Platz der Handwerker waren fest verschlossen, so auch die Türen; und das, obwohl die Sonne schon am Himmel strahlte und den Morgen erwärmte.
Auf der Hauptstraße angekommen – sie gingen flott auf den Platz der Magier und den Weißen Turm zu –, nahm Cerryl mehr Notiz von seiner Umgebung.
Sie passierten die letzte Werkstatt und ließen den Platz

hinter sich. Ein Stallbursche führte einen gesattelten Braunen aus dem Stall zu einem großen, blau gekleideten Mann, der vor der kleinen Herberge stand. Die Satteltaschen waren prall gefüllt und wiesen den Mann als Reisenden aus. Neben dem Stall befand sich das lange Gebäude der Getreidebörse. Nicht eine Kutsche stand davor, obwohl die Fenster und Läden der Börse offen standen und zwei Männer in Braun unter dem Eingangsbogen miteinander redeten.

Beim Geräusch eines sich nähernden Wagens rückten die Weißen Gardisten näher an Cerryl heran. Glaubten sie, er würde auf den Wagen aufspringen – oder unter die Räder? Der allgegenwärtige feine weiße Staub wirbelte auf, als der braune Wagen, von zwei Pferden gezogen, vorbeirollte. Auf der Ladefläche befand sich ein halbes Dutzend großer Fässer, jedes fast mannshoch; sie waren zusammengebunden. Wer brauchte so große Fässer?

Mit schweißnasser Stirn überquerte Cerryl die kleine Seitenstraße und lief wieder auf dem Gehsteig in der Straße der Juweliere. Die Hälfte der eisenbeschlagenen Türen stand offen und in der Luft lag der beißende Geruch von Öl, heißem Metall und anderen verbrannten Stoffen. Cerryl beobachtete den Weißen Magier aus den Augenwinkeln, doch das ovale Gesicht des Mannes blieb völlig ausdruckslos.

Hinter den Gold- und Silberschmieden erstreckten sich die großen Häuser mit den niedrigen weißen Granitmauern davor. Im Garten neben Muneats kleinem Palast hüpften zwei kleine Kinder herum; eine schlanke, junge Frau, die im Schatten eines Baumes stand und auf die Kleinen aufpasste, versteinerte beim Anblick der Prozession zu einem Speer. Vor dem nächsten Haus schnitten zwei Gärtner den Wein, der um eine Laube rankte.

Das einzige Geräusch, das Cerryl hörte, waren die entzückten Schreie der Kinder, und er fragte sich, wie lange die Kinder in Fairhaven wohl so fröhlich sein durften. Als ihre Stimmen schließlich verebbt waren, erhob sich das Stimmengewirr des Marktplatzes. Die Rufe der Händler und Käufer übertönten sanft das Stampfen der Gardistenstiefel auf dem harten Granit.

Es drehte sich jedoch kein Kopf nach ihnen um, als der kleine Umzug den Marktplatz überquerte und weiterzog, vorbei an großen Häusern mit gepflegten Gärten.

Cerryl blinzelte in die helle Morgensonne, als sie sich dem Platz der Magier näherten. Der Magierturm ragte etwa sechzig Ellen über die anderen niedrigeren Gebäude des Platzes hinaus; ein Gebilde aus weißem Stein, das einen langen Schatten auf die Straße warf.

Der grelle Schein, der den Turm und die weißen Steinhäuser am Platz umgab, schien zu pulsieren. Jeder Stein schien Pfeile aus Helligkeit auf Cerryl zu richten, sodass auch der Schatten des Turmes nur wenig Schutz vor der Sonne bot, die mit jedem Schritt heißer geworden war.

Cerryl fühlte die unsichtbare Weiße des Chaos, die sich um den Turm legte wie unsichtbarer Rauch. Wegen des grellen Scheins und des Chaos fiel es Cerryl schwer, die Häuser auf dem runden Platz zu erkennen, er sah nur, dass alle aus Granit erbaut waren, der noch weißer leuchtete als der Granit, mit dem man die Straßen gepflastert hatte. Kein Gebäude, außer dem Turm, besaß mehr als zwei Stockwerke.

Auf dem Platz selbst stand ein Sockel mit einer Statue darauf, umgeben von einem Rasenstück, so dunkelgrün, dass es fast schwarz wirkte in der Morgensonne. Der Magierturm ragte nicht aus der Mitte eines Gebäudes auf oder stand allein, er erhob sich aus der Südseite eines Gebäudes, das über mehr als zwei Stockwerke zu verfügen schien. Von der Straße aus gab es keinen Zugang zum Turm.

Der Magier deutete auf einen Durchgang, der über drei Stufen zu erreichen und fast zwanzig Ellen breit war. »Dorthin.«

Obwohl der letzte und kleinste der Steinbögen, die den Eingang zu dem Gebäude bildeten, mehr als achtzig Ellen hoch sein musste, gab es keine Muster oder Rillen in dem glatten Stein und kein einziges Fenster war zu entdecken. Cerryl empfand den kahlen, weißen Stein als beunruhigend. Noch mehr von dem feinen weißen Staub wurde von seinen Stiefeln aufgewirbelt, als er durch den letzten Bogen die hohe Eingangshalle betrat. Zu seiner Rechten gab es noch einen Eingang und vor ihm erstreckte sich ein hoher Flur.

»Zur Treppe.« Der Magier zeigte nach links auf eine Treppe mit steinernem Geländer.

Cerryl folgte der Anweisung und stieg die Treppe hinauf, die Weißen Gardisten und die zwei anderen Magier blieben in der Eingangshalle zurück, nur er und der Magier nahmen die Stufen. Oben angekommen standen sie vor einem weiteren Durchgang – ohne Tür – und vor zwei Wachposten.

Die Wachen nickten dem Magier zu, der Cerryl durch einen Wink anwies weiterzugehen. Cerryl trat durch den Bogen und fand sich am Fuße einer weiteren Treppe wieder.

»Die Treppe hinauf«, befahl der Magier. »Bis zum dritten Stock.«

Cerryl fing schon zu keuchen an, da hatten sie noch nicht einmal das Ende der zweiten Treppe erreicht, der Magier hingegen schien nicht im Geringsten angestrengt zu sein. Cerryl fiel auf, dass er nirgends in diesem weitläufigen Gebäude, das ausschließlich aus glattem, sauber zusammengefügtem Granit bestand, auch nur die geringste Verzierung entdecken konnte – nur glatte, nichtssagende Wände, die sich endlos hinzustrecken schienen. Der feine weiße Staub schien sich in seinem

Rachen und den Lungen zu sammeln und ihm das Atmen noch schwerer zu machen.

Als der Magier auf dem Treppenabsatz vor einer einfachen weißen Eichentür stehen blieb, die nur von einem Wächter bewacht wurde, bemühte sich Cerryl, zu Atem zu kommen. Der Magier stand schweigend neben ihm.

»Kommt herein, Kinowin«, krächzte eine Stimme hinter der Tür, »und bringt den jungen Mann mit.«

Kinowin, der Magier mit dem steinernen Gesicht, öffnete die Tür und bedeutete Cerryl, vor ihm einzutreten, dann folgte er ihm ins Turmzimmer. Kinowin wandte sich an den einzigen Magier im Raum. »Dies ist der Schreiberlehrling, wie befohlen, edler Sterol.«

»Gut.« Der weiß gekleidete Magier in dem Turmzimmer war breitschultrig und einen Kopf größer als Cerryl, allerdings nicht so groß wie der Magier, der Cerryl hergebracht hatte. Sein Haar glänzte metallisch grau und sein gepflegter Bart trug dieselbe Farbe wie das kurz geschnittene Haar. Sein Gesicht leuchtete rot, als hätte ihn die Sonne verbrannt. Ein goldenes Amulett hing um seinen Hals und am Kragen steckte eine Nadel, die einem goldenen Kometen glich. »Ihr könnt gehen, Kinowin. Wartet draußen, bis ich Euch rufen lasse.«

Kinowin verbeugte sich. Die schwere Eichentür wurde zugeschlagen.

Braune Augen mit roten Punkten studierten Cerryl eine Zeit lang.

Cerryl stand da und wartete, er fühlte, dass der Magier noch keine Anstalten machte, Chaos zu bündeln – bis jetzt jedenfalls. Bei dem Raum handelte es sich um ein Schlaf- und Arbeitszimmer: ein großes Zimmer, das einen Schreibtisch und den dazu passenden Stuhl beherbergte, einige weiße Holzschränke mit ledergebundenen Büchern darin, einen Tisch, in dessen Mitte sich ein rundes Spähglas befand, und vier Stühle darum herum. Am anderen Ende des Raumes, hinter dem Magier, sah

Cerryl eine Nische, die größer war als seine Kammer bei Tellis. Darin standen ein doppelt breites Bett und ein Waschtisch. An der Steinmauer links vom Magier lehnte ein kleiner Tisch, auf dem eine große, bronzene Handglocke glänzte.

»Du wirst mir jetzt einige Fragen beantworten.«

»Ja, Ser.«

»Wo wurdest du geboren?«

»Ich weiß nicht, Ser.« Das war die Wahrheit. Cerryl hatte nicht die geringste Ahnung, wo er geboren worden war.

»Haben deine Eltern dir das nicht gesagt?« Der Magier starrte Cerryl an, als hielte er den jungen Mann für einen kompletten Narren.

»Sie starben, als ich noch sehr jung war. Meine Tante und mein Onkel erzählten mir, dass ich geboren wurde, während meine Eltern auf dem Weg nach Hrisbarg waren.«

»Du hast also keine Ahnung, wo dein Geburtsort liegt?«

»Er muss innerhalb einer Siebentagesreise von Hrisbarg oder Lydiar liegen; meine Tante und mein Onkel stammen aus Montgren.«

Der Magier seufzte. »Kinowin sagte, du kannst mit Chaos umgehen. Ist das wahr?«

»Ich weiß nicht, Ser. Ich habe einst in ein Glas gesehen und jemand in Weiß hat es zerbrochen.« Das kam der Wahrheit sehr nahe.

Der grauhaarige Mann legte seine Stirn in Falten und mit der rechten Hand fingerte er an dem Amulett auf seiner Brust herum. »Du erwartest von mir, dass ich das glaube?«

»Es fühlte sich zumindest so an, als wäre das Glas zerbrochen«, korrigierte sich Cerryl, »aber es brach nicht wirklich. Mein Kopf schmerzte noch lange danach.« Das stimmte wirklich.

»Siehst du … versuch gar nicht, zu lügen. Die Mühe lohnt nicht … für uns beide nicht.«

»Ja, Ser.«

»Du kannst schreiben, nehme ich an?«

»Ja, Ser«, wiederholte Cerryl.

»Die Tempelschrift besser als die Alte Sprache?«

»Nein, Ser. Ich beherrsche die Alte Sprache besser.«

»Gut, dass du es zugibst, aber von Tellis' Lehrling hatte ich das ohnehin erwartet«, schnaubte der Weiße Magier. »Du weißt, dass niemand außer den Weißen Brüdern die Weißen Feuer heraufbeschwören darf?«

»Ja, Ser. Deshalb wollte ich auch mit dem Glas nichts mehr zu tun haben.«

»Du wusstest nicht, dass du Chaos in deiner Hand hattest?« Die Stimme des Magiers klang ungläubig und verachtend.

»Ich war mir nicht sicher«, gab Cerryl zu. »Ich dachte, das könnte es gewesen sein, aber ich hatte Angst, jemanden zu fragen. Wie auch?«

»Das war sehr klug von dir.« Sterol nickte. »Was hast du noch für dich behalten?«

Cerryl wurde rot.

Der grauhaarige Magier sah ihn erwartungsvoll an.

»Ich glaube … ich sehe manchmal etwas Weißes – es ist eigentlich kein richtiges Sehen – und ich denke, es ist Chaos-Energie.« Cerryl schlug die Augen nieder.

»Warum glaubst du, dass es Chaos-Kräfte sind?«

»Ich weiß nicht, aber das Glas war einmal damit umhüllt und der Magier, der mich herbrachte, hatte einen Augenblick lang diesen Nebel um sich.«

Sterol lachte laut und bellend.

Cerryl wartete – wieder einmal.

»Du hast Glück, Junge. Ich finde Gefallen an dem Gedanken, dir die Gelegenheit zum Lernen zu geben.« Sterol lachte. »Außerdem wird ein verwaister Schreiberlehrling ihnen zeigen, dass sie nicht so allmächtig sind, wie sie immer glauben.« Die durchdringenden Augen hefteten sich auf Cerryl. »Du wirst beobachten und alles für dich behalten, niemandem davon erzählen?«

»Ja, Eure Hoheit.«

»Edler Sterol reicht vollkommen. Eines Tages werde ich dich fragen ... wie du über die Gildehallen denkst. Bis dahin wirst du deine Beobachtungen für dich behalten, nur für dich. Verstanden?«

»Ja, edler Sterol.«

»Merk dir eines, Junge.«

»Ja, edler Sterol?«

»Es gibt alte Weiße Magier und es gibt kühne Weiße Magier, du wirst jedoch niemals einen Magier finden, der alt *und* kühn ist.« Sterol lachte und griff nach der Glocke auf dem kleinen Wandtisch. Er klingelte zweimal.

Die Tür öffnete sich und Kinowin trat wieder ein, er verbeugte sich und sah Sterol an.

»Unser junger Freund hier hat sich an die Regeln gehalten, sodass er als geeignet betrachtet werden kann für eine weitere Unterweisung.« Sterol lächelte, wobei weiße Zähne in seinem Mund blitzten. »Bring ihn zu Jeslek und sag dem mächtigen Jeslek, dass er nicht übermäßige Strenge walten lassen soll. Keine übermäßige Strenge.«

»Ja, Sterol.« Kinowin verbeugte sich.

Sterol wandte sich an Cerryl. »Du kannst gehen.«

»Ja, edler Sterol.« Auch Cerryl verbeugte sich und wartete auf ein Nicken oder sonstiges Zeichen von Sterol.

»Geh.«

Cerryl drehte sich um und ging durch die Tür, die Kinowin aufhielt.

»Du kannst dich glücklich schätzen, junger Cerryl«, sagte Kinowin, als sie die Stufen hinunterstiegen.

»Ja, Ser. Ich weiß, Ser.«

»Was hast du Sterol erzählt?« Ein neugieriger Ton schwang in Kinowins rauer Stimme mit.

»Ich habe ihm die Wahrheit gesagt, Ser.« *Soweit ich es wagte.*

Kinowin fing an zu lachen, beinahe ausgelassen, und sein Lachen hallte auf der Steintreppe wider, wurde von den nackten weißen Wänden immer wieder zurückgeworfen. »Du könntest gefährlich werden, wenn du erwachsen bist, Cerryl. Die Wahrheit! Ha!« Er lachte weiter.

Cerryl zitterte unter seiner Tunika, stieg aber die Stufen hinunter, bis sie zu den zwei Wachposten kamen, die den Eingang zum Turm bewachten. Neben den Wächtern saß ein Junge in einer roten Tunika auf einem Hocker. Weder die Gardisten noch der Junge schienen Cerryl oder dem Magier Beachtung zu schenken.

»Jeslek könnte hier im Turm seine Gemächer haben, aber er zieht es vor, in den älteren Gebäuden hinter der Haupthalle zu wohnen.« Kinowin stieg flink die breiten Stufen vor dem Turmeingang hinunter in die Eingangshalle und bog nach links in den Flur ein, den Cerryl beim ersten Betreten des Gebäudes schon gesehen hatten. »Er ist sehr gebildet und sehr mächtig.«

Cerryl verstand den Hinweis, der hinter diesen Worten steckte – Jeslek war gefährlich und ein Rivale Sterols. »Für mich sind alle Magier mächtig.«

»Doch einige sind mächtiger als anderen.«

Am Ende des Flures führte Kinowin Cerryl wieder durch mehrere Bögen und überquerte dann einen offenen Hof mit einem Springbrunnen. Der Springbrunnen bestand nur aus einem Wasserstrahl, der in der Mitte eines runden Beckens aus einem ovalen Stein spritzte.

Jesleks Gemächer lagen im zweiten Stock im hinteren Teil des alten Steingebäudes, das noch weißer war als der Turm und so weit wie möglich von Sterols Gemächern entfernt.

Ein einziger Wächter in Weiß stand neben der Tür. »Der edle Jeslek wünscht nicht gestört zu werden.«

»Der Erzmagier schickt mich«, sagte Kinowin. »Wir werden warten.« Er deutete auf die Bank, die gegenüber der Tür aus Weißeichenholz an der Wand stand, und setzte sich.

Nach einem Augenblick ließ sich auch Cerryl nieder.

»Hast du noch Fragen?«, fragte Kinowin in einem sanfteren Ton, der so gar nicht zu seinem groben Äußeren passte.

»Alles ist so schnell gegangen ...« Cerryl schüttelte den Kopf. »Ich kann es kaum glauben, dass ich hier bin.«

»Das ist bei den meisten Schülern so«, sagte der Magier und seine Worte klangen immer wärmer. »Das Talent tritt oft plötzlich zu Tage, ungefähr in deinem Alter, und wir versuchen es aufzuspüren, bevor es gefährlich wird.« Nach einem Augenblick der Stille fügte er hinzu: »Wenn du nicht lernst, sauber damit umzugehen, kann es dich und auch jeden in deiner Nähe zerstören. Viele Menschen glauben, dass wir zu streng sind.« Er sah Cerryl ins Gesicht und das rote Mal schien noch röter zu werden. »Hast du jemals einen abtrünnigen Weißen gesehen?«

»Einmal. Er warf mit Feuerkugeln um sich. Ein anderer Weißer Magier verfolgte ihn.«

Kinowin nickte. »Das haben schon viele Menschen gesehen. Andere bekommen mit, wie wir junge Menschen töten, die ihre Nachbarn waren. Was sie nicht sehen, ist die Zerstörung in den Menschen – oder den Tod, der der unkontrollierten Anwendung der Macht folgt.« Er schüttelte kurz und abweisend den Kopf.

Cerryl war überrascht über die Besorgnis, die in der Stimme des Mannes mitschwang, und über die kurzzeitige Düsternis in Kinowins Augen.

»Um mit deiner Begabung leben zu können, Cerryl, musst du unbedingten Gehorsam leisten, so lange bis du deine Macht und deine Grenzen voll und ganz erkannt hast. Wenn nicht ...« Kinowin hustete und räusperte sich. »Wenn nicht, wirst du dich selbst dadurch zerstören, wenn dich die Gilde nicht schon vorher tötet.«

Cerryl durchlief ein Schauder.

Plötzlich öffnete sich die Tür und ein weißhaariger Magier stand im Türrahmen; er starrte am Wachposten vorbei auf die zwei auf der Bank. »Ihr hättet auch eintreten können, Kinowin. Wie soll ich mich konzentrieren, wenn Ihr vor meinen Gemächern so laut schwatzt? Kommt schon herein.« Er drehte sich um und ging ins Zimmer.

Kinowin erhob sich und Cerryl sprang auf, so schnell er konnte, und folgte dem blonden Magier. Der Wachmann schloss die Tür hinter ihnen.

»Euer Wächter sagte uns, dass Ihr nicht gestört zu werden wünscht, doch Sterol bestand darauf, dass ich zu Euch gehe und Euch eine neue Aufgabe überantworte.« Kinowin verbeugte sich und deutete auf Cerryl.

Jesleks Tunika, seine Hose und die Stiefel schimmerten weiß. Cerryl schluckte, schloss jedoch schnell wieder den Mund. Der Magier hatte das Gesicht eines jungen Mannes, aber sein Haar glitzerte weiß. Wie Sterol trug auch Jeslek eine glänzende, goldene Nadel am Kragen. Aber im Gegensatz zu Sterol hing kein Amulett um seinen Hals. Goldgelbe Augen wanderten von Kinowin zu Cerryl und zurück zu dem blonden Magier mit den tiefen Furchen im Gesicht. »Der edle Sterol schickt dich?«

Eine Gestalt in Weiß, mit einem roten Streifen über dem Tunikaärmel, stand schweigend neben einem Tisch mit einem Spähglas darauf.

Kinowin verbeugte sich erneut. »Edler Jeslek, der Erzmagier bat mich, den jungen Cerryl persönlich zu Euch zu bringen. Ihr sollt ihn unterrichten.« Kinowin lächelte kühl.

»Und ... was noch? Habt Ihr sonst nichts zu sagen,

Kinowin?«, fragte Jeslek. »Ihr tretet doch nur als pflichtbewusster Helfer auf, wenn Ihr etwas damit bezweckt.«

»Ich wurde gebeten, Euch darüber zu unterrichten, dass Ihr nicht zu streng zu dem Jungen verfahren sollt.« Die Worte klangen flach und kühl.

Ein breites, falsches Lächeln erschien auf Jesleks Gesicht. Cerryl wäre am liebsten im Steinfußboden versunken, auf dem er stand. »Aaah ... ich verstehe. Der edle Sterol ist zu beschäftigt, um seine eigenen Lehrlinge zu unterweisen.« Nach einer Pause lächelte er wieder. »Teilt dem Erzmagier mit, wenn seine lästigen und arbeitsreichen Pflichten es ihm erlauben, Euch wieder zu empfangen, dass ich diesen Lehrling in den Genuss aller Vorteile kommen lassen werde, die auch meinen eigenen Schülern zuteil werden, und dass ich diesen jungen Mann hier wie jeden anderen behandeln werde.«

»Ich werde es ihm berichten, edler Jeslek.« Kinowin verbeugte sich noch einmal, bevor er sich umdrehte und aus dem Zimmer eilte.

Jeslek wartete, bis die Tür wieder geschlossen war. Dann musterten die goldfarbenen Augen den früheren Schreiberlehrling. »Cerryl. Ist das dein Name?«

»Ja, Ser.«

»Was hast du gearbeitet, bevor du in den Turm gebracht wurdest?«

»Ich war Lehrling bei Tellis, dem Schreiber.«

»Dann kannst du schreiben?«

»Ja, Ser.«

»Auch die Alte Sprache?«

»Ja, Ser.«

»Welche Fähigkeiten besitzt du noch?«

»Ich weiß einiges über Holz, Ser. Ich habe früher in einer Sägemühle gearbeitet.«

»Gut. Du hast also schon handwerklich gearbeitet.« Ein schiefes Lächeln verzog Jesleks Lippen. »Nun bist du ein Magierschüler, ein Magierlehrling, wenn du so willst. Ganz gleich, was du schon probiert hast oder nicht, du darfst auf keinen Fall versuchen, Chaos-Kräfte oder auch Ordnungs-Kräfte zu bewegen, es sei denn, es wird dir ausdrücklich befohlen. Wenn du nicht gehorchst – und dabei ertappt wirst –, wird dein Verstand gefangen genommen und du wirst bis zu deinem Tode an der Weißen Straße bauen. Hast du verstanden?«

»Ja, Ser.«

»Und übrigens, ich kann feststellen, ob du während des letzten Achttages Chaos benutzt hast, und auch vorher. Du warst vorsichtig, das sehe ich, aber die Spuren sind noch zu erkennen.« Jegliches Lächeln verschwand von Jesleks Gesicht.

»Ser?« Cerryl schluckte.

»Ja?« Jesleks Stimme klang kalt.

»Manchmal kann ich sehen, wenn Chaos eingesetzt wurde. Gilt das Sehen auch als Benutzen?«

»Nein. Das bloße Sehen hinterlässt auch keine Spuren. Ich ermutige all meine Schüler zum Beobachten und Studieren. Aber Vorsicht! Nur Beobachten und Studieren, es sei denn, ich erteile andere Anweisungen.«

»Ja, Ser.« Cerryl verbeugte sich.

»Keine weiteren Fragen mehr?«

»Ser … abgesehen von dem, was ich bereits gefragt habe … weiß ich noch nicht genug, um mehr fragen zu können«, gab Cerryl zu. Er wusste, dass er damit ein Risiko einging, aber er wollte es gesagt haben.

»Aha! Jetzt verstehe ich, warum Sterol dich anerkannt hat.« Jeslek wandte sich an den Jungen mit der weißroten Tunika, der beim Tisch stand. »Kesrik, sorg dafür, dass Cerryl bei den anderen Schülern untergebracht wird und dass er eine saubere Tunika, Hose und weiße Stiefel bekommt. Seine wirken zu klobig; sieh zu, ob du andere für ihn bekommst. Und sorge auch dafür, dass er innerhalb des nächsten Achttags sein eigenes Buch der *Farben* bekommt.«

Kesrik verbeugte sich, sein eckiges Gesicht zeigte dabei keinerlei Ausdruck, seine blauen Augen blieben kalt.

»Geh mit Kesrik.« Jesleks sonnengelbe Augen blitzten gefühllos.

»Folge mir.« Kesrik drehte sich um und ging hinaus. Cerryl eilte ihm hinterher.

XLVII

Vor dem Fenster fiel plötzlich warmer Regen auf Fairhaven nieder, der erste Regen in den wenigen Tagen, seit Cerryl in den Hallen der Magier eingetroffen war. Die Tropfen zischten auf den sonnengewärmten Steinen und feuchte Luft drang durch die Schlitze der geschlossenen Läden. Cerryl saß auf der Kante des Besucherstuhles an Jesleks Schreibtisch, das Pochen in seinem Schädel wurde immer stärker, ein Schmerz, den er vor dem Sturm, der nun über die Stadt fegte, nicht gehabt hatte.

Jeslek studierte Cerryl eingehend und Cerryl wusste, dass der Magier mehr als nur seine Augen dazu gebrauchte.

Schließlich verzogen sich Jesleks Lippen zu einem schiefen Lächeln. »Was glaubst du, heißt es, ein Magier zu sein?«

»Ich weiß gar nicht, was Magier eigentlich tun, Ser.«

»Sag mir, was wir deiner Meinung nach tun.«

Cerryl befeuchtete seine Lippen mit der Zunge. »Die Magier herrschen über Fairhaven. Sie können Chaos-Kräfte lenken. Sie studieren viele Dinge.«

»Woher weißt du, dass wir Bücher …« Jeslek lachte und brach die Frage ab. »Du warst ein Schreiberlehrling. Ich vergaß. Nun, du wirst mehr studieren, als du es je für möglich gehalten hast. Und es werden immer wieder

Prüfungen abgehalten werden. Einige wirst du nicht als solche erkennen.« Der weißhaarige Magier mit den goldenen Augen hielt inne. »Warum, glaubst du, studieren Magier so viel?«

»Um besser herrschen zu können?«, rätselte Cerryl.

»Das war zwar geraten, junger Cerryl, aber schon teilweise richtig. Wir studieren, um besser regieren zu können. Regieren ist nicht gleich herrschen, musst du wissen. Regieren bedeutet eher führen oder beraten. Der Kaiser von Hamor oder der Herzog von Lydiar oder auch der Vicomte von Certis – sie herrschen. Die Gilde hingegen regiert. Ja, wir erlassen auch Vorschriften, aber die meisten Vorschriften beinhalten ohnehin nur das, was einem der gesunde Menschenverstand schon sagt. Unrat zum Beispiel verursacht eine Art zerstreutes Chaos, das zu Krankheiten führt. Deshalb sorgen wird dafür, dass der Unrat aus der Stadt geschafft wird. Bettler und andere Schmarotzer bringen Seuchen und Diebstahl in die Stadt; wir halten sie von Fairhaven fern. Wenn nur das Geld regieren würde, dann fiele die Stadt an jene, die das meiste Geld besitzen. Aus diesem Grund wachen wir aufmerksam über diejenigen, die nur an ihren Reichtum denken. Sauberes Wasser hält Krankheiten fern, deshalb sorgen wir dafür, dass das Wasser für die Stadt sauber ist. Und all diese Dinge haben nichts mit Magie zu tun.« Jeslek grinste breit – und kalt.

Cerryl wusste nicht, was er dazu noch sagen sollte, also schwieg er.

»Alle heiligen Zeiten einmal wird ein Magier dabei beobachtet, wie er ein Chaos-Feuer wirft, und schon denken alle, dass ein Magier sonst nichts tut. Wenn das alles wäre, was die Gilde vollbringt – eine Ansammlung von Magiern, die mit Feuer um sich werfen –, wäre Fairhaven schon vor Generationen gefallen.«

»Ja, Ser.«

»Ich weiß, dass du dich respektvoll zeigen willst, aber

du musst das nicht jedes Mal sagen, wenn ich eine Pause mache. Höfliches Schweigen tut es auch.« Jeslek stand auf. »Du wirst noch mehr darüber lernen müssen, was die Gilde ist und warum sie notwendig ist.«

Der Weiße Magier nahm ein Buch vom Tisch und reichte es Cerryl. Der Umschlag war abgegriffen und zerkratzt und außerdem durchdrungen von Weißem Chaos. »Lies das. Kannst du lesen?«

»Ja, Ser. Es gibt wahrscheinlich einige Wörter, die ich noch nicht kenne.« Cerryl folgte dem Beispiel seines Lehrmeisters und stand schnell auf, die Augen immer noch auf den Magier mit den sonnengelben Augen gerichtet.

»Frag Kesrik oder einen der anderen Schüler. Oder frag mich, wenn du niemanden findest, der dir eine Antwort geben kann.«

»Ja, Ser.« Cerryl hätte Jeslek auf keinen Fall gefragt und nach dieser Erklärung schon gar nicht.

»Du hast zwei Achttage Zeit, um die erste Hälfte der Schrift zu lesen. Aber fang heute schon damit an, ich werde dich in der nächsten Stunde ausfragen über das, was du bereits gelesen hast.« Jeslek deutete auf die Tür. »Kesrik wartet schon. Komm morgen wieder.«

Cerryl verbeugte sich und verließ den Raum.

Wie Jeslek gesagt hatte, stand Kesrik draußen bei den Wächtern.

»Guten Tag, Kesrik.« Cerryl verneigte den Kopf, als er ihn sah.

»Es regnet.« Kesrik verbeugte sich kaum merklich, als er an Cerryl vorbei durch die Tür ging und sie hinter sich zuzog.

Cerryl blieb stehen und wunderte sich wieder einmal über die Merkwürdigkeiten in diesen Gildehallen der Magier: so wenig wurde wirklich ausgesprochen, so kurz waren die Unterrichtsstunden; er verbrachte mehr Zeit damit, auf Jeslek zu warten, als ihm zuzuhören oder zu lernen. Oder gaben sie ihm nur etwas Zeit, um sich einzugewöhnen? Wenn dem so war, was kam dann als Nächstes?

Er sah hinunter auf das in Leder gebundene Buch in seinen Händen und dann auf die geschlossene, weiße Tür. Bevor er sich anschickte, in den Gemeinschaftsraum, in die Bibliothek oder in sein Zimmer zu gehen – er hatte sich noch nicht entschieden, wo er mit dem Lesen beginnen sollte –, schlug er die Titelseite auf: *Die Farben der Weiße – Handbuch der Gilde von Fairhaven.*

Fast hätte Cerryl losgelacht. Seit Jahren hielt er die Hälfte genau dieses Buches versteckt und heimlich musste er in dem Band lesen, den Tellis kopiert hatte, und jetzt besaß er sein eigenes Exemplar davon und man hatte ihm geradezu *befohlen,* es zu lesen.

Er schüttelte den Kopf und dachte an die Bücher, die noch in Tellis' Haus verborgen lagen – und an das zerbrochene Amulett. Das Amulett vermisste er am meisten.

Cerryl schlug das Buch zu und ging die Treppe hinunter.

Unten angekommen warf er einen Blick in die Bibliothek, wo er nach Faltar suchte, aber der Raum war leer bis auf zwei Magier an dem Tisch in der gegenüberliegenden Ecke: Fydel und Esaak. Der braunhaarige und langbärtige Fydel fuchtelte wild herum, schien etwas in die Luft zu malen. Davon offenbar unberührt saß Esaak mit dem Rücken zu Cerryl.

Cerryl schlich auf Zehenspitzen zum Gemeinschaftsraum. Er wollte Faltar fragen – wenn er ihn denn treffen sollte –, auf was er, wenn überhaupt, beim Lesen besonders achten sollte. Mit leisen Schritten ging er den Flur entlang und fragte sich, ob er irgendwelche neuen Wahrheiten in dem Buch entdecken würde, das er beim ersten Lesen so schwierig und langweilig gefunden hatte.

Er hoffte es zumindest, aber er schürzte zweifelnd die

Lippen, während er darüber nachdachte, was er in den *Farben der Weiße* bislang gelesen hatte.

XLVIII

Obwohl eine Brise durch die offenen Fenster in den gemeinschaftlichen Studiersaal wehte, perlte der Schweiß an Cerryls kurzen Haaren herab und lief ihm über Stirn und Nacken. Cerryl achtete nicht darauf und blätterte zur nächsten Seite der *Farben der Weiße.* Er zwang sich, jedes Wort zu lesen und die Gedanken, die dahinter steckten, zusammenzufügen; dabei fragte er sich, wie all das wohl mit dem zusammenpasste, was in Tellis' Geschichtsbuch stand, mit der Arbeit in Dylerts Mühle oder mit der Wirklichkeit in Fairhaven, die beides enthielt, Chaos-Feuer und den Reichtum von Menschen wie Muneat … und er fragte sich auch, warum sein Vater gejagt worden war und sie ihn hatten laufen lassen.

So vieles ergab keinen Sinn.

»Du liest das so schnell.« Auf der anderen Seite des Studiertisches rutschte Faltar unruhig herum, als er von seinem Buch aufsah; sein blondes Haar leuchtete beinahe weiß in der Spätnachmittagssonne, die ihn durch die hohen Fenster von hinten anstrahlte.

»Kein Wunder … er war ein Schreiber. Sie tun nichts anderes.« Das Geflüster kam von dem einzigen noch besetzten Tisch im Studiersaal, an dem Bealtur saß.

Cerryl starrte weiterhin auf die Seiten der *Farben der Weiße,* die offen vor ihm lagen, und versuchte nicht auf den abfälligen Ton des spitzbärtigen Schülers zu achten.

»Lesen ist das eine … aber Schreiber verstehen nicht, was sie lesen. Deshalb sind sie ja Schreiber.«

Der schmalgesichtige Cerryl strich sich mit der Zunge über die Lippen und las weiter.

»... nicht genug Verstand im Kopf, um mehr als nur abzuschreiben ...« Bealtur richtete sich auf und lächelte Cerryl an.

Cerryl lächelte zurück.

Mit dem Rücken zu Bealtur runzelte Faltar die Stirn.

Cerryl schloss sanft das Buch und stand auf, er verließ den Gemeinschaftsraum und ging den weißen, engen Steinflur entlang zu seiner Zelle. Der ihm zur Verfügung stehende Raum war noch kleiner als die Kammer, die er in Dylerts Mühle bewohnt hatte. Das Bett war weicher und die Wände hatten keine Risse; um die alten Eichenläden vor dem Fenster öffnen zu können, musste er sich aufs Bett stellen.

Sie hatten auch einen Hocker und einen kleinen Schreibtisch in die Wand gemauert, darüber ein Bücherregal. Zwei Garnituren weiße Kleidung, vier Garnituren Unterwäsche, zwei Decken und seine Stiefel – das war alles, mehr besaß keiner der Magierschüler, nur die Bücher auf den Regalen der Schüler unterschieden sich, je nachdem, welcher Lehrer sie unterrichtete. Es gab keinen Spiegel. In keiner der Zellen hing ein Spiegel. Cerryl hätte seine Zelle früher als großzügig ausgestattet bezeichnet – aber nun wusste er, wie Muneats Palast aussah oder das Schlafzimmer der grünäugigen Frau in seinem Glas.

Cerryl stellte das abgenutzte Buch der *Farben der Weiße* ins Regal neben *Die Gründung Fyrads und der Weißen Länder,* das in einem Paket vom Erzmagier angekommen war. Daneben gab es noch *Die Geschichte Candars* und auf dem Schreibtisch lag ein dünneres Buch: *Grundlagen der Mathematik.*

Seine Augen wanderten zum Mathematikbuch. Er hatte noch kaum darin gelesen. Man hatte es ihm einfach hingelegt; er wusste nicht einmal, wer sein Lehrer darin sein würde. Sein Magen knurrte. Er warf einen Blick zur Tür und wusste, dass er in den Speisesaal gehen musste.

Da klopfte es an die Tür.

»Kommst du mit zum Essen?« Faltars Stimme drang klar und deutlich durch die Tür.

Cerryl atmete tief ein. »Ja, ich komme.« Er öffnete die Tür und ging hinaus. Keine der Zellen besaß einen Riegel an der Tür, es gab nur einfache Türklinken.

»Du hättest Bealtur am liebsten geschlagen, stimmt's?«, fragte Faltar, während er sich mit der Hand durch das dünne, blonde Haar fuhr, um es sich aus der Stirn zu streichen.

»So wütend war ich auch wieder nicht.« *Fast, aber nicht ganz,* hörte er seine innere Stimme sagen.

»Kesrik steckt dahinter. Er will dich zornig machen. Und dazu benutzt er Bealtur.« Faltar sah sich suchend um und flüsterte: »Mit Yullur hat er es genauso gemacht. Yullur versuchte, Feuer auf ihn zu werfen, und dann …« Er führte den Satz nicht zu Ende.

»Sterol oder Jeslek haben es herausgefunden und ihn zum Straßenbau verdammt?«

»Nein …« Faltar suchte noch einmal den leeren Flur ab. »Yullur versuchte es, als Sterol gerade vor dem Studierzimmer stand. Kesrik wusste das und rannte zu Sterol, um Schutz zu suchen. Yullur war so wütend, dass er den Erzmagier gar nicht sah, als er das Chaos-Feuer auf Kesrik schleuderte.« Faltar versuchte zu lächeln. »Dem Erzmagier blieb keine Wahl. Er verwandelte Yullur in ein Häufchen Asche und brummte Kesrik eine Jahreszeit Kanal- und Abfalldienst auf. Kesrik berührte das aber nicht sonderlich. Als er zurückkam, trug er achttagelang ein breites Grinsen im Gesicht und keiner von uns konnte etwas dagegen tun.«

Cerryl nickte. »Was hat der edle Jeslek dazu gesagt?«

»Das weiß niemand. Er hält sich vom Erzmagier fern.

Er reist sehr viel, bis nach Gallos manchmal. Zuweilen nimmt er Kesrik mit, aber nicht immer.«

Die zwei schlenderten in den kleinen Speisesaal, in dem nur ein Dutzend runder Tische und ein langer Tisch standen, auf dem die Platten und Schüsseln mit den Speisen angerichtet waren.

Zwei Magier in Weiß saßen am Ecktisch. Cerryl kannte einen von ihnen.

»Der Kahlköpfige mit den dicken Backen – das ist Esaak.«

Cerryl hatte den anderen Magier schon einmal gesehen, es war ein stämmiger, grob aussehender Mann mit einem gepflegten rötlich braunen Backenbart; er war einst in Jesleks Gemach geplatzt, als Cerryl gerade Unterricht gehabt hatte, und Jeslek hatte Cerryl sofort hinausgeschickt. »Eliasar ...«, murmelte er, wobei er den Namen in die Länge zog. »Das ist er, nicht wahr?«

»Ich glaube schon.«

»Was weißt du über ihn?« Cerryl sprach mit gedämpfter Stimme.

»Er ist für die Weißen Lanzenreiter zuständig. Er mag Sterol nicht sonderlich. Das hat Lyasa zumindest erzählt.«

Mochte überhaupt jemand den Erzmagier? Die Frage kreiste in Cerryls Kopf, als er zur Anrichte trat. Seine zuckende Nase wies darauf hin, dass die Burkha noch schärfer gewürzt war als sonst, und er nahm nur ein klein wenig von der Soße zu der großen Portion schwerer Eiernudeln. Dunkles Brot, kalt und beinahe steinhart, und noch ein Birnapfel wanderten auf sein Tablett. Das Dünnbier hatte sich als durchaus trinkbar erwiesen, Cerryl hatte das Wasser, das es zu allen Mahlzeiten gab, ziemlich satt. Er trug den Bierhumpen und das Tablett an einen Tisch an der Wand, so weit entfernt wie möglich von den älteren Magiern.

Einer der Küchenjungen füllte rasch den Krug wieder

auf, nachdem Faltar sich auch einen Humpen eingeschenkt hatte.

Faltar setzte sich an den Tisch, Cerryl gegenüber, und warf einen Blick über die Schulter auf den dunkelhaarigen Küchenjungen. »Als ich hier gearbeitet habe, wollte ich immer ein Magierschüler sein.«

»Du kommst aus der Krippe?«

»Die meisten von uns, bis auf die, die aus reichem Haus stammen – wie Kesrik. Oder Anya – du weißt schon, die rothaarige Magierin?«

Cerryl nickte.

»Kesriks Vater ist Händler. Er besitzt mehr Gespanne und Wagen als der Herzog von Lydiar.« Faltar schnitt eine Grimasse. »Das behauptet er zumindest.«

»Ich weiß. Er hat es mir erzählt.« Cerryl biss in das zähe Brot, riss eine Ecke mit den Zähnen ab und kaute langsam.

»Er hat es allen erzählt.« Faltar lachte leise. »Aber er ist nicht besser als jeder andere hier.«

»Er versteht es aber besser, andere in Schwierigkeiten zu bringen«, bemerkte Cerryl.

»Du findest immer die richtigen Worte, Cerryl.«

Cerryl war sich sicher, dass dem nicht so war. Aber andererseits, warum sollte Kesrik dann versuchen, ihn zu einer törichten Tat zu verleiten?

Faltar runzelte die Stirn und versuchte es mit einem Lächeln zu verbergen. »Wie findest du all die Bücher?«

Cerryl fühlte die Augen im Rücken und formte den Namen mit den Lippen, ohne ihn auszusprechen: »Kesrik.«

Faltar nickte fast unmerklich.

»Vieles davon ist neu für mich«, antwortete Cerryl leise, jedoch nicht leise genug.

»Schlafen in einem Bett ist hier neu für jemanden. Und Baden.« Kesrik sprach in einem höchst amüsierten Tonfall, als er an den beiden Schülern vorbei zur Anrichte trat. Bealtur ging neben dem schon älteren Magierschüler.

»Es ist sehr angenehm, nicht mehr jeden Morgen in eiskaltem Wasser baden zu müssen.« Cerryl lächelte Kesrik fröhlich an. »Ich genieße die Vorteile hier.«

Faltar schluckte.

»Gut, dass du das tust«, antwortete Kesrik kühl und wandte sich ab.

»Ich hab's dir ja gesagt«, flüsterte Faltar.

»Er ist nicht das Problem«, meinte Cerryl leise. »Soll er aber ruhig in dem Glauben bleiben. Es ist sicherer so.« Er nahm einen Löffel von den fast trockenen Nudeln und spülte sie mit einem Schluck Bier hinunter. Zumindest hatte er hier genug zu essen.

XLIX

Cerryl sah zu, wie eine weitere Kutsche aus Goldeichenholz durch den Schatten des Weißen Turmes rollte und vor der Gildenhalle der Magier stehen blieb. Dann wandte er sich um, ging zum hinteren Teil der Eingangshalle und stellte sich an den Durchgang zum Springbrunnenhof.

Faltar und Bealtur gesellten sich zu ihm, Faltars blondes Haar schimmerte im indirekten Licht, Bealturs dünner Spitzbart wirkte eher wie Eisengallustinte, die von seinem Kinn tropfte.

»Warum versammeln sie sich?«, fragte Cerryl.

Bealtur grinste höhnisch. »Alle Magier – die meisten jedenfalls – kommen zweimal im Jahr zu einer Sitzung zusammen; die besonderen Sitzungen nicht mitgerechnet, sagt Broka.« Bealtur richtete seine Schultern gerade.

»Was machen sie während der Sitzungen?«, bohrte Cerryl weiter.

Faltar rollte mit den Augen und blickte auf den weißen Steinboden.

»Magierangelegenheiten. Dieses Mal geht es um den Handel. Die Schwarzen aus Recluce machen Ärger. Wie immer.« Bealtur fügte nach einer kurzen Pause hinzu: »Bei diesen Sitzungen werden auch Schüler zu richtigen Magiern ernannt. Nächstes Jahr bin ich dran – und Kesrik auch.«

Cerryl wollte lieber nicht in der Nähe sein, wenn Kesrik ein richtiger Magier wurde, aber es würde ihm wohl kaum eine Wahl bleiben.

Ein schmächtiger, grauhaariger Magier stieg rasch die Stufen hinauf und schritt durch die offene Doppeltür an der rechten Seite der Eingangshalle in die Große Halle, den Sitzungssaal.

»Sverlik! Kommt den ganzen Weg von Fenard …«

»Wie geht es mit dem jungen Präfekten …«

Die Stimmen entfernten sich. Ein anderer Magier ging an Cerryl, Faltar und Bealtur vorbei, dann blieb er stehen und starrte die drei an. Sein Haar war von einer unglaublich goldenen Farbe und um Augen und Mund zogen sich tiefe Linien.

Cerryl wartete. Hatte man ihn bei etwas ertappt, das er nicht hätte tun sollen?

»Ja, ja, ich kann mich noch genau daran erinnern, wie ich hier stand und dachte, ich würde wirklich zu gern wissen, was in der Großen Halle vor sich geht.« Aus dem gelben Gesicht des Mannes blitzten ebenso gelbe Zähne. »Dann wird man ein richtiger Magier und es ist nicht mehr nur annähernd so aufregend.« Er lachte freundlich und ging weiter zur Halle.

»O doch, es wird bestimmt aufregend«, murmelte Bealtur; seine Augen folgten dem Weißen Magier, bis er in der Halle verschwunden war.

Schwere Schritte – und eine Ahnung der Macht – kamen auf die drei zu.

Cerryl wusste schon, dass es sich um Jeslek handelte, noch bevor er sich umgedreht hatte.

»Ihr werdet nicht lernen, wie man Magier wird, wenn ihr hier herumsteht und zuseht, wie die Magier in die Halle gehen.« Jesleks Kometenanstecknadel schien zu strahlen, so wie auch die sonnengelben Augen, als er die drei Schüler eindringlich ansah.

Cerryl verneigte den Kopf, er hatte Jesleks Worte über respektvolles Schweigen noch im Ohr.

»Gut. Ihr habt mich verstanden, wie ich sehe. Der Studiersaal ist geeigneter für euch.« Das vertraute breite und oberflächliche Lächeln folgte seinen Worten.

Cerryl verbeugte sich halb, die anderen taten es ihm gleich.

»Fort mit euch.«

»Ja, Ser.«

Jeslek sah den dreien noch hinterher, bis sie in den Bogengang zum Hof einschwenkten.

Als die Schüler den Hof überquerten und den Springbrunnen hinter sich ließen, sah Bealtur zurück zum Eingang der Großen Halle.

Cerryl richtete seinen Blick stur auf den Eingang zum Rückgebäude. Wieder hatte er das Gefühl, dass man ihn durch ein Glas beobachtete. Aber wer? Die Magier versammelten sich doch gerade …

Als er die Klinke an der Tür zu seiner Kammer berührte, verschwand dieses Gefühl augenblicklich wieder. Er trat ins Zimmer und fand auf seinem Schreibtisch einen irdenen Humpen und daneben eine Flasche, eine richtige Glasflasche.

Er hob den Humpen hoch – er war leer –, dann stellte er ihn wieder hin und hielt die Flasche gegen das Licht. Er konnte nicht genau erkennen, um welche Flüssigkeit es sich handelte, also stellte er die Flasche wieder auf den Tisch und entkorkte sie. Das fast ein wenig zu starke Aroma von Apfelwein strömte aus der Flasche.

Warum sollte jemand Apfelwein in seine Zelle stellen?

Er sah sich die Flasche an und roch daran, dann goss er etwas davon in den Humpen. Er betrachtete die Flüssigkeit und schnupperte noch einmal daran. Sie roch tatsächlich nach Apfelwein.

Er sah sich das Getränk genau an und versuchte, es mit seinen Chaos-Sinnen zu betasten. Plötzlich wich er zurück, das hässliche Weißrot des Chaos schien aus der Flasche und dem Humpen zu leuchten.

Gift? Bedeutete das Gefühl von Chaos in Essen und Trinken, dass es sich um Gift handelte? Cerryl sah sich um, doch er glaubte nicht, dass ihn gerade jemand durch ein Spähglas beobachtete. Er ließ Humpen und Flasche unter seiner Tunika verschwinden, ging zur Tür und horchte, bis der Flur leer zu sein schien.

Cerryl verließ die Zelle und schlich über den Flur zu den Latrinen; er war froh, dass es Latrinen in den Hallen gab und keine Nachttöpfe. Er schlüpfte in das hinterste Abteil, wo er den Apfelwein in die Dunkelheit schüttete. Anschließend wischte er die Flasche gründlich mit der Tunika ab in der Hoffnung, dass damit jede Spur von Chaos verwischt war. Cerryl stellte die Flasche und den Humpen in die Ecke und schlich in den daneben liegenden, glücklicherweise leeren Waschraum. Erst dort konnte er erleichtert aufatmen.

Jeslek hatte erwähnt, dass sich die Schüler Prüfungen unterziehen müssten, nicht alle würde man aber als solche erkennen können. War der vergiftete Apfelwein eine Probe gewesen? Oder beabsichtigte wirklich jemand, ihn umzubringen? Aber warum? Er wusste doch noch fast nichts.

Cerryl schüttelte den Kopf. Musste er nun alle Speisen

und Getränke in den Hallen untersuchen? Hätte er es bereits tun sollen? Er schluckte und steuerte auf den Studiersaal zu.

L

»Warum bist du hier, junger Cerryl? Jeslek und Sterol haben dich geschickt.« Der magere, alte Magier beantwortete seine eigene Frage und lächelte übers ganze Gesicht. »Sie haben dich zu mir geschickt, damit ich dich alles über die Anatomie lehre, was ich weiß, und das ist beträchtlich.«

Cerryl saß auf der harten Bank an der Wand, er verneigte den Kopf und wartete.

»Aber es stellt sich die Frage: warum? Warum sich mit Anatomie befassen?« Broka hielt inne, er sah jedoch Cerryl nicht an, als er an dem Schüler vorbeiging, als wäre dieser gar nicht anwesend. »Es gibt viele Gründe, Anatomie zu studieren ... viele, in der Tat ...«

Der Magier drehte sich plötzlich um und seine langen Finger streiften dabei Cerryls Arm. Cerryl war versucht auszuweichen, doch er blieb aufrecht sitzen, die Augen aufmerksam auf den schmächtigen Magier gerichtet.

»Chaos wird zu Chaos, das ist der Grundsatz der Anatomie – und des Lebens. Das Leben ist der kurze Moment, in dem das Chaos sich der Ordnung ermächtigt und dabei eine Lebensform schafft; wenn das Chaos die Ordnung verlässt, tritt der Tod ein. Das Chaos hört auf, das Leben aufrechtzuerhalten, das Leben stirbt.« Broka grinste, wobei er seine Zähne zeigte, dann drehte er sich um und ging mit gleitenden, wiegenden Schritten zum Fenster. Er erinnerte Cerryl an eine Eidechse oder eine Viper.

Cerryls Blick fiel auf das Skelett an dem Holzständer in der Ecke neben dem Fenster. War der Mann oder die Frau ein Verbrecher oder eine Verbrecherin gewesen und hatte er oder sie einfach nur Pech gehabt?

»Wir wissen, dass Nahrung dem Körper Chaos-Energie liefert, und mit dieser Energie wächst der Körper und verändert sich. Ein lebender Körper verändert nicht nur ständig seine Substanz, sondern auch seine Größe. Wenn diese Veränderungen aufhören, spricht man vom Tod.« Broka fixierte Cerryl mit seinen tief liegenden Augen. »Verstehst du das, junger Cerryl? Wenn der Körper seine Chaos-Energie verliert, ganz gleich auf welche Weise, stirbt er.«

»Ja, Ser.«

»Das pure Chaos ist formlos, der Mensch jedoch nicht. Alle an Land lebenden Kreaturen mit Knochen zeigen einen grundsätzlich ähnlichen Körperaufbau. Die Hand und der Arm eines Menschen, der Vorderfuß eines Hundes, der Flügel eines Vogels – alle weisen sie denselben Aufbau auf.«

Broka schlurfte auf das Knochengerippe zu und deutete mit dem Zeigefinger darauf. »Nun beginnen wir mit dem Skelett – genauer gesagt mit zweihundert verschiedenen Knochen.« Er zeigte auf Cerryl. »Komm her. Du hörst nicht richtig zu. Du musst die Knochen berühren und fühlen. Hauptsächlich fühlen musst du sie. Denn das Fühlen ist das Wichtigste für einen Chaos-Meister.« Ein weiches, kehliges Glucksen folgte.

Cerryl stand auf und näherte sich vorsichtig dem Knochengerüst, er versuchte sich so hinzustellen, dass das Gerippe zwischen ihm und Broka stand.

»Alle Knochen können einer der vier Knochenarten zugeordnet werden: lange Röhrenknochen, kurze Knochen, platte Knochen und missgebildete Knochen.« Broka deutete auf einen der Armknochen. »Fass ihn an.«

Cerryl gehorchte und strich mit den Fingern über die

nicht mehr ganz weiße Gliedmaße; weißer Staub schob sich unter seinen Fingerspitzen zusammen.

»Echte, lebende Knochen fühlen sich nicht so glatt an, nicht so kalt und einladend, aber für den Anfang reicht das.«

In der drückenden Schwüle der kleinen Kammer musste Cerryl ein Gähnen unterdrücken, gleichzeitig rückte er einen Schritt von Broka ab.

»Bei *Prestad* wirst du alle Einzelheiten darüber finden. Das ist das Buch, das ich dir noch geben werde. Jeslek sagte mir, dass du lesen kannst, und lesen musst du.« Broka warf sich eine lange, graue Haarsträhne aus der Stirn und lächelte wieder.

»Ja, Ser«, antwortete Cerryl, weil er sonst nichts zu sagen wusste.

»Warum sollst du die Anatomie studieren? Es gibt zwei Gründe. Du musst die Anatomie der Körper kennen, damit du Chaos gezielt zum Heilen einsetzen kannst oder auch zum Töten. Der andere Grund ist, dass die Gilde verlangt, dass du die Anatomie beherrschst.« Broka zuckte mit den Schultern. »Wenn ich den Verdacht habe, dass du deine Anatomie nicht gelernt hast, wirst du niemals ein vollwertiger Magier werden.« Er blickte auf das Skelett. »Du könntest der Gilde natürlich auch auf andere Weise dienen.« Noch ein Lächeln folgte. »Verstehen wir uns?«

»Ja, Ser.«

»Gut.« Broka hielt Cerryl plötzlich ein Buch unter die Nase, wobei der Schüler nicht gesehen hatte, dass der Magier es irgendwo weggenommen hätte. »Das ist *Prestads Erklärung der Anatomie.* Du wirst Abschnitt eins so lange lesen, bis du ihn verstanden zu haben glaubst. Wir sehen uns in einem Achttag wieder.«

Cerryl nahm das Buch entgegen.

Broka ging mit wiegenden Schritten zur Tür, breit grinsend, er öffnete sie und hielt sie auf; sein Lächeln war voller Hohn.

LI

In Jesleks Gemächern herrschte unerträgliche Hitze – so wie in all den anderen Gemächern während der späten Sommertage vor der Ernte. Der Magier wandte sich vom Glas ab, ein Glas, das sich kurz zuvor noch in weißen Nebel gehüllt hatte; nun war es wieder ein einfacher Spiegel. Er starrte Kesrik an und danach Cerryl, bevor er mit der Prüfung fortfuhr.

Cerryl blieb regungslos mit dem Rücken zur Steinmauer sitzen.

»Ihr habt die *ganze* erste Hälfte der *Farben der Weiße* gelesen?« Jeslek blickte von Cerryl zu Kesrik.

»Ja, Ser.« Cerryl hatte jede Seite des ersten Teiles mindestens schon zweimal während der Achttage gelesen, die er als Magierschüler in den Hallen verbracht hatte; und davor hatte er ja auch schon darin studiert, aber das würde er niemals jemandem erzählen.

»Wir werden ja sehen.« Jeslek runzelte die Stirn. »Erklär mir dies: *Selbst der weiseste Magier kann nicht das Geringste auf und unter der Erde wahrnehmen, wenn er dazu nicht das Chaos einsetzt.*« Er sah Cerryl an. »Erkennst du die Stelle?«

»Ja, Ser.«

»Sag mir, was du *glaubst*, was sie bedeutet.«

Cerryl achtete nicht auf Kesriks unverhohlenes Grinsen und begann langsam und überlegt zu sprechen: »Licht wird durch Chaos in der Sonne geformt und wir sehen mithilfe des Lichtes. Ohne Licht, also ohne Chaos, könnten wir nichts sehen. In dem Buch steht auch, dass ein ausgebildeter Magier den Teil des Chaos-Lichts benutzen kann, den das Auge nicht sieht, um noch mehr wahrzunehmen.«

»Du hast den Teil gelesen. Was ist hiermit? *Ordnung ist*

nur begrenzt vorhanden, Chaos hingegen unbegrenzt. Doch der Einsatz von Chaos ist eingeschränkt durch die Ordnung.« Jeslek lächelte gemein.

Cerryl schluckte. Er erkannte zwar die Wörter wieder, aber er hatte nie richtig darüber nachgedacht, was sie bedeuteten. Dennoch musste er eine Erklärung versuchen. »Chaos kennt keine Grenzen, aber wenn sich ein Magier die Macht des Chaos zunutze machen möchte, muss er sie seinem Willen unterwerfen. Und der Wille wiederum ist eine Form der Ordnung.«

Jesleks sonnengelbe Augen funkelten. »Willst du damit sagen, dass sich ein Weißer Magier mit Schwarzer Ordnung besudeln muss?«

»Nein, Ser. Ich verstehe es so: Ein Magier benutzt seinen Willen, um die Macht des Chaos für sich arbeiten zu lassen. Wenn sein Wille im Einklang mit dem Chaos steht, dann dient die Ordnung dem Chaos.«

Cerryl konnte Kesriks Enttäuschung fühlen und bei Jeslek eine gewisse Hochstimmung, eine Stimmung, die ihn ängstigte.

»*Obschon das Chaos allmächtig ist und weder Regeln noch Grenzen kennt, unterwirft sich die Welt bestimmten Regeln, die sich niemals ändern.* Wie wird das in den *Farben* erklärt?«

Cerryl konnte einen verstörten Gesichtsausdruck nicht verhindern. »Ser ... da muss ich etwas überlesen haben. Es tut mir Leid. Ich erinnere mich überhaupt nicht an derartige Worte.«

»Das freut mich. Das steht nämlich nicht in den *Farben der Weiße*.« Jeslek nickte. »Bis morgen. Du kannst gehen. Ich erwarte, dass du das ganze Buch in weiteren zwei Achttagen beherrschst.«

»Ja, Ser.«

»Dann fangen wir mit der praktischen Ausbildung an.«

»Ja, Ser.«

»Du wirst sie nicht mögen. Keiner der Schüler tut das. Ich mochte sie auch nicht. Geh.«

Cerryl verbeugte sich, dann drehte er sich um und ging; einige Worte hörte er noch, bevor der Wächter die Tür wieder ins Schloss fallen ließ.

»Kesrik ... wo hat der junge Cerryl zu einfach erklärt?«

Zu einfach? Wo hatte er etwas zu einfach erklärt? Cerryl ging den Flur entlang zu den Stufen und dann hinunter in den Speisesaal, wo er auf übrig gebliebenes Brot hoffte – oder auf sonstiges Essbares.

Jeslek hatte beim letzten Satz keinen veränderten Gesichtsausdruck erkennen lassen. Woraus stammten diese Zeilen? Aus einem verbotenen Buch? Oder hatte Jeslek sie einfach erfunden? Wie dem auch sei, er hatte Cerryl eine Falle stellen wollen.

Der Schüler atmete tief ein und wieder aus. Wie viele Fallen warteten noch auf ihn? War das Gift auch eine Falle gewesen? Er wusste es immer noch nicht. Die Flasche und der Humpen waren verschwunden, aber ob jemand vom Säuberungsdienst die Sachen mitgenommen hatte oder jemand anderes, hatte er nicht feststellen können.

Und dann immer dieser Hinweis auf das Licht. Selbst in dem unheimlichen Traum, den er bei Tellis gehabt hatte, in dem Anya unsichtbar gewesen war, hatte die rothaarige Magierin die Macht des Lichtes erwähnt. Aber was *war* die Macht des Lichtes? Wie konnte er das herausfinden? Bis jetzt hatte Cerryl in den *Farben der Weiße* nichts Genaueres darüber entdecken können, obwohl er schon fast die zweite Hälfte zu Ende gelesen hatte – im ersten Durchgang.

Cerryl dachte über Jesleks Frage nach. Nein ... er hatte bestimmt noch nicht alles gelesen in dem Buch – wenn er überleben wollte, musste er noch mehr wissen. Sein Magen knurrte; Cerryl hatte am Morgen nicht viel zu sich nehmen können, weil er wusste, dass er von Jeslek geprüft werden würde und auch weil er Kopfschmerzen vom heftigen Regen gehabt hatte.

Er beschloss, im Speisesaal vorbeizugehen. Vielleicht war doch etwas übrig geblieben.

»Ihr seht hungrig aus, junger Magier«, rief einer der Küchenjungen, der gerade mit Schaufel und Besen hantierte. Ein Lächeln huschte über das Gesicht des blonden Jungen in der roten Krippentunika. »Es ist noch Brot da, ich muss es wegwerfen, wenn Ihr es nicht esst.«

»Danke.« Dankbar nahm Cerryl das letzte Stück Brot aus dem Korb; er schickte kurz seine Sinne hinein, bevor er es herausnahm; soweit er erkennen konnte, enthielt es kein Chaos. Er brach sich ein Stück ab und kaute langsam, seine Gedanken waren immer noch beim Licht. Er durfte nichts *tun* mit dem Chaos, aber das hieß nicht, dass er nicht darüber nachdenken durfte.

Nachdem er das Brot aufgegessen und sich das Knurren in seinem Magen gelegt hatte, ging Cerryl zu seiner Zelle, wo er sich nur kurz die *Farben der Weiße* abholen wollte. Er blieb etwas länger, er wurde das Gefühl nicht los, dass jemand in seinem Zimmer gewesen war. Es fehlte jedoch nichts aus seinem kärglichen Besitz – und auch keines seiner Bücher.

Er lächelte. Ihm würde ohnehin nichts fehlen von dem, was er sein Eigen nannte, wenn es denn tatsächlich gestohlen werden würde. Auf den Ärger, den ein Diebstahl mit sich brächte, konnte er jedoch gut verzichten. Durch den plötzlichen Aufbruch aus Tellis' Haus hatte er das Einzige verloren, das ihm wirklich etwas bedeutet hatte: das alte Amulett, von dem Syodor behauptet hatte, dass es Cerryls Vater gehört hatte.

Diebstahl wurde in den Gildehallen der Magier nicht geduldet und die höheren Magier bemerkten es ohnehin, wenn jemand log. Wenn Cerryl behaupten würde, dass etwas gestohlen worden war, und dabei die Wahrheit sagte, würde ein anderer in große Schwierigkeiten kommen. Cerryl wollte sich die Lage gar nicht vorstellen, in die er geraten würde, wenn er selbst löge.

Er nahm den uralten Wälzer unter den Arm und marschierte zum Studiersaal.

Faltar und Lyasa waren die einzigen Schüler dort. Lyasa war in ein dickes Buch vertieft, das Cerryl noch niemals zuvor gesehen hatte, den Titel konnte er auch nicht erkennen. Er ließ sich auf einem der Hocker an einem leeren Tisch nieder und schlug die *Farben der Weiße* auf. Im Studiersaal war es nicht sonderlich warm, vielleicht weil es vorher geregnet hatte und der Spätsommerhimmel immer noch von Wolken verhangen war. Kalt und feucht war die Luft, Cerryl spürte, wie die Feuchtigkeit unter seine Tunika kroch.

»Cerryl?« Faltar hatte sich auf den Hocker ihm gegenüber gesetzt. »Wie war's?«

»Er hat mir viele Fragen gestellt. Die schwerste war die über das Chaos, das zwar allmächtig, aber doch durch Ordnung beschränkt ist.« Cerryl schlug sein Buch auf, schaute aber nicht hinein, seine Augen waren noch immer auf den schmächtigen Faltar gerichtet.

»Das hat er dich gefragt?« Faltar schüttelte den Kopf. »Ich studiere die *Farben* nun seit über einem halben Jahr und Derka hat mich so etwas noch nie gefragt. Der Erzmagier will dich wohl leiden sehen.«

Wollte Sterol das wirklich? Oder bezweckte er etwas anderes?

»Ich weiß nicht.« Cerryl lächelte schwach. »Es ist egal. Deswegen muss ich auch lernen, was er von mir verlangt. Es bleibt mir keine andere Wahl, oder?«

»Manchmal … manchmal, Cerryl, bist du mir unheimlicher als der Erzmagier.«

»Ich?«

»Wie du die Dinge immer hinnimmst. Ich hätte Schwierigkeiten damit.«

»Nein. Das hättest du nicht. Und weil du diese

Schwierigkeiten nicht hättest, versuchen sie es gar nicht.« Das hatte Cerryl inzwischen verstanden. Er wurde auf mehrere Arten geprüft und er musste es über sich ergehen lassen. Denn eine Wahl hatte er nicht.

LII

Als sich die Tür öffnete, traten Cerryl und Kesrik zurück – aus Hochachtung und aus Gewohnheit.

Der rotwangige und zerfurcht aussehende Magier mit dem dunkelroten Mal auf der Backe lächelte Jeslek an. »Seid gegrüßt.« Seine Augen fixierten Jeslek, der schmächtig wirkte im Vergleich zu Kinowin, und er achtete nicht weiter auf die zwei Magierschüler.

»Wie kann ich Euch helfen?« Jesleks Stimme klang weich und voll, als er dem größeren Magier, der soeben seine Gemächer betreten hatte, ins Gesicht sah.

Kinowin verbeugte sich vor Jeslek. An seinem weißen Kragen steckte nun die gleiche Kometenanstecknadel wie an Jesleks. Cerryl konnte sich nicht erinnern, dass Kinowin sie schon getragen hatte, als er ihn in den Turm gebracht hatte. War sie ihm bei der letzten Zusammenkunft der Weißen Magier verliehen worden?

»Im Hinblick auf die Straßenzölle und die Handelsprobleme mit der verfluchten Insel lässt der Erzmagier fragen, wie weit die Große Weiße Straße schon befahren werden kann.«

»Bis irgendwo hinter Tellura«, antwortete Jeslek. »Wenn Ihr Euch einen Augenblick geduldet, kann ich Euch eine genauere Antwort geben. Obwohl eine solche Genauigkeit nicht von großem Nutzen sein wird für Seine Hoheit.«

»Wie Ihr meint.«

Cerryl spürte die Spannung zwischen den beiden, verstand sie jedoch nicht ganz, weil – nach Gerüchten, die unter den Schülern kursierten – beide eine Abneigung gegen Sterol hegten. Eines hatte Cerryl schon ganz zu Anfang mitbekommen: Die Menschen machten sich gegenseitig das Leben schwerer als nötig.

»Das tue ich«, antwortete Jeslek. »Man sollte so genau wie möglich sein, wenn man dem Erzmagier dient, auch wenn die Genauigkeit im Grunde bedeutungslos ist.«

Cerryl beobachtete Jeslek mit Augen und Sinnen, als dieser an den Tisch trat und sich auf sein Spähglas konzentrierte. Kesrik, der neben Cerryl stand, sah völlig gelangweilt aus, als hätte er den Vorgang schon oft gesehen.

Cerryl passte genau auf und versuchte nachzuvollziehen, wie Jeslek die Weiße des Chaos und die Dunkelheit der Ordnung herbeirief und beides auf das Glas bündelte. Obwohl er die schimmernde Oberfläche nicht genau erkennen konnte, fühlte er, dass sich ein Bild formte – das Bild einer gepflasterten Straße.

Plötzlich bewegte sich das Bild, es wimmelte nur so von Menschen, die in einer niedrigen Rinne herumliefen, welche gleich hinter ihnen endete. Dann verschwand das Bild vom Glas. Cerryl befeuchtete sich die Lippen und versuchte sich einzuprägen, wie der Magier die Bilder so schnell heraufbeschworen hatte.

Jeslek hob mit einem zufriedenen Lächeln den Blick vom Glas. »Die Große Weiße Straße ist bis weit hinter Tellura fertig gestellt, zwei Tagesreisen etwa, und die weiteren Grabungen sind schon bis zu einem Punkt nordwestlich von Quessa vorgedrungen.«

Ein fragender Blick bemächtigte sich Kesriks Gesicht.

Jesleks Augen wanderten von Kesrik zu Cerryl und dann wieder zu Kinowin. »Wird diese Auskunft reichen?«

»Ich werde sie dem Erzmagier so überbringen.«

»Vielleicht könnt Ihr den Bau beschleunigen«, schlug Jeslek vor, »mit Eurer so geschickt verborgenen Chaos-Anwendung.«

»Vielleicht, aber leider beherrsche ich das nicht so gut wie Ihr«, entgegnete Kinowin. »Ihr seid der Meister der Erdkräfte.«

Eine Brise wehte den leicht sauren Geruch von welkenden Blättern durch die Fenster, sie verebbte jedoch wieder, noch bevor der Raum sich abgekühlt hatte.

Cerryl fühlte wie er in seiner rot geränderten, weißen Tunika der Magierschüler schwitzte, doch er stand so ruhig er nur konnte.

»Wir alle gehen dorthin, wohin wir gerufen werden«, sagte Jeslek.

»Wie wahr.« Kinowin verbeugte sich und verließ den Raum.

Als die Tür ins Schloss fiel, wandte sich Jeslek an seine Schüler, sein Blick fiel auf Kesrik. »Du weißt nichts über Quessa, habe ich Recht?«

»Ja, Ser«, gab der stämmige Blonde zu.

»Du hast meine Erlaubnis, ein Spähglas und die Bibliothek zu benutzen. Übermorgen wirst du alles wissen, was es über Quessa zu wissen gibt.« Ohne Pause drehte sich der Weiße Magier zu Cerryl. »Du weißt weder, wo Tellura noch wo Quessa liegt, stimmt's?«

»Ja, Ser.«

»Du warst ein Schreiberlehrling?«

»Ja, Ser.«

Jeslek nickte. »Gut. Wir könnten eine neue Karte von Candar gebrauchen – eine gute Karte. Du hast zwei Achttage Zeit, um eine genau Karte von Ostcandar anzufertigen. Sie muss die Lage der Orte Tellura, Quessa und all der anderen wichtigen Städte östlich der Westhörner zeigen. Besorg dir das Pergament, wo immer du willst.« Er nestelte an seiner Börse herum und warf Cerryl zwei Goldstücke zu. »Wenn du noch mehr brauchst, komm zu mir. Wenn etwas übrig bleibt, bringst du es zurück. Du kannst gleich gehen und damit anfangen. Ein Weißer Magier, der keine Geographiekenntnisse besitzt, ist nicht von großem Nutzen für uns.«

Cerryl steckte rasch die Goldstücke in seine Börse.

»Geh.« Jeslek hielt inne. »Ich erlaube dir *nicht*, ein Glas zu benutzen. Auch darfst du keinen vollwertigen Magier fragen.«

»Ja, Ser.«

»Zwei Achttage, aber vernachlässige deine anderen Studien nicht.« Jesleks gelbe Augen funkelten.

Cerryl verbeugte sich, wobei er den Glanz in Kesriks Augen bemerkte, und verließ schnell den Raum. Er nickte den Wächtern draußen zu. »Guten Tag.«

»Guten Tag, junger Ser.«

Geistesabwesend ging Cerryl die Treppe hinunter und in die Bibliothek, wo alle Bücher und Karten aufbewahrt wurden. Cerryl wusste bereits, dass er Quessa auf keiner Karte finden würde. Jeslek hätte eine solche Karte nicht verlangt, wenn es sie schon geben würde.

Jeslek hätte Cerryl nun wirklich nicht die – im Vergleich zu Kesrik – lästigere Aufgabe übertragen müssen. Warum hatte er auf einer vollständigen Karte bestanden? Handelte es sich um eine neue Prüfung? Oder wollte er Cerryl nur aus dem Weg haben?

Cerryl fühlte, dass etwas nicht stimmte, doch er konnte nicht erklären, warum, wie bei so vielen anderen Dingen auch. Er presste die Lippen aufeinander und ging einfach weiter. Es war ohnehin egal. Dann zeichnete er eben diese Karte.

LIII

Das trübe Licht des Herbstnachmittags verlieh dem Arbeitszimmer eine fast neblige Stimmung. Cerryl wischte sich mit dem Handrücken über die Stirn und atmete tief ein. Er schaute auf die Karte vor sich und dann auf seine Hand. Sie zitterte.

Vorsichtig stellte er die Feder in den Halter und schüttelte die Hand aus, dann massierte er sie mit der anderen, während er prüfend seine Arbeit betrachtete.

Die Umrisse und Grenzen der einzelnen Länder waren auf der Karte zu sehen, die Osthörner und Westhörner und die Flüsse und Küstenlinien. Einige wenige Punkte markierten größere und kleinere Städte, die meisten Orte mussten jedoch noch eingezeichnet werden, und dafür blieb Cerryl weniger als ein Achttag Zeit.

»Arbeitest du noch immer an der Karte?« Faltar stand in der Tür des kleinen Arbeitszimmers, das an die Bibliothek angrenzte. Cerryl hatte nicht einmal von der Existenz dieses Raumes gewusst, bis er einen Arbeitstisch gesucht hatte, auf dem er seine Karte entwerfen konnte. »Derka hat mich einmal eine Karte von Lydiar und Hydlen zeichnen lassen.«

Cerryl sah auf. »Ist sie irgendwo verfügbar, sodass ich sie mir ansehen kann?«

»In den Ständern.«

»Die neue mit der purpurroten Tinte?«

Faltar nickte.

»Es ist eine gute Karte.«

»Hat Derka auch gesagt.«

Cerryl grinste. »Ich habe sie schon abgezeichnet. Zum größten Teil wenigstens. Nur die Namen der Städte fehlen noch.« Er verkorkte die Tintenflasche und streckte sich, seine Rückenmuskeln waren völlig verspannt.

»Du nimmst schwarze Tinte?« Faltar starrte auf Cerryls Pergament.

»Ja, die kann ich selber herstellen.«

»Ich wünschte, ich könnte das auch. Ich habe ein altes Rezept aus den alchemistischen Schriftrollen genommen. Schwarz hätte besser ausgesehen.« Faltars Augen wanderten von der Tür zu Cerryl.

»Wenn du wieder welche brauchst, zeige ich dir, wie es geht.« Cerryl hörte nicht auf, seine schmerzende Hand zu massieren.

»Ist es dir gelungen, die Lage der Städte zu bestimmen?« Faltar sah wieder auf die Karte.

»Bei Tellura bin ich mir ziemlich sicher. Aber ich habe keine Ahnung, wo Quessa liegt. Keiner, den ich fragen darf, weiß es, und Kesrik will ich nicht fragen.«

»Warum solltest du auch«, Faltar lächelte grimmig, »du könntest seiner Antwort ohnehin nicht trauen.«

Der Jüngere der beiden Magierschüler nickte kurz und starrte dann wieder auf die Karte. »Es gibt noch so viel zu tun auf dieser Karte ... Für Broka soll ich außerdem noch Anatomiezeichnungen machen und überdies muss ich morgen zu Esaak und weiß genau, dass ich noch nicht genügend in seinem Buch gelesen habe.«

»Er gehört zu der barschen Sorte«, sagte Faltar. »Hör ihm einfach nur gut zu. Am Ende wird er dir schon sagen, was er will – nachdem er dir erklärt hat, was für Taugenichtse wir alle sind und wie wenig wir die Mathematik zu schätzen wissen.«

Cerryl seufzte.

»Ich wollte dich eigentlich fragen, ob du mit mir zum Marktplatz kommst.« Faltar lächelte. »Du siehst ganz so aus, als könntest du etwas Abwechslung brauchen.«

»Aber ich habe noch so viel zu tun.«

»Ein Gang zum Markt wird dir gut tun«, beharrte der ältere Schüler. »Außerdem kannst du die Feder kaum noch richtig halten. Du brauchst frische Luft. Heute

Abend, wenn die Händler zu Hause sind, kannst du mit freiem Kopf wieder über deiner Karte brüten.«

Cerryl schüttelte die Hand. »Also gut, ich gehe mit dir. Aber ich kaufe nichts.«

»Hast du denn gar kein Geld?«

»Nur wenig. Sterol schickt nur ab und zu eine kleine Börse«, flunkerte Cerryl, er wollte nicht ausposaunen, dass Sterol mehr als nur mäßig großzügig war, es könnten schließlich Kesrik oder seine Freunde mithören.

»Aha …« Faltar nickte, seine Augen blickten immer wieder zur Tür. »Tja, das sollte er aber als Erzmagier. Er ist doch für dich verantwortlich.«

War er das? Cerryl fühlte sich bei den Magiern mehr als Waise als je zuvor. Er erhielt zwar das Geld, aber Sterol selbst bekam er nie zu Gesicht. *Hör auf damit, dir selbst Leid zu tun. Es wird dir nicht weiterhelfen.* »Nur für einen kurzen Spaziergang, nicht länger.«

»Wir müssen ohnehin zum Abendmahl wieder zurück sein«, bemerkte Faltar. »Auch wenn ich etwas Schmackhafteres auf dem Markt finde.«

»Also gut.« Cerryl stellte die Tinte in das Fach, das Derka ihm überlassen hatte, zusammen mit der Feder und dem Ständer. Das eingelassene Tintenfass auf dem Schreibtisch konnte er auch später noch sauber machen. Das Pergament hängte er in der Bibliothek über einen der dafür vorgesehenen Holzständer zum Trocknen.

»Du wirst dich nachher besser fühlen.«

»Sicher.« Cerryl wusch sich rasch die Hände und war froh darüber, dass er nicht mehr derjenige war, der die Waschschüsseln reinigen musste. Zusammen mit Faltar ging er hinaus auf den Flur.

Sie nickten Lyasa zu, als sie ihnen entgegenkam, die schwarzhaarige Schülerin grüßte zwar zurück, aber ihre olivbraunen Augen schienen ganz woanders zu sein.

Der Hof war menschenleer und der leichte Wind besprühte die zwei Schüler mit Spritzwasser vom Springbrunnen. Die Abkühlung tat Cerryl gut. Er befühlte seine Stirn, aber sie fühlte sich nicht wärmer an, nicht wärmer als gewöhnlich.

Im Hauptflur des Vordergebäudes waren sie allein, bis sie die Eingangshalle erreichten, wo Cerryls Augen von einer schlanken rothaarigen Gestalt in Weiß angezogen wurden. Sie lief die Stufen hinauf geradewegs zum Eingang des Turmes. Hinter ihr blieb nur ein leicht blumiger Sandelholzduft zurück.

»Kennst du Anya?«, fragte Faltar.

»Nicht richtig. Sie hat mich einmal auf der Straße aufgehalten und ist danach einmal in Tellis' Geschäft gewesen.«

»Sie hat wahrscheinlich gespürt, dass du die Macht besitzt. Das gehört zu den Aufgaben, für die Sterol sie einsetzt. Ich würde eine der anderen Aufgaben vorziehen.« Faltar grinste. »Eine besonders.«

Cerryl unterdrückte ein Schaudern. »Ist das nicht gefährlich? Für sie, meine ich? Ein Kind von Weißen Eltern?«

»Ich bin mir sicher, dass Anya schon dafür sorgt, dass sie kein Kind bekommt. Natürlich hätte ich nichts dagegen, es einmal zu probieren.«

»Du denkst wohl nur an das Eine.«

»Das Eine würde ich schon von ihr wollen.«

»Genug …« Cerryl schüttelte den Kopf und schritt durch den Bogengang die Stufen hinunter zur Straße.

»Ich hätte wirklich nichts dagegen. Du solltest einmal …«

»Hör auf!« Cerryl ermahnte seinen Mitschüler halb schroff, halb lachend.

»Was ist mit Lyasa?«

Cerryl rollte die Augen.

»Ich habe dir doch gesagt, dass ich dich von dieser von der Dunkelheit verdammten Karte ablenken werde.«

»Das ist dir gelungen. Da kannst du sicher sein.«

Cerryl blickte zurück auf den Turm und die Gildehallen der Magier, die daran angrenzten. Es handelte sich um einige schlichte weiße Häuser ohne jegliche Verzierung; dahinter erstreckten sich noch weitere steinerne Gebäude: Küchen, Ställe, eine Waffenkammer, Kasernen für die Weiße Garde und Lanzenreiter und, fast eine halbe Meile weiter nördlich, die Krippe, wo die Kinder der Weißen Magier aufgezogen wurden.

Nun war Cerryl schon seit fast zwei Jahreszeiten hier und er konnte es immer noch nicht glauben, dass er in den Gildehallen der Magier lebte.

Auf der anderen Straßenseite zog ein Gespann von vier schwarzen Pferden einen hohen braunen Wagen vom Platz.

»Sarronnesische Teppichhändler. Fairhaven mögen sie nicht sonderlich, unser Geld jedoch schon.« Faltar lachte.

»Woher weißt du das?«

»Mir sind ihre Wagen schon aufgefallen, noch bevor Derka mir von ihnen erzählt hat. Ich glaube, seine Familie besteht fast nur aus Händlern.«

»Was weißt du über deine eigene Familie?«

Faltar zuckte mit den Schultern. »Nichts. Mein Vater war ein Magier. Ich frage mich oft, ob Derka vielleicht … Aber ich weiß es nicht. Darüber sprechen sie niemals.«

»Tut mir Leid. Das war unüberlegt von mir.«

»Du warst ein Schreiberlehrling …«, sagte Faltar freundlich.

»Das habe ich dir schon erzählt, oder?« Cerryl wusste nicht mehr genau, was er wem schon erzählt hatte, aber mit Faltar glaubte er darüber gesprochen zu haben.

»Ja. Gleich als du zu uns kamst.« Der blonde Magierschüler blickte hinauf zu den Wolken im Osten. »Wir sollten uns lieber beeilen. Das sieht nach Regen aus.«

»Es wird noch eine Weile dauern, aber der Wind ist sehr angenehm.« Cerryl ging schneller, die Bewegung tat ihm gut.

»Manchmal … da frage ich mich, wie es wohl wäre, wenn ich ein Handwerk beherrschen würde, meine ich.«

»Das ist etwas ganz anderes. Ich vermisse die Sägemühle nicht.«

»Sägemühle?«

»Oh, ich arbeitete als Mühlenjunge, bevor ich zu Tellis in die Lehre gekommen bin. Die Winter waren kalt und oft glaubte ich, ich würde mich nie mehr erwärmen. Dylert war gut zu mir, aber die Arbeit wurde immer schwerer, je größer ich wurde.«

Faltar verlangsamte seinen Schritt, als er Cerryl von der Seite ansah. »Keiner würde das vermuten. Du bist nicht sehr groß. Das Schreiberhandwerk passt besser zu dir.«

»Dünn und schmächtig?«

Faltar wurde rot.

Cerryl musste lachen. »Es stimmt. Ich weiß es.«

Zwei Mädchen, wahrscheinlich nicht viel älter als Pattera, verschwanden beim Anblick der weißen Tuniken schnell in einer Seitenstraße zwischen den prächtigen Häusern mit den nun braunen Bäumen und Gärten.

»Sie waren ohnehin nicht so hübsch«, bemerkte Faltar.

»Wer?«

»Die Mädchen. Magst du keine Mädchen?«

»Doch. Aber ich habe gerade nicht hingesehen.«

»Hast du schon einmal ein Mädchen gehabt? Du könntest es jederzeit, wann immer du willst.«

»Nein. Die Gelegenheit hätte sich mir schon geboten, aber …« Cerryl fragte sich, wie es Benthann wohl ging. Irgendwie hatte er das Gefühl, dass es falsch wäre, zurück zu Tellis zu gehen, er wusste nur nicht, warum.

»Du hast nicht …?« Faltars Stimme ging nach oben.

»Es hätte mir große Schwierigkeiten einbringen können.«

»Nun … hier ist es anders. Wenn du ein williges Mädchen findest … die meisten werden nicht nein sagen.«

»Warum? Weil die Gilde Unterhalt bezahlt?« Cerryl hatte Mühe, seine Stimme nicht scharf klingen zu lassen.

»Nun ja … es ist besser so.«

»Das glaube ich auch.«

Nach einem Augenblick fragte Faltar: »Du hast schwere Zeiten mitgemacht, habe ich Recht?«

»Wie kommst du darauf?«

»Ich weiß auch nicht, aber du siehst die Dinge immer irgendwie anders. Und du bist so still. Manchmal, wenn du irgendwo sitzt oder stehst, ist es, als wärst du gar nicht da.«

»Manchmal wünsche ich mir, es wäre so. Besonders jetzt.«

»Derka behauptet, einige von ihnen könnten es. Sie breiten Licht um sich aus. Es gibt angeblich noch eine andere Möglichkeit, aber er will mir nicht sagen, welche. Er meint, es wäre nicht gut.«

Schon wieder Licht – immer das Licht. Cerryl nickte.

»Warum willst du unsichtbar sein?«

»Ich bin es bereits. Kesrik, Bealtur, sie wollen nicht, dass ich hier bin. Ich bin nicht der Sohn eines Magiers und ich komme auch nicht aus reichem Hause.«

»Kinowin auch nicht.«

»Er sieht so aus, als hätte er ihnen mit Gewalt eingebläut, ihn anzuerkennen. Er ist immerhin einen Kopf größer als Jeslek.«

»Creslin war angeblich sehr klein.«

»Aber er war doch ein Schwarzer Magier.«

»Macht hat nichts mit der Körpergröße zu tun«, sagte Faltar.

Wirklich? Cerryl warf einen Blick auf das letzte Haus in der Straße – es war Muneats Palast mit dem Vogelspringbrunnen davor – und zum Platz, wo gerade noch eine Hand voll Menschen um die bunten Wagen schlenderten. »Man sagt auch, dass Geld Macht bedeutet.«

»Das ist nicht das Gleiche. Geld nicht. Kesrik kommt

aus reichem Elternhaus und Sterol knausert mit jedem Kupferling.«

»Vielleicht ist Sterol deshalb Erzmagier.«

»Es ist nicht nur die Macht des Chaos. Jeslek verfügt über mehr Chaos als all die anderen.« Faltar sah sich nervös um.

»Es geht nur darum, was man damit anfangen kann. Sterol und Jeslek sind nicht gerade die besten Freunde. Sie hätten ihre Gemächer nicht so weit auseinander, wenn sie es wären.«

»Das stimmt. Aber keiner der Magier spricht darüber.«

»Was würde es auch bringen?« Cerryl überquerte die Straße in Richtung Marktplatz. »Sie würden sich damit nur entweder Sterols oder Jesleks Zorn zuziehen.«

Eine Rauchschwade zog an den beiden Schülern vorbei, es duftete nach gegrilltem Geflügel.

»Riecht besser als unser Essen in den Hallen.«

Cerryl konnte dem nur beipflichten.

»Teilen wir uns ein halbes Huhn?«

»Wie viel wird es kosten, was glaubst du?«, fragte Cerryl.

»Zwei Kupferlinge vielleicht für ein halbes. Einen für dich und einen für mich.«

»Na ja, es kommt ja nicht oft vor ...« Der Jüngere der beiden Schüler grinste und schob den Gedanken beiseite, wie viele Tagelöhne das einst für ihn gewesen wären.

Faltar ging hinüber zu dem blauen Karren und der dicken Frau in Grau, die neben dem Spieß stand, der sich über der Holzkohle drehte. »Wie viel für ein halbes?«

»Drei Kupferlinge, Ser.«

»Zwei«, feilschte Faltar. »Ich bin sehr hungrig und will nicht lange handeln.«

Die Frau zuckte die Achseln. »Zwei, damit kann ich leben. Es ist schon spät.« Sie nahm den Spieß aus der Halterung und setzte geschickt ein dickes, schwarzes Messer an – das eigentlich eher ein Hackebeil war.

Cerryl lief das Wasser im Mund zusammen, als Faltar ihm sein Viertel von dem goldbraunen, triefenden Hühnchen gab. Er beugte sich vor, sodass der Saft seine Tunika nicht beschmutzte.

»Viel besser als in den Hallen«, stellte Faltar mit vollem Mund fest.

»Ja«, murmelte Cerryl, der sich plötzlich wie ausgehungert fühlte.

Sie aßen schnell und schweigend.

Cerryl leckte sich hinterher die Finger sauber und doch fühlten sie sich noch fettig an.

»Ich sehe mich noch ein wenig um.« Faltar nickte kurz und ging dann zu einem grünblauen Wagen, bei dem ein schlankes Mädchen stand, das einen Korb hochhielt.

Cerryl lächelte und schlug die andere Richtung ein, vorbei an einem Karren mit langen gelben und kleinen grünen Kürbissen. Er wanderte an einigen Gemüsewagen vorbei und blieb an einem golden und silbern gestrichenen Wagen stehen. Drei Schwerter lagen auf einem mit blauem Samt ausgelegten Ausstellungstisch. Eines war kurz und schwarz – Cerryl fühlte die Kälte des geordneten Eisens. Das zweite schien aus weißer Bronze geschmiedet zu sein, wie die Säbel der Weißen Lanzenreiter, obwohl das sehr unwahrscheinlich war. Bei dem dritten handelte es sich um ein langes, großes Breitschwert aus Eisen mit einem Heft aus gewickeltem Kupferdraht; Cerryl bezweifelte, dass er es hätte hochheben können.

»Gefällt Euch der Säbel? Für Euch nur ein Goldstück, Ser«, betonte der bleiche Mann neben dem Wagen. Humpelnd kam er auf Cerryl zu und unterbrach sein Gespräch mit einem dunkelhäutigen Kerl.

»Nein … nein, danke.« Cerryl lächelte und machte einen Schritt zurück.

»Wie Ihr wollt, Ser.«

Cerryl spürte die Wut und Enttäuschung des anderen

und wandte sich ab. »Ich bin kein Waffen-Magier.« Er wusste nicht, ob es überhaupt Waffen-Magier gab, aber die Klingen bereiteten ihm ein ungutes Gefühl.

Der Mann verbeugte sich, fast als wäre er ein wenig ratlos.

Cerryl nickte ihm zu und ging weiter zum nächsten Wagen, wo bunte Tücher auf einem hochkant gestellten Brett locker um glatte Holzhaken geschlungen waren und im leichten Wind flatterten.

»Tücher aus Seide, echte Seide aus Naclos.«

Cerryl hatte noch niemals etwas aus Naclos gesehen und er berührte einen silberfarbenen Schal. Als seine Finger über den Stoff strichen, der weicher war als alles, was er jemals berührt hatte, verdunkelte sich die Farbe zu einem Grauton. Er ließ das Ende des Schales los und sah zu, wie es wieder silbern aufblitzte.

»Für Euch nur zwei Silberstücke, junger Ser. Nur zwei Silberlinge.«

Zwei Silberstücke für einen Schal, der kaum eineinhalb Ellen lang und nur halb so breit war? Zwei Silberlinge? Cerryl hatte kaum jemals ein ganzes Silberstück besessen. Er lächelte nur höflich und ging weiter.

Der erste Glockenschlag des Spätnachmittagläutens hallte über die Straßen und Plätze. Der Verkäufer am nächsten Wagen rollte Stoff aus, um die Ladefläche und die drei Körbe mit Kartoffeln abzudecken, die er nicht verkauft hatte.

»Lass uns zurückgehen.« Faltar tauchte plötzlich neben Cerryls Ellbogen wieder auf.

»Hast du etwas gefunden?«

»Nein. Nur ein Mädchen, aber nicht sonderlich hübsch.«

»Das habe ich nicht gemeint.« Cerryl schlug die Richtung zu den Gildehallen der Magier ein.

»Oh … etwas anderes? Was sollte ich mit Dingen

anfangen, die keine Bücher sind? Derka würde mich nur fragen, welchen Wert sie hätten.«

»Besitz ist uns verboten, nicht wahr?«

»Ja. Hat dir das Jeslek nicht gesagt?«

»Nicht mit so vielen Worten. Er sagt nie etwas direkt.«

»Derka ist auch nicht viel besser.«

»Ich frage mich nur, warum.«

»Wir sollen alles selbst herausfinden, und wenn uns das nicht gelingt, dann ...« Faltar beendete den Satz nicht.

Cerryl wusste nur zu gut, was der andere gemeint hatte – nur zu gut.

LIV

Cerryl saß am Tisch und stierte auf die Schiefertafel und das Stück Kreide, das daneben lag. Der ganze Raum stank nach Kreide, ganz im Gegensatz zu all den anderen Gemächern der Magier, die er bis jetzt gesehen hatte.

Auf der anderen Seite des alten Tisches stand der dicke Esaak, er trug eine altmodische, weite weiße Robe und nicht die weiße Tunika und Hose, die Sterol und Jeslek und all die jüngeren Magier bevorzugten.

»Meisterschüler Cerryl ... darf ich um deine Aufmerksamkeit bitten?« Esaaks Backen schwabbelten bei jedem Wort und seine Stimme donnerte durchs Zimmer.

»Ser?«

»Hast du überhaupt in dem Buch gelesen, das ich dir habe zukommen lassen? *Grundlagen der Mathematik* ist der Titel, falls du dich nicht erinnern solltest.«

»Nur ein paar Seiten, Ser.«

»Warum nicht mehr, wenn ich fragen darf? Ist das Studium der alten und kostbaren Mathematik unter deiner

Würde?« Esaak machte eine halbe Drehung und ging ein paar Schritte über den staubigen Boden.

»Nein, Ser. Ich fürchte, ich bin unter der Würde der Mathematik.«

»Welch erfrischende Ehrlichkeit.« Die Worte des älteren Magiers entbehrten nicht einer gewissen Ironie. »Du willst mich also mit falscher Bescheidenheit entwaffnen.« Er hustete mit einem Donnergrollen, das noch tiefer klang als seine Bassstimme.

Cerryl war sprachlos, er wusste, er hatte Esaak auf dem falschen Fuß erwischt.

»Nun?«

»Nein, Ser. Ich kann lesen und schreiben, aber meine Ausbildung hat sich weitgehend auf Geschichte beschränkt. Der edle Jeslek hat mir aufgetragen, die *Farben der Weiße* zu Ende zu lesen und eine große Karte zu zeichnen, und beides innerhalb kürzester Zeit. Auch muss ich einige Anatomiezeichnungen für Magier Broka anfertigen. Ich habe das erste Kapitel der *Mathematik* gelesen, aber das meiste davon ist mir so fremd ...«

»Sag mir, was du gelesen hast ...«

Cerryl hätte am liebsten geseufzt.

»Fang an. Um was ging es im ersten Kapitel? Du wirst mir doch erzählen können, was die Worte besagten?«

Warum stellten *alle* Magier immer nur Fragen? Warum hielten sie nicht einfach Vorträge? Manchmal glaubte Cerryl, er müsste sie unterrichten. Er befeuchtete seine Lippen. »Ser ... den Anfang habe ich noch verstanden. Darin ging es um die Geschichte der Berechnungen und den ersten Gebrauch von Zahlen in Wörtern wie ›Joch‹ oder ›Paar‹ – zwei Dinge, weil wir auch zwei Hände haben. Dann, als die Menschen mehrere Dinge zusammentrugen, wie zum Beispiel Getreide, und in größeren Ansiedlungen lebten, wurden höhere Zahlen gebraucht, und so erfanden sie Begriffe wie ›Zweienzug‹ oder ›Stein‹ ...«

»Was haben die beiden gemein?«

Cerryl schaute seinen Meister so leer an, wie er sich fühlte.

»Beides ist ein Paar, das mit einer geraden Zahl multipliziert wird«, schnauzte Esaak ihn an. »Ein Stein sind zwei Handvoll mal zehn. Ein Zug sind zwei Jäger mal zehn genommen. Fahre fort.«

»Dann wird in dem Buch etwas behandelt, das Klasseneinteilung genannt wird ...«

»Und als es ein wenig schwieriger wurde, hast du aufgehört zu lesen?«

»Nein, Ser. Ich habe weitergelesen. Ich habe noch verstanden, dass man bestimmte Mengen von Dingen in Teilmengen der gleichen Größe einteilt und Symbole benutzt, um eine große Anzahl darzustellen, wie zum Beispiel zehn Stein, aber als es darum ging, wie solche Zahlen berechnet werden und dass für ›nichts‹ ein Symbol stehen muss ...«

»Warum sollte es keine Zahl für ›nichts‹ geben? Ist es nicht auch wichtig zu wissen, was man nicht hat?«

Das hatte Cerryl nicht gemeint. »Doch, schon, Ser. Ich dachte nur ...«

»Was hast du gedacht? Mathematik ist gleichbedeutend mit Genauigkeit und kein unklares Gefasel über ein paar Stein oder einige Züge. Wie gefiele es dir, wenn ein Lanzenspäher dir berichten würde, dass eine Streitmacht von einigen Zügen Soldaten angreift?«

»Ich würde es genauer wissen wollen.«

»Das will ich dir auch geraten haben.« Esaak seufzte noch einmal, diesmal noch lauter und dramatischer, und strich seine Robe glatt. »Ihr seid alle gleich. Alle glaubt ihr, wir lehren euch, weil wir euch etwas schulden.

Achttage, Jahreszeiten, ja ganze Jahre habe ich damit verbracht, Wissen in leere Köpfe einzutrichtern und einzuhämmern. Für was? Damit ihr hinausgehen könnt und euren Verstand einem falschen Ordnungs-Magier von der Schwarzen Insel vor die Füße werft? Damit ihr ein Schiff überladen und es auf hoher See versenken könnt?« Esaak atmete geräuschvoll aus.

Cerryl wartete, wusste nicht, was er sagen sollte, oder ob er es überhaupt wagen sollte, etwas zu sagen.

»Alle erkennt ihr den Wert des Lernens, wenn es um die Reinigung der Kanäle mit Feuer geht; oder wenn ihr euch an jeden Knochen im Leib erinnern sollt, um sie besser zerstören zu können; oder wenn ihr Karten zeichnen müsst für den Tag, wenn ihr das erste Mal die Lanzenreiter in die Schlacht führt … Aber was steckt hinter all dem? Mathematik! Berechnungen! Zahlen!«

Cerryl konnte nur noch hinausschleichen, als Esaak mit seinen Ausführungen fertig war. Der Magier hatte jedoch so lange geredet, bis Cerryl schließlich verstanden hatte, dass ein Symbol in einer Berechnung nichts anderes war als ein Platzhalter. Das alles ergab nun plötzlich einen Sinn, aber wie schon so oft machte sich keiner die Mühe, es zu erklären.

Da war noch eine Frage, die Esaak aufgeworfen und nicht beantwortet hatte: Was taten all die Magier, außer den Magierschülern das Leben schwer zu machen? Wenn Jeslek als Beispiel gelten konnte, dann verbrachten sie nicht sehr viel Zeit mit ihren Schülern; nur so viel, dass sie ihnen lästige Arbeiten aufhalsen und sich später über die Ergebnisse beschweren konnten. Die Magier kamen und gingen, so wie viele Kutschen und Wagen auch, und Cerryl hatte schon Gespräche mitgehört, in denen über verschiedene Herrscher, Soldaten und sogar Kanäle geredet wurde. Jeslek hatte vom Regieren gesprochen, das nicht gleichzeitig herrschen bedeutete, sondern führen; was er jedoch damit gemeint hatte, hatte er wieder einmal nicht verraten.

Cerryl war schwindelig. Er hatte schon viel gelernt, aber nichts davon beantwortete die Frage, was die Weißen Magier wirklich taten. Jeder redete nur um den heißen Brei herum, ohne irgendetwas genau zu erklären.

Langsam ging er zurück zum Studiersaal, doch als ihm einfiel, dass er zu Eliasar musste, fing er an zu rennen. Er warf nur das Buch in seine Zelle und rannte in den Saal.

Der bullige Magier erhob sich vom Ecktisch und sah den völlig aufgelösten Cerryl an. »Beruhig dich, Junge. Wo warst du?«

»Bei Esaak … Mathematik …«

»Benutzt er immer noch dieses dumme Beispiel mit ›einigen Zügen‹ Lanzenreitern?«

»So etwas Ähnliches war es, Ser.«

»Ich gehe mit dir hinaus in die Waffenkammer, Junge, und dort werde ich dir zeigen, warum das ein dummes Beispiel ist.« Eliasar drehte sich um und marschierte zum hinteren Flur.

Cerryl musste beinahe rennen, um mit den schnellen Schritten des gar nicht so sportlich aussehenden Eliasar mithalten zu können.

»Der alte Esaak hat in einem Punkt durchaus Recht: Zahlen und Rechnungen sind wichtig, aber in einem Kampf – ha! Da nützen sie einem nichts!« Eliasar betrat den hinteren Hof und schritt an sechs berittenen Lanzenreitern vorbei, ohne sie auch nur anzusehen.

Cerryl machte einen ein klein wenig größeren Bogen um die Reiter als der Magier.

»Hör mir zu: Man muss immer genau wissen, wie viele Pferde man mit auf einen Ritt nach – sagen wir Spidlar – nimmt. Spidlar taugt als gutes Beispiel. Wir werden in Kürze dort kämpfen, wenn ich richtig liege mit meinen Vermutungen. Wie viel Futter braucht ein Ross? Wie viele Rösser reiten insgesamt mit? Wie viele Tage? Wie viel Getreide muss ich dann mitnehmen? Wie viele Lanzenreiter? Wie viele Soldaten müssen wir ernähren? Wie viel kann man durch Plünderungen erzielen? Für diese Dinge braucht man Zahlen. Aber bei der Dunkelheit, die Hälfte der Zeit während eines Kampfes sieht man nicht, wie viel oder wo man was hat. Und man verfügt nicht über die Zeit, ein Glas zu befragen; und selbst wenn du es tust, findest du gar nicht schnell genug heraus, was du gesehen hast, weil sich alles sofort wieder verändert.«

Eliasar ging durch eine offene Tür, die in einen langen Raum führte, in dem sich, so schien es Cerryl, Waffenregal an Waffenregal reihte. Der Weiße Magier ließ ein Heer von Lanzen aus weißer Bronze hinter sich, die in ihren Halterungen schimmerten, und blieb vor einem Gestell stehen, von dem er etwas herunternahm, das wie ein gepolstertes Hemd aussah. »Zieh das an. Einfach über die Tunika. Lange musst du es nicht tragen.«

Cerryl streifte sich das gepolsterte Hemd über.

»Und jetzt das.« Eliasar hielt ihm etwas hin, das eine Rüstung aus Bronze zu sein schien, ein Brust- und Rückenharnisch und ein Schulterschutz, von dem er nicht genau wusste, wie man ihn bezeichnete. »Über den Kopf damit.«

Der Magierschüler kämpfte sich in die schwere Rüstung.

»Denk daran, dass es nur weiße Bronze ist. Guter Stahl ist schwerer.«

Schwerer? Cerryl konnte sich nicht vorstellen, eine noch schwerere Rüstung zu tragen.

»Und das ist nur eine Teilrüstung.« Eliasar nahm ein langes, schweres Schwert und ein Paar Panzerhandschuhe mit und ging hinaus. Von Cerryl erwartete er wohl, dass er ihm folgte. »Du wirst eine solche Rüstung vielleicht niemals wieder tragen müssen, aber heute kommst du nicht darum herum.«

Der Junge folgte dem Magier hinaus und über einen anderen Innenhof, einen weiteren Flur entlang und dann auf einen menschenleeren Übungsplatz, wo ein dicker, grob behauener Holzpfosten stand. Eliasar blieb ein halbes Dutzend Ellen vor dem Pfosten stehen. »Wie fühlst du dich?«

»Sie ist schwer«, musste Cerryl zugeben.

Eliasar gab Cerryl ein Paar Bronzehandschuhe. »Zieh sie an.«

Cerryl streifte die Panzerhandschuhe über. Überraschenderweise ließen sich die Finger aus Metall sehr leicht bewegen.

»Nimm das.« Eliasar hielt ihm das Schwert hin und zeigte dann auf den Holzpfosten. »Schlag drauf.«

Cerryl sah den Magier ratlos an. »Ich weiß nicht wie.«

»Heb einfach das Schwert und schlag drauf.« Eliasar wich einige Schritte zurück.

Ungeschickt hob Cerryl das Schwert hoch und schwang es herum. Die weiße Bronze prallte vom Holz ab und Cerryl stolperte; nur mit Mühe fand er das Gleichgewicht wieder.

»Schlag noch einmal zu.«

Cerryl stemmte das Schwert noch einmal mit aller Kraft hoch, und als die Klinge den Pfosten traf und wieder abprallte, durchzuckte ein schrecklicher Schmerz seinen Arm.

»Noch einmal.«

Mit beiden Händen umklammerte Cerryl das große Heft und schlug noch einmal zu. Sein Arm wurde taub.

»Hör nicht auf!«, forderte Eliasar.

Als der Waffen-Magier Cerryl schließlich erlaubte aufzuhören, war der Junge schweißgebadet und konnte die Klinge kaum mehr heben, um sie Eliasar zurückzugeben.

»Gar nicht so einfach, nicht wahr?«, fragte der vierschrötige Magier und nahm auch die Panzerhandschuhe entgegen.

»Nein, Ser.«

»Du hast die Klinge gerade einmal den zehnten Teil eines Morgens geschwungen, so mancher Kampf dauert aber einen ganzen Tag. Denk daran, wenn du einem Soldat befiehlst zu kämpfen.« Eliasar drehte sich um – wieder musste der Junge ihm folgen – und führte Cerryl in einen für diesen bislang unbekannten Innenhof.

Strohpuppen standen aufgereiht vor mehreren Stoffbahnen.

»Bogenschützen. Drei Lagen Stoff übereinander. Dadurch werden die Schäfte und Spitzen der Pfeile nicht so schnell zerstört.« Eliasar nahm von irgendwoher einen Bogen. »So … hier haben wir einen Bogen. Und so spannt man ihn.« Mit einigen blitzschnellen Handgriffen – Cerryl konnte kaum folgen – hatte der Waffen-Magier den Bogen gespannt. »Nun versuch du es.« So schnell der Magier die Waffe gespannt hatte, so schnell war die Sehne auch wieder abgenommen und Eliasar drückte Cerryl den Bogen in die Hand.

Cerryl musste die Knie zu Hilfe nehmen und sein ganzes Körpergewicht einsetzen, nur um den Bogen zu biegen; zwei Finger hatte er sich zerschrammt, als er die Waffe schließlich unter Aufbringung seiner ganzen Kraft gespannt hatte.

Eliasar nahm den Bogen und prüfte ihn wortlos, dann legte er einen Pfeil an und schoss ihn durch den linken Arm der mittleren Strohpuppe. »Knapp daneben.« Ein zweiter Pfeil traf die Puppe genau in der Brust. »Jetzt bist du dran.«

Der erste Pfeil fiel Cerryl beim Spannen einfach aus dem Bogen, weil seine schweißnassen Finger keinen Halt fanden. Er wischte sie sich an der Hose ab und versuchte es noch einmal. Der Pfeil landete weit vor dem Ziel im Sand. Cerryl benötigte fünf Versuche, bevor der erste Pfeil die Stoffbahn traf.

Blut lief ihm über die Finger der rechten Hand.

»Es soll genug sein. Man sieht, dass es dir an Übung

mit Waffen fehlt.« Eliasar nahm den Bogen wieder an sich und spannte die Sehne aus. Irgendwo aus seiner Tunika holte er ein Tuch hervor und wischte den Bogen damit ab.

»Du wirst niemals eine Klinge erheben müssen – oder ein Schwert. Warum, glaubst du, habe ich dich das alles tun lassen?« Eliasar grinste. »Du wirst es noch zwanzig Mal und öfter tun müssen, bevor du mit den Lanzenkämpfern reiten darfst.«

»Damit ich weiß, was die Lanzenkämpfer tun?«

Eliasar lächelte kalt. »Damit du nicht aus Ahnungslosigkeit etwas tust, das die Lanzenkämpfer oder dich umbringen könnte. Du weißt nichts. Du hast noch nicht einmal angefangen zu verstehen.« Das Grinsen kehrte auf das Gesicht des Magiers zurück. »Zumindest kannst du die Rüstung tragen und dich damit bewegen. Vielleicht besteht doch noch Hoffnung für dich.« Eliasar drehte sich um. »Du kannst die Rüstung ausziehen und dann zurück in den Studiersaal gehen.«

Cerryl hatte Mühe, mit dem älteren Magier Schritt zu halten, schwer keuchend rannte er hinter ihm her.

»Wir sehen uns in ein oder zwei Achttagen wieder. Vielleicht auch später, wenn du zum Kanaldienst verdonnert wirst, aber wir werden uns wieder sehen. Dann werde ich dir zeigen, wie man anständig reitet. Das musst du beherrschen und ich werde schon dafür sorgen, dass du es lernst.«

Daran hegte Cerryl keinen Zweifel, und auch nicht daran, dass der Magier Gefallen daran fand, seinen Schülern das Leben schwer zu machen.

LV

Cerryl betrachtete den Kartengrundriss, der mit leichten Federstrichen auf das Pergament vor ihm gemalt war. Am liebsten hätte er die Feder in das glatte Holz des Arbeitstisches gerammt oder wäre mit dem Kopf gegen die Wand gerannt, oder er hätte – was noch besser wäre – Kesrik oder Bealtur zu Brei geschlagen oder sie, an einen Holzstamm gefesselt, durch Dylerts Säge gejagt.

Ein Achttag und zwei Tage waren schon vergangen und Cerryl hatte nur den Grundriss auf dem Pergament. Seine Finger schmerzten noch immer von der morgendlichen Übung mit Eliasar, was ihm das Zeichnen nicht gerade erleichterte. Er hatte einen Maßstab festlegen müssen, der auf die Größe des Pergaments passte, das er bei Arkos hatte kaufen können. Dafür hatte er fast zwei Tage gebraucht, weil die Karten in den Büchern und die größeren aus der Bibliothek der Magier nicht miteinander übereinstimmten, nicht sonderlich genau jedenfalls.

Nicht nur die Größen und Maßstäbe unterschieden sich, auch die Namen waren nicht immer die Gleichen. Manchmal wurde Fenard als Fenardre bezeichnet – nach einem früheren Herrscher in Gallos, so vermutete Cerryl – und Jellico als Jellicor. Die Westhörner hießen in einigen Karten Ouesthörner. Eine Stadt in Certis besaß vier verschiedene Namen: Yytrel, Rellos, Estalcor und Rytel. Cerryl glaubte aufgrund des Alters der verschieden Sagen und Orte, dass der gegenwärtige Name Rytel sein musste – wenn er sich nicht schon wieder geändert hatte.

Westlich der Westhörner war es noch ärger, doch darüber musste er sich, dem Licht sei gedankt, keine Sorgen machen.

Einer der Orte, die Jeslek erwähnt hatte – Quessa –, erschien auf keiner der Karten. Aus diesem Grund hatte

Cerryl die wenigen Studenten befragt, denen er vertraute, wie Faltar, Lyasa und den schüchternen Heralt. Keiner von ihnen wusste etwas.

Cerryl hätte sich ohnehin nicht getraut, einen Magier zu fragen, bei dem er nicht studierte – und Jeslek, Broka und Derka schon gar nicht – aber er wunderte sich doch, warum Jeslek eine solche Befragung verboten hatte. Um Cerryl dazu zu zwingen, die Bücherei und all die alten Geschichtsbücher zu durchforsten? Um ihm die Arbeit noch zu erschweren? Wieder eine von Jesleks endlosen Prüfungen?

Er sah auf die Karte, dann packte er sie und legte sie zum Trocknen über das Gestell in der Ecke.

Die Fragen mussten eben noch warten.

Cerryl wusch sich und ging dann die Hauptstraße entlang in Richtung Fasses Werkstatt. Jeslek hatte ihm schließlich nicht verboten, mit anderen zu sprechen, die auch etwas wissen könnten. Wenn Cerryl sich recht erinnerte, stammte Fasse nämlich aus Gallos.

Mitten am Nachmittag rumpelte eine ganze Reihe von Wagen über die weißen Steine der Straße. Glocken erklangen und Cerryl lächelte, als er den weißen Abfallwagen hinter dem Wagen des Küfers erblickte.

Hinter dem Marktplatz, der hauptsächlich von Frauen bevölkert wurde, erreichte er die Straße der Juweliere, wo am kühlen Nachmittag die meisten Türen – bis auf eine – geschlossen waren. Als Cerryl an der grün lackierten Tür vorbeiging, warf er einen Blick hinein. Ein Goldschmied hielt eine glitzernde Halskette für eine in Hellblau gekleidete Frau ins Licht. Cerryl konnte nicht einmal schätzen, wie viel Gold in der Kette verarbeitet war. Er wusste nur, dass es viel mehr sein musste, als er je in seinem Leben sehen würde, auch wenn er ein vollwertiger Magier werden würde. Denn trotz all der Merkwürdigkeiten in den Gildehallen der Magier schien die Liebe zum Gold die Magier nicht zu plagen.

Ein Wachmann in einer blassblauen Uniform stand neben der Tür und ein anderer fast zwischen der Frau und dem Goldschmied. Cerryl nickte dem Wachmann zu, der keine Miene verzog, und ging weiter, vorbei an den anderen Silber- und Goldschmieden und der Getreidebörse und gelangte schließlich zum Platz der Handwerker.

Die Tür zu Fasses Werkstatt stand angelehnt und Cerryl schlüpfte hinein. Fasse stand mit einem Poliertuch in der Hand hinter einer Truhe aus Goldeiche.

»Ja, junger Ser?« Der dünne Schnurrbart zuckte, als sich der Tischler Cerryl zuwandte.

Cerryl kam sich komisch vor. Ein Handwerksmeister – auf dessen Dachboden er schon geschlafen hatte, damals, als er noch kaum eine Hand voll Kupferlinge sein Eigen genannt hatte – redete ihn nun mit ›Ser‹ an.

»Fasse, mein Name ist Cerryl, ich habe schon einmal auf Eurem Dachboden geschlafen. Jetzt arbeite ich für einen höheren Magier …« Wie sonst hätte er Jeslek nennen können? »… und ich dachte, Ihr könnt mir vielleicht helfen.«

»Junger Ser, Ihr kommt mir in der Tat bekannt vor.« Fasse runzelte die Stirn, als er hinter der Goldeichentruhe hervortrat. »Aber wie sollte ich Euch helfen können?«

»Ich arbeite an einer Karte und da gibt es einige Städte in Gallos … Vielleicht könnt Ihr mir sagen, wo Quessa liegt?«

Fasse kratzte sich am Hinterkopf und schaute währenddessen Cerryl von der Seite an. »Hmmmm … tja … Ich war einmal dort, als Junge, aber wie … wie soll ich sagen … erklären … das ist schon viele Jahre her.«

Cerryl wartete.

»Ich erinnere mich nur, dass es drei Tagesritte westlich von Hierna liegt, zwei Tage östlich der Westhörner, die ersten Hügel, da liegt Quessa.«

Cerryl schluckte. »Hmmm … Wo Tellura liegt, weiß ich, aber Hierna?«

Fasse zog an einem Ende seines dünnen Schnurrbarts. »In Tellura bin ich noch nie gewesen, doch ich habe gehört, dass es südöstlich von Linspros und auch südöstlich von Hierna liegt.« Mit diesen Worten hängte er das Poliertuch an einen hölzernen Haken neben einem der kleineren Holzlagergestelle. »Und weil ich noch nie dort gewesen bin, weiß ich auch nicht, wie man von einem Ort zum anderen kommt. Oder wie lange man für eine solche Reise braucht.«

»Kennt Ihr jemanden in Fairhaven, der das vielleicht weiß?«

Fasse zog nun am anderen Ende seines Schnurrbarts und kratzte sich mit der anderen Hand am Kopf. Dann schürzte er die Lippen. »Lwelter, der Töpfer – er könnte es wissen, seine Gemahlin stammte aus Analeria und sie sind durch ganz Kyphros gezogen … aber vielleicht liegt Hierna auch zu weit im Norden für die Hirten.« Fasse zuckte die Schultern. »Mehr weiß ich auch nicht.«

»Lwelter … wo finde ich ihn?«

»Kennt Ihr Arkos, den Gerber? Ihr müsst … äh …« Fasse schluckte.

Cerryl überhörte es. »Ich kenne Arkos. Wohnt Lwelter in der Nähe?«

»Zwei Werkstätten weiter in Richtung des großen Platzes. Ich glaube zumindest, dass es zwei sind. Ihr werdet es finden, junger Ser.«

»Danke, Fasse.« Cerryl nickte und verließ die Tischlerwerkstatt. Auf dem Weg zum Gerber wiederholte Cerryl das, was Fasse gesagt hatte, so lange, bis er sich die Worte sorgfältig eingeprägt hatte.

Cerryl wusste noch, dass die Töpferwerkstatt – die mit dem übergroßen Krug über dem Eingang – im letzten Haus vor dem großen Platz untergebracht war, und drei Häuser weiter musste die Gerberei liegen. Er öffnete die Tür vorsichtig und trat ein.

Ein junger Mann, nicht viel älter als Cerryl, saß auf

einem Hocker; ein Fuß bewegte den Tritt, mit dessen Hilfe die Töpferscheibe gedreht wurde. Cerryl sah zu, wie unter den kurzen, dicken Fingern des jungen Töpfers der untere Teil einer Schüssel oder eines Kruges wuchs.

Der Töpfer hatte Cerryl nicht bemerkt.

Schließlich räusperte sich Cerryl. »Ich suche Lwelter, den Töpfer.«

Der schlanke Mann sah von der Scheibe auf und ein Zucken ging durch seinen Körper, als er die weiße Tunika sah. »Lwelter, Ser?«

»Ich muss ihn etwas fragen«, sagte Cerryl.

»Lwelter?«

Cerryl nickte.

»Wie Ihr wünscht, Ser.« Der junge Töpfer drehte sich auf dem Hocker um. »Vater! Ein Magier fragt nach dir.« Dann richtete er seinen Blick wieder auf die Töpferscheibe. »Wenn Ihr nichts dagegen habt, Ser …«

»Nein, macht nur weiter.«

Gleich darauf kam ein gebückter Mann aus dem hinteren Raum. Lwelters blinde Augen sahen an Cerryl vorbei. »Ser …?« Die brüchige Stimme zitterte.

»Lwelter?«

»Das bin ich. Auch als ich noch sehen konnte, hieß ich schon so.«

»Ich habe mit Fasse gesprochen und er meinte, dass Ihr mir vielleicht helfen könnt. Er sagte, Ihr seid durch Gallos und Kyphros gezogen.«

»Das ist schon lange her, eine lange Zeit, Deorca war noch jünger als Flait jetzt.«

»Was wisst Ihr über Quessa oder Hierna?«

»Hierna, ah, ja, das war von Zrenca aus die übernächste Stadt und in Zrenca habe ich Deorca gefunden.« Ein Lächeln verbreiterte die dünnen, blassen Lippen. »Das ist lange her.«

»Wie weit liegt Hierna von Tellura entfernt?«

»Nicht zu weit. Vielleicht eine Tagesreise, eine kurze

Tagesreise von Hierna nach Zrenca, aber Zrenca ist nur ein kleines Dorf, keine Stadt, müsst Ihr wissen.«

»Und wie weit ist Tellura von Zrenca entfernt?«, fragte Cerryl geduldig.

»Wenn es eine einigermaßen gerade Straße gäbe, würde ich sagen, zwei Tage zu Pferd; aber die Hügel und Bäche, sie fließen nicht geradeaus, und die Straßen winden sich noch mehr als die Bäche.«

»Zrenca liegt also zwei Tagesreisen genau westlich von Tellura?«, folgerte Cerryl daraus.

»Fast, würde ich sagen, genau weiß ich es nicht ...«

»Und Hierna liegt einen weiteren Tag westlich von Zrenca?«

»Äh ... nein. Hierna ... Ihr müsst von Zrenca aus so weit nach Norden gehen wie nach Westen, ein kurzer Tagesritt, ein halber mit einem schnellen Pferd.«

»Habt Ihr je von einer Stadt namens Quessa gehört?«

Lwelter zuckte die Achseln. »Ich weiß nur, dass sie westlich von Hierna liegt, mehrere Tagesreisen entfernt ... zwei, vielleicht drei.«

»Wie groß ist Hierna?«

»Wart Ihr schon einmal in Weevett, Bursche?«

Hinter ihnen zuckte der junge Töpfer merklich zusammen.

»Nun, Hierna ist halb so groß wie Weevett, wenn nicht eine der beiden Städte mehr gewachsen ist in den letzten zehn Jahren.« Lwelter lachte.

»Wisst Ihr mehr über Quessa?«

»Man sagt, dass es ein Dorf so groß wie Zrenca ist. Aber ich war nie dort. Deorcas Base war mit dem Müller dort verheiratet.«

»Seid Ihr jemals von Zrenca zu den Westhörnern geritten?«, bohrte Cerryl weiter.

»Ich? Ich war Töpfer und kein Hirte. Und außerdem fürchteten die Menschen damals noch die Schwarzen Engelsfrauen. Man sagt zwar, sie seien alle tot, aber glaubt Ihr das?« Lwelter gluckste und schüttelte den Kopf. »Mögen die Flachländer nicht, die Engel.«

»Vater.« Es klang streng. »Der Weiße Magier weiß alles über die Engel.«

Lwelter hörte auf zu kichern. »Du hast mir nicht gesagt, dass er ein Magier ist.«

»Doch, das hat er«, sagte Cerryl. »Ihr habt mir sehr geholfen, Lwelter. Danke.« Er kramte in seiner Börse und gab dem jungen Töpfer zwei Kupferlinge, bevor er sich umdrehte und ging.

»... hätte uns zu Asche verwandeln können ...«

»Warum hast du nicht gesagt ...«

Ohne auf die gegenseitigen Beschuldigungen hinter ihm zu achten, wanderte Cerryl rasch zurück zum Platz der Magier.

Als er seine Zellentür öffnete, erklang auch schon die Abendglocke. Er wusch sich schnell und eilte in den Speisesaal. Die anderen saßen bereits vor ihren Tellern und Cerryl stand allein an der Anrichte.

Er nahm sich eine Scheibe Haferbrot, Käse, Nudeln mit weißer Soße und einen Humpen Dünnbier, dann setzte er sich Faltar gegenüber. Geistesabwesend ließ er seine Sinne durch das Essen wandern. Bis auf den vergifteten Apfelwein hatte er jedoch niemals Chaos im Essen gefunden.

»Wo bist du gewesen?«, fragte der blonde Magierschüler.

Neben Faltar zog der krausköpfige Heralt seine Augenbrauen hoch, während er auf dem harten Brot herumkaute.

»Wollte herausfinden, wo Quessa liegt – und Hierna und Zrenca und ...« Cerryl brach sich ein Stück Brot ab und tauchte es in die weiße Soße.

»Zu dumm, dass Schreiberlinge die Gläser nicht so zu nutzen wissen wie richtige Magierschüler ...«, murmelte Bealtur am Nebentisch.

Cerryl zuckte zusammen, doch dann wandte er sich lächelnd an Faltar. »Aus irgendwelchen Gründen hat mir der edle Jeslek verboten, ein Glas zu benutzen, und ich würde nicht einmal im Traum daran denken, gegen seinen ausdrücklichen Willen zu handeln.« Cerryls Gesicht verhärtete sich. »Ich bin sicher, er würde es nicht gern hören, wenn ein anderer Magierschüler etwas Gegenteiliges vorschlüge.«

Zufrieden vernahm Cerryl vom Nebentisch ein lautes Schlucken.

Faltar und Heralt grinsten, wenn auch nur kurz.

Cerryl war nicht zum Lachen zu Mute. Er hatte noch zu viel Zeichen- und Schreibarbeit vor sich. Nachdenklich biss er vom Haferbrot ab und begann zu kauen.

LVI

Die Insel Recluce wurde von einer Hitze und Trockenheit beherrscht, die noch ärger war als jene in den Sandhügeln, die nach dem Verrat durch Nylan entstanden war; weder die Magie der dunklen Magier noch die Feuer Megaeras vermochten das Wasser aus der trockenen Erde und den unfruchtbaren Felsen zu locken.

Kinder verdursteten und starben; und trotz des Bannes, mit dem Creslin sein Gefolge belegt hatte, erhoben sich mehr und mehr Stimmen aus Schmerz und Qual, die fragten, warum Creslin sie an einen solch öden Ort geführt hatte.

Er antwortete ihnen nicht, stattdessen zog er sich zurück und schickte Schiffe aus, um die Meere zu plündern. Doch auch die Plünderungen verhalfen der Insel nicht zu mehr Wasser und auch nicht zu ausreichend Nahrung …

Warum fällt der Regen nur auf Candar, auf die Länder unserer Feinde und auf jene, die geschworen haben, uns zu zer-

stören?, fragte Creslin Megaera. Warum sollen wir nicht die großen Winde verkehren, sodass der Regen wieder nach Recluce kommt und die Insel wie früher beglückt?

Selbst die unscheinbaren Schwarzen Magier durchfuhr ein Schauer, als sie Creslins Worte über die unfruchtbaren Felsen und den gebleichten Sand wispern hörten.

Doch niemand erhob die Stimme, als Creslin und Megaera sich anschickten, Wasser und Himmel zu bewegen, um die Winde umzulenken; kein Wort wurde gesprochen, als der Himmel Feuer spuckte und sich Wasserfluten über Recluce ergossen.

Die Feuer brannten über das vertrocknete Montgren und die Felder von Certis. Selbst die zähesten Gewächse verdorrten und krepierten und die Wälder von Sligo standen einen Sommer lang in Flammen.

Die Fluten ließen nach und der Regen fiel auf Recluce nieder. Creslin und Megaera jubelten, doch niemals blickten sie in ein Glas oder scherten sich um die Zerstörung, die sie über Candar gebracht hatten …

Die Farben der Weisse
(Handbuch der Gilde von Fairhaven)
Vorwort

LVII

Eine Frau in Grün durchquerte die Halle und lief Richtung Innenhof und zum vorderen Gebäude, als Cerryl gerade aus der Bibliothek mit der Karte in der Hand trat – eine Frau in Grün mit rotblondem Haar … eine junge Frau.

Cerryl blieb wie angewurzelt stehen und starrte ihr hinterher. Konnte es das Mädchen aus dem Glas sein? Sie war nun in jedem Fall eine Frau geworden.

Er warf einen Blick auf die Stufen, die zu Jesleks Gemächern führten, und dann in die Richtung, die sie eingeschlagen hatte. Cerryl schürzte die Lippen. Nach kurzem Zögern bog Cerryl in den Weg zum Hof ein. Als er am Springbrunnen vorbei das hintere Ende der Eingangshalle im Vordergebäude erreicht hatte, war sie schon auf der Treppe zum Turm hinauf.

Cerryl ging schneller und hielt die Karte so, dass sie nicht auf dem Steinboden schleifte. Er wich Lyasa aus, die ihm nur einen fragenden Blick zuwarf, und sah sie mit geschäftigem Gesichtsausdruck an, der, so hoffte er, sein Vorhaben verdecken würde.

Lyasa hob beide Augenbrauen, sagte jedoch nichts.

Als Cerryl schwer keuchend die zwei Wachposten am Fuße des Turmes erreicht hatte, war die junge Frau verschwunden. Kein Geräusch wies darauf hin, dass jemand die Stufen zu den höheren Stockwerken hinauflief.

Cerryl sah den Wachmann an, der auf der rechten Seite stand. »Hertyl … die Frau, die gerade hinaufgegangen ist … kennt Ihr Sie?«

»Junger Ser, es gehört nicht zu meinen Aufgaben, Frauen wie sie zu kennen.«

Cerryl verstand das Zwinkern des jungen Wachmanns und grinste. »Zu meinen auch nicht … aber vielleicht kennt Ihr ja zufällig ihren Namen.«

»Ich habe zufällig gehört, dass sie Leyladin heißt. Sie ist die Tochter eines Händlers, manche behaupten auch, sie sei eine Heilerin.« Hertyl nickte zu den Stufen. »Ich frage lieber nicht, wem sie einen Besuch abstattet.«

Cerryl sagte nichts darauf.

Der Ältere der Wachposten räusperte sich.

Cerryl verstand das Zeichen. »Danke.« Er sah auf die Karte, die er in Händen hielt, und dann zu den zwei Wächtern. Er nickte beiden kurz zu. »Ich gehe jetzt besser. Guten Tag.«

»Guten Tag, junger Ser.«

Cerryl ging schnell und nachdenklich zurück zu Jesleks Gemächern.

Das rotblonde Haar – es konnte keine andere sein. Aber was hatte sie in den Gildehallen der Magier zu suchen? Nur eine Heilerin? Oder etwas anderes? Ihm fiel ein, was Benthann gesagt hatte – Sex? War sie die Geliebte oder die zukünftige Gemahlin eines Weißen Magiers? Oder eines der älteren Magier?

Seine Finger krümmten sich zusammen, bis seine Hände zu Fäusten geworden waren. Cerryl atmete tief ein und versuchte sich zu entspannen. Er hatte kein Anrecht auf sie. Er kannte sie nicht einmal und sie wusste sicherlich nicht, dass es ihn überhaupt gab. Warum löste sie also bei ihm eine derart heftige Reaktion aus?

Außerdem verlangte Jeslek nach der Karte und Cerryl hatte es gewagt, nicht sofort zu ihm zu eilen; stattdessen war er der Frau – *Leyladin, nicht einfach eine Frau* – bis zum Weißen Turm nachgejagt. Wieder eine Prüfung? Hatte Jeslek sie geschickt?

Er schauderte und verließ die Eingangshalle. Eilig lief er über den Hof.

»Warum warst du so in Eile?« Lyasa stand beim Springbrunnen und hatte offenbar auf ihn gewartet. Ihre olivbraunen Augen durchbohrten ihn.

»Ich bin ganz nervös ...« Das entsprach ohne Zweifel der Wahrheit. Er deutete auf die Karte. »Jeslek will sie sehen und ich bin vor lauter Aufregung in die falsche Richtung gelaufen.«

»In mehrerlei Hinsicht.« Lyasa schüttelte den Kopf und lächelte amüsiert und spöttisch. »Sie ist eine Heilerschülerin oder so etwas. Du bist ein Weißer in Ausbildung. Willst du euch beide umbringen? Schwarz und Weiß kann sich nicht vermischen.«

»Das wusste ich nicht.« Cerryl war enttäuscht, doch eine seltsame Hochstimmung folgte der Enttäuschung.

Leyladin ... wahrscheinlich handelte es sich doch nicht um eine von Jesleks Prüfungen.

»Das leuchtet doch ein. Auch damit müssen wir leben.« Lyasa klopfte Cerryl auf die Schulter. »Zumindest schaust du Anya nicht so hinterher wie Faltar.«

Cerryl wusste nicht, was er sagen sollte.

»Du verstehst das.« Lyasa sprach leise und sachlich. »Und jetzt ... wenn Jeslek schon nach dir gefragt hat, beeilst du dich besser. Er ist nicht sehr geduldig.«

»Ja ... du hast Recht.«

Mit einem nachsichtigen Lächeln berührte Lyasa Cerryl noch einmal an der Schulter und sah ihm nach, wie er über den Hof lief und in die Halle. Wieder erreichte er keuchend die Rückseite des Gebäudes.

Gostar, der Wachmann vor Jesleks Gemächern, nickte, als Cerryl auf ihn zuhastete. Cerryl schlüpfte an dem bewaffneten Wachmann vorbei und klopfte an die Tür. »Cerryl, Ser, wie befohlen.«

»Tritt ein.« Jesleks Stimme dröhnte durch die geschlossene Eichentür.

Cerryl öffnete die Tür, schloss sie hinter sich und verbeugte sich. »Hier habe ich die Karte, Ser, um die Ihr mich ersucht habt.«

»Ist auch an der Zeit.«

»Ja, Ser.« Cerryl verbeugte sich noch einmal.

»Kesrik, trag das Glas zum kleinen Tisch hinüber.« Jeslek nickte zuerst dem älteren Magierschüler und dann Cerryl zu. »Breite sie auf dem Tisch aus.«

Als Kesrik das Glas weggestellt hatte, rollte Cerryl das Pergament auf dem Tisch aus, dann trat er zurück, damit Jeslek die Karte studieren konnte. Mit zusammengekniffenen Augen betrachtete der Magier Punkt für Punkt.

»Tellura ... Hierna ... Quessa ... Kyphrien ... hmmm.«

Bei dem ›hmmm‹ atmete Cerryl langsam aus. *Er versucht nur, dich aus der Fassung zu bringen. Bleib ruhig, du musst ruhig bleiben.*

Kesrik grinste nur, während Jeslek sich weiter in die Karte vertiefte.

Nach einer Zeit, die Cerryl wie ein Achttag vorkam, richtete sich der Weiße Magier auf und sah Cerryl an. »Im Wesentlichen stimmt alles. Zumindest kann man von einem neuen Schüler nichts Besseres erwarten, und von einem Schreiberlehrling dazu.« Jeslek nickte. »Du kannst sie zu den anderen Karten in die Bibliothek legen.«

Kesrik gab sich keine Mühe, sein schadenfrohes Grinsen zu verbergen.

»Ja, Ser.«

»Bist du enttäuscht? Findest du mein Urteil zu streng?« Jeslek klang gut gelaunt und amüsiert, obwohl Cerryl eine gewaltige Weiße Kraft dahinter fühlte.

»Ihr seid mein Meister, Ser, und Ihr wisst meine Arbeit am besten zu beurteilen.« Cerryl war überrascht, wie ruhig sich seine Worte anhörten, wo doch ein so großer Unterschied herrschte zwischen seinem Zorn, den ausgesprochenen Worten und den gezeigten Gefühlen.

»Du glaubst es wirklich … wie erfrischend.« Der Magier hielt inne. »Gut für dich.« Die Weiße Kraft schwand. »Geh und stell die Karte zu den anderen. Komm morgen früh wieder. Gleich nach dem Frühstück. Sofort danach.«

»Ja, Ser.«

»Und nun geh.«

Cerryl rollte vorsichtig die Karte wieder zusammen.

Jeslek nickte Kesrik zu, der sich daraufhin umdrehte und das Spähglas von dem kleinen Tisch zurückholte.

Cerryl verbeugte sich und ging. Er war froh, dass Jeslek keinen offenkundigen Fehler in der Karte gefunden hatte, und versuchte mit betont unbeteiligter und überlegener Miene den Raum zu verlassen.

Von der rotblonden Frau – oder von Lyasa – war auf dem Weg zur Bibliothek nichts zu sehen.

LVIII

Als Cerryl zu Jesleks Tür ging, schwang in seinen Schritten mehr Selbstsicherheit mit, als er in seinem Inneren verspürte.

»Er erwartet Euch bereits«, verkündete Gostar, eine Hand locker um das Heft des Kurzschwertes aus Weißbronze gelegt, das die meisten Wachen im Innern der Gildehallen trugen.

»Danke.« Cerryl klopfte vorsichtig an.

»Herein.«

Der Magierschüler betrat die Gemächer des Magiers, der beim Spähglas stand – alleine. Die unsichtbare Weiße, die den Tisch umgab, wies darauf hin, dass Jeslek das Glas soeben benutzt hatte. »Zu Euren Diensten, Ser.«

»Deine Karte ist gut.« Jeslek sah Cerryl ins Gesicht.

»Ser … Ihr schient gestern nicht sehr erfreut gewesen zu sein. Ich werde versuchen, in Zukunft besser zu arbeiten.«

»Sie ist gut«, wiederholte Jeslek. »Und doch habe ich das nicht gesagt. Warum wohl?«

»Weil Kesrik hier war.«

Jeslek nickte. »Habe ich dir erlaubt, mit Chaos-Feuer zu arbeiten?«

»Nein, Ser.«

»Kesrik ist seit fast vier Jahren Magierschüler. Seit zwei Jahren arbeitet er mit Chaos-Feuer. Meine Gründe werden dir einleuchten, wenn du das bedenkst.« Jeslek lächelte flüchtig. »Du bist sehr klug, Cerryl. Vielleicht zu klug. Im Grunde deines Herzens verstehst du jedoch nicht, was die Gilde ist und warum sie gut ist für Fairhaven und Candar. Zusammen mit deiner Begabung stellt das ein Problem für uns dar.«

Da Cerryl dazu nicht viel sagen konnte – obwohl er

bezweifelte, dass er eine derart große Begabung besaß –, nickte er und wartete einfach ab.

»Sterol und ich sind uns darüber einig.«

Jesleks etwas zu höflicher Ton bestätigte, dass es nur wenige Dinge gab, über die sich die beiden Magier einig waren, und das hier war eines davon.

»Du wirst zu Myral gehen, sofort wenn du meine Gemächer verlassen hast. Du wirst ihm bei der Kanalinstandsetzung bis zum Frühling helfen … oder auch länger, wenn es angebracht erscheint. Er erwartet dich bereits.« Jeslek lächelte milde. »Von mir bekommst du keine weiteren Anweisungen bis dahin. Und auch von keinem der anderen Magier, außer von Myral … ach ja, und Esaak. Er sagte mir, dass deine Berechnungen entsetzlich mangelhaft sind. Gib dir keine Mühe, den Erzmagier aufzusuchen. Er und ich haben alles schon besprochen.«

»Ja, Ser.« Cerryl verbeugte sich.

»Du hast meine Erlaubnis, Chaos deinen Fähigkeiten entsprechend einzusetzen, aber nur unter Myrals Anweisung – nur Myral.«

Cerryl wartete, um zu sehen, ob noch weitere Anweisungen folgten.

»Und, junger Cerryl?«

»Ja, Ser?«

»Ich weiß, dass du deine innersten Gefühle vor jedem Magier verbergen kannst. Das kann ich auch. Es ist ein nützliches Talent, das man jedoch nur sparsam einsetzen sollte. Man sollte nicht zu viel zu verbergen haben, besonders nicht als Schüler.«

»Ja, Ser.« Was sonst hätte Cerryl sagen können?

»Denk über das Licht nach, wenn du in der Dunkelheit der Kanäle arbeitest. Ich würde dir raten, viel darüber nachzudenken, und zögere nicht, Myral zu fragen. In dieser Hinsicht ist er ein guter Lehrer.« Jeslek lächelte sein stets nur oberflächliches Lächeln. »Du kannst gehen. Und wie gesagt, Myral erwartet dich bereits.«

»Danke, Ser.«

»Du bist uns willkommen und eines Tages wirst du verstehen, wie willkommen. Guten Tag, Cerryl.«

Cerryl verbeugte sich noch einmal, bevor er ging.

Fast jedes Mal in den beinahe zwei Jahreszeiten, die Cerryl nun in den Hallen verbracht hatte, hatte der Magier ihn beunruhigt, wenn er ihm einen Besuch abgestattet hatte, und auch dieses Mal hatten seine Worte so auf ihn gewirkt. Cerryl ging die Stufen hinunter und hinaus aus der Halle in den Hof, vorbei am Springbrunnen. Der Wind trug eine leichte Gischt zu ihm herüber, die sich wie Eis auf seinem Gesicht anfühlte.

Jeslek hatte angedeutet, dass Kesrik vielleicht Chaos-Feuer auf Cerryl schleudern würde. Warum? Weil Cerryl nicht der Sohn eines Magiers war? Oder der von reichen Eltern? Oder aus anderen Gründen? Dann hatte Jeslek ihm zu verstehen gegeben, dass Myral ein guter Lehrer war, aber nicht sonderlich gut auf anderen Gebieten. Doch an was fehlte es diesem Magier? Und schließlich war Jeslek eindeutig der Meinung, dass Cerryl ihm großen Dank schuldete. Dafür, dass er Cerryl am Leben ließ?

Der schmalgesichtige Magierschüler holte tief Luft, als er den Hintereingang zur vorderen Halle nahm, und noch einige Male mehr, bevor er den zweiten Treppenabsatz des Weißen Turmes erreicht hatte.

»Jeslek hat dich bereits angekündigt.« Der ältere, runde Magier mit dem dünnen schwarzen Haar öffnete die Tür, noch bevor Cerryl anklopfen konnte, und bedeutete dem jungen Mann einzutreten.

Myrals Gemächer waren kleiner als die von Jeslek und Sterol und eine ganze Wand des einzigen, fast quadratischen Raumes stand voller Bücher – mindestens ein Drittel der gesamten Menge, die sich in der Bibliothek befand. Praktisch direkt unter dem durch Läden geschlossenen Fenster stand ein schmales Bett, zwar breit genug für eine Person, aber doch ein Gegensatz zu den geräumigen Betten, die Sterol und Jeslek bevorzugten. Vor dem Fenster sah Cerryl die Hauptstraße, die zum Platz der Handwerker führte.

An der Wand gegenüber der Bücherregale standen zwei Schreibtische und ein runder Tisch mit einem Spähglas und vier Stühlen. Auf einem der Stühle – gegenüber dem Spähglas – saß eine rotblonde Frau in grüner Kleidung. Vor ihr lag ein dicker Wälzer aufgeschlagen. Cerryl blieb wie angewurzelt stehen.

»Ah, du hast Leyladin bestimmt schon einmal hier in den Hallen gesehen.« Myral machte eine fahrige Handbewegung von Cerryl zu Leyladin, als er sich an die junge Frau wandte. »Das ist Cerryl. Wie du stammt er nicht aus der Krippe oder von Magiereltern ab. Er war bei einem Schreiber in der Lehre.« Der Magier lächelte, ein Lächeln, das Mund und Augen mit einbezog. »Nun muss ich ihm etwas über Kanäle und Unrat beibringen.«

»Schön, Euch hier zu sehen.« Leyladin stand auf und blickte Cerryl geradewegs in die Augen. Ein amüsiertes Lächeln umspielte ihre Lippen, ihre dunkelgrünen Augen funkelten ein wenig.

»Ich bin erfreut, Euch kennen zu lernen.« Als er sich verbeugte, fühlte Cerryl, dass sie durch ihn hindurchsah. Sie wusste genau, dass er sie schon durch sein Glas gesehen hatte; durch das Glas, das wahrscheinlich noch bei Tellis in der Wand versteckt war.

»Ich sollte gehen«, sagte sie zu Myral und bewegte sich weg vom Tisch. »Bevor sie …«

»Nein. Das wird noch einen Moment dauern.« Myral lächelte und drehte sich zu Cerryl. »Schenk *mir* deine Aufmerksamkeit, Cerryl, und nicht der jungen Dame.«

Cerryl wurde rot.

»Ich bin nicht annähernd so schön anzuschauen, das

weiß ich, aber wir müssen uns auf die Arbeit vorbereiten.«

»Ja, Ser.«

»Fairhaven ist eine saubere Stadt.« Myral sprach mit hoher, fast kieksender Stimme und deutete mit dem Finger ungefähr in die Richtung der Tür – oder zum Platz. »Wenn du einmal in andere Städte reist, wirst du beobachten, dass sie dort ihre Nachttöpfe und alles andere auf die Straßen kippen, und deshalb stinkt es entsetzlich.« Der Magier rümpfte die Nase. »Fairhaven ist sauber und eine unserer Aufgaben ist es, unsere Stadt auch weiterhin sauber zu halten …«

Myral wandte sich den Büchern zu und Cerryls Augen wanderten sogleich wieder zu Leyladin.

Ihre Augen waren so grün wie ein tiefer Ozean. Sie zeigte auf Myral, als wollte sie damit sagen, dass Cerryl besser zuhören sollte.

»… was ein hartes Stück Arbeit bedeutet. Du kannst dir wahrscheinlich gar nicht vorstellen, wie viel Arbeit das ist. Jeder, der hier lebt, sieht einen Teil dessen, was für die Sauberhaltung der Stadt notwendig ist: Kanalöffnungen und Straßenreinigung, Latrinen hier in den Hallen und in den größeren Wohnhäusern, die großen Abfallwagen; aber der größte Teil der Arbeit spielt sich nicht vor aller Augen ab.«

Plötzlich schwenkte der runde Magier herum und zog ein Buch aus dem Regal, dann noch eines und noch eines. Er ging zum Tisch und legte fünf Bücher ab.

»Jeslek sagte, dass du schnell liest. Kannst du diese Bücher hier im nächsten Achttag lesen?«

Cerryl sah auf den Bücherstapel und dann zum Magier. »Ich glaube schon. Wenn es keine außergewöhnlich schwierigen Bücher sind.«

»Nein, nur der Inhalt … Ich habe sogar eines davon selbst geschrieben.« Myral grinste. »Wenn es nicht geht, kommst du zu mir. Wenn doch, lies sie und komm in einem Achttag wieder, gleich nach dem Frühstück.« Myral sah Cerryl eindringlich an. »Studier die Bücher so, als wäre ich Jeslek.«

»Ja, Ser.« Cerryl verbeugte sich.

»Noch eine Sache.« Myral eilte geschäftig durchs Zimmer in die Ecke hinter der Tür aus Weißeiche, wo er in einer Kommode mit vielen Schubläden wühlte, die er eine nach der anderen herauszog. »Hier ... das wird dir helfen.«

Der Weiße Magier rollte ein Stück Papier zu einer Röhre, als er wieder auf Cerryl zukam. Er warf sie Cerryl zu. Dieser trat einen Schritt zurück, damit er sie auffangen konnte. Was war das?

»Das? Oh, das ist die beste Karte, in der alle Kanäle eingezeichnet sind. Die musst du auch studieren. Sieh dir genau an, wie die Kanäle verlaufen. Das sollte dir keine Schwierigkeiten bereiten. Jeslek meinte, du kennst dich aus mit Karten. Es hilft, wenn du einige Spaziergänge mit der Karte unternimmst und versuchst, die Hauptkanäle zu orten.«

Cerryl fühlte sich plötzlich völlig erschlagen. Zuerst war er auf Leyladin geprallt und dann hatte man ihn mit einem Stapel Bücher versehen und mit einer Kanalkarte beworfen. Eine Kanalkarte, bei der Dunkelheit!

»Einen Achttag, von jetzt an«, meinte Myral fröhlich, als er die Bücher Cerryl in die Arme legte. »Am besten fängst du gleich damit an.«

Voll beladen nickte Cerryl Leyladin zu. »Schön, Euch kennen gelernt zu haben.«

»Ich freue mich, Eure Bekanntschaft gemacht zu haben.« Sie lächelte geheimnisvoll. »Aus näherer Entfernung.« Die grünen Augen funkelten.

Cerryl unterdrückte ein Schaudern bei dieser Bemerkung und nickte ihr und Myral noch einmal zu. »Einen Achttag von jetzt an, Ser.«

Die Tür schloss sich hinter ihm mit einem dumpfen Schlag.

Langsam ging er die Treppe hinunter, die Arme fingen bereits an zu schmerzen unter dem Gewicht der Bücher und der zusammengerollten Karte, während seine Gedanken sich im Kreis drehten. Was machte Leyladin da oben mit Myral? Die Situation war nicht eindeutig verdächtig gewesen, der dickliche Magier hatte nur ein Einzelbett in seinem Zimmer stehen und auf dem Tisch hatte ein offenes Buch gelegen.

Du hoffst, dass sie nur bei ihm studiert … aber was kannst du dagegen tun, wenn es mehr ist?

Und warum hatte sie gehen wollen, als Cerryl kam? Warum hatte sie gesagt, das sie sich freute, seine Bekanntschaft gemacht zu haben – aus näherer Entfernung? War das nur eine Stichelei gewesen oder hatte sie es wirklich so gemeint?

Cerryl versuchte, die Bücher anders zu nehmen, und taumelte gegen die Wand, als er verzweifelt die Karte festhalten wollte.

Eine Kanalkarte? Was würde er bei Myral lernen? Was hatten die Bücher mit den Kanälen zu tun? Was hatten die Kanäle überhaupt mit der Ausbildung zum Magier zu tun?

Wieder eine Prüfung?

LIX

Am späten Nachmittag saß Cerryl im grauen Licht, das durch die Fenster in die Bibliothek fiel, und rieb sich die Stirn. Er musste sich zwingen, die Augen auf das Pergament zu richten, das vor ihm lag.

… die schweren Fette, mögen es Kochfette oder Reste vom Abdecker sein oder …, bilden eine schwache Ordnung, setzt man sie der Wärme, hervorgerufen durch Chaos in chaos-reichen Abfällen, oder dem Chaos aus … Solche einzelnen Ordnungs-Bausteine verbinden sich mit Unrat, der weniger fest ist, dadurch wird die Verflüssigung behindert, die notwendig ist zum Abtransport …

Cerryl hatte geglaubt, dass die Geschichtsbücher und die Philosophie in den *Farben der Weiße* schon langweilig und schwierig zu lesen gewesen waren, doch im Vergleich zu Myrals *Umgang mit Unrat* erschienen diese Bücher ihm völlig klar und verständlich. Das Buch über Unrat war jedoch nicht so dick, es umfasste weniger als hundert Seiten. Cerryl blätterte um und las weiter.

… so übelriechend Menschen- und Tierexkremente auch sein mögen, beide speichern eine schwache Ordnung und lösen sich in Wasser zu einer Flüssigkeit auf, die mithilfe von einfachen Techniken gereinigt werden kann …

»Cerryl?«

Er fuhr hoch. Faltar und Lyasa standen vor dem Tisch in der Bibliothek.

»Hast du die Glocke nicht gehört?«

»Die Glocke?« Er musste sich wohl ziemlich dämlich anhören.

»Sind das Myrals Bücher?« Lyasa zeigte auf die Bände unter seinem Ellbogen. »Die über Abfälle und Abwässer?«

Cerryl nickte.

»Wie lange hast du sie schon?«, fragte sie.

»Seit gestern.« Cerryl massierte seine Stirn wieder, diesmal mit der linken Hand, und dann den Nacken, um die Verspannungen loszuwerden.

»Wie viele Jahre hat Myral gebraucht, um sie zu schreiben?«, wollte Lyasa wissen.

Faltar grinste nur.

»Er hat nur eines davon selbst geschrieben. Dieses hier.« Cerryl blickte von Faltar zu Lyasa.

»Es ist immer dasselbe.« In Lyasas Stimme schwang leichter Ärger mit. »Er hat Jahre gebraucht, um so viel herauszufinden, damit er etwas darüber schreiben konnte, und du versuchst, das alles innerhalb eines Tages zu lernen.«

»Ich habe nur einen Achttag Zeit.«

»Du hast einen Achttag Zeit, die Bücher zu lesen – du musst sie nicht Wort für Wort auswendig lernen!«

»Cerryl muss alles besser können als jeder andere … sogar besser als Myral«, sagte Faltar.

»Wer sagt das?«

»Cerryl«, antwortete der blonde Magierschüler.

»Ihr zwei …« Lyasa warf erst Faltar und dann Cerryl einen Blick zu. »Lasst uns zum Essen gehen.«

Cerryl stand auf und fühlte, wie seine Muskeln schmerzten. Wie lange hatte er gelesen?

»Zu lange«, antwortete Faltar.

Lyasa hatte den Studiersaal bereits verlassen, als Cerryl die Bücher zusammenraffte und den Weg zum Speisesaal einschlug. Bei seiner Zelle hielt er an und warf die Bücher auf den Schreibtisch.

»Warum musst du nur immer alles so schnell lernen?«, fragte Faltar, als sie den Flur entlanggingen.

»Hier wird zum ersten Mal von mir verlangt, dass ich lerne, und … ich weiß nicht.« Cerryl senkte den Blick auf die polierten Steine des Fußbodens und war froh, dass er die Böden hier nicht schrubben musste.

»Warum hat dich der Schreiber aufgenommen? Ich meine …«

»Du meinst, weil ich ein Mühlenjunge ohne Schulbildung war?« Cerryl nickte. »Ich habe die Tochter des

Mühlenmeisters dazu überredet, mir die Buchstaben beizubringen. Sie gab mir Bücher in der Alten Sprache und in der Tempelsprache. Die beiden Sprachen unterscheiden sich nicht sehr voneinander.«

»Du hast dir selbst das Lesen beigebracht?« Faltar schüttelte ungläubig den Kopf.

»Es war sonst niemand da.« Cerryl sah sich im Speisesaal um, er war nur halb voll, da die richtigen Magier selten dort aßen. Kesrik saß an einem Ecktisch und wurde offenbar von Fydel in irgendetwas unterrichtet, denn sein Gesichtsausdruck wirkte noch mürrischer als sonst. Lyasa stand an der Anrichte. »Und ganz allein hätte ich es auch nicht geschafft. Ich hatte schließlich eine Hilfe.«

»Bei der Dunkelheit«, zischte Faltar. »Es gibt Zitronenlamm.«

Gegen Zitronenlamm hatte Cerryl nichts einzuwenden, aber er nickte. »Es könnte schlimmer sein.«

»Käse in der Kloake? Das ist ungefähr das Gleiche. Oh … entschuldige … aber wahrscheinlich bin ich sowieso als Nächster dran.«

»Du musstest noch nicht in den Kanal?« Cerryl nahm sich eine große Portion Lamm, eine Scheibe Schwarzbrot und dann noch einen grünen Birnapfel; nichts davon zeigte eine Spur von Chaos und würde es auch wahrscheinlich nie, doch es war Cerryl schon zur Gewohnheit geworden, das Essen zu untersuchen.

»Manche müssen früher, manche später, wieder andere – wie Kesrik – müssen öfter als einmal.« Faltar nahm sich eine kleine Portion vom Eintopf, fast einen halben Laib Schwarzbrot und zwei Birnäpfel.

»Kesrik musste zweimal in den Kanal?«

»Von diesen beiden Malen weiß ich zumindest. Man sagt, dass Kinowin als Schüler viermal im Kanal war und Eliasar dreimal.«

Cerryl runzelte die Stirn. Der große Magier musste viermal zum Abfalldienst? Der Waffen-Magier dreimal?

Faltar deutete mit dem Kopf auf den runden Tisch, wo Lyasa saß, und Cerryl folgte ihm.

»Ihr seid also doch noch hungrig geworden.« Die schwarzhaarige junge Frau sah auf, als sich die beiden setzten.

»Für Zitronenlamm?« Faltar brach sich ein Stück Brot ab und nahm einen Schluck Dünnbier. »Dafür soll ich mich beeilen?«

»Dann probier mal Neruada.« Lyasa lächelte.

»Neruada?«, fragte Cerryl.

»Marinierter Ziegenmagen, gefüllt mit Kräutern und Grünzeug.«

Faltar starrte sie gespielt entsetzt an. »Zitronenlamm ist schon schlimm genug.«

Cerryl lachte.

»Das ist gar nicht lustig«, protestierte Faltar, der mühsam das Lachen unterdrückte.

Lyasa versuchte, ernsthaft dreinzublicken. »Ist der arme Magierschüler so sauer, dass er die zusätzliche Säure eines zarten Lamms nicht auch noch ertragen kann?«

Faltar verschluckte sich, er hustete und würgte heftig, und dann kamen Brotbrösel aus seinem Mund geflogen.

Cerryl grinste nur und duckte sich.

Nachdem sich Faltar wieder gefangen hatte, trank er einen Schluck Bier und sagte zu Lyasa: »Ich werde *niemals* wieder ein böses Wort über Lamm sagen. Niemals.« Er hielt inne. »So lange, bis es wieder auf dem Speiseplan steht.«

»Es könnte auch altes Hammelfleisch sein.« Lyasa schüttelte den Kopf.

Cerryl nahm einen ordentlichen Bissen von dem Lamm, wich jedoch dabei absichtlich Faltars Blick aus. Er wollte verhindern, dass er sich so verschluckte wie sein Mitschüler.

»So … dann beginnst du also jetzt den Kanaldienst?« Lyasa sah auf ihren leeren Teller. »Ich hatte Hunger.«

»Interessant formuliert.« Faltar amüsierte sich offensichtlich darüber.

Lyasa wurde rot. »Du bist …«

»Schwierig.«

Cerryl beeilte sich hinterzuschlucken.

»Allerdings. Und das weißt du auch. Warte nur, bis du hinunter musst, Faltar.«

»Der Schreiberlehrling wird sich die weißen Sachen ganz schmutzig machen …« Bealtur, der mit Heralt am Tisch saß, gab sich keine Mühe, leise zu sprechen. Der schüchterne Heralt aß weiter, ohne ein Wort dazu zu sagen.

»Lass ihn reden«, sagte Lyasa ruhig. »Er versteht nichts.«

Cerryl auch nicht, doch das behielt er lieber für sich. Er brach sich noch ein Stück Brot ab.

»Musst du noch zu Esaak?«, fragte Faltar.

»Ja. Ich muss weiterhin Mathematik lernen, auch wenn ich mit Myral arbeite.« Cerryl schnitt eine Grimasse.

»Zahlen, Kanäle und Unrat … Zahlen, Kanäle und Unrat …«, sang Faltar leise und grinste dabei breit.

»Genug jetzt.« Doch auch Lyasa konnte sich das Grinsen nicht verbeißen.

Genau wie Cerryl, obwohl er unablässig an die Kloake denken musste.

LX

Ein schmaler Küferwagen, beladen mit drei großen Fässern, rollte in weniger als drei Ellen Entfernung an Cerryl vorbei, der mit seiner dicken weißen Lederjacke auf der Westseite der Hauptstraße stand. Der Kutscher schnalzte mit den Zügeln und vermied es, Cerryl anzusehen; das Pferd schnaubte heftig.

Nachdem der Wagen vorbeigefahren war, drehte Cerryl stirnrunzelnd die Karte herum. Er bemühte sich, sie vor dem Wind zu schützen, und studierte das Flechtwerk aus schwarzen, roten und blauen Linien. Die zwei Hauptkanäle, in die alle Seitenkanäle mündeten, folgten der Richtung der Hauptstraße, jeder jeweils entlang einer Gasse, die etwa hundert Ellen entfernt parallel zur Hauptstraße verlief. Die Karte zeigte Kanäle in drei Größen und nach dem, was Cerryl herauslesen konnte, gab es große begehbare Tunnel, kleinere Tunnel und schließlich noch überdachte Gräben, mit Ziegelsteinen ausgemauert.

Cerryl musste lachen, als er von der Karte auf den Gehsteig aus Granit blickte und dann zu den großen Häusern auf der Ostseite der breiten Straße, die direkt über den großen Kanaltunneln hockten. Dann nickte er. Natürlich bekamen diejenigen mit dem meisten Geld auch die beste Abfallentsorgung und die breitesten Straßen, ihre Häuser standen in nächster Nähe zum Markt, zu den Handwerkern und sogar zur Getreidebörse.

Cerryl ging weiter nach Norden zum Marktplatz, wo ihm beim Geruch von gegrilltem Geflügel, den der Mittagswind um seine Nase wehte, das Wasser im Munde zusammenlief. Der Wind deutete jedoch auch auf baldigen Regen hin. Über Cerryl zogen bereits kleine, dunkelgraue Wolken gen Süden.

»... Gewürze für den Winter ... Gewürze für den Spätherbst ...«

»... das beste Wurzelgemüse in ganz Candar ... Rüben, Bete ... kauft euer Wurzelgemüse hier ...«

»Körbe, Körbe zur Lagerung ...«

Cerryl taumelte, als ein Windstoß an der Karte zerrte und ihn selbst fast vom Randstein auf die Straße wehte.

Er rollte die Karte zusammen und überquerte die Straße zum Marktplatz.

Ein Mädchen, vielleicht so alt wie Serai, die Schwester von Pattera, schlich um einen blauen Wagen herum, der gewebte Decken ausstellte, und blickte immer wieder über ihre Schulter. Sie drehte sich um und schluckte, als sie die weiße Tunika sah. Noch bevor Cerryl ein Wort sagen konnte, duckte sie sich hinter den Wagen.

»Eine Decke, junger Ser? Eine feine weiße Decke?«

Cerryl schüttelte den Kopf und ging mit der gerollten Karte in der Hand weiter über den Marktplatz. Fast wäre er an dem Wagen, wo ein schmächtiger Mann das Geflügel grillte, stehen geblieben, aber dann dachte er an seine ohnehin schon schmale Börse und ging weiter. Zu dumm, dass er sein Silbergeld bei Tellis zurückgelassen hatte. Ab und zu musste Cerryl daran denken und er fragte sich, ob er wohl je wieder so viele Münzen auf einmal sehen würde; das Amulett jedoch fehlte ihm mehr.

Kesrik hätte ihn vermutlich für dumm erklärt, weil er sich nicht um das Silber bemühte, aber Cerryl konnte nichts tun. Die Gilde hatte Tellis mitteilen lassen, dass alles, was Cerryl besessen hatte, nun dem Schreiber gehörte. Er konnte nicht einfach in Tellis' Werkstatt auftauchen und seine Silberstücke zurückverlangen.

Auf der anderen Seite des Marktplatzes angekommen, überquerte Cerryl die Ostseite der Straße und ging weiter nach Norden zu den Juwelieren. Wegen des Windes waren alle Türen geschlossen, nur die Läden standen offen – damit zeigten die Gold- und Silberschmiede, dass sie geöffnet hatten und auf Kundschaft warteten.

Cerryl blieb vor der Werkstatt eines Goldschmieds stehen, deren grüne Fensterläden golden verziert waren, und warf einen Blick in die Karte. Damit der Wind die Karte nicht noch mehr zerfledderte, stellte er sich nahe an die weiße Wand. Die Hauptkanäle schienen hier weiter entfernt von der Hauptstraße zu verlaufen, nördlich des Marktplatzes.

Wieder zauste ein kalter Windstoß sein Haar. Als der Wind nachließ, vertiefte sich Cerryl ein letztes Mal in die Karte und hielt sich anschließend Richtung Norden. Bei der ersten Seitenstraße bog er nach Osten ab, schlug in etwa die Richtung zu Nivor, dem Apotheker, ein und suchte nach dem schweren Bronzegitter, das den Zugang zum Hauptkanal markierte.

Das Gitter schloss unmittelbar an die Wand einer Walkerwerkstatt an. Cerryls Augen – und Sinne – erkannten sofort das Chaos, das in der großen Sperrvorrichtung aus Weißbronze loderte, die das mindestens zwei Ellen lange und genauso breite Gitter sicherte.

Mithilfe seiner Sinne konnte er eine schmale Treppe aus Ziegeln ausmachen, die hinab in die Dunkelheit führte. Cerryl fühlte auch, dass er – wieder einmal – durch ein Glas beobachtet wurde.

Der Wind wurde stärker und blies nun stetig; etwas Feuchtes fiel Cerryl in den Nacken. Er fuhr herum und sah nach oben. Die Wolken hatten sich dicker aufgeblasen und vereinzelt schwebten weiße Flocken auf sein Gesicht hernieder. Cerryl fühlte die heranziehenden Kopfschmerzen, die immer mit Regen oder Schnee einhergingen.

Cerryl knöpfte die Jacke zu und machte sich auf den Weg zurück zum Turm. Wer verfolgte ihn wohl im Glas – und warum?

LXI

Cerryl stieg langsam zu Myrals Gemach hinauf. Trotz der zwei Wandlampen war es düster im Turm. Schneeregen hämmerte gegen die geschlossenen Fenster und die Läden klapperten. Ein kalter Luftzug wehte um Cerryls Beine, bis er die Tür zum Treppenabsatz geschlossen hatte. In seinem Kopf pochte es leicht, doch das war immer so bei Regen.

»Aaah … ein warmer Wintertag in Fairhaven.« Myral hatte sich in eine weiße Wolldecke gewickelt und blieb am Tisch sitzen, als Cerryl eintrat. Er zeigte auf den Stuhl auf der anderen Seite des Tisches.

Cerryl setzte sich.

»Wie findest du die Bücher?«

»Ich habe sie gelesen, aber ich bin sicher, ich habe nicht alles verstanden.« Cerryl hielt inne. »Ganz bestimmt nicht.«

»Ich selbst bin ja nicht einmal sicher, ob ich alles verstanden habe, und ich habe schließlich eines davon geschrieben.« Myral führte einen dampfenden Becher zum Mund und trank einen Schluck. »Man hat dich früher zum Abfalldienst abgeordnet als die meisten Schüler. Weißt du, warum?«

»Nein, Ser … vielleicht weil ich ein Schreiberlehrling war?« Der Luftzug, der durch die Ritzen in den Läden hereinströmte, ließ Cerryls Beine zu Eisklötzen werden, auch die dicke weiße Hose nützte nichts. Er verlagerte sein Gewicht auf dem harten Holzstuhl und bemerkte dabei den Apfelweingeruch aus dem Becher des Magiers.

»Das ist ein Grund. Zu dem anderen kommen wir später.« Myral trank noch einmal vom Apfelwein. »Man muss wissen, dass Fairhaven nur deshalb zu dem geworden ist, was es heute ist, weil es eine geordnete Stadt ist.« Myral lächelte milde. »Ich habe absichtlich das Wort ›geordnet‹ verwendet, aber das sollte nicht außerhalb der Gilde weiter erörtert werden.« Er hielt inne. »Und selbst innerhalb der Gilde nicht, außer mit mir … oder wenn Sterol oder Jeslek das Thema anschneiden. Niemals mit anderen.«

»Ja, Ser.«

Myral zog die Augenbrauen hoch. »Es gibt einen Unterschied zwischen Gedanken und Wörtern. Vergiss das nicht.«

»Nein, Ser.«

»Wie ein gesunder Mensch auch braucht eine gesunde Stadt Nahrung, eine klare Struktur, frisches, sauberes Wasser und einen Weg, um Unrat zu beseitigen. Die Aquädukte versorgen uns mit Wasser und die Abwasserkanäle transportieren den Unrat weg; die Aufgabe der Gilde ist es sicherzustellen, dass das restliche Gebilde der Stadt funktioniert. Überrascht es dich, dass die Gilde die Weiße Ordnung ist?«

»Äh …« Cerryl war nicht wirklich überrascht, aber ein wenig staunte er schon.

»Du musstest dich bisher um wichtigere Bedürfnisse kümmern. Ich kann mir vorstellen, dass du dich mehr fürs Essen interessiert hast als für die Gilde. Das ist ein Grund, warum Sterol das bestehende Regelwerk großzügig ausgelegt hat, um dich zulassen zu können.« Myral lächelte. »Was die Ordnung betrifft … die meisten Mitglieder der Gilde wollen sie nicht zulassen und sie zollen den Schwarzen nur ungern Anerkennung … aber man kann Ordnung und Chaos nicht trennen und damit überleben.«

Cerryl nickte, weil er nicht wusste, was genau Myral von ihm erwartete.

»Aber genug des Philosophierens. Morgen oder übermorgen, wenn sich das Unwetter gelegt hat, wirst du anfangen, die Kanäle zu säubern, und darin vieles finden, was repariert werden muss. Es gibt einige Dinge, die du in den Kanälen immer bedenken musst.« Myral lachte belustigt. »Erstens, sieh immer nach oben und nach unten. Die Leute achten nicht darauf, was unter ihnen ist, wenn sie die Kanaldeckel öffnen. Und die Steine, auch auf den Wegen, können bröckeln oder glitschig sein.«

Cerryl saß still da. Kanäle sauber machen? Das war der Kanaldienst?

»Zweitens … du wirst von Lanzenreitern begleitet … für sie ist es eine Disziplinarstrafe … Bedenke, welche Gardisten du bei dir hast …« Der Magier zuckte die Schultern.

Gardisten im Kanal? Cerryl befeuchtete sich die Lippen.

»Wir tun unser Möglichstes, um die Kanäle von Unrat und Abwässern frei zu halten … deshalb sind auch die Kanaldeckel so klein. Die Leute sollen keinen größeren Abfall hineinwerfen, wie Äste oder Leichen.« Myral schnitt eine Grimasse. »Immer wieder findet man Leichen – meistens Kinder – und dann müssen wir herausfinden, wer sie getötet hat. Doch dazu komme ich später. Solltest du eine Leiche finden, lass sie liegen und schick einen Boten zu mir.«

Gardisten und Leichen? Was lauerte in den Kanälen nur auf ihn? Die Tür zur Turmtreppe knarrte und Cerryls Augen folgten dem Geräusch, doch dann konzentrierte er sich wieder auf Myral.

»Bei Ästen und jeder anderen Art von Müll, der nicht auf ein Verbrechen hinweist, bleibt es dir überlassen, wie du den Tunnel und die Gänge davon befreist.«

Cerryl runzelte die Stirn. »Mit Chaos-Kraft, Ser?«

»Wie sonst?« Myral lächelte breit. »Wie denn sonst? Du kannst sie mit Sicherheit erzeugen.« Ein Schatten legte sich über Myrals Gesicht, jedoch nur so kurz, dass Cerryl sich gar nicht mehr sicher war, ob er ihn wirklich gesehen hatte. »Es knistert um dich herum. Hör zu, Cerryl, diejenigen, die Chaos-Kräfte lenken können, sind gesegnet und zugleich verflucht. Jemand, der das Zeug zum Schwarzen Magier *hätte,* muss nicht darunter leiden, wenn er sich dazu entschließt, sein Talent brachliegen zu lassen. Jemand, der die Begabung besitzt, die Weißen Kräfte des Chaos zu steuern, hat diese Wahlmöglichkeit nicht. Das Chaos ist so mächtig, dass es gelenkt und diszipliniert werden muss. Wenn nicht, zerstört es jeden mit dem Talent, es zu steuern. Man kann es nicht einfach ignorieren. Mit der Zeit zerstört es sogar die Disziplinierten unter uns.«

Myrals Gesichtsausdruck wurde nun düster. »Man meistert entweder das Chaos oder es meistert einen. Wir können uns nicht einmal eine einzige undisziplinierte Chaos-Bündelung in Candar leisten.«

Cerryl schwieg.

»Du wunderst dich sicher – alle jungen Magier wundern sich darüber –, warum die Gilde keinen duldet, der sich nicht an die Regeln hält. Sind wir so machtbesessen? Sind wir so unsicher, dass jeder, der sich uns widersetzt, vernichtet werden muss?« Ein trauriger Zug um die Mundwinkel verdunkelte den Gesichtsausdruck des Magiers, der sich eine dünne schwarze Haarsträhne zurückstrich, vorsichtig, damit sie seine Glatze nicht freilegte. »Ich fürchte mich vor der Zeit, wenn es keine Gilde mehr gibt und keine Disziplin.«

Wie könnte es keine Gilde mehr geben? Cerryl warf einen Blick zum Fenster, die geschlossenen Läden verwehrten ihm jedoch den Blick auf die Straße, die sich nordwärts zum Platz der Handwerker schlängelte.

»Alles ist vergänglich, junger Cerryl, auch die Gilde und Fairhaven; irgendwann wird ein Chaos-Besessener Candar unterjochen, denn die Besessenen erlangen ihre Macht schneller.« Myral schüttelte den Kopf. »Ich habe es schon einmal erlebt ... doch es wird noch Generationen dauern.« Er griff nach dem Krug und goss dampfenden Apfelwein in den anderen Becher, den er Cerryl reichte. »Ich war nachlässig und dabei zieht es hier so stark.«

Dankbar schlürfte Cerryl den heißen Apfelwein.

»Und was hat das Gefasel eines alten Magiers mit den Kanälen zu tun?« Myrals Traurigkeit verschwand mit einem erzwungenen Lächeln. »In den Kanälen lernt jeder Magierschüler, wie man mit der Chaos-Energie umgeht und wie man sie lenkt. Wenn du versagst, wirst nur du darunter zu leiden haben.«

Das sah Cerryl ein.

»Es gibt zwei Gründe für den Kanaldienst – drei, wenn man die Instandhaltung mitzählt, aber dort besteht deine Aufgabe darin, die Steinmetzen zu schützen. Du musst lernen, die Chaos-Kräfte unter deine Kontrolle zu bringen, und du musst lernen, einen Schild gegen diese Kraft aufzubauen – entweder gegen das Chaos, das du selbst hervorrufst, oder das eines anderen.

Die größten Magier – nicht die bekanntesten, sondern die größten – sind die mit den stärksten Schilden. Ich überlasse es dir herauszufinden, warum das so ist.«

Das war bezeichnend für alle Magier: Sie überließen es den Studenten, die Rätsel zu lösen. Gehörte das zu den Prüfungen oder waren sie einfach zu sehr mit anderen Dingen beschäftigt?

»Du wirst niemals Chaos-Kräfte hervorrufen oder abschirmen, es sei denn in den Kanälen oder wenn ich oder ein Obermagier es anordnen.«

»Sind die Obermagier die mit den Kometenanstecknadeln?«

»Weißt du, warum niemand euch Magierschülern etwas darüber mitteilt? Weil die Gilde nichts übrig hat für Hitzköpfe.« Myral nickte, offenbar mehr zu sich selbst als zu Cerryl. »Man muss vor allen Dingen Vorsicht walten lassen, wenn man mit Chaos umgeht.« Myral lächelte. »Wusstest du, dass man Anya zu dir schickte, um dir Angst einzujagen?«

»Um festzustellen, ob ich fliehen würde?«

»Und Kinowin hatte die Anweisung, dich in dem Glauben zu lassen, dass du die *Möglichkeit* hättest zu fliehen, was ihm allerdings nicht sehr behagte.«

Cerryl sah sich halb bestätigt und halb verwirrt.

»Der Kanal ist eine härtere Prüfung.« Myral hob den Becher mit dem dampfenden Apfelwein. »Auf dass der morgige Tag wärmer wird.«

Cerryl hob seinen eigenen Becher und verneigte den Kopf vor dem dicken Magier. Er wusste, dass ihm nichts anderes übrig blieb.

LXII

Obwohl die Sonne am klaren Himmel auf Cerryls Rücken schien, war ihm kalt, denn der eisige Wind blies aus Nordwesten geradewegs in sein Gesicht. Er und Myral wanderten auf einer Seitenstraße Richtung Westen, gefolgt von zwei Weißen Gardisten.

Myral blieb neben einer weißen, kahlen Granitwand stehen – der Seitenwand eines Lagerhauses – und kniete sich neben das Kanalgitter aus Bronze. Der ältere Magier fuhrwerkte an seiner Börse herum, bis er einen großen Bronzeschlüssel herauszog.

»Cerryl.«

Cerryl beugte sich hinunter.

»Sieh genau hin, was ich mit dem Schlüssel mache. Gebrauche deine Sinne.«

Cerryl spürte ein Chaos-Feld, das sich um das schwere Bronzeschloss hüllte, und darüber dann eine Dunkelheit, bis Myral den Schlüssel umdrehte und das Gitter öffnete.

»Heb das Gitter hoch.«

Cerryl musste sich gehörig anstrengen, um das Gitter anzuheben; es ließ sich durch zwei verborgene Scharnierbolzen bewegen, die fast so dick wie seine Handgelenke waren.

»Lehn es an die Wand.«

Ein Bronzering ragte aus der Wand des Lagerhauses und konnte durch die Gitterstäbe gezogen werden. Myral sperrte das Gitter an den Bronzering und steckte den Schlüssel in seine Börse. Die zwei Gardisten standen in sicherer Entfernung zu der quadratischen Öffnung.

»Hast du gesehen, wie es geht?«

»Ihr habt irgendetwas mit der Dunkelheit gemacht.«

»Genau.« Myral lächelte. »Alle Kanalschlösser sind mit Chaos belegt. Ich erkläre es gleich.« Er wandte sich an die Gardisten. »Bleibt hier, bis wir zurückkehren.«

»Ja, Ser.« Der ältere, graubärtige Wachmann nickte.

Myral stieg auf die oberste Stufe und machte sich auf den Weg nach unten.

Cerryl warf einen Blick über die Schulter auf das Bronzegitter, das Myral angeschlossen hatte, und auf die zwei Weißen Lanzenkämpfer, die den Eingang zum Hauptkanal bewachten. Ein Grinsen erschien auf den Lippen des größeren und jüngeren Wachmanns, doch es verschwand schnell wieder.

Den Blick nach unten gerichtet, folgte Cerryl dem Magier in die Dunkelheit, die die Öllampe, die Myral die schmale Ziegeltreppe ohne Geländer hinuntergetragen hatte, kaum zu erhellen vermochte. Die Schritte hallten von den harten Ziegelwänden wider.

Die ersten Gerüche – eine Mischung aus Dung, Fisch und verdorbenem Fleisch oder noch Schlimmerem – ließen Cerryl beinahe würgen.

»Daran wirst du dich gewöhnen«, rief Myral über die Schulter.

Niemals ... Ich hoffe niemals. Cerryl schluckte und stieg weiter hinab. Verzweifelt versuchte er, nicht an die Quelle dieses fauligen Geruchs zu denken.

Am Fuß der Treppe drehte sich Myral um und wartete.

Der Hauptkanal war ein viereckiger Tunnel aus roten glasierten Ziegelsteinen, das Granitgewölbe befand sich gut zwei Ellen über Cerryls Kopf. Auf der linken Seite verlief ein Fußweg, meist etwa zwei Ellen breit, nur an den Stellen nicht, wo die ellenbreiten Stufen hinabführten. Rechts vom Fußweg verlief ein Graben, in dem die Abwässer flossen; die Oberfläche der trüben Brühe reichte bis ungefähr eine Elle unter den Fußweg.

»Bei Regenwetter kann das Wasser bis zur Hälfte der Treppe steigen.« Myral hielt inne und fügte dann hinzu: »Wir arbeiten nicht in den Kanälen, wenn es stärker regnet.«

Cerryl schaute zurück zu den Stufen und stellte sich all das dreckige Wasser vor, das durch die Tunnel rauschte.

»Die Seitenkanäle sind gerade hoch genug, um darin aufrecht gehen zu können – manchmal – und die Zubringer sind nicht mehr als gemauerte Ziegelgräben, höchstens ein oder zwei Ellen im Quadrat.«

Cerryl beschloss, erst einmal nicht zu fragen, wie er die Zubringer reinigen sollte.

»Am Anfang musst du nicht in den Zubringern arbeiten. Du fängst mit den Nebenkanälen an, wenn ich sicher bin, dass du die Arbeit bewältigen kannst. Nun gehen wir ein Stück weiter, bis der Fußweg etwas glitschiger wird. Es ist nicht weit.«

Ein Dutzend Ellen weiter entfernt von den Stufen blieb Myral erneut stehen. »Nun werde ich dir zeigen, wie man mithilfe von Chaos den Schmutz beseitigt. Sieh mir zu, mit Augen und Sinnen.«

Als sich der Magier der Dunkelheit zuwandte, fühlte Cerryl das sich zusammenbrauende Chaos. Ein weißes, unsichtbares Feuer schien um den Magier zu flackern; doch hinter der Weiße des Chaos stieg ein dunkler Nebel auf, eine wässrige Dunkelheit. Die gleiche Dunkelheit hatte Myral bei dem Schloss angewendet, doch hier war es mehr.

Nun tanzten Flammen über die Steine des Fußweges.

Wo kurz vorher noch grünschwarzer Schleim geklebt hatte, waren nur noch pudriger weißer Staub und saubere Steine zu sehen.

»Was hast du gespürt?«

»Einen schwarzen Nebel und Chaos-Kraft dahinter.«

»Das Schwarze war ein Ordnungs-Schild. Wenn es nicht zurückgehalten wird, dehnt sich das Chaos unkontrollierbar in alle Richtungen aus. Deshalb versuchen nur wenige Leute die Kanalgitter zu öffnen. Wer es versucht, stirbt für gewöhnlich.«

»Ihr packt Chaos in das Schloss?«

»Die Leute würden die Kanäle zu allen möglichen Zwecken benutzen, täten wir das nicht. Nun sieh noch einmal her.«

Myral wiederholte den Vorgang und Cerryl versuchte zu erfassen, wie sich das Zusammenziehen und Loslassen anfühlte, wenn das Chaos-Feuer vom Magier wegschnellte und nur einen sauberen Kreis auf den Steinen zurückließ.

»Hast du gesehen?«

»Ich glaube schon.«

Myral drehte sich zu Cerryl. Eine kleine Flamme züngelte aus seinem Zeigefinger. »Wir fangen mit dem Schild an. Versuch den schwarzen Nebel zu bilden. Dräng die Flammen zu einer dünne Linie zurück.«

Cerryl konzentrierte sich. Nichts. Warum versuchte er, Myrals Chaos-Kraft zu steuern?

»Nein. Ordnung ist nicht einfach die Abwesenheit von Chaos. Versuch das: Chaos ist das Feuer, das in alle Richtungen lodern will, und die Ordnung ist das Eis. Du hast doch schon Schneeflocken gesehen, nicht wahr?«

»Ja, Ser.« In der Hitze des Tunnels – trotz des kalten Windes über ihnen – wischte sich Cerryl den Schweiß von der Stirn.

»Stell dir eine Schneeflocke vor, jede besitzt ein geordnetes Muster, ein sich wiederholendes Kristallgitter.«

Cerryl wusste nicht, was er dazu sagen sollte.

Myral fuhr sich mit dem Ärmel seiner Tunika über die Stirn. Dann seufzte er. »Pures Chaos besitzt kein Muster, nur Macht. Mit reiner Ordnung verhält es sich wie mit Tod oder Eis, es besitzt einen vollkommenen Aufbau und kein Leben. Denk an ein Muster, irgendein Muster. Stell es dir vor: ein Netz, ein Gewebe, ein Gitter ...«

Cerryl nickte.

»... und ordne es um das Chaos an.« Myral schwitzte noch heftiger, als die Chaos-Flammen aus seiner Fingerspitze loderten.

Beim zweiten Mal schuf der Magierschüler das Bild eines Schwarzen Netzes, das sich um das Chaos-Feuer legte. Er blinzelte, als das Chaos-Feuer erlosch.

»Noch einmal.« Diesmal baute Myral eine hellere Flammenlinie auf, so hell, dass Cerryl die Schweißbäche sehen konnte, die über das Gesicht des Magiers liefen.

Cerryl konzentrierte sich voll und ganz auf das dunkle Netz – und das Licht verschwand.

»Gut. Nun bist du dran. Das *kleinste* Chaos-Feuer, das du zu Stande bringst. Das allerkleinste.«

Cerryl gehorchte und versuchte ein kerzenflammengroßes Weißes Feuer über seinem Zeigefinger zu formen.

Ein winziger Lichtpunkt zeigte sich.

»Gut. Und nun nimm die Ordnung und versuch das Licht damit von dir wegzubewegen.«

Cerryl gelang es, das Schwarze Nebelnetz heraufzubeschwören – und schon war das Chaos-Feuer gelöscht. Allerdings auch die Lampe, die Myral in der Hand hielt.

»Die Ordnung ist schwer festzuhalten«, meinte Myral grinsend, »aber sie ist stärker, als die meisten Weißen Magier es für möglich halten.« Die Lampe leuchtete wieder auf, angezündet durch einen Funken Chaos-Feuer. »Nur die, die schon einmal auf einen Schwarzen aus Recluce getroffen sind, wissen es.«

Cerryl wischte sich noch einmal über die Stirn und bemerkte dabei, wie anstrengend die Arbeit mit Myral war. »Wenn die Ordnung so stark ist, warum hat Creslin dann Candar verlassen? Das habe ich mich schon immer gefragt ...«

»Und du hast dich nicht getraut zu fragen?« Myral lachte wohlwollend. »Wenn die Aufzeichnungen aus dieser Zeit auch nur halbwegs stimmen, war er der größte Wetter-Magier, der je lebte, und wahrscheinlich auch der größte Schwertkämpfer seiner Zeit. Und doch ist er geflohen. Du fragst dich nach dem Grund dafür.«

Cerryl nickte fast unmerklich.

»Weil der Mann Verstand besaß, junger Cerryl. Er hatte sich der Gilde widersetzt und das mit Recht ... Wie viele Magier gibt es in der Gilde?«

»Ich weiß nicht.«

»Na schön. Wie viele kennst du?«

»Ich habe vielleicht zwanzig gesehen, vielleicht auch doppelt so viele. Ich bin nicht sicher.«

»Und wie viele Magier waren auf Creslins Seite?«

»Eine Magierin: Megaera.«

»Um genau zu sein, gab es am Anfang noch zwei andere Schwarze, doch das tut hier nichts zur Sache. Wärst du in Candar geblieben, wenn Hunderte von Magiern hinter dir her gewesen wären und wenn alle Soldaten östlich der Westhörner es auf dich abgesehen hätten?«

»Oh ...«

»Aber Creslin war schlau. Eine Insel war so ungefähr der einzige Ort, der die vielen Weißen Magier aufhalten konnte. All das Wasser ... und was noch ärger war für den armen Jenred: Creslin hatte sich eine Insel mit einem Eisenkern ausgesucht.« Myral schüttelte den Kopf. »Aber diese Geschichte verbessert deine Fähigkeiten mit der Chaos-Kraft nicht. Noch etwas mehr Chaos – nur ein wenig mehr.«

Cerryl ließ etwas mehr Chaos-Energie an seinen Fingern glimmen, bis sie so viel Licht verströmte wie die Lampe. Dann wob er langsam ein Schwarzes Netz darum und verwandelte den Finger in eine lange glühende Kerze.

»Jetzt ... stoße die Kraft weg von dir, auf die Ziegel der Tunnelwand oder des Fußweges.«

Cerryl versuchte es ... und das wurmförmige Chaos-Feuer fiel zischend auf die Ziegel, beinahe auf seine Füße.

»Es ist sehr schwer, das Feuer abzustoßen. Deshalb musst du zuerst den Schild weben lernen. Sonst kannst du von deinem eigenen Feuer verbrannt werden.«

Cerryl starrte auf den kleinen sauberen Fleck mit etwas Asche darauf.

»Chaos-Feuer ist nicht gut für die Stiefel – und für die Zehen auch nicht.« Myral beliebte offenbar zu spotten.

Der Magierschüler schluckte.

»Gleich noch einmal. Du musst so lange üben, bis du nicht mehr darüber nachdenken musst, was du tust.«

Cerryl wischte mit dem Handrücken die Schweißbäche von seiner Stirn und atmete tief durch. Ihn beschlich das Gefühl, dass der Tag lang werden würde – sehr lang.

LXIII

Cerryl nahm den großen Bronzeschlüssel, den Myral ihm anvertraut hatte, und steckte ihn ins Schloss. Er baute Schwarze Ordnung auf und hielt das Chaos-Feuer vorsichtig zurück, das ohne diese Beschränkung heftig aufgelodert hätte – oder ohne den Ordnungs-Schild.

Ordnung – um Chaos einsetzen zu können. Diese ungewöhnliche Tatsache traf ihn noch immer wie ein

Schlag, wenn er daran dachte; und nun kam auch noch der Schauder hinzu, den die verschiedenen widerlichen Gerüche verursachten, die aus dem Tunnel unter dem Gitter empor stiegen.

»Besonders schlimm da unten …«, murmelte einer der Gardisten.

»Sie sind alle in einem schlimmen Zustand, wenn sie sauber gemacht werden müssen«, antwortete Jyantyl, der Anführer der Abordnung.

Als Cerryl das Gitter gehoben hatte und Bronzeschloss und Chaos-Energie wieder weggesperrt hatte, wandte er sich an den Anführer.

»Jyantyl, ich weiß nicht, wie lange es dauern wird.« *Ehrlicher könnte er kaum sein!*

»Shelkar und ich, wir werden uns nicht von der Stelle rühren.« Er lächelte. »Ungefähr eine Jahreszeit lang oder so. Die meisten Magier gewähren den Gardisten aber eine Mittagspause und sie selbst brauchen auch eine.«

Cerryl nickte dankbar für die Erinnerung und den Hinweis.

Die anderen zwei Gardisten, Ullan und Dientyr, folgten Cerryl die Stufen hinunter in den Seitenkanaltunnel. Cerryl wäre auf der untersten Stufe beinahe ausgerutscht.

»Bleibt zurück.«

»Ja, Ser.« Als Ullan stehen blieb, schrammte seine Lanze an den gebrannten und glasierten Ziegeln entlang.

Cerryl betrachtete den grünen Schleim auf den zwei untersten Stufen und dann den Tunnel. Die grauschwarze Masse in dem Graben schwappte auf und ab und näherte sich bedenklich dem Fußweg. Von den Tunnelwänden, gut drei Ellen über dem Wasserspiegel, troff der Schleim.

Irgendetwas blockierte den Kanal – irgendwo.

Eines nach dem anderen. Er drehte sich um. »Ullan … geht ein wenig zurück. Ich muss zuerst diese Stufen reinigen.«

Der dunkelhaarige Lanzengardist nickte, die Enden seines dünnen Schnurrbartes zitterten. Er und der blonde Dientyr stiegen wieder hinauf bis fast zur Straße.

Cerryl ging drei Stufen nach oben und sah hinunter. Er holte tief Luft und konzentrierte sich. Erst musste er den Schwarzen Nebelschild aufbauen und dann das Chaos-Feuer von sich schleudern.

Ein Feuerchen purzelte auf die dritte Stufe von unten und reichte gerade noch für die zwei untersten Stufen. Ein paar Funken sprühten, als das Chaos Holzstücke oder Ähnliches entzündete. Cerryl fühlte die Restwärme auf seinen Beinen, und das trotz der Stiefel und der dicken Hose.

Dunkelheit, welch klägliche, schlampig geformte Feuer-Kugel …

Wenige Augenblicke später lag auf den Stufen nur noch weiße Asche, die von den Ziegelwänden rieselte.

Cerryl atmete tief ein und beschwor einen weiteren Schild und noch mehr Chaos-Feuer herauf.

Diesmal gelang ihm ein größerer Feuerball, der etwa drei Ellen Fußweg säuberte. Cerryl ging weiter und unterdrückte ein Würgen, das durch den Gestank, der ihn einhüllte, hervorgerufen wurde.

Sein Blick fiel auf die Seitenwände des Tunnels neben den Stufen und er musste einen Seufzer unterdrücken. *Alles* musste mit Feuer geschrubbt werden. Wirklich alles.

Als er sich zur Wand drehte, hörte er plötzlich ein Gurgeln und Brodeln aus dem Graben. Er sah gerade noch rechtzeitig hin, um eine Gasblase aus der dunkelgrünen Brühe steigen zu sehen.

Cerryl glaubte, nicht mehr atmen zu können, und sprang geschwind zwei Stufen hinauf, um nach Luft schnappen zu können; glücklicherweise hatte er kein Chaos-Feuer entzündet, als die Gasblase geplatzt war.

Er schüttelte den Kopf und kehrte zu Ordnung und Chaos-Feuer zurück, um die Tunnelwand zu säubern. Er drang tiefer in den Tunnel und warf einen Blick auf den Graben.

Dann kletterte er wieder die Stufen hinauf.

»… rauf runter … rauf runter …«

»Sei still, Ullan … sei froh, dass du diese Arbeit nicht tun musst. Irgendwann wirst du vor ihm gehen müssen da unten und dann wird es mit dir genauso schnell vorbei sein wie mit der frischen Luft im Kanal.«

Cerryl beachtete die Scherze der Gardisten nicht weiter und schleuderte von der Mitte der Treppe aus eine Feuergarbe auf den grüngrauen Schaum der Abwässer.

Flammen loderten in alle Richtungen, kleine Explosionen krachten im Einschlagsloch und kurz darauf legte sich weiße Asche auf den Seitenkanaltunnel unter Cerryl. Ein wenig davon stieg mit der heißen Luft und den Gasen aus dem Kanal hinauf in die kühle, frische Luft der Straße.

»… uuhh …«

»Ullan«, warnte Dientyr.

Cerryl überkam schon die Müdigkeit und er hatte kaum den Tunneleingang gereinigt. Ein kalter Windstoß erfasste ihn und fuhr in den stinkenden Kanal.

Cerryl betrat erneut den Fußweg. Eine dünne Schicht weißer Asche bedeckte nun die dicklich wabernden Abwässer, der grüngraue Schaum darauf war jedoch verschwunden. Verbrannt? Cerryl wusste es nicht. Noch mehr lesen, befahl er sich.

Ein neuer Feuerstoß reinigte einige weitere Ellen Fußweg. Cerryl warf einen Blick auf das Abwasserbett. War der Wasserspiegel nicht schon leicht gesunken? Hatte der Schaum, der verbrannt war, den Abfluss behindert?

Langsam wanderte er noch ein halbes Dutzend Ellen in die Dunkelheit; mit seinen Sinnen konnte er genug sehen. Irgendetwas ragte aus dem Graben, nichts Großes, vielleicht eine halbe Elle hoch; Cerryl kam es vor, als wäre der Wasserspiegel auf der anderen Seite niedriger. Eine Ansammlung von Unrat?

Mit einem Schulterzucken feuerte er eine weitere Feuerkugel auf das Ding in dem Graben.

Eine Stichflamme loderte durch den Tunnel und erlosch. Gurgelnd löste sich der Wasserstau auf und der Wasserspiegel im Graben sank.

»Warum hier?« Dann blickte Cerryl zu der Treppe und dem Gitter darüber. Irgendein vorbildlicher Bürger Fairhavens hatte sich wahrscheinlich durch das Gitter eines unliebsamen Gegenstandes entledigt – es musste etwas gewesen sein, das er lieber nicht zum Abfallwagen hatte bringen wollen.

Cerryl schüttelte den Kopf. Was es auch gewesen war, er hatte es soeben zerstört.

Sein Blick wanderte über den Graben, der nun einen etwas gemäßigteren Wasserstand erreicht hatte, und über den Fußweg vor ihm, der noch zu reinigen war.

Ein weiterer Feuerball flammte auf, schrubbte jedoch nur halb so viel Steine wie der letzte; in Cerryls Kopf hämmerte es wie während eines Unwetters, obwohl keine Wolke den Himmel trübte.

Wie konnte er jemals genügend Feuer aufbringen, um alles zu säubern? Für einen Augenblick lehnte er sich an die gerade gereinigte Tunnelwand.

Licht ... Licht ... Myral sprach immer von Licht. Jeslek genauso. Irgendetwas musste es damit auf sich haben; er musste darüber nachdenken ... wenn er irgendwann einmal Zeit und Energie dazu finden sollte.

»Ullan, Ihr und Dientyr könnt nun herunterkommen.« Seine Stimme klang erschöpft und doch schritt er weiter in die Dunkelheit hinein, dem Unrat entgegen.

LXIV

Cerryl klopfte an die Tür zu Myrals Turmzimmer. Genau im gleichen Augenblick fühlte er, wie ihn jemand durch ein Glas beobachtete.

»Komm herein, Cerryl.«

Als das Gefühl der Überwachung verschwunden war, öffnete der Magierschüler die Tür. »Hier bin ich, wie befohlen, Ser.«

»Da bist du ja. Das ist gut.« Myral erhob sich von dem Stuhl am runden Tisch. »Das bedeutet, dass du in der Lage bist, das Schloss zu öffnen und wieder zu verriegeln. Ich hätte es erfahren, wenn du nicht so weit gekommen wärst. Jyantyl hätte mir ebenfalls berichtet, wenn es dir nicht gelungen wäre, alles zu säubern.« Der rundgesichtige Magier zeigte auf den Stuhl. »Setz dich. Du bist den ganzen Tag auf den Beinen gewesen. Wie wäre es mit heißem Apfelwein?«

»Ja, gerne.« Cerryl wartete, bis Myral einen Becher von der heißen Flüssigkeit eingegossen und sich wieder gesetzt hatte. Er konnte ganz leichte Chaos-Rückstände um Myral herum wahrnehmen, jedoch viel weniger, als er bei Jeslek und Sterol schon gesehen hatte. *Fühlen die anderen Magier es bei mir auch?*

»Du warst im Gerberviertel bei dem alten Warenhaus.«

Cerryl nickte und nippte schnell an dem gewürzten Apfelwein, der so viel besser schmeckte als das Wasser oder das Bier, das es zum Frühstück im Speisesaal gab.

»Es ist schon eine Weile her, seit der Tunnel das letzte Mal gereinigt wurde. Wie war es?«

»Der Graben selbst war verstopft, etwa ein Dutzend Ellen von der Treppe entfernt.« Cerryl nahm noch einen Schluck, obwohl das Getränk dampfend heiß war.

»Das passiert oft. Die Leute werfen einfach ihren Unrat durch die Gitter. Der Müll schwimmt ein wenig dahin, manchmal auch über ganz beträchtliche Entfernungen, und fängt sich irgendwo, wodurch dann eine Blockade entsteht.« Myral hob leicht den Kopf. »Hast du gesehen, was es war?«

»Nein, Ser. Ich habe etwas aus dem Schlamm ragen sehen und sofort Feuer darauf geworfen. Da war es schon zu spät.«

»Es ist verbrannt, nehme ich an.«

»Der Schlamm verbrannte und damit auch das, was den Graben verstopfte.«

»Es hätte schlimmer kommen können. Du kannst einen ganz ordentlichen Schlag bekommen, wenn du unvorbereitet poliertes Eisen oder Stahl mit deinem Feuer triffst. Einen ziemlich heftigen Schlag sogar.« Myral strich sich nachdenklich über das bärtige Kinn. »Hast du die Stelle im Süden erreicht, an der die Zubringer abzweigen?«

»Nein, Ser.«

»Wie weit konntest du vordringen?«

»Nicht sehr weit, Ser. Gestern vielleicht vierzig Ellen. Der Schlamm an den Wänden reichte mir fast bis zu den Schultern.«

»Dieser Seitenkanal wurde das letzte Mal vor drei oder vier Jahren gründlich sauber gemacht, wenn ich mich nicht irre. Die Abzweigung befindet sich ungefähr fünfzig Ellen hinter deinem erreichten Punkt. Wenn du dort angelangt bist, versuch die Zubringer zu reinigen, so weit dein Chaos-Feuer hineinreicht.«

»Wie weit sollte ich kommen?«

Myral zuckte die Achseln. »Du hast eben erst begonnen, dein Chaos-Feuer zu lenken. Ich kann es nicht genau sagen. Du solltest es schon fünfzehn bis zwanzig Ellen tief hineinpressen können und der Dampf sollte noch weiter reichen. Du kannst dir den Dampf zu Nutze machen, weißt du das? Versperre die Kanalröhre mit einem Schild und der Dampf kann nur in die andere Richtung ausweichen.«

»Ah ... ja, Ser. Darauf wäre ich selbst nicht gekommen.« Auf wie vieles andere kam er noch nicht von allein?

»Du wirst es lernen. Du lernst während der Arbeit.« Myral lächelte freundlich und stand auf. »Oh, es gibt etwas, das ich vergessen habe, dir zu sagen. Gebrauche niemals deine gesamte Chaos-Kraft.«

Cerryl nickte.

»Das meine ich ernst. Du fühlst doch die Kraft, die sich in dir zusammenbraut, bevor du sie loslässt?«

»Ja, Ser, auf gewisse Weise.«

»Wenn du jedes Mal deine gesamte Kraft einsetzt, wirst du schnell müde. Auch wirst du feststellen – es sei denn, du besitzt so viel Macht wie Jeslek, dass es keine Rolle spielt –, dass deine Fähigkeit, das Chaos zu lenken, über die Jahre hinweg abnimmt.«

»Chaos zurückhalten ...?« Cerryl wusste nicht genau, was er eigentlich sagen wollte.

»So in etwa ... Obwohl ich das nicht so ausdrücken würde. Mache Gebrauch von der Kraft, über die du verfügst, aber nicht über die Maßen. Versuche nicht, das letzte bisschen aus dir herauszupressen, über das du am Ende gar nicht verfügst.«

Das ergab schon mehr Sinn.

»Nun geh zurück an deine Arbeit. Komm morgen wieder – jeden Morgen von jetzt an – und erstatte mir Bericht.«

»Ja, Ser.« Cerryl stand auf.

»Überlege dir, was du tust. Handle nicht einfach.« Myral deutete mit dem Kopf in Richtung Tür.

Cerryl nickte und verließ den Raum, er schloss die Tür und stieg die Treppe hinunter. Als er Schritte hörte, die von unten heraufkamen, hielt er inne.

Auf dem Treppenabsatz blieb er stehen, denn eine rotblonde Gestalt in Grün bog um die Ecke. »Guten Morgen.« Er drückte sich an die Wand, um der grünäugigen jungen Frau Zugang zu Myrals Zimmer zu gewähren.

»Guten Tag.« Leyladin lächelte freundlich, sie machte jedoch keine Anstalten, zu Myral zu gehen oder die Stufen weiter hinauf zu steigen.

Cerryl stand nur verlegen da, er hätte gern eine Unterhaltung begonnen, wusste jedoch nicht, was er sagen könnte – oder wagen könnte zu sagen. Schließlich lächelte er verkrampft und brachte nur ein »Guten Tag« heraus. Dann lief er hastig die Stufen hinunter und spürte dabei ihren Blick im Nacken; er wünschte, er hätte etwas Tiefgründigeres herausgebracht – oder etwas weniger Einfallsloses.

Seit Jahren träumte er von ihr und alles, was er nun zu ihr gesagt hatte, war »Guten Tag«. Er sah noch einmal zurück, doch sie war schon in Myrals Gemächern verschwunden. Cerryl atmete tief durch. Er musste die Kanäle säubern.

LXV

Cerryl trottete den Flur entlang zu seiner Zelle. Sein Hemd, die Tunika, die Hose, alles stank nach Kanal, obwohl er sich sorgfältig gewaschen und die Oberfläche seiner Kleidung vor dem Anziehen mit ein wenig Chaos-Feuer abgebürstet hatte – ein Kniff, den er sich bei Myral abgeschaut hatte. Vielleicht hatten sich die Gerüche der Abwässer aber auch so tief in seiner Nase verankert, dass ein einziger Besuch im Waschraum einfach nicht ausreichte, um den Gestank loszuwerden.

Fast einen Achttag hatte er nun in dem Seitenkanal

gearbeitet und ihn von einem Zugang zum anderen gereinigt – alles in allem etwa dreihundert Ellen. Von dem Abschnitt, den er bearbeitet hatte, zweigte nur eine Hand voll kleiner Zubringer ab, und das war auch gut so, denn Cerryl beherrschte die Technik, Chaos in die kleinen Kanäle aus gebrannten und glasierten Ziegeln zu pressen, nicht sehr gut. Schlamm und Schmutz klebten an manchen Stellen mehr als eine Spanne dick an den Wänden. Cerryl hatte sich oft gefragt, wann die Zubringer wohl das letzte Mal gereinigt worden waren.

Auf einen Abstecher in seine Zelle verzichtete er, denn er wusste, dass er ohnehin schon zu spät zum Abendmahl kam. Er blieb vor dem Speisesaal stehen und wieder überkam ihn das Gefühl, dass ihn jemand durch ein Glas beobachtete – was übrigens immer öfter vorkam in letzter Zeit. Aber wer nur?

Cerryl richtete die Schultern gerade und betrat den Saal, er sah sich um und entdeckte Faltar und Lyasa an einem der runden Tische in der Mitte. Lyasa winkte ihm zu, dass er sich zu ihnen setzen sollte.

»... Kanalschüler ... hat einen ganzen Achttag zwischen zwei Gittern zugebracht – zwei nahe beieinander liegenden Gitter.« Kesrik sah auf und lächelte kalt. Neben dem stämmigen blonden Schüler saß ein rothaariger Junge in einer neuen Magierschülertunika, die roten Streifen am Ärmel leuchteten noch hell. Auf der anderen Seite neben dem neuen Studenten saß Bealtur.

Cerryl erwiderte Kesriks Lächeln und ging weiter zur Anrichte. Sein Magen knurrte nach dem langen Tag.

»... wird ein langes Jahr für ihn.« Bealtur gab sich nicht einmal die Mühe, in Cerryls Richtung zu sehen.

»... sollte zumindest einen Zubringer richtig reinigen«, murmelte Kesrik. »Zumindest einen.«

Davon hatte Myral nichts erwähnt; er hatte Cerryl nur aufgetragen, sie so gut zu reinigen, wie er konnte, und ihm Morgen für Morgen über die Fortschritte zu berichten.

Jeden Morgen hatte der runde Magier Cerryls Fragen beantwortet und immer die gleichen Anweisungen wiederholt, er war weder erfreut noch sonderlich unerfreut erschienen.

Cerryl lenkte nun seine ganze Aufmerksamkeit darauf, Geflügeleintopf auf seinen Teller zu häufen, und wie immer suchte er nach Chaos in seinem Essen und fand nichts. Dann ging er zu Faltars und Lyasas Tisch.

»Man hört, du verbringst eine harte Zeit in den Kanälen«, sagte Faltar leise, während Cerryl es sich am Tisch bequem machte.

»Ich versuche gerade …« Cerryl hielt inne und überlegte, ob er erwähnen sollte, wie er die Kanäle reinigte. »Ja, es ist härter, als ich gedacht habe.« Er biss in das warme, knusprige Brot.

»Niemand hat es leicht in den Kanälen«, sagte Lyasa. »Ich auch nicht.«

»… finde ich gerade heraus …«, murmelte Cerryl und bemerkte dabei, dass er sein Essen viel zu gierig hinunterschlang.

»Man braucht eine Menge Energie und muss viel mehr essen als sonst.«

Faltar blickte von Cerryl zu Lyasa.

»Es ist so«, sagte Lyasa. »Das wirst du schon noch sehen.«

Cerryl hätte gelacht, wenn sein Mund nicht voller Geflügeleintopf gewesen wäre, denn Lyasa vermied es ebenso wie er, das Chaos-Feuer zu erwähnen.

»Es ist wirklich harte Arbeit und ich könnte mir vorstellen, dass Cerryl den garstigsten Seitenkanal im ganzen Kanalsystem zugeteilt bekommen hat.« Lyasa stopfte sich den letzten Rest Brot in den Mund.

Faltar strich sich das blonde Haar aus der Stirn. »Ihr zwei haltet etwas geheim. Ich weiß es genau.«

»Erst wenn du einmal in den Kanälen gearbeitet hast, wirst du das beurteilen können.« Lyasa wandte sich an Cerryl. »Hast du übrigens gewusst, dass der Rat ein Handelsabkommen mit Certis und Sligo geschlossen hat?«

Cerryl erkannte sofort, dass Lyasa nicht nur das Thema wechseln wollte, sie dachte wirklich, er sollte etwas über das Handelsabkommen erfahren, was ihm in der Tat nicht schaden konnte. »Und? So wie du das sagst, ist irgendetwas Ungewöhnliches daran.«

»Sie haben die Waren aus Recluce mit Steuern belegt – hauptsächlich die Wolle.«

Das half Cerryl nicht viel weiter.

»Wir brauchen ihre Wolle nicht«, sagte Faltar. »In Montgren gibt es genügend Schafe.«

»Spidlar braucht ihre Wolle. Gallos. Kyphros. Nur der Norden von Gallos nicht.«

Cerryl brach sich ein Stück von dem noch immer warmen Brot ab und trank einen Schluck Bier dazu. »Was bedeutet das?«

»Geographie …«, sagte Lyasa und zog die Augenbrauen hoch.

Cerryl rief sich die Karte, die Jeslek von ihm verlangt hatte, vor sein geistiges Auge. »Gallos besitzt keinen Hafen – bis auf Ruzor, und das liegt weit weg von Fenard.«

»Der Süden gehört zu Kyphros. Ruzor könnte genauso gut zu Gallos gehören, aber die Kyphrer sind anderer Meinung. Ruzor nützt nur dem Süden etwas und die brauchen keine Wolle, nicht viel jedenfalls. Außerdem haben die Analerianer ihre eigenen Schafe.« Lyasa zuckte die Schultern, als wäre die Folgerung daraus offensichtlich. »Beide, Sterol und Jeslek, haben in der Sitzung darüber gesprochen … das habe ich zufällig gehört.«

»Sie machen sich Sorgen wegen Recluce.«

»Cerryl, seit Creslin und Jenred, dem Verräter, lebt die

Gilde in Angst vor Recluce.« Faltar lachte, dann drehte er sich zu Lyasa. »Was ist mit Recluce?«

Lyasa hob die Schultern und ließ sie abrupt fallen. »Ich weiß nicht genau. Aber der Präfekt von Gallos hört nicht auf Sverlik und der Rat der Händler in Spidlar lässt keinen Weißen Magier in Spidlaria zu. Seit Jahren schon nicht mehr.«

»Dann gibt es Ärger im Westen?«, fragte Cerryl. »Die Händler bevorzugen wohl den Seeweg und Recluce.«

»Und umgehen damit die Straßenzölle nach Fairhaven«, fügte Faltar hinzu.

»Ich bin mir nicht sicher.«

Cerryl wurde das Gefühl nicht los, während er auf seinen Teller starrte, dass sich Lyasa doch sicher war, jedoch nicht vorpreschen wollte. Er stand auf. »Ich muss noch lernen für morgen … Esaak.«

»Du musst zu Esaak? Du machst doch Kanaldienst?«, fragte Lyasa und strich sich das pechschwarze Haar hinter ihre hübschen Ohren.

»Der edle Jeslek ließ mich wissen, dass ich bedauerlicherweise über erhebliche Defizite im Fach Mathematik verfüge.« Cerryl lachte leise. »Das hat sich noch nicht gebessert. Esaak hält mich nun darüber auf dem Laufenden.«

»Das macht er bei allen«, meine Faltar trocken.

»Und deshalb …« Cerryl deutete in Richtung Flur.

Als er den Speisesaal verließ, hörte er Bealtur noch murmeln: »Ja … geh und lerne, das kann dir nicht schaden …«

In seiner Zelle angekommen, nahm Cerryl die *Grundlagen der Mathematik* zur Hand und schlug das Buch pflichtbewusst auf, Schiefertafel und Kreide legte er griffbereit neben sich. Drei Seiten und ein Dutzend Problemstellungen, weiter kam er nicht, dann verschwammen die Zahlen vor seinen Augen.

Er schlug das Buch zu und stand auf. Langsam ging

Cerryl in seinem Zimmer im Kreis herum. Müde war er zwar, aber noch nicht schläfrig. Wenn er jetzt zu schlafen versuchte, würde er mitten in der Nacht aufwachen. Außerdem hatte er Myrals Rat – und den all der anderen – noch nicht befolgt, über Licht und Chaos-Feuer nachzudenken. Er überlegte. Das war nicht richtig. Verschiedene Magier hatten vorgeschlagen, er solle über das Licht nachdenken. Keiner hatte es mit dem Chaos-Feuer in Verbindung gebracht. Gehörte auch das zu den unausgesprochenen Bindegliedern des Wissens, von denen er nur annehmen konnte, dass sie zusammengehörten?

Licht, Handel, Recluce, Kanäle, Mathematik, Recluce … Cerryl konnte sich nur die Stirn reiben. Sein Blick fiel auf die *Farben der Weiße,* dann auf die *Grundlagen der Mathematik.* Er entschied sich für die *Farben der Weiße* und schlug langsam die erste Seite auf.

Licht? Was stand über Licht in dem Buch? Er blätterte durch die Kapitel und versuchte sich zu erinnern, was er gelesen hatte, an die Seiten, auf denen das Licht abgehandelt wurde. Er fand einen Absatz und las ihn, dann runzelte er die Stirn.

Cerryl studierte die Worte noch einmal … Irgendetwas musste es damit auf sich haben.

… das Licht, Geist und Manifestation des Chaos, besitzt weder eine bestimmte Ordnung noch mehr als geringfügige Kohäsion … und doch verkörpert es alle Macht des ursprünglichen Chaos in einer Manifestation, die schwächer sein muss als die seiner Quelle, damit die Gegenstände, auf die es fällt, zu überleben vermögen …

Das ergab Sinn … wenn auch auf sehr abenteuerliche Weise. Cerryl schloss die Augen und versuchte sich zu konzentrieren. Plötzlich zuckte er zusammen und riss die Augen auf … beinahe wäre er eingeschlafen.

Bei der Dunkelheit, er war wirklich hundemüde. Trotzdessen las er noch die nächsten Zeilen.

... die Herausforderung, der sich jeder Magier gegenübersieht, besteht darin, die Macht des Chaos, die im Licht eine Form erhält, zu stärken, ohne das Licht zu bloßen Farbströmen herabzuwürdigen, die keine wirkliche Macht besitzen ...

Bloße Farbströme ohne wirkliche Macht ... Was bedeutete das? Besaßen einige farbige Lichtstrahlen echte Macht? Wie konnte das sein? Cerryls Augen wollten zufallen, doch er hielt sie krampfhaft offen.

Die Folge daraus musste sein, dass das Licht der Sonne weniger mächtig war, als es sein könnte ... und irgendwie hing das mit einer Trennung oder Verstärkung des Lichts durch Trennung in verschiedene Farbstrahlen zusammen.

Morgen vielleicht ...

Cerryl gelang es gerade noch, seine Stiefel auszuziehen und die weiße Tunika aufzuhängen, bevor er ins Bett fiel.

Er erinnerte sich nicht daran, aufgewacht zu sein oder gefrühstückt zu haben, während er erneut in den Seitenkanal hinabstieg, um seine Pflichten wieder aufzunehmen. War er so müde gewesen?

Egal ... er stand wieder unter der Erde in einem langen, schlammigen, schleimigen Kanal ... einem Seitenkanal, in dem der Schaum des Abwassers nach seinen Stiefel zu grapschen schien, mit astdicken Armen, die ihn zu umklammern versuchten.

Cerryl probierte ein Chaos-Feuer, aber seine Feuerstöße waren nichts als kleine Flammenkügelchen, die über die grün überzogenen Ziegelwände spuckten, ohne irgendetwas zu verbrennen. Nach jedem Schritt musste er seine Stiefel befreien. Selbst wenn er sich nicht bewegte, musste er mit heftigem Gestampfe seine Beine vor dem klebrigen Schaum und Schleim bewahren.

Er warf einen Blick zurück über die Schulter, aber die Weißen Lanzenkämpfer waren verschwunden, zusammen mit der Lampe. Das Gitter über den Stufen hatte jemand zugeklappt, mit einem Bronzeschloss verriegelt und mit doppelter Ordnung und zweifachem Chaos gesichert.

Cerryl spürte etwas Warmes auf seinem Rücken und er drehte sich um. Ein Feuerstoß aus Chaos türmte sich plötzlich vor ihm auf. Licht über Licht, Licht, das wie Chaos-Feuer brannte, jedoch noch heller, loderte aus dem Chaos-Ball; seine Tunika ging in Flammen auf, Blasen bildeten sich auf seinem Gesicht und die Lanzen des Lichts durchbohrten ihn wie Feuerspeere.

Cerryl fuhr entsetzt auf. Schweiß lief ihm über die Stirn. Es war nur ein Traum gewesen, ein sehr wirklichkeitsnaher Traum zwar, aber nur ein Traum.

Und doch konnte er das Chaos fühlen – und noch etwas ganz in seiner Nähe. Seine Augen und Sinne durchsuchten die Zelle, doch er fand nichts. Cerryl massierte sich die Schläfen. Es musste der Traum gewesen sein.

Doch er hielt es nicht länger aus und trottete barfuß über die kalten Steine zur Tür, hob den Riegel hoch und öffnete sachte die Tür zum Flur nur einen Spalt breit. Seine Augen sagten ihm, dass niemand durch die Dunkelheit huschte, so lange vor der Dämmerung; seine Sinne jedoch wussten, dass *jemand* in der Nähe war, gleich neben seiner Tür. Dann wurde Faltars Tür geöffnet und wieder geschlossen.

Cerryl schluckte. Er hatte niemanden gesehen, nicht einmal Faltar. Und doch war jemand vorbeigegangen. Er schnupperte in die Luft. Ein Duft … ein leichter Geruch … irgendwie vertraut … Sandelholz.

Die Einzige in den Hallen, die sich in Düfte hüllte war Anya – zumindest war sie die Einzige, von der er es wusste. Aber … Anya – in Faltars Zelle? Warum? Faltar war doch nur ein Magierschüler und wahrscheinlich noch ein gutes Jahr davon entfernt, ein vollwertiger Magier zu werden; vielleicht auch noch mehr, denn Faltar lernte schon länger in den Hallen als Cerryl und hatte seinen Kanaldienst noch nicht abgeleistet.

Anya … warum? Warum stieg sie heimlich zu Faltar ins Bett? Was hatte Cerryl noch alles nicht mitbekommen? Er rieb sich das Kinn und fühlte den Bart, von dem er schon gedacht hatte, er würde niemals sprießen. Wie hatte Anya es fertig gebracht, unsichtbar zu werden?

Licht? Hatte sie Ordnung benutzt, um sich in Licht zu hüllen?

Plötzlich bemerkte Cerryl, dass seine Füße eiskalt geworden waren und er noch immer an der angelehnten Tür stand. So leise wie möglich verriegelte er die Tür und stieg wieder ins Bett. Seine Gedanken kreisten wild in seinem Kopf.

Jedes Mal, wenn er sich umdrehte, war da ein Licht – eine Spur von Licht – aber er verstand immer noch nicht … nicht richtig jedenfalls. *Die Farben der Weiße* gaben nur indirekte Hinweise … mehr nicht. Myral deutete nur an … mehr nicht.

Mit einem Seufzer wickelte sich Cerryl in die dünne Decke.

LXVI

Cerryl starrte durch die Dunkelheit des Seitentunnels auf die Ziegelreihe, wo der Schleim anfing; dann konzentrierte er sich auf den Ordnungs-Schild und die Lenkung des Chaos. Seine Nase zuckte bei dem widerlichen Gestank, der aus der Brühe in dem Grabenabschnitt zu seiner Rechten aufstieg.

Genau wie in seinem Traum brachte er nur ein Chaos-

Feuerchen zu Stande, das lediglich einen kleinen Flecken der Wand – keine zwei Ellen – reinigte und nur eine Spur weißen Staubes zurückließ. *Wenn du dich nicht anstrengst, hast du einen langen Tag vor dir – und noch eine lange Zeit in den Kanälen.*

Cerryl nahm sich zusammen, richtete sich auf und atmete tief durch. Beim zweiten Versuch stellte er seinen Schild schräg auf.

Zischend spritzte das Chaos-Feuer fast wie eine Flüssigkeit über die Ziegelsteine und schrubbte dabei eine mehr als doppelt so große Fläche als beim ersten Versuch sauber.

Hinter ihm klapperte Ullan nervös mit seiner Lanze auf den Steinen des Fußweges. Die dumpfen Schläge hallten durch den Kanal und in Cerryls Ohren. Der Magierschüler blieb stehen, scheute jedoch davor zurück, den Lanzenkämpfer zu ermahnen ... aber das Geräusch lenkte ihn ab.

»Hör auf«, flüsterte Dientyr.

Cerryl wartete, bis das Echo verstummt war, und widmete dann seine volle Aufmerksamkeit wieder dem Chaos-Feuer an der Tunnelwand über dem Abwassergraben.

Diesmal vermochte er das Feuer jedoch nicht hoch genug zu werfen und erreichte kaum die Ziegel, die sich eine Elle über dem Wasserspiegel befanden.

Cerryl runzelte die Stirn. Bevor er angefangen hatte, darüber nachzudenken, wie man Chaos-Feuer handhabte und steuerte, war es ihm viel leichter gefallen. Warum? Er beabsichtigte doch nicht, wild mit dem Feuer um sich zu werfen – oder sonst irgendwie unachtsam damit umzugehen. Er hatte genau gesehen, wie wenig es dem flüchtenden Weißen Magier bei Dylerts Mühle eingebracht hatte.

»Weniger Ordnung ... mehr Chaos ...«, murmelte Cerryl und versuchte es ein drittes Mal. Das Ergebnis schien zwar etwas besser zu sein, doch nicht sehr – nur ein kleiner sauberer Fleck auf dem Fußweg, vielleicht drei Ellen lang und eine breit.

Verbissen arbeitete er weiter und so gelang es ihm, Elle für Elle reinzuwaschen. Nachdem er eine Strecke von fast zehn Ellen gesäubert hatte, bearbeitete er den Schaum auf dem Abwassergraben mit Feuer. Eine Stichflamme brannte über die Oberfläche hinweg und hinterließ eine schaumfreie Brühe und einen Geruch, in dem sich Asche, Dung und Schlimmeres mischten.

Allmählich arbeitete sich Cerryl Stein für Stein vor, er musste jedoch feststellen, dass er immer längere Pausen zwischen den Feuerstößen einlegen musste … und dass Ullan wieder angefangen hatte, die Lanze gegen die Steine zu klopfen. Cerryl blickte Ullan einen Augenblick lang eindringlich an.

»Entschuldigung, Ser.« Ullan warf den Kopf zurück und die Enden seines dünnen Schnurrbartes zitterten.

Wortlos wandte sich Cerryl wieder der Dunkelheit vor ihm zu.

Als ein Feuerstoß einen dicken Ast verkohlte, flüsterte Dientyr Ullan erneut etwas zu: »Hör auf, mit der Lanze gegen die Wand zu klopfen. Er ist zwar kein Jeslek, aber er besitzt genug Energie, um uns zu rösten.«

Kein Jeslek? Noch nicht. Cerryl presste die Lippen fest aufeinander und ließ dann dem Feuer freien Lauf.

Fauchend loderte der ungedrosselte Feuersturm in den Tunnel, über Wand und Graben in alle Richtungen, eine Fläche von fast zehn Ellen Länge und fast der gleichen Höhe blieb gesäubert zurück.

»Ghhhp!« Ullan schluckte, danach folgte Stille.

Cerryl lächelte in sich hinein, doch das Lächeln erstarb schnell. Irgendwie … irgendwie musste es doch möglich sein, gezielte Kontrolle mit entspanntem Chaos-Fluss zu vereinen … irgendeine Möglichkeit musste es geben. Doch das stellte Cerryl vor die größten Schwierigkeiten, denn er verstand noch gar nicht richtig, was er eigentlich tat.

Er rief sich Myrals Worte in Erinnerung und konzentrierte sich dann auf die Spaltung des Chaos in einen roten Lichtstrahl, einen grünen ... doch heraus kam etwas ganz anderes. Drei verschiedene Strahlen leuchteten auf: gelbe, blaue und rote Flammen loderten über den Schlamm des Fußwegs und ließen lediglich einen schwachen Dampf zurück, die Steine jedoch waren so schmutzig wie zuvor.

»... war das?«, murmelte Ullan.

»Sei ruhig ... weiß es nicht und will es auch nicht so genau wissen«, zischte Dientyr. »Wird uns noch beide zu Asche verwandeln.«

»Uuuuhhhfff.«

Ohne sich umdrehen zu müssen, wusste Cerryl, dass Ullan einen Ellbogen oder dergleichen in der Magengrube deutlich zu spüren bekommen hatte. Er starrte auf den fast unsichtbaren, aber stinkenden Dampf, der sich langsam auflöste, während Cerryl zusah. Drei Farben?

Cerryl atmete tief durch und drehte sein Gesicht zur Wand über dem Wassergraben.

LXVII

Esaaks Hand flog über die Tafel und ließ eine lange Reihe von Zahlen zurück. »Verstehst du? Nimmt man die Fläche des Querschnitts ... Ha!« Esaak starrte Cerryl an. »Verstehst du denn nicht?«

Cerryl hatte große Schwierigkeiten: Er verstand sehr wohl, warum es notwendig war, das zu wissen, aber Esaaks Erklärungen verstand er nicht.

»Siehst du noch immer nicht ein, warum das Studium

der Mathematik notwendig ist … nach all dem, was ich dir gesagt habe … trotz Fairhaven als Beweis dafür?« Der dicke Magier seufzte aus tiefstem Herzen und sein Doppelkinn schwabbelte.

»Ser …«

»Du arbeitest doch in den Kanälen, habe ich Recht?«

»Ja, Ser.«

»Fließt das Wasser, wenn der Kanal sauber ist, nicht genau innerhalb des Grabens?«

»Ja, Ser.«

»Woher wusste wohl der Ingenieur, der diesen Seitentunnel gebaut hat, wie groß er ihn bauen musste? Hat er einfach nur geraten?«

Cerryl fühlte sich völlig leer. Er wusste natürlich, dass der Ingenieur nicht geraten hatte. Esaak hätte ja sonst die Frage nicht aufgeworfen, aber warum stellte der alte Magier eine so unnütze Frage? »Er bediente sich der Mathematik.«

»Glänzend. Aber nun … wie und warum?«

Wie? Das wusste Cerryl nun wirklich nicht. »Er bediente sich der Mathematik, um sicherzustellen, dass der Kanal nicht einstürzte oder zu klein war. Das verstehe ich ja, Ser. Aber es sind die Formeln und der Umgang mit Zahlen, womit ich Schwierigkeiten habe.«

»Cerryl … du bist so gescheit und gleichzeitig so dumm.« Esaak wischte sich die schweißnasse Stirn trocken. »Niemand … niemand hat dich jemals etwas gelehrt, habe ich Recht?«

»Nein, Ser.«

»Wie hast du lesen gelernt? Jeslek und Sterol behaupten, du könntest sehr gut lesen – zumindest was Geschichtsbücher und Karten angeht.«

»Ich habe die Tochter meines Meisters dazu überredet, mir die Buchstaben beizubringen, und ich habe ihre Bücher gelesen – zumindest die, die sie mir leihen wollte. Später hat mir Tellis, der Schreiber, geholfen.«

»Zu dumm, dass sie dir nichts über Zahlen beibrachten. Welche Verschwendung. Ich werde mein Bestes versuchen, obwohl es in deinem Alter schon fast unmöglich ist, solch schwierige Dinge noch zu lernen.« Esaak hielt inne. »Diese Formel … sie zeigt …« Wieder hörte Esaak auf zu reden. »Hast du schon einmal einen Bewässerungsgraben gesehen? Nun, im Grunde ist der Abwasserkanal nichts anderes …«

Cerryl zwang sich, aufmerksam zuzuhören, und hoffte, dass er das Gesagte auch dann noch behalten konnte, wenn er Esaaks Zimmer verlassen hatte und wieder in die Kanäle hinabgestiegen war.

LXVIII

Cerryl klopfte an die messingbeschlagene weiße Eichentür.

»Du kannst hereinkommen, Cerryl«, rief Myral.

Wie an jedem kalten Morgen schlürfte der ältere Magier heißen, gewürzten Apfelwein aus einem irdenen Becher. Die Läden waren geschlossen, doch durch haarfeine Risse im Rahmen fielen helle Sonnenstrahlen herein, die sich im Wind, der am Turm vorbeifegte, zu bewegen schienen. Myral hatte eine weiße Reisedecke über seine Knie gebreitet, obwohl die Tage – so empfand es Cerryl jedenfalls – bereits wesentlich wärmer wurden.

Myral bemerkte Cerryls fragenden Blick auf die Decke. »Die Tage scheinen wohl wärmer zu werden, aber ich friere immer mehr. Ich bin versucht, Sterol zu bitten, mich nach Ruzor zu schicken, nur …« Er schüttelte den Kopf und lächelte gequält. »Dort ist es das ganze Jahr über warm.«

»Einige behaupten gar, dass es dort heiß ist.« Was wollte Myral sagen?

»Diese Knochen könnten etwas Wärme vertragen. Manchmal hätte ich gegen eine Hitze wie in den Steinhügeln nichts einzuwenden.« Myral trank vom heißen Apfelwein.

Cerryl warf einen Blick auf den kleinen Ofen, in dem noch eine Hand voll Kohlen glühte.

»Die Kohlen geben länger Wärme ab als ein loderndes Feuer.« Myral räusperte sich. »Deine Fortschritte?«

»Weitere dreißig Ellen gestern, Ser, in etwa.« Nach einer kurzen Pause fügte Cerryl hinzu: »Ich hatte da ein Problem neulich.«

»Mit den Lanzenkämpfern oder mit dir selbst? Drück dich genauer aus, Cerryl.« Myral runzelte die Stirn. »Welches Problem?«

»Mit mir. Ich wollte genauer arbeiten und versuchte, das Chaos-Feuer zu steuern. Doch je angestrengter ich es versuchte, desto weniger Kraft hatte ich.« Cerryl schluckte. »Äh … dann dachte ich über das Licht nach … so wie Ihr es empfohlen habt, und ich erhielt gleichzeitig drei Lichtblitze: rot, gelb und blau. Sie vermochten jedoch den Schlamm nicht zu verbrennen. Was immer es gewesen war, das ich da getan habe, es gelang mir kein zweites Mal.«

»Mmmmh.« Myral nippte an seinem Apfelwein, warf einen Blick zur Tür hinter Cerryl und hustete. »Was geschah mit deinem Chaos-Feuer?«

»Ich hielt den Schild niedriger und dachte nicht weiter darüber nach, da loderte ein ungeheures Chaos-Feuer auf. Die Farben machten mir jedoch Sorgen. Chaos-Feuer folgt gewöhnlich einem Bogen und fällt am Ende zu Boden, aber diese Strahlen verhielten sich anders, und …« Cerryl hielt inne. Hatte er nicht gerade Fußtritte auf der Treppe gehört? Leyladin?

Trotz Lyasas Warnung interessierte sich Cerryl immer

noch für die Heilerin. Warum konnten sich Schwarze und Weiße nicht lieben – ohne Gefahr? War Leyladin denn wirklich eine Schwarze? War sie gar Myrals Geliebte?

Ein kaum wahrnehmbares Scharren drang durch die Tür und Cerryl fühlte, dass jemand draußen auf dem Treppenabsatz wartete.

»Äh …« Myral warf einen Blick auf die schwere Weißeichentür. »Das ist etwas, das du selbst herausfinden musst, junger Cerryl. Jeder Magier muss das, weißt du. Der Umgang mit Chaos lässt sich nicht wie Mathematik erklären, wo jede Zahl immer den gleichen Wert besitzt.«

Der jüngere Magier unterdrückte ein Stirnrunzeln. Kraft war aber doch schließlich Kraft … Irgendwie fühlten sich Myrals Worte falsch an, Cerryl konnte jedoch nicht genau sagen, warum.

»Denk über das Licht nach. Vielleicht musst du die *Farben der Weiße* noch einmal lesen – vielleicht noch gründlicher.«

Cerryl nickte und musste sich zurückhalten, um nicht gleich zu protestieren, dass er das schon so oft getan hatte – öfter, als alle vermuten würden.

»Du kannst gehen«, meinte Myral mit einem weiteren Blick zur Tür.

»Ja, Ser.« Cerryl stand auf.

»Bis morgen.«

Nach einem Nicken drehte sich Cerryl um und ging zur Tür, er öffnete sie und trat hinaus auf den Treppenabsatz, wo in der Tat jemand stand.

»Guten Tag, Leyladin.« Cerryl lächelte strahlender als eigentlich beabsichtigt, als seine Augen das ovale Gesicht erblickten, das blonde Haar, das einen leichten Rotton besaß und nicht ganz bis zur Schulter reichte, die grünen Augen, die sogar in der Düsternis des Treppenhauses noch leuchteten, und die vollen Lippen, die jedoch nicht zu voll waren.

»Guten Tag, Cerryl.« Sie erwiderte sein Lächeln freundlich, aber nicht auffordernd. »Sei vorsichtig in der Tiefe.«

»Danke.« *Und jetzt?*, fragte er sich. Noch bevor Cerryl weitere Schritte unternehmen konnte, öffnete Leyladin bereits die Tür zu Myrals Gemach und schlüpfte hinein; ohne ein weiteres Wort hatte sie ihn auf der Treppe stehen lassen.

Mit einem Schulterzucken, das keineswegs seine tiefsten Gefühle widerspiegelte, stieg Cerryl die Steintreppe bis zur Eingangshalle hinunter, den Wächtern am Fuße der Treppe schenkte er keine Beachtung. Diesmal hatte er schon ein paar Worte mehr herausgebracht, ein paar wenigstens, doch noch immer schien seine Kehle wie zugeschnürt in ihrer Gegenwart. Sie war wirklich wunderschön.

Er durchquerte die Eingangshalle und blieb im hinteren Teil der Halle stehen, als sich ihm eine rothaarige Gestalt näherte. Er verbeugte sich. »Seid gegrüßt, verehrte Anya.«

»Um so vieles älter als du bin ich nicht, Cerryl.« Ein warmes Lächeln blitzte in Anyas Gesicht auf, ein Lächeln, dem Cerryl misstraute, obwohl er dessen Wirksamkeit bewunderte. »Wenn du weiter so gut arbeitest, wirst du schon in wenigen Jahren vor dem Rat stehen ... und dann werden wir für eine lange Zeit zusammenarbeiten.«

Der Duft von Sandelholz, vermischt mit Rosenduft und anderen schweren Blütenessenzen, hüllte ihn ein, so stark, dass ihm fast übel wurde.

»Ich habe den Dienst in den Kanälen kaum angefangen«, entgegnete er, »aber Ihr seid sehr freundlich.«

»Du bist sehr vorsichtig, eine bewundernswerte Eigenschaft.« Ihr Lächeln wurde noch oberflächlicher. »Tu dein Bestes in den Kanälen.«

Während Anya sich mit einem Nicken verabschiedete

und durch die hohe Eingangshalle in Richtung Turm schritt, wandte sich Cerryl dem Hof und den Kasernen zu, wo er Jyantyl und die anderen Lanzenkämpfer treffen würde, die ihm zugeteilt worden waren. Bei Jyantyl konnte sich Cerryl jedoch sicher sein, dass er nicht nur die disziplinarischen Maßnahmen überwachte, sondern auch an höchster Stelle über ihn berichtete.

Als Cerryl den Hof betrat, fühlte er die warmen Sonnenstrahlen auf dem Gesicht. Fand der Winter wohl doch noch ein Ende? Hatte er nun wirklich fast ein Jahr in den Gildehallen der Magier verbracht? Im Frühling wurde es ein Jahr.

So vieles war geschehen ... und doch auch so wenig. So viele versteckte Prüfungen – und Fallen. Nach fast einem Jahr wusste er immer noch nicht, ob es sich bei dem vergifteten Apfelwein nur um eine Prüfung gehandelt hatte; Cerryl vermutete in der Zwischenzeit jedoch immer mehr, dass es ein roher Mordversuch von Kesrik oder Bealtur gewesen war. Doch das konnte er nicht beweisen, er wagte ja nicht einmal darüber zu sprechen ... denn ... sollte es eine Prüfung gewesen sein ... Er schüttelte den Kopf. In der Mathematik brachte er es zwar nur zu schwachen Leistungen, doch seine Wahrnehmungen waren stark. Den Apfelwein zu erwähnen würde keinem etwas bringen, zumal Myral der Einzige war, der stets Apfelwein trank; und Cerryl bezweifelte stark, dass sich Myral dazu hergeben würde, jemanden zu vergiften. Kesrik dagegen erschien ihm nicht schlau genug, um sich so etwas allein auszudenken und auch auszuführen.

Hatte gar jemand versucht, sich zweier Menschen zu entledigen? *Noch mehr Vermutungen, die du nicht beweisen kannst.*

Es verhielt sich wie mit der Mathematik und dem Chaos-Feuer ... er wusste einfach nicht genug darüber.

Die eiskalten Wasserspritzer aus dem Springbrunnen

taten der Wärme der Sonne keinen Abbruch, doch Cerryl lief schnell weiter durch die hintere Halle in den nächsten Hof zu den Kasernen.

»Wir sind bereit, Ser.« Jyantyl nahm Haltung an, als Cerryl auf ihn zulief.

»Gut.« Cerryl schlug die Richtung zur Hauptstraße ein, Jyantyl ging neben ihm, die anderen vier Lanzenkämpfer jeweils zu zweit nebeneinander hinter ihnen.

Die Zubringer zum Seitenkanal, die Cerryl zugeteilt worden waren, befanden sich mehr als zwei Meilen vom Platz der Magier entfernt und der Weg dorthin führte leicht bergauf die Hauptstraße entlang.

Cerryl musste seine Gedanken ordnen, während er die Straße entlang marschierte. Warum folgte das Chaos-Feuer einem Bogen und fiel dann zu Boden? Das Licht hingegen strahlte einfach geradeaus. Chaos-Feuer brannte und Licht nicht. Cerryls Lippen spannten, er befeuchtete sie mit der Zunge. Die farbigen Lichtstrahlen hatten gebrannt – jedoch nicht so stark wie chaotisches Weißes Licht. Sonnenlicht brannte auch nicht, es sei denn, man bündelte es mit einem Glas oder hielt sich einen ganzen Hochsommertag lang im Freien auf. Dann war es also nicht die Farbe des Lichts, sondern das Chaos im Licht, das brannte.

Wie konnte man aber die Farbe vom Chaos trennen? Cerryl legte die Stirn in tiefe Falten, während er auf der Hauptstraße rasch nach Norden schritt.

»Er hat es eilig heute Morgen«, brummte Ullan.

»So geht's doch allen Magiern«, antwortete Dientyr.

»Ruhe«, schnauzte Jyantyl die beiden an.

Sie setzten ihren Weg auf der Hauptstraße fort, überquerten den Marktplatz, die Straße der Juweliere und den Platz der Handwerker, bis sie in Sichtweite der Nordtore kamen; dort bogen sie nach links ab.

Vor dem Lagerhaus angekommen, schloss Cerryl das

Bronzegitter auf, lehnte es an die Wand und befestigte es an dem dortigen Eisenring. Dann stieg er die Ziegeltreppe hinunter in den Kanal. Auch nach all den Achttagen, die er damit zugebracht hatte, die Seitenkanäle mit Chaos zu schrubben, hatte sich der Schleim nicht wieder auf die Wände gelegt.

Hinter ihm steckte Dientyr die Kanallampe an und er und Ullan folgten Cerryl in die Tiefe.

Cerryl stand eine Weile vor den bereits chaos-gebürsteten Ziegeln und starrte in die schlammige Dunkelheit, die sich bis zum Haupttunnel, westlich der Hauptstraße, hinzog; seine Gedanken wirbelten immer noch wild in seinem Kopf herum. Seinen eigenen Weg finden? Wie? Konnte er dem Chaos freien Lauf lassen und es gleichzeitig mithilfe der Ordnung trennen und lenken?

Das musste der richtige Weg sein. Wie … das war die andere Frage.

Schließlich holte Cerryl tief Luft und ließ das Chaos los, er baute nur einen schwachen Schild auf und beobachtete und steuerte gleichzeitig.

Rot getönte Weiße flammte überall auf und verschwand wieder, sofort danach wirbelte weiße Asche durch den schummrigen Lichtkegel der Lampe, die Dientyr mit beiden Händen umklammerte; er stand etwa vier Schritte hinter Cerryl.

Nachdem er sich gesammelt und einige Male tief durchgeatmet hatte, ging Cerryl einige Schritte weiter, bis er vor dem ungesäuberten Abschnitt stand. Nach kurzem Zögern folgte Dientyr mit der Lampe und das dumpfe Klopfen von Ullans Lanze sagte Cerryl, dass dieser auch aufgeschlossen hatte.

Cerryl stand in der widerlichen Tiefe und versuchte sich ein Glas vorzustellen, das vor ihm in der Luft hing, ein Stück ungeschliffenes Glas, das Licht in verschiedene farbige Strahlen zerlegen konnte. Langsam sammelte er das Chaos – wo es wirklich herkam, wusste er allerdings noch nicht so genau – und ließ es durch die Chaos-Linse fließen.

Drei Lichtstrahlen tanzten plötzlich über den Schlamm auf dem Fußweg. Dampf stieg auf, der Schlamm verfärbte sich schwarz, verbrannte jedoch nicht.

Cerryl holte tief Luft. Die Spaltung des Licht sollte doch eigentlich nicht zwingend mit einer Schwächung einhergehen – oder?

Er versuchte es erneut. Wieder erhielt er nur farbige Lichtlanzen, die dampften und den Schlamm schwärzten, aber nichts reinigten.

Cerryl wusste, dass er irgendetwas vergessen haben musste, doch was konnte es nur sein? Das bedeutete wieder einen langen Tag unter den Straßen von Fairhaven und vermutlich noch viele weitere – zu viele weitere – lange Achttage.

LXIX

Draußen vor dem Magierturm klatschte der kalte Vorfrühlingsregen gegen die Steine und Läden, ab und zu drang ein eiskalter Windstoß durch die geschlossenen Läden. Drinnen wärmten einige glühende Kohlen Myrals Zimmer.

Cerryl saß auf dem harten Stuhl.

»Du siehst besorgt aus.« Myral hob seinen Becher mit dampfendem Apfelwein. »Bedien dich.«

»Danke.« Der angehende Magier goss sich einen halben Becher voll aus dem Krug und suchte den Wein sogleich nach Chaos ab, dann nahm er einen Schluck von der wärmenden Flüssigkeit und hoffte, dass dies seine Kopfschmerzen lindern würde.

»Was hast du für Schwierigkeiten?«

»Manchmal scheint es, als könnte ich große Abschnitte der Kanäle mühelos säubern, als ... als hätte ich seit Jahren nichts anderes getan. Dann wieder, sehr oft, um ehrlich zu sein, versuche ich Chaos-Feuer auf irgendetwas zu richten, und es kommt nur ... nur tropfenweise heraus. Oder es schießt heraus wie ein Lichtstrahl, wärmt die Ziegel, beseitigt jedoch keinen Schlamm oder Schleim. Manchmal gelingt es mir, den Schlamm zumindest zu schwärzen ...«

»Das Feuer gleicht einem Lichtstrahl?«, fragte Myral.

Cerryl nickte.

»Daran solltest du weiter arbeiten ... wenn du kannst.«

»Wenn ich kann? Können nicht alle Magier ...«

»Nein.« Der ältere Magier schüttelte den Kopf. »Die Alten von Cyador vermochten es alle, wenn man den überlieferten Schriften Glauben schenken darf, aber heutzutage verfügen nur wenige über diese Gabe. Sehr wenige. Es wäre gut, wenn du es könntest.«

»Ich weiß nicht. Man braucht eine Menge Ordnung dazu ... glaube ich.« Cerryl wunderte sich über Myrals Zurückhaltung, über eine kaum wahrnehmbare Falschheit, und doch wirkte Myral, als läge ihm etwas an Cerryl. Schon wieder ... was hielt er zurück?

»Cerryl«, begann Myral milde, »du kannst Chaos anwenden, ohne selbst das Chaos zu sein.«

Das war eine klare, direkte und wahre Aussage und der junge Magier konnte nur schlucken, als Myral fortfuhr.

»Die Welt ist voller Ordnung und Chaos. Einige Kräfte können sich frei bewegen; andere sind gebunden an die Elemente der Welt. Das Chaos ist in den geschmolzenen Felsen der Feuerberge enthalten und Chaos nährt die Wasser der heißen Quellen. Ordnung ist in Eisen eingeschlossen. Chaos ist nicht an dich oder mich oder Jeslek gebunden. Wir lenken das Chaos – was bedeutet, dass wir es aus der Welt um uns herum ziehen. Das habe ich dir schon einmal erklärt und es ist auch in den *Farben der Weiße* beschrieben. Es ist wichtig, dass du es verstehst. Wenn du in den Kanälen mit Chaos hantierst, kommt es nicht aus dir selbst, sondern aus der Welt um dich herum. Du musst es nicht zu einem Teil deiner selbst machen. Andere müssen das.« Myral lächelte traurig. »Sie sterben jung.«

»Aber ... warum?«

»Am Anfang ist es einfacher, das Chaos durch sich selbst fließen zu lassen und es in sich aufzunehmen.« Myral grinste amüsiert. »Meistens erfordert es viel Zeit und Mühe, egal welches Handwerk man erlernt, die richtigen Fähigkeiten zu entwickeln. Du hast gerade entdeckt, dass du Chaos entweder außerhalb deiner selbst bündeln oder es durch dich selbst fließen lassen kannst, und du hast erhebliche Mühe damit. Derzeit erzielst du noch bessere Ergebnisse, wenn du es durch dich selbst fließen lässt. Habe ich Recht?«

»Ja«, musste Cerryl zugeben.

»Du hast die Wahl.« Myral stand auf. »Ich kann dir keine Ratschläge mehr dazu geben, dich keine einfachen Methoden der Kontrolle lehren, ich kann dir nur meine Beobachtungen mitteilen.« Er zeigte zur Tür. »Du musst in den Kanälen so lange daran arbeiten, bis du das Chaos sicher unter Kontrolle hast.«

Cerryl schluckte hastig den letzten Schluck Apfelwein hinunter und zuckte zusammen, als die heiße Flüssigkeit seinen Hals versengte. Er rückte den unbequemen Stuhl zurück und stand auf.

»Ich habe keine Geheimnisse vor dir«, fügte Myral hinzu. »Ich kann dich nur die gegebenen Tatsachen lehren, doch du selbst musst herausfinden, wie du sie dir zu Nutze machen kannst.«

»Ja, Ser.«

»Cerryl.« Myrals Stimme klang hart. »Du kannst entweder ehrlich versuchen zu verstehen oder du kannst es nur vortäuschen und damit scheitern und jung sterben. Du hast die Wahl.« Er deutete ein zweites Mal mit dem Kopf zur Tür.

Auch als Cerryl den Raum längst verlassen hatte und die Steintreppe hinunterstieg, hallte der Knall der zugeschlagenen Tür noch in seinen Ohren nach, sein Hals brannte immer noch und ihm war zum Weinen zu Mute. Sollte es ihm nicht gelingen, Chaos-Kräfte aufzubieten, die stark genug waren, dann konnte er nur auf die Gnade der Kesriks in ganz Candar hoffen. Wenn er keine Kontrolle über die Chaos-Energien außerhalb seiner selbst erlangen konnte, würde er unweigerlich jung sterben. War er nicht in der Lage, seine Fertigkeiten in der Chaos-Handhabung zu verbessern, würde er jämmerlich zugrunde gehen.

Aber … Myral hatte angedeutet, dass die Methode, von der Cerryl sicher wusste, dass sie funktionierte, die falsche war; die Techniken jedoch, von denen er nicht einmal wusste, wie er sie jemals beherrschen sollte, waren angeblich die richtigen. Darüber hinaus verfügte Myral auch noch über die Gefühlskälte – Cerryl fand kein anderes Wort dafür –, ihm keinen einzigen nützlichen Rat zu geben.

Der zukünftige junge Magier stieg kopfschüttelnd die Treppe hinunter, er wusste, er hatte wieder einen langen anstrengenden Tag in den Kanälen vor sich, an dem er sich mit seiner noch sehr unsicheren Kontrolle über das Chaos-Feuer herumschlagen musste – und mit seinem allzu unsicheren Leben in Fairhaven.

LXX

Irgendwo im Tunnel hinter Cerryl, in der Nähe der Treppe hinauf zur Straße und zum bronzenen Kanalgitter, trommelte Ullans Lanzenspitze nervös gegen die Steine. Dann hörte das Trommeln schlagartig auf, wahrscheinlich hatte Dientyr dem Lanzenkämpfer den Ellbogen – oder Ähnliches – in die Seite gerammt.

Cerryl konnte spüren, dass es spät werden würde. Er schwitzte, seine Tunika stank wahrscheinlich nach Schweiß, Angst und Abwässern, so sehr, dass er selbst nichts mehr davon wahrnahm.

Alles Erdenkliche hatte er versucht, aber noch immer schien die einzige Möglichkeit zur Erzeugung einer ausreichenden Menge an Chaos-Feuer die zu sein, das Chaos durch sich selbst fließen zu lassen – was beinahe unwillkürlich geschah. Myral hatte Cerryl jedoch ziemlich eindeutig wissen lassen, dass sich Cerryl damit weit entfernt vom Idealweg befand.

Cerryl wischte sich mit dem Handrücken über die Stirn und schaute mit leerem Blick in die Dunkelheit. Seine Augen waren müde und die Dunkelheit schien sich in Wogen gegen ihn zu stemmen.

Für einen Augenblick schloss er die Augen und versuchte nachzudenken. Was war ihm entgangen? Irgendetwas beachtete er nicht. Vielleicht gab es nicht genug Chaos in seiner Nähe, um es zu bündeln. Musste man das Chaos zuerst sammeln? Wie?

Es musste einen Weg geben. Myrals Worte hallten noch in seinen Ohren. »... benutze Chaos, ohne selbst das Chaos zu sein ... Chaos aus der Welt um uns herum ziehen ...«

Was zog das Chaos an? Sonnenlicht?

Cerryl nickte und stellte sich vor, er wäre eine riesige

Blume, die das Chaos aufsog wie eine Blüte das Sonnenlicht; dieses Sonnenlicht würde er in Flammen umwandeln und dann auf den Schlamm und die Ziegelsteine richten …

Und schon fauchte eine goldene und weiße Flamme vor Cerryl auf – eine regelrechte Feuerwand blitzte durch den Tunnel … Die grün beschichteten Steine blieben jedoch unberührt – keine einzige Elle war gesäubert worden.

Cerryl stand regungslos da, unfähig zu glauben, was er gerade gesehen hatte. Hatte er es denn wirklich gesehen?

Dann, nachdem er tief durchgeatmet hatte, versuchte er es zu wiederholen: Er sog das Chaos auf wie die Blumen das Sonnenlicht, ließ es um sich herum fließen – nicht durch sich hindurch – und drückte es leicht nach unten.

Mit einem lauten Fauchen brannte die goldweiße Flamme eine Linie über die Steine.

Ein breites Grinsen erhellte Cerryls Gesicht und am liebsten wäre er vor Freude in die Luft gesprungen. Doch stattdessen versuchte er, seine Vorstellung und die Handlung noch einmal zu wiederholen.

Da … zum dritten Mal loderte die Flammenlanze durch den Tunnel, leicht schräg angesetzt versengte sie noch mehr von dem schleimigen Schlamm.

Der junge Magier, unfähig, sein Grinsen zu verbergen, blickte weiter fest in die Dunkelheit, als er noch einmal tief Luft holte. Cerryl war zwar außer Atem und müde, doch er war auf etwas gestoßen, etwas, das er wahrscheinlich noch nirgends sonst gesehen hatte. Allerdings – hatten Jeslek und Sterol denn schon alles gezeigt, was sie zu bieten hatten?

Er schüttelte den Kopf.

Hinter ihm trommelte Ullans Lanze nervös an die Mauer, einmal, zweimal.

»Nicht jetzt«, fauchte Dientyr.

Cerryl drehte sich um, das Grinsen ließ er dabei von seinem Gesicht verschwinden. »Ullan … ich weiß, es ist ungemütlich hier unten, und ich weiß auch, dass es Euch nicht sonderlich gefällt, aber wenn Ihr weiter mit dieser Lanze gegen die Wand klopft, lenkt mich das ab, und das bedeutet, dass alles, was ich tue, länger dauern wird.« Er hielt inne. »Ich würde es sehr schätzen, wenn Ihr Euch bemühen könntet, dieses Geräusch zu unterlassen.«

»Ja, Ser.« Ullans Stimme brach bei dem Wort »Ser« und der dünne, schwarze Schnurrbart zitterte ängstlich; Schweiß lief über seine Stirn.

»Gut.« Cerryl wandte sich wieder dem dunklen Tunnel zu, er wollte feststellen, welche Fortschritte er machen konnte, wenn er seine Technik verfeinerte.

»Glück gehabt … Ullan … wirklich Glück gehabt«, flüsterte Dientyr.

Cerryl zwang sich zur Konzentration. Er musste die aufsteigende Hochstimmung beiseite schieben, die sich in ihm breit machte.

LXXI

Als Cerryl durch den Bogengang schritt und in die vordere Eingangshalle trat, wischte er sich die Feuchtigkeit von der Stirn; sie rührte teils von dem schnellen Marsch durch die Straßen her, den er zusammen mit Jyantyl und den Lanzenkämpfern hinter sich hatte, und teils von dem frühlingshaften Nieselregen, der Fairhaven seit Tagen heimsuchte, so fein, dass Cerryls Kopf kaum schmerzte.

Blinzelnd musste er seine Augen erst einmal an die Dunkelheit in der Halle gewöhnen. Nach einem kurzen

Augenblick schritt er forsch weiter auf den hinteren Teil der Halle und den Hof zu. Die Abendglocken hatten noch nicht geläutet, das bedeutete, dass er vor dem Essen Zeit hatte, sich zu waschen, und nicht wieder einer der Letzten sein würde.

Irgendetwas bewegte sich in der Halle, also blieb Cerryl stehen. Eliasar kam eilig die Stufen vom Turm heruntergelaufen und jagte durch die Eingangshalle. Der Waffen-Magier trug ein gewaltiges Breitschwert aus Weißbronze in einem Schultergeschirr und ein Kurzschwert am Gürtel. Ein zufriedenes Lächeln erhellte Eliasars Gesicht, als seine Finger den Griff der kürzeren Klinge berührten.

Cerryl runzelte die Stirn und folgte Eliasar kurzerhand in den Hof. Als Cerryl den Springbrunnen erreicht hatte, war der Waffen-Magier jedoch schon außer Sichtweite. Mit einem Schulterzucken umkreiste Cerryl den Brunnen, mied dabei die nassen, glitschigen Steine neben dem Becken und schlug den Weg zur hinteren Halle und zu den Waschräumen ein.

Ausnahmsweise war es Cerryl gelungen, trotz des Abstechers in den Waschraum vor den anderen Studenten und den wenigen Magiern, die für gewöhnlich dort aßen, im Speisesaal zu sein. Esaak saß allein in einer Ecke, vertieft in irgendein Buch, und ein Schüler – Kochar – hatte sich an einem der größeren runden Tische niedergelassen. Kochar senkte den Blick auf die Tischplatte, als Cerryl den jüngeren, rothaarigen Schüler anschaute.

»Junger Cerryl!«, rief Esaak.

»Ja, Ser.« Cerryl drehte sich zur Seite und folgte dem Ruf des alten Magiers.

»Geh ruhig zum Essen. Ihr Jungen habt doch immer Hunger. Ich früher auch. Aber denk daran, ich verlange, dass du dich bis morgen intensiv mit der Berechnung von Querschnitten und von Wassermengen auseinandergesetzt hast.«

»Ja, Ser.«

»Gut.« Esaak machte eine abwinkende Handbewegung. »Geh essen.«

Cerryl beeilte sich, zur Anrichte zu kommen, und gerade als er dort anlangte, trat Bealtur durch die Tür. Cerryl füllte seinen Teller mit Hammelfleischscheiben, Zitronensahnesoße und hartem Brot, bediente sich am Obstkorb mit zwei Birnäpfeln als Ausgleich zu dem fetten Fleisch und der schweren Soße und stellte noch einen Humpen Bier auf sein Tablett. Damit bahnte er sich den Weg zu einem der leeren runden Tische aus polierter Weißeiche.

Bealtur hatte gewartet und währenddessen an seinem dunklen und spärlichen Spitzbart gezupft, bis Cerryl die Anrichte verlassen hatte.

Cerryl aß langsam und schweigend; seine Gedanken sprangen hin und her zwischen den Querschnittsaufgaben, die er noch nicht gelöst hatte, und seinen bislang erfolglosen Versuchen, das goldene Lanzenlicht in seine verschiedenfarbigen Bestandteile zu zerlegen, wobei die Strahlen danach aber noch so viel Energie enthalten mussten, um die verdreckten Steine zu bürsten.

Bealtur gesellte sich zu Kochar und die beiden unterhielten sich, jedoch so leise, dass die Stimmen nicht bis an Cerryls Ohr gelangten und ihn bei seinen Überlegungen bezüglich Chaos-Feuer und Licht nicht störten.

Versuchte man Licht zu ordnen, bedeutete das dann gleichzeitig, dass die Macht des Chaos in diesem Licht geschwächt wurde? Oder lag es an der Art, wie Cerryl versucht hatte, das Licht zu ordnen? Unwillkürlich musste Cerryl den Kopf schütteln. Wie oft waren ihm diese Fragen nun schon durch den Kopf gegangen? Und wie oft hatte er dort oder in den *Farben der Weiße* keine Antwort gefunden? Wie viele Antworten hatte er schon gesucht und nicht gefunden – angefangen beim Tod seines Onkels und seiner Tante? Denn den Tod – Cerryl war davon überzeugter denn je – hatten die beiden im Chaos-Feuer gefunden.

»Cerryl?« Faltar stand am Tisch.

Cerryl sah mit einem verlegenen Lächeln auf. »Entschuldige. Setz dich. Ich habe dich nicht bemerkt. Habe gerade über die Aufgaben nachgedacht, die ich bis morgen für Esaak lösen muss.«

Faltar ließ sich auf dem Hocker Cerryl gegenüber nieder, sein blondes Haar fiel ihm in die Stirn. »Immer denkst du über etwas nach.«

»Das stimmt wohl. Aber es gab eine Zeit, da … ach, das ist nicht wichtig.« Cerryl lächelte zuerst unsicher, dann grinste er. »Ist hier irgendetwas passiert, das ich wissen sollte?«

»Broka ist der Meinung, dass ich mich nicht gründlich genug mit den Knochen des Körpers beschäftigt hätte und Derka glaubt, dass meine Handschrift nicht gut genug ist für einen Magier. Ständig wirft er mir vor, dass keiner lesen könnte, was ich schreibe. Du kannst dich glücklich schätzen, du warst ein Schreiberlehrling.« Faltar biss in seinen Birnapfel und kaute emsig, dann blickte er auf die gelblich weiße Soße auf seinem Teller. »Hammel … schon wieder.«

»Ich hätte nicht gedacht, dass meine Schreiberlehre noch einmal für etwas gut sein würde.« Cerryl nahm einen Schluck aus dem Humpen, einen ziemlich großen sogar, denn das half, die fettige Zitronensoße zu verdauen. »Heute ist das Essen noch fettreicher als sonst.«

»Du solltest besser Derkas Worten über das Schreiben lauschen«, sagte Faltar mürrisch. »Der Hammel ist immer fett.«

Cerryl sah Faltar an. »Ich habe Eliasar gesehen, kurz bevor ich hierher kam, er war behängt mit Waffen und sah recht glücklich damit aus.« Cerryl lachte leise. »Offensichtlich mag er seine Waffen. Aber ich frage mich, wo er wohl damit hinwollte.«

»Hast du es nicht gesehen?« Faltar trank von dem gelben Bier. »Sie stellen eine ganze Streitmacht von Weißen Lanzenreitern zusammen. Sie reiten nach Certis – Jellico, nach allem, was man so hört.«

»Von wem?«, fragte Cerryl ruhig. »Hier erzählt doch keiner dem anderen etwas. Und besonders uns nicht.«

Eine leuchtende Röte stieg Faltar ins Gesicht, was Cerryl jedoch einfach überging. »Ich habe nur zugehört«, sagte Faltar schließlich. »Du bist nicht oft genug hier, um solche Dinge zufällig zu hören.«

»Das stimmt wahrscheinlich. Ich bin ständig unter der Erde und kämpfe mich in den Kanälen Elle für Elle vorwärts.« Cerryl lächelte. »Hast du auch erfahren, warum Eliasar und all die Lanzenkämpfer nach Jellico ziehen? Ich dachte, wir hätten ein Abkommen mit Certis.«

»Ich glaube, es hat etwas mit den Problemen in Gallos zu tun.« Der blonde Student zuckte die Achseln. »Es gibt einen neuen Präfekten dort. Weißt du das?«

Mit dem Mund voller Hammelfleisch, Brot und Zitronensoße nickte Cerryl.

»Er ist der Meinung, dass das Abkommen über die Großen Weißen Straßen getroffen wurde, als sein Vater schon zu krank dafür war, und dass es für ihn deshalb nicht bindend ist und er aus diesem Grund auch die Straßenzölle nicht eintreiben muss.«

»Das ist fast die Hälfte der Straßenstrecke«, murmelte Cerryl.

»Es kommt noch schlimmer, sagt Derka. Der Präfekt glaubt auch, dass wir nicht das Recht hätten, auch nur eine der Straßen, die wir gebaut haben, zu besteuern; das schließt auch die Hauptstraße von Jellico über Passera nach Fenard ein.« Faltar senkte die Stimme. »Es wird eine Sitzung stattfinden – alle Magier werden anwesend sein.« Dann flüsterte Faltar mit noch leiserer Stimme: »Das alles habe ich von Lyasa erfahren.«

Und Eliasar befand sich schon auf dem Weg nach Certis. Um sicherzustellen, dass der Vicomte auch weiterhin Fairhaven zur Seite stand? War der Griff der Weißen Ordnung um das östliche Candar schon so schwach?

»Das hört sich nicht gut an«, murmelte Cerryl. »Ich weiß ja nicht … aber wenn sogar eine Sitzung deswegen abgehalten wird …«

»Das ist … nun ja … nein … ich glaube nicht.« Faltar warf einige nervöse Blick in den Speisesaal.

»Es gibt doch einen Magier in Fenard. Ich habe ihn hier schon gesehen. Kann er nicht etwas unternehmen?«

»Ich weiß nicht«, Faltar sah wieder auf seinen Teller. »Was die Magier betrifft, meine ich. Überall, wo es einen Herrscher gibt, ist auch ein Magier zugegen. Nur in Spidlar und Sligo nicht, dort haben sie einen Rat der Händler oder Ähnliches.«

»Wenn sie der Meinung sind, wir sollten es wissen, werden sie es uns schon sagen.« Cerryl lachte. »Andernfalls … was können wir tun? Du musst deine Handschrift verbessern und ich bin zum Kanaldienst eingeteilt und muss über den Querschnittsaufgaben für Esaak brüten. Heute Nacht noch«, fügte Cerryl hinzu, als er vom Tisch aufstand.

»Heute Nacht?«

Cerryl nickte und begab sich in seine Zelle. Er hoffte, dass er nicht wieder bis tief in die Nacht hinein lernen musste.

LXXII

Cerryl wachte auf, sein Hals war wie zugeschnürt, er fühlte und spürte überall Chaos. Schweiß lief ihm über die Stirn und das Schlucken bereitete ihm erhebliche Beschwerden.

Seine Augen durchsuchten die Dunkelheit in seiner kleinen Zelle, aber diese wies nichts Ungewöhnliches auf: der Schreibtisch mit den Büchern, der Hocker, der Tisch, die Lampe und der kalte Steinboden – alles war wie immer.

Noch einmal musste Cerryl schlucken, dann befreite er sich aus seiner Decke und schlich zur Tür. Dort stand er mit der Hand an der Klinge und zitterte erbärmlich, nur mit Unterwäsche bekleidet.

Nach kurzem Überlegen entschied er, die Tür nicht zu öffnen, sondern nur zu lauschen.

Waren da nicht gerade Fußtritte auf dem polierten Steinboden des Flurs zu hören gewesen? Oder war es der Wind draußen vor den Hallen?

Cerryl schnupperte in die Luft. Selbst durch die Tür nahm er den leichten Duft von Sandelholz und Blumen wahr und seine Sinne sagten ihm, dass jemand das Licht im Flur irgendwie verbogen und verzerrt hatte.

Ein leichtes Klicken von einer niedergedrückten Klinke – hatte Cerryl das wirklich gehört oder war es nur seiner ausgeprägten Einbildungskraft zuzuschreiben?

Anya? Stattete sie Faltar wieder einen Besuch ab?

Seine Mundwinkel verzogen sich in der Dunkelheit nach oben, während er darüber nachdachte, wie er reagieren würde, sollte jemand in seine Zelle schlüpfen. Zum Beispiel … Leyladin …

Er schluckte und schob den Gedanken beiseite, denn er spürte die lauernde, jedoch teilweise abgeschirmte Gegenwart eines weißen Chaos-Schattens in einiger Entfernung – wo, konnte er nicht genau sehen, aber nicht sehr weit entfernt. Und dieses Chaos beobachtete ihn – eindeutig.

Cerryl schluckte noch einmal. Anya besuchte gerade Faltar und Cerryl hatte keine Zweifel am Anlass des Besuchs der Rothaarigen; auch Anya wurde von jemandem beobachtet und beide Beobachter verbargen sich.

Der schmalgesichtige – und kaltfüßige – junge Magierschüler schlich von der Tür zurück zum Bett und schlüpfte wieder unter die Decke, er wickelte sich ein und versuchte seine Füße zu wärmen, während die wildesten Gedanken in seinem Kopf umherschwirrten.

Was wollte Anya von Faltar – er war doch nur ein Schüler? Suchte sie schlichtes körperliches Vergnügen? Irgendwie glaubte Cerryl nicht recht daran, denn er erinnerte sich an Anyas Lächeln und die Kälte dahinter.

Sollte er mit Faltar sprechen? Wie viel sollte er sagen? Oder sollte er einfach nur abwarten? *Was kannst du außer warten schon groß tun. Warte und lerne … und hoffe.*

Er drehte sich auf die andere Seite und wickelte sich noch fester in die Decke; der Schlaf ließ jedoch lange auf sich warten.

LXXIII

»Wie geht es mit den Mathematikaufgaben von Esaak voran?«, fragte Faltar und nahm einen kräftigen Schluck Bier aus dem Humpen, dem ein Bissen vom knusprigen, warmen Brot folgte.

»Ich habe, glaube ich, die meisten gelöst.« Cerryl nippte an seinem Wasser. Bier gehörte zu den Nahrungsmitteln, die ihm am Morgen Übelkeit verursachten. Es fiel ihm schon schwer genug, Käse und Brot hinunterzubekommen, aber dem Chaos-Feuer mit leerem Magen Herr werden zu müssen löste ein noch größeres Grauen aus. Er brach sich ein weiteres Stück Brot ab und kaute langsam, seine Augen waren auf den geölten und polierten Tisch aus Weißeiche gerichtet, der im Laufe der Jahre eine gelbliche Farbe angenommen hatte.

»Esaak will, dass jeder lernt, wie viel Wasser die

Kanäle führen können und wie man bestimmen kann, wie stark eine Wand oder eine Brücke sein muss.«

»Wände und Brücken?«, platzte Cerryl heraus.

»Die kommen als Nächstes dran«, bestätigte Faltar und führte sich einen Keil harten, gelben Käse zu Gemüte. »Er sagt, zu einem Magier gehört nicht nur die Fähigkeit, Chaos-Kräfte zu lenken. Oh, und Derka meint, dass ich ziemlich bald zum Kanaldienst komme, vielleicht noch bevor du damit fertig bist. Er muss nur noch mit Myral darüber sprechen.«

»Spaß macht das aber nicht gerade«, äußerte Cerryl seine Bedenken.

»Das sagt Derka auch.«

Während Cerryl sein frisches Brot kaute, fiel sein Blick auf Kesrik und er beobachtete ihn, nicht so sehr mit den Augen als vielmehr mit den Sinnen. Der untersetzte Blonde saß zusammen mit dem rothaarigen Kochar und dem spitzbärtigen Bealtur am Ecktisch und keiner der drei sah gerade zu Cerryl oder Faltar hin. Dann schwenkte Cerryl seinen prüfenden Blick zu Kinowin, der nun an dem Tisch stand, an dem Esaak allein saß.

Cerryl zwinkerte und sah sich Esaak genauer an. Ganz klar umgab Kinowin eine dichtere Chaos-Hülle als die anderen zwei – es war allerdings viel weniger, als Cerryl gedacht hätte – und selbst der alternde Esaak strotzte vor Macht verglichen mit Kesrik. Dann schaute sich Cerryl Faltar auf die gleiche Weise an.

»Was ist los? Du siehst mich so komisch an«, murmelte Faltar.

»Denke nur nach.«

»Worüber?«

Über Chaos-Energie und diejenigen, die sich darin einhüllen. »Über alles Mögliche. Esaak, Kinowin, Kesrik.«

»Manchmal denkst du wirklich zu viel nach.« Faltar stürzte den Rest Bier aus seinem Humpen hinunter.

Cerryl versuchte, nicht zusammenzuzucken bei dem

Gedanken, den Tag mit Bier anzufangen, da fiel sein Blick auf Lyasa, die gerade mit Leyladin den Speisesaal betrat. Lyasa war genau wie Faltar nur mit einem dünnen, schwachen Chaos-Schleier umgeben. Um die rotblonde Leyladin flimmerten – das erspürten zumindest Cerryls Sinne – Weiße Lichtsträhnen oder -streifen, die durch einen unsichtbaren Schwarzen Nebel zu wirbeln schienen, der die Schöne einhüllte. Sah so ein Schwarzer Magier aus oder fühlte er sich so an? Schwarze Nebel? Cerryl senkte den Blick rasch auf seinen Teller, als Leyladin ihn erblickte.

»Zu dumm, dass sie eine Schwarze ist«, beklagte sich Faltar.

»Ich dachte, du würdest dich mehr für Anya interessieren«, entgegnete Cerryl leise.

Faltar errötete.

»Sie ist schön«, stimmte Cerryl zu. *Aber das sind Lanzen und Dolche auch.* »Anya meine ich.«

»Ich habe schon verstanden, was du meinst.«

»Auch wenn ich schon ein richtiger Magier wäre, glaube ich, wäre ich vorsichtig bei ihr«, flüsterte Cerryl.

»Ich habe dich nicht gefragt ...« Faltar schaute Cerryl hart an. »Und außerdem bist du kein richtiger Magier.«

»Da hast du Recht.« Cerryl lächelte krampfhaft. »Jedenfalls ... die Geschmäcker sind verschieden.« Er hielt inne. »Du hast die Wahl. Wenn die Zeit kommt, Faltar, wünsche ich dir viel Glück.«

»Oh ... danke. Es tut mir Leid. Ich muss ... ich meine ... sei mir nicht böse.«

»Heute ist wohl wieder einer von diesen Tagen .... Gibt es eigentlich Neuigkeiten? Werden noch mehr Lanzenreiter verlegt?«

»Keiner spricht darüber, aber die Kasernen sind fast leer.« Faltar redete undeutlich, weil er sich den Mund mit Brot vollgestopft hatte. »Ich habe gehört, wie Kinowin über Soldaten aus Hydlen sprach. Er sagte etwas von zwanzig Zügen.«

»Zwanzig Züge? Das ist viel. Für mich zumindest.«

Faltar lachte. »Eliasar hat zweimal so viele mit sich genommen, weißt du das? Und da sind die Lanzenreiter aus den Kasernen südlich von Fairhaven noch nicht mitgezählt. Dort gibt es zehnmal so viele wie hier.«

»Eine anständige Zahl.« Tausende Weiße Lanzenreiter? Kein Wunder, dass Fairhaven Straßenzölle erheben musste.

»Deshalb brauchen wir ja die Zölle. Es ist doch Fairhaven, das Candar zusammenhält, und die Gilde hält Fairhaven zusammen.« Faltar nickte weise, aber sein blondes Haar fiel ihm in die Stirn und machte diesen Eindruck zunichte. Er sprang plötzlich auf. »Ich muss zu Broka. Knochen, Knochen und noch mal Knochen.«

Cerryl stand langsamer auf als Faltar, seine Augen wanderten unauffällig zu dem Tisch, wo Lyasa mit Leyladin saß. Keine der beiden beachtete ihn, als er den Speisesaal verließ.

Cerryl wanderte über den Hof und am Springbrunnen vorbei, dessen feine Gischt sich im Wind kalt anfühlte, obwohl die Frühlingssonne warm vom Himmel strahlte. Cerryl hatte das Gefühl, dass jedes Mal, wenn er etwas Neues über Fairhaven lernte, noch mehr Fragen auftauchten. Über so vieles wurde nicht gesprochen, so vieles stand nicht in den Büchern und einige Menschen in den Hallen waren von sehr viel Chaos umgeben.

Lyasa und auch Faltar – ja sogar der neue Schüler Kochar – verfügten über viel mehr Chaos-Kraft als Kesrik. Und doch schien Jeslek Kesrik den Vorzug zu geben.

Cerryl wandelte durch die vordere Halle, an der geschlossenen Tür zum Sitzungssaal vorüber, hin zur Turmtreppe und vorbei an den Wächtern. Hertyl lächelte Cerryl an und Cerryl erwiderte die freundliche Geste.

Auf dem zweiten Treppenabsatz klopfte Cerryl an Myrals Tür.

»Komm herein.«

Cerryl öffnete die schwere Tür und roch sogleich den gewürzten Apfelwein.

Myral schlürfte wie immer den dampfenden Apfeltrunk, obwohl es im Zimmer behaglich warm war, zumindest für Cerryl, und die Läden standen halb offen, um den Blick auf den sonnenbeschienenen Teil Fairhavens nördlich vom Turm freizugeben.

Cerryls Blick wanderte vom Fenster zu den Bücherregalen und dann zum Magier, der am Tisch saß.

»Nimm dir von dem Apfelwein.«

»Danke.« Cerryl ließ sich auf dem Stuhl gegenüber von Myral nieder, goss sich Apfelwein in den zweiten Becher und trank sogleich einen Schluck davon. Apfelwein schmeckte viel besser als langweiliges Wasser oder Bier am Morgen.

»Wie weit bist du gekommen?«

»In ein paar Tagen werde ich den Seitentunnel bis zum westlichen Teil des Haupttunnels fertig gereinigt haben.«

Myrals Augenbrauen wanderten nach oben. »Du kommst schneller voran.«

»Ja, Ser. Aber es ist harte Arbeit.«

Myral nickte schweigend und nippte am Apfelwein, worauf er einen heftigen Hustenanfall bekam und sich anschließend räuspern musste. »Hast du sonst noch etwas Interessantes entdeckt?«

»Außer etlichen Ästen in der Nähe der Gitter und einigen aufgeweichten, abgekratzten Pergamentfetzen … nichts.«

»Keine Leichen … Waffen oder Metallstücke?«

»Nein, Ser.« Cerryl runzelte die Stirn. »Metallstücke?«

»Es kommt vor. Bewirf es auf keinen Fall mit Chaos-Feuer. Darauf bist du noch nicht genügend vorbereitet.«

Myral setzte den Becher ab und streckte sich. »Die alten Knochen werden langsam steif. Ich bin froh, wenn der Sommer endlich da ist. Manchmal würde ich gern nach Ruzor fahren – einen Besuch dort machen – oder an einen anderen warmen Ort.«

»Ruzor?«

»In allen Häfenstädten östlich der Westhörner gibt es ein Mitglied der Bruderschaft und eine Abordnung von Lanzenreitern. Ruzor betreibt lebhaften Handel mit Südhafen und Sommerhafen – und auch mit Recluce. Besonders mit Recluce.« Myrals Augenbrauen zuckten.

»Ser … alle reden von Recluce. Warum? Ich meine, Eliasar lacht sogar über die Schwarze Insel. Er sagt, sie hätten keine Kriegsschiffe. Und sie haben niemals versucht – so steht es jedenfalls in den Geschichtsbüchern –, mit einem Heer in Candar zu landen, nicht seit Creslin, der Schwarze, Lydiar angriff, was schon sehr lange her ist …«

»Vor zweihundertsiebenundachtzig Jahren zum Ende des Sommers, den Berichten zufolge.«

»Oh.«

»So steht es in den geheimen Aufzeichnungen der Gilde, aber das könntest du dir auch aus den Geschichtsbüchern zusammenreimen.« Myrals Augen nahmen einen harten Ausdruck an und fixierten den jungen angehenden Magier. »Cerryl … Macht misst man nicht nur an der Zahl der Kriegsschiffe und Soldaten.« Wieder musste Myral heftig husten, er räusperte sich und gönnte seinem rauen Hals einen Schluck heißen Apfelwein. »Fairhaven unterhält Soldaten und Lanzenreiter. Sie werden zum Teil durch die Handelszölle bezahlt, die Fairhaven auf allen Straßen verlangt, die die Gilde gebaut hat – besonders auf den Großen Weißen Straßen –, und zum Teil von den Abgaben, die die Händler hier in Fairhaven entrichten müssen. Hast du dich schon einmal gefragt, was geschehen würde, wenn Recluce seine Wolle in Tyrhavven oder Spidlaria billiger verkaufen würde – oder bessere Wolle zum gleichen Preis je Stein? Was ist, wenn die Händler aus Gallos oder Spidlar ihre Wolle in Recluce statt in Montgren kaufen? Oder Birnäpfel und Rapssamen aus Recluce statt aus Certis oder Hydlen?«

»Dann würden die Straßen vielleicht nicht mehr von so vielen Händlern befahren?«

»Genau!« Myral knallte den Becher auf den Tisch. »Weniger Händler auf den Großen Weißen Straßen bedeuten weniger Straßenzölle und damit weniger Geld, um unsere Lanzenreiter zu bezahlen.«

»Können wir denn die Schiffsfrachten aus Recluce nicht besteuern?«

»Ah ...« Myral lächelte. »Können schon ... aber der Hafen von Spidlaria schuldet Fairhaven keine Treuepflicht. Lydiar und Renklaar schon, dort könnten wir die Steuern durchsetzen. Aber ... stell dir vor, du wärst der Kapitän eines Handelsschiffes und die Steuern erhöhten die Preise für deine Fracht in Lydiar, in Spidlaria hingegen nicht, würdest du da nicht deine Preise ein wenig anheben und ...«

»Die Fracht in Spidlaria löschen?«, fragte Cerryl.

Der alte Magier nickte. »Die Sache ist noch viel komplizierter, junger Cerryl, aber darüber musst du dir jetzt noch keine Gedanken machen. Doch genau das war der Grund, warum Creslin, der Schwarze, vor so vielen Jahren Lydiar angriff. Er brauchte Schiffe und Freiheit, um zu handeln. Heute besitzt Recluce beides.« Myral lächelte traurig. »Sterol spricht davon, auf allen unseren Schiffen Magier mitsegeln zu lassen – und auf denen unserer Freunde und Verbündeten –, um sie zu schützen. Ich hoffe, dass es nicht so weit kommen wird, aber es wäre durchaus möglich.«

»Eliasar behauptet, dass wir Kriegsschiffe bauen«, platzte es aus Cerryl heraus.

»Wir haben schon immer Kriegsschiffe besessen. Ein

Land, das seine Händler auf hoher See nicht zu schützen weiß, wird bald über keine Händler mehr verfügen. Und nun genug davon. Du musst an die Arbeit, wenn du deinen Dienst nach Plan beenden willst.«

»Welche Kanaltunnel musste Kesrik säubern?«, fragte Cerryl nach einem Augenblick des Zögerns.

»Ist das wichtig?« Ein sanftes Lächeln umspielte Myrals Lippen, was Cerryl etwas beunruhigte. »Ihr alle arbeitet in den Seitenkanälen.«

»Ich war nur neugierig.« Cerryl zuckte mit den Schultern. »Hat er … aber das ist wahrscheinlich gar nicht wichtig.«

»Dir ist es wichtig, sonst hättest du nicht gefragt.« Myral klang belustigt.

»Ja, Ser.«

»Weißt du, Cerryl … du glühst zu stark.«

Cerryls Unterkiefer fiel herunter und er musste schlucken, fast hätte er den Apfelwein, der sich noch in seinem Mund befunden hatte, in die falsche Kehle bekommen.

»Das wäre eigentlich erst später an der Reihe, aber wenn ich es dir jetzt nicht sage, bist du vielleicht später nicht mehr da.« Myral atmete tief durch und starrte auf die Tür. »Jeslek ist nach Gallos gereist und Sterol und Anya anderweitig beschäftigt – im Augenblick jedenfalls.

Wenn sich ein Magier stark fühlt oder gerade Chaos sammelt und sich nicht mit einem Schild schützt, dann flackert das Chaos wild um ihn herum – er glüht. Das ist ein Grund, warum Jeslek so mächtig erscheint. Er strahlt das Chaos förmlich aus. Sterol ist fast ebenso mächtig, doch er wirkt sanft und zurückgezogen. Er schirmt seine Macht ab, genauso wie du dich im Kanal vom Chaos abschirmst; man kann es vielleicht besser beschreiben als ein Ordnen des Chaos, sodass es zusammengehalten und nicht verstreut wird.« Myral zuckte die Achseln.

»Jetzt wirkst du wie ein junger Jeslek, der seine Macht nach allen Seiten ausstrahlt. Wenn du kein Waisenjunge und Schreiberlehrling gewesen wärst, der keinem auffiel, hätte Sterol dich vor Jahren schon in die Krippe gesteckt – oder dich erstickt.«

Cerryl sagte nichts.

»Sterol macht sich Gedanken um Recluce – wieder einmal und genau aus den Gründen, die ich dir gerade genannt habe. Du kannst dich bei den Schwarzen und beim neuen Präfekten von Gallos bedanken, ohne sie wärst du wahrscheinlich nicht mehr am Leben. Aber ... du bist ein möglicher Rivale für Jeslek. Wenn Sterol einmal nicht mehr da ist, wird Jeslek dich vielleicht nicht mehr in seiner Nähe haben wollen.«

»Mich, Ser?«

»Ich sagte, vielleicht. Jetzt könnte Jeslek dich ausblasen wie eine Kerze. Deine Schilde sind kaum nennenswert und du hast noch nicht herausgefunden, wie du deine Macht richtig einsetzen kannst. Es ist nicht einfach, wie du selbst schon festgestellt hast. Manche Magier beenden ihren Kanaldienst und sind beinahe ausgebrannt; sie sind entkräftet, anstatt etwas gelernt zu haben. Wie dem auch sei, warum, glaubst du, wollte Sterol, dass du jetzt schon in die Kanäle gehst? Es war Sterols Vorschlag, nicht Jesleks, ganz gleich, was der große Jeslek auch behaupten mag.« Myral wischte sich über seine plötzlich feucht gewordene Stirn.

»Dann kann ich es also lernen?«

»Dann musst du es also lernen.« Myrals Stimme klang wieder amüsiert. »Hoffen wir, dass du es lernst. Und, übrigens.« Myral stand auf und ging zum Bücherregal, von wo er eine Schriftrolle herausnahm. Er trug die Rolle zum Tisch zurück, wo sie sich als Kanalkarte entpuppte. »Hier sind die zwei Seitenkanäle, die Kesrik beim letzten Mal hätte putzen sollen.« Der dicke Magier lehnte sich über die ausgebreitete Karte und deutete darauf.

Cerryl prägte sich die Lage der Kanäle genau ein.

»Ich habe dir nichts gesagt. Und ich kann überzeugend lügen, auch Jeslek gegenüber. Das gehört zu meinen wenigen Stärken.« Myral lächelte bitter. »Und jetzt ... mach dich auf den Weg. Und denk an deinen Schild, wenn du die Macht behalten willst – ganz gleich, wie viel du davon auch besitzen magst.«

»Ja, Ser.« Cerryl stand auf, er fühlte sich wie benommen.

Den Weg zum Kanal empfand Cerryl wie einen weiteren Traum, obwohl er noch genau wusste, dass er mit Jyantyl gesprochen und den kühlen Nordwind gespürt hatte, der durch die Straßen geblasen hatte.

Kaum, dass er sich an das Aufschließen des Bronzegitters und an das Hinabsteigen in die allzu bekannten Gerüche des Tunnels erinnerte.

Cerryl blickte in die Dunkelheit des Zubringertunnels. Irgendwie war es ganz gleich, was er entdeckte, er stand doch immer nur der Dunkelheit gegenüber. Hatte das Leben denn nichts anderes als Dunkelheit zu bieten?

Er glühte zu stark ... Myral war es so wichtig gewesen, dass er es ihm vorzeitig gesagt hatte – und dabei sogar nervös gezittert hatte. Er glühte zu stark und Jeslek würde ihn ausblasen wie eine Kerze. Er glühte zu stark.

Wenn er schon so stark glühte, wie Myral es ausgedrückt hatte, dann deswegen, weil er noch immer zu viel Chaos in und um sich herum besaß? Könnte er etwas anders machen? Musste er denn etwas anders machen ... wenn er überleben wollte?

Cerryl holte tief Luft und schaute wieder in die Dunkelheit des Tunnels ... eine Dunkelheit, die sich bis weit über die Stelle hinausstreckte, an der der Seitentunnel auf den Hauptkanal traf.

LXXIV

Kaum aus dem Seitentunnel herausgekrochen, ein wenig früher als sonst – so hoffte er –, wandte sich Cerryl an Jyantyl. »Ihr und die Wachen könnt von hier aus gleich zurückgehen. Ich muss noch etwas für Myral erledigen.« Er strich sich das feine Haar aus der Stirn, jedoch umsonst, denn der nächste Windstoß wehte es ihm wieder vor die Augen.

»Ser?«

Cerryl lächelte. »Ich kehre auch bestimmt in die Hallen zurück.« Seine Augen wanderten nach Osten, wo sich dicke Schichtwolken zu einem grauen Brei zusammenfanden.

»Wir könnten Euch begleiten.«

Cerryl zuckte die Schultern, er fand, dass dies kein Kampf war, der ausgefochten werden musste. »Wenn Ihr es für besser erachtet. Ich muss den Wasserspiegel in zwei Seitenkanälen überprüfen. Es wird wahrscheinlich nicht lange dauern, aber ich wollte Euch nicht unnötig hier festhalten …«

Jyantyl lächelte, ganz klar ein Ausdruck der Erleichterung. »Nicht so lange wie sonst, Ser. Wohin?«

»Wir können die Lagerhausstraße südlich von hier nehmen und dann nach dem ersten Kanal nach Osten Richtung Hauptstraße gehen. Wir müssen zwar die Hauptstraße überqueren, um den zweiten Seitenkanal zu prüfen, aber es ist nicht sehr weit.«

»Wie Ihr meint, Ser.« Jyantyl nickte und Ullan und Dientyr stimmten mit den anderen Lanzenreitern zu, die Cerryl nicht kannte; fast täglich wechselten die Lanzenreiter, die mit Jyantyl auf der Straße blieben, Ullan und Dientyr hingegen begleiteten Cerryl jeden Tag in die Tiefe hinunter. Er fragte sich, für welche Tat die beiden wohl büßen mussten, doch dies war sicher nicht der richtige Ort und Zeitpunkt, um Jyantyl danach zu fragen.

Ullans Lanze schleifte eine Zeit lang immer wieder auf der Straße entlang, so lange bis Jyantyl einen strafenden Blick über die Schulter warf. Immer war es Ullans Lanze, niemals die von Dientyr.

Cerryl wäre beinahe an dem ersten Gitter vorbeigelaufen, das er gesucht hatte, denn es befand sich in der Nische einer Stallmauer. Die Stelle sah aus, als hätte man die Stallwand bis an den Rand des Abwasserkanals erweitert.

Cerryl kniete nieder und drehte den Bronzeschlüssel um. Der Geruch des Stallmists hinter ihm und die Fäulnis, die durch das Gitter heraufstieg, belästigten seine Nase aufs Gröbste. Er ließ sich von den Gerüchen jedoch nicht beirren und lockerte das Chaos um das Schloss, das in einer Ordnungs-Hülle ruhte, und öffnete den Riegel. Er hob das schwere Gitter hoch und befestigte es an der Mauer, bevor er die Steinstufen hinunterstieg.

Keine drei Schritte hatte er auf der Treppe hinab zum düsteren Seitentunnel zurückgelegt, da spürte er schon starke Chaos-Rückstände – überall. Die Stufen blitzten sauber, auch die Fußwege und die glatten Ziegelwände.

Am Fuß der Treppe erinnerte sich Cerryl an seinen Vorwand, um hier herabzusteigen. Er drehte sich also dem Graben zu, um den Wasserspiegel zu prüfen. Gut zwei Spann unter dem Fußweg floss die Brühe ruhig dahin.

Mit einem Nicken stieg er die Treppe wieder hinauf, er legte das Gitter zurück an seinen Platz und verschloss es sorgfältig, wobei er sicherstellte, dass das Chaos das Schloss sicher schützte. Cerryl hatte zwar nur kurze Zeit im Untergrund verbracht, doch der Wind war inzwischen erheblich stärker geworden und auch kühler; aber die Kühle war ihm sehr willkommen nach der Hitze, die

die heiße Frühjahrssonne in den letzten Tagen mit sich gebracht hatte.

»Einen noch«, sagte er zu Jyantyl. »Über die Hauptstraße und dann zwei Häuserblocks östlich von hier.« Nach einer kurzen Pause fügte er hinzu: »Es tut mir Leid.«

»Macht Euch keine Gedanken, Ser. Die paar zusätzlichen Schritte werden uns schon nicht schaden.« Jyantyl schüttelte den Kopf.

Zwei Frauen mit Wäschekörben auf den Köpfen erblickten Cerryl und die Lanzenreiter und schon stürzten sie in eine Seitengasse.

Cerryl konnte sich ein Lächeln nicht verkneifen – erstaunlich, dass ein Waisenknabe und Mühlenjunge solche Angst hervorrufen konnte, nur weil er eine weiße Tunika mit roten Zierstreifen trug. War das die Macht? Oder verhielten sich die Menschen genauso, wenn eine Kutsche mit jemandem wie Muneat vorbeifuhr?

In jede Seitenstraße warf Cerryl einen Blick, als sie die Hauptstraße überquerten. Ihm fiel auf, dass er diese Straßen noch niemals erkundet hatte, obwohl der Stadtteil nicht sehr weit von Tellis' Werkstatt entfernt lag. Wie viele solcher Straßen und Plätze gab es wohl noch? So nah und doch unbekannt?

Die Werkstätten schienen nur Webern und Korbmachern zu gehören, außerdem hingen Stoffe in allen erdenklichen Farbtönen in den Fenstern. Im dritten Fenster wurde ein Ballen hellgrüner Stoff ausgestellt und irgendwie erinnerte Cerryl das an Leyladin.

Er presste die Lippen aufeinander und ging weiter. Das gesuchte Gitter befand sich in der zweiten Seitenstraße nach der Straße der Weber, keine fünfzig Ellen Richtung Süden.

Der zweite Tunnel glich stark dem ersten: äußerlich wirkte er fast makellos, nur die dicke weiße Staubschicht und der Chaos-Gestank störten. Cerryl folgte dem Fußweg fast hundert Ellen nach Süden – tief in die Dunkelheit hinein, aber dank der Chaos-Rückstände konnte er mit seinen Sinnen so gut sehen wie bei Tageslicht.

Vereinzelte dicke Regentropfen klatschten auf die Straßensteine und die weiß getünchten Wände, als Cerryl das Kanalgitter wieder verriegelt hatte. »Zurück zu den Hallen. Das war's.«

»Keinen Augenblick zu früh …«, brummte ein Lanzenreiter aus der hinteren Reihe.

Jyantyl fuhr zusammen, drehte sich jedoch nicht um.

Als sie, aus der Seitenstraße kommend, wieder auf die Hauptstraße einbogen, die direkt südlich an der Getreidebörse vorbeiführte, versuchte Cerryl mit ausdruckslosem Gesicht weiterzugehen.

In beiden Tunneln hatte es vor Chaos gewimmelt, so stark, dass Kesrik sie unmöglich selbst gesäubert haben konnte; nicht der Kesrik, den Cerryl kannte. Cerryl konnte sich nicht sicher sein, aber Kesrik wirkte überhaupt nicht wie Sterol und das wies darauf hin, dass Kesrik seine Kontrolle über das Chaos wahrscheinlich nicht abschirmte.

Aber … wer hatte dann die Tunnel gereinigt – und wie und warum? Was hatte Kesrik angestellt, damit die Gardisten sein Tun nicht bemerkten?

Cerryl hätte beinahe aufgeschrien, als es ihn wie ein Blitz traf: Jeder, der stark genug war, um solch eine Menge an Chaos zu handhaben, war vielleicht auch in der Lage, die gleichen Techniken wie Anya anzuwenden, dank derer sie unbemerkt in Faltars Zelle gelangen konnte.

Immer wieder neue Fragen wurden aufgeworfen; doch mit keiner dieser Fragen wagte Cerryl an einen anderen Magier heranzutreten, nicht solange er noch Schüler war und Kesrik Jesleks Liebling.

Zurück in den Gildehallen der Magier, suchte Cerryl sogleich den Waschraum auf, wo er sich bis zur Hüfte auszog, um den Dreck und den Gestank von den Händen und Armen und aus dem Gesicht zu waschen. Ein Hauch von Chaos half ihm, den ekelhaften Geruch aus Tunika und Hose zu entfernen.

Cerryl betrat gerade den Speisesaal, da ertönte der Glockenschlag, der das Abendessen ankündigte – jämmerlich falsch wie immer. Kesriks stämmige, blonde Gestalt stand schon an der Anrichte, noch niemand sonst hatte sich bedient.

Heralt und Faltar standen ganz hinten in der Schlange und Cerryl gesellte sich zu ihnen.

»Du bist früh dran.« Der krausköpfige Heralt drehte sich um.

»Das kommt vor.«

»Aber nicht sehr oft«, meinte Faltar mit einem Grinsen. Das Grinsen verschwand plötzlich, als er die Schüsseln und dampfenden Töpfe sah, die von einem Küchenjungen bewacht wurden. »Suppe?«

»Gerste und Hammel, Ser. Hauptsächlich Gerste.« Der Junge lächelte mitfühlend.

»Gerste? Was habe ich nur getan, dass sie mir Gerste vorsetzen?«

»Du bist ein Magierschüler«, sagte Heralt nur.

»Und ein Vielfraß«, fügte Cerryl dem hinzu.

»Was habe ich nur getan, dass ich solche Freunde habe?« Faltar füllte einen Humpen mit Dünnbier. »Ich bin doch immer brav gewesen.«

Über den kläglichen Ton in Faltars Stimme konnten Cerryl und Heralt herzlich lachen.

»Und ihr lacht auch noch über mich.« Faltar drehte sich um und steuerte auf einen der runden Tische zu.

»Mir scheint eher, du lachst über uns«, entgegnete Heralt, als er Faltar folgte.

Cerryl nahm sich ein ordentliches Stück Schwarzbrot und füllte seinen Humpen, bevor er sich zu den anderen begab.

»Ich mag dieses nasse Wetter nicht.« Heralt wurde von einem Schauder geschüttelt.

»Keiner von euch Kyphrern mag es.« Faltar nahm einen Schluck Bier.

»Wie bist du hierher gekommen?«, fragte Cerryl. »Ich wusste gar nicht, dass du aus Kyphros stammst.«

»Kyphrien, genauer gesagt. Mein Vater ist Wollhändler. Eines Tages bin ich mit ihm gefahren, als er dem Weißen Magier, der damals den Subpräfekten beriet, weiße Wolle liefern wollte.« Der nächste Schauder überfiel Heralt.

»Und der hat beobachtet, wie du mit dem Chaos gespielt hast und dich dann hierher gebracht?«, fragte Faltar. »Was hat dein Vater dazu gesagt?«

»Er durfte gar nichts sagen.« Heralt brach sich ein Stück Brot ab. »Das ist immer noch besser als sterben.«

Cerryl nickte und kostete einen Löffel von der heißen Suppe; dankbar sog er die Wärme nach dem kalten Regen in sich auf. Der Frühling war immer so: erst zu heiß und dann zu viel Regen. Cerryls Augen warfen schnell einen Blick auf den Tisch, an dem Kesrik allein aß.

Während Kesrik seine Suppe schlürfte, kam Bealtur in den Saal, doch statt zur Anrichte zu gehen, hielt er schnurstracks auf Kesrik zu und flüsterte ihm etwas ins Ohr. Der untersetzte Schüler nickte einmal, dann zuckte er die Achseln.

Cerryl hielt den Kopf gesenkt, doch er beobachtete die beiden weiter aus den Augenwinkeln. Kesrik sah nicht zu Cerryl hinüber, sondern lange quer durch den Saal in Richtung Esaak. Dann ging Bealtur eilig zur Anrichte. Im Vorbeigehen streifte er Faltar an der Schulter.

»Was es wohl damit wieder auf sich hat?«, fragte Heralt.

»Wen interessiert das schon,« antwortete Faltar, nachdem er einen Löffel von der Gerstensuppe hinuntergeschluckt hatte. »Kesrik benimmt sich, als hätte er bereits vor der Gilde gestanden und als wäre Bealtur sein Schüler.«

»Das ist allein Bealturs Problem.« Cerryl trank von dem Dünnbier, das ihm nach dem langen Tag im Kanal mehr als willkommen war.

Lyasa ließ ihre anmutige Gestalt auf den letzten freien Hocker am runden Tisch gleiten, ihren Blick richtete sie sofort auf Cerryl. »Ich habe gehört, du bist fast fertig mit deinem ersten Seitenkanal.«

Von wem wusste sie das nun schon wieder? Von Leyladin? »Fast. Myral ist der Meinung, dass ich vielleicht noch einen säubern muss.«

Lyasa nickte. »Das kann vorkommen.«

Faltars Augen wanderten zwischen den beiden hin und her. »Ihr zwei sprecht nicht immer alles aus.« Dann schlürfte er weiter seine Gerstensuppe und brach sich einen Kanten Brot ab.

»Du wirst schon noch erfahren, warum. Ich habe gehört, dass du in wenigen Achttagen ebenfalls in den Kanälen anfangen wirst.«

»Dann sag mir, was du ausgelassen hast.«

»Nachdem du deinen Dienst in den Kanälen begonnen hast«, antwortete Lyasa.

»Das ist nicht gerecht.«

»Glaubst du, dass das Chaos gerecht ist?«, entgegnete die schlanke, schwarzhaarige junge Frau.

»Oder die Ordnung?«, fügte Heralt hinzu.

»Ihr seid alle gegen mich«, beschwerte sich Faltar und ließ die anderen mit einem Grinsen wissen, dass er es nicht ganz so ernst meinte.

Cerryl hörte nur mit einem Ohr zu, denn er hatte beobachtet, dass Bealtur an Kesriks Tisch zurückgekehrt war; doch keiner der beiden Schüler sprach ein Wort, beide schlangen ihr Essen hinunter und verließen eilig die Halle.

»Cerryl … hörst du mir zu?«

»Oh …« Er wandte sich an Lyasa. »Es tut mir Leid. Ich habe gerade nachgedacht.«

»Über was wohl?« Faltar grinste übers ganze Gesicht. »Oder sollte ich sagen, über wen?«

»Lieber nicht«, erwiderte Cerryl, »oder ich verrate deine Träume.«

Faltar wurde puterrot.

»Seht ihn an … seht ihn nur an«, höhnte Heralt.

»Und was … was ist mit *deinen* Träumen?«, stichelte Faltar, der sein Brot noch immer in der Hand hielt, mit Blick auf Lyasa.

»Meine Träume gehören mir. Und das wird auch so bleiben.« Sie zog beide Augenbrauen zu spitzen Bögen hoch.

Cerryl konnte nur noch grinsen.

»Ihr alle … alle seid ihr gegen mich …«, protestierte Faltar.

»Armer Faltar …«

Alle lachten, sogar Faltar.

Später, nach dem Abendessen, saß Cerryl in seiner Zelle am Schreibtisch und starrte auf die aufgeschlagenen Seiten der *Grundlagen der Mathematik.* Die Formeln und Ziffern aus dunkler Eisengallustinte wirkten, als hätte jemand sie mit der vergänglichen Weiße des Chaos niedergeschrieben und nicht mit solider, geordneter schwarzer Tinte.

Je mehr er lernte, desto weniger wusste er.

Anya besuchte Faltar in der Dunkelheit und versteckte sich hinter geordnetem Chaos … und Cerryl wusste nicht, warum. Faltar stammte nicht aus einer so reichen Familie wie Kesrik und er war nicht mächtig, so wie Jeslek oder Sterol.

Dazu kam, dass die Zubringertunnel, die Kesrik eigentlich hatte säubern sollen, von jemand anderem geschrubbt worden waren.

Und … Myral hatte Cerryl gewarnt, weil Cerryl zu

viel Chaos abstrahlte, und ihn über die Kanäle informiert, die Kesrik zugewiesen worden waren. Der alte Magier hatte auch Leyladin über Cerryls Fortschritte in Kenntnis gesetzt. Hatte sie ihn womöglich danach gefragt?

Ein Lächeln erhellte Cerryls Gesicht, doch dann schüttelte er energisch den Kopf. Sie war lediglich freundlich gewesen. Nicht mehr als freundlich und gleichzeitig unnahbar, mahnte er sich selbst.

Doch was konnte Cerryl tun? Wie konnte er sich schützen?

Myral hatte von Magiern gesprochen, die sich selbst förmlich ausbrannten, und anderen wiederum, wie Sterol, die ihre Chaos-Macht abschirmten. Warum sollte er nicht das Gleiche tun? Die anderen glauben lassen, er hätte einen Teil seiner Macht eingebüßt … aber verbergen, zu was er im Stande war? Sollte er das tun?

Er schluckte.

Aber warum abschirmen? Er nickte. Schutz war notwendig, weil Magier natürlicherweise Chaos in sich trugen – oder sich darin einhüllten. Besser das Chaos von außen nehmen und in die gewünschten Bahnen lenken …

»Große Gedanken und Worte …« Die Wörter tröpfelten förmlich von seinen Lippen und er sah sich in der dunklen Zelle um. Die Vorstellung fiel ihm nicht schwer. Sie jedoch in die Tat umzusetzen und die anderen damit zu überzeugen würde schon schwerer werden.

Erneut umspielte ein Lächeln seine Lippen. Myral hatte ihm einen völlig neuen Seitenkanal zugeteilt und keiner war in der Nähe, der ihn beobachten konnte.

LXXV

Der Kampf zwischen Weiß und Schwarz, zwischen dem Guten und Richtigen und auf der anderen Seite der Macht der Dunkelheit, wird so lange fortdauern, wie die Welt Bestand hat; denn sobald die Gilde einen krummen Ast der Dunkelheit gekappt hat, sprießt ein neuer aus der Niederträchtigkeit der Welt.

Als die alten Weißen Magier den dunklen Wald von Naclos endlich unterjocht und das große und friedliche Land Cyador gegründet hatten, glaubten sie, sie hätten die Dunkelheit für immer verbannt; doch die dämonischen Mächte erhielten mächtige Hilfe von jenseits der Welt und der Schwarze Magier Nylan zerstörte das Gefängnis, welches das gute und richtige Werk Cyadors war, und befreite den dunklen Wald.

Als vor langer Zeit Westwind sich die Länder des Westens aneignete, bauten gleichzeitig die Weißen Magier die Länder des Ostens wieder auf und ließen sie zu Bastionen des Lichts und des Wohlstandes gedeihen; und sie gründeten die Stadt des Lichts, ein Leuchtfeuer, das der ganzen Welt zeigen sollte, dass das Licht, so wie die Sonne, von der es stammt, die Dunkelheit immer erobern wird.

Dann, nach Jahren der Zwietracht und des Kampfes, stürzten schließlich die Weißen Brüder der Gilde die Tyrannei Westwinds. Doch noch bevor der letzte Stein gefallen war, bevor die letzte Dämonin auf die besudelten Höhen niedersank, hatte der Schwarze Wind-Magier Creslin schon eine neue Zuflucht der Dunkelheit gegründet: auf der Ödnis der Insel Recluce.

Und die Zeit wird kommen, da wird Recluce entzweit und gespalten sein und eine Schwarze Festung wird sich erheben, denn die Dunkelheit wird niemals endgültig besiegt werden können, nur unterjocht und in Schach gehalten, so lange die Rechtschaffenen sich darum bemühen …

Und doch sollten wir diese Bemühungen nicht als vergeblich ansehen, denn mit jeder Anstrengung sind die Mächte des Lichts ihrem Ziel näher gerückt, Frieden und Wohlstand zu schaffen, die Voraussetzungen für das Leben jener, die sich für den Weg des Lichts entscheiden.

Die Farben der Weisse
(Handbuch der Gilde von Fairhaven)
Vorwort

LXXVI

Cerryl stapfte in der größten Hochsommerhitze durch die Straßen und führte gewissermaßen seinen eigenen kleinen Umzug an, so wie an fast jedem Spätnachmittag seit mehr als zwei Jahreszeiten. Er kämpfte noch immer damit, das Chaos von seinem Körper fern zu halten, und er musste sich aufs Höchste konzentrieren, damit er Chaos nur aus seiner Umgebung zog und es nicht in sich selbst speicherte, so wie Jeslek es tat.

Er war sich nicht ganz sicher, aber er glaubte, dass er auf diese Weise weniger ermüdete. Das konnte jedoch auch davon herrühren, dass er sich angewöhnt hatte, immer die richtige Chaos-Form zu wählen, oder er versuchte es zumindest. Die goldgelbe Lichtlanze für breite Flächen, wo mehr Chaos benötigt wurde, und kürzere, dreifarbige Lichtlanzen für enge Ecken und Winkel des Tunnels.

Ab und zu bediente er sich auch noch der gewöhnlichen Feuerstöße, doch diese erforderten mehr Energie, wirkten dafür aber auch eindrucksvoller.

Eine heiße Sommerbrise aus Süden blies über seinen Nacken, als er stur einen weiß gestiefelten Fuß vor den anderen setzte und die Schweißbäche zu vergessen versuchte, die unter der zu dicken Wolltunika über seinen Rücken liefen.

Cerryl schaute nach links auf das grüne Schild über einer offen stehenden Tür – das Schild zeigte einen Widder aus Weißbronze mit geschwungenen goldenen Hörnern. Das Wasser lief ihm im Mund zusammen, wenn er daran dachte, wie gut ein kühles Bier jetzt wohl schmecken würde. Das Getöse von klirrenden Humpen und zusammenhanglosen Gesängen aus dem *Goldenen Widder* dröhnte auf die Straße, als Cerryl an der Tür vorbeiging. Cerryl runzelte die Stirn, denn die Lieder lösten einen kurzen stechenden Schmerz aus, keine richtigen Kopfschmerzen. Kopfschmerzen, die von Unwettern herrührten, kannte er, aber von Liedern?

Nachdem Cerryl den ersten Seitentunnel mithilfe seines Chaos-Feuers gereinigt hatte, hatte Myral einen zweiten ausgesucht, östlich der Hauptstraße; er führte nach Süden, sogar noch über Nivors Apothekerladen, der schon weit im Süden der Stadt lag, hinaus. Sein neuer Kanal enthielt zwar nicht so viel Schleim und Schlamm, dafür stank er aber umso schlimmer.

Hinter Cerryl ließ Ullan seine Lanze geräuschvoll über die Granitsteine des Gehweges schleifen.

»Heiß, Ser … wirklich heiß«, bemerkte Jyantyl. »Wird es sehr viel länger dauern, diesen Tunnel vollständig zu säubern?«

»Ich weiß nicht. Er führt noch weiter als der letzte. Vielleicht ein paar Tage mehr, vielleicht auch einen Achttag. Das hängt davon ab, wie schlimm die Zubringer aussehen, die noch kommen.« Cerryl wischte sich über die Stirn. »Außerdem mündet ein weiterer Seitenkanal in diesen Tunnel – er muss später hinzugefügt worden sein, denn er ist nicht auf der Karte eingezeichnet. Ich werde Myral danach fragen.«

»Ja, Ser.«

Ein zugedeckter Wagen rumpelte an der Gruppe vorbei und Cerryls Augen verfolgten ihn eine Weile. Gefüllte Fässer wurden darauf transportiert. Gefüllt womit? Bier? Wein? Die feuchte Stelle an der Seite der Ladefläche deutete auf verschüttete Flüssigkeit oder auf ein auslaufendes Fass hin.

»Muss ich mich denn beeilen?«, fragte Cerryl.

»Einige von uns ... nun ja, man hört, dass einige von uns nach Jellico oder Rytel geschickt werden sollen.«

»Rytel?«

»Nur Gerede innerhalb der Kaserne, Ser.« Jyantyl zuckte mit den Schultern. »Man sagt, dass Axalt allen freien Händlern erlauben wird, das Land auf dem Weg nach Spidlar zu durchqueren. Vielleicht sogar auch der Gilde der Händler.«

Cerryl nickte, er war sich nicht sicher, ob er richtig verstanden hatte, wollte jedoch seine Unwissenheit nicht preisgeben. »Dann gibt es Ärger dort ...«

»Das kann ich nicht beurteilen, Ser ... ich weiß nur, dass sich im Norden etwas zusammenbraut.« Die Augen des schon etwas älteren Gardisten wanderten zum Platz der Magier und zum Turm.

»Ich auch nicht, Jyantyl.« Cerryl nickte dem Gardisten zu. »Bis Morgen.«

»Ja, Ser.« Jyantyl und die vier Lanzenkämpfer marschierten am Vordereingang der Halle vorbei und bogen um die nördliche Ecke des Gebäudes.

Cerryl drehte sich um und stieg die Stufen zur Halle hinauf. Seine Beine schmerzten.

Dann gab es also Gerüchte um Axalt. Cerryl runzelte die Stirn. Er wusste nicht viel über die Stadt, kannte nur ihre geografische Lage. Aber es gab schließlich so viele Orte auf der Welt, über die er nichts wusste. Er lachte in sich hinein. Er wusste so vieles nicht, über Fairhaven etwa ... oder über Frauen ... über Macht.

In der vorderen Halle angekommen, schlug er den

Weg zum Hof ein und musste einer schlanken Gestalt in Weiß ausweichen, die es außerordentlich eilig hatte.

»Cerryl …« Anya starrte Cerryl an, sie wirkte beinahe durcheinander, dann zog sie ein Gesicht. »Du solltest so schnell wie möglich den Waschraum aufsuchen, Cerryl.«

»Ja, Ser. Ich weiß.«

»Du musst mich nicht so förmlich anreden, Cerryl. Anya reicht völlig aus.« Wieder schenkte sie ihm ein übertrieben warmes Lächeln, dem Cerryl aufs Höchste misstraute.

»Ja, Anya.« Er erwiderte ihr Lächeln freundlich und höflich, wie er hoffte.

»Später«, sagte sie geheimnisvoll.

Cerryl blieb sprachlos stehen, als sie nickte und an ihm vorbeirauschte in Richtung Turmtreppe. Er marschierte weiter zu den Waschräumen und kam gerade dort an, als der erste Glockenschlag ertönte, der das Abendessen ankündigte.

Hastig wusch er sich und eilte dann in den Speisesaal.

Schon vom Eingang aus konnte er sehen, dass das Abendessen aus einfachem gebratenem Geflügel, gekochten Kartoffeln und Brot bestand – das Brot war am Morgen gebacken worden und deshalb bestimmt schon ein wenig altbacken.

Lyasa und Faltar saßen bereits an einem der runden Tische, Kesrik, Kochar und Bealtur am Tisch daneben. Lyasa winkte Cerryl zu und er nickte als Antwort, während er seinen Teller belud. Einfaches Essen hin oder her, er war hungrig.

Als Cerryl sich dem Tisch näherte, warf ihm Lyasa einen geheimnisvollen Blick zu, dann sah sie Faltar an und danach wieder Cerryl.

»Was ist los?«, fragte Cerryl.

»Geht es dir gut? Die Kanäle …«

»Du meinst«, fragte Cerryl trocken, »sie haben eine ›abnehmende‹ Wirkung auf mich? Vielleicht, aber ich vermute, dass dies der Preis für die Kontrolle ist. Oder der, den ich zahlen muss.«

Cerryl fühlte Kesriks Augen auf seinem Rücken – oder waren es Bealturs?

Lyasa nickte heftig. »Es tut mir Leid.«

»Das muss es nicht. Myral macht seine Sache gut.« Cerryl hätte lieber gelächelt, aber er bemühte sich um einen möglichst gleichgültigen Gesichtsausdruck, als er seinen Teller neben Lyasas Tablett stellte.

Nachdem er sich niedergelassen hatte, fühlte er Lyasas Hand unter dem Tisch, sie berührte seinen Oberschenkel und drückte ihn; eine Geste, die wohl beruhigend wirken und gleichzeitig Mitgefühl zeigen sollte. Er hätte ihr am liebsten gesagt, dass es ihm gut ging, aber er nahm sich zusammen und murmelte: »Es ist hart, aber es geschieht eben.« Auf gewisse Weise waren die Worte wahr, nur würde Lyasa sie nicht so verstehen.

Faltar ließ von seinem Huhn ab und blickte verwirrt auf.

»Du wirst es schon noch verstehen ... später«, sprach Lyasa leise. »Wie lange bist du nun schon in den Kanälen? Einen Achttag?«

»Fast zwei. Ich komme nicht sehr schnell voran.« Faltar schüttelte enttäuscht den Kopf und machte ein langes Gesicht.

»Das geht den meisten so«, sagte Lyasa. »Der Anfang ist schwierig.«

»... kann man laut sagen ...«, brummte Faltar.

»Gibt es etwas Neues aus Gallos oder Spidlar?«, fragte Cerryl, er wollte das Thema wechseln.

Lyasa warf einen Blick über die Schulter zu dem Tisch, den Kesrik und Kochar gerade geräumt hatten. Ihr Gesichtsausdruck verdunkelte sich sofort. »Äh ... nein. Ich meine ... es hat sich nichts verändert.« Sie hob ihren Humpen und zuckte zusammen.

»Was ist?«, fragte Cerryl, dessen Augen Kesrik verfolgten; er fragte sich, was Lyasa wohl gesehen hatte – oder gehört.

»Kinowin hat damit angefangen, verschiedenen Schülern den Umgang mit Waffen zu zeigen. Er steckte mich in eine volle Rüstung und dann musste ich zuschlagen.«

»Um dir zu zeigen, was Gardisten und Lanzenreiter jeden Tag durchmachen müssen«, sagte Cerryl. »Eliasar hat mit mir das Gleiche gemacht.«

»Ich will bestimmt kein Lanzenreiter werden.« Lyasa lachte. »Die Schwarzen Engel waren verrückt, und das in mehrerlei Hinsicht.«

»Die aus Westwind?«, fragte Faltar. »Sie haben so ziemlich alle geschlagen. Obwohl ich das kaum glauben kann.«

»Du glaubst nicht, dass Frauen stark und zäh genug dafür sind?« Lyasa zog fragend die Augenbrauen hoch.

»Das habe ich nicht gesagt«, beeilte sich Faltar zu antworten.

»Das will ich dir auch geraten haben.«

Cerryl verbiss sich ein Grinsen.

»Du weißt, dass ein Großteil der besten Schwertkämpfer auf Recluce noch immer Frauen sind. So auch bei den Weißen Lanzenreitern.«

»Ich hätte gar nichts sagen sollen.«

»Dann hast du also doch etwas gesagt?« Lyasa sah ihn unverhohlen an.

Faltar seufzte übertrieben bedrückt, fast so übertrieben, wie es ein fahrender Sänger gespielt hätte. »Na los, verbrenn mich. Schlag mich … alles was du willst … denn ich fühle mich elend und niedrig …«

»Das nächste Mal …« Lyasa lachte.

»Es wird kein nächstes Mal geben«, versprach Faltar.

Cerryl schmunzelte über den unterwürfigen Ton.

»Warum hast du danach gefragt?«, wandte sich Lyasa an Cerryl.

»Jyantyl – er ist der Anführer der Garde meiner Kanalabordnung –, er sagte, es gäbe Gerüchte, dass noch mehr Gardisten und Lanzenreiter nach Certis geschickt werden, und er sprach auch von Axalt.« Er hielt inne. »Weißt du etwas über Axalt?«

»Es ist eine sehr alte Stadt mit einer hohen Stadtmauer darum herum. Sie lag früher an der Haupthandelsroute von Jellico nach Spidlar – so lange, bis die Große Weiße Straße durch die Osthörner fertig gestellt wurde. Es ist kein großes oder wichtiges Land, doch es ist keinem anderen Herrscher zu Treue verpflichtet.«

»Vielleicht werden wir alle Magier sein, noch bevor es zum Krieg kommt«, meinte Faltar.

»Vielleicht.« Cerryl war sich nicht sicher, ob das so gut wäre. Er brach ein Stück von seinem Brot ab.

»Ein Krieg führt doch zu nichts«, sagte Lyasa.

»Viele Dinge führen zu nichts«, antwortete Faltar, der eifrig kaute. »Warum dann ausgerechnet ein Krieg?«

Cerryl dachte über Anyas Verhalten vorhin in der Halle nach und an so vieles, was in letzter Zeit geschehen war; er musste Faltar fast zustimmen. Doch viel konnte er nicht tun, also hob er seinen Humpen und genoss das kühle Bier.

LXXVII

Cerryl betrat das Turmzimmer, froh darüber, dass Myral die Läden geöffnet hatte und ein leichter Wind hereinblies – dumm nur, dass der Luftzug abebbte, als er die schwere bronzegefasste Tür ins Schloss fallen ließ.

Von seinem Stuhl am Tisch, wo er vom kühlen Apfelwein nippte, studierte Myral Cerryls Gesicht. »Du hast daran gearbeitet, das Chaos aus deinem Körper zu verdrängen, habe ich Recht?«

»Ich habe versucht, Eure Weisungen und Vorschläge zu befolgen«, gab Cerryl zu. »Es ist schwer.«

»Beinahe alles, was man gut macht, fällt einem schwer.« Myral lächelte. »Diejenigen, die die Macht von Natur aus besitzen, haben Schwierigkeiten damit, sie zu verstehen, oft so lange, bis es zu spät ist.«

Cerryl wusste, dass solche Gleichungen ihm nicht weiterhelfen konnten, doch er ließ sich nichts anmerken und setzte sich auf einen Stuhl gegenüber vom alten Magier.

»Wie geht es voran im neuen Kanal?«

»Nicht schlecht«, berichtete Cerryl, »aber ich werde bald an eine Stelle kommen, an der ein anderer Tunnel in diesen Seitenkanal mündet, und der ist nicht in der Karte eingezeichnet.«

Myral runzelte erst die Stirn, dann stand er auf und machte sich halb gehend, halb watschelnd auf den Weg zum Bücherschrank. Cerryl konnte sich nicht erinnern, den Magier schon einmal so schwerfällig gesehen zu haben. Er sagte jedoch nichts, als Myral zum Tisch zurückkehrte und die Karte auseinander rollte.

»Wo?«

Cerryl deutete mit dem Finger darauf. »Ungefähr hier, kurz vor dieser Biegung, wo der Seitenkanal auf den östlichen Haupttunnel trifft.«

Myral zog die Augenbrauen hoch, doch dann entspannte sich sein Gesicht. »Ach der. Das ist kein Zubringertunnel. Vor Jahren gab es einmal eine Horde Raufbolde – sie schimpften sich Händler – und sie benutzten die Kanäle, um die Stadt verlassen zu können, ohne an den Gardisten und Zollstellen vorbei zu müssen; dazu bauten sie einen Zugang zum Tunnel vom Keller ihres Gebäudes. Dieser Tunnel wurde im Untergrund niemals zugemauert – nur vom Haus her. Wenn du ihm folgst, gelangst du zu einer Ziegelwand. Es gab früher noch einen zweiten Tunnelausgang draußen bei den Überlaufgräben, doch dieser wurde mit Schutt aufgefüllt.« Der alte Magier lächelte. »Fast ein Jahr lang hatten wir ihn nicht bemerkt.« Myral hielt inne. »Ich habe dir doch erzählt, wie das Sonnenlicht, das in den Überlaufgräben auf das Wasser fällt, die Abwässer reinigt, bevor diese den See erreichen …?«

»Ja, Ser. Ihr habt mich dorthin mitgenommen und mir gezeigt, wie der Schlamm im ersten Becken gesammelt wird, und dann …«

Myral winkte ab, er stand auf und rollte die Karte wieder zusammen. »Erzähl mir nicht, was ich dich gelehrt habe … Ich wiederhole mich ohnehin viel zu oft – oder ich habe es schon immer getan. Das passiert, wenn man alt wird.«

»Alt? Ihr seht nicht alt aus, Ser.«

»Ich bin alt, Cerryl. Alt, sehr alt für einen Magier. Ich bin eitel und Leyladin hilft mir, aber ich bin ein alter Mann, ich tauge nur noch dazu, den Schülern von Kanälen und Unrat zu berichten, zu sonst nichts mehr.« Myral ließ sich auf seinen Stuhl plumpsen und keuchte schwer. Nach einem Augenblick starrte er Cerryl an. »Mach weiter. Geh und putze weiter die Kanäle, ich werde in der Zwischenzeit hier sitzen und versuchen, wichtig zu sein.«

Cerryl stand auf.

»Wenn du zum Schmugglertunnel kommst, sei vorsichtig. Du musst auch diesen säubern, wenn du es nicht tust, heißt das, dass der Seitentunnel vor der Zeit schon wieder gereinigt werden muss. Wir wissen jedoch nicht, ob dieser Tunnel ausreichend stabil ist. Vielleicht brauchst du ein paar Steinmetzen. In dem Fall lässt du es mich wissen.« Myral lachte und hustete. »Ich bin ja ohnehin immer hier.«

Der Magierschüler nickte und verließ den Raum, um

Jyantyl und die anderen Lanzenkämpfer wie immer vor den Kasernen hinter den Hallen zu treffen.

Der Morgen ging schnell vorbei, wenn auch nicht so schnell, wie Cerryl gehofft hatte, da er noch einige neue Zubringer auf der Ostseite entdeckt hatte. Einer war beinahe gänzlich verstopft, sodass er ihn nur mit mehreren richtigen Feuerstößen freibekommen konnte, die er zusammen mit heißem Dampf durch die zähe Masse bohrte.

Selbst nach der ausgiebigen Mittagspause, die er sich und den Lanzenreitern gegönnt hatte, fühlte sich Cerryl noch müde, doch erneut öffnete er das Bronzegitter und nickte Ullan und Dientyr auffordernd zu, dann schritt er die Stufen hinab. Zumindest im Sommer war die Luft in den Kanälen etwas kühler als auf den Straßen.

Cerryl hatte zu Anfang kaum gewagt, tief einzuatmen, doch mittlerweile war sein Geruchssinn fast gänzlich unempfindlich geworden. Der Gestank entwickelte sich im Sommer besonders schlimm, und wenn die Hitze bis zum Herbst anhielt, würde es noch ärger werden. Cerryl achtete kaum noch auf die allgegenwärtigen Gerüche und ließ seine Sinne durch den Kanaltunnel zu seiner Rechten wandern. Irgendwo da vorne musste sich der zugemauerte Schmugglertunnel befinden.

Das Abwasser floss im Graben dahin, noch unter dem schleimigen Fußweg ... doch irgendetwas stimmte nicht ... ein Wirbel oder Ähnliches gurgelte in der Kloake.

Cerryl ließ eine kleine Lanze aus goldenem Chaos-Licht über die Wasseroberfläche gleiten. Flammen loderten hinter der Lichtlanze auf. Irgendetwas im Abwasser brannte – war es Öl? Cerryl versuchte etwas zu riechen, aber sein Geruchssinn konnte ihm nicht mehr helfen. Woher kam das Öl?

Er schleuderte einen Chaos-Feuerstoß quer über die Tunnelwand, doch als Ergebnis erhielt er nur saubere Ziegel und weiße Asche. Im Glimmen des Blitzes konnte Cerryl die Umrisse des Seitenkanals erkennen.

Ein kurzes Klopfen auf den Steinen hallte durch den Tunnel. Cerryl drehte sich um.

»Entschuldigt, Ser«, krächzte Ullan.

Cerryl wandte sich wortlos wieder dem dunklen Tunnel zu und suchte weiter, er runzelte die Stirn wegen des verbrannten Öls, vielleicht war es jedoch auch etwas anderes gewesen.

Ullan klopfte wieder mit der Lanze.

Diesmal hörte Cerryl nicht hin und versuchte mit aller Gewalt, seine Sinne in die Dunkelheit des Tunnels zu pressen.

Ein Kratzgeräusch gesellte sich zum leisen Gurgeln im Abwassergraben.

Plötzlich fühlte Cerryl etwas – hinten in der Ecke. Wahrscheinlich wartete jemand auf ihn im zugemauerten Tunnel. Cerryl hatte gerade mit dem Chaos-Sammeln begonnen, als er Schritte auf den Steinen hörte.

Ein schwacher Lichtschein drang aus dem Seitentunnel und zwei Männer erschienen, dünne Gestalten, die Cerryl weder mit seinen Sinnen noch mit den Augen richtig erkennen konnte. Er musste unwillkürlich zwinkern.

Einer hängte eine Bronzelampe an den Haken an der Wand, den Cerryl bis eben nicht bemerkt hatte. Beide Männer trugen Schilde – große, dunkel glänzende Eisenschilde. Sie trugen auch dunkle Eisenschwerter bei sich, in denen das rötliche Schwarz der Ordnung glühte; beinahe geräuschlos bewegten sie sich auf Cerryl zu.

Hinter sich hörte Cerryl, wie die zwei Weißen Lanzenkämpfer sich zurückzogen, auch fast geräuschlos.

Myral hatte bereits erwähnt, dass die Gardisten im Ernstfall möglicherweise keine große Hilfe darstellten. Er hatte Cerryl auch gelehrt, dass es ihm gefährlich werden konnte, Chaos gegen Eisen zu schleudern.

Cerryl wich zurück und versuchte nachzudenken. Was sollte er tun?

Die bewaffneten Männer marschierten auf ihn zu, die Schilde vor sich aufgebaut.

Cerryl warf einen goldenen Feuerstoß auf die beiden Störenfriede, er zielte nicht auf den Schild des ersten Mannes, wo er wenig nützen würde, sondern auf den Graben gleich neben dem Mann.

Ein zweiter Feuerstoß folgte dem ersten, dann ein dritter und vierter.

Cerryl hielt seinen eigenen unsichtbaren Schild gegen den Chaos-Dampf, um diesen von sich abzuhalten, gleichzeitig versuchte er den Dampfstrom auf die bewaffneten Männer zu lenken; Cerryl begann den Rückzug, die Angreifer rückten immer weiter vor.

Dann schleuderte Cerryl eine goldene Lichtlanze in einem niedrigen Bogen auf die Beine des Führenden. Sie verfehlte zwar ihr Ziel, allerdings musste der zweite Mann zur Seite springen und prallte dabei gegen die Tunnelwand. Nur taumelnd konnte er sich auf den Beinen halten, seinen Schild vermochte er jedoch nicht mehr zu heben.

Cerryl feuerte eine weitere zischende Lanze aus goldenem Licht mitten ins Gesicht des Angreifers.

»Aaaahh ...« Der Schrei verstummte, der Mann schlug die Hände vor sein verbranntes Gesicht und den blutenden Hals. Langsam fiel er vornüber.

Cerryl warf noch eine Feuerkugel in den Graben und wich gleichzeitig vor dem ersten Soldaten zurück.

Dieser machte einen Satz nach vorn und schwang und stemmte seinen Eisenschild gegen Cerryl. Mit erhobenem Schwert arbeitete er sich die wenigen noch verbliebenen Ellen bis zu ihm vor.

Mit einer Ruhe, die bestimmt nicht seinem tiefsten Innern entsprang, löste Cerryl einen weiteren Feuerball aus seinen Fingern, gerade als der schwere Schild ihn traf.

Der Mann stürzte zu Boden, sein Körper nur noch eine verkohlte Masse.

Cerryl stieß den schweren Schild zur Seite, er wusste, dass er sich dabei die Hände verbrennen würde. Seine weiße Tunika wurde stellenweise durch die Berührung mit dem Eisen versengt.

Cerryl musste sich gegen die Wand lehnen. Sein Kopf schmerzte und sein Magen zog sich in einem Krampf zusammen; er stand da, keuchte schwer, die Dunkelheit schien ihn anzuspringen, um gleich darauf wieder zu verschwinden.

Schließlich raffte er sich auf und ging langsam auf die Treppe zu. Dientyr stand leichenblass an der Wand.

»Ser?« Der Weiße Lanzenreiter schlug die Augen nieder.

»Wo ist Ullan?«

»Mmmmhhh … ich weiß nicht, Ser.«

Cerryl ging weiter, bis er die Stufen erreichte. Dort setzte er sich in den Lichtschein, der durch die Gitteröffnung über ihm in den Tunnel strömte. Es kümmerte ihn nicht, ob seine weißen Sachen schmutzig wurden. Er musste sich ausruhen.

»Dientyr? Schickt einen Boten zu Myral … Angreifer im Kanal. Sie sind zwar schon tot, aber ich muss trotzdem Meldung erstatten.«

»Ja, Ser.«

Cerryl achtete nicht auf die Erleichterung, die in der Stimme des Gardisten mitschwang, und auf das Tempo, mit dem er die Stufen hinauflief. Er versuchte nur, wieder zu Atem zu kommen. War er so atemlos, weil er zu viel Chaos in zu kurzer Zeit verschleudert hatte?

Als er sich schließlich etwas weniger zittrig fühlte, wagte er sich noch einmal tiefer in den Tunnel und stellte sich der Dunkelheit. Nicht viel war übrig geblieben – nur zwei zum Teil verkohlte Leichen, zwei Eisenschilde, zwei Eisenschwerter, der Geruch von verbranntem Öl – und Schmutz und Abwasser. Von Ullan keine Spur.

Cerryl kehrte zu den Stufen zurück, um auf Myral zu warten.

Schließlich erschien Dientyr mit einem anderen Gardisten und Myral auf den Stufen; zusammen begleiteten sie Myral herunter. Ein Bote in Blau folgte ihnen.

»Cerryl?«

»Ich bin hier. Ich bin allein – mit den Leichen.«

»Leichen?«

»Zwei bewaffnete Männer – ich weiß nicht, warum.«

»Lass mich sehen.« Die Gardisten gingen vor Myral und Cerryl her und der Bote hinter ihnen. So marschierten die beiden die wenigen Dutzend Ellen bis zum Kampfschauplatz.

»Sie waren zu zweit.« Myral betrachtete die Gestalten; eine war nahezu vollständig verbrannt und die andere zum Teil. Myrals Gesicht verhärtete sich, als er mithilfe eines Messers aus Weißbronze einen der Schilde hochhob; mit rasselndem Atem richtete sich der alte Magier wieder auf.

Cerryl verkrampfte sich. Was hatte er falsch gemacht?

»Du hast gar nichts falsch gemacht.« Der dicke Magier wandte sich an den Boten. »Ich bitte den edlen Sterol, hierher zu kommen.«

»Ja, Ser.« Der Bote verließ den Tunnel beinahe fluchtartig.

»Das Zeichen des Herstellers … auf den Schilden.« Myral atmete weiterhin schwer. »Sie stammen aus Gallos … nur einen Waffenhändler, der in Gallos zugelassen ist … sollte nicht schwer sein herauszufinden, wer die Eisenwaffen beschafft hat.«

»Ich dachte, Eisenwaffen sind nicht erlaubt in Fairhaven.«

»Nur zu ganz bestimmten Zwecken …«, keuchte Myral.

»Ser … die Stufen dort hinten. Sie sind sauber. Dort könnt Ihr Euch setzen.«

»Kein … übler Vorschlag.«

Cerryl führte Myral zu den Stufen, die zum Gitter hinaufführten.

Auch ohne Myrals ausdrücklichen Befehl bewachten die Lanzenreiter weiter die verkohlten Gestalten auf dem Fußweg. Eine weitere Gruppe von Lanzenreitern war zu Jyantyl oben auf der Straße gestoßen, um das Gitter zu bewachen.

»Kommt das öfter vor?«, fragte Cerryl schließlich.

»Selten. Aber es kommt vor. Deshalb schicken wir auch Gardisten mit.« Myral holte tief Luft. »Manche denken, die Kanäle würden nicht überwacht. Manchmal haben sie damit auch Recht. Wir können nicht überall sein. Die Schlösser sind sehr hilfreich, aber ab und zu gelingt es jemandem, hier herein zu gelangen, so wie den Schmugglern.« Nach einer Pause fügte Myral hinzu: »Wenn Sterol da ist, werden wir den alten Schmugglertunnel überprüfen. Ich vermute, dass deine Angreifer ihn geöffnet haben. Was ist mit Ullan passiert?«

»Ich weiß nicht, Ser. Er war plötzlich verschwunden, als ich mit den Männern fertig war.« Cerryl deutete mit dem Arm in den Tunnel.

»Sehr interessant. Ein fehlender Gardist und ein Übergriff so spät am Tag.«

Spät am Tag? Wenn es sehr wahrscheinlich war, dass ein junger Magier müde wurde? Daran hatte Cerryl noch nicht gedacht.

Myral raffte sich schwerfällig auf. »Der mächtige Sterol lässt sich Zeit. Wir können auch schon mit dem Tunnel anfangen, während wir warten. Du solltest ihn weiterhin sauber machen, wenn er zu schmutzig wird.«

Cerryl war zwar nicht sehr begeistert, er sagte jedoch nichts. Seine linke Schulter schmerzte, dort hatte ihn der Schild getroffen, und er fühlte sich erschöpft.

Langsam stiegen sie über die Leichen und erreichten die Stelle, bis wohin Cerryl den Fußweg geschrubbt hatte. Sie versuchten, keine der beiden Leichen zu berühren, aber der Fußweg war zu eng, um die toten Banditen umgehen zu können. Myral wandte sich mit hochgezogenen Augenbrauen an Cerryl.

Cerryl ließ eine fauchende, goldene Lanzenflamme, so klein wie nur möglich, über die fünf Ellen des Fußweges zischen, die bis zur Öffnung des Schmugglertunnels noch nicht gesäubert waren; es war ein schlampig gemauerter Bogen, weniger als vier Ellen hoch.

Cerryl setzte vorsichtig einen Fuß in den Seitentunnel, der Lehm unter ihm gab leicht nach. Keine zwanzig Ellen weiter mündete der Tunnel in eine Wand, in deren Mitte sich eine offen stehende Tür befand.

Myral ging hin und schloss die Tür.

Cerryl holte tief Luft. Die Rückseite der Tür hatte jemand angemalt, sodass sie aussah wie eine gemauerte Ziegelwand.

»Das hat es früher auch schon gegeben. Sie sind schlau.« Myral drehte sich um. »Es ist keiner mehr in der Nähe, aber ich würde die Sache trotzdem lieber Sterol überlassen. Du wirst nicht wissen wollen, wo diese Tür hinführt, nicht solange du kein richtiger Magier bist.« Der schwere alte Magier keuchte langsam durch den Seitenkanal zurück zur Treppe, die zur Straße führte, wo er sich vorsichtig auf der zweiten Stufe niederließ.

Cerryl hatte jegliches Gefühl für Zeit verloren, so wusste er nicht, wie lange sie gewartet hatten. Auf einmal hörte er das Klirren der Waffen der Wächter, es hallte die Stufen herunter, bevor eine Hand voll Gardisten erschien, die dem Erzmagier vorausgingen.

Sterol leuchtete in der Dunkelheit, eine glühende Chaos-Quelle; ein ganzer Zug Gardisten begleitete ihn, Kinowin ging neben ihm her. »Eure Nachricht war nicht gerade beruhigend, Myral.«

Myral stand mühsam auf. »Ja, Erzmagier.« Myral deutete in der Dunkelheit auf die zwei Leichen. »Der junge Cerryl hat diese zwei Übeltäter erledigt. Ich dachte, Ihr wollt die Leichen vielleicht selbst untersuchen.«

Sterol nickte. Kinowin stand mit ausdruckslosem Gesicht daneben.

»Vielleicht wollt Ihr auch dem Seitentunnel hinter den Leichen Eure Beachtung schenken. Dort ist eine Tür, sie ist so bemalt, dass man sie für eine Mauer hält.«

Sterol setzte sich in Bewegung, gefolgt von Kinowin, und marschierte in den Tunnel hinein. Cerryl bemerkte, dass Sterol nicht vor Chaos-Energie glühte so wie Jeslek, aber er strahlte eindeutig Chaos aus – wie auch Kinowin mit seinem zerfurchten Gesicht, dieser jedoch in geringerem Maße.

Der Erzmagier blieb vor den Leichen stehen und beugte sich hinab. Bald richtete er sich wieder auf. »Ich verstehe, was Ihr meint.« Er streckte die Hand aus, zeigte auf die Gestalten und der Tunnel füllte sich plötzlich mit gleißend hellem Licht.

Cerryl musste die Augen schließen. Als die Sterne vor seinen Augen verschwunden waren, sah er nur noch weißen Staub, zwei Eisenschilde und zwei Schwerter.

Mit dicken weißen Handschuhen, die er für diesen Zweck mitgeführt haben musste, hob Kinowin beide Schilde auf und übergab sie einem der Gardisten. Dann nahm er die Schwerter und trug sie selbst zur Treppe, die Lanzenreiter folgten ihm; Sterol, Myral und Cerryl blieben allein im Tunnel zurück.

»Einer der Lanzenreiter«, sagte Myral, »der Cerryl bewachen sollte, ist in die Tunnel geflüchtet.« Der alte Magier warf einen Blick zu Cerryl.

»Ullan«, fügte Cerryl hinzu.

»Zweifellos versteckt sich Ullan irgendwo in den Kanälen. Du hast meine Erlaubnis, ihn zu vernichten.« Sterols Augen blitzten auf, als er Cerryl ansah. »Er muss sofort vernichtet werden – ihm gebührt keine Gnade. Du besitzt die Kraft, das zu tun.« Sterol sah sich im Tunnel um. »Hast du verstanden?«

Cerryl nickte.

»Gut.« Der Erzmagier wandte sich an Myral. »Es steht uns Arbeit bevor.« Dann richtete er sein Wort wieder an Cerryl. »Suche Ullan und führe meinen Befehl aus. Wir erwarten dich nicht vor dem Abendmahl in den Hallen zurück. Wenn du ihn findest, führ deinen Befehl aus. Wenn du ihn nicht findest – aber auch im anderen Fall –, komm nach dem Mahl zu mir.«

»Ja, Ser.«

»Du hattest nur zwei Gardisten, junger Cerryl, nicht wahr? Hier unten bei dir?«

»Ja, edler Sterol. Ich habe Dientyr geschickt, um Myral zu holen; Ullan verschwand, während ich mit den ... Übeltätern beschäftigt war.«

»Du bist hier unten geblieben?«

»Ja, Ser.«

»Gut. Sehr gut.« Sterol winkte. »Luyar, nimm dir genügend Wachen, um alle Gitter der Seitenkanäle und des westlichen Haupttunnels zu bewachen. Wenn sie Ullan erwischen, sollen sie ihn für Cerryl festhalten.«

Der Anführer der Lanzenreiter nickte und stieg eilig die Treppe hinauf zur Straße.

»Wenn die Lanzenreiter ihn zuerst finden ... wird man dich benachrichtigen. Deine Aufgabe wird es sein, den Deserteur durch Chaos-Feuer hinzurichten – an Ort und Stelle, wo du ihn findest.«

»Ja, Ser.«

Sterol nickte gebieterisch, drehte sich um und schritt die Treppe hinauf. Myral keuchte hinter dem Erzmagier her.

Cerryl starrte in den Tunnel, vorbei an den Stufen und über die Stelle hinweg, an der eben noch die Leichen gelegen waren, dann zuckte er die Achseln. Ullan war geflüchtet, während Cerryl gegen die bewaffneten Männer gekämpft hatte, er hatte sich vom Eingang entfernt, aber nicht die Stufen genommen.

Cerryl ging langsam in den Tunnel hinein, er durchquerte das Gebiet, das er schon gereinigt hatte, und blickte auf seine Füße.

Zwei Lanzenreiter folgten ihm. Waren sie außer zu seinem Schutz auch zu seiner Beobachtung hier?

Er passierte eine weitere Treppe, auf die Licht durch ein Gitter fiel, dann eine zweite und schließlich eine dritte. Im Tunnel war es still bis auf das leise Gurgeln des Abwassers im Grabenlauf und die Schritte auf den feuchten Steinen.

Nahe der vierten Zugangstreppe blieb Cerryl stehen, er horchte und spähte in die Dunkelheit, seine Sinne spürten etwas … jemanden … Der oder das versteckte sich in der Dunkelheit hinter den Stufen.

»Ich glaube, er ist da vorn«, flüsterte Cerryl dem Gardisten mit der Lampe zu. »Bleibt einige Schritte zurück. Ich kann nicht gleichzeitig ihn verfolgen und Euch schützen.«

Überraschenderweise nickte der Gardist zustimmend.

Cerryl schlich sich weiter in den Tunnel, er wusste, dass der Rücken und die Ärmel seiner Tunika vor Dreck strotzten.

Stiefel scharrten auf den Ziegeln … und eine Lanze.

Cerryl wartete und sammelte gleichzeitig Chaos aus der Umgebung. »Ullan …«

Das gurgelnde Abwasser im Graben verursachte das einzige Geräusch im Kanal.

»Es gibt keinen Ausweg.«

Die undeutliche Gestalt des Lanzenreiters drückte sich an die Wand neben den Stufen und erhob die Lanze aus Weißbronze.

Cerryl bündelte die Chaos-Energie zu einem weißgoldenen Speer.

Die Chaos-Flamme traf Ullans Lanze und verwandelte sie in eine Stichflamme. Der Gardist ließ seine Waffe los – seine Hand und sein Unterarm standen in Flammen.

Der Lanzenreiter griff mit der heilen Hand an sein Kurzschwert, das am Gürtel hing.

Mit einem unterdrückten Seufzer schickte Cerryl einen weiteren gezielten Feuerstoß los, er traf Ullan in den Unterleib. Der Lanzenkämpfer taumelte und krümmte sich zusammen, bevor er zu Boden fiel.

Cerryl machte einen Schritt nach vorn. »Wer hat sich das ausgedacht?«

Ullan lag ausgestreckt auf den schleimigen Steinen, sein Leib war schwarz versengt, seine Augen mieden Cerryls Blick.

Cerryl schickte noch eine Chaos-Flamme auf die Beine des Lanzenreiters. Der Gestank von verbranntem Fleisch verdrängte die Gerüche von Abwasser und Moder.

»Nein ... nein, bitte ...«

»Wer hat Euch aufgetragen, mit der Lanze zu klopfen?«

»Weiß nicht, Ser ... schwöre, ich weiß es nicht ... Ein Weißer ... klein ... habe nie sein Gesicht gesehen ... sanfte Stimme ... dünn ... duftete ...«

Cerryl ließ ein paar kleine Flammen an den Fingerspitzen glimmen.

»Das ist die Wahrheit ... wirklich ... Ser ... hat gedroht, mich umzubringen, wenn ich etwas sage ...«

Cerryl spürte, dass es die Wahrheit war, und er fühlte auch Ullans Verzweiflung. Er zögerte noch einen Augenblick, dann schickte er die Flammen über Ullan.

Er schluckte und versuchte dem Brechreiz Herr zu werden – was ihm gelang, wenn auch nur mit Mühe.

Kurze Zeit später wandte er sich von der weißen Asche ab, die sich auf dem Fußweg verteilte.

Die zwei Lanzenkämpfer warteten, ihre Lampe spendete nur spärliches Licht in der Dunkelheit. Cerryl ging schweigend an ihnen vorbei, zurück an die unvollendete Säuberungsarbeit im Seitentunnel.

LXXVIII

Alle Augen waren auf Cerryl gerichtet, als er den Speisesaal betrat, dann wandten sie sich schnell ab, beinahe erleichtert, so schien es dem schmalgesichtigen Magierschüler. Er war spät dran, später als beabsichtigt, denn es hatte länger gedauert als angenommen, den Schmutz von seiner Tunika zu entfernen, obwohl er Chaos dazu benutzt hatte. Zu seiner Überraschung war es Cerryl sogar gelungen, die dunklen Fettflecken zu entfernen, von denen er geglaubt hatte, sie hätten sich in den weißen Stoff eingebrannt.

Bealtur und Kochar schlugen die Augen nieder und wandten den Blick nicht mehr von der glatten, hellen Tischplatte. Im Speisesaal herrschte absolute Stille, nur ab und zu warf ein Schüler einen Blick zum Eingang. Kein einziger richtiger Magier saß im Saal, was ungewöhnlich war.

Cerryl ging durch die schweigsamen Reihen zur Anrichte und bediente sich, er nahm von der Minzburkha, den Nudeln und brach sich ein ordentliches Stück Brot ab. Zum Schluss goss er sich einen vollen Humpen Dünnbier ein und trug alles zu dem Tisch, an dem Faltar und Lyasa saßen.

»Du hast wieder alles verpasst«, flüsterte Faltar.

»Ich habe Kanaldienst. Ich verpasse viel«, sagte Cerryl trocken. Er schniefte. Seine Tunika roch bestimmt noch immer nach Kloake. »Was ist geschehen?«

»Das weißt du nicht?«, fragte Lyasa.

»Mir wurde ausdrücklich befohlen, bis zum Abendmahl in den Kanälen zu bleiben«, berichtete Cerryl. »Der Erzmagier höchstpersönlich hat diesen Befehl erteilt. Es würde mir niemals einfallen, seine Anweisungen zu missachten.«

Die Lippen der schwarzhaarigen Lyasa formten ein stummes ›Oh‹.

»Sterol kam heute Nachmittag mit einigen Gardisten in den Studiersaal gestürmt.« Faltar flüsterte fast unhörbar. »Sie hatten Eisenschilde dabei. Du weißt, dass das Ärger bedeutet. Eisen lenkt Chaos ab.«

»Das habe ich inzwischen auch gelernt.«

»Sterol hatte Kinowin und Fydel dabei, und sogar Myral.«

Cerryl biss von seinem Brot ab, um damit seinen knurrenden Magen zu beruhigen. »Warum?«

»Du hättest Kesrik sehen sollen.« Faltar warf einen Blick auf den Tisch, an dem Kochar und Bealtur saßen. »Sterol warf einen Eisenschild – er musste dicke Lederhandschuhe dazu tragen – genau auf Kesrik und er brüllte so etwas wie, ob er es erkennen würde ... Es ging um Herstellerzeichen und zugelassene Händler in Gallos.«

Lyasa nickte schweigend.

»Herstellerzeichen? Was hat Kesrik mit Händlern zu schaffen?«, fragte Cerryl. »Ihr glaubt, dass es etwas mit Kesriks Familie zu tun hat?«

»Es würde Sinn ergeben«, murmelte Lyasa leise. »Kesrik mag dich nicht. Seine Familie ist reich und besitzt Zugang zu Söldnern – und zu Waffen.«

»Jeslek war nicht dabei«, fügte Faltar hinzu.

Und Anya auch nicht, dachte Cerryl, während er dem blonden Faltar einen Blick zuwarf.

»Kesrik – er war leichenblass im Gesicht und dann sah er so aus, als wollte er Sterol mit Chaos bewerfen.« Lyasa warf Kochar und Bealtur, die beide schweigend am Nachbartisch saßen, einen Blick zu.

»Das war nicht gerade klug von ihm«, sagte Faltar.

»Er hat versucht, Chaos zu werfen? Während die vier vor ihm standen?« Cerryl schob sich einen Löffel von der scharfen, braunen Burkha mit Nudeln in den Mund.

»Tja … dann sah man überall nur noch Chaos-Feuer. Kinowin hat als Erster seine Schilde hochgerissen«, sagte Lyasa, »und dann schleuderte jemand Chaos-Feuer auf ihn. Daraufhin hat er Kesrik verglühen lassen. Ich glaube, dass Kinowin es war. Es ging alles so schnell.«

»Und dann?« Cerryl kaute ein Stück Brot, um die Schärfe der Burkha etwas zu mildern.

»Sterol sah sich um und sagte etwas wie: ›Solche Ränkespiele sind in den Gildehallen der Magier nicht angebracht.‹«

»Dann gingen sie alle hinaus, zwei Lanzenreiter nahmen die Eisenschilde mit«, beendete Faltar den Bericht.

»Aber …« Lyasas Augen hefteten sich auf Cerryl. »Was hat Kesrik getan? Warum bist du so lange in den Kanälen geblieben?«

»Zwei Männer mit Eisenschilden und Schwertern haben mich angegriffen«, musste Cerryl zugeben.

»Wie hast du sie aufgehalten?«, presste Faltar hervor. »Myral und Derka haben mich beide gewarnt, wie gefährlich es wäre, Chaos auf Eisen zu schleudern, besonders auf poliertes Eisen.«

Cerryl lachte. »Mit Dampf … hauptsächlich. Ich habe das Wasser im Kanal zu Dampf verwandelt.«

Lyasa lächelte. »Du hast schnell gehandelt. Wie hast du das geschafft?«

»Ich weiß nicht.« Cerryl konnte nur die Schultern zucken. »Ich wusste, dass ich gegen das Eisen kein Chaos schleudern durfte. Also musste ich etwas anderes unternehmen.« Er schob sich den nächsten Löffel Burkha in den Mund. Er war verwirrt und suchte Zuflucht im Essen.

»Wie sind sie dort hinuntergekommen? Alle Gitter

sind verschlossen und mit Chaos versiegelt«, fragte Faltar.

»Sie haben einen alten Schmugglertunnel benutzt. Myral hat von dem Tunnel gewusst, doch dieser war schon vor Jahren zugemauert worden. Die Männer haben ein Loch in die Mauer gerissen.«

»Wie konnten sie wissen ...« Faltars Stirn bestand nur noch aus Falten.

»Das ist einfach«, sagte Lyasa. »Cerryl geht jeden Tag durch die Straßen. Alle paar hundert Ellen ist ein Kanalgitter. Jeder kann sich das zusammenreimen.«

Cerryls Kopf quellte über vor Fragen. Lyasa hatte Recht ... aber warum war ihm ausgerechnet der Seitenkanal zugeteilt worden, in dem es einen alten Schmugglertunnel gab? Jemand log, aber wer? Myral hatte behauptet, er könnte überzeugend lügen, was bedeutete, dass es andere Magier auch konnten. Trotz der Herstellerzeichen auf den Schilden ergab es für Cerryl keinen Sinn, dass Kesrik oder seine Familie Söldner bezahlten, damit sie Cerryl angriffen, besonders da Ullan von einem schlanken Magier gesprochen hatte. Anya stammte jedoch nicht aus einer Händlerfamilie, nicht dass sich Cerryl erinnern konnte. Und warum hätten Sterol oder Kinowin Kesrik zu Asche verwandeln sollen, wenn der Magierschüler unschuldig war? All das deutete darauf hin, dass es noch mehr Geheimnisse gab, von denen Cerryl nichts wusste.

LXXIX

Die zwei Wächter nickten Cerryl zu, als er an ihnen vorbeiging und die Stufen zum Turm hinaufstieg. Hertyls Nicken wirkte ehrerbietiger als sonst, dachte Cerryl bei sich. Myrals Tür war geschlossen und sein Zimmer fühlte sich leer an, als Cerryl auf dem Treppenabsatz daran vorbeiging. Noch bevor er die dritte Treppe erreicht hatte, wurden seine Beine müde, und sein Atem ging schwer, als er im obersten Stockwerk des Turmes angekommen war.

»Komm herein, Cerryl«, rief Sterol durch die Weißeichentür, die nur angelehnt stand.

Cerryl holte tief Luft und richtete sich auf, atmete noch einmal tief ein und öffnete die in Bronze gefasste Tür. Er betrat Sterols Gemächer und schloss die Tür nur so weit, wie er sie vorgefunden hatte.

»Du kannst sie ganz schließen.« Sterol saß hinter dem Schreibtisch zwischen zwei Bücherregalen aus Weißeiche, in denen nur ledergebundene Bände standen. Der Erzmagier deutete auf den unbequemen Stuhl vor seinem Schreibtisch.

Cerryl schloss wie befohlen die Tür und durchquerte den Raum; er machte einen Bogen um den Tisch mit dem runden Spähglas, um auf dem angebotenen Stuhl Platz zu nehmen.

»Du hast den geflüchteten Gardisten gefunden.« Das Haar des Erzmagiers glänzte rötlich und eisengrau im letzten Licht vor Sonnenuntergang, das durch das offene Turmfenster hinter ihm hereinströmte.

»Ja, Ser. Er war nicht sehr weit gekommen. Er hatte sich im südlichen Teil des Tunnels versteckt, dort wo der nächste Seitenkanal auf den Hauptkanal trifft, hinter einer Treppe.«

Sterol nickte. »Es war niemand sonst bei ihm?«

»Nein. Er war allein. Zumindest habe ich niemanden sonst gesehen oder gehört«, fügte Cerryl vorsichtshalber hinzu.

»Haben die Gardisten gesehen, wie du ihn verbrannt hast?« Der Erzmagier verlagerte das Gewicht in seinem Stuhl, seine Augen wichen jedoch nicht von Cerryl.

»Ich weiß nicht, wie viel sie gesehen haben, edler Sterol. Sie haben jedoch bestimmt beobachtet, wie ich Feuer geworfen habe. Sie müssen Ullan schreien gehört haben.«

»Er hat geschrien? Gut … sehr gut. Das reicht. Kein Weißer Gardist oder Lanzenreiter darf jemals seinen Posten verlassen oder seine Pflichten vernachlässigen.« Sterol runzelte die Stirn. »Warum schrie er?«

»Er hatte die Lanze bei sich, ich habe seinen Arm und die Lanze mit dem ersten Feuerstoß versengt.«

»Du bist vor den Gardisten hergegangen?«

»Hätte ich das nicht tun sollen, Ser?«

»Junger Cerryl … die Tapferkeit der Jugend. Diese Geschichte wird dir und uns – der Gilde – äußerst dienlich sein.« Sterol lachte, doch die Heiterkeit verschwand rasch wieder, als der Erzmagier den jungen Mann betrachtete. »Ich hatte gehofft … doch du hast dir genug Kraft bewahrt … mehr als genug … und du bist klug …« Ein Nicken folgte, so als hätte Sterol einen Entschluss gefasst.

Cerryl wartete.

»Ich nehme doch an, dieser … Ullan hat noch etwas gesagt?« Sterols Stimme nahm nun einen schärferen Ton an.

»Er flehte um Gnade.«

»Sonst noch etwas?«

Cerryl runzelte die Stirn. »Er murmelte etwas, dass er Angst gehabt hätte … dass jemand ihn beauftragt hätte. Es könnte Kesrik gewesen sein … aber Ullan behauptete, er wüsste es nicht, nur dass der, wer auch immer es gewesen sein mochte, klein gewesen war.« Cerryl lächelte entschuldigend. »Ich hoffe, Ihr habt nichts dagegen, Ser, aber da jemand versucht hat, mich umzubringen, wollte ich herausfinden, ob Ullan Näheres darüber wusste. Anschließend habe ich ihn verbrannt, wie befohlen.«

»Klein … hmmmm …« Sterol lächelte zufrieden. »Ich

werde das an Jeslek weitergeben … eine weitere Bestätigung, dass Kesrik mit der Sache zu tun hatte. Seine Familie wurde bereits gebeten, Fairhaven zu verlassen. Sie müssen die zwei Männer, die du getötet hast, entlohnt haben.«

»Ja, Ser.«

»Nun … erinnerst du dich an das, was ich dir gesagt habe, als du zum ersten Mal in den Turm kamst?«

»Ja, Ser. Dass ich beobachten, aber nichts sagen soll, nur zu Euch … und das auch nur, wenn Ihr mich danach fragt.«

»Gut.« Sterols Gesichtsausdruck verhärtete sich. »Glaubst du wirklich, dass sich Kesrik selbst einen solchen Anschlag auf dich ausgedacht haben kann?«

»Ser … ich weiß so gut wie nichts über Fairhaven und die Gilde. Ich habe meine Zweifel, aber wenn man so wenig weiß …«

Sterol lachte, ein kurzes Bellen. »Du weißt viel mehr, als du anderen zeigst, sogar mir offenbarst du es nicht und das ist weise – so lange du erkennst, wer der Erzmagier ist.«

»Ja, Ser.«

»Was weißt du über Recluce?«

»Ich weiß nur das, was in den Geschichtsbüchern darüber steht. Ich habe sie gelesen, Ser. Zufällig habe ich gehört, dass Recluce versucht, mit Gallos über Spidlar Handel zu betreiben, und dass dies Fairhaven nicht weiterhilft.«

Sterol lehnte sich etwas in seinem Stuhl zurück, sein Blick blieb jedoch streng. »Die Menschen sind schwach, Cerryl. Sie streben nach Geld und persönlichem Vorteil, selbst auf das Leben ihrer Kinder und Kindeskinder nehmen sie keine Rücksicht. Auch Weiße Magier sind davor nicht gefeit und das kann noch gefährlicher sein, denn sie müssen sich nicht um Kinder sorgen. Mit dem Chaos geht große Macht einher und große Macht schafft Fäulnis und Verderbtheit unter den Menschen. Deshalb starb Kesrik.«

Cerryl versuchte seine Verwirrung zu verbergen.

»Nein«, Sterol beantwortete die unausgesprochene Frage. »Kesrik besaß keine große Macht. Er war schwach, zu schwach, um der Verderbtheit des Chaos zu widerstehen. Er spürte die große Macht, die Jeslek ausstrahlt, und hätte alles getan, um ähnliche Macht zu erlangen.« Der Erzmagier richtete sich auf und die rot gefleckten Augen bohrten sich durch Cerryl. »Verstehst du das?«

»Ich verstehe, dass er nach Macht strebte, Ser. Er versuchte, Macht über die anderen Schüler zu erlangen.«

Sterol nickte. »Das ist ein Grund, warum du die Unruhestifter im Kanal angetroffen hast, die deinen Tod wollten. Wo sich Chaos sammeln kann, kann sich auch Böses und Fäulnis sammeln. Dasselbe gilt für große Ordnung und deshalb ist Recluce von Fäulnis durchsetzt. Viel zu viel Ordnung hat sich auf dieser Insel angehäuft. Nun … warum glaubst du, verweilen so viele Magier außerhalb von Fairhaven?«

Cerryl zwinkerte. Er wusste, dass Magier auch außerhalb der Stadt lebten, aber Sterol ließ anklingen, dass sich sehr viele nicht in Fairhaven aufhielten.

»Zu viele Magier bedeuten eine größere Konzentration an Chaos.« Sterol lächelte süßlich. »Deshalb habe ich dich zum Magierschüler gemacht – und vor Jahren Kinowin und später auch den jungen Heralt. Doch du hast in den kommenden Jahreszeiten noch genug Gelegenheit, darüber nachzudenken.« Er legte seine flachen Hände so aneinander, dass sie eine Pyramide bildeten. »Was hast du hier in Fairhaven beobachtet?«

Cerryl schluckte. »Ich habe viel beobachtet, Ser. Mir ist aufgefallen, dass die meisten Magier weniger unterrichten als mich zwingen, Fragen zu beantworten und Aufgaben zu lösen.«

»Das tun sie, weil ich es ihnen so befohlen habe. Alle jungen Menschen, auch Magierschüler, glauben nicht, was ihnen die Älteren beibringen – oder sie wehren sich sogar dagegen. Sie lernen am meisten, wenn sie selbst nachdenken und handeln müssen. Was hast du noch beobachtet?«

»Ich weiß nicht, Ser. Es gibt so vieles, so viele Dinge, über die ich bisher nicht nachgedacht hatte. Ich hätte niemals geglaubt, dass Kanäle so wichtig sein können und gepflasterte Straßen, Fußwege und sauberes Wasser …« Cerryl schaute Sterol beinahe hilflos an.

Der Erzmagier nickte – eigentlich zu sich selbst –, dann starrte er zur Tür, schließlich wieder auf Cerryl. »Nun … du brauchst eine Pause und hast noch einen ganzen langen Kanal vor dir, wie ich annehme?«

Cerryl nickte und stand auf.

»Und … Cerryl, sei äußerst vorsichtig draußen in den Straßen. Wir sind nicht so beliebt und respektiert, wie es sein sollte, und Kesriks Familie hatte gute Verbindungen.«

»Ja, Ser.«

Cerryl hatte die Tür hinter sich geschlossen und stand nun auf dem obersten Treppenabsatz; nachdenklich setzte er seinen Weg fort, die Stufen hinunter. Sterol hatte zufrieden gewirkt, aber Cerryl hatte seine Zweifel, ob es gut war, wenn Jeslek von seinen Taten erfuhr. Auch Sterols Mahnung zur Vorsicht half Cerryl nicht weiter, er wusste bereits, dass er so gut wie überall auf der Hut sein musste.

Dann gab es noch etwas, das ihm Sorgen bereitete – ziemlich große sogar. Cerryl hatte zwar vermutet, dass Kesrik ein schwacher Magier gewesen war, doch er bezweifelte, dass der blonde Schüler selbst die Mörder angeheuert hatte, die ihn in den Kanälen hätten töten sollen. Und Sterols Fragen bestätigten ihn darin – auf Umwegen.

War das wieder eine der versteckten Prüfungen – oder wollte jemand anders Cerryl aus dem Weg schaffen? Doch warum? Und wenn dem so war, warum hatte Myral Cerryl den Kanal mit dem Schmugglertunnel übertragen? Oder hatte Myral keine andere Wahl gehabt? Stimmte es gar, wenn Myral behauptete, dass Jeslek ihn, Cerryl, als Rivalen ansah?

Und warum hatte Sterol vom Chaos gesprochen und welche Fäulnis es hervorruft? Cerryl war nur ein unwissender Magierschüler … kein geachteter und mächtiger Magier wie Jeslek oder Kinowin. Trotz Sterols onkelhaften Gebarens eben zweifelte Cerryl, dass der Erzmagier all das nur zu seiner weiteren Erziehung gesagt hatte, und das bereitete ihm mehr Sorgen als alles andere.

Dennoch, bis jetzt war es ihm gelungen zu überleben und das hieß schon etwas für den verwaisten Sohn eines Weißen Abtrünnigen.

Bis jetzt, ermahnte er sich selbst. *Bis jetzt.*

LXXX

Cerryl öffnete die Tür und betrat Myrals Gemach. Der schwerfällige Magier nippte an einem Becher Apfelwein und deutete auf den Stuhl. Cerryl ließ die Tür angelehnt in der Hoffnung, Myral würde nichts dagegen haben. Er brauchte dringend die Abkühlung, die ihm der kleine Luftzug verschaffte. Lautlos ließ er sich auf dem Stuhl nieder und wartete.

Nach einem kurzen Augenblick räusperte sich Myral. »Wie lange brauchst du noch, um den Seitentunnel vollständig zu reinigen?«

»Zwei, vielleicht drei Tage.«

»Ich muss Sterol darüber berichten.« Myral nippte an

dem Becher. »Dein Besuch gestern bei ihm verlief gut.« Der alte Magier lächelte, als Cerryl die Augenbrauen fragend hochzog. »Nein, ich habe nicht mit dem Erzmagier gesprochen. Aber wäre es gestern nicht gut gegangen, wärst du heute nicht mehr hier. Jyantyl hat mir erzählt, dass du damit beauftragt warst, Ullan zu bestrafen, und dass du die Hinrichtung gut bewältigt hast.«

Cerryl schluckte.

Eine Reihe von Hustenanfällen quälte Myral und Cerryl lehnte sich besorgt nach vorn.

Der Magier hob eine Hand, als wollte er darauf bestehen, dass Cerryl sitzen blieb, er hustete noch einige Male und nahm dann einen kleinen Schluck aus dem Becher. »Chaos-Staub bekommt den Lungen nicht sehr gut, doch als Magier verfolgt einen der Staub überall hin. Ich gehöre jedoch nicht zu denen, die auf einem windigen Hügel sterben wollen.« Myral schnaubte. »Du musst versuchen, in allem besser zu werden, ganz gleich, was du gerade tust, um das Chaos von dir fern zu halten. Es scheint dir schon recht gut zu gelingen, aber manchmal glühst du noch sehr hell. Verstehst du?«

»Ich vermute, dieses Glühen ist nicht gut?«

»Nicht, wenn man so jung ist wie du.«

»Ich werde daran arbeiten.«

»Gut. Komm morgen früh wieder.«

Cerryl stand auf.

»Und, Cerryl?«

»Ja, Ser.«

»Schließ die Tür richtig, wenn du gehst. Ich bin nicht so heißblütig wie du.«

Mit errötendem Gesicht ließ Cerryl die Tür hinter sich ins Schloss fallen. Auf der Treppe atmete er einige Male tief durch, unten nickte er Hertyl zu. Er lief die letzten Stufen zur Eingangshalle hinunter und schlug den Weg über den Hof zu den Kasernen ein, wo er Jyantyl für gewöhnlich traf.

In der Tür zum Hof entdeckte er eine rotblonde Gestalt in Grün.

Leyladin lächelte ihn an, als er sich näherte. »Guten Tag, Cerryl.«

»Guten Tag, Leyladin.«

Sie blieb stehen, als wollte sie mit ihm reden. Also hielt auch Cerryl an.

»Cerryl ...?«

»Ja?«

»Wie hat Myral heute Morgen auf dich gewirkt?«

Cerryl legte sein freundliches Lächeln nicht ab. »Er war guter Stimmung. Er wird nur schneller müde als früher, glaube ich.«

»Schneller als damals, als du in den Kanälen anfingst?«

Er nickte.

»Das sind weniger als drei Jahreszeiten.« Sie runzelte die Stirn, dann lächelte sie sanft. »Er ist älter als er aussieht und ich habe Angst um ihn. Ich glaube, alle Heiler machen sich Sorgen um ihre Kranken.«

Cerryl musste ein erleichtertes Lachen unterdrücken. »Er hat erzählt, dass du ihm hilfst, aber er erwähnte nie, wobei.«

Die junge Heilerin sah sich in der Eingangshalle um und senkte die Stimme. »Alle Magier, die mit Chaos hantieren ... Nun, das Chaos lässt sie schneller altern, auch Magier wie Myral, die sehr vorsichtig sind. Ich kann ihm dabei helfen, ein wenig Ordnung wiederherzustellen – aber nur wenig, denn zu viel Ordnung ist schlimmer als zu wenig. Es hilft entweder oder es hilft nicht. Aber nun mache ich mir Sorgen.«

Cerryl fühlte, dass niemand in ihrer Nähe war oder sie durch ein Glas beobachtete. »Danke.«

Leyladin zog die Stirn verwirrt in Falten. »Wofür?«

»Dafür, dass du nicht verraten hast, dass ich dich einst im Glas beobachtet habe.«

Leyladin lachte, es war ein wirklich warmes Lachen, weich und sanft, und ihre Augen blitzten, woraus Cerryl ihre Belustigung erkennen konnte. »Oh … Cerryl … ich wusste nicht, dass du derjenige warst. Ich habe es vermutet … nachdem ich dich das erste Mal gesehen hatte … aber du hast nie etwas gesagt.«

»Ich habe es nur zweimal versucht«, beichtete er.

Sie schüttelte kurz den Kopf, dann wurde sie wieder ruhig. »Ich danke Euch, Ser.«

Cerryl nickte, er hörte die Schritte schon, noch bevor Bealtur auftauchte. »Ihr seid jederzeit willkommen. Möge Eure Heilkraft weiterhin so gute Ergebnisse bringen.«

Mit einem kurzen Nicken war Leyladin verschwunden.

Bealtur mied jeden Augenkontakt mit Cerryl und ging weiter zum Turm; er folgte Leyladin die Treppe hinauf.

Cerryl hastete durch den Hof, froh darüber, dass der Springbrunnen und eine leichte Brise ihm kurzzeitige Abkühlung verschafften, bevor er auf seinem Weg zu den Kasernen die hintere Halle betrat. Aber vor allen Dingen war er froh, dass er es Leyladin gesagt hatte. Er hasste es, solche Geheimnisse mit sich herumzutragen, und ihre Reaktion hatte ihn erleichtert … zumindest ein wenig.

Vor dem verwitterten Granitgebäude der Kaserne wartete Jyantyl bereits mit vier Lanzenreitern, die Cerryl noch nie zuvor gesehen hatte.

»Guten Morgen, Ser«, begrüßte ihn der Anführer der Abordnung.

»Guten Morgen, Jyantyl.« Cerryl warf einen Blick auf die neuen Gardisten. »Wo ist Dientyr?«, fragte er ruhig. »Ich hoffe doch nicht …«

»Es würde ihn bestimmt freuen, wenn er wüsste, dass Ihr an ihn denkt.« Jyantyl lächelte. »Er hat seine Strafe verbüßt und ist zu seiner Einheit zurückgekehrt. Sie wird morgen nach Jellico verlegt.«

»Und Ihr? Ihr habt etwas erwähnt ...«

Jyantyl zog die Schultern hoch und ließ sie ratlos fallen. »Bald, aber ich habe noch nichts Genaues gehört.«

Immer mehr Lanzenreiter wurden nach Westen verlegt, überlegte Cerryl, als die sechsköpfige Gruppe Richtung Süden zur Hauptstraße marschierte. Irgendetwas geschah dort draußen.

Der leichte Wind zerzauste Cerryls feines Haar und er strich es sich aus der Stirn. Dabei fiel sein Blick in den Morgenhimmel. Hohe Schleierwolken verliehen dem Himmel eine hellblaue Färbung.

Cerryl wanderte schweigend vor sich hin, er nahm nur den schweren Schritt der Lanzenreiter wahr, als sie in die Hauptstraße einbogen und Richtung Süden weitergingen.

Als sie an einer Reihe von Herbergen vorbeikamen, in denen die reicheren Reisenden einkehrten, warf er einen Blick in die Seitenstraße, die zum Platz der Händler im Südwesten führte. War der Platz weniger bevölkert als sonst?

Vor ihm auf dem gepflasterten Gehweg schoben zwei Frauen besorgt ihre Kleinkinder in ein nahe liegendes Gebäude – eine Küferwerkstatt.

Cerryl runzelte die Stirn. Was suchten sie dort? Er bemühte seine Sinne, um die Worte zu verstehen, die die Frauen mit dem Küfergesellen in der Werkstatttür wechselten.

»Ganz gleich, ob er nur ein Magierschüler ist ... roter Streifen ... bringt jeden um, der ihn nur ansieht ...«

»... ohne richtigen Grund ... haben Kelwin und seine Familie aus der Stadt geworfen ...«

»... Chaos ... schmutzige Art zu kämpfen ... nicht wie mit Schwert oder Lanze ... sie besudeln sich dadurch nicht ...«

Cerryl hätte sich gern in das Gespräch eingemischt, doch er bemühte sich um ein freundliches Gesicht und ging weiter zum letzten Kanalgitter. Er hoffte, dass es wirklich das letzte Gitter war und der Zubringer der letzte, den er schrubben musste. Allerdings konnte er sich gut vorstellen, dass ihm das gleiche Schicksal wie Kinowin widerfuhr, der länger als ein Jahr unter den Straßen von Fairhaven hatte zubringen müssen.

Er unterdrückte ein Schaudern. *Ich hoffe nicht. Ich hoffe nicht.*

LXXXI

Cerryl setzte sich auf den Stuhl gegenüber von Myral und wischte sich über die Stirn. Es war sehr warm und würde sicherlich noch wärmer werden im Laufe des Spätsommertages. Irgendwie konnte er es kaum glauben, dass wieder ein Sommer verstrichen war und dass er nun schon seit fast einem und einem halben Jahr hier war.

»Ich bin noch einmal hinabgestiegen gestern und habe alles ein letztes Mal überprüft, wie Ihr befohlen habt. Der Tunnel ist sauber.« Cerryl hielt inne. »Die Öffnung ist noch nicht wieder zugemauert worden.«

»Ich weiß. Dein Nachfolger, der junge Faltar, wird sich darum kümmern.«

»Mein Nachfolger?«

»Ich habe es bereits mit Sterol besprochen. Du hast zwei Seitenkanaltunnel sorgfältig und gut gereinigt und hast bewiesen, dass du die notwendige Fähigkeit besitzt, Chaos zu deiner Verteidigung einzusetzen. Über die Kanäle oder den Gebrauch von Chaos-Feuer zur Reinigung derselben musst du nicht mehr wissen.« Myral lächelte sanft. »Jeslek wird dich zu sich rufen. Du wirst Kesriks Stelle als sein Gehilfe einnehmen.«

»Ich dachte, Bealtur oder Kochar …«

»Keiner der beiden ist so gebildet und so weit fortgeschritten wie du.«

»Ich verstehe nicht. Ich glaube nicht, dass mich Jeslek sonderlich mag.«

»Das muss er auch nicht. Du respektierst seine Fähigkeiten, doch du musst den Boden, den er betritt, nicht küssen.« Myrals Stimme klang belustigt. »Respekt wird es einstweilen tun, aber vergiss niemals, den Obermagier wirklich zu respektieren. Denk daran.«

Cerryl nickte.

Nach einem Schluck vom kühlen Apfelwein und einer Schweigeminute, die vom Quietschen eines losen Wagenrades auf der Straße unterbrochen wurde, wandte sich Myral wieder an Cerryl. »Cerryl … es kommen … spannungsreiche Zeiten auf uns zu.« Der alte Magier hustete und würgte, obwohl es warm war im Zimmer; dabei hielt er sich ein gräuliches Tuch vor den Mund.

»Geht es Euch gut?«

»So gut … wie möglich.« Myral faltete das Tuch.

»Ser, wärt Ihr so freundlich, mir zu erklären, warum spannungsreiche Zeiten auf uns zukommen? Ich konnte das Sonderrecht, in der Krippe aufzuwachsen, leider nicht genießen.«

»Ich würde es nicht als Sonderrecht bezeichnen.« Myral lachte, das Lachen endete jedoch in einem weiteren Hustenanfall. Der Magier wischte sich erneut mit dem Tuch über den Mund.

»Seid Ihr sicher, dass es Euch gut geht, Ser?«

»Mir fehlt nichts … ich bin nur alt … nichts als die Krankheiten, die das Magierdasein mit sich bringt.« Myral trank einen Schluck aus dem Becher, der auf dem Tisch stand. »Du kennst Gallos, nicht wahr? Es erstreckt sich von Norden, wo die Flüsse zusammenfließen, bis nach Ruzor im Süden. Die Entfernung ist so groß, dass es bis jetzt noch nicht genau vermessen werden konnte, trotz Esaaks Bemühungen, aber Gallos dehnt sich bestimmt über achthundert Meilen, vielleicht auch Tausend, von Nord nach Süd aus – und es ist ein reiches Land.«

»Ja ... das habe ich gehört.«

»Zu reich. Der Präfekt ist ein Nachfahre von Fenardre dem Großen und er eifert seinem Vorvater sehr nach. Er ist jung und schlau und er mag die Straßenzölle nicht. Auch gegen die Gilde der Händler und gegen uns hat er etwas. Er spielt mit Sverlik.«

Sverlik – diesen Namen hatte Cerryl schon einmal irgendwo gehört.

»Sverlik ist der Magier, der Fairhaven in Fenard vertritt. Er ist etwa in meinem Alter und er wird auch nicht ewig leben. Dieser junge Präfekt – Lyam ist sein Name – will die Herrschaft über Certis und Spidlar an sich reißen. Der Rat der Händler in Spidlar – und alle Spidlarer sind Händler in irgendeiner Form, bis auf die, die sich als Söldner verdingen ... wo war ich? Ach ja, die Spidlarer beabsichtigen, den Handel mit Sarronnyn und Recluce zu vertiefen, und Gallos kauft das meiste davon. Die Händler denken, es ist Lyams Gier, aber Gier ist nur der Anfang ...« Myral hustete wieder und verfiel in Schweigen.

»Ser ... müssen deswegen die Lanzenreiter nach Gallos ziehen?«

»Ich kann nicht sagen, wie Jeslek und Sterol darüber entscheiden werden. Irgendetwas werden sie schon unternehmen. Jeslek hat angedeutet, dass er vielleicht noch einen Trumpf im Ärmel hat. Doch er hat nicht verraten, was das sein wird. Du wirst ihm dabei helfen.«

»Äh ... wann werde ich ihn sehen?«

»Jetzt. Wir sind fertig. Es gibt nicht mehr viel, was ich dich noch lehren könnte. Du selbst hast dir vermutlich viel mehr beigebracht, als ich es je könnte.« Ein flüchtiges Lächeln huschte über das faltige, runde Gesicht des Magiers.

»Ser, Ihr habt mir sehr viel beigebracht.«

»Widersprich nicht immer.« Myral deutete zur Tür. »Mach dich auf den Weg, junger Cerryl, so weit du auch deinen Jahren vorauseilen magst. Hinaus mit dir.«

Cerryl stand auf. »Sehr wohl, Ser.«

»Und schließ ja die Tür. Niemand ist so anfällig für Erkältungen wie ein alter und müder Magier.«

»Ihr seid nicht so alt und müde.«

»Du bist freundlich, aber leichtfertig. Und jetzt geh, um Jeslek deine Dienste anzubieten. Und … Cerryl?«

»Ja, Ser?«

»Er wird eines Tages Erzmagier sein. Also sich dich vor.«

Cerryl nickte. Er beabsichtigte keineswegs, irgendwann einmal unvorsichtig zu werden. Jeslek und Sterol – und Anya und Kinowin – hatten ihre Hand im Spiel. Er schloss die Tür fest hinter sich, jedoch nicht laut, und holte tief Luft. Was bedeutete es, Jesleks Gehilfe zu sein? Cerryl zuckte die Schultern und stieg dann die Turmtreppe hinunter.

Die Eingangshalle war leer bis auf die Turmwächter. Bildete er sich das nur ein oder waren die Gildehallen der Magier verlassener als sonst? Flüchteten die Weißen vor der Sommerhitze? Oder waren sie aufgrund der Schwierigkeiten, die Myral erwähnt hatte, unterwegs?

Cerryl machte im Hof neben dem Springbrunnen eine Pause und wischte sich die Stirn trocken. Er verweilte noch ein wenig in der Umgebung des Springbrunnens, um sich abzukühlen, bevor er weiterging.

Im oberen Stockwerk im hinteren Teil der Halle, wo auch Cerryls Zelle lag, blieb er vor der Tür stehen, während der Gardist, ein Lanzenkämpfer in Weiß, den er nicht kannte, an die Tür aus Weißeiche klopfte.

»Schickt Cerryl herein.«

Cerryl betrat Jesleks Gemächer. Der Weiße Magier schien vor Macht nur so zu glühen.

Cerryl stand still, nicht einmal die Tür wagte er zuzumachen.

»Du kannst sie schließen.«

Cerryl leistete dem Befehl Folge.

»Ich will dir nichts vormachen, junger Cerryl.« Jesleks goldene Augen funkelten. »Du bist nicht nur mein Gehilfe, sondern auch Sterols Werkzeug, um mich beobachten zu können. Du weißt das und ich weiß es auch.«

»Der edle Sterol hat mir nichts dergleichen gesagt, Ser.«

Jeslek schnaubte. »Er muss dir das nicht sagen. Wie könntest du seine Fragen nicht beantworten?«

»Er ist der Erzmagier, Ser.« Cerryl glaubte sich am Rande eines Abgrunds.

»Würdest du jedem Erzmagier solche Achtung zollen?« Ein gemeines Lächeln machte sich auf Jesleks Gesicht breit.

»Habe ich denn eine Wahl, Ser?«

Jeslek lachte. »Ich habe vorgeschlagen, dass wir uns nichts vormachen, aber nun machst du mir etwas vor. Für einen Magierschüler bist du ziemlich gefährlich, junger Cerryl.«

Cerryl wartete, er wusste, dass er darauf nur mit Schweigen antworten durfte.

»Ich weiß, dass du mehr Chaos bewältigen kannst, als du zeigst. Wie viel mehr das ist, vermag ich nicht zu sagen. Ich weiß nur, dass es nicht einmal annähernd die Menge erreicht, die ich dir entgegenschleudern könnte. Verstehst du das?«

»Ja, Ser.«

»Ich sehe, deine Antwort ist ehrlich. Das sollte reichen.« Jeslek deutete auf den Stuhl neben dem Tisch mit dem Spähglas. »Als mein erster Gehilfe darfst du dich setzen. Kochar wird später deinen Platz einnehmen, aber dazu muss er noch viel lernen, so wie du es getan hast.« Der weißhaarige Magier ließ sich auf einem Stuhl nieder.

Cerryl tat es ihm gleich, setzte sich jedoch nur auf die äußerste Kante.

»Sterol hat dir bestimmt von der unhaltbaren Lage in Gallos erzählt.«

»Er und Myral erwähnten den neuen Präfekten und den Handel der spidlarischen Kaufleute mit Recluce.«

Jeslek nickte. »Du weißt auch, dass wir nahezu viertausend Lanzenreiter nach Certis geschickt haben, damit sie dem Vicomte zur Seite stehen. Außerdem sind die Truppen so schon näher an Gallos postiert.«

»Ich wusste zwar, dass fast alle aus den südlichen Kasernen verlegt wurden, doch nicht, wie viele es sind.«

»Ich bin froh, dass dich Sterol einigermaßen unterrichtet hat.« Jeslek zupfte an seinem Kinn. »Wir werden nach Gallos gehen, aber nicht nur für ein paar Achttage. Dort werden wir die Probleme des Präfekten zu lösen versuchen.« Ein grimmiges Lächeln folgte. »Auf eine Art, die vielleicht nicht ganz seinen Vorstellungen entspricht. Bis dahin müssen wir uns noch um einige andere Dinge kümmern, unter anderem die Säuberung des Aquädukts.« Jeslek lehnte sich auf die andere Stuhllehne. »Du wirst einen Teil der Arbeit ausführen, jedoch unter meiner Anleitung. In den Abwasserkanälen spielt es keine so große Rolle, ob sie vollkommen sauber sind oder nicht, beim Wassertunnel hingegen schon.«

Jeslek zeigte auf das Glas. »Kannst du ein Bild erzeugen?«

»Ich habe es nicht mehr versucht, seitdem ich hier in den Hallen bin, Ser.«

»Wir werden hier keine Zeit auf Experimente vergeuden. Du hast meine Erlaubnis zu üben, doch du wirst keine ausgebildeten Magier durch das Glas beobachten, verstanden? Ich würde dir raten, das Glas herzunehmen, um verschiedene Orte entlang der Großen Weißen Straße in Certis und Gallos ausfindig zu machen.«

»Ja, Ser.«

»Du kannst dir ein Glas aus dem Lagerraum nehmen und damit in deiner Zelle üben, bis du ein wenig Erfahrung gesammelt hast. Komm morgen nach dem Frühstück wieder.« Jeslek stand auf.

Cerryl tat es ihm gleich. Er verbeugte sich und verließ den Raum; leise schloss er die Tür hinter sich. Er hatte die Erlaubnis bekommen, das Glas zu benutzen – zum ersten Mal! Ein Lächeln umspielte seine Lippen, während er den Flur entlangging.

LXXXII

Cerryl stellte das kleine Spähglas auf seinen Schreibtisch und zog den Hocker heran. Gespannt starrte er auf die silberne Oberfläche, in der sich die Bücher auf dem Regal spiegelten.

Was kannte er? Was kannte er gut genug, um es im Glas hervorzurufen?

Cerryl konzentrierte sich auf Dylerts Mühle, versuchte sich Schuppen, Mühle und Haus vorzustellen, und dieses Bild mithilfe des Lichts zu zeichnen, das aus dem Chaos entsprang und die gesamte Welt durchdrang.

Das Glas schien zu zittern, doch dann zog ein weißer Nebel auf. Langsam, ganz langsam erschienen inmitten des Nebels die Tür zur Mühle und ein Wagen, auf den ein rothaariger Mann lange Stämme von einem Lastenkarren auflud. Cerryl konzentrierte sich ganz auf den rothaarigen Mann, so lange, bis das Bild wuchs und nur noch der Mann, der Lastenkarren und die Seite das Wagens das Bild füllten.

Brentals Gesicht schien von Falten zerfurcht, an die Cerryl sich nicht erinnern konnte, und der einst leuchtend rote Bart war mit weißen Strähnen durchzogen. Mit verhärmtem Gesicht hob er Baumstamm für Baumstamm auf den Wagen, beinahe mechanisch.

Cerryl bemerkte, dass ihm der Schweiß in Strömen übers Gesicht lief und sich in den feinen Härchen an Kinn und Wangen sammelte, die eines Tages vielleicht doch noch einen Bart ergeben würden. Dann löste er den Griff um das Chaos-Licht, das er auf dem Glas gebündelt hatte, und holte tief Luft.

Wie lange war es her, seit er Brental das letzte Mal gesehen hatte – etwas mehr als vier Jahre? Lange genug, um seinen Bart weiß werden zu lassen?

Cerryl atmete noch einmal langsam und tief ein und dann versuchte er, sich an die Küche und den langen Schragentisch zu erinnern, an dem er so oft gegessen hatte. Er richtete all seine Gedanken darauf.

Das zweite Bild kostete ihn etwas weniger Mühe, aber Cerryl schwitzte dennoch, als die Silbernebel erneut waberten und einen Ring um das Bild im Glas formten.

Dyella stand am Herd. Ihr einst so schönes braunes Haar war nun ebenfalls mit silbernen Strähnen durchzogen. Neben ihr stand eine junge Frau mit rundem Gesicht, das schwarze Haar hatte sie zu einem Zopf geflochten und diesen zu einem Knoten im Nacken gesteckt.

Auf dem Tisch lagen vier Gedecke.

Cerryl runzelte die Stirn, als er das Bild losließ. Die schwarzhaarige Frau musste Brentals Frau sein. Die Dinge standen offenbar nicht gut für Dylert – nicht, wenn Brental so abgezehrt aussah. Und doch gab es nichts, was Cerryl tun konnte. Er besaß außer einem Silberstück und einer Hand voll Kupferlingen kein Geld und auch sonst wusste er keinen Weg, um dem Sägemeister zu helfen. Er dachte an die vier Gedecke auf dem Tisch und schluckte.

Cerryl betrachtete das leere Glas und fühlte sich hilflos.

Jeslek wollte, dass er mithilfe des Glases Bilder von der Großen Weißen Straße heraufbeschwörte. Wie sollte er das anfangen?

Da fiel ihm Tellura ein, die Stadt, von der er nichts gewusst hatte, was dazu geführt hatte, dass er eine Karte des östlichen Candars für Jeslek hatte zeichnen müssen. Cerryl richtete sich auf und konzentrierte sich ein weiteres Mal.

Alles, was ihm gelang, war ein wabernder Silbernebel im Glas – und es wurde heiß. Er ließ den Nebel verschwinden und erhob sich vom Hocker, dann ging er zum Bett, stellte sich auf das Fußende und öffnete die Läden weit, um frische Luft in die Zelle zu lassen. Der Tag war allerdings so windstill, dass nicht einmal der kleinste Windhauch ins Zimmer wehen wollte.

Enttäuscht ging er zurück zum Spähglas und setzte sich. Er versuchte sich das Bild der Weißen Straße nach Fairhaven ins Gedächtnis zu rufen. Am Anfang war das Bild zwar nur verschwommen, aber die Mühe hatte sich gelohnt und Cerryl ließ das Bild schließlich verlöschen.

Müde wischte er sich über die Stirn, damit ihm der Schweiß nicht in die Augen lief. Er blinzelte. Sein Kopf schmerzte entsetzlich. Er schloss die Augen und saß eine Zeit lang regungslos am Schreibtisch, bis die ärgsten Stiche abgeklungen waren. Dann öffnete er die Augen, stand auf und streckte sich. Er konnte unmöglich gleich zurück ans Glas, auch wenn er noch weit, weit entfernt von der Erfahrung war, die Jeslek von ihm verlangte.

Nachdem er die Zellentür geöffnet und in den kühleren Flur getreten war, machte sich Cerryl langsam und nachdenklich auf den Weg zum Studiersaal. Der Saal war leer bis auf Bealtur, der allein an einem der Tische saß und in ein dickes Buch vertieft war, dessen Titel Cerryl nicht erkennen konnte. Er ging zum offenen Fenster, doch auch dort verschaffte ihm keine Brise Erleichterung. Erschöpft wischte er sich mit dem Ärmel seiner Tunika über die schweißnasse Stirn.

»Cerryl?«

Cerryl fuhr herum. »Ja, Bealtur?«

»Es tut mir Leid.« Die Lider über den Haselnussaugen zuckten und Bealturs Hand strich über den dünnen, dunklen Spitzbart. »Ich hatte keine Ahnung, dass Kesrik etwas Derartiges im Schilde führte.«

Cerryl rang sich ein freundliches Lächeln ab. »Ich glaube, die meisten hatten das nicht erwartet. Ich auch nicht.«

»Ich ... ich möchte, dass du weißt, dass es mir ehrlich Leid tut.« Bealtur wirkte wie ein geschlagener Hund.

»Ich verstehe.« *Glaub mir, ich verstehe dich.*

»Cerryl? Was machst du hier?« Faltar stürzte in den Studiersaal mit einem Stapel Bücher unter dem Arm.

»Was machst *du* hier? Ich dachte, du bist draußen in den Kanälen.«

Faltar lächelte grimmig und hob die ledergebundenen Bücher hoch. »Esaak und Broka haben sich gegen Derka und Myral durchgesetzt. Ein Vormittag im Achttag gehört ihnen. Und der ist heute.« Er ließ sich auf den Stuhl an Bealturs Nachbartisch fallen. »Esaak hat behauptet, dass die fortgesetzten Studien dir auch nicht geschadet hätten ...«

Cerryl lachte den blonden Schüler amüsiert an. »Das tut mir Leid für dich.«

»Ich weiß nicht, was schlimmer ist: Mathematik, Anatomie oder die Kanäle.«

»Die Kanäle«, antwortete Cerryl. »Die Kanäle.«

»Cerryl hat Recht«, meinte Bealtur. »Besonders jetzt, wenn es so heiß ist und der Gestank in den Tunneln einem ständig Brechreiz in den Hals legt. Ich war im letzten Sommer dort unten.« Er schüttelte angewidert den Kopf.

»Ihr beide seid auch nicht gerade vergnügt beim Lernen.« Faltar seufzte und warf einen Blick auf seine Bücher. Beim Geräusch von Schritten drehte er sich um. Leyladin, Lyasa und Anya rauschten zusammen am Eingang des Studiersaals vorbei. Ein Lächeln erheiterte Faltars Gesicht.

»Ich weiß, worum deine Gedanken gerade kreisen«, sagte Cerryl.

»Und deine nicht? Du lächelst so wissend.«

»Ich komme nicht weiter. Ich bin nur ein Schüler. Außerdem vermute ich, dass die auf den höheren Posten mehr Anrechte haben.« Cerryl versuchte, die Verbitterung darüber nicht in seine Stimme zu legen.

»Auf Leyladin? Nicht einmal Sterol oder Jeslek könnten sie anrühren. Fydel und Myral wahrscheinlich auch nicht.« Faltar grinste. »Gut zu wissen, dass du genau wie wir anderen bist – wenn du es auch nicht oft zeigst.«

Cerryl runzelte die Stirn. »Aber sie ist hübsch. Warum können sie Leyladin nicht anrühren?«

»Sie ist eine Schwarze oder eine Graue – so wie alle Heiler. Eine Berührung – und du kannst eine Frau nicht nehmen, ohne sie zu berühren – wäre ziemlich schmerzhaft, und zwar für alle Beteiligten.« Faltar zuckte zusammen. »Sie sind voller Chaos.«

»Man sagt, der alte Chystyr konnte es, aber dafür sah er auch aus, als hätte er schon drei Generationen überlebt, und dabei war er nicht einmal vierzig, als er vor zwei Jahren starb«, wusste Bealtur am Nebentisch zu berichten.

Cerryl sah all seine Hoffnungen schwinden. Musste es sich denn unbedingt so verhalten? Er suchte nach Worten. Obwohl er die Antwort bereits wusste, musste er dennoch etwas fragen. »Aber … warum unterrichtet Myral sie? Warum erlaubt Sterol, dass sie hierher kommt?«

»Jemand muss sie schließlich unterrichten und Myral

ist wahrscheinlich derjenige, der die meiste Erfahrung besitzt. Sterol … wie könnte er auch anders?« Faltar warf einen Blick auf den Flur. »Ich bin hungrig. Wollen wir nachsehen, ob noch etwas Brot übrig ist?«

»Vor einer Weile waren noch zwei ganze Laibe Schwarzbrot da«, berichtete Bealtur. »Ich habe mir schon welches davon geholt.«

Da Cerryls Magen grimmig brummte, nickte er. »Das hört sich gut an.« Er musste zwar noch mit dem Glas üben, doch das konnte warten – musste warten –, bis er sich etwas Essbares aus dem Speisesaal geholt hatte. Während er den Flur entlang marschierte, dachte er nur an das Glas und daran, wie viel er noch lernen musste.

LXXXIII

Während der Braune ihn zurück nach Fairhaven zu den Gildehallen der Magier trug, rieb sich Cerryl ständig die Stirn, denn sein Kopf schmerzte – und seinen Allerwertesten, der vom vielen Abfedern im Sattel genauso schmerzte, konnte er sich schließlich nicht öffentlich reiben. In dem harten Ledersattel kam sich Cerryl noch immer ziemlich hoch über dem Erdboden und sehr ungeschützt vor, selbst nach einem Ritt von fast zehn Meilen zum Wassertunnel und zurück. Auch musste er seine Finger ständig bewusst entspannen, denn er klammerte sich viel zu fest an die Lederzügel.

Eliasar hatte ihn schon mehrere Male auf ein Pferd gesetzt, doch das hatte ihn nicht genügend vorbereitet auf den Fünfmeilenritt hinauf in den Norden Fairhavens zu der Stelle, wo der Aquädukt im Untergrund verschwand und zum Hauptwassertunnel der Stadt wurde. Er warf einen Blick auf Jeslek vor ihm und auf Leyladin, die schweigend und mit einer Anmut neben dem Weißen Magier herritt, um die Cerryl sie beneidete. Sogar Kochar, der neben Cerryl ritt, schien verhältnismäßig sicher im Sattel zu sitzen. Cerryl rutschte unruhig hin und her. Das Leder war hart und so hatte es sich schon auf den ersten Ellen angefühlt, die ihn der Braune gleich nach dem Frühstück getragen hatte.

Cerryl blickte nach Westen, wo die Sonne schon tief über den Hügeln hing, und dann auf die Straße aus weißem Granitstein, die zu den nördlichen Stadttoren von Fairhaven hin abfiel.

Cerryl fragte sich noch immer, warum Leyladin mitkommen musste. Er konnte genauso gut wie sie die Chaos-Reste in Schlamm und Schimmel aufspüren, die sich in den Mauerritzen bildeten und das Wasser vergifteten, würde man sie ungehindert wuchern lassen.

Bevor sie die Hallen verlassen hatten, hatte Jeslek gesagt: »Es gibt einen Unterschied zwischen dem, was ihr als echtes Chaos bezeichnen würdet, und der Chaos-Form, die das Wasser vergiftet. Das ist etwas, was für gewöhnlich nur Heiler spüren können.«

Jesleks Behauptungen zum Trotz unterschied sich die Reinigung des Wassertunnels nicht sehr von der Säuberung der Kanäle. Der einzige Unterschied bestand darin, dass man die Wasserkanäle gründlicher untersuchen musste, um sicherzustellen, dass wirklich keine Spur von Schleim oder Schimmel zurückblieb. Jeslek hatte darauf beharrt, dass zur Reinigung des Aquädukts ein Schwarzer oder Grauer Magier benötigt wurde, der zugleich ein Heiler war. Cerryl fragte sich, warum – er selbst hatte das schädliche Chaos auch erkannt, das Leyladin bestimmt hatte. Er runzelte die Stirn. Konnte es sein, dass weder Jeslek noch Kochar die Fähigkeit dazu besaßen? Diese Frage wollte er ihnen allerdings lieber nicht stellen.

Cerryl massierte sich die linke Schulter mit der rechten Hand, während er sich gegen den Sattelknauf lehnte und mit der anderen Hand die Zügel hielt.

Cerryls Oberschenkel wurden von Krämpfen gequält, als die Gruppe das Nordtor passierte. Zehn Weiße Lanzenkämpfer folgten dem Magierzug die Hauptstraße entlang und trotz des fortgeschrittenen Nachmittags fühlte Cerryl den Schweiß, der ihm in Strömen über den Rücken lief. Der Tag war heiß gewesen, obwohl sie die meiste Zeit in dem vergleichsweise kühlen Wassertunnel verbracht hatten, und ließ auf eine ebenfalls warme Erntezeit schließen.

Cerryl warf einen Blick auf Leyladin vor sich, sie ritt noch immer anmutig neben Jeslek her, dann auf Kochar. Der rothaarige Schüler erwiderte den Blick mit einem Lächeln und flüsterte: »Denk daran! Entspann dich und kämpf nicht dagegen an.«

Wie konnte man ohne Kampf im Sattel bleiben? Cerryl wusste keine Antwort darauf. Kochar hatte leicht reden, doch es in die Tat umzusetzen war etwas anderes. Cerryl holte tief Luft und versuchte sich abzulenken, indem er das Gebäude der Getreidebörse betrachtete, an dem sie gerade vorüberritten. Nur eine einzige Kutsche stand dort im Schatten des Hauses.

Auch der Platz der Handwerker wirkte nicht anders als an jedem anderen Nachmittag, eine Hand voll Menschen hielt sich dort auf und ein Lehrling lief in die Seitenstraße, die zu Tellis' Werkstatt führte.

Bald fand sich Cerryl vor den Ställen wieder und sah sich erschöpft um. Jeslek, Kochar und Leyladin waren bereits abgestiegen. Zwei Stallburschen führten Kochars und Leyladins Pferde in den Stall und die beiden bogen um die Nordseite des Gebäudes und schlugen die Richtung zum östlichen Hof ein.

Ein weißbärtiger Mann in blauer Kleidung trat aus dem Spätnachmittagsschatten des Vordaches. »Wollt Ihr nicht absteigen, Ser?«

»Oh … ja.« Cerryl schwang sich umständlich aus dem Sattel und seine Beine gaben bedenklich nach, als sie auf den harten Steinen des Innenhofes aufkamen. Unsicher blickte er zurück auf den großen Braunen. Würde er sich jemals ans Reiten gewöhnen können? Dann folgte er den anderen.

»Du hast dich also doch noch entschlossen, uns zu folgen, Cerryl?« Auf Jesleks Gesicht zeigte sich kein Lächeln.

»Es tut mir Leid, Ser. Ich bin kein so guter Reiter wie Ihr.« Das stimmte zweifellos.

»Nun, ihr seid alle zurückgekommen und habt heute gute Arbeit geleistet – jeder Einzelne von euch.« Jesleks jugendliches Gesicht passte wie immer nicht zu dem weißen Haar und den sonnengelben Augen. »Morgen, gleich nach dem Frühstück, sehen wir uns wieder.«

Kochar atmete tief durch. Leyladin und Cerryl tauschten Blicke aus, während Jeslek sich umdrehte und sie allein ließ.

Dann wandte sich Kochar mit einem Nicken ebenfalls ab.

»Du bist noch nicht viel geritten, habe ich Recht?« Leyladin lächelte wohlwollend. Cerryl hoffte zumindest, dass es wohlwollend gemeint war.

»Nein. Eliasar hat mich zwar ein paar Mal auf ein braves Tier gesetzt und mich in den Straßen umherreiten lassen, doch mit mehr Reiterfahrung kann ich nicht aufwarten.« Cerryl blickte zum Hofeingang, über den man zum Hauptgebäude der Gildehallen der Magier gelangte, und dann zu Leyladin. »Äh … ich wollte dich schon lange etwas fragen.«

Sie lächelte. »Nein … ich bin weder Myrals noch Jesleks Geliebte. Myral ist sehr nett, aber nicht mein Geschmack. Jeslek ist auch nicht nach meinem Geschmack, doch das würde ihn nicht aufhalten. Ich bin Grau, beinahe Schwarz, und das ist es, was ihn abhält, denn das würde nicht gut gehen.«

»Äh …« Cerryl fühlte, wie er dunkelrot anlief. »Aber … das wollte ich gar nicht fragen.«

»Das war vielleicht nicht die Frage, die du jetzt stellen wolltest.« Leyladin lächelte. »Aber sie ging dir im Kopf herum.« Leyladin zögerte. »Habe ich Recht?«

Cerryl fühlte, wie er noch röter wurde.

»Ich nehme das als ein Ja. Und was wolltest du also fragen?«

»Ich habe die Art des Chaos auch gesehen, die angeblich nur du im Wassertunnel aufspüren kannst. Das vermögen wohl nicht alle Weißen?«

Die blonde Frau schüttelte den Kopf. »Myral kann es. Faltar *vielleicht* auch einmal. Du kannst es ganz offensichtlich. Wenn sich ein Weißer Magier oder eine Weiße Magierin einmal mit Chaos umgeben hat, ist es für sie meist sehr schwierig, kleinere Mengen an purem sichtbarem Chaos zu spüren, wie das, das in den Kanälen wächst oder im Wassertunnel.« Leyladin warf den Kopf zurück und sah Cerryl an, als hätte sie ihn nie zuvor gesehen. »Das könnte dir einmal sehr nützlich sein. Von mir wird es keiner erfahren.«

»Danke.« Er deutete auf den Bogengang. »Möchtest du mit mir essen?«

»Ich würde gern.« Leyladin lächelte. »Ein andermal. Ich habe meinem Vater versprochen, heute mit der Familie zu Abend zu essen. Es ist sein Geburtstag.«

»Dann wünsche ich einen guten Appetit.« Cerryl erwiderte ihr Lächeln. »Mit Sicherheit schmeckt es besser als das Essen in den Hallen.« Er hielt inne. »Du bist nicht verpflichtet, die Mahlzeiten hier einzunehmen?«

»Nein. Und ich schlafe auch zu Hause. Ich kann ohnehin nie ein vollwertiges Mitglied der Gilde werden, nicht als Graue oder Schwarze.«

»Oh …«

»So wie alles hat auch dies seine Vor- und Nachteile.« Sie nickte. »Ich muss jetzt wirklich gehen.«

Cerryl sah zu, wie Leyladins grün gekleidete Gestalt im Bogengang verschwand, der zum südlichen Teil der Hauptstraße führte. Warum hatte das Glas sie zu ihm getragen, vor so vielen Jahren schon? Er wurde von ihr angezogen wie Metall von einem Magneteisen und auch jetzt wusste er immer noch nicht genau, warum. Es war keine körperliche Anziehung. *Nicht nur … jedenfalls …*

Er blickte ihr noch nach, als sie schon lange in die Straße eingebogen war. Dann drehte er sich um und schlug den Weg zum Speisesaal ein. Seine Oberschenkel schmerzten immer noch, Rücken und Kopf ebenfalls.

Und morgen schon wieder so ein Ritt? Cerryl zuckte zusammen.

LXXXIV

Mehrere große Wassertropfen fielen aus dem Gewölbe des Wassertunnels auf Cerryls ohnehin schon feuchtes Haar und rannen ihm über Stirn und Augen. Er wischte sie mit dem Ärmel weg und beobachtete dabei Leyladins Handbewegung.

»Hier in dieser Fuge ist etwas von dem dunklen Chaos«, flüsterte Leyladin.

Cerryl betrachtete die glatte Steinwand des Tunnels, das feuchte Grau neben einer Linie dunklen Grüns.

Er schleuderte einen zischenden Feuerstoß auf den Schleim, der den Mörtel bedeckte; einen Feuerstoß deswegen, weil er in Jesleks Gegenwart die Feuerlanzen nicht benutzen wollte – oder wenn andere zugegen waren, die dem Obermagier von dieser Fähigkeit berichten konnten. Asche schwirrte durch die feuchte Luft des Wassertunnels. Leyladin und Cerryl mussten husten.

Im Licht der Bronzelampen, die die Lanzenreiter trugen, kam die ursprüngliche Oberfläche des Mörtels zu Tage: gelb geworden mit der Zeit und mit einem langen Riss darin, der noch immer dunkel aussah.

»Da ist noch mehr …«

»Ich weiß«, meinte Cerryl müde. »Ich kann es deutlich sehen.« Er musste sich nicht umsehen, denn er fühlte Jesleks Gegenwart mit jedem Funken Chaos, den er sammelte, um das Bauchfluss erzeugende Chaos zu zerstören. Es lauerte in allen vermoderten Ritzen des bröckelnden Tunnels aus Granit. Und weil Cerryl nicht preisgeben wollte, dass er Chaos zu Lichtlanzen formen konnte, musste er die schwere Arbeit der Feuerstöße auf sich nehmen. Dennoch teilte er Leyladins Meinung, dass er nichts enthüllen sollte, so lange es nicht unbedingt notwendig war.

Nach einem tiefen Atemzug gelang es Cerryl, einen weiteren Feuerstoß in einem flachen Bogen gegen den Mörtel zu werfen. Diesmal verschwanden die Dunkelheit und das schädliche Chaos in der herumwirbelnden weißen Asche.

Cerryl musste noch einmal tief Luft holen, er lehnte sich gegen die Wand und versuchte nicht zu laut zu keuchen.

»Kochar, siehst du, wie Cerryl es macht? Das Nächste, was Leyladin findet, wirst du entfernen.« Jesleks Stimme klang scharf und kalt. »Bleib zurück.«

Wieder loderte eine Feuerwand den Tunnel entlang und reinigte den Großteil der Granitoberfläche, nur die rauen Stellen blieben von Jesleks Feuerstoß unberührt.

Cerryl hustete, als sich die Asche und der weiße Feuerstaub senkten. Auch die trockenere Luft, die durch die Belüftungsöffnung hereinströmte, verschaffte ihm keine Erleichterung. Einige Lanzenreiter folgten der Gruppe nämlich oberhalb des Tunnels, um die jeweiligen Belüftungsschächte zu öffnen.

»Hier.« Leyladin hatte ein halbes Dutzend Schritte

weiter – gefolgt von einem großen Lanzenreiter mit einer Bronzelampe – wieder eine Stelle gefunden. Sie trat zurück.

Kochar warf einen schwachen Feuerball auf die dunkle Stelle an der Seitenwand.

»Noch einen, bitte«, bat Leyladin.

»Beeil dich, Kochar«, rief Jeslek ungeduldig. »Wir müssen heute fertig werden. Die Wasserspeicher sind fast leer, wir müssen den Tunnel heute wieder öffnen.«

»... versuch es ja ...«

Cerryl empfand beinahe Mitleid mit dem Rotschopf.

Am Ende des Arbeitstages, als Cerryl aus dem Tunneleingang in die Spätnachmittagssonne trat, in den Staub und die Hitze, hatte das Mitleid schon erheblich abgenommen, denn Kochar hatte im Laufe des Nachmittags seine Fähigkeit, Chaos heraufzubeschwören, fast vollständig verloren; und so hatte sich Cerryl allen groben Stellen und Rissen widmen müssen.

Hitzeschlieren waberten über der Straße. Langsam hievte sich Cerryl in den Sattel des Braunen und versuchte nicht zu stöhnen. Leyladin und Jeslek schwangen sich anmutig auf ihre Rösser, auch Kochar und den zehn Weißen Lanzenreitern schien es keine Mühe zu bereiten.

Der Sattel war immer noch hart, als Cerryl krampfhaft versuchte, während des Ritts zurück nach Fairhaven nicht zu heftig auf und ab zu federn. Auch an der Lockerheit seiner Finger musste er noch arbeiten. Wenn er nicht daran dachte, verkrampften sie sich um die Lederzügel, bis die Knöchel weiß hervortraten.

Im Westen brannte die Sonne über den diesigen Hügeln, richtige Hitzewellen stiegen aus dem weißen Granit der Straße. Schweiß sickerte durch den Stoff von Cerryls Tunika nach außen und er wünschte sich fast zurück in die Feuchte und Kühle des Wassertunnels.

Als die Gruppe vor den Ställen ankam, war Cerryl völlig durchnässt. Jeslek, Kochar und Leyladin stiegen schon ab, während Cerryl sein Pferd noch gar nicht richtig zum Stehen gebracht hatte.

Cerryl schwang das Bein über den Sattel und wäre beinahe mit dem Stiefel daran hängen geblieben. Schwankend stand er auf den harten Steinen des Innenhofes, seine Hand griff nach dem Braunen, um sich daran festzuhalten.

Jeslek stellte sich vor die drei hin, schaute einen nach dem anderen an, bis sein Blick schließlich an Cerryl hängen blieb. »Für diese Jahreszeit ist die Arbeit im Tunnel abgeschlossen. Ich erwarte dich und Kochar morgen nach dem Frühstück bei mir.« Kein Schimmer eines Lächelns zeigte sich auf seinem Gesicht, als er sich umdrehte und den Weg in die Richtung der Hallen einschlug.

Kochar sah dem Obermagier erst eine Zeit lang nach und stapfte dann hinterher. Cerryl atmete tief durch und suchte nach Leyladin, doch auch sie war bereits verschwunden. Mit einem Schulterzucken machte er sich auf den Weg zu seiner Zelle und anschließend in die Badekammer.

Cerryls Magen knurrte böse, als er endlich im Speisesaal eintraf, kurz nachdem der letzte Glockenschlag ertönt war. Kochar hatte seinen Teller bereits gefüllt und ging gerade zu dem Ecktisch, an dem Bealtur und Heralt zusammen aßen. Der Rothaarige setzte sich zu ihnen.

Cerryl trug sein Tablett vorsichtig von der Anrichte zu einem der leeren runden Tische und setzte sich. Ungläubig starrte er auf seinen Teller, auf dem sich angeblich Lamm mit Zitronensahnesoße befinden sollte, und dann durch den Saal; seine Muskeln schmerzten von den Ritten zum Wassertunnel und zurück. Drei Tage lang war er durch die glitschigen Tunnel gekrochen und ständig hatte ihm Jeslek über die Schulter geblickt. Je mehr er sich in Jesleks Nähe aufhielt, desto weniger traute er dem Obermagier, obwohl sich Jeslek freundlich und umgänglich gegeben hatte.

»Ist es gestattet, Ser Magier?«

Cerryl blickte auf, als er die warme Stimme hörte, und erkannte das rotblonde Haar und die grüne Tunika. Er sprang auf. »Natürlich.«

»Setz dich ruhig«, meinte Leyladin. »Wenn du auch so erschöpft bist wie ich, musst du nicht vor anderen Leuten aufspringen.«

Leyladin und Lyasa setzten sich auf die andere Seite des Tisches.

Cerryl ließ sich ebenfalls nieder und kratzte sich geistesabwesend am Kinn.

»Ich glaube, du würdest besser aussehen, wenn du den Versuch aufgeben würdest, dir einen Bart wachsen zu lassen.«

Cerryl zwinkerte und starrte Leyladin an.

»Du bist wie die anderen jungen Magier, alle wollen sich einen Bart wachsen lassen, um älter zu wirken.«

Cerryls Unterkiefer fiel nach unten.

»Du würdest ohne viel besser aussehen«, fuhr sie fort und brach sich einen Kanten von dem frischen Schwarzbrot ab.

»Ich kann kein Eisen in meiner Nähe ertragen«, erwiderte Cerryl. »Geschweige denn eine scharfe Eisenklinge.«

»Das geht vielen Weißen so. Dafür gibt es verschiedene Abhilfen. Ich bin sicher, du wirst eine davon finden. Außerdem wirst du noch früh genug alt und gelehrt aussehen.« Leyladins Augen funkelten und sie senkte die Stimme. »Es ist immer besser, unterschätzt zu werden, wenn man noch nicht so viel Macht besitzt und alle das wissen. Deshalb lache ich viel. Lachende Magier werden nicht sehr ernst genommen.«

»Genauso wie Frauen«, fügte Lyasa hinzu.

Das erinnerte Cerryl an Benthann und ihre Meinung

über Frauen, wonach diese nur danach beurteilt wurden, was sie im Bett leisteten. »In der Gilde werden aber doch Frauen als gleichgestellte Magier zugelassen. Was ist mit Anya oder der älteren Frau in Ruzor, von der mir Myral erzählt hat?«

»Shenan«, murmelte Lyasa. »Ich glaube, sie ist Myrals jüngere Schwester. Aber er spricht nicht darüber.«

Leyladin runzelte die Stirn. »Er hat sie mir gegenüber nie erwähnt.«

»Es gibt für gewöhnlich bei jedem Magier etwas, über das er nicht spricht.« Lyasa nahm einen langen Zug aus ihrem Bierhumpen. »Das tut gut.«

»Was hast du heute gemacht?« Cerryl sah die schwarzhaarige Schülerin an.

»Anya und Whuyl haben mir gezeigt, wie man mit dem Dolch umgeht – im Nahkampf. Es ist schwierig.«

Cerryl aß einen Bissen vom Lamm, es war trocken trotz der dicken Soße. »Mir hat keiner etwas über Dolche beigebracht.«

»Anya meint, für eine Magierin ist das von äußerster Wichtigkeit.«

»Sie muss es ja wissen«, sagte Leyladin leise. »Wenn man damit jemanden umbringen kann, hat sie sich zweifellos schon damit beschäftigt.«

»Sie hat wahrscheinlich keine Wahl«, bemerkte Lyasa. Ein trockenes Lächeln umspielte ihre Lippen. »Man kann schließlich nicht alles mit körperlichem Einsatz erreichen.«

Cerryl hätte sich beinahe verschluckt, besonders da er gerade Faltar an der Anrichte stehen sah.

»Wir werden uns benehmen«, versprach Leyladin mit funkelnden Augen.

Cerryl hätte es eigentlich lieber gehabt, sie würde sich nicht benehmen. Auch Lyasa schnaubte.

Dann wagte Cerryl, die Frage zu stellen, die ihm schon über ein Jahr auf der Zunge brannte. »Warum verbringst du so viel Zeit bei Myral? So viel Heilkraft benötigt er doch gar nicht.«

»Myral ist alt, sehr alt für einen Weißen Magier, Cerryl. Er ist bestimmt schon an die sechzig, die meisten Weißen hingegen werden nicht viel älter als vierzig.« Leyladin hob die Schultern und ließ sie fallen. »Ich bin Heilerin, das ist es, was er braucht.«

»Das ist alles?«

»Der Umgang mit Chaos nimmt den Körper schwer mit. Das solltest du doch wissen. Besonders nach dem heutigen Tag.«

Cerryl lächelte beschämt. »Aber Myral?«

»Ich bin Heilerin, Cerryl. Myral ist sich nicht zu stolz, mich um Hilfe zu bitten, anders als Sterol oder Esaak. Außerdem kann ich von ihm lernen. Er weiß viel.« Leyladin betrachtete Cerryls Gesicht. »Du … du bist doch wohl nicht eifersüchtig?«

Cerryl schlug erst die Augen nieder, dann zwang er sich, in diese lachenden grünen Augen zu schauen. »Doch.«

»Ehrlich?«

»Ich weiß nicht, wie ehrlich«, antwortete Cerryl.

»Du bist ehrlich. Das ist mit ein Grund, warum Myral dich mag.«

»Nur mit Ehrlichkeit kommt man hier aber nicht weiter.«

»Nein«, warf Lyasa ein, »das reicht nicht. Aber all die anderen Sachen, die man wissen muss, nützen einem ohne Ehrlichkeit auch nichts. Nicht über längere Zeit hinweg.«

»O je … was sind wir doch philosophisch heute …«, lachte Leyladin.

Cerryl und Lyasa fielen in ihr Lachen ein.

LXXXV

»Die Lage spitzt sich zu in Gallos.« Jeslek schritt um den Tisch herum, dann starrte er aus dem Fenster seines Gemachs. »Sogar der Erzmagier ist ernsthaft besorgt.« Seine Augen wanderten zu Cerryl, dann zu Kochar. »Wir werden nach Jellico reisen, übermorgen. Packt zusammen, was ihr für eine lange Reise braucht.«

»Ja, Ser«, sagte Kochar.

Cerryl nickte nur.

»Es werden auch andere Magier und Lehrlinge dabei sein. Ihr könnt eure eigenen Gläser mitnehmen, aber keine Bücher. Kein Wort von der Reise außerhalb der Hallen. Das gilt für euch beide.« Dieses Mal blieben die goldenen Augen des Magiers auf Kochar haften. »Ihr könnt gehen.«

Das hieß zumindest, dass sich Cerryl einstweilen keine Gedanken mehr um Esaak und seine Mathematik machen musste. Er verbeugte sich und folgte Kochar zur Tür hinaus.

Auf dem Flur musste Cerryl Kinowin ausweichen. Der hünenhafte Magier mit den dunkelroten Flecken auf der Wange lief mit einer Geschwindigkeit zu Jesleks Tür, die nichts Gutes verhieß.

Der schlanke Magierschüler schlenderte weiter den Flur entlang. Was brauchte er für eine solche Reise? Welche Art von Reise würde es werden? Er wünschte, er hätte gefragt, aber Jeslek ermutigte mit seiner Art nicht gerade zu fragen.

Am Fuße der Treppe sah sich Cerryl um, dann begab er sich zum Studiersaal, den er jedoch leer vorfand, fast, denn wieder einmal saß Bealtur dort und brütete über einem dicken Wälzer. Cerryl drehte um. Leyladin hätte ihm bestimmt Ratschläge geben können, doch er wusste nicht, wo sie sich gerade aufhielt.

Wer könnte ihm sonst weiterhelfen – wer war noch hier? Er nickte, dann wandte er sich um und ging forschen Schrittes den Flur zurück und hinaus auf den Hof. Ein leichter Regen gesellte sich zur kühlenden Gischt des Springbrunnens und Cerryl hastete in die Eingangshalle und dann hinauf zum Turm, vorbei an den schweigsamen Gardisten.

Seine Stiefel wirbelten den weißen Staub auf und er versuchte nicht zu husten, als er die Stufen hinauflief zu Myrals Gemach. Eine ganze Weile blieb er auf dem Treppenabsatz vor der Tür stehen und horchte, er hoffte, er würde den alten Magier nicht stören. Schließlich klopfte er vorsichtig an Myrals Tür.

»Ja, Cerryl. Du kannst hereinkommen.« Der kranke Magier saß in seinem Stuhl am Tisch, die Beine hatte er auf einen Hocker gelegt. »Zu viel Chaos in den Beinen. Es sammelt sich dort, wenn der Tag sich dem Ende zu neigt, dann muss ich die alten Beine hochlegen, damit mein Körper das Chaos neu verteilen kann.«

Cerryl nickte.

»Nun ... junger Freund ... was führt dich zu mir?« Myral hob seinen Becher wie zum Gruß.

»Äh ... nun, Ser ... Jeslek will uns mitnehmen nach Jellico ... und wir sollen uns fertig machen. Ich dachte, Ihr könntet mir vielleicht einen Rat geben, was ich außer Kleidung noch mitnehmen sollte.«

Myral lachte. »Ich sehe, dass Jeslek wieder einmal annimmt, dass alle wissen, was er vorhat. Du bist noch nicht viel gereist, was, junger Cerryl?«

»Nein, Ser.«

Myral nickte. »Im dritten Regalfach dort, siehst du die gleichfarbigen Kästchen?«

»Ja, Ser.«

»Öffne das rechte. Darin sollten sich mehrere kleine Gläser mit Salben befinden.«

Cerryl öffnete das Kästchen und hielt den geschnitzten Eichendeckel mit einem Muster aus ineinanderfließenden Dreiecken in der linken Hand.

»Nimm eines davon mit.«

»Ser?«

»Es hilft gegen das Wundsein an den Stellen, wo der Sattel reibt – übrigens auch an anderen Stellen. Geh sparsam damit um.«

»Danke, Ser.«

»Nimm in jedem Fall eine dicke Jacke und eine zusätzliche Decke zum Schlafen mit. Und wenn du Yubni so etwas abschwatzen kannst, nimm ein gewachstes wasserdichtes Stück Stoff mit, in das du deine Bettrolle einwickeln kannst. Es wird dir auch bei Regen gute Dienste leisten.«

»Gibt es sonst noch etwas, was Ihr mir raten würdet?«

»Die Reise nicht anzutreten, doch das liegt nicht an dir, es zu entscheiden.« Myral nahm einen Schluck von seinem geliebten Apfelwein. »Eine zweite Wasserflasche wäre nicht verkehrt, wenn du eine auftreiben kannst. Aber sei vorsichtig, pass auf, wie und wo du sie auffüllst.« Myral hustete ein paar Mal und Cerryl befürchtete schon, es würde wieder einer der schlimmen Hustenanfälle werden, aber Myral erholte sich schnell. »Ach ja … du kannst mithilfe des Chaos Wasser zum Sieden bringen. Lass es sieden und anschließend abkühlen, dadurch wird das schädliche Chaos im Wasser vernichtet, das den Bauchfluss verursacht. Du kannst auch Ungeziefer mit Chaos bekämpfen, jedoch nur mit winzigen Bruchstücken.« Myral lächelte grimmig. »Auf einer Reise findet man überall Ungeziefer. Besonders in Certis.«

»Warum ausgerechnet in Certis?«, platzte es aus Cerryl heraus.

»Das kann ich dir nicht sagen.« Myral zuckte die Achseln. »Ich weiß nur, dass dort viele am Bauchfluss und durch Ungeziefer-Chaos gestorben sind. Achte darauf, was du trinkst und isst in Jellico, aber wenn Jeslek dabei ist, werden alle wohlauf sein, da bin ich sicher.«

Schwang da nicht eine Spur von Hohn oder Spott in Myrals Worten mit? Cerryl war sich nicht ganz sicher, aber er nickte.

»Wenn du noch weitere Fragen hast, komm wieder. Ich bin immer hier. Sehr unwahrscheinlich, dass ich viel durch Fairhaven spaziere, es sei denn, dein Freund Faltar gerät unten in den Kanälen in Schwierigkeiten.«

»Ich hoffe doch nicht.«

»Ich bezweifle stark, dass es noch einmal einen derartigen Zwischenfall geben wird. Selbst wenn sich die Schmuggler noch dort unten herumtreiben sollten, wissen sie jetzt, dass sie einem Magierschüler besser aus dem Weg gehen sollten.«

»Ihr glaubt, es gibt noch andere?«

Myral lachte. »Cerryl, wir erheben Steuern und Straßenzölle. Die Waren werden nicht schon bei der Herstellung mit Steuern versehen, so wie die Wolle an den Schafen wächst. Deshalb wird es immer welche geben, die diese Abgaben umgehen wollen, auch in Fairhaven. Nicht einmal alle Chaos-Feuer zusammen, die du oder der große Jeslek heraufbeschwören könntet, vermögen jene aufzuhalten, die nur für Gold und Silber leben.« Myral deutete zur Tür. »Geh und hol dir, was du brauchst. Und sag Yubni, wozu du es brauchst. Sag ihm auch, ich und Jeslek legen großen Wert darauf, dass du gut auf die Reise vorbereitet bist.«

»Danke.«

»Das ist das Mindeste, was ich tun kann.« Myral hustete, jedoch nur einmal, und lächelte.

Cerryl stieg langsam die Turmtreppe hinunter und hoffte, die Ratschläge, die Myral ihm gegeben hatte, alle befolgen zu können. Die Salbe hielt er fest in der Hand.

Bealtur nickte, als er Cerryl auf dem Flur vor dem Studiersaal begegnete. Der spitzbärtige Magierschüler sagte jedoch nichts und Cerryl wollte nicht immer der Erste sein, der einen höflichen Gruß entbot.

Cerryl ging weiter, bis er seine Zelle erreichte. Noch immer fühlte er sich etwas steif und er fragte sich, wie lange es wohl dauern würde, bis er sich endlich ans Reiten gewöhnt hatte. Er trat vor seinen Schreibtisch.

Ein Kästchen lag dort, bezogen mit weichem grauem Leder. Stirnrunzelnd öffnete Cerryl es. Er musste herzlich lachen, als er den Rasierer aus Weißbronze herausnahm. Dann strahlte er übers ganze Gesicht. »Sie macht sich etwas aus mir.« *Und sie hat Sinn für Humor, wenn es um die Durchsetzung ihrer Ansichten geht ...* Er musste immer noch lächeln, als er den Rasierer zurück ins Kästchen legte.

LXXXVI

Ein leichter Wind aus Nordwesten blies die kleinen Staubkörner und den Straßenschmutz, den die Reiter vor ihm aufwirbelten, Cerryl genau ins Gesicht. Der Magierschüler verlagerte sein Gewicht im Sattel und wünschte, er würde sich endlich an den großen Braunen gewöhnen; dann fiel sein Blick nach Westen.

Jeslek ritt an der Spitze der Kolonne, ohne Kopfbedeckung, sein weißes Haar glänzte in der Vormittagssonne. Neben ihm ritt der schlaksige Klybel, der Hauptmann der Weißen Lanzenreiter. Dahinter folgte die rothaarige Anya und neben ihr Fydel mit seinem langen Bart. Die drei Magierschüler ritten in der dritten Reihe: Cerryl, Kochar und Lyasa. Eine Abordnung der Weißen Lanzenreiter begleitete die Magier – es mussten fast hundert Reiter sein, schätzte Cerryl, einen Versuch sie zu zählen hatte er noch nicht unternommen.

Keiner sprach ein Wort, nur das Schnauben der Pferde und der Hufschlag auf den Steinen war zu hören. Aufs Neue verlagerte Cerryl sein Gewicht, um sich weniger unbehaglich zu fühlen. Ohne das Reiten wäre er sicher glücklicher, nur kam er damit schneller vorwärts als zu Fuß.

Der Wind, der aus dem klaren grünblauen Himmel im Nordwesten wehte, war kalt und kündigte den bevorstehenden Winter an, obwohl die Sonne noch warm schien, warm genug, dass Cerryl leicht schwitzte.

Plötzlich lehnte sich Jeslek zu Klybel hinüber, dann hob er den Arm.

Klybel lenkte sein Pferd auf den erhöhten Seitenstreifen neben der Straße und befahl: »Lanzenreiter ... HAAALT!«

Cerryl zügelte hastig seinen Braunen, machte einen Satz nach vorn und wäre beinahe mit dem Gesicht in der Mähne des Pferdes gelandet.

Jeslek umkreiste Anya und Fydel, dann lenkte er sein Pferd zu den Magierschülern. »Seht ihr die Straße?«

»Ja, Ser«, antworteten Kochar und Cerryl. Lyasa nickte.

»Glaubt ihr nicht, dass sie ein wenig zu ... ungeschützt ist?« Ein Lächeln zog Jesleks dünne Lippen auseinander.

»Jeder kann das sehen«, beeilte sich Kochar zu antworten.

Lyasa schwieg und Cerryl nickte, jedoch zögernd.

»Du stimmst mir nicht zu, Cerryl?«

»Sie liegt offen da, Ser. Ich weiß nicht, ob das gut oder schlecht ist. Es ist gut für jene, die Straßenräuber fürchten, aber es könnte schlecht sein aus anderen Gründen.«

»Du bist sehr vorsichtig. Warum?«

»Weil ich wenig davon verstehe. Ich habe weder mein ganzes bisheriges Leben in Fairhaven zugebracht noch so viel gelernt und studiert wie Ihr oder die anderen Magier.«

»Zumindest kennst du deine Grenzen. Im Gegensatz zu manch anderem.« Jeslek lachte, dann wandte er sich an Kochar. »Glaubst du, es wäre besser, wenn die Straße weniger frei daliegen würde?«

Kochar versuchte seinen ratlosen Gesichtsausdruck zu verbergen. »Wäre sie weniger gut einsehbar, könnten die Weißen Lanzenreiter sich darauf bewegen, ohne dass ganz Candar wüsste, wo sie hinreiten.«

»Das stimmt.« Jeslek lächelte kalt. »Aber wir befinden uns lediglich ein paar Meilen von Fairhaven entfernt, hier spielt das noch keine so große Rolle.«

Kochars Gesicht nahm einen gleichgültigen Zug an.

»Aber … hinter den Osthörnern, dort wo die Straße auf den Ebenen von Gallos verläuft, herrschen andere Gesetze. Und deshalb reiten wir dorthin.« Das Lächeln auf seinem Gesicht verschwand. »Ich möchte, dass ihr auf dem Weg dorthin eure Sinne gebraucht, um herauszufinden, wie die Straße gebaut ist und wie sie zusammengehalten wird. Der innere Aufbau einer Straße ist genauso wichtig wie die Berechnungen, die Esaak euch anstellen lässt.«

Gallos?

Sie hatten noch nicht einmal Certis erreicht und Jeslek sprach schon von Gallos?

»Hört auf, ihnen Angst einzujagen«, sagte Anya mit einem Lächeln, als Jeslek sein Ross herumlenkte und zu den anderen beiden Magiern zurückritt.

»Auch Euch würde es nicht schaden, die Straßen zu studieren, Anya. Bei Euren … Neigungen«, schlug Jeslek mit gemeiner Miene vor. »Auch Ihr, Fydel. Wir haben noch viel zu tun.« Er nahm das Pferd herum und trabte an den zwei Magiern vorbei und neben den Hauptmann der Lanzenreiter. Klybel hob erneut den Arm und er und Jeslek ritten weiter, als wäre nichts geschehen.

»Wir reiten nach Gallos?«, flüsterte Kochar.

»Es scheint so«, antwortete Lyasa.

Cerryl runzelte die Stirn. Warum hatte Jeslek die ganze Kolonne angehalten? Der Weiße Magier hätte seine Belehrungen auch abgeben können, ohne die Lanzenreiter aufzuhalten, doch darauf hatte er anscheinend Wert gelegt, wie auch auf die spitzen Bemerkungen Anya und Fydel gegenüber.

Mit etwas Verspätung schnalzte Cerryl mit den Zügeln und machte erneut einen Satz nach vorn, als sich der Braune in Bewegung setzte.

LXXXVII

Als der Zug über die breite Steinbrücke ritt, die sich über den Fluss Jellicor spannte, fiel Cerryls Blick auf die Mauer, die sich weniger als eine halbe Meile nördlich der Brücke erhob. Jellico war eine ummauerte Stadt – eine gut geschützte Stadt mit einer Brustwehr, die mindestens vierzig Ellen über der Straße verlief, welche zu den Toren führte.

Am westlichen Ufer machte die Straße eine Biegung nach Nordosten, verlief dann einige hundert Ellen gerade weiter, um schließlich wieder in einem Bogen direkt auf die Stadtmauern zuzulaufen. Die mächtigen eisengefassten Tore aus Roteiche standen offen, gut geschmierte Eisenscharniere wiesen jedoch darauf hin, dass sie schnell geschlossen werden konnten.

Wachmänner in graubrauner Lederkleidung und ärmellosen grünen Übertuniken postierten sich vor dem Tor. Jeslek und Klybel hielten an, die drei Magierschüler und die Lanzenreiter taten es ihnen gleich.

»Obermagier Jeslek, Besuch beim Vicomte von Certis«, verkündete Klybel mit tiefer Stimme; die harten Granitmauern der Stadt warfen das Echo zurück.

Der oberste Wachmann warf nervöse Blicke auf Jeslek, die zwei Magier, die drei Schüler und schließlich auch auf die Kolonne von Weißen Lanzenreitern.

»Äh ... Ihr seid auf das Herzlichste willkommen, Obermagier. Ihr kennt den Weg zum Palast?«

Jeslek nickte. »Ich bin sicher, wir werden ihn finden.«

Cerryl blickte hinauf. Grün gekleidete Bogenschützen beobachteten die Besucher von den Brustwehren aus, doch keiner schien erpicht darauf zu sein, die Waffe zu erheben.

»Der Vicomte nimmt es doch sonst so genau damit, wen er in die Stadt lässt und wen nicht. Und uns lässt er ohne weiteres passieren«, bemerkte Anya.

Cerryl konnte nicht sagen, ob der Vicomte es sonst wirklich so genau nahm. Die Innenseiten seiner Oberschenkel fühlten sich auf alle Fälle wund an und jeder Muskel in seinen Beinen schien sich kurz vor einem Krampf zu befinden.

»Die meisten Herrscher in Candar handeln so«, sagte Fydel mit leiser Stimme, sodass Cerryl ihn fast nicht hören konnte.

Ein Bote in Grün sprang auf einen Grauen und galoppierte vor ihnen die Straße hinauf. Er war bereits außer Sichtweite, als Jeslek den Gardisten zunickte und dann sein Ross durch den Torbogen in die Stadt Jellico lenkte.

Häuser und Geschäfte aus gebrannten Ziegeln reihten sich an den Straßen aneinander, die breit genug waren für etwa vier Pferde, jedoch viel enger im Vergleich zu den Prachtstraßen Fairhavens. Die Gebäude waren höher – oft sah man dreistöckige Häuser – und offenbar auch älter und weniger gepflegt.

Zwei zottelige braune Hunde flitzten vor Jeslek und Klybel aus einer Gasse und verschwanden bellend in einer Seitenstraße gegenüber.

»Man könnte meinen, sie hätten etwas gestohlen«, bemerkte Kochar.

»Vielleicht«, stimmte Lyasa zu. »Hier wird mehr gestohlen als in Fairhaven.«

Wie konnten Hunde das wissen? Cerryl atmete tief ein und bemerkte erstmals den sauren Geruch in der Luft, der sich zusammensetzte aus dem Gestank der offenen Kanäle, die neben den Häusern an den Straßen entlang führten, verbranntem Fett und Säuren aus den Gerbereien und noch einigen anderen Dünsten, die Cerryl nicht benennen konnte.

»Es stinkt ...«, murmelte Kochar.

Cerryl nickte, gleichzeitig fragte er sich, ob es wohl in allen Städten Candars außer Fairhaven so stank. Er rutschte noch einmal auf die andere Seite des Sattels, sodass seine wunden Beine nicht noch ärger beansprucht wurden und in der Hoffnung, dass sie nicht mehr sehr weit reiten mussten an diesem Tag.

Der Palast des Vicomte befand sich am westlichen Ende der Stadt auf einem kleinen Hügel. Die Granitmauern waren dort noch glatter und gleichmäßiger als die Stadtmauern, wenn auch nicht so hoch, und die Tore standen weit offen. Nur vier Wächter hüteten die Tore, auf der Brustwehr hingegen stand eine ganze Einheit von Armbrustschützen.

Die Huftritte der Pferde hallten auf den Steinen, als die Gruppe langsam durch den langen Bogengang ritt, der mehr einem Tunnel glich und so niedrig war, dass Cerryl mit ausgestrecktem Arm die feuchten Gewölbe über ihm berühren konnte.

Im Innenhof wartete Eliasar, zwei Gardisten in Grün begleiteten ihn.

»Seid gegrüßt, edler Eliasar.« Jeslek brachte sein Pferd zum Stehen.

Eliasars Augen musterten die Gruppe und hielten bei Anya wie auch bei Cerryl kurz inne. »Ihr habt ein ziemlich großes Gefolge mitgebracht, Jeslek. Drei Schüler?«

»Einen für jeden Magier«, antwortete der weißhaarige Magier.

»Nun … alle können wir nicht in den Gästegemächern unterbringen – Euch selbstverständlich schon, edler Jeslek. Eure Gemächer befinden sich auf dem gleichen Flur wie meine – Shyren wohnt auch dort.« Eliasar zeigte nach Westen, wo ein anderer, kleinerer Bogengang in den nächsten Innenhof führte, der wohl kaum alle Pferde und Lanzenreiter fassen konnte. »Die Ställe für die Gäste befinden sich hinter dem Gang. Klybel, Ihr müsst die Rösser der Lanzenreiter in den Ställen dahinter unterbringen. Das ist ohnehin näher bei den Kasernen.«

»Ja, Ser«, antwortete Klybel unterwürfig.

Eliasar ging neben Jesleks Pferd her, als wollte er den weißhaarigen Magier zum Stall führen. Er sprach so leise, dass Cerryl nicht hören konnte, was die zwei miteinander beredeten.

»Wer ist der Vicomte?«, flüsterte Cerryl schließlich zu Lyasa. »Sein Name, meine ich. Seinen Rang kenne ich …«

»Ich verstehe, was du meinst.« Lyasa grinste. »Sein Name ist Rystryr. Er ist seit etwa zehn Jahren Vicomte. Sein älterer Bruder, dessen Frau und Sohn sind am Bauchfluss gestorben.« Lyasa zog die Augenbrauen hoch.

Cerryl fragte sich, welches Gift wohl die grausamen Qualen des Bauchflusses auslöste … oder war es eine mittelbare Form von Chaos?

»Das war gleich nachdem Shyren Magier in Certis geworden war, oder?«, fragte Kochar.

Damit sah sich Cerryl in seinen Vermutungen über den schnellen Aufstieg Rystryrs bestätigt.

»Ich glaube, ja.« Lyasas Stimme klang flach. »Bin ich froh, wenn ich endlich von diesem Pferd absteigen und mich waschen kann.«

Als Jeslek sein Pferd anhielt und im zweiten Innenhof

abstieg – einem Platz von gut hundert Ellen Seitenlänge, umgeben von einer fünf Stockwerke hohen Mauer mit vielen Fenstern –, schälte sich auch Cerryl aus dem Sattel, was nicht so einfach war, denn wieder einmal verfing sich sein Bein in den vielen Riemen.

»Gut, endlich wieder auf den eigenen Füßen zu stehen«, meinte Kochar.

Cerryl nickte und streckte erst ein Bein und dann das andere. Die Lanzenreiter ritten weiter durch den nächsten Bogengang und ließen Eliasar, Jeslek, Anya, Fydel und die drei Magierschüler samt ihrer Pferde in dem Halbrund vor dem dunklen Stalltor zurück, das gut zehn Ellen breit war.

»Das ist der Gästestall …«

Cerryl hoffte nur, dass er sich im Palast des Vicomte nicht zu oft verirrte. Jedes Gebäude schien mit den anderen irgendwie verbunden zu sein und von außen sahen sie alle gleich aus: glatte Steinmauern mit kleinen Fenstern. Cerryl atmete tief durch und stellte fest, dass die Festung nicht viel besser roch als die Stadt.

Eliasar wandte sich von Jeslek ab. »Fydel und Anya, Ihr werdet in den Offiziersgemächern nächtigen, die Schüler bekommen Unteroffiziersunterkünfte.«

»Aber nicht, dass sich dadurch jemand falsche Vorstellungen von seinem Rang macht. In Certis gibt es eine große Anzahl von Offizieren«, fügte Jeslek mit einem breiten Grinsen hinzu. »Schnallt das Gepäck von den Pferden. Die Stallburschen werden sie versorgen.«

Cerryl löste gedankenverloren die Riemen um Bettrolle und Packtaschen, dann folgte er den anderen durch eine alte, schwere Tür und zwei Treppen hinauf, oben einen engen Steinflur entlang und um eine Ecke herum. Die Stiefel hallten durch den kahlen Gang.

»Dies sind Eure Räume.« Eliasar nickte zu Anya und Fydel.

»Vielen Dank, sehr freundlich von Euch«, bedankte

sich Anya artig, ihre Stimme klang melodiös und angepasst. Der Ton löste bei Cerryl jedoch ein Schaudern aus, so sehr misstraute er dem lieblichen Gesäusel.

Fydel brachte nur ein kaum merkliches Nicken zu Stande.

Hinter der nächsten Ecke zeigte Eliasar auf drei Türen. »Man erwartet euch beim zweiten Glockenschlag zum Abendessen im kleinen Speisesaal. Über die Treppe am Ende des ersten Stockwerks und durch den dritten Hof gelangt man dorthin. Fragt die Wächter.«

Jeslek und Eliasar entfernten sich und Cerryl erkundete den Raum, der zwischen Kochars und Lyasas Zimmer lag. Er ließ seine Bettrolle und die Packtaschen auf den nackten Steinboden fallen und sah sich um: einige Ellen länger als seine Zelle in Fairhaven, ein einziges Fenster mit Läden davor. Ausgestattet war das Zimmer mit einer schmalen Pritsche, einem abgenutzten Schrank, einem Waschtisch mit Krug und einer Lampe auf einem Bronzeständer. Ein schwerer Türriegel lehnte hinter der Tür an der Wand.

Waren Unteroffiziere so unbeliebt, dass sie ihre Türen verriegeln mussten? Oder nur in Certis?

Nachdem sich Cerryl Hände, Gesicht, Arme und alle anderen leicht erreichbaren Körperteile gewaschen hatte, holte er Myrals Salbe hervor. Sie linderte die Schmerzen an den wunden und entzündeten Stellen. Cerryls Beine und Oberschenkel schienen sich hingegen langsam an die Strapazen zu gewöhnen.

Cerryl schüttelte den Kopf. Er konnte nicht glauben, dass er wegen des überhasteten Aufbruchs in Fairhaven den Rasierer aus Weißbronze – Leyladins Geschenk – vergessen hatte. Er bildete sich ein, er hätte ihn in eine der Packtaschen gesteckt, doch er konnte ihn nirgends finden. Das einzige richtige Geschenk, das er in den letzten Jahren bekommen hatte – und er hatte es vergessen. Ausgerechnet eines von Leyladin. Er wäre am liebsten mit dem Kopf gegen die Wand gerannt, doch damit würde er sich nur ein weiteres schmerzendes Körperteil einhandeln.

Stattdessen reinigte er mithilfe von winzigen Chaos-Partikeln seine Kleider, bevor er sie wieder anzog. Beim ersten Glockenschlag strich er ein letztes Mal die Tunika glatt.

Kochar wartete bereits im Flur, er wirkte ein wenig schmutzig und zerzaust. Seine Augen wurden groß, als er Cerryl sah. »Du … deine Kleider … so viel hattest du doch gar nicht in deinen Packtaschen.«

Cerryl lächelte. »Das ist etwas, was ich in den Kanälen gelernt habe. Ich bin sicher, du kommst auch noch dahinter.«

Lyasa gesellte sich zu ihnen und sah noch frischer aus als Cerryl. Kochar schüttelte nur den Kopf.

»Lasst uns gehen«, hallte eine vierte Stimme durch den Flur – Anya. Sie und Fydel standen am anderen Ende des Ganges. »Wir sollten den Obermagier und den Vicomte nicht warten lassen.«

Cerryl glaubte eine leichte Betonung auf dem Wort ›Obermagier‹ wahrgenommen zu haben, doch er ließ sich nichts anmerken und marschierte mit den anderen zur Treppe, wo die zwei Magier warteten.

»Habt ihr noch andere Gäste gesehen?«, fragte Kochar mit leiser Stimme, den Blick nach vorn auf Anya und Fydel gerichtet.

»Scheint ziemlich leer zu sein hier«, antwortete Cerryl mit ausdruckslosem Gesicht.

Anya drehte sich um. »Magierschüler sollten ihre Beobachtungen für sich behalten und schweigen, besonders in den Festungen fremder Herrscher.«

Kochar wurde rot. Fydel brummte etwas. Cerryl schaute einfach geradeaus.

Als Anya sich wieder der flüsternden Unterhaltung mit Fydel widmete, lächelte Lyasa Cerryl nachdenklich zu.

»Gut, dass wir jetzt hierher gekommen sind und nicht im Winter … All die Steine werden kalt …«

»Gut, dass wir hier schlafen und nicht auf der Straße nächtigen müssen«, antwortete Fydel, »ganz gleich welche Jahreszeit …«

Die Wächter auf der hinteren Seite des nächsten Innenhofes nickten, als die Weißen vorbeimarschierten. Als Anya die Gruppe die Stufen hinauf anführte, konnte Cerryl im Vorbeigehen einige Worte erhaschen.

»Die vielen Weißen … bedeutet Ärger …«

Oben auf den Stufen angekommen, veränderte sich die Umgebung. Statt der nackten Steinflure öffnete sich nun eine mit rosarotem Marmor getäfelte Eingangshalle vor ihnen, Goldleisten umrahmten mehrere Porträts von Männern in grünen Uniformen zu Pferd. Die Messinglampen glänzten und leuchteten, die Gläser funkelten. Alle zehn Ellen hatte sich ein Wächter in Grün postiert. Gerüche von gebratenem Fleisch und Blumen mischten sich in der Luft.

Ein offener Bogengang am Ende des kurzen Flures führte in den Speisesaal, den Cerryl nicht als klein bezeichnen würde, denn er maß mindestens fünfzig Ellen in der Länge und fünfundzwanzig in der Breite.

Eliasar und Jeslek standen am Ende des langen Tisches und unterhielten sich mit einem jüngeren Mann, der eine auffällige grüngoldene Tunika trug. Rystryr war ein großer und breitschultriger Mann, fast so groß wie Kinowin, mit roten Wangen über einem buschigen Bart und dichtem blondem Haar. Bei den dreien am Ende des Tisches stand ein weiterer Magier in Weiß – vermutlich Shyren, der einzige Magier im Speisesaal, den Cerryl noch nicht kannte.

In einer Ecke neben dem kalten Kamin am anderen Ende des Tisches hatte sich eine Gruppe von certischen Offizieren gebildet. Sie verstummten und der Vicomte sah auf und zog die Augenbrauen hoch, als Anya Cerryl und die anderen hereinführte. »Mit solch einer Ansammlung von Magiern werden wir kaum etwas zu essen brauchen.« Rystryrs Stimme klang tief und kräftig, passte zu seinem Äußeren und er schickte den Worten ein breites Lächeln hinterher. »Willkommen in Jellico!«

»Wir danken Euch«, antwortete Jeslek. »Wie schon in der Vergangenheit zeigt Ihr Euch äußerst gastfreundlich.«

»Da alle Gäste nun zugegen sind, würde ich vorschlagen, wir fangen an.« Rystryr deutete mit einer ausholenden Handbewegung auf den Tisch.

Cerryl starrte verblüfft auf den langen Tisch. Wie nur sollte er herausfinden, wo sein Platz war?

»Sucht nach euren Namen auf den Platztafeln«, flüsterte Anya, dann lächelte sie überfreundlich und ging weiter.

Cerryls Platztafel schmückte ein Bronzerahmen, in den die kleine Statue eines Unteroffiziers eingearbeitet war. Er fand sie etwa in der Mitte des langen Walnusstisches, man hatte sie mit Kreide in der Alten Sprache beschriftet: CARRL. Jeslek und Eliasar saßen zur Rechten und Linken des Vicomte, während Shyren – ein älterer, dicker Magier – seinen Platz neben Eliasar hatte. Anya saß neben Jeslek und Fydel ihm gegenüber. Dann kam ein Offizier in Grün und Gold und neben ihm Klybel.

»Habt Ihr schon einmal mit einer Klinge gekämpft, junger Ser?«, fragte der dunkelhaarige Unteroffizier, der Cerryl gegenüber saß.

»Nur so lange, um festzustellen, dass ich ein lausiger Kämpfer bin«, gab Cerryl zu. »Ich heiße Cerryl.«

»Deltry, Unteroffizier der Vierten.«

»Slekyr, Unteroffizier der Zweiten.« Der ältere Unteroffizier, der neben Cerryl am Tisch saß, hatte bereits graue Strähnen in seinem gepflegten Bart.

»Lyasa.«

»Kochar«, schluckte der Rothaarige, der zwischen zwei weiteren Unteroffizieren Platz genommen hatte.

Nach einem Augenblick des Schweigens nahm Deltry den Krug und goss roten Wein in die Kelchgläser der Umsitzenden.

»Danke«, sagte Lyasa.

»Es ist mir ein Vergnügen, aber dafür bitte ich Euch um die Beantwortung einer Frage. Man sagt, dass ein Weißer Magier einen Soldaten töten kann, selbst wenn dieser sich mit einer Eisenklinge verteidigt«, erzählte Deltry, während er sich ein Stück Roggenbrot vom Laib abbrach und den Korb an Lyasa weiterreichte. »Wie soll das gehen, frage ich mich, besonders wenn der Soldat genug Verstand besitzt und einen Eisenschild bei sich trägt?«

Lyasa lächelte und nahm den Korb.

»Ihr lächelt, junge Magierin«, bemerkte Slekyr, sein Blick kreuzte den der dunkelhaarigen jungen Frau. »Kennt Ihr einen Magier, der kaltem Eisen gegenübergestanden und überlebt hat?«

Cerryl schlug die Augen nieder, er wusste, was nun kam.

»Ja. Cerryl dort. Zwei Männer mit Eisenklingen und Schilden griffen ihn an. Er tötete beide.«

Slekyr wandte sich verwundert an Cerryl. »Stimmt das?«

»Ja.« Cerryl sah auf und blickte dem anderen ins Gesicht.

»Aber Ihr seid doch noch nicht einmal ein richtiger Magier«, stellte Deltry erstaunt fest.

»Nein.« Beinahe wäre Cerryl ein »Nein, Ser« herausgerutscht, damit hätte er sich und die beiden anderen Magierschüler jedoch unter die Unteroffiziere gestellt, hätte also ihren Stand erheblich verschlechtert. Schnell fügte er noch ein »Unteroffizier« hinzu. »Magier müssen sehr viel lernen.«

»Das scheint mir tatsächlich so zu sein.« Slekyr lachte. »Ich bin nur froh, dass sich unser Vicomte zu den Freunden Fairhavens zählt.«

»So wie wir auch«, antwortete Cerryl und griff nach dem Brot.

»Ihr habt wirklich zwei Männer getötet, die mit kaltem Eisen bewaffnet waren?« Deltry schien es kaum glauben zu können.

»Eigentlich drei«, fügte Lyasa hinzu. »Cerryl neigt zu Bescheidenheit.«

»Und sie … standen einfach vor Euch? Ich bin mir immer noch nicht sicher, ob ich das richtig verstanden habe.« Deltry wirkte freundlich, warm und sehr gesprächig.

»Ich … bin ihnen während meines Dienstes im Kanalsystem begegnet«, erklärte Cerryl mit Bedacht. »Die ersten beiden griffen sofort an. Ich hatte keine Wahl, andernfalls hätten sie mich umgebracht.«

»Aber was habt Ihr getan? Sie zu Stein verwandelt?«

»Nein. Dazu bin ich nicht in der Lage. Ich habe sie zu Asche verwandelt – mit Chaos-Feuer.« Cerryl fühlte einen Stich im Kopf bei dieser Übertreibung. Er hatte die Männer lediglich getötet; Sterol war derjenige gewesen, der sie später zu Staub und Asche verwandelt hatte.

Deltry schluckte.

»Da muss man einfach nachfragen, nicht wahr?«, brach Slekyr die Stille zur allgemeinen Erleichterung.

Deltry lächelte Slekyr und Cerryl an. »Entschuldigt, Ser.«

Cerryl erwiderte das Lächeln scheu – so hoffte er wenigstens. »Das verstehe ich. Noch vor vier Jahren hätte ich es auch nicht geglaubt.«

»Ihr stammt demnach nicht aus Fairhaven?«, fragte Slekyr.

»Nein. Ich komme aus Hrisbarg und war bei einem Schreiber in Fairhaven in der Lehre.«

»Ich habe gehört, dass alle Magier von höherer Geburt sind ...«

»Leider ist das bei mir nicht der Fall, so wie bei wenigen anderen auch«, antwortete Cerryl; er hatte gerade die Fleischplatte entdeckt, die langsam in seine Richtung wanderte, und nur mühsam gelang es ihm, nicht gierig darauf zu starren.

»Einige Magier stammen aus hohen Familien«, bestätigte Lyasa, »andere werden einfach irgendwo entdeckt. Eine solche Begabung ist derart selten, dass die Gilde sie auf keinen Fall vergeuden kann.«

»Sogar weibliche Magier gibt es, wie ich sehe.« Slekyrs Augen verweilten für einen Augenblick auf Lyasa.

»Zwar nicht so viele wie männliche, doch es gibt einige in der Gilde.« Lyasas Kopf deutete zum Ende des Tisches. »Anya gehört zu den mächtigeren Magiern und sie ist durch und durch eine Frau.«

Deltry und Slekyr nickten interessiert.

»Wir haben gehört, dass der Präfekt von Gallos einigen Certanern das Leben schwer macht«, wechselte Lyasa das Thema, während sie sich Fleisch mit brauner Soße von der bereits halb leeren Platte nahm.

»Alles nur Gerede«, widersprach Slekyr. »Wir können unseren Rapssamen ohne Probleme an Hydolar und genauso an Gallos verkaufen.«

»Wahrscheinlich nur nicht zum gleichen Preis«, warf Lyasa mit einem Lächeln ein.

»Das stimmt, aber der Vicomte wird wegen einigen wenigen Kupferlingen Preisunterschied für ein Fass Rapssamen kaum einen Krieg anzetteln.« Slekyr nahm einen kräftigen Schluck Wein.

Cerryl nippte nur kurz an seinem Glas, dann schenkte er alle Aufmerksamkeit der Fleischplatte und anschließend dem Essen: dem etwas zähen Fleisch und dem trockenen, harten Roggenbrot.

»Und Wolle?«, fragte Kochar höflich.

»Wolle bekommen wir genügend angeboten.« Slekyr griff nach dem Weinkrug und füllte sein Kelchglas erneut.

»Ihr stammt aus Jellico?«, fragte Lyasa.

»Ich? Nein. Ich komme aus Rytel … fast meine ganze Familie lebt dort.«

»Wie seid Ihr Offizier geworden?«

»Das bin ich nicht … noch nicht … aber Soldat. Nun … wie so viele Dinge im Leben habe ich das nicht geplant …«

Cerryl aß und hörte zu, er lauschte und kaute und warf bisweilen einen Blick zum Ende des Tisches, wo Jeslek aß und Shyren und Rystryr zuhörte.

LXXXVIII

Unter der frühherbstlichen Sonne zappelte Cerryl wieder unruhig im Sattel herum, der noch immer so hart war wie die glatten Ziegelwände der Kanaltunnel und ebenso unnachgiebig. Er wusste, dass er trotz seiner Anstrengungen beim Reiten noch immer viel zu viel auf und nieder hüpfte.

Der westliche Teil von Certis gestaltete sich hügeliger, die Rapsfelder wechselten sich mit Weideland ab, wo kleine Viehherden grasten. Keine Schafe? Nun, die Weiden wirkten üppiger als jene in Montgren. Vereinzelt ragten kleine Steinhäuser zwischen den grünen Hügeln auf.

Cerryl fragte sich mittlerweile, warum sie überhaupt nach Jellico geritten waren. Sie hatten dafür einen Umweg von mehr als vier Tagen in Kauf genommen, denn nun ritten sie auf der Großen Weißen Straße weiter Richtung Gallos. In Jellico hatten sie nichts weiter getan, als zweimal dort zu übernachten, um anschließend wieder abzureisen.

Außerdem hatte er nicht die leiseste Ahnung, was Jeslek und Eliasar mit Rystryr verhandelt hatten. Wollten sie lediglich ihre magische Macht unter Beweis stellen? Ein Handelsabkommen treffen?

Cerryl zuckte die Schultern. Wer wusste es? Niemand würde es ihm verraten – das war sicher. Seine Augen wanderten über die Felder und die Straße vor ihnen. Zu beiden Seiten der Großen Weißen Straße ragten die Osthörner in den westlichen Himmel. Sogar im Spätsommer lag noch eine Schneekrone auf den Gipfeln und zur Erntezeit bemächtigte sich der Schnee bereits wieder der höher gelegenen Hänge.

Obwohl Cerryl beim Reiten schwitzte, durchfuhr ihn beim Anblick der Berge ein Schauer. Er zweifelte nicht daran, dass der Weg durch die Osthörner kalt werden würde.

»Mehr Schnee als für gewöhnlich«, bemerkte Fydel, der vor Cerryl ritt. »Es könnte ein kalter Winter werden in Candar. Manchmal wäre ein Wetter-Magier schon hilfreich.«

»Aber nicht so einer wie der verfluchte Creslin, nein danke«, entgegnete Anya.

»Megaera war auch rothaarig.« Fydel lachte. »Vielleicht seid Ihr ein später Nachfahre.«

Feuer loderte aus Anyas Fingerspitzen, so lang wie eine Lanze. »Möchtet Ihr sehen, was ich vielleicht noch von ihr geerbt habe, lieber Fydel?«

Cerryl konnte spüren, dass Fydel seine Ordnungs-Schilde aufstellte, er erkannte auch, dass die Schilde des langbärtigen Magiers keineswegs stark genug waren, um die Macht abzuwehren, die um Anya erwuchs. Er schluckte. Wusste Faltar, welche Macht Anya besaß?

»Ich denke, der Obermagier wäre nicht sehr erfreut,

wenn wir uns gegenseitig mit Chaos-Feuer bewürfen.« Fydels Stimme klang spitz.

»Der Obermagier wird Eure Chaos-Kräfte schon zu verwerten wissen, Anya.« Jeslek drehte sich im Sattel um, seine Stimme klang milde, aber die sonnengoldenen Augen brannten. »Und auch Eure anderen Talente.«

Anya lächelte, noch strahlender als sonst und noch heuchlerischer. Die Chaos-Feuerlanze war verschwunden, als hätte es sie nie gegeben. »Stets zu Euren Diensten, edler Jeslek.«

»Gut. Und ich hoffe, Ihr alle gebraucht Eure Sinne, um die Straße zu studieren.« Jeslek wuchtete sich herum und nahm die Unterhaltung mit Klybel wieder auf.

Lyasa hüstelte und Cerryl sah zu ihr hinüber. Die schwarzhaarige Schülerin hob die Finger so wie Anya, dann zog sie die Augenbrauen hoch und flüsterte ganz leise: »Hast du das gesehen?«

Cerryl nickte.

»Wovon sprecht ihr?«, mischte sich Kochar ein.

»Über den Schnee«, antwortete Cerryl, er hatte das erste Wort genannt, das ihm eingefallen war und das einigermaßen Sinn ergab. »Fydel meint, dass es einen kalten Winter geben wird, weil schon so viel Schnee dort oben liegt. Lyasa wollte wissen, ob ich gesehen habe, wo er hingezeigt hatte.«

»Oh …«

»Ich fühle, dass es bald kälter werden wird.«

»Das ist mir ganz recht«, meinte Kochar dazu. »Mir ist das kalte Wetter ohnehin lieber.«

Cerryl war sich dessen nicht so sicher, obwohl sein Gesicht von der Sonne verbrannt war. Seine Beine schmerzten und die Muskeln hatten sich so sehr verkrampft, dass er die ersten Augenblicke nach dem Absteigen bestimmt wieder kaum stehen konnte.

»Du hast die Kälte in den Bergen noch nicht erlebt«, fügte Lyasa hinzu.

Darauf war Cerryl auch nicht sonderlich erpicht, er erinnerte sich an die Winter, als er noch bei Dylert in der Mühle gearbeitet hatte. Wieder verlagerte er das Gewicht im Sattel, sein Blick fiel erneut auf die Osthörner und dann auf den kurzen Schatten, den der Braune auf die harten weißen Granitsteine der Straße warf. Erst kurz nach Mittag, das bedeutete, sie hatten noch einen langen Ritt vor sich.

Cerryl holte tief Luft und versuchte, etwas lockerer zu werden.

Die Große Weiße Straße schien endlos zu sein und sie mussten den Fuß der Osthörner noch erreichen.

LXXXIX

Cerryl zog die schwere weiße Lederjacke fester um sich und stellte sich in die Steigbügel, um seine Beine zu wärmen. Am frühen Morgen bildete der Atem kleine Wolken vor seinem Mund. Obwohl der Himmel klar war und der Sonnenaufgang schon einige Zeit zurücklag, hatte die Sonne den Nebel aus dem östlichen Teil der Schlucht noch nicht vertrieben, durch den die Große Weiße Straße verlief.

Die Hufschläge hallten durch die Stille am Morgen, die jäh durch den Schrei einer Aaskrähe unterbrochen wurde, welche aufgeregt von einem toten Kiefernast aufflatterte, um dann über der künstlichen Schlucht zu kreisen.

»Erstaunlich«, murmelte Kochar. Er trug ein Lächeln im Gesicht, als störte ihn die Kälte nicht im Geringsten.

Cerryl beachtete die Bemerkung des Rothaarigen nicht weiter und setzte sich wieder in den Sattel. Er rieb sich den Oberschenkel, dann wechselte er die Zügel in die linke Hand und rieb sich den anderen. Der Braune schnaubte einige Male.

An manchen Stellen der grauen Steinwand der Schlucht hatte man den Eindruck, dass die Steine mit einem riesengroßen Messer abgelöst worden waren. Cerryl nickte zu sich selbst. Sogar er konnte das restliche Chaos dieser Arbeit, die Jahrhunderte zurücklag, noch fühlen.

Unterhalb der Wand verlief ein eisiger Wildbach, der die Straße vom tieferen Teil der Schlucht trennte. Er floss sogar im Herbst wild genug, sodass Cerryl und der Braune gelegentlich von einer leichten Gischt eingehüllt wurden, die sich wie Eis auf die Haut legte. Kleine Eisstücke hatten sich in der Nacht auf den Steinen an der Wand geformt, dort wo die Spätnachmittagssonne am Tag zuvor nur Schatten hinterlassen hatte.

»Erstaunlich …«, murmelte Kochar ein zweites Mal.

»Die Kälte oder die Straße?«, fragte Lyasa scharf.

»Die Straße. Sie ist aus Ordnung gemacht, doch durch Chaos geformt …«

Auch für Cerryl klang es logisch, dass ein Bauwerk, welches mit Ordnung gebaut wurde, länger Bestand hatte. Chaos besaß große Kraft, doch es war die Kraft der Zerstörung. Die großen Weißen der Vergangenheit hatten den Granit mithilfe des Chaos zerbersten lassen, die Steinmetzen hingegen hatten die Steine mit Ordnung und Kunstfertigkeit aneinander gefügt. Die Pflastersteine nutzten sich allmählich ab, aber das alte Straßengefüge hielt den Regengüssen noch immer Stand.

Cerryl fühlte Stellen, an denen größere Mengen an Chaos vorhanden waren, dort musste die Straße schon einmal ausgebessert worden sein, so vermutete er – oder Felsen waren aus der Wand gestürzt und beseitigt worden.

»Die Gilde hält sie mit Chaos in Stand«, erklärte Lyasa. »Das ist gut und schön, aber ich friere trotzdem. Ich komme aus Worrak. So kalt ist es in den Mittleren Osthörnern nicht einmal im tiefsten Winter.«

»In Gallos wird es noch kälter als in Certis«, sagte Fydel, der sich im Sattel umdrehte. »Dort – im Norden, wo Fenard liegt – ist die Haupterntezeit längst vorbei. Das kommt durch die Lage zwischen Ost- und Westhörnern.«

»Unser junger Cerryl weiß das bereits«, sagte Anya. »Er hat eine äußerst genaue Karte davon angefertigt.«

»Es blieb ihm schließlich nichts anderes übrig«, bemerkte Fydel.

»Fydel!« Anyas Stimme klirrte kalt wie das Eis an den Steinwänden.

Fydel richtete den Blick sofort wieder geradeaus auf Jesleks Rücken.

Lyasa hüstelte.

Cerryl warf ihr einen Blick zu und sah, wie sie die Worte »Pass auf!« mit den Lippen formte.

Er nickte, verstand nur zu gut. Wenn Anya sich allzu sehr für ihn interessierte, musste er vorsichtig sein – äußerst vorsichtig. »Es wird wärmer, wenn die Sonne auf die Straße scheint.«

»Das hoffe ich«, antwortete Lyasa.

»Erstaunlich«, sagte Kochar zu sich selbst.

Cerryl schüttelte den Kopf und beschloss, nicht mehr auf die Kälte in seinen Beinen zu achten und auch nicht auf seine kalten Ohren, und er hoffte, Anya würde ihre offenkundige Aufmerksamkeit jemand anderem zuwenden.

XC

Cerryl schwankte im Sattel, als ihn der Braune einen engen Pfad hinauftrug, der von der Großen Weißen Straße abzweigte. Vorneweg ritten Jeslek und die zwei anderen Magier, hinter ihnen folgten die Schüler und die Lanzenreiter, die sich Hunderte von Ellen hinter ihnen aneinander reihten.

Eine frische Schneeschicht bedeckte die Felsen und Grasflächen zwischen den vereinzelten Wacholdersträuchern und Krüppelkiefern, doch die Sonne schien stark genug, um den Schnee von den Bäumen zu schmelzen – zumindest auf der Sonnenseite. Der Braune trottete an einer Kiefer vorbei, die so tief über dem Pfad hing, dass Cerryl sich rasch ducken musste. Die Bergwinde hatten die Äste arg gebeutelt, sodass sie nur noch an der Südseite Nadeln trugen.

Vor Cerryl lag noch etwas Schnee auf dem Weg, doch er hatte keinen Zweifel daran, dass der Pfad hinter ihm schnell rutschig werden würde, da die Pferde der Lanzenreiter die feuchte Erde und den Lehm zusammen mit dem Schnee zu kaltem Schlamm verwandelten. Er hoffte nur, dass Jeslek einen anderen Rückweg fand. Cerryl atmete tief ein, die Mittagssonne war so warm, dass beim Ausatmen nicht einmal Dampfwölkchen entstanden.

Vor Cerryl ritt Lyasa und hinter ihm Kochar. Jeslek verschwand mit seinem schmutzig weißen Pferd hinter dem Grat, den Cerryls und Lyasas Rösser erst noch erklimmen mussten.

Cerryl atmete durch die Nase ein und stellte einen leichten Schwefelgeruch fest, der sich verstärkte, als der Wallach ihn über den Gipfel des Hügels trug. Vor ihm in einem kleinen Tal dampfte ein kleiner See, umgeben von grünlich blauen Weihern, aus denen ebenfalls Dampf aufstieg.

»Hier liegt der Schlüssel zu unserer Zukunft in Gallos.« Jeslek hatte sein Pferd auf einer kleinen Anhöhe angehalten, von der aus er den See und die heißen Quellen überblicken konnte. Mit einer ausladenden Geste deutete er auf das Tal.

Cerryl musste sich zusammennehmen, um nicht die Nase zu rümpfen bei diesem Schwefelgestank. Er blickte über die Schulter zurück auf den sich herabschlängelnden Pfad.

»Stinkt«, murmelte Kochar, der neben Cerryl und Lyasa zum Stehen kam.

»Natürlich riecht es hier. Es ist eine Chaos-Quelle«, belehrte ihn Lyasa.

»Chaos-Quelle?«, fragte Kochar, der sich die Eiskristalle aus den roten Haaren schütteln musste.

»Das Wasser stammt aus den Erdschichten, in denen das Chaos sich näher an der Oberfläche sammelt. Hast du deine Hausaufgaben denn nicht gemacht?«

»Oh ... ja ... Aber ich wusste nicht, dass es hier ist.« Kochar bewegte langsam seinen Kopf auf und ab.

Die *Farben der Weiße* besagten, dass der gesamte Kern der Erde mit Chaos angefüllt war, so wie die Sonne. Cerryl nickte unbewusst, als er sich das Gelesene in Erinnerung rief. Gut vorstellbar, dass sich ein Teil dieses Chaos näher an der Erdoberfläche befand.

»Cerryl«, rief Jeslek, »du solltest feststellen können, wo das Chaos-Feuer entspringt, das die Quellen speist. Du auch, Lyasa.«

»Ja, Ser.« Cerryl richtete sich im Sattel auf. Die Kälte, die durch seine weiße Lederjacke drang, spürte er nicht mehr, als er seine Sinne durch unterirdische Felsen und Wärmequellen wandern ließ.

»Und du, Kochar ... verfolge, was die beiden da tun.«

»Ja, Ser.«

Cerryl drang mit seinen Sinnen in die kleinen Weiher ein, die sich keine fünfzig Ellen unter ihm befanden, und spürte eine unklare, unruhige Linie von ... irgendetwas. Er schickte seine Sinne an dieser unsichtbaren, rötlich weißen Linie entlang, da fühlte er eine andere dunklere und tiefere Weiße, die die Felsen unter den Weihern und dem grünlich blauen See untersuchte.

Ein anderer Strom der Weiße – der eher einem rohen Rammsporn glich – raste an Cerryls Sinnen vorbei und bohrte sich in die Tiefe. Cerryl fühlte sich wie eine Fliege, die von einer Aaskrähe im Sturzflug zur Seite gedrängt wurde. Zitternd saß er auf seinem Braunen.

Kochar wurde geschüttelt wie ein verwelktes Blatt im Sturm. Sogar Lyasa schluckte.

Cerryl wischte sich über die Stirn, auf der ihm trotz der Kälte der Schweiß stand. Unter sich spürte er Jesleks Macht und Kraft, die die schemenhaften Muster der Dunkelheit und des rötlichen Chaos unter der Erde neu anordnete, sodass eine Fontäne rötlicher Weiße durch die Felsen und Quellen im Süden des Sees heraufsprudelte.

Der Boden bebte.

Jeslek saß auf seinem Ross und grinste hämisch, als eine Dampfwolke aus der Quelle und fast hundert Ellen in den grünblauen Himmel Candars stieg.

Regen, heißer Regen ergoss sich über den grünlich blauen See, dann fielen die Tropfen auch auf Cerryl und die anderen, sogar die Lanzenreiter weiter oben auf dem Pfad traf es.

»Das! Das ist erst der Anfang«, rief Jeslek, als an Stelle der Wolke nun eine drei Ellen hohe Fontäne kochenden Wassers aus der Erde schoss.

»Wie ...«, murmelte Kochar leise.

Hauptmann Klybel, dessen Pferd neben Jesleks stand, zog nur die Augenbrauen hoch.

Jeslek lächelte. »Ihr alle zweifelt noch, doch bald wird

es keinen Zweifel mehr geben. Die Erde selbst wird in Gallos aufbrechen, ihr werdet es sehen.« Er machte eine rüde Handbewegung zu Anya und Fydel. »Legt Eure Schilde nieder und schützt die Erde unter Euch. Denn ich werde das Chaos unter Euch erheben und Euch darin schmoren lassen, wenn Ihr meine Befehle nicht befolgt.«

»Jeslek …« Anya sprach mit ruhiger Stimme.

»Ich werde es tun und Ihr könnt mich nicht aufhalten. Auch Sterol wäre nicht in der Lage dazu. Nun tut, was ich sage.«

»Wie Ihr wünscht, Obermagier«, fügte sich Anya.

»Wie Ihr wünscht«, betete Fydel nach.

Cerryl beobachtete mit Augen und Sinnen, was nun geschah. Eine unsichtbare Dunkelheit sammelte sich in den Felsen, auf dem die beiden richtigen Magier standen, eine rötliche Weiße erwuchs aus der Tiefe, wuchs und verteilte sich um sie herum. Ein Arm davon schien zur Seite zu wandern, den Hügel hinauf und auf die Steine zu, auf denen die Pferde der Schüler unruhig schnaubten.

Schweigend baute Cerryl seinen eigenen Schild auf. Während er das tat, fühlte er die Gegenwart eines anderen Schildes unter der Erde und sein Blick wanderte zur Seite. Lyasa nickte. Keiner von beiden sprach ein Wort.

Wärme stieg rundherum auf und der braune Wallach tänzelte nervös umher, er warf den Kopf zurück und wieherte. Geistesabwesend tätschelte Cerryl den Hals des Pferdes. »Ruhig … ganz ruhig …«

Einen Schild aufrechtzuerhalten war niemals einfach, aber noch dazu auf einem Pferderücken, während gleichzeitig die Erde bebte, das war fast unmöglich. Cerryl wusste genau, dass Jeslek entweder wieder eine seiner Prüfungen durchführte – oder er versuchte, einen »Unfall« zu provozieren, um einen unliebsamen Magierschüler loszuwerden. Doch es spielte ohnehin keine Rolle.

Mit aller Kraft bündelte Cerryl die Ordnung um sich und die anderen und leitete das Chaos zurück zu dieser gewaltigen Ansammlung, die Jeslek aus der Tiefe der Erde geholt hatte, von so tief unten, dass Cerryl nicht feststellen konnte, wo Jeslek auf solche Kräfte gestoßen sein konnte.

Die Erde grollte.

Wiehernd warf der Braune den Kopf zurück, machte einen Satz zur Seite auf Anyas Pferd zu, eine schwarze Stute, die dem Wallach die Zähne zeigte.

»Ruhig ...«, murmelte Cerryl. »Ruhig.«

»Dunkelheit ...«, flüsterte Kochar. »Die Dunkelheit über uns alle.«

»Chaos ist wahrscheinlicher«, erwiderte Lyasa scharf. »Pass auf deine Schilde auf, wenn du nicht gebraten werden willst.«

Langsam bewegte sich die unterirdische Chaos-Ansammlung westwärts, weg vom See; die Fontäne in der Quelle verebbte zu braven schäumenden Blasen, wenngleich das Chaos selbst anschwoll. In Cerryls Schädel pochte es, doch er wagte nicht, den Schild loszulassen, nicht bei all der Macht, die Jeslek in der Hand hielt.

Er warf einen Blick zur Seite, über Lyasas Gesicht strömte der Schweiß und Anya hielt mit grimmigem Gesichtsausdruck den Anforderungen stand.

Wieder bebte die Erde.

Cerryls Unterkiefer fiel herunter, als die Erde nicht mehr aufhörte zu rumoren. Seine Augen wanderten über den nächsten Hügel hinaus nach Westen in Richtung Gallos – da, eine weitere Hügelkette schien sich zu erheben, in mehr als einer Meile Entfernung. Bildeten sich da wirklich neue Hügel? Sie erhoben sich über den einst höheren Hügel, der in nächster Nähe stand.

Cerryl schluckte schwer. Der Boden bewegte sich, hob sich, Dampfwolken entwichen aus den Felsspalten, die nun breit genug waren, um Pferd und Reiter zu verschlingen.

Er konzentrierte sich wieder voll und ganz auf die Schilde, die nun von den beiden vollwertigen Magiern und den drei Magierschülern gemeinsam aufrechterhalten wurden. Die Hügelkette wurde immer höher und der Boden um den See herum begann sich langsam zu bewegen.

Wieder schoss eine Fontäne in den Himmel, diesmal aus der Mitte des Sees, dann fiel sie so schnell, wie sie aufgetaucht war, zusammen. Dem folgte ein widerliches Blubbern und Gluckern, ein Vorhang aus Dampf versperrte für einen Augenblick die Sicht auf den See. Noch mehr heißer Regen fiel auf Cerryl und die anderen nieder, dann ließ der Regen nach und der Nebelvorhang teilte sich. Zum Vorschein kam eine wasserlose und dampfende Senke – durchzogen von einer fünf Ellen breiten Spalte.

Die Hügel im Westen wurden immer noch höher, ächzend, zitternd reckten sie sich mithilfe des Chaos aus der Tiefe dem Himmel entgegen. Chaos, das durch den Obermagier entfesselt und an die Oberfläche gejagt worden war.

Jeslek und sein Pferd standen wie Statuen auf dem Hügel, versteinert von der Macht der Kräfte, die aus und um den weiß gekleideten Magier mit dem weißen Haar entstanden.

Bäche stürzten plötzlich von den Hügeln nördlich von Cerryl, gespeist aus dem nun geschmolzenen Schnee. Der Boden bebte wieder, nun im Süden, und die nebelverhangenen Berge wuchsen weiter in die Höhe.

Cerryl saugte das Chaos auf, das vom Haupt-Chaos-Strom wegfloss, und lenkte es auf sich und die anderen, dann presste er es mit Gewalt zurück zu dem Obermagier, um es von den Ordnungs-Schilden abzuhalten, die er und die anderen – hauptsächlich Anya und Lyasa – aufrechterhielten.

Die Große Weiße Straße im Norden der Gruppe bebte leicht, als die Hügel zitternd himmelwärts strebten, Chaos und Dampf verschlangen sich zu einer schmückenden Girlande um die neuen Berge.

Die Nachmittagssonne berührte bereits die nebelverhangenen, neu entstandenen Gipfel, da flaute das Grollen in der Erde zu einem leisen Rumoren ab, nun im Süden.

Cerryls Kopf schmerzte und er sah Sterne vor den Augen – wegen der Anstrengung, die Schilde zu halten und gleichzeitig nicht vom Pferd zu stürzen. Nicht dass er es dem Braunen verübelte, der hatte bestimmt nicht annähernd so viel Angst gehabt wie Cerryl, der schon befürchtet hatte, den nächsten Sonnenaufgang nicht mehr zu erleben.

»Iss etwas vom Reiseproviant, du Narr«, zischte Lyasa, »bevor du aus dem Sattel fällst.« Ihr Gesicht war kreidebleich.

»Du solltest das Gleiche tun«, gab Cerryl mit krächzender Stimme zur Antwort, während er nach dem kleinen Proviantsäckchen suchte.

Harter Käse und trockenes Brot halfen ihm, wieder zu Kräften zu kommen; vorher hatte er allerdings Mund und Lippen befeuchten müssen, um überhaupt schlucken zu können. Die blinkenden Sterne vor seinen Augen verschwanden langsam, er fühlte sich jedoch noch immer etwas benommen, was sich auch nach dem Essen nicht legte.

Jeslek, der die ganze Zeit beinahe wie eine Statue auf seinem Pferd verharrt hatte, lenkte plötzlich sein Ross herum, als wäre nichts geschehen. »Ihr seht, Anya, Fydel – es ist nicht so schwierig, Chaos durch den Grund zu führen und damit neue Berge zu schaffen. Dennoch … wir müssen die Straße schützen – und das wird Eure Aufgabe sein … und die der Schüler.« Jesleks sonnengelbe Augen funkelten zu den drei Magierschülern.

»Für den ersten Versuch waren eure Schilde nicht schlecht, aber alle drei müsst ihr darin noch besser werden.« Jeslek wandte sich an Klybel. »Nun, Hauptmann, lasst uns zur Weißen Straße zurückkehren. Wir reiten weiter nach Gallos.«

»Er wird doch nicht noch mehr Berge schaffen wollen, oder?«, fragte Kochar.

Lyasa und Cerryl starrten den Rotschopf nur an.

Kochar schluckte und senkte den Blick auf die Mähne seines Pferdes.

Cerryl sah sich um. Nach Norden und Osten hin schien alles wie vorher zu sein, aber im Westen … Dort erhoben sich nun richtige kleine Berge vor dem Horizont, die vorher nicht da gewesen waren.

Die Große Weiße Straße war unberührt geblieben, auch wenn dies wohl eher unbedeutend war im Vergleich zur Schaffung der neuen Höhenzüge.

Hatte Jeslek Chaos hervorgerufen – und die Große Straße gleichzeitig abgeschirmt? Warum? Mit seiner Macht hätte er bestimmt einen neuen Durchbruch durch das frisch entstandene Gebirge schlagen können. Cerryl kratzte sich am Kopf und plötzlich wurde ihm bewusst, dass sich sein Gesicht heiß anfühlte, beinahe verbrannt.

Chaos glich dem Licht der Sonne, nicht wahr? Er warf einen Blick auf Lyasa, die ihr Pferd herumlenkte. Das Gesicht der schwarzhaarigen Schülerin wirkte dunkler als zuvor. Kochars Stirn und Wangen leuchteten rot.

Cerryl nahm den Braunen herum, die Muskeln seiner Oberschenkel befanden sich wieder einmal kurz vor einem Krampf.

»Zurück zur Straße!« Klybels Befehl übertönte das Zischen der dampfenden Felsen, über die das Schmelzwasser in den aufgeheizten See und in die Quellen floss.

Das Stehen in den Steigbügeln half zwar gegen die beginnenden Krämpfe, doch den steifen Gliedern und wunden Stellen brachte es keine Erleichterung.

XCI

In der Dunkelheit, in einiger Entfernung zum Lagerfeuer, zog Cerryl seine weißen Lederstiefel aus, die zwar mit Chaos-Staub bedeckt, aber frei von Schmutz und Schlamm waren, und streckte sich auf seinem harten Lager aus. Er schaute noch einmal neidisch zu dem weißen Stoffzelt, in dem Jeslek sich auf einem bequemen Feldbett zurücklehnen konnte. »Ohhh ... Dunkelheit ...«

Im Osten erleuchtete ein schwaches Glühen den Horizont: der rot geränderte Schein der geschmolzenen Felsen, die aus dem Boden geschleudert worden waren, während Jeslek die Hügel zu Bergen hatte wachsen lassen.

Cerryl atmete mehrere Male tief durch.

»Sogar am Boden ist es bequemer als im Sattel«, bemerkte Lyasa trocken.

»Er ist hart«, jammerte Kochar, unversöhnlich saß er auf seiner Bettrolle, die Stiefel immer noch an den Füßen. »Zu hart zum Schlafen.«

»Versuch es«, schlug Lyasa vor.

»Ich gehe zurück zum Feuer. Mir ist kalt.« Kochar stand auf und schlenderte zurück in die Richtung des Zeltes, dessen weiße Stoffbahnen sich im Licht des langsam niederbrennenden Feuers orange färbten.

Das geräuschvolle Hantieren der Lanzenreiter, die ihre Bettrollen ausbreiteten, und ihre gedämpften Gespräche verbreiteten eine sommerliche Stimmung, obwohl der Sommer in Gallos schon längst vorüber war; auch die kalte Brise aus Nordwesten ließ diesen Gedanken absurd erscheinen, sie brachte den Geruch von feuchtem und verfaulendem Gras mit sich.

Lyasa rückte ihr Bettzeug näher zu Cerryl, dann zog

sie sich die Stiefel aus und wickelte sich in ihre Decke. »So können wir uns unterhalten und niemand wird sich etwas dabei denken.«

O doch, sie werden sich etwas denken. »Das bezweifle ich.« Cerryl zitterte, obwohl er sich mit zwei Decken zudecken konnte. Er fühlte sich ein wenig schlecht deswegen und breitete die Hälfte der oberen Decke über Lyasa.

»Das ist schon besser. Viel wärmer.« Die schwarzhaarige Schülerin lachte sanft. Mit den Lippen keine Spanne von Cerryls Gesicht entfernt, kitzelte ihr Lachen in seinem linken Ohr. »Sie werden denken, dass zwei Lehrlinge es sich einfach so angenehm wie möglich machen. Jeslek und Anya sind daran gewöhnt, die beiden treiben es wie die Karnickel bei jeder sich bietenden Gelegenheit.«

»Bist du sicher?«

»Mich hat es bisher noch nicht getroffen. Mein Glück ist, dass ich unter seiner Würde bin. Anya kennt keine Würde, nicht wenn es ihr weiterhilft.«

»Ich weiß.« Cerryl dachte an den armen Faltar, der nur Anyas Schönheit sah und das betörende, aber falsche Lächeln. »Ich weiß.« Dann fügte er hinzu: »Warum erzählst du mir das?«

»Wem sonst könnte ich es erzählen? Ich bin nur eine kleine Magierschülerin, jeder vollwertige Magier, der mich will … ich kann nicht einfach fortgehen …«

Cerryl schnürte sich der Hals zu. »Es tut mir Leid. Ich … ich dachte, nur mir erginge es so.«

Lyasa lachte wieder, halb herzlich, halb bitter. »Auch das weiß ich. Wir sind uns sehr ähnlich, du hast keine Familie und ich bin eine Frau mit der Begabung für Chaos. Was dich betrifft …« Lyasas Stimme ließ einen Ton des Bedauerns erkennen. »… hatte ich Unrecht. Ich möchte deine Freundin sein, wollte es schon immer. Du kannst über meinen Körper verfügen, wenn du willst.«

»Ich verstehe nicht. Ich habe nicht danach gefragt …« Cerryl schluckte.

»Nein. Und das wirst du auch nie tun. Wir beide wissen, warum.«

Es bereitete Cerryl beinahe Schmerzen. Leyladin. Mehr als ein paar Worte hatte er mit der grünäugigen Grauen Magierin noch nicht gewechselt. »Du sagtest ...«

»Ja ... und ich hatte Unrecht. Deshalb bin ich deine Freundin und deine Verbündete. Wenn du Sterol und Jeslek – und Anya – überlebst, kannst du uns alle retten.«

Cerryl schüttelte den Kopf. »Ich bin noch immer ein Schüler und Jeslek lässt keine Gelegenheit aus, mich auf irgendeine Art zu prüfen.«

»Das sind keine Prüfungen, Cerryl. Er möchte, dass du einen Fehler begehst, der dich vernichtet. Er wagt es nicht, dich einfach so zu töten. Du musst stark genug sein, ihm zu widerstehen, wenn er Sterol als Erzmagier ablöst.«

Jeslek sollte Erzmagier werden? Wie konnte es auch anders sein mit der Macht, über die er bereits verfügte? Aber wie konnte sich Cerryl dieser geballten Macht widersetzen?

Lyasa streckte den Arm aus und drückte ihn. »Du bist nicht allein.«

Ihre Worte hallten noch in seinen Ohren wider, selbst als er langsam einschlief. Er genoss den Trost ihrer Nähe, einfach ihre Nähe. »Du bist nicht allein. Du bist nicht allein ...«

Und trotzdem geisterte eine Magierin mit roten Glanzlichtern in den Haaren durch seine Träume. Er sah sie durch endlose Korridore wandeln, Korridore, die er niemals betreten durfte; er träumte und fragte sich, ob er Leyladin wohl je wieder sehen würde. Und was er unternehmen würde, wenn es geschähe.

XCII

Cerryl zog die weiße Lederjacke fester zu, um sich gegen den feuchten Nordwind zu schützen. Sein Blick wanderte über die lange Reihe von Lanzenreitern, die wartend auf der Großen Weißen Straße standen.

Vor ihm bäumte sich Jeslek auf und sammelte wieder Chaos, so viel, dass seine Jacke und die Hose silbern und weiß im grauen Nebel zu glänzen schienen. Ein leichter Nieselregen fiel aus den niedrig hängenden Wolken.

Eine Trompete ertönte, aus weiter Ferne zuerst, dann wurde sie lauter. Eine Kolonne von Soldaten in Purpur erschien auf dem Hügel im Norden der Großen Straße.

»So … die Galler wollen also ihre Kräfte messen.« Jeslek lachte so laut, dass Cerryl es deutlich hören konnte. »Viel wird es ihnen nicht nützen.«

Klybel, der neben dem Obermagier stand, schwieg, als ein Soldat in dunklem Purpur den Hügel herunter und auf die Magier zu ritt. Er trug einen glänzenden, ovalen Eisenschild, die blau gemusterte Flagge des Boten hing schlaff an der Fahnenstange im Lanzenköcher. Regentropfen liefen an dem kalten Metall herunter, als der Bote gut dreißig Ellen entfernt vor Jeslek stehen blieb.

Cerryl massierte seinen Nacken. Bis jetzt plagten ihn nur schwache Kopfschmerzen.

»Ihr habt eine Nachricht zu überbringen?«, fragte Klybel.

»Man hat mir aufgetragen, Euch darüber zu unterrichten, dass die Straße Euer ist, Magier, aber nur die Straße.«

Jeslek warf einen Blick auf den Boten und dann auf die mächtige Streitkraft auf dem niedrigen Hügel im Norden. Ein schiefes Lächeln zog seine dünnen Lippen auseinander und der Regenschleier öffnete sich um ihn.

»Richtet Eurem Hauptmann aus, dass die Straße in der Tat unser ist und dass es uns freisteht, die Handelsrechte auf dieser Straße zu schützen. Und die Rechte Fairhavens, die seit langem schon in Candar bestehen und von den Weisen und Mächtigen respektiert werden.«

Der Bote runzelte die Stirn. »So werde ich Eure Botschaft weitergeben.«

»Sagt Eurem Hauptmann auch, dass es zu seinem Vorteil gereichen würde, mit größter Vorsicht nach Osten weiterzuziehen und über das nachzudenken, was er dort vorfinden wird.« Jesleks Augen funkelten.

Das Gesicht des Boten wirkte wie versteinert im Schleier des Nebels, der alle Reiter einhüllte. »Er wird Eure Worte vernehmen, Magier.«

»Es wäre gut, wenn er lange und genau darüber nachdenken würde«, fügte Jeslek hinzu. »Sehr lange und sehr genau. Und nun geht.«

Der Bote nickte, er presste die Kiefer aufeinander, als er sein Pferd herumnahm und den leichten Hang hinauf zu den wartenden gallischen Streitkräften ritt.

»Eure Worte werden sie nicht sehr erfreuen«, bemerkte Klybel.

»Das lag auch nicht in meiner Absicht. Wie viele Jahrzehnte Arbeit und wie viel Gold haben wir in die Große Weiße Straße gesteckt, um sicherzustellen, dass Candar stark und vereint bleibt?« Jesleks Augen loderten mittlerweile. »Jetzt, wo die Straße bis an die Westhörner reicht, will dieser … Schwächling von Präfekt sie an sich reißen.«

»Sie sind in großer Überzahl.« Klybels Augen wandten sich nicht von der gallischen Menge ab.

»Zahlen …« Ein breites Grinsen, das gelbe Zähne zum Vorschein brachte, erhellte Jesleks Gesicht ein wenig. »Ihr sollt Euch nicht um Zahlen Gedanken machen, Hauptmann Klybel.«

»Wie Ihr wünscht, Ser.«

»Ich wünsche es.« Jeslek sah den gallischen Streitkräften nach, die nun nach Norden zogen, fast parallel zur Kolonne der Weißen Lanzenreiter, doch mehr nach Norden als nach Westen.

Als die purpurn gekleideten Soldaten hinter ihnen verschwunden waren, bearbeitete Jeslek den Boden erneut mit dünnen Chaos-Pfeilen – so glaubte Cerryl zu spüren. »Sie werden in der Tat vieles finden, worüber sie nachdenken sollten, und noch mehr auf dem Rückweg. Viel mehr.« Er blickte auf und sah Anya, Fydel und die drei Magierschüler an. »Heute Nachmittag werden wir gleich noch eine neue, an die erste anschließende Hügelkette erschaffen.« Die goldgelben Augen richteten sich auf den langbärtigen Magier. »Fydel, ich befehle Euch, die Galler durch Euer Glas zu verfolgen. Ich wünsche es zu erfahren, sollte diese Streitmacht – oder auch eine andere – sich uns noch einmal nähern.«

»Wie Ihr befehlt, Obermagier.« Fydel neigte den Kopf.

»Ich hoffe, dies geschieht im Einvernehmen mit dem Erzmagier«, sagte Anya sanft.

»Dies hier liegt ganz in meinem Ermessen als Obermagier, liebe Anya«, erwiderte Jeslek freundlich, doch in seinem Innern kochte das unsichtbare Chaos.

Unsichtbar, doch nicht unmerklich ... Cerryl schauderte, und das nicht vor Kälte oder wegen des Regens.

XCIII

Als sich die Winde erwärmten und Regen und Schnee weniger dicht auf die Westhörner fielen, suchten nur noch wenige Schutz in Westwind; die Sommerhitze warf jene nieder, die an die kühlen Höhen gewöhnt waren, und ihre Ernten und Herden gingen zu Grunde.

Nun ohne die Kraft des Amuletts der Ordnung, das Creslin nach Recluce getragen hatte, versuchte die Marschallin von Westwind die Völker Sarronnyns und Südwinds davon zu überzeugen, zu ihr zu stehen und ihr mehr Gold zu überlassen.

Da man die doppelschneidigen Schwerter der Garde von Westwind fürchtete, schworen die Völker von jenseits der Westhörner der Marschallin erneut die Treue.

Und noch während sie schworen, rotteten sie sich in der Dunkelheit zusammen, die sie über das einst strahlende Land im Westen gebracht hatten, und sie schmiedeten einen Plan, wie sie die Marschallin zu Fall bringen und die Reichtümer, über Generationen hinweg auf dem Dach der Welt angesammelt, unter sich aufteilen konnten.

Denn Ehre besaßen sie keine mehr nach all den Jahren, in denen Westwind die Wiederherstellung dieser Ehre durch die Gilde verhindert hatte, welche die größten Anstrengungen auf sich genommen hatte, um das alte Unrecht zu beseitigen.

In der ihnen eigenen Unehrenhaftigkeit luden sie die Marschallin nach Südwind ein, wo sie Gold und Korn erhalten und wo ihr Tribut gezollt werden sollte. Die Marschallin verließ ihre Schwarzen Türme und reiste zum großen Festessen; zuerst regneten Blütenblätter auf sie hernieder und später ragten Pfeile aus dem Blütenschmuck.

Die Marschallin war nicht ohne Weitblick gewesen und hatte ihre Tochter und die beste Waffenmeisterin der Garde auf dem Dach der Welt zurückgelassen. Die neue Marschallin versammelte sogleich die gesamte Garde von Westwind um sich und gelobte, dass diejenigen, die für dieses Verbrechen verantwortlich zeichneten, dafür bezahlen mussten.

Während der Vorbereitungen auf diesen Vergeltungsschlag traf ein fahrender Sänger in Westwind ein; ein Sänger, altbekannt und deshalb vertrauenswürdig und gern gesehen. Doch der Sänger – obschon Gesicht und Stimme die Gleichen schienen – war nicht derselbe wie früher, sondern stand nun im Dienste der Tyrannin von Sarronnyn.

Beim Gesang entzündete der Sänger eine Kerze, eine wunderbare Kerze, gezogen nach dem Modell von Westwind – und diese Kerze explodierte mit den alten Feuern des Westens und forderte das Leben der neuen Marschallin, der Waffenmeisterin und der höchsten Mitglieder der Garde Westwinds.

Dieser Verrat zahlte sich jedoch nicht aus für die Tyrannin, denn die verbliebenen Gardisten rafften die gesamten Schätze Westwinds zusammen, erhoben ihre Schwerter und schlugen eine Schneise des Blutes bis zum Meer.

Dort bemächtigten sie sich eines Schiffes und zwangen die Mannschaft, nach Recluce zu segeln, wo sie all das Gold, angesammelt über Jahrhunderte in Westwind, Creslin zu Füßen legten und ihm ihre Dienste anboten …

DIE FARBEN DER WEISSE
(Handbuch der Gilde von Fairhaven)
Vorwort

XCIV

Der Niederschlag, der am Morgen als kalter Nieselregen begonnen hatte, hatte sich zu einem nachmittäglichen, durch Chaos aufgeheizten Nebel entwickelt, der alle Magier mitsamt ihrer Pferde einhüllte. Die Weißen Lanzenreiter führten die Tiere durch den heißen Nebel entlang der Straße, um Abstand zwischen sich und den hochkonzentrierten Magiern und Studenten zu schaffen, die das Chaos tief unter den Hochebenen von Gallos aufrührten. Die Rösser rutschten seitwärts weg, mussten auf dem bebenden Grund geführt und beruhigt werden, während laute Dampfexplosionen die Hügel formten, die keine zwei Meilen weiter im Norden erwuchsen.

»Haltet das Chaos unter den oberen Felsen!«, schrie

Jeslek; das erste Mal vernahm Cerryl so etwas wie Beunruhigung in der Stimme des Obermagiers. »Haltet es unten!«

Die unsichtbare Wand aus Ordnung und Dunkelheit, die sie im Norden der Straße errichtet hatten, drohte unter der Last der wachsenden und sich ausbreitenden rötlich weißen Chaos-Kraft zu bersten.

»Mehr … alle zusammen«, stöhnte Anya. »Du gibst … nicht alles … Fydel, dafür wirst du als Erster schmoren.«

Die Dunkelheit verdichtete sich.

Cerryl warf einen Blick auf die Straße, wo Jeslek weit ab von den anderen stand, ein weißer Punkt inmitten des Chaos. Das Chaos schimmerte heller als Licht, das sich in der Dämmerung auf einer ruhigen Wasseroberfläche spiegelte. Unter Cerryls Blick strahlte das Licht um Jeslek nur noch mehr.

Tief in der Erde grollte ein Donner und schüttelte den Boden, sodass Cerryl es deutlich durch die Stiefel spüren konnte.

Eines der Pferde, das von einem Lanzenreiter gehalten wurde, wieherte laut.

»Ruhig, du verdammtes Biest! Sei ruhig!«

Cerryl machte einen Schritt nach vorn und versuchte, sein Gleichgewicht und die Konzentration auf das Zusammenspiel von Ordnung und Chaos wieder zu erlangen.

»Die Dämonen sollen ihn verdammen …«, murmelte Anya leise. »Die Dämonen sollen ihn verdammen …«

»Still …«, stöhnte Fydel.

Der Schweiß, die restliche Feuchtigkeit des Regens und der heiße Nebel fügten sich zu Wasserströmen zusammen, die den Magiern über ihre Gesichter liefen, selbst über die weichen Gesichtszüge der rothaarigen Anya; ihr Haar klebte an der Stirn.

Schwefelgeruch stieg mit dem Dampf auf, der aus dem wogenden und sich wölbenden Boden entwich, und zog nach Norden und Westen über die Magier hinweg auf die Lanzenreiter zu.

Cerryl schluckte und unterdrückte ein Würgen.

Kochar hinter ihm hatte sich nicht so weit unter Kontrolle.

»Du hast ... keine Zeit, dich zu übergeben ... Halte den Schild aufrecht«, forderte Anya.

Kochar würgte erneut, doch dann stellte er seine Ordnung den anderen wieder zur Verfügung.

Das Wiehern der verängstigten Pferde mischte sich unter das Rumoren des Erdbodens, der einst die lieblichen Hügel des hohen Graslandes bedeckt hatte.

Beim nächsten Beben wischte sich Cerryl mit dem Ärmel über die Stirn und konzentrierte sich weiter darauf, das Chaos zurück in die Tiefen unter die wachsenden Hügel zu lenken, fort von der Straße. Ihm fiel das Lenken des Chaos leichter, als den Ordnungs-Schild gegen die Hitze und die rötlich weiße Macht aufrecht zu halten, die Jeslek heraufbeschwört hatte.

»Gleich ...«, rief Anya mit rauer Stimme.

»Wenn ... er nicht noch mehr ... Chaos verliert ...«, antwortete Fydel darauf.

»Weiter ... haltet durch ...«

Der braunhaarige, schmalgesichtige Magierschüler wendete eine weitere Chaos-Welle ab und führte sie zurück zu der Erhebung, die bereits ein kleiner Berg geworden war, zwei Meilen oder mehr nördlich der Großen Weißen Straße.

»Jetzt kein neues Chaos mehr ...«, schrie Jeslek. »Einfach ... halten ... nicht zu lange.«

»Sagt er ... so einfach«, flüsterte Lyasa so leise, dass Cerryl die Worte fast nicht verstanden hätte.

Er nickte kurz, schwieg.

Langsam verebbte der Druck des Chaos und verschwand schließlich völlig.

»Macht weiter!«, befahl Jeslek.

Cerryl musste sich erneut den Schweiß abwischen, doch auch das half nichts, ihm lief weiter die salzige Brühe in die Augen, die ohnehin schon brannten.

Ein leichter, heißer Windstoß wehte noch mehr Schwefelgestank zu ihnen herüber. Cerryl schluckte die bittere Galle hinunter, die in ihm hochzusteigen drohte.

»Besser …«, sagte Fydel. »Besser.«

Anya richtete sich auf. »Gut. Ihr könnt euch jetzt ausruhen.«

Jeslek fuhr herum und machte sich ungewöhnlich langsam auf den Weg zu den anderen Magiern. Er blieb stehen und beugte sich keuchend nach vorn; er musste anscheinend erst zu Atem kommen.

»Sogar Jeslek … hat sich überanstrengt.«

»Er wird nicht einmal merken, was er angerichtet hat«, antwortete Fydel.

Kochar und Lyasa wechselten Blicke.

Jeslek blieb etwa ein Dutzend Ellen entfernt von der Gruppe der Magier stehen, er strich sich sein langes weißes Haar zurück. »Das ist ein guter Anfang für den Präfekten. Nun hat er etwas, um das er sich wirklich Sorgen machen kann.«

Wie um Jesleks Worte zu unterstreichen, bebte die Erde noch einmal … und bäumte sich auf; die Hügel im Norden setzten zitternd ihren Weg nach oben fort und verdeckten die Spätnachmittagssonne.

Aus Norden und Westen strömte der widerliche Schwefelgestank zu Cerryl, der Jeslek beobachtete.

Zum ersten Mal sah der Obermagier erschöpft aus, sein Gesicht verhärmt, beinahe bedrückt. Das weiße Haar, das sonst glänzte, hing nun stumpf und leblos herunter, im Gesicht wuchs ein grauer, stoppeliger Bart.

Cerryl ließ sich auf die niedrige Mauer neben der Straße fallen, ihm war heiß vom Chaos und Sterne tanzten vor seinen müden Augen, die zudem noch höllisch brannten. Nach einer Weile hob er den Kopf, er wünschte, er hätte seine Wasserflasche mitgenommen, als er vom Pferd gestiegen war.

Lyasa saß neben ihm und bot ihm ihre Flasche an.

»Danke. Warum habe ich nur nicht selbst daran gedacht?«

»Ich werde später von deinem Vorrat trinken. In dieser Gegend wird es nun nicht mehr viel Wasser geben, schätze ich.«

Cerryl nahm einen langen, wohltuenden Schluck und nickte anschließend. Alle Wasserläufe waren wahrscheinlich ausgetrocknet, umgelenkt oder zu Dampf verwandelt worden. Die Hügel, oder besser die kleinen Berge, die sich nun zu beiden Seiten der Großen Straße erstreckten, strahlten weiterhin eine unbarmherzige Hitze ab.

Klybel ritt aus östlicher Richtung heran und blieb kurz vor Jeslek stehen.

»Wir haben beinahe ein Dutzend Packpferde verloren, Ser. Der Gestank und das Beben hat die leicht erregbaren Rösser erschreckt. Sie haben sich losgerissen.«

»Wir werden neue Pferde besorgen.« Jeslek nickte geistesabwesend. »Ja, neue Pferde.«

Der Hauptmann der Lanzenreiter warf einen Blick nach Nordosten, wo eine weitere niedrige Wolkenbank neuen Regen versprach. »Werden die Galler zurückkehren? Was glaubt Ihr, Ser?«

Jeslek wandte sich an Fydel, der auf der Mauer neben der Straße saß. »Fydel, findet heraus, wo die Galler gerade sind.«

»Ja, Obermagier.« Fydel rappelte sich auf und ging hinüber zu den Lanzenreitern, die das Pferd des Magiers in ihre Obhut genommen hatten.

»Wir brauchen Wasser für die Pferde«, fuhr Klybel fort. »Eure Berge haben die Bäche ihren Lauf ändern lassen.«

Der weißhaarige Magier starrte hinauf zu den Wolken.

»Die Gräben neben der Straße werden in Kürze überquellen vor Wasser. Wartet nur ab.«

Der Hauptmann der Lanzenreiter runzelte die Stirn und antwortete: »Wie Ihr befehlt, Obermagier.«

Jeslek sah Fydel zu, der sich auf das kleine Glas konzentrierte, das auf der Mauer neben der Straße lag.

»Die Galler haben ihr Lager zehn Meilen östlich von hier aufgeschlagen«, berichtete Fydel schließlich.

»Sie werden morgen früh hier sein«, schloss Jeslek daraus. »Wir müssen uns ausruhen und essen.«

»Hier?«, fragte Klybel.

»Keiner der Magier – oder Magierschüler – hat die Kraft, jetzt weiterzureiten. Wenn Eure Lanzenreiter Wasser brauchen, schickt sie truppweise nach Südwesten. Das ist im Augenblick der einzig sichere Ort neben diesem hier.« Jeslek hustete. »Oder zurück, den Gallern entgegen.«

»Nach Südwesten.« Klybel wendete sein Pferd.

Cerryl saß noch immer auf der Mauer neben der Straße. Wie Lyasa und Kochar keuchte auch er noch schwer und kam nicht recht zu Atem.

»Derka … er hat gesagt, dass das nicht möglich wäre.« Lyasa rückte näher zu Cerryl.

»Er hatte … Unrecht.« Wie oft würde Jeslek den älteren Magiern noch beweisen, dass sie Unrecht hatten?, fragte sich Cerryl.

Nach einer Weile stand er auf und stellte fest, dass seine Füße noch wunder waren, als er es sich ausgemalt hatte. Er humpelte zu seinem Braunen, der die Trockenkekse und den harten Käse in den Packtaschen trug. Cerryl musste etwas essen, egal was.

XCV

Cerryl hockte auf der Mauer und trank in kleinen Schlucken aus seiner Wasserflasche; er hatte sie am Abend zuvor mit Regenwasser gefüllt und dieses dann mithilfe von Chaos-Feuer sieden lassen – ganz nach Myrals Anweisungen. Seine Kopfschmerzen waren über Nacht etwas besser geworden. Das Frühstück hatte zwar nur aus hartem Käse und trockenen Keksen bestanden, doch es hatte ihm ein wenig auf die Beine geholfen – es hatte gereicht, um das Pochen in seinem Kopf zu lindern, war jedoch nicht genug gewesen, um es ganz zu vertreiben.

Der Tag versprach kalt zu werden, die Morgensonne wurde von hohen Schleierwolken verdeckt, die aus Süden herandrifteten und vermutlich in der Hitze über Kyphros und über dem Südlichen Meer entstanden waren.

»Wir werden uns irgendwo neue Vorräte beschaffen müssen«, bemerkte Lyasa. »Die Säcke auf den Packpferden sind fast leer.«

»Nein«, meinte Kochar trocken, »Jeslek wird verlangen, dass die Magierschüler Chaos in Essen verwandeln. Das sollte jeder gute Magier beherrschen.«

Kochar konnte Jeslek sehr gut nachahmen und Lyasa und Cerryl mussten lachen. Dann sahen alle drei die Straße hinunter, wo Fydel noch über dem Spähglas brütete. Jeslek wartete hinter Fydel und Anya sah von der anderen Straßenseite aus zu. Alle drei machten grimmige Gesichter.

»Das gefällt mir nicht«, murmelte Lyasa.

Cerryl fühlte ebenso. »Gallische Soldaten, was glaubst du?«

»Er versucht sie gerade mit dem Glas aufzuspüren«, wusste Kochar zu berichten.

»Ich kann es kaum erwarten«, schnaubte Lyasa.

Cerryl beschloss für sich, dass er lieber abwartete.

»Klybel!«, rief Jeslek.

Anya winkte den Magierschülern, sie sollten sich zu ihnen gesellen.

»Hab ich es euch nicht gesagt«, murmelte Lyasa, als die drei zu den anderen Magiern gingen.

Klybel ritt an ihnen vorbei und brachte sein Pferd vor Jeslek zum Stehen.

»Die Galler reiten wieder westwärts«, verkündete Jeslek, noch bevor die jungen Magier die Gruppe erreicht hatten. »In unsere Richtung. Sie sind noch gut fünf Meilen von hier entfernt, etwa eine Meile südlich der Straße auf einem älteren Pfad.«

»Wie viele Lanzenreiter sind dabei?«, fragte Klybel.

Jeslek sah Fydel an.

»Ich würde sagen, zwanzig Züge, in etwa.«

»Zwanzig Züge gallische Lanzenreiter«, wiederholte Klybel nachdenklich. »Wir verfügen nicht einmal über vier Züge.«

»Könnt Ihr Eure Soldaten so aufmarschieren lassen, dass alle Galler an einem Ort zusammengetrieben werden? Oder fast alle?«, fragte Jeslek, während er sich den Nacken mit der linken Hand massierte.

»Wir müssen lediglich unsere Truppen auf der Großen Weißen Straße belassen – dort wo die Hügelkette die Straße schneidet. Den Grat müssen sie überqueren. Sie werden die Straße nicht nehmen, weil sie zu schmal ist, und Ihr Magier könnt sie einen nach dem anderen vernichten.«

»Sehr gut.«

»Wenn Ihr allerdings nicht in der Lage seid, sie aufzuhalten«, fügte Klybel hinzu, »werden wir alle sterben.«

»Wir werden mehr tun, als sie nur aufzuhalten.« Jeslek lächelte und zeigte dabei seine gelben Zähne. »Ihr müsst Eure Lanzenkämpfer auf dem Hügel vor der Straßenmauer aufstellen, damit wir genügend Zeit haben, unsere Chaos-Feuer auf die Galler zu werfen, wenn sie vorstoßen.«

»So wird es geschehen.« Klybel neigte den Kopf. »Mit Eurer Erlaubnis werde ich jeweils eine Kompanie im Osten und im Westen der Straße postieren. Das sollte ausreichen, um die Flanken zu schützen, zumindest bis Eure Magier eingreifen können.«

»Wie Ihr es für richtig befindet, Hauptmann. Wir werden uns darauf einstellen.«

Klybel nahm sein Pferd herum und ritt nach Osten, wo der Großteil der Weißen Lanzenreiter das Lager an einer geschützten Stelle neben der Straße unter einem Felsvorsprung errichtet hatte.

»Wieder liegt ein arbeitsreicher Tag vor uns.« Jeslek streckte sich und warf einen Blick zu Anya, dann zu Fydel. »Die Galler werden angreifen. Eine große Dummheit … aber sie werden angreifen.«

»Seid Ihr überzeugt davon?« Fydel schüttelte den Kopf und blickte zu den Hügeln im Süden der Großen Straße, die noch nicht zu Bergen erhoben worden waren – im Gegensatz zu jenen im Osten und Norden.

»Sie haben gestern nur nach einem Grund gesucht, um anzugreifen. Nun, da sie wissen, dass wir die Berge geschaffen haben, haben sie ihren Grund.«

»Aber … Ihr habt Berge wachsen lassen! Sie sollten doch darüber nachdenken …«

»Es ist schon viele Jahre her, dass die Gilde ihre wahre Macht gezeigt hat. Ein einziger, alternder Magier in Fenard kann diese Macht nicht unter Beweis stellen.« Jeslek zuckte mit den Schultern. »Sie werden zuerst etwas Unmögliches verlangen – zum Beispiel, dass wir das Land zurückverwandeln. Dann werden sie uns drohen und schließlich angreifen.«

»Aber warum?«

»Weil man es ihnen befohlen hat. Genug der Fragen.«

Jeslek zeigte auf die Hügelkette, die sich mit der Großen Weißen Straße kreuzte. »Wir fangen an. Lasst Eure Pferde stehen.«

Cerryl nahm noch einen letzten Schluck Wasser und ging hinter Fydel her, der sein Spähglas in einem Kästchen bei sich trug. Lyasa und Kochar flankierten Cerryl, keiner der drei Schüler sprach ein Wort.

»Warum sollte man ihnen befohlen haben, uns anzugreifen?«, fragte Fydel leise und sah dabei Anya an.

»Es stimmt schon, was Jeslek sagt.« Anya flüsterte ebenfalls, doch laut genug, sodass der Obermagier sie hören konnte. »Fairhaven hat nicht genügend Macht gezeigt in den letzten Jahren und jetzt geht der Präfekt davon aus, dass diese Macht gar nicht existiert.«

Lyasa klopfte Cerryl auf die Schulter, und als er sich ihr zuwandte, rollte sie die Augen. Cerryl erwiderte ihre Geste mit einem spöttischen Grinsen.

»Sie sind dumm«, murrte Kochar. »Menschen werden sterben.«

Meist war es Dummheit, wodurch Menschen starben, grübelte Cerryl, aber es waren nicht immer die Dummen, die es traf.

Die hohen Herbstwolken verzogen sich langsam und der Südwind frischte auf; es wehte eine heiße, trockene Brise, die zusammen mit der stärker werdenden Sonne die granitenen Pflastersteine erwärmte.

Cerryl sah sich den menschenleeren Hügelgrat an und fragte sich, wie bald er wohl übersät sein würde von Soldaten und Pferden. Er spürte den Schweiß, der sich mit fortschreitender Tageszeit unter seiner Tunika sammelte.

Jeslek blieb stehen und winkte. »Klybel sagt, die Galler werden über den Grat reiten. Wir werden von dieser Anhöhe aus Feuerblitze auf sie werfen. Fydel – Ihr und die Schüler werdet Euch weiter ostwärts postieren, bei den niedrigen Büschen dort, nur für den Fall, dass sie versuchen sollten, die Straße zu nehmen. Wenn sie das tun, seht zu, dass Ihr mit dem ersten Feuerstoß das führende Pferd erwischt. Das wird die Truppe aufhalten und selbst ein Magierschüler sollte in der Lage sein, Chaos-Feuer auf einen Soldaten zu schleudern, der nicht ausweichen kann.« Der Obermagier ging zu Anya; die zwei setzten sich auf die Straßenmauer und unterhielten sich mit gedämpften Stimmen.

»Hier entlang. Dort ist es jedenfalls schattig.« Fydel zuckte mit den Schultern.

Die drei sahen sich an, dann folgten sie dem langbärtigen, breitschultrigen Magier über die weißen Granitpflastersteine nach Osten, bis sie im Schatten des Felsvorsprungs standen.

»Nun ...«, begann Fydel, »Jeslek und Anya werden wahrscheinlich mit Chaos-Feuer gegen die gallische Haupttruppe vorgehen. Keiner von euch ist so stark wie die beiden. Also müsst ihr den Kampf beobachten und eure Feuerstöße auf einzelne Soldaten werfen, die euch oder sie bedrohen oder die die Stellungen unserer Lanzenreiter angreifen wollen.«

Das leuchtete Cerryl ein.

»Mehr könnt ihr nicht tun.« Der Magier nickte. »Ihr wartet hier. Ich werde noch einmal ins Glas schauen, um festzustellen, wo sich die Galler befinden.« Er drehte sich um und ging die Straße hinunter.

Klybel ritt an Fydel und an den Magierschülern vorbei nach Osten, wo die Lanzenreiter auf ihn warteten. Einige saßen auf ihren Rössern, andere bereiteten ihre Waffen oder Pferde oder beides vor.

Cerryl bot seine Wasserflasche Lyasa an.

»Danke.« Sie trank, dann schaute sie nach Süden. »Ich glaube nicht, dass wir unmittelbar in den Kampf verwickelt werden.«

»Ich hoffe es«, sagte Kochar.

Lyasa und Cerryl sahen ihn an.

»Aber wir können dem nicht entrinnen, nicht wahr?«

»Weder der Präfekt noch der Obermagier werden nachgeben«, meinte Lyasa.

Cerryl nahm noch einen Schluck aus der Flasche, dann spähte er wieder nach Osten, wo drei Lanzenreiter die Pferde der Magierschüler festgebunden hatten und auf sie aufpassten. Sein Brauner tänzelte nervös herum und warf den Kopf zurück, als wollte er die Unzufriedenheit mit seiner Lage kundtun. Cerryl konnte den unausgesprochenen Gefühlen des Wallachs nur zustimmen.

Die gallische Streitmacht tauchte am Vormittag auf, die ersten Reiter trugen purpurne Flaggen und alle Soldaten waren mit glänzenden, ovalen Eisenschilden bewaffnet, die im Sonnenlicht schimmerten. Schwere Schilde, vermutete Cerryl, der sich an seine eigenen Versuche erinnerte, Waffen zu tragen. Neben den Schilden führte jeder Reiter eine Lanze mit Eisenspitze im Köcher mit sich.

Wieder löste sich ein Soldat aus der Gruppe, der unter der blau gemusterten Flagge des Boten ritt. Das Fähnlein flatterte im heißen Wind, der über den Grat und die Straße wehte, jedoch das kniehohe, bereits braun werdende Gras nicht zu bewegen vermochte.

Jeslek stieg auf sein nicht ganz weißes Pferd und ritt mit einer Eskorte von zehn Lanzenreitern auf den Grat. Dort stieg er ab und wartete auf den Boten.

Der Bote neigte den Kopf. »Ich überbringe Euch die Worte des Präfekten unter der Flagge des Waffenstillstands.«

»Wir werden Eure Nachricht unter der Flagge des Waffenstillstands vernehmen.« Jeslek wartete, sein weißes Haar glänzte nun beinahe wieder silbern im hellen Sonnenlicht.

»Ihr habt das Straßenrecht verletzt und die Länder von Gallos entweiht. Ihr habt sie zurückzuverwandeln in das Grasland, das sie einst waren, und dem Präfekten dreitausend Goldstücke als Entschädigung dafür zu entrichten.«

Jeslek zog die Augenbrauen hoch. »Euer Präfekt hat eine ziemlich hohe Meinung vom Wert dieses nutzlosen Graslandes. Ebenso besitzt er eine übertriebene Meinung von sich selbst.«

»Weigert Ihr Euch, den Schaden rückgängig zu machen, den Ihr angerichtet habt? In diesem Fall habe ich Euch mitzuteilen, dass der Zorn des Präfekten auf Euch gerichtet ist.«

Jeslek lachte höhnisch. »Wir sind schon gespannt auf seinen Zorn. Das könnte sehr amüsant werden.«

Der Bote schluckte. »So sei es, Magier.« Er nahm sein Pferd herum und galoppierte zurück zu seiner Einheit.

»Sie werden schnell angreifen«, sagte Klybel. »Bereithalten!«, rief er seinen Männern zu. Der Befehl ging durch alle Ränge der Weißen Lanzenreiter.

»Bereithalten!«

Fydel trug sein Spähglas wieder hinauf zu der Stelle, an der die Magierschüler warteten, seine Augen wanderten immer wieder zurück zu den gallischen Reihen.

»Waffen anlegen!«

Aus Süden erklangen zwei Trompetenfanfaren, dann noch einmal.

Eine Schar von dunklen Pfeilen schien aus dem Nichts zu kommen, flog durch den grünblauen Himmel und bohrte sich in die Stellung der Weißen Lanzenreiter. Mindestens drei von ihnen sackten in ihren Sätteln zusammen.

»Bogenschützen! Versteckt ... links«, rief Fydel, der nun auf der Straßenmauer stand und die Anweisungen zu Jeslek schrie.

Jesleks Gesicht war verzerrt vor Wut und Verärgerung, er drehte sich um und erzeugte eine Feuerwelle, die einen Bogen über die Weißen Lanzenreiter schlug und an der Nordseite der Hügelkette niederging.

Fydel nickte und ließ das Glas schnell in sein Lederkästchen gleiten, dann rannte er zurück zu den Schülern. »Fangt an, Chaos zu sammeln!«

Cerryl schaute zu den Gallern, doch er konnte nicht erkennen, wo genau Jesleks Feuerflut niedergegangen war, er hatte nur das Gefühl, dass sie mindestens eine Einheit vernichtet haben musste.

»Aaaaaahhh …« Schreie, kurze, gedämpfte Aufschreie, folgten der Feuersbrunst. Die Pfeile blieben aus.

Jeslek stand vornüber gebeugt, die Hände auf den Knien, sein Gesicht schien gleichzeitig blass und gerötet zu sein.

Eine Horde von gallischen Soldaten mit erhobenen Waffen stürmte über die Hügelkette, geradewegs auf die zahlenmäßig unterlegenen Weißen Lanzenreiter zu.

Die erste Reihe von Klybels Lanzenreitern trieb ihre Pferde an, jedoch nur zögernd.

Drei schnelle Feuergarben aus Anyas Händen klatschten gegen die Galler an vorderster Front, zwei Pferde gingen zu Boden und behinderten zehn folgende Reiter.

Nun feuerte Fydel einen noch größeren Feuerblitz, der nach einem hohen Bogen in der linken Stellung des purpurnen Heers einschlug; noch mehr Männer und Pferde gingen zu Boden.

Dennoch erreichten gut zwanzig der gallischen Reiter die Weißen Lanzenkämpfer, worauf sich weiße und purpurfarbene Tuniken bunt durcheinander mischten; die jungen Magier hörten die derben Kampfgeräusche: Lanzen auf Schilden, Schwerter auf Schilden, Schwert auf Schwert.

Drei weitere Feuergarben fauchten über das Kampfgetümmel und landeten in den wartenden Linien der Galler.

Die Trompete ertönte erneut und damit stürmten die purpurfarbenen Uniformen nach vorn.

Jeslek richtete sich auf, noch einmal atmete er tief ein und um ihn herum schnellte eine Wolke aus loderndem

Feuer hoch. Die Wolke teilte sich und schäumte über die wenigen Soldaten hinweg, die in der Nähe der Weißen Reihen verharrt hatten, dann wandte sie sich den vorderen Reihen der angreifenden Galler zu.

Cerryl schluckte schwer. Die zwei vordersten Reihen gingen vollständig zu Boden, nur ein verkohlter und brennender Haufen blieb übrig, und mindestens zwei weitere Reihen stürzten ins brennende Gras oder liefen ineinander, sie ließen ihre Lanzen fallen oder irrten hilflos umher.

Nun war Anya wieder an der Reihe, sie schleuderte zwei Feuerbälle in die verwirrte Masse und setzte damit noch mehr Soldaten in Brand.

Ein dicker Feuerblitz aus Fydels Hand stieg hinter Anya empor, dann zerbarst er zu einem Dutzend einzelner Flammen, von denen jede einen gallischen Soldaten traf.

»Dort!«, rief jemand. »Auf der Straße.«

Cerryl sah nach links auf die Große Straße: eine kleine Kolonne purpurn gekleideter Lanzenreiter stürmte auf sie zu.

»Fydel! Ihr und die Schüler! Haltet sie auf!« Jeslek schrie aus vollem Hals – er war bereits heiser.

Cerryl stellte sich auf die Straßenmauer und schaute nach Osten, um die Reiter zu beobachten. Sie waren zwar noch fast eine halbe Meile entfernt, der Abstand verringerte sich jedoch schnell.

Ein blasser Fydel schleuderte einen Feuerball auf den Anführer und verwandelte damit Mann und Pferd in eine lodernde Masse. Der Reiter rechts daneben hielt sein Pferd an und versuchte die Flammen zu ersticken, die auf seine Tunika übersprangen, die Soldaten dahinter wurden dadurch in ihrem Vorstoß behindert. Die auf der linken Seite konnten an ihren brennenden Kameraden vorbeireiten und die Hufe ihrer Pferde schlugen dröhnend auf die weißen Pflastersteine aus Granit.

Wieder zischte ein Feuerstoß von Fydel unmittelbar vor die Füße des ersten gallischen Pferdes und sprengte die Gruppe um das Chaos-Feuer auseinander.

Dann ließ Lyasa einen kleinen Feuerball in hohem Bogen auf den purpurnen Reiter fallen, der neben der Straßenmauer auf der nördlichen Seite ritt. Sein Brustkorb stand in Flammen, er sackte im Sattel zusammen, stürzte über die Mauer und fiel in den feuchten Graben neben der Straße.

Die zwei führenden Lanzenreiter wurden nun von Cerryl mit einer Feuergarbe bedient, beide gingen als flammende Leichen zu Boden. Zwei weitere Reiter stolperten über ihre toten Kameraden und deren verstörte Pferde; der Angriff wurde gestoppt – für einen Augenblick wenigstens.

Fydel nutzte die Gelegenheit, um eine neue Feuerkugel in die Reiter zu werfen, die durch die gestürzten und wild um sich schlagenden Pferde aufgehalten wurden.

»Erste und dritte Einheit – zur linken Flanke auf die Straße!« Klybels Stimme erhob sich über die allgemeine Verwirrung. Hinter Cerryl und Lyasa ertönten Hufschläge auf der Straße.

Cerryl warf einen Blick nach Osten hinter das Gewühl von Gallern. Etwa zwanzig andere purpurn gekleidete Reiter ritten langsam aus Osten heran, sie trugen weder Lanzen noch Schwerter, vielmehr gebogene Stöcke – Bogen.

»Bogenschützen von links!«, schrie Cerryl. »Noch mehr Bogenschützen!« Noch während er das kundtat, schleuderte er in hohem Bogen eine Feuerkugel über die Masse der Soldaten hinweg auf die nahenden Bogenschützen, doch er verfehlte sie knapp und das Feuer traf nur die Granitsteine.

Kochar tat es ihm gleich, jedoch mit demselben Ergebnis.

»Zu weit weg«, murmelte der Rothaarige.

»Nehmt die, die näher sind!«, schnauzte Fydel sie an. »Das könnt ihr.«

Cerryls Blick fiel zufällig nach Süden, da entdeckte er eine neue Horde von berittenen gallischen Soldaten, die über das Grasland donnerten. Sie bahnten sich ihren Weg über ihre gefallenen Kameraden hinweg auf die Weißen Lanzenreiter zu, die nun mit Schwertern gegen die wenigen Galler aus dem ersten Angriffssturm kämpften, welche die Feuerstöße überlebt hatten.

Ein Pfeil rasselte auf die Steine neben Cerryl, woraufhin dieser sofort wieder zur Großen Straße blickte.

Ein gutes Dutzend Bogenschützen hatte sich auf den Pferden halten können und nun feuerten sie ihre Pfeile ab.

Cerryl schaute nach rechts und nach links. Niemand sah ihm zu. Er sammelte Chaos, wie er es in den Tunneln getan hatte, dann bündelte er es zu einer goldenen Lanze, die den Anführer der Bogenschützen direkt ins Herz traf – in Flammen stehend stürzte der Soldat vom Pferd.

Nun traf einer von Lyasas Feuerstößen einen Bogenschützen aus der Flanke.

Auch Fydel trug einen dicken Feuerball bei, der inmitten der Bogenschützen explodierte; nur zwei von ihnen kamen lebend davon. Einer der beiden riss sein Pferd herum und flüchtete im Galopp.

Der schmächtige Magierschüler ließ noch mehr Chaos aufmarschieren und bastelte eine neue Lichtlanze. Erfolgreich streckte er den letzten Bogenschützen damit nieder.

Doch es hörte nicht auf, hinter den Bogenschützen tauchte nun eine weitere purpurne Kompanie auf und diese Soldaten waren mit langen Eisenklingen bewaffnet, die in der Mittagssonne glitzerten.

Fydel taumelte und musste sich an der Straßenmauer festhalten.

Cerryl hatte die Reiter fest im Blick, er versuchte

Chaos auf die erste Reihe zu versprühen, so wie er es einst in den Kanälen gelernt hatte.

Ein Lichtstrahl traf die Galler und die vier Reiter samt Pferden glühten im lodernden Feuer, die Flammen schlugen auch auf die nächste Reihe über.

Lyasas nächster Feuerball traf die folgende Reihe und ein kleinerer Feuerstoß von Kochar klatschte auf die dahinter.

Die gallischen Reihen lichteten sich allmählich. Da ritt aus dem alles einhüllenden Rauch ein einzelner Soldat. Er kam auf Cerryl zu und holte mit der langen grauen Klinge vor ihm aus, wobei er sich hinter seinen etwas klein geratenen ovalen Schild duckte.

Ein goldener Lichtstrahl bohrte sich wie ein Pfeil in den Lanzenreiter, er wurde aus dem Sattel und zu Boden geschleudert und sein totes Gesicht blickte Cerryl verblüfft an.

Cerryl schaute sich um. Die Straße war nun leer bis auf eine Hand voll keuchende Weiße Lanzenreiter hier und da, die Magier und die Aschehäufchen, die einst Menschen und Pferde gewesen waren.

Lyasa stellte sich neben Cerryl und starrte auf das ebenmäßige kreisrunde Loch in dem ledernen Brustpanzer des Gallers. Sie schaute Cerryl an, dann verbrannte sie den Oberkörper des Mannes mit einem kleinen Feuerball.

»Warum …« Cerryl fragte nicht weiter.

»Es ist besser so.«

»Danke.«

Lyasa lächelte. »Die Zeit wird kommen …«

Cerryl nickte. Er würde seine Schulden bezahlen.

Sie drehten sich um. Der Hügel bestand nur noch aus rauchenden, dunklen Haufen. Im Westen sah Cerryl eine Hand voll Soldaten in Purpur davonschleichen. Auf dem Grat selbst verblieben nur noch die Weißen Lanzenreiter – etwa zwei Drittel der ursprünglichen Anzahl.

Jeslek saß erschöpft auf der Straßenmauer, sein Gesicht war so rot, dass Cerryl ihn noch aus hundert Ellen Entfernung leuchten sah. Anya saß neben dem Obermagier mit dem Rücken zu Cerryl und Lyasa.

Kochar kam zu den beiden Magierschülern und starrte auf den verkohlten Leichnam des letzten feindlichen Lanzenreiters. »Oh, du hast ihn tatsächlich aufgehalten.«

»Ich nicht allein«, sagte Cerryl. »Ich benötigte Lyasas Hilfe dazu.«

»Zumindest gibt er es zu …« Fydels Worte drangen mit dem Wind und dem Rauch aus dem brennenden Gras und Gestrüpp an Cerryls Ohr. Der bärtige Magier hatte sich ebenfalls auf der Mauer niedergelassen, er saß vornüber gebeugt da, den Kopf in die Hände gestützt.

Cerryl schluckte, der Gestank von schwelendem Gestrüpp und verbranntem Fleisch bereitete ihm starke Übelkeit. Was und wie viel würde er noch verbergen müssen, um überleben zu können?

»Schauen wir uns den Arm an«, forderte Lyasa.

Cerryl starrte auf seine Arme, erst auf den einen, dann auf den anderen. Die Ärmel der Tunika waren verschmiert mit Dreck, Ruß und Schlamm, aber er konnte keine Verletzung feststellen. Er kam sich dumm vor, als er bemerkte, dass es Kochar erwischt hatte, und er beobachtete, wie Lyasa die tiefe Schramme sanft in Chaos badete – eine von Brokas Techniken, so erinnerte sich Cerryl – und sie anschließend verband.

Um die drei herum begannen die Lanzenreiter damit, die Leichen nach Waffen und Geld zu durchsuchen.

Cerryl schaute den letzten Lanzenreiter an, den er getötet hatte.

»Na los«, sagte Lyasa. »Seine Börse gehört dir.«

Nur zögernd schnitt Cerryl die Lederriemen durch und nahm die Börse an sich, sie war nur leicht verrußt. Zwei Silberstücke und drei Kupferlinge befanden sich darin. War das der Wert eines Menschenlebens?

Er legte die Münzen in seine eigene Börse und schüttelte nachdenklich den Kopf. Dann sah er auf. Der Nachmittag hatte bereits begonnen.

Hinter ihm stand Fydel mühsam auf und ging zu Jeslek und Anya hinüber.

»Das verstehe ich nicht.« Kochar betastete den Verband um seinen Arm. »Jeslek – er kann Berge wachsen lassen, aber die Galler hätten uns beinahe erledigt.«

»Das ist ganz einfach.« Lyasa seufzte. »Chaos-Feuer ist pures Chaos – gebündeltes Chaos. Es strengt mehr an. Wenn Jeslek Hügel wachsen lässt, bewegt und lenkt er eine große Menge an Chaos im Boden, das dort schon vorhanden ist. Wenn du einen Feuerball wirfst, musst du das Chaos von der übrigen Welt trennen und es in eine Richtung lenken. Das ist schwieriger.« Sie schaute Kochar an. »Wie fühlst du dich jetzt?«

»Wie ein zermatschter Pferdeapfel«, gab der Rotschopf zu.

»Seht euch die drei an.« Lyasa zeigte auf die Straßenmauer, wo die Magier saßen und sich leise unterhielten. »Ich könnte jetzt nicht einmal ein Chaos-Feuer von der Größe meines Fingernagels erzeugen. Ich wette, sie sind ebenso wenig dazu in der Lage.«

Cerryl sagte nichts dazu, er nickte nur. »Vielleicht sollten wir zu ihnen gehen.«

Die anderen zwei marschierten neben ihm her, als sie zu dritt auf die drei älteren Magier zugingen.

XCVI

Im Grau der Morgendämmerung spülte Cerryl Käse und Trockenkekse mit einem Schluck Wasser hinunter. Dann ging er zum Wassergraben neben der Straße, der ein dünnes Rinnsal führte, und füllte seine Flasche wieder auf. Er lenkte so lange so viel Chaos-Wärme ins Wasser, bis es siedete. Die Wärme zu erzeugen war nicht sonderlich schwierig, die Flasche mit Ordnung einzuhüllen, damit sie nicht zerbrach, dagegen schon.

Er konnte das Wasser nicht trinken, solange es nicht abgekühlt war, also ging er zurück zu seinem Braunen, der angebunden stand, und schnallte die Flasche fest.

Ein zartes orangefarbenes Glühen tönte den Himmel über den neuen Bergen im Osten, der Morgen war ruhig – nur die Insekten brummten und summten schon umher. Der leichte Wind wehte den Geruch von Tod durch die Luft und Cerryl war froh, dass sie bald weiterritten, doch er machte sich Sorgen. Wie lange würde es dauern, bis der Präfekt sich entschloss, noch mehr Männer zu opfern?

Cerryl wusste sehr wohl, dass doppelt so viele Galler den Kampf vielleicht gewonnen hätten, und er fragte sich, ob Jeslek sich dessen bewusst war.

Etwa hundert Ellen entfernt von Cerryl stand Jeslek neben Klybel, die zwei sprachen leise miteinander. Klybel nickte, zögernd jedoch, und ging weg. Er stieg auf sein Pferd und ritt an Cerryl vorbei zurück zum Lager der Lanzenreiter.

»Cerryl?«, rief der Obermagier.

Cerryl ging raschen Schrittes zu Jeslek.

Das Gesicht des Mannes war gezeichnet von der Anstrengung, kleine Linien hatten sich um seine Augen gebildet, Falten, die Cerryl bisher noch nicht wahrgenommen hatte. Seine sonnengoldenen Augen funkelten und der Glanz war in sein weißes Haar zurückgekehrt.

»Du hast gesehen, wie uns die Galler gestern empfangen haben?«

»Ja, Ser.«

Der Obermagier räusperte sich und starrte Cerryl fest an. »Cerryl, alle Magierschüler müssen sich einer Aufgabe stellen – einer Sache, die sie allein vollbringen müssen –, bevor sie in die Gilde aufgenommen werden. Die Aufgabe muss vorher erledigt werden, und zwar so, dass zu erkennen ist, dass der zukünftige Magier sich völlig der Gilde verschrieben hat.«

Cerryl überkam ein äußerst unangenehmes Gefühl. Er wusste, was ihm bevorstand, auch wenn er noch keine Ahnung hatte, welche Aufgabe Jeslek ihm auferlegen würde.

Der goldäugige Magier lächelte. »Viele haben deine Ergebenheit infrage gestellt. Ich habe nun eine Aufgabe für dich, nach deren Erledigung dir keiner mehr die Aufnahme in die Bruderschaft streitig machen kann.«

»Ja, Ser.«

»Du wirst den Präfekten von Gallos mithilfe von Chaos-Feuer beseitigen.«

Cerryl schluckte, einerseits wegen des wachsenden Chaos, das Jeslek umschwirrte, und andererseits wegen der bevorstehenden Aufgabe. Wartete Jeslek darauf, dass er sich weigerte?

»Ser?«

»Warum ich dich damit beauftrage? Ist es das, was du dich fragst?«

»Nein, Ser. Ihr besitzt die Macht, große Heere zu zerstören …« Cerryl wollte mehr wissen, denn er konnte es sich nicht erlauben, sich dem Befehl des Obermagiers zu widersetzen.

»Aha … und ich könnte das Land verwüsten, denkst du jetzt.«

»Ihr besitzt die Macht dazu. Nach dem gestrigen Tag gibt es keinen Zweifel mehr daran.«

»Damit hast du zweifellos Recht.« Jeslek strich sich übers Kinn. »Aber darin liegt das Problem. Wenn ich Gallos zerstöre – wer wird dann das Land bebauen, die Bäume fällen und die Straßenzölle eintreiben? Andererseits … wenn die Beseitigung des Präfekten durch einen niederen Magier erfolgt – wer wird dann noch leugnen wollen, dass es weise ist, sich den »Wünschen« Fairhavens zu beugen?«

»Und wie soll es geschehen, Ser? Ich kann nicht einfach nach Fenard gehen und …«

»Du wirst zu Sverlik gehen, als sein Gehilfe; einige Lanzenreiter werden dich dorthin begleiten. Er als Gesandter kann natürlich nicht offen gegen Lyam vorgehen.« Jeslek zuckte mit den Schultern. »Wie du Lyam beseitigst, überlasse ich völlig deinem Ermessen; du musst nur danach unbemerkt aus Fenard verschwinden und so schnell wie möglich nach Fairhaven zurückkehren. Das sollte eine einfache Aufgabe sein für einen Schüler, der Magier werden will.« Jeslek grinste hinterhältig.

»Was soll ich mit den Soldaten machen, die entkommen sind, Ser? Sie werden behaupten, dass wir sie angegriffen hätten.«

»Dir ist doch bis jetzt immer etwas eingefallen. Ich bin sicher, du wirst auch diesmal einen Weg finden.« Jeslek zuckte die Schultern, das Chaos waberte immer stärker um ihn herum. »Hauptmann Klybel stellt gerade deine Eskorte zusammen. Er wird dir auch einen großzügigen Reiseproviant mitgeben. Es ist besser, wenn du dir unterwegs keine Nahrung besorgen musst. Ich möchte, dass du so bald wie möglich reitest.« Noch ein falsches Lächeln folgte. »Wir haben unsere Aufgabe hier erledigt und werden in Kürze nach Fairhaven zurückkehren.«

Cerryl zog die direktere Sprache vor, die Jeslek gesprochen hatte, als Cerryl – damals jung und unerfahren – zur Gilde gekommen war.

»Am besten fängst du sofort mit den Vorbereitungen an«, ordnete Jeslek an.

»Ja, Ser.« Cerryl verbeugte sich und kehrte Jeslek den Rücken zu. Noch keine zehn Schritte hatte er sich von ihm entfernt, da zitierte Jeslek bereits Anya zu sich.

»Anya … ich möchte, dass Ihr und Fydel nach Süden

reitet – nur eine Meile etwa, ans Ende dieser Hügelkette, um das Gebiet zu beobachten. Fydel soll im Glas nach Gallern Ausschau halten. Ich muss dort die Chaos-Linien aufspüren. Ich wünsche, dass Ihr sofort aufbrecht …«

Cerryl runzelte die Stirn, während er zum Lager der Magierschüler zurückging, wo auch der Braune angebunden stand.

»Worum ging es?«, fragte Lyasa. »Darf ich überhaupt fragen?«

Cerryl sah sich um. Kochar war nirgends zu sehen. »Jeslek will, dass ich als Gehilfe zu Sverlik nach Fenard gehe. Ich muss dort etwas für ihn und Sverlik erledigen. Es ist wieder eine Prüfung der Gilde.«

»Nach all dem hier?« Lyasa sah sich um, dann schaute sie Cerryl ins Gesicht, ihre olivbraunen Augen blickten ihn besorgt an.

»Gerade nach all dem legt man sich nicht mit einem Obermagier an.« Er blickte zu Jeslek hinüber, der gerade Anya entlassen hatte. »Darf ich dich um einen weiteren Gefallen bitten? Jeslek sagte, ihr reitet bald nach Fairhaven zurück. Würdest du Myral davon erzählen? Nur Myral?«

»Das kann ich tun.« Lyasa hielt inne. »Ich werde es lieber Leyladin erzählen und sie soll es ihm dann sagen. Ich sehe ihn nicht oft und es würde auffallen, wenn ich zu ihm ginge. Ihr kann ich vertrauen.«

»Wenn du meinst.« Er lächelte, während er sein Gepäck auf den Wallach schnürte. »Ich danke dir.«

Klybel ritt vorbei, er führte eine Truppe von Lanzenreitern an – zweifellos handelte es sich um Cerryls Eskorte. Der Hauptmann sah Cerryl nicht an.

»Sei vorsichtig«, warnte Lyasa.

»So vorsichtig wie nur möglich.«

»Cerryl!«, rief Jeslek.

Der Magierschüler band den Braunen los und führte ihn zu der Gruppe um Jeslek.

»Viel Glück«, flüsterte ihm Lyasa hinterher.

»Danke.«

All die Lanzenreiter saßen auf ihren Pferden, nur einer nicht – ein Soldat mit einem einzigen Silberstreifen auf dem linken Kragen der Tunika, er neigte den Kopf.

»Dies ist Unteroffizier Ludren, junger Cerryl«, sagte Klybel. »Eure Eskorte besteht aus zehn Männern. Genug, um Banditen abzuschrecken, aber zu wenig, um Aufsehen unter den Gallern zu erregen.« Der Hauptmann beugte sich vor und hielt Cerryl ein gefaltetes Stück Pergament hin. »Dies ist eine Karte der Hauptstraßen von Gallos. Sie ist ziemlich genau.«

Cerryl nahm die Karte mit einem Nicken entgegen. »Danke.«

»Im Falle eines Angriffs hast du meine Erlaubnis, dich zu verteidigen, aber ich rate dir, deine Macht nur bei einer ernsthaften Bedrohung einzusetzen.« Jesleks Stimme klang sanft, vernünftig, und Cerryl fühlte, dass das Chaos um den Obermagier langsam schwand.

»Ich werde meine Macht nur einsetzen«, antwortete Cerryl, als er seinen Braunen bestieg, »wenn wir angegriffen werden.«

»Gut.«

Ludren stieg auf, dann sah er Cerryl an.

»Seid Ihr bereit, Unteroffizier?«

Ludren nickte und lenkte sein Pferd nach Westen auf die Große Weiße Straße.

Cerryl presste die Lippen aufeinander, als er eine Chaos-Wolke hinter ihm aufsteigen fühlte, welche ohne Zweifel seine Trennung von der Gruppe verwischen sollte. *Sterol hat dich als Kontrolle für Jeslek eingesetzt und Jeslek will dich beseitigt wissen, ohne dass man ihn dafür verantwortlich machen kann.*

Dennoch, es gab nichts, was er dagegen unternehmen konnte oder wagen konnte zu unternehmen. Noch nicht. Er presste die Lippen fester aufeinander. Vielleicht würde es einmal in seiner Macht stehen, jetzt jedoch noch nicht. Er schnalzte mit den Zügeln und ritt neben dem Unteroffizier und seinem Pferd her.

XCVII

In den eineinhalb Tagen, seitdem Cerryl und seine Eskorte die Weiße Haupttruppe aus Fairhaven verlassen hatten, waren die zwölf auf der Großen Weißen Straße allein nach Westen geritten. Sie waren niemandem begegnet. Kalter Regen wechselte sich mit eisigem Wind ab. Wasser sammelte sich in Pfützen neben der Straßenmauer aus Granit und die Pferde platschten gelegentlich durch flache Wasserlachen, die sich auf der Steinstraße bildeten.

»Sehr einsam hier«, sagte Ludren wieder, so wie alle paar Meilen.

»Keine Menschenseele weit und breit«, antwortete Cerryl darauf. Das einzige Lebewesen außer ihnen war eine schwarze Aaskrähe, die vor ihnen herflog und manchmal auf sie wartete. Wenn sie dann an ihr vorübergezogen waren, flog sie weiter; entweder suchte sie nach Abfällen oder wartete, ob einer aus der Truppe, ganz gleich ob Mensch oder Tier, umfiel und starb.

In einiger Entfernung vor ihnen entdeckte Cerryl einen Weg, der die Große Straße kreuzte. Als sie die Kreuzung erreichten, fand er einen Wegweiser mit zwei Pfeilen vor. Einer deutete nach Süden und war mit TELLURA beschriftet – einer der Namen, die dazu beigetragen hatten, dass er die Karte hatte zeichnen müssen. Der Pfeil nach Norden wies den Weg nach Fenard.

»Nach Fenard.« Cerryl lenkte den Braunen von der Großen Weißen Straße auf den gestampften Lehmweg, der einige Hufspuren aufwies – wenngleich diese nicht aus neuerer Zeit zu stammen schienen.

»Ab hier könnte es gefährlich werden, Ser«, warnte Ludren.

»Glaubt Ihr, die Galler lauern uns an einer Seitenstraße so weit von Fenard entfernt auf?« Cerryl hegte erhebliche Zweifel daran. Etwas näher an der Hauptstadt könnten sie schon eher an eine Kompanie Soldaten geraten. Könnten? Er musste ein Lachen unterdrücken, denn Ludren hätte es falsch aufgefasst.

Ludren runzelte die Stirn, dann nickte er langsam. »Vielleicht habt Ihr Recht, Ser.«

»Ich weiß nicht. Ich habe so etwas noch nie gemacht«, sagte Cerryl, den sein Brauner auf der engen gestampften Straße brav vorantrug. »Ich nehme an, dass die überlebenden Soldaten nach Fenard zurückgeritten sind, um dem Präfekten von der Schlacht zu berichten.«

»Sei es, wie es sein mag, wir werden mit Sicherheit nicht gerade willkommen sein.«

»Nein.« Und dabei handelte es sich gewiss noch um eine Untertreibung. Es war klar, dass Jeslek Cerryl eine beinahe unlösbare Aufgabe gestellt hatte, zweifellos in der Hoffnung, dass er, Cerryl, dabei umkommen würde. Auch nach mehr als einem Tag auf dem Pferderücken hatte Cerryl noch keine Vorstellung, wie er nach Fenard selbst gelangen konnte, geschweige denn, wie er den Präfekten töten und anschließend entkommen sollte.

Zu seiner Überraschung machte ihm der Gedanke an den Tod des Präfekten am wenigsten zu schaffen. Er hatte schon einiges von dem Mann gehört und das war wenig erfreulich gewesen. Aber was, wenn Lyam gar nicht diesen Gerüchten entsprach?

Cerryl blickte über die Schulter zu den Weißen Lanzenreitern. Die zwei unmittelbar hinter ihm – Jubuul und Zusta hießen sie wohl – ritten schweigend und niedergeschlagen dahin. Der junge Magier fragte sich, was sie wohl angestellt hatten, dass Klybel und Jeslek sie auf diese Mission geschickt hatten.

»Ludren?«

»Ja, Ser?«

»Was hat man Euch erzählt über diese Eskorte nach Fenard?«

»Nun ... Ser ... ich kann nicht behaupten, dass man mir besonders viel erzählt hat. Der Hauptmann befahl, dass ich Euch dorthin bringe, und danach sollen wir versuchen, die Haupttruppe auf der Großen Straße einzuholen. Wenn wir das nicht schaffen, werden wir sie in den südlichen Kasernen treffen.«

»Ihr sollt dem Magier Sverlik keine Botschaft oder sonst etwas übermitteln oder vielleicht etwas mit zurück nach Fairhaven nehmen?«

»Nein, Ser. Wir sollen nur Euch zum Palast des Präfekten geleiten und dann zurückkehren.«

Cerryl nickte. »Wie lange seid Ihr schon bei den Lanzenreitern?«

»Beinahe zehn Jahre, Ser. Ich bin froh, dass mir der Hauptmann und der Obermagier diese Aufgabe übertragen haben. Sonst hätte es vielleicht noch zehn Jahre gedauert, bis ich Offizier geworden wäre. Deshalb trage ich auch nur einen Streifen an meiner Tunika – nur das Abzeichen der Truppe.«

»Es dauert wohl eine Weile, bis man in der Garde aufsteigt.«

»Kommt darauf an, Ser. Huylar brachte es in sechs Jahren zum Unteroffizier, er war aber auch beim Sligan-Feldzug dabei – damals, als sie den Aufstand der Holzarbeiter und Holzhändler niedergeschlagen haben, die sich der Bruderschaft widersetzen wollten. Um aufzusteigen, Ser, braucht man Zeit oder eine günstige Gelegenheit.«

Der Sligan-Feldzug? »Wann war das?«

»Vor drei, vier Jahren, Ser. Huylar ist schon länger dabei als ich.«

»Wart Ihr auch bei diesem Feldzug dabei?«

»Ich, Ser? Nein. Ich gehörte damals zur Garde des Magiers in Hydolar, so wie jetzt Viurat in Fenard.«

»Ich kenne Viurat nicht«, sagte Cerryl freundlich, die Augen hatte er geradeaus auf die Straße gerichtet, welche sich um einen langgezogenen Hügel im Osten wand.

»Viurat ist mein Vetter. Woher solltet Ihr ihn auch kennen, Ser.«

»Wie lange ist er schon in Fenard?«

»Das müssen jetzt an die fünf Jahre sein. Ryentyl – das ist seine Gemahlin – hat er mitgenommen.« Ludren lachte. »Die Lanzenreiter sollen eigentlich gar nicht heiraten, bevor sie den Offiziersrang erreicht haben, aber im Grunde achtet niemand darauf. Es wird nicht sehr streng genommen. Vermute mal, den beiden gefällt Fenard, weil sie schon so lange dort sind.«

Cerryl lenkte seinen Braunen um ein besonders tief aussehendes Loch in der Straße, das mit einer dunklen, schmutzigen Brühe gefüllt war, und warf gleichzeitig einen Blick zum Himmel. Die Wolken hingen tief und färbten sich immer dunkler, kündigten ein neues Unwetter an – wenn auch erst in einigen Meilen – und vor allen Dingen Kopfschmerzen.

»Ein Unwetter zieht herauf«, bemerkte der Unteroffizier. »Hält vielleicht die purpurfarbenen Lanzenreiter davon ab, nach uns Ausschau zu halten.«

»Ich glaube nicht, dass sie nach uns suchen. Nicht hier.« Natürlich war es gut möglich, dass jeder Galler, der die Weiße Truppe erblickte, den Wunsch verspürte, jeden Einzelnen aus Fairhaven zu beseitigen, und ganz besonders einen Magierschüler. Aber Cerryl bezweifelte, dass man nach ihnen suchte. Noch nicht. Das konnte sich allerdings ändern, sobald die Soldaten, die Jesleks Angriff entkommen waren, Fenard erreicht hatten.

»Hoffe, dass Ihr Recht behaltet, Ser.«

Cerryl nickte, seine Gedanken kreisten nur noch um

das, was ihn erwartete. Angenommen, ihm gelang es, unbemerkt nach Fenard hineinzukommen; angenommen, er musste keinen gallischen Soldaten ausweichen oder vor ihnen fliehen – dann hatte er immer noch Jesleks Auftrag auszuführen, den Präfekten zu töten und Fenard unbemerkt zu verlassen. Aber wie? Der einzige Weg, sich selbst unsichtbar zu machen, bestand darin, sich mit Licht zu umgeben, so wie es Anya bei ihren Besuchen in Faltars Zimmer getan hatte. Jeslek wusste allerdings genau, dass Cerryl noch nichts dergleichen versucht hatte.

Konnte er Licht führen, damit es ihn vollständig umhüllte, so wie er Chaos führen konnte? Er sollte es eigentlich können – Licht war schließlich eine Form von Chaos. Doch zwischen dem, was er können sollte, und dem, wozu er wirklich in der Lage war, mochten Welten liegen.

Er konzentrierte sich … und plötzlich konnte er nichts mehr sehen, er war von Dunkelheit umgeben. Der Braune wieherte und schnaubte, als sich die Dunkelheit um Pferd und Reiter legte. Schnell ließ Cerryl die Wand, die das Licht ablenkte, fallen, oder wie auch immer man das nennen mochte, was er gerade getan hatte. Der Wallach tänzelte unruhig umher.

»Was war das?« Ludren lehnte sich nach vorn. »Für einen kurzen Augenblick wart Ihr nicht mehr da.«

Cerryl bemühte sich um einen spöttischen Gesichtsausdruck. »Da müsst Ihr Euch irren. Ich war doch die ganze Zeit hier. Mein Pferd … irgendetwas hat ihm einen Schrecken eingejagt.«

»Ich könnte schwören …«

»Er ist wirklich verschwunden gewesen …«, murmelte Jubuul von hinten. »… immer Ärger mit den Magiern … nie sind sie dort, wo man sie gerade vermutet.«

Cerryl befeuchtete sich die Lippen. Er musste mehr üben, doch in der Gegenwart der Lanzenreiter war dies schwer möglich. Er zwang sich zu einem Lachen. »Trifft das nicht auf viele Dinge zu?«

»Was, Ser?«, fragte der ernsthafte Ludren.

»Nun … oft sind die Dinge nicht dort, wo man sie vermutet.«

»Wenn Ihr meint, Ser.«

Ein langer Ritt nach Fenard lag noch vor ihnen, der mit Sicherheit zu Schwierigkeiten führte, Schwierigkeiten, von denen Cerryl nicht wusste, ob er sie vermeiden oder meistern konnte. Er unterdrückte ein Kopfschütteln und behielt stattdessen sein freundliches Lächeln bei.

XCVIII

Cerryl spähte durch den kalten Nieselregen und wünschte, er hätte einen wasserdichten Umhang dabei. Er schwitzte in der Lederjacke und sie saugte die Nässe bereits auf, doch der Regen war zu kalt, um bis zum Hemd und der weißen Tunika vorzudringen.

Nördlich vor ihnen spannte sich eine schmale Steinbrücke über den Fluss. Auf der anderen Seite des Flusses polterte ein Wagen, der von einem einzigen Pferd gezogen wurde, entlang des braun werdenden Grases der Weiden in Richtung Fenard, das noch immer in einiger Entfernung lag.

Der Magierschüler holte die Karte heraus und studierte sie. »Das ist der Fluss Gallos, vermute ich.«

»Ist es noch weit bis nach Fenard?«, fragte Ludren.

»Ja, ziemlich«, antwortete Cerryl. »Von jetzt an werden wir mehr Menschen begegnen. Fenard ist eine große Stadt.«

Cerryl freute sich nicht gerade, Fenard zu erreichen. Er konnte sich einen Misserfolg nicht leisten, denn wenn er lebend aus Fenard herauskam, ohne Jesleks Befehl auszuführen, würde Sterol sagen, er, Cerryl, hätte gleich mit Jeslek darüber reden müssen. Doch in dem Fall hätte Jeslek bestimmt versucht, Cerryl zu töten, und Cerryl war sich nicht sicher, ob er stark genug gewesen wäre, Jesleks Macht standzuhalten.

Er lachte in sich hinein. Wen versuchte Jeslek eigentlich zu täuschen? Er hätte Cerryl zu Asche verwandelt, hätte sich dieser geweigert, die Aufgabe zu übernehmen – anschließend hätte Jeslek allen erzählt, Cerryl hätte ihn angegriffen oder etwas in der Art. Es hatte einen Grund dafür gegeben, warum Anya und Fydel so kurz vor Cerryls Aufbruch auf eine andere Mission geschickt worden waren. Zweifelsohne hatte Jeslek ihnen gegenüber später behauptet, dass Cerryl weggerannt war. Und die Lanzenreiter? Sie würde man am wenigsten vermissen – vielleicht würden sie in die Verlustliste aufgenommen: nicht zurückgekehrter Spähtrupp; verloren an die feindlich gesinnten Galler, ein Grund mehr für Fairhaven, den Präfekten zu beseitigen.

»Verzeiht, Ser …?«

»Was so lustig ist? Nichts, eigentlich gar nichts.« Und doch war alles so aberwitzig. Wenn sie nahe genug an Fenard herangekommen waren, musste er sich auf den Dreh mit der Unsichtbarkeit verlassen, um in die Stadt hinein zu gelangen. Er hatte es nachts geübt, unbemerkt von den Lanzenreitern, und beherrschte diesen Kniff nun einigermaßen. Es bereitete ihm jedoch Sorgen, dass der Schild die Luft flimmern lassen könnte, so wie er es damals bei Anya beobachtet hatte. Doch … was blieb ihm anderes übrig?

Gelang es ihm, in die Stadt einzudringen, würde er einen Umhang brauchen, um seine weißen Kleider zu verbergen …

Cerryl schüttelte den Kopf. Im Augenblick wusste er nicht einmal genau, ab wann sie mit gallischen Lanzenkämpfern oder Soldaten rechnen mussten. Er betrachtete die Brücke und dann die Karte. Seiner Meinung nach befanden sie sich noch immer eineinhalb Tage von Fenard entfernt.

»Noch zwei Tage fast.« Er rieb sich das Kinn und bemerkte dabei, dass ihm ein Bart gewachsen war, wenn auch nur ein dünner – und er hatte den Rasierer nicht dabei. Den Rasierer einer gewissen Grau-Schwarzen Magierin …, der vielleicht das letzte Geschenk gewesen war, das er von ihr erhalten hatte. Er schob den Gedanken beiseite.

»So können wir Klybel auf dem Rückweg niemals einholen.« Ludren klang entmutigt.

Cerryl fragte sich, wie sich der übervorteilte Unteroffizier wohl fühlen würde, wenn er wüsste, dass es niemals geplant war, dass er die anderen Weißen Lanzenreiter einholte. »Solange Ihr am Ende nach Fairhaven zurückkehrt, ist das doch nicht wichtig, oder?«

»Ich glaube nicht, Ser. Und was ist mit Euch, Ser?«

»Ich habe eine Aufgabe zu erledigen. Danach werden wir weitersehen.« *Was denn? Wie es dir gelingt, nach Fairhaven zurückzukehren und Jeslek und Sterol so lange zu bearbeiten, damit sie dich zum Magier ernennen? Warum?* Weil die anderen Möglichkeiten noch aussichtsloser waren, zumindest über einen längeren Zeitraum gesehen. Fairhaven beherrschte beinahe alle Fürstentümer östlich der Westhörner oder würde sie bald beherrschen. Die Länder im Westen hassten Weiße Magier, genau wie Recluce.

Cerryl konnte sich vorstellen, sein Leben irgendwo als Bauer zu verbringen, doch das würde ein kurzes und elendes Leben werden. Außerdem hatte er schon genug Armut gesehen.

Dann wirst du es also mit der Gilde aufnehmen? Und vielleicht dadurch getötet werden?

Wieder lachte er leise.

»Ser?«

»Nichts. Nichts, was erfreulich wäre.« Cerryl faltete die Karte zusammen und steckte sie wieder in die Jackentasche. »Wir haben noch einen weiten Weg vor uns.«

XCIX

Der grünblaue Himmel leuchtete klar und die Mittagssonne schien warm, wenn auch nicht zu warm. Ein leichter Wind, ziemlich eisig, blies aus den nicht sichtbaren Westhörnern, zerrte am Gras, das am Straßenrand wuchs, und an den wenigen Grasbüscheln, die aus der alten Mauer der Lehmstraße heraussprossen. Diese Mauer bestand lediglich aus lose aufeinander geschichteten grauen und schwarzen Steinen.

Irgendetwas stimmte nicht und Cerryl hielt unvermittelt an. Eine alte Kate stand weniger als eine Meile von ihnen entfernt im Westen, lange Reihen abgeschnittener Grashalme bedeckten das Feld unmittelbar neben der Straße. Ein Mann sammelte das Stroh auf und band es zu Ballen zusammen, er warf nicht einen Blick auf die Straße oder die Reiter.

Ein kleiner Fluss schlängelte sich aus Nordwesten heran und eine weitere Steinbrücke überquerte ihn vielleicht dreihundert Ellen von der Stelle entfernt, an der Cerryl stehen geblieben war. Auf der anderen Seite der Brücke erstreckte sich über etwa eine Meile ein tief liegendes, sumpfiges Feld, das im Norden schließlich an die rötlichen Granitmauern von Fenard stieß. Nördlich des Flusses tauchte plötzlich eine lange, niedrige Staubwolke auf der Straße auf, die sich von der Stadt entfernte.

Cerryl warf einen Blick hinunter auf den Weg – der

Staub wurde von dem häufigen Regen am Boden gehalten – und dann über die Brücke. Diese Staubwolke verhieß viele Reiter und viele Reiter deuteten auf Lanzenreiter hin.

Cerryl warf einen Blick nach links auf den niedrigen, sanften Hügel. Mehrere Reiter postierten sich gerade auf dem Gipfel, ihre purpurfarbenen Übertuniken leuchteten in der Sonne. Der Magierschüler hätte am liebsten geseufzt, als er auch noch hinter sich Hufschläge und metallisches Klirren vernahm. Wie bereits vermutet, bestand seine eigene Eskorte jedoch nicht gerade aus den tüchtigsten Lanzenkämpfern.

»Ludren! Nehmt Eure Männer und reitet nach Süden – so schnell Ihr könnt.«

»Ser?«

»Reitet nach Süden, so schnell wie möglich«, rief Cerryl. »Wenn Ihr Euch beeilt, werdet Ihr vielleicht den Lanzenreitern entkommen.«

»Aber ... wir haben die Stadttore noch nicht erreicht.«

»Mit Verlaub, das ist auch besser für Euch. Andernfalls werden wir alle bald aussehen wir Eliasars Strohpuppen.«

»Der Obermagier und Klybel sagten ...«

»Ludren – wenn Ihr bei mir bleibt, werdet Ihr sterben. *Was vielleicht ohnehin geschieht ...* Bitte geht.« Cerryl versuchte, die Ungeduld aus seiner Stimme zu verbannen, als er die fremden Lanzenreiter immer näher kommen sah und die Bogenschützen erblickte, die auf dem Hügel bereits ihre Bogen spannten.

»Ja, Ser. Dann, viel Glück, Ser.« Ludren riss sein Pferd herum. »Der Magier braucht uns nicht mehr, Männer, Zeit abzuhauen. Wir müssen uns beeilen.«

»Das sagt er jetzt ...«

»Bewegt euch!« Ludren deutete noch einen militärischen Gruß an, dann gab er seinem Ross die Sporen.

Sofort danach schwang Cerryl den Mantel des Lichts –

oder der Dunkelheit – um sich und das Pferd. Mithilfe seines Gespürs für Ordnung und Chaos fand er den Weg zu dem verkrüppelten Baum am Rand der uneingezäunten Weide.

Der Braune wieherte ängstlich.

»Ruhig … ganz ruhig.« Cerryl klopfte dem Wallach auf den Hals, damit er sich beruhigte, als er ihn langsam von der Straße lenkte, über den Randstreifen hinaus und durch das braune, verwelkte Gras.

Der Boden vibrierte unter den Hufschlägen der näher kommenden gallischen Lanzenreiter. Cerryl hoffte, dass das leichte Flimmern in der Luft, das der Lichtumhang verursachte, durch den Wind und das umherflatternde, verwelkte Herbstlaub verschleiert wurde.

Es war völlig sinnlos, nun zu versuchen, die gallischen Reiter mit Chaos-Feuer zu vernichten. Es waren zu viele und außerdem würden durch die Flammen alle darauf aufmerksam, dass ein Weißer Magier in der Nähe war. *Besser, keiner weiß, dass du hier bist.*

Als sich die Hufschläge langsam entfernten, wartete Cerryl noch in seiner selbst erschaffenen Blind- und Dunkelheit, er hoffte auf die nahende Dämmerung; gleichzeitig machte er sich Sorgen um Ludren und die anderen Soldaten. Er hatte dieses Ablenkungsmanöver gebraucht, jedoch nur ungern die Soldaten dazu benutzt. *Du hast aber nicht gezögert.*

Aller Wahrscheinlichkeit nach würden viele von ihnen ohnehin in irgendeiner anderen Schlacht sterben … *Bist du sicher? Oder hast du dich für die Möglichkeit entschieden, die dir am ehesten zum Vorteil gereichte?* Er nickte. Er hatte den Weg gewählt, der am einfachsten und einträglichsten für ihn war, und nichts konnte daran etwas ändern. Cerryl hoffte nur, dass er nicht so enden würde wie Jeslek und Sterol.

Obwohl die Straße wieder ruhig zu sein schien, wartete er noch eine Weile. Schweiß lief ihm über den Rücken.

Dann endlich ließ er den Lichtschild fallen und sah sich schnell um, warf einen Blick auf die Straße und die Kate.

Der Bauer war verschwunden und Rauch stieg aus dem steinernen Kamin der Kate. Die Sonne stand auf den Hügeln im Westen, die die Ausläufer der Westhörner bildeten.

Die Straße war leer bis auf einen Wagen, der nach Süden rumpelte und sich bereits hinter Cerryl befand. Er rollte wahrscheinlich nach Südbach oder Tellura oder in eine andere Stadt, die Cerryl und die Lanzenreiter auf ihrem Ritt nach Fenard umgangen hatten. Auf den Hügeln war keine Spur mehr von den feindlichen Lanzenreitern zu sehen.

Cerryl wartete und trank Wasser, bis die Sonne hinter den Hügeln verschwunden war. Erst dann führte er sein Pferd zum Fluss, um es zu tränken. Anschließend wartete er, bis es völlig dunkel geworden war, bevor er die letzte Meile nach Fenard zurücklegte; einige Hundert Ellen vor den Toren hielt er an.

Eine kleine Einheit von Soldaten oder Lanzenkämpfern stand unter den Fackeln zu beiden Seiten des Tores Wache; sie warteten, ihre Haltung verriet Langeweile.

»Da ist jemand …«

Cerryl baute den Lichtschild um sich und das Pferd wieder auf. Sollte er es wagen und durch das Tor reiten – einfach mit dem Schild? So gut wie blind?

Er blieb auf dem Wallach sitzen … wartete …

»Sehe nicht das Geringste. Du schreckst schon auf, sobald nur eine Ratte aus dem Straßengraben lugt.« Die Stimme einer der Wachen tönte durch die Dunkelheit.

»Ich habe aber etwas gesehen.«

»Hat einer von euch anderen etwas gesehen?«

Cerryl hielt den Atem an.

»Siehst du, Nubver … da ist niemand. Oberst Gysto und seine Männer haben sogar die Ratten vertrieben.«

Gelächter hallte von den Mauern wider.

Die Wächter unterhielten sich, Wagen oder Reiter befanden sich jedoch keine auf der Straße. Schließlich bewegte Cerryl den Braunen Schritt für Schritt – nun entspannter aufgrund der Dunkelheit des Lichtschildes – auf der Straße vorwärts. Als die Hufe des Wallachs auf den Pflastersteinen der Straße klapperten, etwa hundert Ellen von den Wachen entfernt, ließ er das Pferd noch langsamer und vorsichtiger gehen. Er versuchte nicht daran zu denken, wie verrückt sein Vorhaben war.

Einer der Soldaten drehte sich um. »Hörst du das? Da ist doch jemand auf der Straße.«

»Ich sehe nichts. Wenn du und Pulsat unbedingt nachsehen wollt … dann seht doch nach. Wahrscheinlich ist es eine Ratte.«

Wieder folgte Gelächter.

»Pulsat, komm, wir gehen.«

Cerryl schluckte, er wusste nicht, ob sein Schild hielt, wenn die Wächter zu nah kamen. Er konzentrierte sich, dann warf er einen Feuerball auf etwas, das sich wie ein Abfallhaufen links von den Wachen anfühlte.

Lichtstrahlen flammten auf.

»Siehst du! Da war etwas.«

Vier der Soldaten zogen die Schwerter und näherten sich dem flackernden Feuer, das nahe der Mauer brannte.

»Sieht aus wie brennender Unrat …«

»Vielleicht hat eine Ratte das Feuer gelegt …«

Cerryl führte währenddessen den Braunen mithilfe seiner Sinne zum Tor und vorbei an den zwei dort verbliebenen Wächtern. Beide interessierten sich jedoch mehr für das Feuer als für die scheinbar leeren Tore.

»Niemand da.«

»Wer hat das Feuer gelegt?«

»Hat jemand eine Fackel von der Mauer genommen?«

»Warum?«

»Wer weiß? Melde den Vorfall morgen früh bei Delbur.«

Cerryl führte den Wallach durch die Straßen von Fenard. Der Schweiß lief ihm noch immer über die Stirn. An der ersten Kreuzung bog er schleunigst in eine enge Seitenstraße ein. Nach weiteren hundert Ellen ließ er den Schild fallen und saß nur noch zitternd auf dem Braunen. In den Straßen roch es beinahe so unangenehm wie in den Kanälen von Fairhaven. Das einzige Licht spendeten die Sterne und die rauchige Fackel, die in etwa fünfzig Ellen Entfernung an einer Hauswand befestigt war.

Nun hatte Cerryl also Fenard erreicht, doch er wusste nicht einmal, wo sich der Palast befand. Er trug weiße Kleidung, die ihn im Tageslicht zu einem lohnenden Ziel werden ließ, und in seiner Börse fanden sich lediglich zwei Silberstücke und eine Hand voll Kupferlinge.

Ohne Zweifel würde Cerryl den Magier Sverlik leicht aufspüren können – ganz gleich, ob er tot oder lebendig war. Auch hegte er den Verdacht, dass Jeslek über den Zustand des alten Magiers bereits informiert war, und das war er auch bestimmt schon lange, bevor der Obermagier Cerryl mit dieser ›Aufgabe‹ betraut hatte.

»Hinaus! Hinaus mit dir, bevor du alles entzwei schlägst …«

Der junge Magier sah auf und entdeckte eine große Gestalt, die unter der Fackel auf die Straße torkelte.

»Ein stattlicher Mann war er … war er … ein stattlicher Mann war er …«

Das Zuschlagen der Tür hallte durch die Straße, dann vernahm Cerryl ein leises Rascheln, was er auf die Ratten schob.

»… und ein stattlicher Mann … bin auch ich … auch ich …«

Die dunkle Gestalt schwankte auf Cerryl zu, der nun erkennen konnte, dass der Trunkenbold groß und breitschultrig war, zweimal so groß wie er selbst, und einen weiten Umhang trug. Cerryl besaß keine nennenswerten Waffen, außer einem kurzen Messer aus Weißbronze.

Sollte er umkehren? Doch dann bestand erneut die Gefahr, dass die Torwächter auf ihn aufmerksam wurden.

Er saß auf dem Wallach und wartete.

Als der Betrunkene auf Cerryl zutorkelte, hüllte sich dieser mitsamt dem Braunen in einen Lichtschild; sobald der Mann nur noch drei Ellen entfernt stand, ließ er ihn fallen.

»Stattlicher ... Mann ... bin auch ich ... Wo kommst du denn her, mein Freund?«

Cerryl ließ sich und das Pferd erneut verschwinden und führte den Braunen ein wenig zur Seite, sodass der Trunkenbold ungehindert an ihnen vorbeischwanken konnte. Der Magierschüler zog das Messer. Der große Mann stand für einen Augenblick da und kratzte sich am Kopf. »Wenn du ... meinst ...« Er ging weiter, an dem verborgenen Magier vorbei.

Als der Mann neben dem Pferd hertorkelte, ließ Cerryl den Schild fallen, beugte sich hinunter und packte den langen Umhang; die Kordel um den Hals des Mannes schnitt er ab.

Der Säufer drehte sich um und wirbelte mit einem großen Schlagstock herum, doch Cerryl und der Umhang waren bereits wieder verschwunden.

Cerryl ritt langsam die Straße entlang, vorbei an der rauchenden Fackel, und bog an der nächsten breiteren Straße links ab. Dort blieb er schließlich stehen und warf sich den Umhang über die weiße Jacke. Das lange Kleidungsstück verdeckte seinen Oberkörper und einen Teil der Beinkleider.

Dann trieb er den Braunen weiter. Die Gebäude waren meist nicht höher als zwei Stockwerke, die Vorderfronten mit Balken und Verputz verschönert, die zweiten Stockwerke ragten eine Elle oder zwei weiter in die Straße als die Erdgeschosse. Ein dicker Nebel waberte um die Häuser, die Luft war durchtränkt mit dem Gestank der offenen Kanäle und dem Rauch aus den Kaminen.

Jemand tauchte plötzlich vor Cerryl auf. Er schluckte und sammelte sofort Chaos zusammen, in der Hoffnung, dass er es nicht einsetzen musste.

Die kleine Gestalt huschte in eine enge Seitengasse hinein. Cerryl atmete erleichtert auf. Der nächste Häuserblock war etwas heller erleuchtet, obwohl Cerryl keine Lampen oder Fackeln entdecken konnte. Durch Fenster und Läden der Häuser auf der linken Straßenseite fiel etwas Licht auf die Straße.

Das Scharren von Stiefeln auf dem Kopfsteinpflaster erregte Cerryls Aufmerksamkeit. Zwei dunkle Gestalten sprangen ungestüm aus den Schatten der Gasse, die Cerryl gar nicht richtig wahrgenommen hatte.

»So, Bursche … du wirst uns jetzt dieses Pferd überlassen – und deine Börse.«

Cerryl starrte die zwei an. Beide trugen verdreckte Hemden und Hosen und breite Gürtel mit Scheiden. Beide hatten mittellange Eisenschwerter in der Hand. Sonst schien keiner mehr in der Nähe zu sein. »Es tut mir Leid.«

»Nicht so Leid, wie es dir noch tun wird.« Der größere der beiden, er besaß eine Statur ähnlich wie Kinowin, lachte laut.

Cerryl lächelte traurig und sammelte einstweilen weiter Chaos aus der Umgebung.

Ein Feuerblitz fauchte durch die Gasse.

Der größere der beiden fiel vornüber. Der kleinere Straßendieb stand für einen Augenblick mit offenem Mund da.

»Weißer …!«

Der nächste Feuerstrahl traf ihn mitten in der Brust.

Cerryl schwankte leicht im Sattel, dann stieg er ab. Er warf einen prüfenden Blick von einer Seite zur anderen, aber die enge Straße lag dunkel und einsam da – nur der schwache Lichtschein einer Lampe oder einer Fackel spiegelte sich an der Ecke des Gebäudes, das an die größere Straße grenzte.

Mit einem lauten Platschen landete Cerryls rechter Stiefel im Abwassergraben. »Dunkelheit …«

Seine durch Chaos bedingte gute Nachtsichtigkeit half ihm, als er den kleineren Mann auszog und Börse und Scheide samt Schwert abschnitt; eine Klinge, die er kaum zu gebrauchen wusste.

Er sah sich vorsichtshalber noch einmal um, bevor er die schmutzige Hose mit Chaos säuberte und sie anschließend über seine eigene weiße Hose streifte. Keine Menschenseele trieb sich um diese Uhrzeit auf den Straßen Fenards herum. Cerryl band die Scheide an seinen Gürtel und steckte die Klinge hinein, vorsichtig, damit er das kalte Eisen nicht berührte. Er säuberte seine Stiefel, so gut er konnte, und stieg wieder in den Sattel. Dann, immer mit einem Blick auf die Straße, prüfte er den Inhalt der Börse: drei Silberstücke und einige Kupferlinge.

Dass die zwei ihn getötet hätten, war klar, doch dass jetzt er von ihrem Tod profitierte, gab ihm ein wenig zu denken – obwohl es nur eine geringe Beute war. War ein Menschenleben denn überhaupt mehr wert als ein paar Silberlinge? Jeslek hatte ihn in den sicheren Tod geschickt – für weniger als ein paar Silberlinge. Und er hatte auch für Ludren dieses Schicksal vorgesehen.

Aber war denn Cerryl einen Deut besser? Er hatte die Lanzenreiter als Lockvögel benutzt. Doch sie hatten zumindest eine verhältnismäßig gute Aussicht auf Erfolg. Eine bessere Aussicht jedenfalls, so hoffte er, als sie unter Jeslek gehabt hätten.

Cerryl holte tief Luft und zog es nun vor, die größere Straße entlang zu reiten, er verhielt sich noch vorsichtiger und erreichte schließlich die Hauptstraße, wo er nach rechts abbog, weiter zur Stadtmitte Fenards.

Auf der Hauptstraße herrschte ziemlich reger Verkehr – Männer mit Wachen und Laternenträgern, eine Kutsche mit uniformierten Männern darum herum –

und zum Glück kümmerte sich niemand um die dünne Gestalt im Umhang. Schließlich fand Cerryl, wonach er gesucht hatte.

Das Schild zeigte ein Bild, das von einer Fackel beleuchtet wurde: eine gelb angemalte Schüssel. Cerryl ritt an der Tür vorbei und auf einen Bogengang zu, der zu einem Innenhof und einem Stall führte.

»Ser? Ihr seid spät dran.«

»Allerdings …« Cerryl bemühte sich um eine tiefere und rauere Stimme. »Kein Wunder in diesem Straßengewirr.«

Der Stalljunge schreckte zurück, als Cerryl abstieg.

»Gibt es noch ein Zimmer?«

»So viel ich weiß, ja, Ser.«

»Gut.« Cerryl warf dem Jungen einen Kupferling zu. »Das ist für dich. Wenn du gut auf den Braunen aufpasst, gibt es morgen noch einen. Wenn nicht …«

»Danke, Ser. Danke. Ich werde Prytyk holen.«

Cerryl schnallte Satteltaschen und Bettrolle ab.

Der Stalljunge pfiff zweimal, und als Cerryl sein Gepäck schließlich in Händen hielt, tauchte eine gedrungene Gestalt in schmutzigen grauen Kleidern unter der Lampe neben der Stalltür auf.

»Ein Zimmer? So spät?«

Cerryls Augen funkelten.

Der untersetzte Mann machte einen Schritt rückwärts, seine Augen wanderten von Cerryls Gesicht zu der Klinge am Gürtel und dann zurück zum Gesicht des jungen Magiers. Der Mann schluckte. »Für eine Nacht?«

»Heute und morgen Nacht. Einzelzimmer bitte.«

»Ein Einzelzimmer kostet einen Silberling pro Nacht.«

»Mit Verpflegung?«

»Mit Verpflegung, aber ohne Getränke.«

Cerryl nickte und reichte dem Mann ein Silberstück. »Den Rest bekommt Ihr, wenn ich abreise.«

Die Augen des Gastwirts blickten erneut auf die Klinge und dann auf Cerryls Gesicht. »Denke mal, ich kann Euch trauen.«

»Das könnt Ihr, Wirt.« Cerryl legte Zutrauen in seine Stimme, hielt sie jedoch sanft und tief. »So lange ich auch Euch trauen kann …«

»Ihr …«

Cerryl blickte in die trüben braunen Augen und sammelte gleichzeitig Chaos.

»Sehr wohl, Ser.«

Cerryl lächelte. »Danke.«

Er folgte dem Wirt durch eine Seitentür.

»Zur Schenke geht's dort entlang. Die Treppe ist hier.«

Er folgte dem breitschultrigen Mann die schmalen Stufen hinauf.

Eine alte Goldeichentür führte in das letzte Zimmer des oberen Flurs, der nur mehr etwa zwei Ellen breit war. Prytyk stieß sie auf. »Das ist Eures. Viel zu essen gibt es nicht mehr so spät, aber wenn Ihr herunterkommt, wird Euch Foera noch etwas bringen.«

»Ich werde in Kürze unten sein.«

»Kein blankes Eisen in der Schenke.«

Cerryl nickte.

Als Prytyk gegangen war, warf Cerryl einen Blick in den Spiegel an der Wand. Ein verhärmtes, unrasiertes und blutverschmiertes Gesicht blickte ihn daraus an. Das schiefe Lächeln, das ihn begrüßte, wirkte beinahe grausam.

»Nun, ohne Rasierer …« Wie hätte Leyladin wohl *Die Goldene Schüssel* gefunden? Cerryl bezweifelte nicht, dass diese Herberge unter ihrer Würde war, weit unter ihrer Würde.

Er wusch sich über der Waschschüssel das Blut aus dem Gesicht – Cerryl wusste noch immer nicht genau, wie er dazu gekommen war – und den ärgsten Schmutz von Händen und Armen. Dann streifte er den Umhang, die weiße Lederjacke und die Übertunika mit den roten

Streifen an den Ärmeln ab. Ein einfaches weißes Hemd, staubige, bräunliche Hose und ein Schwert – das entsprach kaum dem Bild eines Magiers. Jacke und Tunika stopfte er in seine Packtaschen. Den geborgten Umhang hängte er an einen Haken, Packtaschen und Bettrolle schob er an die Wand neben dem Bett, sodass der Blick eines Eindringlings nicht sofort auf sie fiel. Nicht dass sich etwas Wertvolles darin befunden hätte, außer vielleicht die Lederjacke; Cerryl beabsichtigte jedoch nicht, sie hier unter den vielen Menschen zu tragen, das würde nur Verdacht erregen.

Die Schenke war rauchig vom offenen Feuer in dem kleinen Kamin in der Ecke, Fettgeruch und lautes Stimmengewirr erfüllten die Luft. Zwölf Tische standen ohne erkennbare Ordnung in der Schenke und alle waren besetzt bis auf zwei: ein runder Tisch, auf dem noch leere Humpen und schmutzige Teller standen, und ein kleiner, quadratischer Tisch an der Wand. Cerryl entschied sich für den kleinen Tisch und rückte sich den Stuhl so zurecht, dass er unauffällig den Eingang beobachten konnte.

»... man muss aufpassen, wo man die Wolle kauft ...«

»... man glaubt, sie achtet darauf ... Alles, was sie will, ist Seide aus Naclos ... und eine Speisekammer voller Gewürze und zwei gleich aussehende Milchkühe ...«

»... junger Bursche ... dort drüben ... gerade hereingekommen ... wieder so ein Gauner ... Prytyk sagt, er wäre wohl ziemlich mordlüstern ...«

»... sieht gar nicht so aus ...«

»... Blut im Gesicht ... Blut auf der Klinge, sagt Prytyk ...«

»... keine Sorge ... nicht hier. Wenn er ein richtiger Gauner ist ... wir sicher ... dort, wo sie bleiben, stellen sie nichts an ... jetzt nicht unten im *Schwarzen Kessel* sein ...«

Cerryl blickte auf zur Schankmaid, sie sah schmächtig aus und wirkte gequält; mit ihrer schmutzigen Schürze war sie vom Nachbartisch herübergekommen.

»Ser … Ihr seid der späte Gast, den Prytyk angekündigt hat?«

Cerryl nickte.

»Es gibt noch Eintopf mit Huhn. Brot dazu, natürlich.«

»Sehr gut. Was gibt es zu trinken?«

»Bier kostet zwei, das rote Gesöff einen Kupferling.«

»Ich nehme das Bier.« Etwas, das Gesöff hieß, wollte Cerryl nur ungern trinken.

Die braunhaarige Schankmaid war genauso schnell wieder verschwunden, wie sie gekommen war. Cerryl warf einen Blick auf den Ecktisch, dort wo man sich vorhin über ihn unterhalten hatte. Drei ältere Männer saßen um den abgenutzten runden Tisch und tranken aus großen Bierhumpen. Ein Brotkorb stand in der Mitte des Tisches.

Dann wanderte der Blick des jungen Magiers weiter zu einem Tisch, an dem eine blonde Frau unbestimmten Alters saß, ihren Beruf jedoch konnte sie nicht verbergen. Sie hing an der Schulter eines grauhaarigen, wohlgenährten Mannes in teurer brauner Kleidung. Cerryl wünschte, eine gewisse rotblonde Magierin würde ihm jetzt gegenüber sitzen. Doch in Ermangelung derselben lauschte er der Unterhaltung in der Ecke.

»… verstehe, was du meinst … sieht durch dich hindurch …«

»… hätte ihn haben können … vor Jahren …«

»Das ist noch nicht so lange her, Byum. Ha!«

Ein Lächeln spielte um Cerryls Lippen.

»Hier, bitte sehr.« Brot und Bier standen plötzlich auf dem Tisch: ein halber Laib Roggenbrot und ein großer Humpen, gefüllt mit dunklem Bier, das dem Geruch nach sehr stark zu sein schien. Cerryl legte zwei Kupferstücke auf den Tisch und nahm vorsichtig einen ersten Schluck. Bei den Preisen in Fenard musste er aufpassen – und sich vor allen Dingen beeilen.

Das Brot war fast frisch, zumindest frischer als das in

den Gildehallen der Magier, und als endlich der Teller mit einem einzigen Hühnerbein darauf und die angeschlagene braune Steingutschüssel mit Eintopf an seinen Tisch gelangten, hatte Cerryl schon die Hälfte des Brotes verschlungen.

»Bitte, Ser.«

»Danke.« Cerryl wusste, dass die Maid etwas erwartete. Er kramte umständlich einen Kupferling aus der Börse.

»Danke, Ser.« Sie schenkte ihm ein eingeübtes Lächeln und schon stand sie am nächsten Tisch.

Der Eintopf schmeckte pfeffrig, schärfer als Burkha, doch das kümmerte Cerryl nicht. Er lauschte den Gesprächen um ihn herum, während er aß.

»... eine Menge Lanzenreiter sind heute zu den Osttoren hinausgeritten. Sehr viele von ihnen scheinen nicht zurückgekommen zu sein ...«

»... du einen guten Tischler? Sie sagt, wir brauchen eine Aussteuertruhe für Hirene ...«

»... den sind wir glücklicherweise los ... Magier bringen nichts als Ärger ...«

Cerryl spitzte die Ohren. Unauffällig trank er vom Bier, biss ein Stück Brot ab und löffelte weiter seinen Eintopf.

»... Weißen Teufel ... haben angeblich im Osten neue Berge geschaffen ...«

»Ha! Nicht einmal die können so was ... nur Geschichten ... Als Nächstes werden wir von den Schwarzen Engeln hören, die nach Westwind zurückgekehrt sind. Oder von großen weißen Vögeln, die auf den Ebenen von Kyphros landen ... darfst nicht alles glauben, was du aufschnappst.«

»Von der Schwarzen Insel hört man gar nichts mehr in letzter Zeit.«

»Das ist auch gut so. Weißt du vielleicht, ob Frysr die Truhe besser hinbekommen würde als Donleb?«

»Frysr ist der bessere Handwerker, aber er verlangt bestimmt doppelt so viel wie Donleb.«

»Sie wird darauf bestehen, dass Frysr die Truhe macht – nur das Beste für Hirene.«

»Na dann, viel Glück.«

Cerryl blickte auf Schüssel und Teller. Er hatte alles aufgegessen – vermutlich viel zu schnell. Noch einmal sah er sich in der Schenke um, dann erhob er sich.

Niemand schien zu bemerken, dass er zur Tür hinausschlüpfte. Der Flur im ersten Stock war leer, doch nicht ruhig; ein Bett quietschte in regelmäßigen Abständen, als er an der Tür zu seinem Nachbarzimmer vorbeischlich.

Seine Kammer schien unberührt zu sein, es gab keinen Hinweis auf Chaos oder Unordnung.

Cerryl legte von innen den Riegel vor. Er bürstete das Bett mit Chaos, in der Hoffnung, dass er damit dem Ungeziefer Herr würde, dann nahm er Gürtel und Schwert ab, zog beide Hosen und die Tunika aus und säuberte auch sie mithilfe von Chaos.

Er streckte sich auf dem Bett aus und sofort fielen ihm die Augen zu. Bei der Dunkelheit … war das ein langer Tag gewesen.

C

Cerryl erwachte im grauen Licht, das die Kammer schon vor Sonnenaufgang erhellte. Sein Kopf schmerzte und Hinterteil und Beine fühlten sich wund an. Kleine, rote Insektenstiche übersäten seinen Arm und juckten unangenehm – die Anstrengungen am Abend zuvor gegen das Ungeziefer hatten sich also nicht gelohnt.

Er schwang die Beine über die Bettkante und blieb noch für eine Weile so sitzen. Langsam massierte er sich zuerst den Nacken und dann die Stirn. Schließlich stand er auf und stellte sich an die Waschschüssel, wo er sich so gut es ging wusch. Danach zog er die Stiefel an und band sich den Gürtel um. Die Tunika und die weiße Jacke mussten noch in den Packtaschen ausharren.

Im verschwommenen Bild des Spiegels sah er einen schmalgesichtigen und ausgezehrten jungen Mann, alles andere also als einen gut genährten Magierschüler – geschweige denn einen Magier, ganz gleich welcher Art. Er glich mehr einem schmutzigen Wiesel, so fand Cerryl, oder einem Banditen, der gerade in einer Pechsträhne steckte – er wirkte beinahe so, als könnte er mit der Klinge an seinem Gürtel mehr anfangen, als nur harmlose Hiebe austeilen.

Er vermisste den Rasierer – und die Dame, von der er ihn geschenkt bekommen hatte. Würde er sie wieder sehen? Hoffte auch sie darauf?

Denk nicht daran ... Du hast eine Aufgabe zu erfüllen.

Er ließ die Packtaschen neben dem Bett stehen und ging hinunter, um sein Morgenmahl einzunehmen. Im Kamin in der Ecke der Schenke brannte kein Feuer, es roch nur nach kalter Asche. Weißlicher Staub bedeckte die Tische, an dem einzigen gedeckten Tisch saßen dieselben drei Männer wie schon am Abend zuvor. Sie warfen Cerryl einen flüchtigen Blick zu und nahmen dann ihre gedämpfte Unterhaltung wieder auf.

»... sieht immer noch aus wie ein Bandit ...«

»... hast du dir schon über das Holz Gedanken gemacht, Byum?«

»... noch nicht ... Du weißt ...«

»... über alles denkt er nach, nur nicht über das Wichtigste ...«

Eine Schankmaid, ziemlich dick, kam aus der Küche und blickte Cerryl an. »Frühstück ist nicht im Zimmerpreis inbegriffen.«

»Wie viel kosten etwas Brot, Käse und Bier?«

»Drei Kupferlinge.«

Cerryl nickte zustimmend und setzte sich an den Tisch, den er schon am Abend zuvor gewählt hatte.

Ein dürrer weißbärtiger Mann schlurfte herein und setzte sich an den runden Tisch in der Ecke; Cerryl oder den anderen drei Männern schenkte er keinerlei Beachtung. Der alte Mann wartete mit gesenktem Blick, bis die beleibte Blonde ihm einen Humpen brachte. Mit zitternden Händen hielt er den Humpen hoch und schlürfte langsam den Inhalt.

Die Schankmaid betrat die Stube erneut und knallte Cerryls Bestellung auf den Tisch. »Brot und Käse, dunkles Bier.« Die Blonde sprach mit scharfer Stimme, fast so als würde sie Cerryl nur ungern bedienen.

Cerryl gab ihr trotzdem die drei Kupferlinge. Das Mädchen verschwand wieder durch die Küchentür. Die drei Männer führten ihre Unterhaltung fort, während der junge Magier einen halben Laib Roggenbrot vom Vortag vertilgte und dazu harten, weißen Käse aß; mit dem Bier spülte er die trockene Kost hinunter. Als er sein Frühstück verzehrt hatte – so schnell, dass es bestimmt nicht mehr als gesittet gelten konnte, für einen Banditen jedoch angemessen –, verschwanden die Kopfschmerzen langsam. Musste man also mehr essen, wenn man viel Chaos verbrauchte?

Er stürzte den Rest Bier hinunter und ging hinauf in sein Zimmer, wo er vom Nachttopf Gebrauch machen musste, danach stellte er ihn neben die Tür. Er warf sich den etwas zu großen Umhang über und nahm seine Packtaschen und die Bettrolle.

Das Bett im Nebenzimmer quietschte wieder, als er daran vorbeiging.

In welcher Herberge war er denn hier eigentlich gelandet? Er zuckte die Schultern. Zumindest nicht in einer, in der man jeden Fremden mit großen Augen anstarrte. In dieser Hinsicht hatte er es gut getroffen.

Draußen auf dem staubigen Hof starrte der Stalljunge Cerryl und sein Gepäck fragend an. »Ihr kommt nicht zurück, Ser?«

»Würdest du dein Gepäck den ganzen Tag dort lassen?«

Der dunkelhaarige Junge grinste. »Ich hole Euer Pferd, Ser. Der Braune, nicht wahr?«

»Stimmt genau.« Cerryl warf einen Blick zurück auf die Herberge, Prytyk erblickte er allerdings nicht, was ihn jedoch nicht weiter störte. Eine dünne Rauchfahne wehte aus dem Kamin und der Duft von frischem Brot stieg in Cerryls Nase, angenehmerer als das trockene Frühstück oder der Gestank in den Straßen. Über ihm verschönerten dicke weiße Wolken den grünblauen Himmel, keine Spur von Grau oder Schwarz war zu sehen.

Der Stalljunge hatte den Braunen gestriegelt. Das konnte man unschwer am Glanz des Pferdefells erkennen. »Habe ihm ein wenig Hafer gegeben. Sollte ich eigentlich nicht ...« Der Junge warf erst einen Blick zum Stall und dann über Cerryls Schulter zur Tür der Schenke.

Cerryl lächelte und warf dem Jungen einen weiteren Kupferling zu, was er sich eigentlich gar nicht leisten konnte.

»Danke, Ser.« Eine Pause folgte. »Man sagt, Ihr wärt ein Bandit ...«

»Was meinst du? Stimmt es?« Cerryl lächelte, während er seine Packtaschen und die Bettrolle auf den Braunen schnürte. Er wollte das Gepäck nicht zurücklassen, auch wenn er am Abend wirklich wiederkommen sollte. »Ich kann dir keine Antwort darauf geben, die du glauben würdest. Wenn ich einer wäre, würde ich es nicht sagen, und wenn nicht, würde ich es auch nicht sagen.« Er lachte und war äußerst zufrieden mit seiner Antwort.

»Ich glaube es nicht.«

»Vielleicht nicht so, wie du denkst.« Der angehende Magier schwang sich in den Sattel, verwundert darüber, welche Anmut er inzwischen beim Aufsteigen auf dieses große Pferd an den Tag legte. »Bis heute Abend.«

»Ja, Ser.«

Cerryl hoffte zwar, dass er nicht noch eine Nacht hier würde verbringen müssen, aber er wusste nicht, was ihn in Fenard erwartete – ob er überhaupt in die Nähe des Präfekten gelangen konnte.

Die Goldene Schüssel wirkte bei Tageslicht noch schmuddeliger, der einst gelbe Verputz war grau geworden und bröckelte ab, der Wind hatte einige Dachziegel zerbrochen, manche fehlten ganz. Der Laden an der Vordertür hing schief aus der einzigen noch verbliebenen Angel. Cerryl unterdrückte ein Schaudern, ein Glück, dass er die Herberge in der Nacht zuvor nicht so genau gesehen hatte.

Er lenkte den Braunen hinaus auf die schmale Straße nach Westen und steuerte auf die Hauptstraße zu, immer die ätzenden Gerüche der Stadt in der Nase, die von den zu vielen offenen Kanälen herrührten. Auf der Hauptstraße zogen schon am frühen Morgen lange Reihen von Karren an Cerryl vorüber, sie fuhren dorthin, wo Cerryl den Hauptplatz vermutete, oder was man dafür halten konnte.

Kaum hatte er den ersten Häuserblock hinter sich gelassen, musste er den Braunen um einen Wagen herumführen, dessen Rad gebrochen war. Der Wagen war zur Seite gekippt und die Kartoffeln lagen auf der Ladefläche und der Straße verteilt, einige sogar in den Abwassergräben.

Ein paar Straßenkinder sammelten die Knollen auf und ließen sie blitzschnell unter ihren zerlumpten Hemden verschwinden; mit dieser Beute türmten sie in eine Seitengasse. Cerryl schluckte, als er einen Jungen dabei beobachtete, wie er zwei Kartoffeln aus dem Ekel erregenden Wasser fischte.

»Fort mit euch! Lasst einen armen Bauern zufrieden.« Der Fahrer des Wagens drohte den Dieben mit seinem langen Stock, worauf auch die letzten Straßenkinder in die Seitengasse flüchteten.

Cerryl ritt weiter, seine Augen wurden nicht müde, die Umgebung zu beobachten, auch dann nicht, als er zwischen zwei alten Steinsäulen hindurchritt und sich mit einem Mal vor einem großen, mit Kopfstein gepflasterten Platz befand, auf dem es vor Karren, Wagen und Straßenhändlern nur so wimmelte. Die meisten Wagen bestanden aus einfachem Holz, braun oder grau gestrichen, lange nicht so bunt wie die Wagen auf dem Marktplatz in Fairhaven.

Rechts von ihm, auf einem einzelnen Block zum Ein- und Aussteigen für Kutschen, stand ein verwahrloster Junge und beobachtete Cerryl mit kalten Augen, dann wandte er den Blick ab.

»Du da!«, rief Cerryl.

»Ser? Ich habe nichts getan. Wirklich nicht.«

»Wo geht es zum Palast des Präfekten?«

»Ihr? Sie werden Euch nicht hineinlassen.« Der Junge grinste, wenn auch nur verhalten.

»Mein Vetter ist in der Garde dort.«

»Dort hinauf und bei Gyldn vorbei. Das ist der Goldschmied.«

»Danke.«

»Geht doch hin, wo der Pfeffer wächst, Bandit.« Der Bengel spie vor Cerryl auf den Boden.

Cerryl drängte den Braunen schnell auf den belebten Marktplatz, seine Augen wanderten über die vielen Stände, zu den Frauen mit ihren bunten Körben und schließlich zu den zwei Wagen, die auf der anderen Seite des Platzes vor einem Gebäude standen, das ein Lagerhaus zu sein schien. Zwei Männer schleppten schwere, in grauen Stoff eingewickelte Bündel durch die offen stehenden Türen des Lagerhauses.

»Gewürze! Die beste Wintersaat auf dieser Seite des Golfes …«

»Ser! Blumen für Eure Dame!«

Cerryl schüttelte den Kopf.

»Dann ist sie keine Dame!«

Der junge Magier grinste und suchte gleichzeitig nach dem Goldschmied, während der Braune ihn um den Platz trug. Ein Schild mit einer goldenen Kette auf grünem Hintergrund fiel ihm ins Auge und er machte sich auf den Weg dorthin. Die Straße führte bergauf, vorbei an dreistöckigen Häusern, in denen sich ebenerdig Läden befanden und darüber Wohnungen.

»Düfte und Öle … Düfte und Öle …«

»… erntefrisches Wurzelgemüse … frische Wurzeln …«

Während er auf dem Kopfsteinpflaster der steilen Seitenstraße dahinritt, entdeckte Cerryl schließlich zu seiner Rechten die Mauern. Der Palast des Präfekten war von einer schier undurchdringlichen Wand umgeben, die gut zehn Ellen in der Höhe messen musste. Etwa zweihundert Ellen vor Cerryl befand sich ein Tor – besser gesagt, das erste Tor. Die zwei schmiedeeisernen Torflügel standen zwar offen, doch vier aufmerksame Wächter hatten sich davor postiert. Einer von ihnen beobachtete Cerryl interessiert, als dieser vorbeiritt. Cerryl achtete aber nicht auf den prüfenden Blick und ritt so unauffällig wie möglich vorbei. Das Tor hatte jemand aus ineinandergreifenden Eisenstäben geschmiedet, die sich zu Rechtecken zusammenfügten und den Blick auf einen gepflasterten Innenhof freigaben.

Sollte er vorsichtiger sein?

Cerryl schüttelte den Kopf. Es gab Zeiten, da war Kühnheit angesagt, und Zeiten der Vorsicht. In der Vergangenheit hatte er meist vorsichtig sein müssen und das war es auch gewesen, worauf Jeslek gehofft hatte.

Hier konnte Cerryl Sterols Weisheit nicht mehr beherzigen, nach der es keine alten und zugleich kühnen Magier gab; wenn er jetzt nicht kühn handelte, würde er bestimmt nicht alt werden. Je eher er den Präfekten beseitigte – wenn es denn möglich war – und nach Fairhaven zurückkehrte, desto besser ... bevor Jeslek wieder neue Geschichten erfand.

An der Kreuzung oben auf dem Hügel fand er ein weiteres Tor vor, das allerdings verschlossen und mit einer Kette gesichert war; es sah nicht so aus, als hätte man es in letzter Zeit benutzt. An der Nordseite der Mauern öffnete sich das dritte Tor, mehrere Wagen warteten in einer Reihe davor – das Tor für die Händler, so vermutete Cerryl im Vorbeireiten. Das Tor am Ende der Straße, weniger als einen Häuserblock vom Marktplatz entfernt, nördlich von der Straße, die er zuerst genommen hatte, gewährte lediglich zu den Unterkünften der Wachen Einlass. Nur ein einziger Wachmann lungerte vor dem Wachhäuschen herum.

Das bedeutete, dass nur das südliche Tor ihn an sein Ziel führen konnte. Cerryl ritt langsam eine andere Seitenstraße entlang und suchte eine größere Straße, die ihn zurück zu diesem Tor führen würde. Am einfachsten war es wohl, wenn er sich mit einem Lichtschild umgab und einem Wagen folgte, der in den Palast fuhr – doch was sollte er mit dem Braunen machen?

Er lächelte – warum nicht einfach irgendwo anbinden? Keiner würde ein Pferd töten. Den Reiter vielleicht, aber nicht das Pferd. Er könnte gestohlen werden, doch die Gefahr war gering, wenn er den Wallach in einer wohlhabenden Gegend stehen ließ. Er zuckte mit den Schultern. Sollte wirklich jemand das Pferd stehlen, würde er einen Weg finden, sich ein anderes zu besorgen. Nach der Erledigung seiner Aufgabe konnte auch ein Pferdediebstahl seine Lage nicht mehr verschlimmern, sollte er wirklich geschnappt werden.

Cerryl ritt durch einige Straßen und musste seinen Weg mehrmals zurückverfolgen, bevor er schließlich fand, wonach er gesucht hatte: einige gepflegte Läden nebeneinander, keine eineinhalb Häuserblocks von den Palastmauern entfernt. Der erste Laden gehörte einem Silberschmied – nach dem silbernen Kerzenleuchter und dem silbernen Krug zu urteilen, die die rot geränderte Tafel über der Tür zierten. Der zweite Laden schien der eines Webers oder Tuchhändlers zu sein, denn viele verschiedenfarbige Stoffballen waren hinter echten Glasfenstern ausgestellt. Einem Küfer unterstand das dritte Geschäft, ein halbes Fass hing an einem Ständer neben dem linken Pfosten der Veranda.

Zwei Steinpfosten mit Eisenringen vor der offenen Holzveranda des Küfers wirkten geradezu einladend auf Cerryl. Der Magierschüler sah sich um, die Tür der Küferwerkstatt blieb geschlossen, während von drinnen gedämpftes Hämmern zu hören war.

Eilig stieg er vom Pferd, band die Zügel an den Eisenring und machte sich um die Ecke davon. Er lief die kurze Gasse entlang und weiter, bis er schließlich zu jener Straße gelangte, die an den südlichen Toren des Palastes endete.

Nicht laufen … Nicht hetzen … Schau einfach so, als hättest du etwas Wichtiges zu erledigen … Die Straße machte eine leichte Kurve und Cerryl blieb an einer Ecke stehen, versteckte sich hinter einem großen Regenfass, das an den Holzwänden eines Wohnhauses mit Eisendraht festgebunden war. Seine Hand strich über das Eisen und er spürte ein Kribbeln, doch das Eisen brannte nicht auf seiner Haut. *Noch nicht …*

Im morgendlichen Schatten an die Mauer gelehnt und außer Sichtweite für die Wachen am Tor, beobachtete Cerryl die Straße, die vom Hauptplatz heraufführte.

Nach einer Weile, nachdem ein Karren und zwei Männer vorbeigekommen waren, die ein in Stoff gewickeltes

Bündel an einer Stange zwischen sich getragen hatten, ritt ein Offizier mit einem goldenen Streifen auf dem Kragen die Straße herauf; die Hufe seines Pferdes klapperten auf dem Kopfsteinpflaster, das um so viel rauer war als die glatten Steine der Straßen in Fairhaven. Der Offizier blieb kurz stehen, bevor er durch das Tor ritt. Cerryl versuchte, den Wortwechsel zwischen Wachen und Offizier zu verstehen.

»Guten Tag, Unteroffizier. Ihr wollt zu Hauptmann Yurak?«

»Wenn er da ist.«

»Er ist hier.«

Während der Fuchs den Unteroffizier über den Hof trug, wandte sich ein Wachmann dem anderen zu, doch von seinem Versteck hinter dem Regenfass konnte Cerryl nichts hören.

Er wartete. Die Sonne schien nun wärmer und der Himmel leuchtete beinahe wolkenlos. Ein weiterer Soldat, ein Hauptmann höheren Ranges, ritt durch das Tor, doch die Wachen wechselten kein Wort mit ihm.

Cerryl wartete noch einige Reiter, einen kleinen Karren und einen Wagen ab. Drei Frauen mit Wäschekörben an den Hüften schlenderten aus der Seitenstraße und an Cerryl vorbei, sie würdigten ihn keines Blickes und gingen weiter hinunter zum Platz.

»... Elva ... ist sich zu fein, um ihre Wäsche selbst zu waschen ...«

»Hätte ich so viel Geld wie sie, würde ich es auch nicht selbst tun.«

Cerryl machte sich bereit. Eine Kutsche – eine dunkle Kutsche – fuhr die Straße herauf, beide Wächter traten vor und nahmen Haltung an. Wer auch immer es sein mochte, er wurde bereits erwartet, und dies war Cerryls Gelegenheit.

Er warf sich den Lichtmantel über und schlich über die Straße.

Er konnte seine Umgebung nur noch schemenhaft wahrnehmen und trotz größter Vorsicht wäre er beinahe über einen vorstehenden Stein gestolpert. An der Mauer nördlich von den Toren blieb er stehen, ab hier würde er sich hinter der Kutsche herlaufend durch das Tor stehlen. Die Kutsche fuhr langsamer, je näher sie kam, und bog schließlich in den von schmiedeeisernen Toren flankierten Einlass ein. Cerryl handelte schnell, mit einem Satz sprang er hinter das Gefährt und lief zwischen den Hinterrädern desselben durchs Tor, froh darüber, dass diese Kutsche nicht von Lakaien begleitet wurde.

»Guten Tag, Ser.«

Der höfliche Wachmann erhielt keine Antwort aus der Kutsche und der Kutscher ließ sein Gefährt weiter langsam durch den Hof und durch einen sich anschließenden Durchgang in einen zweiten Hof rollen. Cerryl keuchte schwer, als die Kutsche zum Stehen kam, und er bemühte sich um tiefe, langsame Atemzüge.

Für welche Seite sollte er sich entscheiden? Cerryl lehnte sich an das rechte Hinterrad und horchte, als sich die Kutschentür öffnete und ein Mann auf den bereitgestellten Block zum Ein- und Aussteigen trat.

Ein Offizier, gut möglich, dass es sich um den Unteroffizier handelte, der zuvor in den Palast geritten war, stand auf den Stufen zwischen zwei Säulen des Eingangs. »Der Präfekt erwartet Euch bereits in seinem Arbeitszimmer, Ser.«

»Ja, ja.« Die Stimme klang gekünstelt und gelangweilt. »Ich werde erst zu ihm gehen und mich danach mit Oberst Taynet befassen. Gebt dem Oberst Bescheid, dass ich ihn in Kürze empfangen werde; er soll sich bereithalten.«

»Sehr wohl, Subpräfekt, Ser.« Der Offizier schlug die Hacken zusammen.

Cerryl schlich auf leisen Sohlen dem hohen Würdenträger hinterher. Vorsichtig folgte er den Wächtern, die den Subpräfekten begleiteten, und versuchte im Gleichschritt mit ihnen zu marschieren; hoffentlich blieb keiner von ihnen plötzlich stehen.

Der Weg war überraschend kurz, führte nur durch eine Eingangshalle, anschließend etwa fünfzig Ellen einen Flur entlang und drei Treppen hinauf, oben dann noch einige Ellen durch einen weiteren Flur. Das ganze Gefolge kam vor einer Doppeltür zum Stehen, die von zwei bewaffneten Soldaten bewacht wurde.

Cerryl blieb mit ihnen stehen, ziemlich erstaunt darüber, dass sich niemand umgesehen hatte; doch wahrscheinlich fühlte man sich in einem Palast ständig beobachtet und verfolgt.

»Subpräfekt Syrma, auf Wunsch des Präfekten.«

»Ich werde Euch melden, Ser.«

Die Türen öffneten sich und fielen sogleich wieder zu.

Cerryl schlich sich noch näher an die Wachen heran und hielt sich seitlich, denn wahrscheinlich würden sie Syrma nicht in das Arbeitszimmer begleiten.

Die Türen öffneten sich erneut. »Der Präfekt geruht Euch zu empfangen, Ser.«

Die Wachen traten plötzlich nach links weg und Cerryl hatte Mühe, sich um sie herum zu drücken und in das Arbeitszimmer zu gelangen. Er schluckte und musste drinnen gleich zwei weiteren Wachmännern ausweichen; glücklicherweise befand er sich unmittelbar hinter dem Subpräfekten. Einer der Wächter zuckte zusammen, als seine Augen durchs Zimmer schweiften, doch dann entspannte er sich sichtlich.

Cerryl drückte sich an mehreren Bücherschränken links von der Tür vorbei, dann fiel die Tür mit einem lauten Knall ins Schloss. Er hielt sich weiter an die Bücher und musste einem Schreibtisch ausweichen, der sich links von dem großen Holzschreibtisch befand, hinter dem der Präfekt saß. Zumindest hoffte Cerryl, dass derjenige hinter dem Schreibtisch der Präfekt war. Das war das Problem, wenn man sich völlig von seinen Chaos-Sinnen leiten lassen musste.

»Ihr habt nach mir geschickt, verehrter Präfekt.«

»Syrma … Ihr habt Euch herabgelassen, meiner Bitte zu folgen. Wirklich sehr freundlich von Euch.« Der Präfekt sprach mit volltönender Stimme und wirkte unmenschlich. Lyam schien nicht viel älter als Cerryl zu sein, obwohl Cerryl das eigentlich gar nicht feststellen konnte, denn er sah seine Umgebung nur schemenhaft. »Weshalb die Verspätung?«

»Mir wurde berichtet, dass letzte Nacht ein Weißer Magier in der Stadt gesehen wurde.«

Cerryls Herz machte einen Sprung, regungslos stand der junge Magier in der dunklen Ecke hinter dem Tisch.

»Der Bursche war zwar betrunken, aber er hat geschworen, dass er einen Mann ganz in Weiß auf einem Pferd sah. Dieser Mann verschwand und stahl dem Betrunkenen den Umhang.«

»Das kann nicht Euer Ernst sein.« Lyam lachte dröhnend. »Ihr belästigt mich mit solch einem Unsinn?«

»Ihr habt verlangt, über alles unterrichtet zu werden, was die Weißen unternehmen … Ser.«

»Ich sprach von wahren Begebenheiten – wie den Bergen und den Magiern, die die ganze Streitmacht des närrischen Jerost abgeschlachtet haben, oder dieser Einheit von Weißen Lanzenreitern im Süden. Was ist übrigens mit ihnen geschehen?«

»Wir haben sie getötet, wie befohlen. Es müssen Späher gewesen sein – nur ein Unteroffizier und zehn Soldaten.«

Cerryl zuckte zusammen, blieb jedoch stumm. Er stand eingerahmt von zwei deckenhohen Bücherschränken und hoffte, dass niemand in seine Richtung sah. Ängstlich beobachtete er das leichte Flimmern in der Luft, das mit dem Lichtschild einherging.

»Sie bereiteten uns keine sonderlichen Schwierigkeiten, ganz anders als der alte Magier.« Der Subpräfekt verbeugte sich andeutungsweise.

»Der Magier war doch leicht zu erledigen – nur ein paar Eisenpfeile aus dem Hinterhalt …«

»Wir brauchten ein Dutzend, Majestät, und wir verloren die Hälfte der Bogenschützen. Er hat selbst mit dem vielen kalten Eisen in seinem Körper noch Feuerblitze erzeugt. Ihr unterschätzt den Zorn und die Fähigkeiten der Magier, Ser.«

»Ach ja? Aber er ist doch tot, oder nicht?«

»Und mit ihm sechs ausgezeichnete Bogenschützen, Ser.«

»Widerlich, diese Weißen. Ohne sie würde es uns besser ergehen. Ganz Candar würde es besser ergehen.«

Cerryl runzelte die Stirn. Unterschied sich Lyam in irgendeiner Weise von Jeslek? Oder glaubten alle Mächtigen, sie wären die besten Herrscher?

»Wie steht es mit den Einnahmen aus Spidlar?«

»Zweihundert Goldstücke in dieser Jahreszeit … bis jetzt, die Steuerabgaben für die Händler in der Stadt haben wir um fünfzig Goldstücke erhöht.«

»Das sind fast tausend Goldstücke pro Jahr, dazu kommt der Betrag, den wir sparen, indem wir die Straßenzölle nicht an Fairhaven zahlen. Schurken, diese Weißen … einer wie der andere. Ihre ach so kostbare Straße ist es nicht wert.« Lyam lachte noch einmal sein grausames Lachen.

»Sie glauben es aber und es war nicht sehr weise, sich über sie lustig zu machen. Fragt Vicomte Mystyr.«

»Er ist tot, mein lieber Syrma. Ihr sprecht in Rätseln.«

»Er starb sehr bald, nachdem er angefangen hatte, sich gegen die Straßenzölle zu wehren. Sein Bruder bezahlt nun diese Abgaben höchst gewissenhaft. Vicomte Rystryr erhält dafür auch Unterstützung in Form von Weißen Lanzenreitern.«

»Um diese *Unterstützung* beneide ich ihn nicht. Und Ihr solltet es auch nicht tun, Syrma.«

»Wie Ihr wünscht, Ser. Ich stehe Euch zur Verfügung.«

»Gut. Berichtet mir über alles, was die Weißen betrifft. Weiter muss ich wissen, wann die nächsten Lanzenreiter nach Yryna reiten können.«

»Ich werde Euch eine Nachricht zukommen lassen.«

»Und nun lasst mich allein.«

»Wie Ihr wünscht, Ser.« Der Ältere der beiden drehte sich um und verließ den Raum. Der Türen schlossen sich mit einem dumpfen Schlag.

Zwei Wachen verblieben im Zimmer und bewachten die Tür zu beiden Seiten.

Cerryl untersuchte den Raum mit seinen Sinnen. Ein Balkon mit Geländer führte ins Freie, doch er befand sich im dritten Stock, und soweit Cerryl feststellen konnte, gab es keine andere Fluchtmöglichkeit, als zwanzig Ellen tief zu fallen.

Deshalb blieb ihm nur die Flucht nach vorn.

Cerryl sammelte so viel Chaos wie nur möglich aus seiner Umgebung, dann ließ er den Lichtschild fallen und schleuderte das erste aufblitzende Lanzenfeuer Lyam auf Gesicht und Oberkörper.

»Aaaahhh ...« Der Schrei verstummte schnell.

Cerryl drehte sich um. Der zweite Blitz galt einem der beiden Wächter. Der dritte ging daneben, denn der zweite Wachmann sprang zur Seite, riss die Tür auf und rannte laut schreiend hinaus in den Flur: »Chaos-Magier! Chaos-Magier! Ein verdammter Chaos-Magier!«

Cerryl rannte zur Balkontür. Er riss die Vorhänge zur Seite, stieß die Tür auf und stürmte hinaus auf den Balkon. Dort errichtete er den Lichtschild wieder und bahnte sich unsichtbar den Weg zurück ins holzgetäfelte Arbeitszimmer.

»Er hat den Präfekten ermordet und ist über den Balkon geflüchtet ...«

»Riegelt den Innenhof ab! Schließt die Tore. Lasst niemanden hinaus.« Eine Gestalt, die – für Cerryl – sichtbar mit Chaos behaftet war, stürzte ins Arbeitszimmer, gefolgt von einem halben Dutzend Soldaten.

Cerryl erkannte die gekünstelte Stimme des Subpräfekten und begann sich mithilfe seiner Sinne entlang der Wand bis zur Tür vorzuhangeln. Er schlüpfte durch die noch immer offene Tür und gelangte schließlich auf den glatten Marmor des Flurs. Dunkelheit … was war er müde. Er wollte sich nur noch ausruhen, doch das schien im Augenblick keine gute Idee zu sein. Syrma wusste nur zu gut, zu was die Weißen in der Lage waren, und Cerryl war schließlich noch nicht einmal ein richtiger Magier.

Cerryl hielt sich den ganzen Weg bis hinunter zum Hof an das Marmorgeländer, schließlich drückte er sich nahe an die Wand, als er denselben Weg zurückverfolgte, den sie gekommen waren. Halb musste er sich auf sein Gefühl verlassen, halb auf die Chaos-Sinne, den ganzen weiten Weg zurück zum zweiten Innenhof.

Soldaten liefen im Hof wild durcheinander, die Kutsche des Subpräfekten stand noch immer dort, wo man sie abgestellt hatte. Langsam und vorsichtig, mit aller Macht an den Lichtschild geklammert, arbeitete sich Cerryl entlang der Mauern bis zum Durchgang und schließlich zum ersten Innenhof vor.

Die schmiedeeisernen Tore waren zwar geschlossen, doch nur zwei Wächter waren zu deren Bewachung abgeordnet.

Sollte er warten? Nein … er war zu müde. Er schlich sich Richtung Norden an der Mauer entlang, bis er schließlich das Tor erreichte. Er könnte oben drüber klettern, doch er fühlte sich so unendlich müde. Er konnte es sich jedoch kaum leisten, zu müde zu werden. Keinesfalls.

Die Tore waren etwas niedriger als die Mauern und mit vielen Querstreben versehen. Er stieg auf die unterste Strebe und in seinen Händen kribbelte es, als sie sich um die Eisenstangen klammerten. Sobald seine Finger das Eisen berührten, brannte es wie Feuer auf seiner Haut. Hatte er mit zu viel Chaos um sich geworfen? Hatte er es nicht richtig geleitet? Er wusste es nicht, er spürte nur die Schmerzen und es fiel ihm schwer, nicht laut zu stöhnen, denn mit jeder Eisenstange wurden die Schmerzen größer.

Schließlich erreichte er das obere Ende des Tores und schwang sich darüber.

Sein Stiefel rutschte aus und schlug gegen eine Eisenstange.

»Wer ist da?« Schritte hallten durch den Innenhof.

»Da ist niemand. Eines von den bettelnden Kindern wirft wahrscheinlich wieder Steine auf das Tor.«

»Haben schon ohne sie genug Ärger. Wenn ich einen von diesen Strolchen erwische! Dem werde ich es zeigen.«

Die Schritte verstummten. Cerryl wartete mit schmerzenden Händen und brennenden Lungen, bevor er seinen Weg nach unten weiter fortsetzte. Sein gesamter Körper fühlte sich an wie gerädert und er zitterte am ganzen Leib, als seine Stiefel auf der Straße aufkamen. Er schleppte sich vorsichtig über die Straße und in eine Seitengasse, am Regenfass vorbei, bis er niemanden mehr hören konnte.

Er ließ den Lichtschild fallen und die Nachmittagssonne traf ihn wie ein Schlag, er taumelte und musste sich an der Wand festhalten. Keuchend lehnte er sich gegen die Mauer, seine Hände brannten und in seinem Kopf hämmerte es wie wild. Schließlich richtete er sich auf und machte sich auf den Weg durch die engen Straßen, die Sonne im Rücken, zurück zum Küfer.

Eine Frau kam aus einer Tür, sie sah ihn und verschwand sofort wieder im Haus.

Und Wunder über Wunder stand der Braune noch immer vor der Werkstatt des Küfers angebunden. Cerryl löste die Zügel.

»Ist das Euer Pferd, Freund?«

Cerryl nestelte weiter an den Riemen herum, während er sich umdrehte. »Ja.«

Ein dicker Mann mit einer Lederschürze stand unter einem Dachvorsprung, der zusammen mit den Pfosten eine Art Veranda bildete. »Diese Pfosten sind für meine Kunden bestimmt.«

»Entschuldigt. Ich wollte Euch keine Unannehmlichkeiten bereiten.« Cerryl griff in seine Börse. »Ich habe nicht viel. Würde ein Kupferstück helfen?«

»Mir nicht. Ich habe Eurem Pferd Wasser gegeben. Ihr hättet ihn nicht so lange stehen lassen dürfen.«

Cerryl schlug die Augen nieder. Der Küfer hatte Recht, aber Cerryl hatte letztendlich keine Wahl gehabt. Sein Kopf schmerzte noch immer, doch er blickte dem graubärtigen Mann ins Gesicht. »Es tut mir Leid. Seid Ihr sicher, dass ich Euch nichts geben soll?«

»Nein.« Der bärtige Handwerker lachte freundlich. »Ihr seht nicht so aus, als bräuchtet Ihr ein Fass oder einen anderen Holzbehälter. Behaltet Euren Kupferling; kauft lieber Eurem Pferd etwas Hafer dafür. Und erinnert Euch an mich: Mydyr, der beste Küfer in Fenard. Wenn Ihr einmal ein Fass braucht, dann kommt zu mir.«

»Mydyr ... ich werde an Euch denken.«

»Wie ist Euer Name?«

»Cerryl.« Cerryl wusste genau, dass niemand in Fenard seinen Namen kannte, deshalb gab es auch keinen Grund zu lügen. »Danke. Ich muss weiter.« Er stieg rasch in den Sattel.

»Und vergesst nicht ...«

»Das werde ich nicht, Ser.« Cerryls Knie zitterten und er hoffte, der Küfer würde es nicht bemerken, genauso wenig wie seine roten, verbrannten Hände. »Bestimmt nicht.«

Er lenkte den Wallach langsam durch die Seitenstraße und dann um den Platz, in der Hoffnung, dass er sich nicht verirrte. Schließlich fand er die Hauptstraße wieder. Sie füllte sich bereits mit Wagen und Karren, die Fenard verließen, also ritt Cerryl langsam hinter einem Karren mit zumeist leeren Körben her, nur einer enthielt noch etwas Mais.

Seine Beine schmerzten höllisch; er sah noch immer verschwommen und in seinem Kopf pochte es. Das Brennen auf den Handflächen wurde immer schlimmer, sie fühlten sich heiß an und als wären sie mit blauen Flecken übersät. Doch wenn er versuchte, schneller zu reiten, würde das nur die Aufmerksamkeit auf ihn lenken, und das war das Letzte, was er gebrauchen konnte.

Als er sich den Stadttoren näherte, überlegte er, ob er den Lichtschild wieder um sich legen und sich durch das Tor stehlen sollte. Er schüttelte den Kopf. Das würde ihn nur noch mehr Zeit kosten, denn je eher er die Stadt verließ, desto besser für ihn. Falls die Wachen ihn irgendwie behinderten … dann würde er das Notwendige unternehmen. *So wie die ganze Zeit schon … ganz gleich, was mit den anderen geschah …*

Er schluckte und ritt weiter.

Der Wächter winkte den Maiskarren samt Kutscher durch, dann wandte er sich träge an Cerryl. »Wohin, Bursche?«

»Tellura … dann vielleicht nach Quessa, hängt ab von …«

»Geh nur … dort bist du besser aufgehoben als hier.« Der gelangweilt aussehende Wachmann winkte Cerryl durch.

War das schon alles gewesen? Hatte er nun wirklich Aussicht, nach Fairhaven und zu Leyladin zurückzukehren? Lag ihr überhaupt etwas daran?

Erst als Cerryl die Sumpffelder und die Brücke hinter sich gelassen hatte, sah er sich um. Die Tore standen weiterhin offen, fast konnte man meinen, der Stadt wäre der Tod ihres Präfekten gleichgültig.

Sein Kopf fühlte sich zwar an, als hätte man mit Dylerts größtem Sägeblatt mitten durch gesägt, aber Cerryl ritt so lange weiter, bis die Sonne hinter den Hügeln im Westen verschwunden war und das Brummen der Insekten wie auch das Flüstern des Windes in seinem Rücken lauter wurde; ein Wind, der den Geruch von feuchter Herbsterde und moderndem Gras mit sich führte und die Kälte des bevorstehenden Winters erahnen ließ.

CI

Cerryl starrte auf die noch immer dampfenden und glühenden Höhen vor ihm – die Hügel, die Jeslek zu Bergen erhoben hatte. Er klopfte dem Braunen auf den Hals und ließ seinen Blick über die menschenleere Große Weiße Straße gleiten.

Nach mehr als fünf langen Tagen hatte er schließlich die Große Straße erreicht und endlich konnte er die weißen Kleider der Magierschüler wieder tragen. Seine Banditenverkleidung hatte er nicht abgelegt, auch als er schon einen Tag lang auf der Großen Weißen Straße geritten war, und den dunklen Umhang hatte er vorsichtshalber auf die Packtaschen geschnallt – nur für den Fall, dass er gallischen Soldaten begegnen sollte.

Die Wolken, die langsam aus Nordosten herangetrieben wurden, verdichteten sich und färbten sich allmählich dunkel. Cerryl betrachtete den Himmel und hoffte, dass der Regen erst am Nachmittag einsetzen und nicht zu stark werden würde.

Seine Hände sahen aus wie große Brandblasen und die Kopfschmerzen waren zwar leichter geworden, jedoch noch nicht ganz verschwunden; der bevorstehende

Regen würde sie sicher wieder verschlimmern. Seine Oberschenkel drohten sich erneut zu verkrampfen, ließen sich jedoch noch ein wenig Zeit damit, denn mehr und mehr gewöhnten sie sich ans Reiten. Sein Nacken fühlte sich steif an – wahrscheinlich vom vielen Über-die-Schulter-Blicken, um etwaige Verfolger zu entdecken.

Du solltest jetzt besser darüber nachdenken, was vor dir liegt …

Sein Magen knurrte und zwang ihn anzuhalten, um etwas zu sich zu nehmen. Viel hatte sein Proviantsack allerdings nicht mehr zu bieten. In einer kleinen Stadt, durch die er kurz vor dem Erreichen der Großen Straße geritten war, hatte Cerryl den Rest seines Geldes hauptsächlich für Essen ausgegeben. Er hoffte, dass der harte Käse und die Trockenkekse noch bis Fairhaven reichen würden.

Auf der Straße nach Tellura waren ihm wenigstens noch einige Reisende begegnet, doch hier auf der Großen Straße ritt er mutterseelenallein. Was war der Grund dafür? Konnten die Händler, die Fairhaven noch treu waren, ihre Waren in Gallos nicht zu einem wettbewerbsfähigen Preis verkaufen, wenn sie die Zölle draufschlagen mussten? Trauten sich die Untreuen nicht länger, die Straße zu nehmen, nachdem sie erfahren hatten, dass Jeslek die gallischen Lanzenreiter vernichtet hatte? Oder fürchteten sie den Zorn des Präfekten?

Cerryl hielt die Zügel locker – sehr locker. Seine Hände schmerzten noch immer empfindlich, besonders an den Handflächen, mit denen er sich an die Torstangen geklammert hatte.

Durch das bloße Berühren von Eisen verbrannte er sich für gewöhnlich nicht. War es deswegen geschehen, weil er Chaos-Energie verwendet hatte? Würde ihn das von Leyladin trennen? Er zuckte zusammen bei diesem Gedanken. *Wieder etwas, das er nicht wusste …* Er seufzte.

Es gab so vieles, was er noch nicht wusste, und er fragte sich, ob er jemals alles lernen konnte, was er zum Leben brauchte.

Seine Augen blickten auf die leere Straße, die sich wie ein weißes Band durch die hässlichen dunklen Berge wand, die Jeslek erschaffen hatte.

Einiges schien nahezu unbegreiflich. Wie war es ihm nur gelungen, Lyam so einfach zu töten? Warum hatte niemand richtig nach ihm gesucht? Das Flimmern des Lichtschildes hätte ihn eigentlich verraten müssen. *Wenn man wusste, wie man es zu deuten hatte …*

Er nickte. Suchte die Gilde deshalb so fieberhaft nach denen, die dieses Chaos- oder Ordnungs-Talent besaßen? Damit der Rest der candarischen Bevölkerung nicht erfuhr, was genau in der Macht der Weißen Magier stand? Oder war die Geheimniskrämerei nur Zufall gewesen und man hatte erst später ihren Nutzen erkannt?

Das Einzige, was die meisten Menschen wussten, war die Tatsache, dass Magier im Spähglas Dinge sehen und Chaos-Feuer werfen konnten und dass Schwarze Magier manchmal die Fähigkeit zum Heilen besaßen.

Cerryl lachte. Nun wussten sie auch, dass Magier Berge erschaffen konnten. Doch das war so selten und unglaublich, dass sich sicher bald niemand mehr daran erinnern würde. Cerryl konnte sich nicht vorstellen, dass die Welt noch mehr Jesleks hervorbringen würde.

Die Regeln der Gilde hingegen wurden langsam begreiflich für Cerryl; nur musste man die Art und Weise, wie einige – Jeslek zum Beispiel – sie zu ihren Gunsten ausnutzten, nicht nachahmen.

Könntest du es denn besser?

Cerryl lachte bei diesem Gedanken. Er würde es gern versuchen, aber die Chancen für einen verwaisten Schreiberlehrling, Obermagier oder gar Erzmagier zu werden, standen nicht gerade überwältigend gut.

Der Braune wieherte und Cerryl tätschelte erneut seinen Hals. »Wir werden bald eine Wasserstelle für dich finden. Dann bekommst du auch den letzten Hafer.«

Der Wallach wirkte noch nicht abgemagert, doch Cerryl machte sich Sorgen. Er hatte zwar bei jedem einigermaßen grünen Grasbüschel angehalten, aber er bezweifelte, dass dem Ross das Grasen genügte, und so viel Getreide, wie er gern hätte, hatte er sich nicht leisten können. Er versuchte, den Wallach nicht zu hetzen, ließ ihn sein eigenes Tempo gehen; Cerryl wusste, dass er auch von Pferden noch zu wenig Ahnung hatte.

Er seufzte und holte tief Luft.

Jeslek hatte damit gerechnet, dass Cerryl versagen würde. Warum? Hatte Myral Recht damit gehabt, dass Cerryl eine Bedrohung für Jeslek darstellte? Aber Cerryl wollte bestimmt nicht Erzmagier werden. Er wollte nur, dass diese ständigen Angriffe auf ihn aufhörten und dass niemand mehr versuchte, ihn herumzustoßen. *War denn das zu viel verlangt?*

Für einige offenbar schon.

Cerryl runzelte die Stirn. Seine Rettung waren seine Talente gewesen, von denen Jeslek noch nichts wusste: die Fähigkeit, einen Lichtschild zu errichten, und die Beherrschung von zielgerichteten Feuerlanzen. Jeslek besaß zwar die größte Macht … doch er war nicht allwissend. Wissen war eine Form von Macht. Nicht die einzige Art von Macht – so wie die Berge, die der Obermagier geschaffen hatte, es bezeugten – aber doch die einzige, die Cerryl bislang beherrschte. Ja sogar beherrschen musste – aus vielerlei Gründen, und ein Grund trug meist grüne Kleidung und hatte strahlend grüne Augen, die ständig in Cerryls Gedanken und Erinnerungen herumgeisterten.

CII

»Guten Tag.« Cerryl winkte dem Händler auf dem Kutschbock zu, als er seinen Braunen um den langen, vierspännigen Wagen herumlenkte.

»Guten Tag, junger Ser.« Der graubärtige, gepflegte Mann in Grün, der die Zügel nur mit der rechten Hand hielt, nickte freundlich. »Wird es bald regnen, was glaubt Ihr?«

Der Wächter neben dem Händler grinste.

Cerryl warf einen Blick auf den wolkenverhangenen Himmel über ihnen und versuchte, sich ins Wetter hineinzufühlen. Er konnte das peitschende Chaos und die schwarzen Ordnungs-Linien zwischen den grauen Wolken spüren, weil sie so niedrig hingen. »Nicht gleich, aber in Bälde.«

»Dunkelheit … hatte gehofft, wir würden weiter kommen.«

Cerryl warf einen Blick auf den zugedeckten Wagen. »Was habt Ihr geladen?«

»Teppiche hauptsächlich und einige Wandbehänge – erstklassige Ware aus Sarronnyn. Das bekommt man heutzutage nur noch schwer. War früher viel einfacher, bevor der Präfekt und diese Händler in Spidlar sich einbildeten, sie seien gescheiter als alle anderen in Candar.« Der Händler spuckte zur Seite aus. »Seid Ihr in Fairhaven zu Hause? Auf dem Rückweg?«

Höflichkeitshalber zügelte Cerryl sein Pferd und ritt neben dem Wagen her. »Ja.« Fairhaven war sein Zuhause, mehr als jeder andere Ort der Welt, trotz Jeslek und seinen Ränken mit Sterol. In Fairhaven lebten auch Myral, Lyasa, Faltar und Heralt und natürlich Leyladin, sie alle gehörten zu seiner Familie, nun da Tante Nall und Onkel Syodor gestorben waren – aus Gründen, die

Cerryl immer noch nicht durchschaute. *Vielleicht willst du ja, dass Leyladin mehr ist als nur ein Teil deiner Familie …* »Fairhaven ist mein Zuhause.«

»Muss schon einen Achttag her sein, vielleicht nicht ganz, da habe ich einen Haufen Lanzenreiter und Magier zurückreiten sehen. Einer der Soldaten hat erzählt, dass sie eine große gallische Streitmacht besiegt hätten. Glaubt Ihr, er hat die Wahrheit gesagt?«

»Das hat er.« Cerryl lächelte. »Ich war selbst dabei. Ich musste nur noch etwas anderes vor meiner Rückkehr erledigen.«

»Vielleicht ist das dem Präfekten eine Lehre, nicht mehr so eigenmächtig zu handeln.« Der graubärtige Händler lachte. »Manche allerdings lernen es nie. Ich will Euch aber nicht länger aufhalten, junger Magier. Eine gute Reise.«

»Danke.« Cerryl trieb seinen Braunen weiter, immer weiter nach Fairhaven.

Die Abschiedsworte des Händlers gingen ihm nicht mehr aus dem Sinn. »Manche allerdings lernen es nie … lernen es nie …«

Aber wer konnte ihm erklären, was Lernen eigentlich bedeutete? Cerryl hatte schon so oft erlebt, dass die Menschen einem nur ihre Sichtweise aufzwingen wollten, wenn sie von »Lernen« sprachen. Myral bildete da vielleicht eine Ausnahme und auch Dylert … und hoffentlich Leyladin.

CIII

Anstatt die Hauptstraße zu nehmen, ritt Cerryl durch eine kleine Seitenstraße bis zu den Ställen an der Westseite der Gildehallen der Magier. Er hatte die letzte Nacht noch vor den Toren Fairhavens verbracht, denn er wollte ausgeruht sein und auch Myral sollte noch die Gelegenheit erhalten, sich vor ihrem Wiedersehen auszuschlafen. Sollte sich die Gelegenheit bieten, so spräche Cerryl vor seinem Besuch bei Sterol noch gern mit Myral – und besonders vor einem Treffen mit Jeslek. Nicht dass er auf Jesleks Anblick sonderlich erpicht gewesen wäre, doch früher oder später würde er nicht umhin können.

Der Herbstwind blies zwar kühl aus dem leicht bewölkten Himmel, jedoch nicht kalt und kam in leichten Windstößen daher. Cerryls Blick fiel auf ein Bronzegitter auf der Straßenseite und er verzog das Gesicht bei dem Gedanken an die lange Zeit, die er in den Kanälen zugebracht hatte. Während er tief einatmete, verglich er Fairhaven mit Fenard – aber es gab keine echten Vergleichspunkte.

In Fenard stank es nach Kloake, Rauch und Dreck; Fairhaven dagegen duftete nach sauberem Granit, Bäumen, Gras und manchmal auch nach Gebratenem oder Gekochtem – oder nach Parfüm. In Fenard waren die Häuser schmutzig und standen auf engstem Raum zusammen. Fairhavens Steinhäuser dagegen standen fest und sauber nebeneinander und ließen den Menschen genügend Platz zum Atmen. In Fenard gab es offene Abwassergräben, hungernde, heimatlose Kinder und Straßenräuber. In Fairhaven mochte es wohl einige wenige Bettler und Schmuggler geben, doch mit Sicherheit waren Raufereien und Hunger nicht so verbreitet wie in Fenard. Und in Fairhaven lebte Leyladin. In Fenard gab es keinen vergleichbaren Menschen. Wahrscheinlich in keiner Stadt der Welt.

Cerryl richtete die Schultern gerade. Jeslek würde es nicht gelingen, ihm Fairhaven wegzunehmen, weder durch Tod noch durch Verbannung. Was es auch kosten mochte, Cerryl war fest entschlossen zu überleben und seinen Platz zu behaupten. *Was es auch kosten mochte …* Er runzelte die Stirn. Genau so verhielt sich auch Jeslek –

er tat, was notwendig war. Wie konnte Cerryl nur überleben, ohne zu werden wie der Obermagier?

Er rutschte unruhig im Sattel hin und her. Es musste einen Weg geben. Mit gerunzelter Stirn traf er im hinteren Innenhof der Gildehallen der Magier ein, dort stand auch der Stall, wo er vor mehr als einer halben Jahreszeit aufgebrochen war. Langsam stieg er ab und stellte sich auf seine eigenen Beine, die zwar noch immer wund waren, doch nicht mehr bei jedem Ritt von Krämpfen geschüttelt wurden.

Ein Stalljunge kam in den Hof gelaufen, ungläubig starrte er den schmutzigen und verwahrlosten Cerryl an. »Ser?«

»Ich bin der Letzte aus der Truppe, die nach Gallos geritten war. Der Obermagier bat mich um einen Gefallen, der etwas Zeit in Anspruch nahm.«

»Euer Pferd sieht ein wenig mager aus, Ser.«

»Mir ist auf dem Rückweg der Hafer ausgegangen. Der Braune musste sich mit Gras zufrieden geben.« Cerryl schnallte Umhang, Packtaschen und Bettrolle ab.

»Er ist nur ein wenig dünn geworden, Ser. Wir werden uns um ihn kümmern.«

»Bist du sicher, dass ihm nichts fehlt?«

»Ja, Ser.« Der Stalljunge führte den Braunen weg.

Cerryl fühlte sich plötzlich enttäuscht und im Stich gelassen. Weil er und das Pferd so viel gemeinsam durchgestanden hatten? Weil ihn ein Stalljunge abweisend behandelt hatte und sich mehr für das Pferd interessierte als für den Menschen, der darauf geritten war? Sollte er nun lachen oder seufzen? Er atmete tief durch und machte sich auf den Weg zu den Hallen, die seine Zelle und den Studiersaal beherbergten.

Cerryl freute sich auf ein Bad, ein richtiges Vollbad und aufs Rasieren. Während der ganzen Reise hatte er sich gewünscht, er hätte den Bronzerasierer von Leyladin mitgenommen; doch diese Dinge mussten noch warten. Er musste zu Myral gehen und noch einige andere Gespräche führen – und zwar bald.

In der Halle angekommen, beeilte er sich, sein Gepäck in eine Ecke des Studierzimmers zu stellen. Er dachte ernsthaft darüber nach, den Lichtschild zu gebrauchen, doch das konnte man ihm als Eingeständnis von Schuld auslegen und sollte Cerryl dem Obermagier über den Weg laufen, hätte dieser die Gelegenheit, ihn sofort anzugreifen.

Heralt hielt Cerryl vor dem Studiersaal auf, als dieser gerade in den Springbrunnenhof laufen wollte. »Cerryl ... man hat behauptet, du seist verschwunden ...«

»Das stimmt nicht, Jeslek erfand diese Geschichte, weil er mir eine besondere Aufgabe zugeteilt hatte.« Cerryl deutete zum Innenhof. »Ich muss Bericht erstatten. Willst du mich ein Stück begleiten?«

Heralt lief neben Cerryl her, als dieser den Hof überquerte. Der Wind fegte eine Gischt vom Springbrunnen über die beiden Schüler.

»Ich musste nach Fenard reiten ... Die Galler metzelten meine Eskorte nieder und der Rückweg nahm eine Weile in Anspruch. Ich sollte Sverlik zur Hand gehen, aber der Präfekt hatte ihn schon vor meiner Ankunft getötet.« Cerryl sah Heralt an. »Bitte erzähl es niemandem weiter – nur Sterol, und auch nur, wenn er danach fragt.«

»Damit kann ich leben.« Heralt lächelte. »Aber besser, du sagst es ihm.« Der krausköpfige Schüler blieb beim Eingang zur vorderen Halle zurück, dort, wo es zum Magierturm hinaufging.

Cerryl schlüpfte hinein. Die Eingangshalle war leer, er durchquerte sie und stieg die erste Treppe zum Turm hinauf. Er marschierte an den Wachen und an einem Botenjungen im roten Gewand der Krippe vorbei. Ohne sie auch nur eines Blickes zu würdigen, lief er weiter und hinauf zu Myrals Gemächern. Wahrscheinlich hatte Jeslek den Wachen nichts gesagt; es bestand schließlich die Gefahr, dass sie Sterol oder auch Kinowin davon berichteten. Cerryl war sich nicht sicher, aber er bezweifelte, dass er Jeslek im Turm vorfinden würde.

Schwer keuchend vom schnellen Aufstieg in den Turm, klopfte er an Myrals Tür. Keine Antwort. Er klopfte noch einmal.

»Cerryl?«

»Ja, Ser.« Cerryl trat ein, ohne auf die ausdrückliche Aufforderung zu warten, und schloss die Tür hinter sich.

Myral sah auf, sein rundes Gesicht schien verärgert. Er saß mit nacktem Oberkörper am Tisch und Leyladin massierte seine Schultern. »Du hättest auch warten können …« Der alte Magier räusperte sich. »Cerryl … ich wusste nicht, dass du zurück bist …«

»Ihr seid der Erste, der es erfährt. Jeslek hatte mir eine Aufgabe gestellt.«

»Er sagte, du wärst einfach verschwunden.«

»Das überrascht mich nicht.« Cerryl schnaubte. »Damit habe ich gerechnet.« Der junge Mann warf Leyladin einen Blick zu, seine Augen begegneten ihren. Er schluckte, fast wäre er in ihren grünen Augen ertrunken, dann nahm er sich zusammen.

Myral lachte. »Das entspricht ganz der Art des großen Jeslek.« Er streifte sich Hemd und Tunika über. »Leyladin berichtete mir, du würdest Sverliks Gehilfe werden. Wie kommt das?«

»Ich habe Lyasa nicht die ganze Geschichte erzählt. Jeslek wies mich an, zu Sverlik zu gehen und sein Gehilfe zu werden, um letztendlich den Präfekten zu töten. Er sagte, es wäre eine Prüfung, die ich für die Aufnahme in die Gilde bestehen müsste.« Cerryl lächelte bitter. »Eine Prüfung, mit der ich meine Ergebenheit Fairhaven gegenüber beweisen könnte.«

»Du hast ihm geglaubt?«

»Nein. Mir war klar, dass ich keine Wahl hatte. Und

nachdem ich einige Worte von Lyam vernommen hatte, musste ich der Meinung des Obermagiers über den Präfekten beipflichten.«

Leyladin beobachtete Cerryl aufmerksam, Besorgnis sprach aus ihren grünen Augen.

Myral setzte sich auf und kratzte sich am Kopf, dann sah er Cerryl an. »Und der Präfekt?«

»Er ist tot. Ich habe ihn mit Chaos-Feuer getötet, wie Jeslek es mir auftrug. Sverlik wurde jedoch schon vor meiner Ankunft in Fenard ermordet. Nachdem ich meine Eskorte zurückgelassen hatte, wurden auch sie von den Gallern getötet.« Cerryl biss sich auf die Lippen. »Damit hatte ich nicht gerechnet ... so viel Tod.«

»Wenn Jeslek seine Hand im Spiel hat, ist das keine Seltenheit.« Myral hustete und Leyladin beugte sich besorgt zu ihm hinunter. Nach einem heftigen Hustenanfall richtete sich der Magier wieder auf. »Alter und Chaos ... nicht gut für die Gesundheit. Aber auch kein Wunder.«

»Es tut mir Leid. Es war nicht mein Einfall gewesen. Zuerst zu Euch zu kommen natürlich schon, doch ich hatte Jesleks Befehl, den Präfekten zu ermorden.«

»Wie willst du weiter vorgehen?«, fragte Myral mit sanfter Stimme; er klang nicht verurteilend.

»Ich bitte Euch, ein Treffen mit Sterol zu vereinbaren, an dem Ihr und ich teilnehmen. Jeslek, so hoffe ich, weiß noch nichts von meiner Rückkehr.«

»Du bist nicht durch ...«

»Ich habe einige Vorsichtsmaßnahmen getroffen und bin ihm deshalb noch nicht über den Weg gelaufen. Wenn er mich allerdings durch das Spähglas entdecken will, kann ich ihn nicht daran hindern.«

»Nein ... das kannst du nicht. Aber vielleicht sucht er gar nicht nach dir. Nun ... ich verstehe nicht ganz, aber ich möchte sicher gehen. Also, noch einmal: Diese Prüfung, die Jeslek sich ausgedacht hat ... das war ...?«

»Den Präfekten von Gallos zu beseitigen.«

»Du liebe Zeit. Er hat wirklich gesagt, dass dies die Prüfung sei? Und du hattest Erfolg ...«

Cerryl nickte.

»Das wird Ärger geben. Aber nicht, weil du überlebt hast.« Myral stand mühsam und umständlich auf, dann warf er Leyladin einen Blick zu. »Du kannst gehen, junge Dame. Meinen Schultern geht es schon besser und dieser junge Bursche hier darf jetzt nicht durch deine Anwesenheit abgelenkt werden.« Der alte Magier lachte. »Glaubt ja nicht, ich sehe so etwas nicht, wenn es direkt vor meinen Augen geschieht. Schwarz und Weiß ... tja ... ist nicht so einfach. Aber von mir werden der Erzmagier oder der arrogante Schnösel Jeslek nichts erfahren.«

Cerryl schluckte.

»Ich weiß nicht recht.« Myral lächelte bitter. »Ich kann dir nur sagen, was ich denke. Entweder wirst du, noch bevor der Tag zu Ende geht, zum Magier ernannt, oder wir werden beide sterben. Diese zwei Möglichkeiten laufen sowieso auf das Gleiche hinaus.«

Leyladin öffnete den Mund, schloss ihn jedoch schnell wieder.

»Hinaus mit dir, junge Dame.«

»Sehr wohl, Myral.«

»Meine liebe Leyladin«, sagt Myral sanft. »Ich wünsche uns den Tod nicht. Jeslek vielleicht schon, aber Sterol vertraut mir und Cerryl bestimmt auch, auf jeden Fall mehr als Jeslek.«

»Seid vorsichtig ... bitte ... beide.« Leyladin verabschiedete sich mit einem Lächeln.

Cerryl bemerkte, dass das Lächeln für ihn bestimmt war, und er lächelte zurück, als Leyladin zur Tür hinausging. Er bildete sich ein, er könnte ihre Schritte auf den Steinstufen im Turm noch hören.

Myral watschelte zur Tür. »Sterol ist oben in den Gemächern des Erzmagiers, also machen wir uns auf den Weg.«

Ein Wachmann stand vor der Tür zu Sterols Gemächern. »Myral und Cerryl, wir wünschen den Erzmagier zu sehen, es ist wichtig.«

Die Tür öffnete sich und eine schmächtige, rothaarige Magierschülerin – fast noch ein Kind und Cerryl völlig unbekannt – huschte heraus und die Stufen hinunter. Bealtur folgte ihr auf dem Fuß.

»Kommt herein.« Sterols Stimme klang kalt und förmlich. Als die Tür ins Schloss fiel, wandte er sich an Myral. »Ist denn die Rückkehr dieses fahnenflüchtigen Lehrlings so wichtig?« Sein Blick heftete sich auf Cerryl. »Kommst du nun kleinlaut und zähneknirschend doch wieder zurück … und hoffst auf unsere Gnade?«

»Nein, Ser. Ich bin niemals vor Euch geflüchtet. Jeslek übertrug mir in Gallos eine Aufgabe. Ich erledigte sie und kehrte gleich nach dieser Prüfung zurück – wie er es mir befohlen hatte. Nach allem, was ich erlebt habe, edler Sterol, würde ich es niemals wagen, nach einer Flucht aus Fairhaven dahin zurückzukehren.«

»Eine Aufgabe, sagst du?« Sterol zog die Augenbrauen hoch.

»Du behauptest, junger Cerryl, dass Jeslek dir diese Aufgabe als eine Prüfung übertragen hat?« Myral fragte so, als hätte Cerryl ihm noch nichts darüber berichtet.

»Ja, Ser. Eine Prüfung, die ich bestehen müsste, um als Magier aufgenommen zu werden.« Cerryl ließ alle Schilde fallen, auch die Schranke, die Sterol bisher davon abgehalten hatte zu fühlen, ob er die Wahrheit sprach.

»Jeslek hat es dir so gesagt und du hast ihm geglaubt?«

»Ja, Ser …, das heißt, er sagte es mir so, aber ich hatte meine Zweifel, denn Fydel und Anya hatte er vorsichtshalber anderweitig beauftragt und weggeschickt. Auch umgab er sich mit Chaos und schien bereit, mich zu vernichten, hätte ich ihm widersprochen.«

»Du hast an seinen Worten gezweifelt, aber die Aufgabe trotzdem ausgeführt? Warum?«, fragte Sterol mit noch immer kalter Stimme.

»Wie hätte ich mich verteidigen sollen?«, fragte Cerryl. »Nach dem Angriff der gallischen Truppen schien mir die Beseitigung des Präfekten sehr wohl auch im Sinne des Rates zu sein.«

»Die Beseitigung des Präfekten? Davon hast du bisher nichts erwähnt.«

»Das war die Aufgabe, Ser. Ich sollte Sverliks Gehilfe werden und Lyam ermorden. Doch so weit kam es nicht, weil der Präfekt Sverlik bereits getötet hatte.«

»Wie? Er war ein mächtiger Magier.« Sterols Augenbrauen standen beinahe senkrecht auf seiner Stirn.

»Ich habe eine Unterhaltung mit angehört ... sie haben ihn mit Eisenpfeilen getötet. Sverlik vernichtete jedoch vor seinem Tod noch die Hälfte der Bogenschützen. Das hat der Subpräfekt berichtet.«

»Und den hast du am Leben gelassen?«

»Erzmagier«, versuchte sich Cerryl zu verteidigen, »Jeslek hatte mich ausdrücklich ermahnt, nur das zu tun, was er mir aufgetragen hatte, und meine Aufgabe bestand darin, Sverliks Gehilfe zu sein, den Präfekten zu beseitigen und anschließend nach Fairhaven zurückzukehren. Sverliks Gehilfe konnte ich nicht werden, weil er bereits tot war, bevor ich in Fenard ankam. Ich stahl mich in den Palast und tötete den Präfekten mit Chaos-Feuer – der Obermagier hatte darauf bestanden, dass ich Chaos-Feuer dazu benutzte. Dann schlich ich mich aus der Stadt und ritt nach Hause.«

»Und keiner hat dich verfolgt?«

»Sie riegelten den Palast ab und überall liefen Soldaten herum, aber ich kletterte über das Tor und hatte das Glück, dass niemand mich entdeckte. Ich verkleidete mich als Straßenräuber, um unerkannt aus Fenard hinausreiten zu können. Schwert, Hose und Umhang habe ich sogar aufgehoben. Sie befinden sich noch in meinem Gepäck.«

Sterol bewegte seinen Kopf langsam auf und ab und das graue Haar glänzte im matten Licht, das durch Wolken und Fenster drang. »Du hast viel auf dich genommen, um unentdeckt zu mir zu gelangen. Was, wenn ich dich einfach vernichtet hätte?«

»Nicht ganz unentdeckt.« Cerryl schluckte, weil er wusste, dass der Erzmagier keine Skrupel kannte, etwaige Zeugen zu beseitigen. »Ich glaube nicht, dass es in Eurem Interesse läge, mich und die wenigen, die Bescheid wissen, zu vernichten. Ich habe Eure Anweisungen ganz klar befolgt. Andere hingegen nicht. Ihr hattet von mir verlangt, Euch alles zu berichten, was ich hiermit getan habe.«

Sterol lachte, ein tosendes Lachen, das jäh endete.

»Er sagt die Wahrheit«, fügte Myral hinzu.

»Ich weiß. Das ist am verwirrendsten.« Sterol nickte noch einmal. »Ich denke, wir sollten den großen Jeslek rufen lassen – sobald Kinowin und Derka hier eingetroffen sind.« Sterol nickte erneut. »Am besten wartet ihr beide so lange hier bei mir.«

Cerryl ging zum Fenster, während Sterol die Glocke läutete und zur Tür ging. Nebel und Regen legten sich über Fairhaven und damit begannen für Cerryl auch die Kopfschmerzen wieder.

Einer der Jungen aus der Krippe, ganz in Rot gekleidet, meldete sich in den Gemächern des Erzmagiers. »Edler Ser?«

»Gib dem Obermagier Kinowin und dem Magier Derka Nachricht, mich hier aufzusuchen. Sofort. Dann komm zurück.«

»Ja, Erzmagier.« Der braunhaarige Junge verbeugte sich und lief eilig die Treppe hinunter.

»Junger Cerryl … ich bin neugierig, erzähl mir mehr.«

»Ja, Erzmagier.«

»Ser reicht vollkommen. Zweifellos hat man dich für

diesen Auftrag mit ausreichend Geld und mit genügend Proviant versorgt.«

»Nein, Ser. Ich hatte gerade mal zwei Silberstücke und ein paar Kupferlinge in meiner Börse. Den Umhang stahl ich von einem Trunkenbold nachts auf der Straße. Zudem überfielen mich zwei Diebe in Fenard. Ich musste Chaos-Feuer zu Hilfe nehmen, glücklicherweise bemerkte niemand etwas davon. Ich nahm den Dieben die Börsen ab, ein Schwert und einige Kleidungsstücke.« Cerryl befeuchtete sich die Lippen und fühlte sich, als wandelte er am Rande eines Abgrunds.

»Warte …« Sterol ging zur Tür und winkte Kinowin herein. »Jetzt fahre fort.«

Kinowin grinste, als er Cerryl und Myral entdeckte.

»Doch auch das reichte nicht. In den letzten Tagen hatte ich fast nichts mehr zu essen und der Stalljunge meinte nur, der Braune sei dünn geworden. Es fehlt ihm nichts, aber …«

»Du hast in Certis oder Fairhaven nicht ›geplündert‹?«

»Nein, Ser. Auch nicht in Gallos, nachdem ich Fenard verlassen hatte.«

Sterol hielt die Hand hoch und öffnete noch einmal die Tür.

Derka kam herein, seine tief liegenden Augen musterten die Anwesenden. Ein wissendes Nicken folgte.

»Lass es mich sicherheitshalber noch einmal wiederholen. Jeslek hat dir die Aufgabe übertragen, den Präfekten von Gallos zu beseitigen. Er sagte, das müsstest du tun, um als Magier anerkannt zu werden. Du misstrautest, doch er drohte dir mit Chaos, während niemand es beobachtete …«

»Er bedrohte mich nicht, Ser. Er schickte die anderen weg und umgab sich mit Chaos; ich fühlte mich bedroht …«

»Sehr weise von dir«, murmelte Kinowin.

Sterol warf dem groß gewachsenen Obermagier einen

strengen Blick zu, dann wandte er sich wieder an Cerryl. »Und du bist allein nach Fenard geritten …«

»Nein, Ser. Jeslek gab mir eine Eskorte mit, zehn Lanzenreiter, die bei Klybel aus irgendeinem Grund in Ungnade gefallen waren.«

»Woher wusstest du das?«, bohrte Sterol weiter.

»Ich wusste es nicht. Ich fühlte es. Klybel hatte den Anführer der Eskorte kurz vor unserem Aufbruch noch schnell zum Unteroffizier befördert. Man schickte uns weg, noch bevor Anya und Fydel zurückkehrten.«

»Wer war dieser Unteroffizier?«, fragte Kinowin.

»Sein Name war Ludren, Ser.«

»Jetzt wird mir einiges klar.« Kinowin lächelte gequält. »Ludren ist ein guter Mann, er besitzt nur keine Führungsqualitäten.«

»Ser … nachdem die Männer mich verlassen hatten … oder ich sie verlassen hatte, fielen sie den Gallern in die Hände. Das habe ich später erfahren.«

»Wie ist das passiert?«, fragte Kinowin.

»Wir waren beinahe umzingelt. Ich sagte Ludren, er solle die Männer nehmen und flüchten, sie konnten mir ohnehin nicht mehr helfen und ich wollte unseren Lanzenreitern eine Chance geben. Die Galler hatten bereits Bogenschützen in Stellung gebracht …« Cerryl zuckte die Schultern. »Ich selbst ritt weiter Richtung Fenard, bis es dunkel wurde und ich mich verstecken konnte. Ich hatte inständig gehofft, Ludren und seine Männer würden es schaffen.«

»Was geschah weiter?«, fragte Myral schnell, wofür Cerryl ihm dankbar war.

»Als es dunkel geworden war und ich die Wachen abgelenkt hatte, schlich ich mich in die Stadt.«

»Abgelenkt?«

Cerryl lächelte schuldbewusst. »Ich habe mithilfe von Chaos und Unrat ein großes Feuer in der Nähe der Tore entfacht. Die Wachen stürzten alle hin, um nachzusehen, und so konnte ich unbemerkt in die Stadt reiten. Vielleicht beobachtete mich ja jemand, aber zumindest nicht aus der Nähe.«

»Ich habe genug gehört.« Kinowin wandte sich an Sterol. »Wie soll es weitergehen?«

»Ich denke, wir sollten uns anhören, was Jeslek dazu zu sagen hat.«

Cerryl fiel das Herz in die Hose, doch er bemühte sich, sich nichts anmerken zu lassen.

Sterol läutete ein zweites Mal die Glocke und der gleiche Botenjunge trat erneut ein. »Geh zu Obermagier Jeslek und überbringe ihm meinen Befehl, sofort hier zu erscheinen.«

»Ja, Erzmagier.«

»Er wird kommen und behaupten, wir würden ihm eine Falle stellen wollen«, meinte Derka, nachdem der Junge gegangen war.

»Natürlich.« Mehr sagte Sterol nicht dazu.

Schweigen breitete sich in den Turmgemächern aus.

»Derka … warum versucht Ihr nicht mit dem Spähglas herauszufinden, wer nun Präfekt in Gallos ist?«

Der gebeugte, silberhaarige Magier ging hinüber zum Tisch, wo das Glas stand, und konzentrierte sich.

Cerryl sah zu, wie die Nebel waberten und sich auflösten, um das Bild eines älteren Mannes zu entblößen, der an einem Tisch stand, an den sich Cerryl erinnern konnte.

»Du kennst den Mann?«, fragte Sterol.

»Es könnte Syrma sein … ich konnte ihn damals nicht genau sehen … doch er ist derjenige, der für Sverliks Ermordung gesorgt hat. Das ist das Arbeitszimmer des Präfekten. Dort habe ich …«

»Lyam vernichtet?«

»Ja, Ser.«

»Das ist der neue Präfekt«, meinte Derka ruhig.

»Es ist nicht Lyam«, stellte Sterol fest. »Das ist also der

Beweis, junger Cerryl, dass du Lyam getötet hast. Lyam ist tot.« Er nickte. »Nicht übel, junger Cerryl, nicht übel.«

»Vielleicht fangen die Galler nun an nachzudenken«, sagte Kinowin.

»Dazu wird es mehr brauchen, befürchte ich«, antwortete Sterol darauf. »Damit hat unser Freund Jeslek Recht gehabt. Aber es ist ein Anfang – ein Anfang, der uns nicht zu teuer zu stehen kam. Bis jetzt.«

Nach einer weiteren Schweigeminute platzte die Tür auf.

»Sterol ... ich bin nicht ...« Jeslek verbeugte sich. »Verehrte Magier ... ich bin überrascht ...« Seine Augen funkelten, als er Cerryl erblickte, doch wirkten sie nicht so überrascht, wie er behauptete. »Aha ... der Fahnenflüchtige ist zurückgekehrt. Ich verlange, dass die Gilde keinerlei Gnade walten lässt.«

Sterol lächelte, eine kühle Geste, die seine Augen nicht erreichte. »Der junge Cerryl hat uns eine interessante Geschichte erzählt, Jeslek, die durch andere Begebenheiten bestätigt wurde. Er sagte, Ihr hättet ihn einer Magierprüfung unterzogen, und dass er den Präfekten von Gallos getötet hätte, um diese Aufgabe zu erfüllen. Daraufhin ist er zurückgekehrt.«

Jeslek verbeugte sich. »Darf ich anderer Meinung sein, Erzmagier. Ich hätte Cerryl niemals eine solche Aufgabe gestellt. Sein Wissen in Mathematik ist unzureichend und er ist noch nicht einmal annähernd lange genug Magierschüler bei uns. Außerdem hätte ich das niemals ohne Eure Einwilligung getan.«

»Der Präfekt von Gallos ist tot«, warf Derka ein.

»Und ich wusste von dieser so genannten Prüfung, schon lange bevor Cerryl zurückkehrte«, fügte Myral ruhig hinzu.

»Warum habt Ihr geschwiegen?« Jeslek blickte von Sterol zu Myral.

Der ältere Myral lächelte wissend. »Was hätte ich sagen sollen? Ich hätte ohnehin nichts tun können. Hätte Cerryl versagt, wäre er für die Gilde nicht geeignet gewesen. Darin hattet Ihr Recht, Jeslek. Aber nun, da er zurückgekommen ist, sehe ich keinen Grund, warum seine Begabung verschwendet werden sollte, besonders da er uns das Problem Lyam vom Hals geschafft hat.«

»Warum hätte ich ihm eine solch absurde Aufgabe stellen sollen?« Jeslek warf einen Blick zu Sterol, dann zu Cerryl. Derka und Kinowin schien er völlig zu vergessen. »Dieser Schreiberling besitzt keine wahren magischen Fähigkeiten …«

Als Jeslek Chaos sammelte, versuchte Cerryl nicht, es abzuwehren oder zu blockieren, sondern lenkte es um sich herum.

Ein Feuerstrahl fauchte durch den Raum.

Cerryl zitterte, doch hielt er dem Angriff stand, ein Feuerschild brannte um ihn herum und verschwand.

Chaos erfüllte den Raum, Kinowin strahlte plötzlich fast so große Macht aus wie Jeslek, seine grauen Augen blitzten hart wie der Granitstein des Turmes.

»Genug jetzt!«, rief Sterol. »Genug von dieser Scharade.«

Cerryl wollte protestieren, dass Jesleks Chaos keine Scharade war, sondern ein letzter Versuch, ihn zu zerstören. Doch stattdessen schwieg er.

»Ich sagte, genug, Jeslek.« Eine Aura von Zorn und dunkelrotem Chaos umhüllte Sterol – und auch Kinowin, Derka und sogar Myral. »Seine Schilde sind stark genug, um Eure Wutanfälle abzuwehren, und das können nicht viele junge Magier von sich behaupten. Ihr habt soeben selbst den letzten Beweis erbracht, dass er in die Bruderschaft gehört.«

Jesleks Gesichtsausdruck versteinerte sich, als er sich verbeugte.

Cerryl wurde das Gefühl nicht los, dass Sterol ihn als Waffe gegen Jeslek benutzte. *Vielleicht warst du das schon die ganze Zeit.*

»Ein letztes Mal, Jeslek – Ihr seid zu weit gegangen. Cerryl mag wohl über ein nur mangelhaftes Wissen in Mathematik verfügen, so wie Ihr behauptet. Und er mag auch nicht zu den Mächtigsten unter den jungen Magiern gehören, was das Chaos angeht. Aber er kann sich gegen Euch behaupten, zumindest für eine Weile, und seine Handlungen beweisen seine Begabung und seine Ergebenheit gegenüber Fairhaven – zudem hat er niemals gelogen, was auch nicht alle von sich behaupten können.« Sterol lachte. »Es kann nicht schaden, einen jungen Magier hier zu haben, den Ihr nicht einschüchtern könnt. Keineswegs.«

Jesleks sonnengelbe Augen musterten die Gruppe. Dann lachte er.

Cerryls Blick traf Jesleks und in diesem Moment *wusste* Cerryl, dass Jeslek schon vorher von Cerryls Erfolg erfahren hatte und dass er nach Fairhaven zurückkehren würde.

»Ah … Ergebenheit über Fähigkeit«, rief Jeslek. »Das war Euch schon immer wichtiger, Sterol. Immerhin … so seid Ihr bis jetzt Erzmagier geblieben und findet auch Unterstützung darin.«

»Ja, das bin ich.« Sterol lächelte kalt und überlegen. »Cerryl *wird* in der nächsten Sitzung als vollwertiger Magier eingeführt werden, und was mich betrifft, gewähre ich ihm diese Vorrechte schon jetzt. Wir Übrigen werden nun beraten, wie wir mit Gallos weiter verfahren werden.« Sterol sah Cerryl an. »Ihr könnt gehen, Cerryl. Nach dieser langen Reise könnt Ihr etwas zu essen und ein Bad vertragen.«

Cerryl neigte den Kopf. »Ich danke Euch, edler Sterol. Und Euch, Myral.«

Jesleks Augen funkelten. »Guten Tag, Magier Cerryl.«

»Guten Tag, Obermagier Jeslek.« Cerryl deutete ein Lächeln an. »Ich danke Euch für alles, was Ihr mich gelehrt habt.«

»Guten Tag.«

Cerryl verbeugte sich vor den anderen Magiern und schritt hinaus durch die eisenbeschlagene Eichentür. Seine Beine zitterten, als er die Stufen hinterging.

Leyladin und Lyasa fanden ihn im Studiersaal, wo er sich erst einmal sammeln musste.

»Wann bist du zurückgekommen? Was ist geschehen?«, wollte Lyasa wissen.

Leyladin lächelte nur zart.

»Bitte, setzt euch.« Cerryl deutete auf die Stühle auf der anderen Seite des Tisches. »Ich weiß nicht, wo ich anfangen soll.« Er lächelte. »Ich danke euch beiden, dass ihr Myral die Nachricht überbracht habt. Ohne euch wäre alles womöglich … ganz anders gekommen.«

»Willst du nicht erzählen, was geschehen ist?«

Wie viel sollte er ihnen verraten? Er wollte gerade anfangen zu erzählen, da öffnete Lyasa schon wieder den Mund, um ihn erneut aufzufordern. Doch er kam ihr zuvor: »Ihr wisst, dass ich eigentlich Sverliks Gehilfe werden sollte und in Fenard etwas zu erledigen hatte – und dass es eine Prüfung für mich darstellte.«

»Das hast du mir schon alles in Gallos erzählt.«

»Was ich dir nicht erzählt habe, war, dass ich die Aufgabe hatte, den Präfekten von Gallos zu töten.«

»Du? Warum du?«

»Ich weiß nicht. Ich kann es mir denken, aber ich weiß es nicht sicher.«

Lyasa drehte ihren Kopf zu Leyladin. Leyladin schenkte Cerryl ein kleines Lächeln.

»Und du hast es getan.« In Lyasas Stimme schwang volle Überzeugung mit.

»Der Präfekt hatte Sverlik bereits getötet und auch meine Abordnung Lanzenreiter, und du selbst warst dabei, Lyasa, als er eine ganze Streitmacht auf uns hetzte.«

»Ich habe davon gehört«, sagte Leyladin ruhig.

Bealtur blieb erschrocken im Eingang zum Studierzimmer stehen. Sein Gesichtsausdruck verhieß Angst und Bestürzung.

»Ich nehme an, auch dir hat man erzählt, dass ich verschwunden bin«, rief Cerryl dem spitzbärtigen Schüler zu. »Jeslek erfand diese Geschichte, um damit die Aufgabe zu tarnen, die er mir übertragen hatte.« Cerryl lachte Bealtur offen an.

Bealtur nickte. »Ich bin froh, dass du zurückgekehrt bist.«

»Ich auch. Die letzten Achttage waren hart.« Cerryl unterdrückte ein Grinsen, als er einen Blick zu Lyasa warf.

»Ah ...«

»Mach dir keine Sorgen, Bealtur. Es wird schon nicht so schlimm werden.« Cerryl grinste.

Bealtur warf den Kopf in den Nacken und ging hinaus.

»Nein«, sagte Lyasa. »Sie werden dich zum Magier ernennen müssen.«

»Darauf hoffe ich«, gab Cerryl zu. Er beschloss, ihnen nicht zu viel zu verraten.

»Und das war alles?«, fragte Lyasa weiter. »Du hast den Präfekten einfach getötet und bist dann gegangen?«

Cerryl seufzte. »Nein. Ich musste mich nach Fenard hinein und wieder hinaus stehlen. Und dann ging mir auch noch das Geld aus. Beinahe die gesamte gallische Streitmacht war hinter mir her.« Sein Magen zog sich bei dieser Übertreibung zusammen, also fügte er hinzu: »Na ja ... die gesamte Palastwache zumindest. Der Stallbursche beschwerte sich nur, dass das Pferd so mager geworden ist, und Jeslek wollte behaupten, dass diese Prüfung noch nicht ausreichte, weil ... ach deshalb.«

Lyasa nickte. »Er mag dich nicht.«

»Er mag all diejenigen nicht, die ihn nicht als den rechtmäßigen Erzmagier ansehen«, warf Leyladin ein,

»und dazu gehören immerhin die meisten Schüler und Magier.«

Lyasa stand auf. »Ich muss jetzt zu Esaak. Er ist nicht gerade zufrieden mit meinen Mathematikkenntnissen. Wieder einmal.«

»Viel Glück«, wünschte ihr Cerryl. »Mit meinen war er auch nie zufrieden. Und ist es auch jetzt noch nicht.«

»Du Glücklicher.« Die schwarzhaarige Schülerin verließ den Studiersaal.

Leyladin, die Cerryl gegenübersaß, sah ihm ins Gesicht.

Cerryl holte tief Luft. »Die letzten Achttage waren lang. Sehr lang.« Sein Blick traf Leyladins und er versank geradezu in ihren grünen Augen.

»Du hast viel gelernt«, sagte Leyladin sanft. Eine Hand wanderte über den Tisch und legte sich auf seine. »Ich war mir nicht sicher, ob du es schaffen würdest. Und ob du es überhaupt wolltest.«

»Ich hatte einen Ansporn. Ich kann dir gar nicht sagen, wie angespornt ich war.« Er lächelte, dann sah er zu Boden. Seine Hose strotzte nur so vor Schmutz und seine Stiefel mussten dringend geputzt werden. Er wollte gar nicht näher darüber nachdenken, wie er aussah. »Ich muss mich dringend waschen und dann brauche ich etwas zu essen.«

Leyladin schob einen Lederbeutel über den Tisch. Cerryl zog verwundert die Augenbrauen hoch, als er ihn erkannte. Er warf einen Blick hinein, um sich zu vergewissern. Der Rasierer aus Weißbronze blitzte aus dem dunklen Lederbeutel. »Soll das ein Hinweis sein?«

»Nein. Nur eine dringende Empfehlung.«

Beide lachten herzlich.

CIV

Cerryl strich sich über das glatt rasierte Kinn, dann warf er einen Blick durch die Eingangshalle und fragte sich, was der Rat nur so lange machte. Oder kam es ihm nur so lange vor?

»Ich kann es einfach noch nicht glauben«, sagte Faltar, seine Augen immerzu auf den Eingang zum Sitzungssaal gerichtet.

»Nicht nur du, kann ich dir versichern«, antwortete Lyasa.

Eine dicke Gestalt watschelte aus dem Sitzungssaal und über die glatten Steinfliesen der Eingangshalle. »Nun, Ihr drei«, sagte Myral mit einem breiten Lächeln auf dem runden Gesicht, »seid Ihr bereit?«

Die drei tauschten fragende Blicke aus.

»Wir sind bereit«, antwortete Cerryl schließlich.

»Dann folgt mir und tut, was Sterol Euch sagt.« Myral schlurfte zurück zum Sitzungssaal. »Eigentlich wäre das grundsätzlich keine schlechte Idee.« Aber nach einer Pause fügte er hinzu: »Das war selbstverständlich nur ein Witz.«

Cerryl und Lyasa folgten Myral, Faltar ging hinter ihnen her. Die vier schritten durch den Eingang und vorbei an den Säulen, die den Sitzungssaal zu beiden Seiten säumten. Jede der runden Granitsäulen war mit Gold durchwirkt, kanneliert und von makelloser Verarbeitung. Rote Stoffbahnen waren oben zwischen den Säulen drapiert und verdeckten die Kapitelle. Schimmernde Würfel aus golden glitzerndem Stein, den Cerryl nicht kannte, bildeten die Säulenfüße.

Der Boden des Sitzungssaals setzte sich aus vielen glatten, weißen Marmorfliesen zusammen, die mit Goldwirbeln durchsetzt waren. Ein breiter Mittelgang führte durch den Saal. Zu beiden Seiten des Mittelgangs standen Goldeichentische mit jeweils einem Goldeichenstuhl dahinter. Jeder Stuhl war mit einem roten Samtkissen gepolstert. Am Ende des Saales stand ein schlichtes Podest. Auch dieses bestand aus glattem, golddurchwirktem Marmor.

Sterol stand in der Mitte der Erhöhung. Zur Rechten des Erzmagiers, zwei Schritte hinter ihm, warteten Jeslek und Kinowin Seite an Seite. Die drei Magierschüler gingen weiter und Cerryl sah aus all den weißen Roben auf den Stühlen links vom Mittelgang Anyas rotes Haar herausleuchten. Sogar aus dieser Menge stach sie deutlich hervor – und löste Unbehagen in ihm aus.

In der Reihe vor Anya saß Fydel neben einem Magier, den Cerryl nickt kannte. Der unbekannte Magier sprach leise: »... verstehe das nicht ... ich habe Jahre gebraucht ... Schreiberlehrling ...«

Cerryl lächelte zufrieden in sich hinein.

»Bealtur war schon lange vor ihm hier ...«

»Ihr hättet lieber Bealtur an Eurer Seite?«, fragte Fydel. »Auf Cerryl ist mehr Verlass.«

Das überraschte Cerryl, doch ohne sich etwas anmerken zu lassen, schritt er weiter auf Sterol zu.

Der Erzmagier lächelte sogar, als Myral zur Seite trat.

»Erzmagier, ich überstelle Euch die Anwärter zur Aufnahme in die Gilde als vollwertige Magier.« Myral neigte den Kopf, dann zog er sich zurück.

Sterol zog das Schweigen noch etwas in die Länge, bevor er nickte. »Cerryl, Lyasa, Faltar ... Ihr seid hier anwesend, weil Ihr hart gearbeitet habt, weil Ihr die grundlegenden Fertigkeiten der Magie erlernt und unter Beweis gestellt habt, dass Ihr die Bedeutung der Gilde für die Zukunft Candars erkannt habt ...«

Cerryl nickte innerlich. Nachdem er Fenard und Jellico gesehen hatte, wusste er, was Fairhaven und die Gilde für die Zukunft Candars bedeuteten.

»Alle Magier müssen sich dafür verwenden, dass denjenigen, die dem Weißen Weg folgen, ein besseres Leben ermöglicht wird, sie müssen Frieden und Wohlstand sichern und dafür sorgen, dass all unsere Talente und Fähigkeiten ausschließlich zum Wohle von Fairhaven und Candar eingesetzt werden.« Sterol hielt inne und blickte die drei nacheinander an.

»Seid Ihr bereit zu schwören, dass Ihr aus freien Stücken Eure Talente und Fähigkeiten zum Wohl der Gilde und zum Wohle Fairhavens und ganz Candars einsetzen werdet?«

»Ja«, antwortete Cerryl. Was hätte er auch sonst tun sollen?

»Ja.«

»Ja.«

»Seid Ihr bereit zu schwören, die Regeln der Gilde ausnahmslos zu befolgen, auch wenn sie mit Euren persönlichen und privaten Wünschen nicht im Einklang stehen?«

»Ja«, antworteten die drei beinahe gleichzeitig.

»Seid Ihr bereit zu schwören, Euer Bestes zu geben, damit Chaos niemals gegen Wehrlose erhoben und nur zum Wohle der Gemeinschaft verwendet wird?«

»Ja.«

»Und seid Ihr bereit zu schwören, der Gilde stets die Treue zu halten, um dafür zu sorgen, dass der Umgang mit Chaos- und Ordnungs-Kräften nur jenen vorbehalten bleibt, die diese Kräfte ausschließlich zum Allgemeinwohl und nicht zu persönlichem Vorteil und Gewinn nutzen?«

»Ja«, antwortete Cerryl. *Ja.*

»Damit seid Ihr gemäß der Macht des Chaos und den Regeln der Gilde zu vollwertigen Magiern der Weißen Ordnung in Fairhaven ernannt ...«

Ein schimmernder Chaos-Strahl streifte über Cerryls Ärmel ... und der rote Streifen war verschwunden, gerade so, als hätte es ihn nie gegeben.

»Seid willkommen, Lyasa, Cerryl und Faltar …« Sterol empfing sie mit einem freundlichen Lächeln in der Gilde und blickte in die versammelte Menge. »Nun, da wir die neuen Magier willkommen geheißen haben, ist der förmliche Teil der Zeremonie beendet und alle mögen die neuen Magier beglückwünschen.«

Zuerst herrschte Gemurmel im Saal, das zu lautem Stimmengewirr anschwoll.

Sterol sah die drei an. »Ich freue mich, dass Ihr alle drei aufgenommen seid. Ihr besitzt sehr unterschiedliche Talente, aber in der schwierigen Zeit, die uns bevorsteht, werden wir jedes einzelne davon dringend brauchen, fürchte ich.« Die Augen des Erzmagiers leuchteten zum ersten Mal warm und freundlich, wie Cerryl bemerkte.

»Meine Glückwünsche!« Kinowin stellte sich neben Cerryl und klopfte ihm auf die Schulter. Der große Magier lächelte warmherzig. »Ihr müsst wissen, dass ich jeden gern begrüße, der aus ähnlichen Verhältnissen stammt wie ich.«

»Ihr meint, aus armen Verhältnisses?«, antwortete Cerryl lachend.

Ein noch herzlicheres Lächeln erhellte Kinowins Gesicht, doch es verschwand rasch wieder. »Es wird Euch das Leben nicht einfacher machen, aber wenn Ihr etwas braucht, bin ich da.« Noch einmal klopfte er Cerryl auf die Schulter, dann ging er weiter.

Lyasa berührte Cerryls Unterarm und er drehte sich um.

»Gut«, sagte Jeslek. »Bevor Ihr mit Glückwünschen überflutet werdet, möchte ich Euch schnell noch einiges wissen lassen. Jeder von Euch bezieht nun ein Gemach in der zweiten hinteren Halle im zweiten Stockwerk; Bronzeschilder an den Türen werden Euch weiterhelfen.« Der Obermagier ließ seine gelben Augen blitzen. »Am besten zieht Ihr so schnell wie möglich um und richtet Euch ein. Eure Nachfolger aus der Krippe können es kaum erwarten, die roten Tuniken gegen die weißen mit den roten Streifen einzutauschen. Ihr könnt weiterhin im Speisesaal essen, doch darüber müsst Ihr selbst entscheiden. Ihr bekommt von nun an, wie alle Magier, ein Gehalt von einem Goldstück pro Achttag. Es ist nicht übermäßig viel, aber da die Gilde Euch mit Kleidung, Unterkunft und sonstiger Ausstattung versorgt, reicht es für die Annehmlichkeiten des Lebens. Die Gilde wird Euch innerhalb des nächsten Achttages feste Aufgaben zuweisen, nachdem der Erzmagier, Obermagier Kinowin und ich die Aufgabenverteilung neu festgelegt haben.« Jeslek lächelte sein strahlendes Lächeln, dem Cerryl noch immer misstraute. »Und nun … erfreut Euch Eurer neuen Stellung.« Der weißhaarige Obermagier nickte und verschwand in der Menge.

»Glückwunsch!« Anya stand plötzlich vor ihnen und umarmte Faltar überschwänglich, dann wandte sie sich an Cerryl. »Und Euch natürlich auch. Und Euch, Lyasa.«

»Danke.« Cerryl neigte den Kopf.

Fydel trat vor. »Glückwunsch an Euch alle.« Sein Blick wanderte zu Cerryl. »Ihr habt bewiesen, dass Ihr hierher gehört, mehr als die meisten anderen.« Mit einem Lächeln verabschiedete er sich schnell wieder.

»Lyasa!« Esaak schleppte sich zu den dreien und hielt etwas in seinen Armen.

Cerryl warf einen Blick auf die dunkelhaarige, frisch gebackene Magierin neben ihm; sie zog die Augenbrauen bedenklich hoch, als der alte Magier ihr ein dünnes gebundenes Buch entgegenstreckte. »Da Ihr meinen Unterricht niemals sehr ernst genommen habt … hier eine Ausgabe der *Mathematik der Logik.*« Esaak konnte sich ein breites Grinsen nicht verkneifen. »Eure eigene.«

Lyasa beugte sich zu Esaak hinüber und umarmte ihn.

Cerryl ging zu Myral. »Danke … Ich habe es noch nicht ausdrücklich gesagt, doch ich meine es wirklich.«

Der ältere Magier lächelte. »Dankt mir nicht, Cerryl. Ihr habt hart dafür gearbeitet und die Gilde wird stolz auf Euch sein. Das *weiß* ich. Und nun ... erfreut Euch des Festtages.«

Ein anderer Magier – Cerryl kannte ihn nicht – kam zu Faltar. »Herzliche Glückwünsche.«

»Danke.« Faltar verneigte höflich den Kopf.

Als sich die Menge der Magier schließlich lichtete, lehnte sich Cerryl gegen eine der weißen Steinsäulen im Sitzungssaal. Er warf erst Faltar und dann Lyasa einen Blick zu.

»Ist es das, was du dir erhofft hast?«, fragte die schwarzhaarige Magierin. Ihre olivbraunen Augen ruhten auf Cerryl.

»Ich weiß nicht genau. Ich habe es bisher vermieden, darüber nachzudenken«, gab Cerryl zu.

»Sterol hat wider seine Gepflogenheiten gehandelt. Keiner von uns wäre so früh zum Magier ernannt worden, würde sich die Lage in Candar nicht so dramatisch zuspitzen.« Lyasa lachte leise. »Ich wäre vermutlich überhaupt keine Magierin geworden, wenn andere Zeiten herrschen würden. Ich gebrauche meinen Körper nicht in der Weise, wie es andere tun.«

Faltar zog die Augenbrauen hoch.

»Das ist doch jetzt egal«, warf Cerryl schnell ein. »Wir sind Magier und keine Schüler mehr und ich bin froh darüber.«

»Ich auch«, fügte Faltar hinzu. »Was wirst du nun tun?«

»Umziehen«, sagte Cerryl. »Ich werde die neuen Gemächer suchen, dann einen Sparziergang machen und zu Abend essen – draußen in der Stadt.«

Lyasa lachte. »Ich wette, das Essen in den Hallen ist heute Abend besonders scheußlich.«

»Darüber mache ich mir heute keine Gedanken.« Cerryl richtete sich auf und schlenderte hinaus in die fast leere Eingangshalle. Er machte sich auf den Weg zu seinem neuen Gemach, sah sich im Eingangsbereich noch einmal um – doch er fand nicht, wonach er suchte.

Cerryls neue Unterkunft konnte sich nicht weiter entfernt von der Haupthalle befinden, er lebte von nun an sogar noch hinter dem Gebäude, in dem Jeslek seine Gemächer bewohnte. Der Obermagier hatte nicht zu viel versprochen – ein Bronzeschild war an der Tür befestigt und die Buchstaben in der Alten Sprache wiesen seinen Namen aus: CERRYL.

Cerryl erlaubte sich ein Lächeln, während er sich in seinem neuen Zuhause umsah, das größte Zimmer, über das er jemals verfügt hatte: echte Fenster mit Läden davor – sogar zwei Stück davon, ein großer Schreibtisch mit einem gepolsterten Stuhl, ein großes Bett mit edlen Leintüchern und einer roten Wolldecke, sogar ein Läufer lag vor dem Bett. Nun besaß er auch seinen eigenen Waschtisch und ein leeres Bücherregal stand an der Wand.

Seine Augen wanderten von einer Wand zur anderen. Kaum zu glauben, nun war er ein anerkannter Magier – trotz Jesleks Ränkespielen und Vorbehalten – ein richtiger, vollwertiger Magier. Er hatte alles erreicht, was er sich – oder sein Vater – erhoffte hatte, und das war viel mehr, als er jemals hätte erwarten können.

Doch in Sicherheit wiegen konnte er sich nicht. Ein Krieg mit Gallos drohte – vielleicht auch mit Spidlar und sogar Recluce. Jeslek war nun noch wütender auf Sterol und Sterol benutzte Cerryl im Kampf gegen Jeslek und Anya ... Anya spielte ein noch komplizierteres Spiel als Jeslek und Cerryl hatte bisher noch nicht ergründen können, warum und wozu. Er wusste nur, dass sie eine wichtige Rolle spielte. Und Myral, der ihm in so vielerlei Hinsicht geholfen hatte, war nicht gerade bei bester Gesundheit.

Dennoch ... niemals zuvor in seinem Leben war er

sicherer gewesen. Er hatte seinen Platz gefunden und endlich die Gelegenheit erhalten, das zu sein, was er sein konnte; eine aussichtsreiche Zukunft …

Da klopfte es an die Tür.

Er drehte sich um.

»Schönes Zimmer.« Leyladin stand in der offenen Tür, ein Lächeln auf den Lippen.

»Bin … gerade eingezogen.«

»Ich weiß.« Ihre hellgrüne Tunika und die passende Hose glänzten im Licht und sie wirkte außerordentlich lebendig.

Cerryl betrachtete die junge Frau mit den rötlich schimmernden Haaren und vermochte den Blick nicht mehr von den strahlenden grünen Augen abzuwenden. Er konnte nicht umhin zu lächeln.

»Ich war neugierig auf deine neuen Gemächer.« Sie erwiderte sein Lächeln.

Vielleicht hatte Cerryl ja nicht nur eine aussichtsreiche Zukunft vor sich, sondern sogar eine glückliche? Er ging zu ihr und nahm ihre Hand.

Nach kurzem Zögern, noch immer mit einem warmherzigen Lächeln auf den Lippen und mit ihren grünen Augen versunken in Cerryls Blick, drückte sie fest seine Hand.

Die Chronik von Recluce

1. *Magische Insel* Band 06/9050	*Mitte des 15. Jh.s*	Lerris, ein angehender Schreinergeselle, langweilt sich auf Recluce und ist gezwungen, der Hochburg der Ordnung den Rücken zu kehren. In Candar begegnet er dem Grauen Magier Justen und sein Leben nimmt einen dramatischen Lauf.
2. *Türme der Dämmerung* Band 06/9051	*Beginn des 6. Jh.s*	Creslin, Sohn der Marschallin von Westwind, flieht vor einer arrangierten Ehe mit Megaera, doch er gerät in die Fänge der Weißen Magier. Als es ihm gelingt zu entkommen, fällt er wiederum Megaera in die Hände. Um ihr Leben zu retten, heiraten sie und fliehen nach Recluce. Creslin, der sich zu einem gefürchteten Sturm-Magier entwickelt hat, ist bald gezwungen, seine Kräfte im Kampf ums Überleben einzusetzen.
3. *Magische Maschinen* Band 06/9052	*Beginn des 8. Jh.s*	Dorrin wird wegen seiner Leidenschaft für Maschinen von Recluce vertrieben. In Candar lernt er das Schmiedehandwerk und verwirklicht Erfindungen, die seiner Zeit weit vorauseilen. Doch die Weißen sind dem Ordnungs-Schmied bald auf den Fersen und er wird in ihre Kriege verwickelt. Ihm gelingt die Flucht zurück nach Recluce, aber auch der Schwarzen Insel droht der Untergang.

4. *Krieg der Ordnung* Band 06/9053	*Spielt 200 Jahre vor Band 1*	Die Weißen Magier haben ihre Herrschaftsgebiete auf Candar weiter ausgedehnt. Recluce schickt Justen, einen genialen Ingenieur, zu Hilfe. Doch seine Waffen vermögen vor der Übermacht der Weißen nichts auszurichten. Justen flieht in die Steinhügel und wird von einer Druidin gerettet – eine Begegnung, die letztendlich machtvolle Auswirkungen auf das Gefüge von Chaos und Ordnung hat.
5. *Kampf dem Chaos* Band 06/9054	*Spielt 5 Jahre nach Band 1*	Das überseeische Reich Hamor schickt sich an, Candar und auch Recluce zu unterjochen. Als die feindlichen Truppen sich nähern, entschließt sich Lerris, inzwischen ein mächtiger Magier wider Willen, das Chaos tief aus der Erde zu holen und mit Hilfe der Ordnung zu bündeln, um seine Heimat zu retten.
6. *Sturz der Engel* Band 06/9055	*Im Jahre 1*	In einer Weltraumschlacht gegen die Dämonen stürzt das Raumschiff der Engel in ein anderes Universum. Die eisigen Gipfel der Westhörner werden zur neuen Heimstatt. Unter dem Kommando Rybas entsteht bald eine eigene Kultur, die geprägt ist vom Kampf gegen die unwirtlichen Lebensbedingungen und die Einwohner im Tal, die mit einem großen Truppenaufgebot ihr Land zurückerobern wollen.

7. *Der Chaos-Pakt* Band 06/9056	*Im Jahre 3*	Nylan und Ayrlyn kehren Ryba und Westwind den Rücken und begeben sich nach Lornth, wo sie in die Kämpfe gegen Cyador, das erste Reich der Weißen, verwickelt werden. Nylan offenbart sich das Geheimnis des Großen Waldes; er schließt einen Pakt mit Naclos und zieht erneut gegen Cyador ins Feld.
8. *Die Weiße Ordnung* Band 06/9096	*Spielt 10 Jahre vor Band 3*	Der Waisenjunge Cerryl, Sohn eines abtrünnigen Weißen, wird sich mehr und mehr seiner besonderen Fähigkeiten gewahr. Nachdem Onkel und Tante den Tod gefunden haben, gelangt er über die Arbeit in einer Sägemühle als Schreiberlehrling nach Fairhaven, wo die Weiße Gilde bald auf ihn aufmerksam wird – und ihm nach dem Leben trachtet.
9. *Die Farben des Chaos* Band 06/9097 und 10. *Der Magier von Fairhaven* Band 06/9098	*Spielen etwa zur gleichen Zeit wie Band 3*	

Weitere Romane in Vorbereitung

HEYNE BÜCHER

Robert N. Charrette

Hochkarätige Abenteuer-Fantasy vom Spitzenautor der SHADOWRUN-Romane

Die Schattenkrieg-Trilogie

1. Prinz des Dunkels
06/9090

2. König des Unheils
06/9091

3. Ritter des Zwielichts
06/9092

Die Chronik von Aelwyn

1. Der Turm der Zeit
06/9113

2. Das Schlangenauge
06/9114

3. Der magische Pakt
06/9115

06/9090

HEYNE-TASCHENBÜCHER